译文名著精选

YIWEN CLASSICS

嘉莉妹妹

[美] 德莱塞 著 裘柱常 译

Theodore Dreiser

Sister Carrie

上海译文出版社

图书在版编目(CIP)数据

嘉莉妹妹 / (美) 德莱塞(Dreiser, T.)著;裘柱常译.
—上海: 上海译文出版社,2011.5(2024.10 重印)
(译文名著精选)
书名原文: Sister Carrie
ISBN 978-7-5327-5373-4

Ⅰ.①嘉… Ⅱ.①德… ②裘… Ⅲ.①长篇小说—美
国—近代 Ⅳ.①I712.44

中国版本图书馆 CIP 数据核字(2011)第 027146 号

Theodore Dreiser
SISTER CARRIE

嘉莉妹妹
〔美〕德莱塞 著 裘柱常 译

上海译文出版社有限公司出版、发行
网址: www.yiwen.com.cn
201101 上海市闵行区号景路159弄B座
上海华顿书刊印刷有限公司印刷

开本 890×1240 1/32 印张 15.75 插页 2 字数 348,000
2011 年 5 月第 1 版 2024 年 10 月第 4 次印刷
印数: 14,201—17,200 册

ISBN 978-7-5327-5373-4
定价: 45.00 元

译本序

西奥多·德莱塞(Theodore Dreiser, 1871—1945)是美国近代杰出的现实主义小说家。他于一八七一年八月出生在美国印第安纳州的一个移民家庭。德莱塞的童年生活很不稳定,常常跟着母亲到处流浪。德莱塞在读高中期间就被迫辍学,只身到芝加哥谋生。在那里他当过洗碗工、锅炉工,还干过其他杂活。后来在一位女教师的资助下,去印第安纳大学读了一年书。在这所大学里他接触到了达尔文、斯宾塞、赫胥黎等人的作品。不过,他感到大学的学习还是不能帮助他解决生活中的难题。一年以后他再次回到芝加哥,继续在生活的底层从事各种繁重的体力劳动。

成年以后,德莱塞希望谋求另一种发展,决心投身报界。他先后在芝加哥的《每日环球报》、圣路易斯的《环球—民主报》和《共和报》以及《匹兹堡先遣报》担任记者。1894 年德莱塞来到纽约,一开始找不到适合的工作,终日饥寒交迫,曾一度想投河自尽。后来在哥哥保尔的帮助下,终于走进了纽约《每月》杂志,做了一名编辑和主要撰稿人。记者的生活要求德莱塞更广泛更深入地接触美国各阶层人民的生活,这为他以后的艺术创作打下了深厚的基础。

德莱塞自身的苦难经历,使他对生活在社会底层的普通人民的疾苦感触极深。他曾在自传中这样写道:"任何形式的苦痛——不管是筚路蓝缕的四邻、贫瘠的农场、疯人院、监狱,任何地方的一个人或一群人,只要显得缺乏生计,或被剥夺了正常的生活享受——都足以在我内心引起一种思绪和情感,好像我也身受其痛。"①他迫切地希望把他自己的生活感受告诉人们,揭示出种种令人迷惑不解的生活实际。在这种心情的驱使下,他开始了小说创作。德莱塞一生写了《嘉莉妹妹》、《珍妮姑娘》、《金融家》、《巨人》、《天才》、《美国的悲剧》、《堡垒》、《斯多噶》等八部长篇小说。此外还有《锁链》、《漂亮家具》等许多短篇小说以及戏剧、诗歌、散文等多种作品。德莱塞的作品曾在美国读者中引起了很大的反响，但褒贬不一。一段时期甚至遭到主流社会的强烈指责，因为他的作品冲击甚至动摇了在这以前一直统治美国文坛的文过饰非、美化现实的“高雅”传统。他用质朴的眼光坦诚地、直截了当地揭示了美国社会中种种阴暗面，尤其表达了社会底层人民的情绪。最终获得了大多数读者的认可，从而确立了他在美国文学中的地位。一九四四年美国文学艺术学会给他颁发了荣誉奖状。

德莱塞于一九四五年七月申请加入美国共产党，同年十二月在加州的好莱坞逝世。

《嘉莉妹妹》是德莱塞创作的第一部小说，也是美国文学史上最著名的作品之一。

一八九九年秋天，德莱塞在好友阿瑟·亨利的敦促下，开始创作《嘉莉妹妹》。小说的素材主要来自他长期担任记者时对当时城市生活的了解和积累，以及他自已在芝加哥和纽约的生活经历和大量阅读巴尔扎克、哈代、斯宾塞等人的作品所得的启迪。童年的生活经历和家庭成员的苦难历程也是他创作的主要源泉之一。《嘉莉妹妹》一书中最重要的一个情节是赫斯渥偷了酒店的钱，将嘉莉骗上火车，开始了私奔的生活。这个情节的原型实际上是德莱塞妹妹埃玛的生活经历。当年一家酒店的出纳就曾经偷了店里的三千五百美元，带着埃玛私奔到蒙特利尔，然后又辗转去了纽约。一九〇〇年三月德莱塞完成了《嘉莉妹妹》的初稿。

一个世纪以来，《嘉莉妹妹》尽管受到某些非议，但始终是读者爱不释手的一部名著。

裘　因

二〇〇六年三月

---

①转引自《德莱塞评论集》（上海译文出版社 1989 年版），第 48 页。

序　言

西奥多·德莱塞和《嘉莉妹妹》复原本

“真该死，看到那可怜巴巴的古老语言，那表达有节制的思想的工具，被挖去了内脏，像一只漏气的足球那样在无边无垠的中西部田野上被踢来踢去，是多么有趣啊。”

——福特·马多克斯·福特论德莱塞：《人生的画像》①

一八八九年八月的某一天，十八岁的嘉罗琳·米贝——“一家人带着几分亲热的感情称之为嘉莉妹妹”——从威斯康星州的哥伦比亚城乘火车到芝加哥去，从而使她（以及刚把她写入他第一部小说的印第安纳州特雷霍特的那个富有惊人的才华的，但是并不始终有把握的新闻记者）成为世界文学中的人物。自从二十八岁的西奥多·德莱塞突然于一八九九年秋天，在半页黄色抄写纸上写下“嘉莉妹妹”这几个字，从而开始写他的第一部小说，至今将近一个世纪了。以前他从未想到要写小说，后来是在阿瑟·亨利的敦促下才开始这么干的。阿瑟·亨利是德莱塞过去在托莱多《刀锋报》工作时的雇主，是他当时最知己的朋友。亨利本人就是一个行文流畅、但并不特别动人的小说家，然而他老于世故，是个“思想解放”的丈夫，十九世纪末新闻界人士所喜爱的那种叛逆性的极为自信的思想家。和德莱塞后来的朋友和拥护者亨·路·门肯②一般，亨利对德莱塞是个权威性的人物，德莱塞将作为社会小说家显示出可畏的力量，但是缺乏自信心。

德莱塞身上始终保持着他那大家庭的贫困和谋生无路、信天主教的德国父亲的僵化思想以及他自己没有受过正规教育所造成的创伤。而亨利在许多方面对他施加影响，要不是亨利对一九〇〇年出版《嘉莉妹妹》的写作、编辑和出版所起的作用，今天就不会有人记起他这个人了。当德莱塞要写剧本时，亨利敦促他动手写他最初的那些短篇小说；亨利删去了《嘉莉妹妹》原稿中的许多句子和段落，其理由主要是因为德莱塞对于书中人物的命运所作的哲理性的探讨，对小说那不带个人感情的调子是不需要的；还有，当弗兰克·道布尔戴企图取消这部小说的出版时，亨利要德莱塞坚持道布尔戴-佩奇出版公司应遵守它的合同。

亨利也可能是从来不能长久地钟情于一个女人的德莱塞的榜样——德莱塞对自己的这个弱点从未停止过自责。德莱塞的第一个妻子萨拉·奥斯本·怀特（又被称为朱格）是密苏里州的一个美丽的红发女教师，德莱塞于一八九三年在芝加哥世界博览会上爱上了她。她的坚强的原则性，曾经是他“放浪不羁的”姐妹们（嘉莉妹妹和珍妮姑娘的原型）不检点行为的可喜的对照，后来却使心情容易变化的德莱塞感到受不了。在这以前，亨利非常镇定地抛弃了妻子，爱上了安娜·马伦。马伦对于后来出版的《嘉莉妹妹》这一版本也将起到作用。她开了一家打字社，由她手下的“姑娘们”一个接一个地将原稿打成，作为给德莱塞的一份礼物；这些打字员也在总是“可以修正的”德莱塞的原稿上发现些需要修正的地方。

当德莱塞似乎在昏睡状态中在半页黄色抄写纸上写下“嘉莉妹妹”这几个字，从而开始他的小说时，他自然是在想他的妹妹埃玛，但随着故事情节的发展，也将受到另一个人的有力的影响。埃玛同一个有妇之夫，芝加哥查平-戈尔饭店的出纳员霍普金斯出逃纽约。当霍普金斯的妻子发觉他同埃玛的关系后，霍普金斯感到十分惊慌，就拿了三千五百美元潜逃了。这个鲁莽的行动就成了《嘉莉妹妹》中那异乎寻常的一幕的基础——这种情况在德莱塞的作品中只在《美国悲剧》的划船“失事事件”中重复出现[3]——在这小说里赫斯渥从店东的保险箱里并不完全有意识地拿了一万美元。这一“罪行”巧妙地表明了德莱塞的深切信

---

①福特·马多克斯·福特（1873—1939）为英国小说家、文学杂志编辑。《人生的画像》（1937）为一部带回忆录性质的评论集。这段引语表达了英美一些评论家的意见：德莱塞的文字常常不合规范化的英语。

②亨·路·门肯（1880—1956）为美国评论家，历任记者、社论作家、专栏作家。其文学评论及社会评论在20年代有极大的社会影响。他提携后进，德莱塞即其中之一。

③这也是根据当时社会上发生的实事而写的。

念，以为我们的行动是由我们内心的一种“声音”所指使的，而这种声音就是存在于我们心中的罪犯、盗贼和杀人凶手，是我们的清醒的理智和我们的文明竭尽全力要加以抑制的。我们种种行动的真正的根源和由来总是不合法的。文明是一种严厉的裁判。我们的内心老是处在逃亡中。

所以当赫斯渥无法把这笔钱还进已经锁上的保险箱里，而且为无法还进保险箱这事感到不安时，就去劝说嘉莉跟他逃走，他们先到了蒙特利尔，在那儿办了假结婚礼，然后到了纽约。在纽约，赫斯渥很快就花完了退掉了大部分赃款后余下的那些钱；经过了一连串事业上的惨败，他精神上垮台了。嘉莉抛弃了他，成了一位名演员。赫斯渥在一家寄宿舍里开煤气自杀了。

这部小说中最精彩的部分是赫斯渥在纽约的毁灭；他从一个稳健而自信的酒店经理，急剧而惊人地变成一个可怜而全然可鄙的畸零人。当威廉·海涅曼在英国出版《嘉莉妹妹》的时候，他认为这小说主要是讲赫斯渥的故事，竟把赫斯渥出场前的开头的两百页删削成八十四页。然而，当弗兰克·道布尔戴无可奈何地于一九〇〇年出版这部小说、要将书名改为《肉与灵》时，德莱塞却坚持要保留原来的书名，这是正确的。德莱塞认为嘉莉不仅是赫斯渥的惊人的毁灭的催化剂，而且也是人们生活中的最深刻的力量，他很自然地认为女人是具有这一作用的。对于这个始终精神上异化而思想激进的德莱塞，嘉莉代表着变革和性革命的需要。同时，他把她当作一个深思熟虑的感知的中心。

德莱塞曾对嘉莉离乡赴芝加哥的年份有些踌躇。他最后定为一八八九年——这一年，他自己也是十八岁。芝加哥对于这个从一个家道中落、困难重重的大家庭出身的十八岁少年，一定也是一个美国生活商品化这一令人目瞪口呆的基本事实的标本，就如同对嘉莉一样。嘉莉的羞怯心理、经济上的无援以及不善于表达内心思想这一点，也都是德莱塞自己的特性——嘉莉与芝加哥的那些亲戚无法相处，以为自己毫不足道，必须对生活中那些新的野蛮力量低首下心，也是对德莱塞的写照。具有德莱塞这样才能的作家在开始创作生涯时很少是如此缺乏自信，没有受过多少正规教育，惯于用字这么粗拙，对于生活只具有起码的、甚至是原始的直觉的。一个像德莱塞的妻子那样受过中西部中产阶级家庭的“正规”英语教育（这大概就是她使德莱塞倾心的一点）的作家，不会把嘉莉描写成有“四块钱现金”①。在书的开头，我们知道“她简直还不会仪态万方地把头一甩”②，正和我们后来得悉赫斯渥的工作地方“真是一家了不起的酒店”③一样。

在另一方面，德莱塞对社会现实的无法改变的意识，使他在谈到嘉莉终于找到周薪四块五毛钱的工作的鞋厂时说，“整个气氛给人一种幽禁之感”。她早一些时候到斯贝格尔汉公司去找工作，发现“除了有些人对她眼角一扫，使她不舒服以外，谁也不理她”。尽管德莱塞素养不足，任何别的“报道性的现实主义作家”④是不可能把他的女主人公这么迅速而正确地带进戏剧性的场面的，这正是在赫斯渥出场之前嘉莉自己的处境。她迟钝，羞怯，易于受外界影响，这与商品交易体制所强加于人的种种压迫以及芝加哥冬天最初的对人的蹂躏形成了强有力的对照。

嘉莉无法理解，更无法抗拒包围着她这个“漂泊者”的种种“力量”；她第一次失业时，就实际上从她姐姐在芝加哥的使人消沉的家庭里被赶了出来，这时候，她只好任凭在火车上结识的那个浮华庸俗的推销员杜洛埃将她收买了。德莱塞在嘉莉开始出发到大城市去的时候，就警告我们说，她“很关心自己的利益，但是不太强烈。然而，这正是她的主导思想”。我们很快就会看到，他这么说是多么正确。在这些描写嘉莉失身的章节里，我们看到，尽管她没有什么可歌可泣的事迹，像她这般见识不广的人，屈服原是很自然的事。过不了多少时间，她就会发现杜洛埃是何等浅薄，但她并不总能看清楚自己的主动作用。

嘉莉——这是德莱塞洞察世情而创造的“现代”人之一——是社

---

①②③原文都是不合正规的。

④“报道性的现实主义”是哈珀兄弟出版公司审稿人拒绝接受《嘉莉妹妹》时的用语。“我不能想象在看了开头几章以后，这本书会唤起女读者的兴趣或引起她们的注意，而女读者正决定着许多小说的命运。”——作者原注

会的一种产物。她的长处是长得相当美，有些“初露锋芒”的敏感，而不是受教育训练出来的才智——用这份敏感，德莱塞描绘了他自己的自觉的性格。嘉莉自己的成功（不是赫斯渥的毁灭）使她越来越多地“思考”自己的生活，到本书快终了的时候“还梦想着永远不会感到的幸福”。她始终保持着她那基本上被动的性格，她的“疑虑”，她那能够俘获杜洛埃、迷惑并毁灭赫斯渥的不自觉的残忍，而自己却根本不了解这些情况。嘉莉对于自己的欠缺是天真无知的，这是就该词的基本意义而言的。她天真地沉浸在自己的生活中，无法想象别人的生活是怎么样的。这可能正是“现代”人的命运，他们的性格是由“贫困”所塑造，而由“社会”来完成的。越来越多的人，自己一无所有，而只期求着“幸福”。德莱塞写到嘉莉进的第一家工厂时说，“整个气氛给人一种幽禁之感”，当时他想到的可能就是这一点，以及商品交易体制所祀奉的掠夺性的自私自利。我们最后看到嘉莉坐在她那出色的摇椅里一再思考这神秘的一切，但是实际上她还是和刚动身去芝加哥的那一天一样，对任何事物都并不看得更清楚一些。

这么一个处处被动的、满怀着没有活力的“疑虑”的角色，怎么会被人以她为主角写成一部强有力的、使人爱不释手的小说的呢？很难说嘉莉是个工于心计的、诱人堕落的女人，而《肉与灵》，对于一本更着重于嘉莉的性格而不大着重于赫斯渥的书来说，是个不切题而且俗气的书名。嘉莉始终是这部用她名字命名的小说的灵魂，因为她代表着竟然能使一心天天追逐利润的男人们无法抗拒一个充满渴望而年轻无知的姑娘的性的力量，和对既定习俗的挑战。嘉莉最初面对芝加哥时的孤苦无依，她出乎自己意料地陷入与杜洛埃和赫斯渥的共同生活，她从来没有打算过的、甚至是无法理解的舞台上的成就，都传达了德莱塞对于现代人的观点，他们进入某种境遇，但头脑、心灵、感情却都保持着超然的状态。古典悲剧是以人的缺陷为基础的，而现代悲剧却描写我们内心不能反映并远离着我们实际过着的生活，以及驱使别人去过的生活。在一九〇〇年版的《嘉莉妹妹》里，第一章的标题是“磁石的吸引，一个处于各种力量之间的漂泊者”。这个“漂泊者”将永远无法真正理解她的遭遇。嘉莉的性的诱惑力对她本人来说，是无法理解的，对于赫斯渥却是致命的，犹如“大自然”对于原始人那样。可是这种性的诱惑力却使人们的生活起了剧变，在一九〇〇年被认为是对既定社会秩序的威胁。

德莱塞本人也并不完全明白这一点。他像沃尔特·惠特曼一样，是一个从下层社会走进美国文学界的野蛮人；在一九〇〇年，他还不理解他对习俗代表着一种挑战。他只知道嘉莉和赫斯渥双方都陷入了他们的思考能力无法左右的境地。从这一点可以推想出的是，一个作家应不但叙述各种力量造成的后果，展开情节的格局、逻辑和不可避免性，同时也得用片断的、有时是无可奈何的言词来大声说出自己的看法，犹如希腊悲剧中的歌队面对强加给凡人的命运时所做的一般。现在第一次发行未经删节的《嘉莉妹妹》原本[①]，其意义首先就在于此。这一版本比最早在一九〇〇年出版的、经过阿瑟·亨利、德莱塞之妻朱格以及德莱塞本人在他们的怂恿下所删节的版本约多出三万六千字[②]。

我不能断言这“复原后的”《嘉莉妹妹》比我们已经熟悉的那部杰作更加“优美”，但是在许多方面成了一本不同的书，它更充实，不那么残忍，更加显而易见是德莱塞本人的手笔。至于对本书非常重要的非法两性关系(根据一九〇〇年的标准)，在这里提得更加明确了。嘉莉在和杜洛埃同居以及为了赫斯渥(她对他一往情深)而抛弃杜洛埃的时候，心中有了更多的斗争。同时，书中第一次说明杜洛埃甚至在把嘉莉骗上床以后，还继续拈花惹草，而赫斯渥将嘉莉骗到纽约以后还常去逛窑子。整个气氛对于像杜洛埃和赫斯渥之类的浪荡子就更富有色情味，并且更加真实。在这复原本里，嘉莉和赫斯渥在办理重婚的仪式之前，在蒙特利尔的旅馆房间里就发生了性关系。我们比以前更加了解赫斯

---

① 这一版本由宾夕法尼亚大学出版社于 1981 年印行，由四位编辑根据作者的手稿及打字本复原而得。

② 中译本约多出 6 万字。

渥的不顾一切的性格。这是一个实际上憎恨他自己的妻子、然而只要“她极其爱他”就一直和她共同生活的人。

阿瑟·亨利以为德莱塞从哲学观点来论证他那些人物的倾向性，把这书的节奏变得缓慢，将会影响得以出版的机会。德莱塞在亨利催促他写小说以前，从没想到要这么做，因而对他来说，亨利代表着内行的观点；一旦写成了，德莱塞就愿意接受可以保证出版的一切意见。看来亨利应该对净化书中有关杜洛埃和赫斯渥两人对嘉莉都不忠实的细节负责。亨利想要道布尔戴-佩奇出版公司在出版他自己的小说《阿卡狄一公主》的同一年，出版《嘉莉妹妹》①，但是正如《嘉莉妹妹》复原本的编辑们所指出的，亨利显然没有意识到，他随意作了那么许多剪辑工作的是一部杰作。

人们常对德莱塞说，他不是一个“文笔精练”的作家，甚至不会用正确的英语进行写作，因此他很愿意接受他妻子的校订。朱格毕竟曾经当过教师，对于语法比他更有把握。（德莱塞的第一语言也许是他那德国移民的父亲所传授的德语，他那出生在美国、信奉门诺派②的母亲对她丈夫是说德语的。）复原本的编辑们指出原手稿上几乎每一章都有朱格和亨利标出的标记，但是，朱格是这两人中更为细心的阅稿人，一般专注于“增添介词、冠词以及代词，这些都是德莱塞在写作得极度兴奋时遗漏的”。

朱格还从一个妻子的角度对她丈夫描写女人的地方做了一些净化工作。在第十六章里，德莱塞原来是这样描写嘉莉的越来越美的外貌的：“她衣着称身，因为她穿着最精美的紧身胸衣，仔细地系紧带子，裹在身上。她的头发比以前长得更加丰美，而且她对于梳洗很有一手。她一向性喜洁净，现在有了条件，就把身子弄得清洁可爱。她牙齿洁白，指甲红润，头发老是朝上梳，露出了前额。”朱格把这一段改作：

---

①结果正是如此。据说《阿卡狄一公主》的最后一章是德莱塞写的。——作者原注

②这是基督教新教中的一个派别，由再洗礼派宗教改革家、荷兰人门诺·西门斯(1492—1559)的追随者们所组成，故名。在荷兰、德国和美国等地传布。

"她衣着称身。她那老是很丰美的头发，现在梳得很好看，从宽阔、洁白的前额朝后面梳成波浪形。她一向性喜洁净。她牙齿洁白，指甲红润。"在三页后的原稿里，编辑们指出，朱格遇到了这句典型的德莱塞式的句子："她脚上穿着黄皮鞋，手里呢，有一副手套。"朱格把它改得比较通顺一些："她棕色的皮鞋有时从裙子下面露出来。一只手里拿着手套。"但是对德莱塞的文体却顾不到了。

阿瑟·亨利要霸道得多。虽然他"看来阅读得很快，在某些地方仅仅浏览了一下或者跳了过去"，但是他不仅删掉一些句子，而且也删掉整个段落。特别重要的是在第十章里，复原本说明嘉莉接受了杜洛埃的金钱以后，还在跟自己的良心作斗争，德莱塞——对他来说，寒冷和冬天象征着生活中一切不友好的力量——写道："十二月的天气老是在威胁她……她害怕呼啸的寒风。"亨利删去了好些德莱塞的见解，其中有："我们在哲学研究中对于自然界的因素是估计不足的。我们的逻辑思维中就没有风声的地位。"亨利删去了整整一页半嘉莉在心中和敦促她勇敢地对贫困作斗争的"心中的一个声音"的争论。

第十一章开始是进一步描写嘉莉的"心理状态"的，其中详述嘉莉的内心斗争的那几页被去掉了。在第十二章里，德莱塞试图将杜洛埃的轻率和赫斯渥的苛求的天性作一个对比，但是细述这事的那一段也被删除了。我们应该谅解亨利对德莱塞的那些抽象而沉闷的"泛泛而谈的"段落持反对意见。这些段落在一九〇〇年的版本中还剩下很多，可见亨利在埋头阅读手稿的时候，德莱塞的文章就像山岳一般耸立在他面前，但是亨利匆匆阅过，有时并不懂得德莱塞的意图。亨利删掉了德莱塞对赫斯渥的尖锐批判——"他对于我们社会组织的必要性看得稍微清楚一些，但是他却更加满不在乎地向社会犯罪。"亨利在删掉德莱塞的一句空泛的句子的同时，也使我们希望事先了解赫斯渥性格中的真正微妙之处的要求落了空。虽然复原本中还没有什么情节使我们对于赫斯渥江河日下的堕落有所准备，但是我们还是想多知道一些关于这个怪人的错综复杂的性格的情况。他真正的秘密是对人生的根本失望，而对于这一点，我们确实在复原本中得到了一些线索。现在这部书以赫斯渥的自杀为结局，这一点证实了我们对于他那自暴自弃的天性的预感。

这最后的一幕对于《嘉莉妹妹》的悲剧主题，较之那段描写嘉莉坐在她摇椅里沉思着“啊，人生的纠葛”①那有名而却伤感的段落，要更其合适一些。德莱塞原来是以赫斯渥的死亡结束这部小说的，但是却对这事件在小说中的位置感到不满意。德莱塞有一天闲荡到大岩壁②去（这部书的大部分是在纽约西区的北部写成的），在那里他以“啊，嘉莉！嘉莉！啊，人心的盲目挣扎！”③这几句话引出的概括性反思结束了这部小说。他开始写这本书时似乎在昏睡状态中写下了“嘉莉妹妹”这几个字；他觉得结尾必须回到嘉莉身上。她同年轻的德莱塞一模一样，满怀“感情”而不善于表达，他回想起自己初到芝加哥时的情况，如今借嘉莉这个人物表现出来，实在无非是自怜。他不得不把她带到这措辞浮夸、富有伤感的终场，以便使嘉莉表达中产阶级社会的破坏性、不合法性和明确的挑战。嘉莉永远不会知道在她的“兄弟”西奥多·德莱塞心目中，她就体现着这一切。这种挑战是他最关心的事情。这就是他这部小说的秘密要旨。

弗兰克·道布尔戴很理解这个要旨。他从欧洲旅行回来，得悉这部小说由他的审稿人弗兰克·诺里斯④推荐出版，已由他的合伙人沃尔特·海因斯·佩奇和高级编辑亨利·拉尼尔心照不宣地接受下来了。道布尔戴断然反对这本书，称它为“不道德的”。它正是这样。德莱塞所以要把本书送到道布尔戴公司是因为他欣赏该公司出版的诺里斯的《麦克梯格》，正确地认为诺里斯一定会喜欢这部和他自己的书同

---

①这是在1900年版书末赫斯渥自杀后加上的尾声中的一段的第一句。复原本中没有这尾声。

②位于赫德逊河西岸的玄武岩峭壁，从曼哈顿岛北端的对面起，一直朝北伸展约15英里。

③尾声末一段的第一句。复原本中没有这尾声。

④弗兰克·诺里斯（1870—1902）为美国小说家，他的创作道路是从自然主义走向批判现实主义的。1899年到1902年担任道布尔戴出版公司的审稿人。同时发表长篇小说。以《章鱼》（1901）为其代表作。《麦克梯格》（1899）是一部自然主义名作。

样“现实主义的”小说。诺里斯非常喜爱这部书，他写信告诉德莱塞说，《嘉莉妹妹》是他曾看过的最好的小说之一。佩奇和拉尼尔要谨慎得多，但是也不反对出版。道布尔戴企图废除公司同意出版的非正式合约，但是接受了法律顾问的意见：他必须把它印行但不必承担销售的义务。于是他给了德莱塞一份书面合同，上面写明把书名定为《肉与灵》，并规定书中许多演员、饭店、戏院、酒吧、商店等等的真名需要改动。

道布尔戴想尽办法要置他所出版的这部书于死地。我们现在知道，那些送给书评家的书，是由弗兰克·诺里斯亲自过问了才寄出的。这样，阿瑟·亨利、朱格和德莱塞本人要使这部书能被一九〇〇年的读者所接受的一切努力，都暂时落了空。德莱塞拿到了六十八元四角钱的版税。这部书的失败使他大受打击，使他遭受了一场精神危机。这是他一生最古怪的经历之一，在这时刻他真像赫斯渥那样垮了；甚至打算自杀。但是他振作了起来。带着一个边远地区的人对美国社会的习俗以及价值观的蔑视（这终于导致他在晚年参加基督教圣公会的同时，加入了共产党），他当上了特别喜欢登载发迹的人们的事迹的期刊的编辑；很快他就开始写关于一个美国巨头弗兰克·柯帕乌的三部曲的第一部《金融家》。过了不久，《嘉莉妹妹》开始被公认为一部“有缺陷的”、但是始终使人爱不忍释的杰作——一部由一个奇妙而反复无常的、“除了天才以外别无所有的”人所写的书。

艾尔弗雷德·卡津

一九八〇年九月四日于纽约

第一章

当嘉罗琳·米贝踏上赴芝加哥的下午班火车的时候，她的全部行装只有一只已交行李车托运的小皮箱，一只放着些盥洗用的小物件的鳄鱼皮手提包，一纸盒小点心和一只弹簧开关的黄皮荷包，里面放着她的车票、写着她姐姐在范布伦街住址的纸条和四块钱现金。那是一八八九年的八月。她正十八岁，伶俐，腼腆，满怀着无知的年轻人的种种幻想。不管她心里有什么惜别之情，当然并不是为了抛弃了老家的种种好处。母亲和她吻别，使她涌出一阵热泪，火车轧轧地驶过她父亲白天在那里工作的面粉厂，使她喉头有些哽咽，村里看惯了的绿野在她眼前消逝，使她发出伤心的叹息。而那些把她和少女时代以及故乡轻轻牵住的柔丝，就此无可挽回地给扯断了。

实在她当时并没有意识到这些。不论怎么大的变迁都是可以挽回的。一站过了又一站，要回去是随时可以下车回去的。大城市就在前面，就靠每天开来的这一班班火车把它更密切地联系了起来。即使她一旦到了芝加哥也无妨，哥伦比亚城[①]也相离并不太远。请问几个钟点——一百英里路，又算得上什么呢？她可以回去的嘛。再说，她的姐姐就在那边。她望着那张写着她姐姐住址的小纸条在出神。她注视着眼前匆匆掠过的绿色田野，终于活跃的思路转到泛泛地猜想起芝加哥是个什么样的城市来。她从孩提时期就老是听到它是多么有名。有一度他们曾打算把全家搬到那里去住。倘使她这回能找到可靠的工作，他们就可以成行了。总之，那是个大地方。那边五光十色，熙熙攘攘，一切都生气勃勃。居民们很富裕。有一些偌大的火车站。这列朝前直冲的火车就是在飞奔上那里去的。

一个十八岁的姑娘离家出门，她的遭遇不外乎两种。不是碰到好人相助而好起来，就是迅即接受花花世界的道德标准而堕落下去。在这样的环境里，要保持中间状态是不可能的。大都市里到处是狡诈的骗局，其程度并不差于比它小得多的装着人样的诱惑者。有的是巨大的力量，会像修养到家的人那样用激情来骗人上当。万点灯火的闪耀和乞爱挑情的眼波，就影响人的道德而言，具有同样的魔力。天真未凿的心灵，多半是由压根儿超出于人力之上的力量所败坏的。喧嚣的市声、沸腾的生活、鳞次栉比的楼房，用暧昧的言词叩击着受惊的心弦。倘使没有个有阅历的人在旁边，给她低声指点迷津，真不知这一切会把多少谎言妄语灌入这不知警惕的人的耳里呢！由于不明这花花世界的真相，它的美景就像音乐一般，往往会使一些头脑简单的人的知觉放松，然后削弱，然后堕入歧途。

嘉罗琳——一家人带着几分亲热的感情称之为嘉莉妹妹——在观察和分析能力方面，思想都很不成熟。她很关心自己的利益，但是不太强烈。然而，这正是她的主导思想。心里满怀着青春的幻想，带着发育期还未充分焕发的美，生就一副早晚会出落得线条有致的身材，以及透露着某种天生智慧的眼睛，她是个美国中产阶级的典型少女——距离最初的移民已有两代了。她不喜欢书本——知识领域对她是个封闭的园地。她天生的魅力还没有充分发挥。她简直还不会仪态万方地把头一甩。她的双手也同样地几乎无能为力。脚虽然长得小巧，却很扁平。可是她已经懂得顾影自怜，很快就领会人生中还有进一步的乐趣，渴望着获得物质享受。她是个配备未全的小骑士，放大了胆子到这神秘的都会去探险一番，做着空洞的平步登天的迷梦，幻想有朝一日能把那拜倒在石榴裙下的浪子踏在脚下，听她使唤。

“那就是，”一个声音在她的耳边说，“威斯康星州最美丽的一个小游览胜地。”

“是吗？”她怯生生地回答。

火车这时刚开出沃基肖[②]。她早已觉得背后有个男人了。她觉得他正在端详她满头的头发。他坐立不安有一阵子了，她的直觉使她感

① 在印第安纳州东北部，离德莱塞小时候全家定居的华沙城不远。但本书中，作者把该城移至威斯康星州。

② 威斯康星州的游览胜地，位于芝加哥以北 50 英里左右，以矿泉水闻名。

到在后边有人对她发生了某种兴趣。她的少女的矜持，以及感到在这种情况下应持有的态度，使她要先发制人地拒绝这种亲近，可是此人老于此道而且曾经得手过，因此他的大胆和魔力占了上风。她竟回答了他的话。

他俯身向前，把胳膊搭在她的椅背上，开始娓娓动听地讲起话来。

“是啊，那是芝加哥人爱去的游览胜地。旅馆都是挺好的。你对这一带地方不熟悉吧？”

“唔，不，我熟悉，”嘉莉回答，“我是说，我家乡就在哥伦比亚城。然而，这个地方我没到过。”

“这么说你这还是第一次到芝加哥啰，”他说。

这一段时间里，她一直在眼梢上看到有个人的面孔。面颊饱满红润，两撇小胡子，一顶灰色的弗陀拉呢帽①。这时她回过头去，正面打量着他，自卫和撒娇的本能，在她头脑里乱哄哄地打着旋。

“我刚才没有这么说嘛，”她说。

“啊，”他回答，一副满讨人喜欢的样子，带着装作说错的神情，“我还以为你说了呢。”

这是替一个厂家到各地兜揽生意的角色——属于由当时俚语第一次称之为“推销员”的那一类人。他也适合于一个更新的称呼，“小白脸”，那是一八八〇年在美国人中间突然流行起来的，它简明扼要地描绘了一个穿扮或举止是为了强烈地激起敏感的年轻娘儿们的好感、博得她们欢心的人。他的衣服很惹眼，是用棕色方格花呢裁制的成套西装，当时非常流行。后来被人称之为“上写字间穿的套装”。背心领口开得很低，露出白底粉红条子衬衫的浆硬的前胸，上面是雪白的高硬领，系着一条花样显眼的领带。上衣袖口露出一双和衬衫质地相同的亚麻布袖口，扣着很大的镀金袖纽，上面镶着叫做“猫儿眼”的黄玛瑙。手指上戴着好几个戒指，其中之一是永不走样的厚实的私章戒。背心的口袋外垂着一条精致的金表链，链上系

① 美国的一种帽顶凹形的软呢帽。

着“麋鹿会”[①]的内部徽章。整套衣服十分贴身，配上擦得锃亮的宽底黄褐色皮鞋，和上述名为“弗陀拉”的灰色呢帽。就他所表现的智能程度看来，倒也很有吸引力；不管他有什么可取之处，可以肯定地说在嘉莉对他看的第一眼中都一览无遗了。

让我把他最成功的举止和手法的最显著的特点记些下来，免得这一类人物将就此湮没无闻。第一桩少不了的当然是上等的衣饰啰，没有这些东西，他还算得上什么呢！其次是强烈的肉体魅力，表现为对女性的强烈欲望。一颗对人世的种种力量和问题毫不关心的心灵，其动力并不是贪婪，而是对变化多端的乐事——女色——的无餍追求。他的手法始终是简单的。主要的因素是大胆，这当然是出之于对异性的热望和爱慕。他只消和一个年轻姑娘见过两次面，到第三次就会走上前去，为她拉正领带，并且也许会直呼她的名字。倘使有个迷人的女人在街头走过他的身边，竟然投以青眼，他就会走上去，一把拉住她的手，装出熟识的样子，硬说和她曾经见过面，当然这是要在他的讨好方式博得了她的欢心而使她想进一步了解他的情况之下。在大百货店里，他可以悠闲自在地猎取在等待收款员找钱的某些年轻娘们的注意。在这种场合，他使出这一类角色常要的小花招，能打听到这女人的名字，她喜欢的花，给她递书简的地址，甚至追求微妙的所谓友谊，直到事实证明眼前这一目的毫无希望，到那时才肯停手不干。

对于更其乔模乔样的女人，他非常得心应手，虽然费用的负担多少使他为之却步。比如说，在圣保罗[②]走进了豪华的铁路客车，他会拣一只座位，就在最有希望上手的女客旁边，转眼之间就问她是否不嫌把窗帘放下来。火车还没有完全开出车站，他就会要车上的茶房给她拿只搁脚的小凳来。在他的谈话第二次暂停的时候，他会给她找些阅读的东西，而从此开始，便以婉转巧妙的恭维，讲述自己的身世，吹嘘，以及

---

① 麋鹿会为 1868 年于纽约市创立的一个以兴办慈善事业为主的同仁组织，在芝加哥设立麋鹿全国基金会，开展活动。其内部徽章上有一只指着 11 点的时钟，这是会员们举杯怀念已去世的会员的时间。

② 圣保罗为美国明尼苏达州首府。

侍候等手段，来博得她的容忍，也许还有好感。

凡是曾经探索过女人的心灵深处的人，早晚会发现一种神秘之又神秘的情况——衣着打扮对她心理上的重要性。总有一天有个女人会对此写下整套理论。不管她多么年轻，衣着打扮总是她完全能理解的事情。在男人的服装方面，有一条不可言传的依稀的界线，使她能区分哪些是值得她看上一眼，而哪些是不屑一顾的。一个人一旦走上下坡路，落到了这条依稀的界线之下，他就休想得到女人的顾盼。男人的服装还另有一条界线，会使女人注意起自己的衣服来。嘉莉身旁那个男人身上此刻正显现出这条界线。她产生了一种相形见绌之感。她自己那身黑棉布条镶边的一抹色蓝衣，在她心目中显出一副寒酸相。她觉得自己的鞋子破旧了一些。

这阵思想上的波动使她收回了目光，为了宽解一下而掉头去看车外的景色，他把这错认为是他的风度使情况有所进展。

“让我想想看，”他继续说，“你们城里有好多人我都认识——衣装店老板摩根洛思啊，布店老板吉勃生啊——”

“啊，你真认识吗？”她插嘴说，想起了这布店里陈列的料子，曾经引起过她多少渴望。

他终于发现了她的兴趣所在，就熟练地顺着谈下去。没隔几分钟，他就过来和她并排坐了。他谈着衣着生意、他的旅行、芝加哥和那里的好玩地方。

“倘使你这次是上那边去，你会觉得那地方很好玩。你有亲戚吗？”

“我是去看姐姐的，”她解释说。

“你得去逛逛林肯公园，”他说，“还有密执安大街。那里正在盖高层建筑。那是第二个纽约，很伟大。可观光的东西太多了——戏院啦、来往的行人啦、漂亮房子啦——啊，你会喜欢的。”

他所描绘的这一切使她心里隐隐作痛。在如许繁华景象的面前，她显得很渺小，使她觉得有些难过。她明白自己此去不是准备到各处去游乐的，然而在他陈述的这一切物质享受的前景中还是可以有所指望的。这个衣冠楚楚的人所献的殷勤使她感到有点得意。等他说看到了她就想起某某红女伶时，她不禁笑了出来。她并不傻，但是这种殷勤还是有它的分量的。

“你要在芝加哥待一些时候，是不是？”他们这会交谈得很随便了，他便乘机问道。

“我说不上来，”嘉莉没有把握地说——脑海里突然闪起一个念头：她可能找不到工作呢。

“总要待几个星期吧，”他直勾勾地望着她的眼睛说。

这时他们交谈中的弦外之音已大大地超出了言语本身。他看出使她妩媚动人的那种无法描摹的风韵。她明白他对自己所发生的兴趣，正是在于女人又乐意又害怕的那一点上。然而她的举止行动是单纯的，这全是因为她还不懂得娘儿们用来掩饰她们的真情实意的那许多装腔作势的小动作——所以她干的有些事情显得大胆了一些。如果她曾经有个伶俐乖巧的好友，人家就会警告她，绝对不该这样直望着一个男人的眼睛。

“你为什么问这个？”她说。

“唔，我要在那边待上几个星期。我要到公司里去看看货色，拿些新样品。我可以领你去玩玩。”

“我不知道可以不可以——我是说我不知道自己可以不可以。我将住在姐姐家里，因此　　”

“得了，倘使她计较的话，我们可以想个办法。”他掏出一支铅笔和一本袖珍笔记簿，好像一切都已说定了似的。“你的通讯处是哪里？”

她摸索着荷包，里面放着那张写着地址的纸条。

他伸手到后面的裤袋里，掏出一只饱鼓鼓的荷包，里面塞满了不少纸条、几本里程表、一卷钞票等等。这给她的印象很深。从来没有一个对她献殷勤的人，身边带着这样的荷包。确实还没有过任何富有经验的旅行者，一个生气勃勃、见过世面的男人，和她这样亲近过。这种荷包、发亮的黄褐色皮鞋、时髦的新套装以及待人接物的风度，为她筑起了一个朦胧的幸福世界，而他正是其中的中心人物。这使她乐于接受凡是他可能做出的一切事。

他拿出一张精美的名片，上面印着巴特利特–卡约公司，左下角印着：查利·赫·杜洛埃。

“那就是我，”他把名片放在她的手里，指着自己的名字说，“该念做‘杜洛—埃’。从我父亲的一方看，我家原籍是法国。”

乘她看名片的当儿，他收起了荷包。接着他从上衣口袋里的一叠信件中抽出一只信封来。

“我就是替这家公司出门推销货色的，”他指指信封上的图，接着说，“在斯台特街和莱克街[①]的转角上。”话音里带着得意洋洋的味儿。他觉得跟这样的公司打伙在一起很有气派，而且使她也有这样的感觉。

“你的通讯处是哪里？”他又说，握住了铅笔准备写下来。

她看着他的手。

“嘉莉·米贝，”她慢吞吞地说，“西范布伦街三百五十四号史·西·汉生转。”

他细心地把它记下来，又拿出荷包来。“假如我下星期一晚上来看你，你在家吗？”他说。

“我想是在家的，”她答道。

诚然不错，语言无非是我们满腔心意的模糊的影子罢了。它们是些有声的小小链环，把广大的无法出声的感情和意图串接在一起。这里有这么两个人，交换着短短的语句，掏掏荷包，观看名片，而双方都觉察不到他们的真正感情是多么难于用语言表达出来。谁都不够聪明，无法确知对方心里在怎么打算。他说不准自己的诱惑是怎样获得成功的。她呢，直到他抄下了她的通讯处，才意识到自己起初是放任自流的。这时她才明白自己作了一次让步——而他呢，取得了一次胜利。他们感到双方已经有了点交情。他已经掌握了谈话的主动权。他说话随便了。她的拘束消失了。

---

① 斯台特街为纵贯芝加哥市区的南北向大街，意译应为“州街”，美国许多大城市都有这个名字的主要通衢。莱克街为当时芝加哥市区北部的东西向大街，意为“湖街”，指芝加哥东的密执安湖。

他们快到芝加哥了。已经有许多迹象了。列车在他们旁边疾驶过去。越过大片平坦空旷的草原，他们看见一行行电杆矗立在通向那个大城市的田野里。远方有些城郊小镇的迹象，有些高耸入云的大烟囱。空地上时时出现些二层楼的木屋，不围栅栏也没有树木，像是越走越接近的大片房屋的前哨。

对于儿童，对于这种富有想象力的天才，或者从未出过门的人，第一次接近大城市是一件非常美妙的事情。尤其是在黄昏时分——那是世界上光暗交替，生活从一种气氛或景况转变到另一种的神秘时刻。夜的美丽的前景啊。它对疲倦的客人多么关怀备至呀。在夜里有什么过去的希望之幻影不会再度现形呢！辛勤劳动的人在心灵中自言自语："我立即就要自由了。我就可以加入欢乐的人群享受他们的生活方式了。大街、街灯、灯火辉煌的餐室可供我享用了。戏院、舞厅、宴会、休息的处所、欢乐的生活——这一切在夜里都是我的了。"尽管人们还关在工厂车间里，可是激动的心情早已冲了出去。到处是一片欢乐气氛。就是最麻木的人也有所感染，这是他们不一定总能描述或表达出来的。夜解除了辛劳者的担子。

嘉莉妹妹注视着窗外。人情就是这么易于感染，她的旅伴看她出了神，不觉对这城市重新发生了点儿兴趣，便指给她看这地方的种种胜景。已经有蛛网般的一大片铁轨——芝加哥的标志和勋徽——向左右伸展出去。只见成千上万节车厢，机车的打铃声闹成一片。在这道交通洪流的两边，竖立着灰暗的房屋、吐烟的工厂、高高的起卸机谷仓。穿过其间的空隙，看得见这广袤的城市的一些征象。有轨电车停在道口，等待火车驶过。管道口的人用力拉下木杆封闭道口。铃声响起，铁轨格格作声，前方拉响了声声汽笛。

"这是芝加哥的西北部，"杜洛埃说，"这是芝加哥河，"他说着指指一条浑浊的小河，河里挤满了来自远方的大帆船，船头紧触着黝黑的河岸。火车喷出一股气，发出一阵叮当响，铁轨一阵轰隆声，小河就不见了。"芝加哥将成为一个大城市，"他说下去，"真是个奇迹。你会发现这里多的是可观光的地方。"

这几句话她没有听清楚。她心里满是恐惧，安静不下来。她如今孤零零的一个人，远离家乡，一头扎进人生的大海里去挣扎谋生，这些事实开始对她产生影响。她不由得感到有些儿透不过气来——她的心脏跳得这么快，感到有些儿头晕。她半闭上眼睛，想把它置之度外，因为哥伦比亚城离得并不太远。

“芝加哥！——芝加哥！”司闸员叫道，砰的一声打开车门。火车正驶进一个人群更拥挤的车场，场上沸腾着嘈杂的人声。她开始收拾她那可怜的小提包，一手紧紧握住了荷包。杜洛埃站起身来，踢踢腿儿，使裤腿直垂下去，一把抓起他整洁的黄色手提包。

“我想你的亲戚会来接你的吧，”他说，“我来替你拿手提包。”

“啊，不要，”她说，“我希望你别这样。我希望见到我姐姐时，你不要和我在一起。”

“好吧，”他满和气地说，“不过，我会待在近旁的，万一她不来，我会把你平安地送到那里的。”

“你真周到，”嘉莉说，在这陌生的环境里觉得这种殷勤真是太好了。

“芝加哥！”司闸员拉长了声音在叫。火车开到了一个阴暗的大车棚底下，灯火已经点亮了起来，到处是一节节客车，这列火车在慢腾腾地前进。车厢里的旅客都站了起来，挤到门口。

“啊，我们到了，”杜洛埃说，带着她走到门口。“再见了，”他说，“星期一再见。”

“再见了，”她握住他伸出的手说。

“记住了，我在旁边看着你，要等你找到了你姐姐才走。”

她含笑盯住他的眼睛。

他们一前一后地走下车来，他装作不认识她的样子。一位脸容消瘦而着实普通的妇女在月台上认出了嘉莉，急忙走上前来。

“嗨，嘉莉妹妹！”她开口说，接着是例行的欢迎拥抱。

嘉莉立即觉得情调变化了。在这一切困惑、喧嚣和新奇的环境中，她觉得冷酷的现实正抓住了她的手。这不是个光辉和欢乐的世界。也没有到各处去寻欢作乐的希望。她的姐姐由于上班辛勤劳动，身上带着不少严酷生活的烙印。

“那么，家里的人都好吗？”——姐姐开口说——“爸爸和妈妈都好吗？”

嘉莉作了回答，但是眼睛却望着别处。杜洛埃就站在走廊那头通往候车室和大街的矮门口。他正回头望着。等他看见她在看他，而且已和她姐姐相会了，他报她一个笑影，就转身要走了。只有嘉莉看见这个笑影。看他远去了，她觉得若有所失。等他失去了踪影，她彻底地感到他不在真叫人舍不得。她和她姐姐在一起觉得孤零零的，像是孤零零的一个人落入了狂涛翻滚的无情的大海。

第二章

敏妮住的“公寓”，当时对位于同一层楼上的套间都是这么称呼的，是在西范布伦街工人和职员的住宅区里，这些人都是过去移居过来的，还继续有人大量迁来，平均每年要激增五万人口。这套房间在三层楼上，前面的窗子俯临街道，一到夜晚，杂货店灯光闪烁，孩子们在那里游玩。公共马车来往时的小铃声响起了又消失，在嘉莉听来很是悦耳，既奇异又新鲜。敏妮带她走进了前房，她凝视着灯光照耀的街道，出神地听着那些声音，看着那些活动，领略着她这个新来的客人能听到的这个向四面八方伸展好多英里的大城市的喧闹声。

汉生太太讲过初见面的客套话以后，把婴儿交给嘉莉，自去收拾晚饭。她的丈夫问了几句话，就坐下来看晚报了。他是个沉默寡言的人，生在美国，父亲是瑞典人，现下在牲口圈养场做冷藏车的清洁工。小姨子在不在和他是不相干的。她的来到对他并不发生任何影响。他说了一句中肯的话，那是关于在芝加哥找工作的问题。

“这是个大地方，”他说，“要不了几天就可以在什么地方找到工作。谁都是这样的。”

倘使不是预先默认，嘉莉要自找工作，自付膳宿费，那她要住到他们家里，是会因遭到他坚决反对而受阻的。这套房间的月租只有十七块钱，他计算了一下，她每周付四块钱的话，这倒可以省下不少钱。他生性顶真，又爱节约。他在西区远处定购了两块价值两百元一块的地皮，按月分期付款，已付了好几个月。他的大志就是有朝一日在那里盖一所房子。

趁着准备晚饭的空隙，嘉莉打量起这公寓来。她有一点观察能力和每一个女人所特别富有的第六官能——直觉。她感到一种寒伧的生活气息。房间墙上糊着不调和的花纸。地板上铺着席子，客堂里铺着一块薄薄的旧地毯。看得出这些家具是当时在分期付款的店铺里出售的那种草草制成的次品。尽管嘉莉压根儿不懂得和谐的原理，她还是觉得这里很不协调。这地方有什么东西使她感到不快，她不知道是什么。她只知道这些东西在她看来是单调的俗物。

她和敏妮坐在厨房里，抱着婴儿，直到孩子哭了起来。于是，她就站起来来回走动，嘴里哼着催眠曲，直到汉生被吵得看不成报了，过来把孩子抱了去。这时就显出他脾气中可爱的地方了。他有耐心。看得出他十分爱他的孩子。

“行了，行了！”他边走边说，“好了，好了。”在他的语音里，可以听出有些瑞典口音，那大概是从上代遗传下来的。

“你想先看看市容吧，对吗？”吃饭的时候，敏妮说，“那末，我们星期天去逛林肯公园吧。”

嘉莉注意到汉生对此没有说什么。他似乎完全在想别的什么事情。

“那末，”她说，“我想明天出去走走。我还有星期五星期六两天，不会有困难的。商业区在哪一边？”

敏妮开始讲解，但是她的丈夫接过了这个话题。

“在那边，”他说，指着东面。“那是东方。”于是他就谈起芝加哥的地形来，这是他至今谈话中最长的一次。“你最好上沿着富兰克林街的那些大厂家去问问，就在河对面，”他最后说，“有许多女孩子在那里干活。你回家也便当。路不太远。”

嘉莉点点头，向她姐姐打听附近的情形。姐姐用压低的声音，把她所知道的有限的一点情况告诉她，而汉生一心在抚弄着孩子。最后他突然跳起身来，把孩子交给了他的妻子。

“明天早晨要早起，我这就去睡了，”他走了出去，跨过过道，消失在黑暗的小寝室里去睡觉了。

“他在老远的牲口圈养场工作，”敏妮解释道，“所以五点半就得起床。”

“你什么时候起来做早饭呢？”嘉莉问道。

“大约在四点四十分。”

两个人一起做那天的家务的扫尾工作，嘉莉洗碗碟，敏妮替孩子脱衣服，安顿他睡觉。敏妮有着一种训练有素的勤劳作风，嘉莉看得出，这是她经常一天到晚的操劳所造成的。

嘉莉的心里有一点想法在扎实地形成，那就是她必须抛弃和杜洛埃的往来。他不能到这里来。她从汉生的态度和敏妮谦卑的神情以及整个公寓套间的气氛中觉察到，除了按照习俗经年累月地操劳以外，他们是坚决反对其他任何事情的。既然汉生每天晚上都坐在前房看报，既然他九点钟就上床，而敏妮稍迟一些，那他们会怎样要求她呢？她明白，她必须先找到工作，在生活上应付得过去，然后才能找一个什么朋友。她和杜洛埃的短暂的调情，现在看起来似乎是非分的了。

“不行，”她心里想，“他不能到这里来。”

她问敏妮要墨水和纸，那些东西都在吃饭间的壁炉架上。等敏妮在十点钟上了床，她就拿出杜洛埃的名片给他写信。

“我不能让你到这里来看我，”信中的一部分是这样写的。“你必须等着，等我再给你去信。我姐姐的屋子太小了。”

她苦苦寻思，不知在信里再写些什么。她想提一提他们在火车上的交情，但是羞于落笔。她用直截了当的口气感谢他的照拂，作为结束。接着又拿不准该用什么格式署名，最后决定以严肃的用语“你忠实的”作为结尾，继而又改为“你真诚的”。她封上信封，写了地址，走进前房，那里壁上有个凹处，安着她的床铺，她把一只小摇椅拉到打开的窗子边，坐下来向外望着夜色和街道，默默地幻想着。

她回想起这一天的全部经过，同时倾听着街车打着铃驶过去，还有街上偶尔传来的片言只语和笑声。终于她想得有些倦意了，坐在椅子里开始蒙蒙眬眬地觉得想要睡觉，就换上睡衣，上了床。

第二天早晨八点钟，她醒来的时候，汉生已经出去了。她姐姐正在吃饭间里，也就是起坐室里忙着缝纫。她穿好衣服，自己弄了些早饭吃，然后同敏妮商量到哪里去找工作。敏妮自从跟嘉莉分别以来，已经大大地变了样。她二十七岁，虽然还硬朗，但已经是一个形容消瘦的妇人，她对人生的看法，受着她丈夫的影响，对幸福和责任的见解，迅速地变得越来越狭隘，较之她在孤陋寡闻的少女时代，还厉害一些。她邀嘉莉来，不是因为她渴望会见她，而是因为嘉莉在家里不称心，可能在这里找到工作，在这里搭伙。她看到妹妹自然也有些高兴，但是对她的找工作，也抱着和她丈夫相同的观点。只要有薪水，比如说，开头的时候五块钱周薪，那么干什么都可以。他们认为嘉莉的前途是做一个女店员。她应该进一家大店铺去好好工作，直到——唔，直到有一天机会来临。他们两个都说不清那是什么机会。他们没有考虑到提升，也并不明确地指望她能结婚。总之，事情会好歹发展下去，直到机会来临，那时嘉莉就能得到报酬，不枉她来这里受尽苦辛。这天早晨，她就打着这样的如意算盘去找寻工作。

我们暂且不就跟随她去找工作，先看一看她的前途所寄托的这个区域。一八八九年，芝加哥是一派蒸蒸日上的气象，这甚至使年轻的姑娘们也敢于冒险到这里来，试一试运气。日益增多的经商机会使它的声名远扬，使它成为一块硕大的磁石，从四面八方吸引来了充满希望的和绝望的人们——他们当中，有些人还有待发家致富，还有些人则已在别处碰壁，弄得倾家荡产。这是个五十多万人口的城市，却具有百万人口的大都市的抱负、胆量和活力。城内的街道和房屋已经扩展到七十五平方英里的地面。这里的人口，与其说是因为已经建立起来的商业，毋宁说是因为工业生产而繁荣起来的，而这工业生产的发展还为更多人的到来作好了准备。到处听得到营造新建筑物的汽锤声。大工业正在迁来。庞大的铁路公司早已预见到这地方的开发前途，已经攫取了大量的地皮，以备作交通运输之用。街车路线已伸展到远远的旷野，预料这些地方会迅速发展起来。城里已铺好许多英里的街道和阴沟，通过的有些地区，也许只有孤零零的一所房子，寂寞地竖立着——那是未来人口密集的先驱。也有些地区，还在风吹雨打之中，整个夜晚只有一长行一长行眨着眼的煤气灯照耀着，在风里摇晃。狭窄的木板走道伸延出去，隔着很大的距离，经过这里一幢房子，那里一家店铺，最后隐没在辽阔的草原中。

城市的中心是一片广大的批发商行区和商店销售区，那里经常有不懂世故的人赶去找工作。凡是自以为多少有点地位的商行都各占一幢单独的房屋，这是当时芝加哥的特点，其他城市通常不能这样。因为这里地皮很多，可以这么办。这样就使多数批发商号显得富丽堂皇，办公室设在底层，从街上可以看得一清二楚。大块的玻璃窗，现在已经很通行了，当时刚开始竞相采用，使底层的办公室具有欣欣向荣的气派。闲逛的人经过，可以看到成排上光的办公桌椅和许多毛玻璃，办事员在埋头工作，绅士风度的商人穿着“时新的”套装和干净的衬衫，在踱来踱去或者成群地坐着。方石砌成的门口，挂着闪闪发亮的铜或者镍制的招牌，用很简洁、含蓄的字句，标明商行的名称和业务范围。整个市中心具有一种威风凛凛的气概，足以使普通的求业者望而生畏，使贫富之间的鸿沟显得又宽又深。

提心吊胆的嘉莉这时走进了这个重要的商业区。她顺着范布伦街朝东走，穿过一个不太热闹的区域，直到街面变为一大批矮屋和煤栈，最后到了河边。因为真心想找工作，她大胆地往前走，被眼前展开的景象所吸引，同时这种种她毫不理解的显赫的权势，给了她一种孤苦无依之感，这两者使她走路时一步一停。这些高楼大厦，是什么东西呀？这些奇异的干劲和巨大的企业——在那里是做什么用的？她能够懂得哥伦比亚城里的小石工场的意义，为一些人雕琢小块的大理石，可是，当她看到庞大的石料公司的场地，到处都是铁道支线和平板车，中间穿插着河边的码头，有滑轮的钢木结构的庞大起重机在头顶上空来回移动着，从她自己的小天地里看来，这是完全没有意义和用处的东西。这是和她全不知道的什么东西有关联的，在干她不能理解的事情。

那些广阔的铁路调车场、她在河边看见的鳞次栉比的船只以及岸边临河的那许多大工厂，她也同样不能理解。从打开的窗子望进去，她看到穿着工作围裙的男男女女的人影，在忙碌地走动。在她看来，大街是些两边打着高墙的神秘之地。宽大的写字间是和可望而不可即的大人物有关的奇异的迷宫。她认为这里的人物只管金钱往来，穿着豪华的衣服，坐马车来去。至于他们在干些什么事务，怎样工作，这一切为了什么目的，她只有极其模糊的概念。她从未想到这会同她有什么重大联系，她只想在这里找到一个她可以每天工作的小角落。每一座大楼中的每一家商行，一定是惊人的富有的。这些人衣着华贵，就像杜洛埃所穿的一般，一定是有权有势的时髦人物——是报纸上写到的新闻人物。这一切全都是奇妙的，全是重大的，全是高不可攀的，当她一想到要走进任何一家这么气势凌人的商行，去找些事情做——她力所能及的什么事情，任何事情——她就情绪低落，心里微微在发抖。

第三章

过了河，一走进批发商行区，她就东张西望，想找到一扇可以进去求职的门户。当她注视着宽大的窗子和堂皇的招牌的时候，她感觉到有人在凝视她，并且猜出她是做什么的—— 一个求职业的人。她从来没有做过这样的事，缺乏勇气。为了避免引人注目，避免被人发现她在到处寻求职业而莫名其妙地感到有些羞愧，她加快了脚步，装出一副好像是有事要办的人所常有的满不在乎的神气。她就这样走过了许多工厂和批发店，没有朝里面看过一眼。走了几段马路以后，她终于觉得这样做是不行的，于是又开始左顾右盼，虽然并没有放慢脚步。又走了些路，她看见一扇大门，不知怎的，这门引起了她的注意。门口安着一块小铜招牌，似乎是一幢六七层大楼的进口处。“也许，”她想，“他们是需要人手的。”就跨过街道想走进去，这时候她是鼓足了勇气准备坚持到底的。但当她走到离开那门不到二十来英尺的时候，看到一个穿灰格子西装的青年绅士，手里玩弄着表链上的小饰物，向外望着。她不知道这人与这商行有无关系，但是因为他恰好向她这边望着，使她胆怯的心灵丧失了力量，她便急忙走过去，羞愧得不敢进去了。又走了几段马路，街上嘈杂的市声和新奇的境遇，逐渐消除了第一次失败对她的影响，她又左顾右盼起来。街对面耸立着一座六层大楼，招牌写的是“斯托姆-金公司”，她又带着新的希望打量起来。这是一家纺织品批发行，雇用女职员的。她看得见她们不时在楼上来往走动。她决定不管怎么样，要走进这地方去。她跨过街道，径直朝大门走去。等她走到那里，有两个男人走出来，在门口停了一会。一个穿蓝制服的电报递送员掠过她的身边，踏上门口的几步阶沿，走了进去。当她站在那里踌躇不决的时候，人行道上匆匆赶路的人流里有几个人越过了她的身旁。她无可奈何地向四周一望，发觉有人在注意她，于是又退了回来。这真是太为难了。她不能当着人家的面走进去。

这么严重的失败，使她的精神颓丧不振。她不懂得自己为什么这么懦弱，可是她就是不敢带着探问的神情注视周围的景象。她的脚步机械地向前挪去，每向前一步，就是在这行程中高兴地走上一步，叫她很满意。她走了一段马路又一段。在各个街角的街灯下，她看到了一些街名：麦迪逊、门罗、拉萨尔、克拉克、迪尔伯恩、斯台特；可是她还是继续往前走，她的脚踏着这宽阔的石板路，开始疲惫起来。街道明亮洁净，使她感到有几分高兴。上午的太阳越来越热地照下来，使得街上背阴的一边凉爽可人。她仰望头上的青天，觉得青天从来没有这么迷人过。

她对自己的胆怯开始有些懊恼起来。她转过身子，顺着来路走回去，决定去找斯托姆-金公司，进去试试。在路上，她遇到一家很大的鞋子批发公司，透过大玻璃窗，她看到一个用毛玻璃围着的经理部。在经理部外面，就在大门里面的一张小桌边，坐着一个头发花白的绅士，面前摆着一本打开的大账簿。她在这家公司门前迟疑不决地徘徊了几次，看到没有人注意她，终于鼓起勇气，畏缩地穿过纱门，谦逊地站在那里等着。

“喂，小姑娘，”老绅士相当温和地看着她说，“你要什么？”

“我是，呶，你们——我的意思是，你们需要人手吗？”她结结巴巴地说。

“眼前不要，”他微笑着回答，“眼前不要。下星期什么时候再来吧。我们偶尔也要个把的。”

她听了回答，一声不响，狼狈地退了出去。这种客气的接待倒使她有些吃惊。她原来预料这事情要困难得多，以为会听到些冷酷无情的言语——她也不知道到底会说些什么。但她居然没有受到羞辱，也没有给点破她不幸的处境，真有点异乎寻常。她并不懂得，正是这一点使她觉得自己的遭遇不太难堪，但结果却是一样的。她大大地松了一口气。

她胆子大了起来，就闯进另一座大楼。这是一家服装公司，人手显然更多——一些衣冠楚楚的四十开外的人，围在黄铜栏杆里，在做各种不同的工作。

一个仆役向她走过来。

“你想找谁啊？”他问。

“我想找经理，”她回答说。

他跑过去，对正在商议事情的三个人中的一个说了句话。有个人就停下说话向她走过来。

“喂，”他冷冷地说。这样的招呼，立即把她的勇气都打消了。

“你们需要人手吗？”她嗫嗫嚅嚅地说。

“不要，”他粗鲁地回答，就转过身去。

她呆呆地走出去，仆役恭恭敬敬地替她打开门，她快慰地混进了不受人注意的人群里。这对她方才的愉快心情，是一个严重的打击。

于是她漫无目的地走了一会儿，这里走走，那里弯弯，看到了一家又一家大公司，但总是没有勇气去提出她一心关注的询问。正午来临了，肚里饿了起来。她找了一家不大讲究的饭店，走了进去，但是看到价钱贵得她出不起，心里就烦躁起来。她认为只买得起一碗汤，就很快地把汤喝了，又走了出来。这一来多少恢复了些她的体力，使她又有了些勇气去继续寻找职业。

她走了几段马路，想选一个有成功可能的地方，又撞见了斯托姆-金公司，这回她总算鼓足勇气走了进去。有几个人正在近旁谈话，但是没有注意她。她独自站在那里，怯生生地望着地板；她的慌张和精神上的烦恼在随时增长，直到她终于准备转身，急急忙忙地跑出去。当她惶恐得快到顶点的时候，坐在附近栏杆内一只写字台(这样的写字台很多)旁的一个人，向她打了个招呼。

“你想找谁？”他问。

“唔，对不起，随便哪一个都可以，”她回答，“我想找些工作做。”

“啊，你应该去见麦克曼纳斯先生，”他说，“坐下吧！”他指指旁边靠墙的一张椅子。他继续悠闲地写着，直到过了一会儿，一个矮胖的绅士从街上走了进来。

“麦克曼纳斯先生，”写字台旁的人叫道，“这位姑娘要见你。”

矮胖子转过身来对着嘉莉，她就站起来迎了上去。

“小姐，找我有什么事么？”他问，诧异地打量着她。

“我想知道能不能找个事做，”她说。

“怎样的事？”他问。

“随便什么都行，”她吞吞吐吐地说，“我——”

“你在纺织品批发行里做过吗？”他问。

“没有，先生，”她回答。

“你是速记员或者打字员吗？”

“不是，先生。”

“那末，我们这里就没有什么工作了，”他说，“我们只招用熟手。”

她开始向门口退去，这时她面上的沮丧神色打动了他。

“你以前做过什么事吗？”他问道。

“没有，先生，”她说。

“那末，唔，你想在这样的批发行里找什么事情就不大可能了。你问过百货店没有？”

她回说没有。

“那末，如果我是你，”他说，相当亲切地看着她，“我会去问问百货店。他们往往需要年轻的姑娘做店员的。”

“谢谢您，”她说，这一点友好的关怀，使她浑身觉得快慰。

“是的，”当她向门口走去的时候，他说，“你到百货店去问问看。”说完就走开了。

在当时，百货店刚在蓬勃兴起，为数还不多。美国最早的三家，是一八八四年左右创立的，就在芝加哥。①嘉莉曾从《每日新闻》的广告里知悉几家的名字，现在就开始去找它们。麦克曼纳斯先生的话多少把她消沉下去的勇气恢复了过来，她竟敢希望这条新的线索会给予她什么工作做。她来回走了些时候，以为可能会碰巧遇到这些商店，一心只想执行这艰难而又不得不干的任务，以那种自欺欺人的、没有根据的表面上的寻找，宽慰着自己。最后她问了一个警官，知道再向前走“两个街区”，就能找到那“大商场”。按照他的指点，她走到那家商场，走了进去。

这些巨大的零售组织，要是有朝一日会永久消失的话，将在美国商业史上构成有趣的一章。这种从一条单纯的贸易原则出发而产生的机构，在那时候以前，世界上还不曾见过。它们根据最有效的零售组织方针，由几百家店铺联合组成一家大商店，建立在最惊人而又最经济的基础上。它们是些美丽堂皇、人来人往、生意兴隆的铺子，拥有大批店员和众多的顾客。嘉莉沿着这些热闹的柜台之间的过道走着，对耀眼地陈列着的饰物、服装、鞋子、文具、珠宝等商品非常羡慕。每一只单独的柜台都是使人目眩神驰的展览场地。她禁不住觉得每一件饰物、每一件值钱的东西对她都有切实的吸引力，可是她并没有停下脚步。没有一件

---

① 实际上芝加哥第一家百货店是在 1868 年创办的，而纽约市在这以前就开设了两家。

东西是她用不着的——没有一件东西是她不想要的。精致的拖鞋和长统袜子，优美的绉边衬衫和衬裙，花边、缎带、发梳、荷包，一切都牵动她个人的欲望，可是她又痛楚地感到这些东西没有一件是她买得起的。她是一个寻求职业的人，没有职业的流浪者，凡是普通的店员一眼就看得出她是个穷困而急需找事做的人。

绝对不能以为，有人会把她看做一个天生神经紧张、多愁善感、情绪激动的人，被不恰当地抛在这冷酷、势利、庸俗的世上。她的确不是这样的人。但是女人，甚至最迟钝的女人，对于身上的穿戴打扮都特别敏感，年轻的女子尤其如此。你们这种明眸皓齿、颜如桃李的姑娘啊，诗人可能会对她如花的容貌和柔软而优美的体态赞叹不休，她却很可能对生活中毫无关联的富有艺术气息和诗意的迹象毫不关注，可是不会缺乏对物质的欣赏能力。可以说，她在这方面是从不示弱的。她可能会不理会盛开的玫瑰花，昂然走过，但是她决不会不看花团锦簇的一叠绸缎。倘使天上，或者地上，或者水中没有东西能够勾起她的幻想，或从精神上和审美的角度使她获得快感，不要以为她对物质也是无动于衷的。带扣的闪光、宝石的光泽、波纹绸缎的淡雅的色彩，对这一切，她至少会像诗人一般毫不费力地加以理解和估价。衣料的窸窣声和悦目的光彩——最微妙的印花织物——这些东西她都能发现而且欣赏——要不是因为它们本身具有某些时髦的地方，或者听人家说质地良好，那就是因为它们确实是美，本身就和谐协调，适合于各种奇妙的打扮和穿着。

嘉莉不仅向往这一切新鲜悦目的女人穿着，而且也注意到，那些推推搡搡、瞧不起她、完全不把她放在眼里、擦肩而过的漂亮太太，也一心要罗致店里的各种商品，看到这情景，她心中不禁一动。嘉莉不熟悉比她幸运的城市妇女的打扮。在过去，她也不知道女店员的模样和派头是如何的，现在相形之下，自己就显得寒伧了。她们大都长得不差，有些甚至很是漂亮，带着一种独立的、无所谓的姿态，要是境遇好些的，还加上一副泼辣的神气。她们穿扮得很整洁，有许多服装很是精美，随便在哪里，她只要看到一个女店员在朝她看，总可以从对方的眼睛里觉察到对方一眼看穿了她的处境——她服饰寒伧，缺乏风度，她以为这都是明摆在她身上的，谁都看得清，她是怎样的人，是做什么的。一阵妒火在她的心里燃烧了起来。她隐约认识到城市为女人提供了一切使她生色的东西——财富、时髦、安逸——而她就全心全意地渴念起服饰和美貌来了。

经理室在二楼，她询问了一番，才有人指引她向那里走去。到了那里，她看到已有别的少女先她而至，都是像她一样来求职的，但是比她多一些满不在乎的、独立的神情，那是城市生活所养成的——她们令人难堪地打量着她。差不多等了三刻钟之久，才叫到她。

“喂，”一个眼明手快的犹太人，坐在靠窗的一张有拉盖的写字台边，“你在别的店里工作过吗？”

“没有，先生，”嘉莉说。

“啊，你没有，”他说，锐利地看了她一眼。

“没有，先生，”她回答。

“可是，目前我们想要招些有经验的年轻妇女。我看我们不能用你。”

嘉莉站在那里等了一会，不知道谈话是否已经结束。

“不要等了！”他大声说，“要知道我们这里是很忙的。”

嘉莉急忙向门口移动脚步。

“等一下，”他说，叫她回来。“把你的名字和住址给我写下来，我们偶尔也要雇用女孩子的。”

等她安然回到了街上，她忍不住流下泪来。这倒并不尽是因为刚才所受到的拒绝，而是因为这一整天使人羞愧的遭遇。她感到疲倦，神经过分紧张。她放弃了再到别的百货店去求职的念头，这时只是闲荡着，混杂在人群中，倒觉得安全、舒坦些。

在心不在焉的漫步中，她拐上了离河边不远的杰克逊街，她顺着这条堂皇的通衢的南边一直走着，这时有扇门上钉着的一张用不褪色墨水写着字的包皮纸引起了她的注意。上面写着：“招聘女工——包装工和缝纫工”。她踌躇了一会儿，决意想进去，但是再一想，包装工和缝纫工需要资格，这使她望而却步。她不知道这两者是什么意思。最可能的情况是，她一定要有些经验才行。她再朝前走了一段路，心里考虑着是否去申请。结果需要占了上风，她走了回来。

进口处里面是一个小门厅，通向一座电梯，这时电梯正在楼上。这是个破旧的玩意儿，是运货和乘客两用的，木框上满是沉重的货箱有时搬进搬出时所留下的撞损的痕迹。一个年约十四岁的头发蓬松、光穿着衬衫的赤脚德裔美国孩子在开电梯。他满脸油腻、污秽。

电梯停下来，孩子懒洋洋地抬起一根木质防卫杆，摆出一副优越的神态，让她进去。

"你要到哪一层？"他问。

"我要见经理，"她回答。

"哪个经理？"他反问道，刻薄地打量了她一番。

"这里不止一家公司吗？"她问，"我还以为全属于一家的呢。"

"不，"这个孩子说，"这里有六个老板。你想见斯贝格尔汉吗？"

"我不知道，"嘉莉回答。她觉得需要解释而有些脸红了。"我要见贴那张招纸的人。"

"那是斯贝格尔汉，"孩子说，"四层楼，"说罢就神气活现地干起活来，把绳子一拉，电梯升了上去。

斯贝格尔汉公司是制造童帽的，占有一层楼面，宽五十英尺，进深八十英尺左右。这里照明条件很差，在最黑暗的地方点着白炽灯，屋里一部分摆着机器，一部分摆着工作台。工作台边有一大批女工和几个男工在干活。那些女孩子都脸色灰黄，油垢满面，穿着不成样子的薄棉布服和多少有些破旧的鞋子。有许多人把袖子卷了起来，露着臂膀，有些人因为怕热，把领口敞开着。她们可以说是最下层的车间女工中的标准类型——衣冠不整、没精打采，因为不见天日而多少有些面色苍白。可是她们并不畏怯，富于好奇心，很是鲁莽，满口俚语。

嘉莉向四周望了一下，心中七上八下，打定主意不想在这里工作。除了有些人对她眼角一扫，使她不舒服以外，谁也不理她。她等在那里，直到整个工场里都发觉有她在场。于是有人传了话，一个穿着围裙和衬衫，袖子卷到肩头的工头，走了过来。

“你想找我吗？”他问道。

“你们需要人手吗？”嘉莉说，已经学会了应该直接说明来意。

“你会缝帽子吗？”他回问道。

“不会，先生，”她回答。

“你对这类工作有过什么经验吗？”他问道。

她承认没有。

“嗯，”工头说，搔着耳朵想了一想。“我们正需要一个缝工。可是我们要熟手。我们没工夫教生手。”他停顿了一下，望着窗外。“话虽如此，我们或者可以让你做些整理工作，”他最终若有所思地说。

“你们每星期给多少工钱？”嘉莉大胆地问，那人态度和气，说话爽直，壮了她的胆气。

“三块半，”他答道。

“呀，”她差一点叫了出来，但是忍住了，不让自己心里的想法透露出来。

“我们实在并不需要人手，”他含糊地说下去，把她上上下下打量一番，像是在打量一个包装箱一般。“话虽如此，你可以在下星期一早晨来，”他补充说，“到时候我会安排你工作的。”

“谢谢你，”嘉莉有气无力地说。

“来的话，要带一条围裙，”他补上一句。

他走开了，撇下她站在电梯旁边，甚至连她的名字也没问。

这家帽子工场的外貌和提出的每周给的工钱，给了嘉莉的心情一个大打击，可是经过东碰西撞的一整天之后，总算找到了工作，也是差强人意的。她不相信自己会接受这个职位，尽管她的希望并不过奢。她过去过惯了的生活比这要好。她简单的经历，和在小城市的自由自在的户外生活，使她对这个幽闭的地方充满反感。污秽是从来与她没有缘分的。她姐姐的公寓是干净的。这个地方肮脏、低矮；女工们都是衣冠不整、麻木不仁。她想她们一定都心术不正。可是总算给了她一个职位。既然她在一天里能找到一桩工作，芝加哥当然不好算太坏。她今后可能找到别的好些的工作。

可是，她后来的经历是不如人意的。所有比较讨人喜欢或者看得入眼的地方，都是一进去就被冷言冷语送了出来。她去的另外一些公司，都是只招熟手。她到处碰壁，而最难堪的一次，是在一家专做外衣的行家里，她特地爬到四层楼去询问。

“不要，不要，”工头说，这是一个态度粗暴、身体魁梧的家伙，他管着那个灯光惨淡的工场，“我们什么人都不要。不要到这里来。”

在另一家工厂里，她被一个满脸色迷迷表情的家伙所戏弄，他硬把常规的问答变成一场私人谈话，提出各式各样叫人发窘的问题，明明是努力要把她当作一个行为放荡、可以满足他自己目的的人。在这种情况下，她只有退出来以后才感到放心，又把热闹的、无情的街道当作了令人宽心的避难所。

下午渐渐过去，她的希望、她的勇气以及她的精力也随着消沉下去。她原来是个顽强得出奇的人。这么尽心竭力，照理应该得到较好的结果。对她疲倦的心灵来说，这个大商业区从各方面都变得越来越大，越来越严峻而冷酷无情了。她似乎已没有门路可以投奔，这场斗争太激烈了，使她觉得什么办法都没有了。男男女女川流不息地匆匆过去。她感觉到这孜孜为利的人群在奔流，感觉到自己孤苦无依，并不十分懂得她自己原是沧海中的一粟。她无效地想找个地方去申请职业，但是找不到一扇她敢于进去的门。情况不会有什么变化。还是她羞愧的请求，遭到三言两语的拒绝。她已身心交困，就转身向西，向她姐姐住家的方向走去，这是她牢记在心的。她就像找寻职业的人往往在黄昏回家时那样，疲劳而垂头丧气地赶回家去。她打算到五马路南面的范布伦街去搭街车，在跨过马路时经过一家大鞋子批发公司的门口，透过大玻璃窗，看见一个中年绅士坐在一张小写字台边。人们往往会在已成定局的失败中产生拼命的冲动，从受到挫折的、灭绝希望的意念中最后萌发出一股力量，她这时就是这样。她从容地走进门去，走到那人的面前，他似乎勾起了一点兴趣，望着她疲乏的面孔。

“什么事？”他问。

“你能给我些事情做吗？”嘉莉说。

“唔，很难说，”他温和地说，“你想找怎样的工作——你是不是打字员？”

“啊，不是，”嘉莉回答。

“嗯，我们这里只雇用簿记员和打字员。你不妨绕到边门，上楼去问问。前几天楼上是需要人手的。去找布朗先生。”

她急忙绕到边门，乘电梯到了四楼。

“叫一下布朗先生，威利，”开电梯的人对近旁的一个仆役说。

威利走开去，不久就回来了，说是布朗先生要她坐一下，他一会儿就来。

这是货栈的一角，看不出这一层楼是做什么用的，嘉莉想象不出这里的工作的性质。

“这么说，你是要找事情做，”布朗先生问明了她的来意之后说。“你以前曾经在制鞋厂里做过工吗？”

“没有，先生，”嘉莉说。

“你叫什么名字？”他问，得到回答以后又说，“唔，我想不出有什么事可以给你做。每周四块半工钱，你肯做吗？”

嘉莉早已心灰意懒，也就不嫌少了。她没有意料到他竟然出不到六块钱。可是她还是接受了，他就记下了她的名字和地址。

“好吧，”他最后说，“下星期一早晨八点钟到这里来报到。我想我可以找点事给你做。”

他使她的希望复活了起来，她明白终于找到了工作。血液立即温暖地流遍了全身。她紧张的神经松弛了下来。她走到外面熙熙攘攘的街上，发现了一派新的气象。看吧，络绎不绝的人群用轻快的脚步走动着。她发现男男女女都面带笑容。断续的谈话，悦耳的笑声，一阵阵飘送过来。空气是轻松的。人们已经在从各大建筑里拥出来，他们结束了一天的工作。她发觉他们都面有喜色，她一想到她姐姐的家，想到正等着她去吃夜饭，就加快了脚步。她急忙赶路，也许有些疲惫，但是不再拖不动脚了。敏妮该会怎么说呀！啊，芝加哥的冬天是漫长的——充满了灯光、人群、娱乐。这终究是一个可爱的花花世界啊。她这刚找到的公司是一个好去处。窗子上装着大块平板玻璃。她可能在那里工作得很顺利。她又想到了杜洛埃，想到了他告诉她的一些事情。她觉得生活又好了起来。生活有了生气，轻松了起来。她兴高采烈地搭上街车，觉得血液仍在愉快地流动。她将在芝加哥住下去，她心里老是这么在想。她可以过比从前好的日子了——她将是幸福的。

第四章

随后的两天里，嘉莉沉入了好高骛远的幻想。根据她这般急于获得微薄收入的人的思想，完全可以写成一篇有关奢侈生活的艺术的好文章。在这种情况下，在考虑想象中的欢乐和特权之时人们很快会忘掉自己是有所欠缺的。

我们都知道这种幻想的过错并不新鲜。她的荷包从来没有鼓鼓囊囊过。要是嘉莉出生在有钱人家，那她那么胡乱地思虑着各种特权和娱乐，还相称些。她通过迅速的思考，有选择地把她每周四块半钱的微薄收入，大大方方地分配了种种用途。单单支付去游览观光的车钱就得花掉这点钱的好多倍。她现在神游了这些在幻想中显得朦胧的宫殿，在一个新来的人看来，这个城市里到处都是这样的地方，只要付钱就可以进去。到那些有舒适的座位的戏院都去看一次戏，是不成问题的。她的那点可靠的收入都可以支付。她带着那将一直是满满的荷包，走遍每一条大街，逛遍每一家商店。荷包里的一部分钱，不知多少次在柜台上递过去，拿回了找头，可是还是用不光。绸缎、毛织物、女内衣和精美的羽毛饰物——她心目中的时髦的必需品和小玩意儿——一切都需要花钱，但钱就是花不完。真的，这几个晚上，当她睡前坐在摇椅里，向外望着灯光悦目的街道时，这点收入为这位未来的主人扫清了通向女人心里所渴望的各种欢乐和各种华丽的玩意儿的道路。街灯、街车的铃声、夜间低沉的市声，对她展示着它们的力量。“我要过好日子了，”她心里三番四复地想着。

她的姐姐敏妮一点也不知道这些狂妄的想法，虽然这包含着人间的一切乐事。她忙于擦洗厨房里的桌椅，以及盘算用来做星期日晚餐的八毛钱菜金能买到多少东西。嘉莉回到家里时，因为初次获得成功，脸上兴奋得发红，她不顾疲倦，想和姐姐谈谈这次获得成功的有趣经过，而敏妮只是含笑点头，问她是否得拿一部分钱出来做车费。这是嘉莉先前没有考虑到的，但是这也并没有怎么影响她的热烈的兴致。按照她当时凭空计算她的收入时的心情，允许她把一笔钱从另一笔钱中扣去而不见减少，她感到很高兴。

汉生七点钟回家时，脾气有些儿不对劲——他在晚饭前总是这样的。这倒从来不大在说话里流露出来，而往往是面色铁板，对什么事都一声不响。他有一双黄绒拖鞋，是他喜欢穿的，他总是立即拿来换下他脚上的硬皮鞋。换了鞋，用普通的洗衣皂洗面，擦得脸孔又红又亮，这就是他在晚饭前的准备工作。然后，他就拿起晚报，不声不响地看着。

对一个青年人来说，这是一种病态的性格，它深深影响了嘉莉。它确实也影响了整个房间里的气氛，这种事情往往会这样的，弄得他妻子也不得不低声下气，见机行事，只想避免一问三不响的场面。等到听说嘉莉找到了职业，他才稍微提起了些精神。

“你时间倒抓得很紧，对不？”他说，微笑了一下。

“对！”嘉莉带着几分骄傲回答。

他又问了她一两句话，然后就去逗弄孩子，这话题就给搁下了，直到敏妮在饭桌上重新提起。

可是嘉莉并不满足于像这一家人惯常的那样，仅仅发表些平庸的看法就算了。

“看来这是家挺大的公司，”她在谈论中说起，“偌大的平板玻璃窗，职员多极了。我会见的那个人说，他们一直雇用这么多人的。”

“现在找事并不太难，”汉生插嘴说，“只要你样子不差。”

敏妮受了兴致勃勃的嘉莉和居然也有说有笑的丈夫的影响，开始把有些值得观光的著名地方讲给嘉莉听——那是些不必花钱就可以欣赏的地方。

“你一定会喜欢密执安大街的。那里有那么漂亮的房子。那是一条挺漂亮的大街。”

“约各布戏院在哪里呀？”嘉莉插嘴问道，指的是一家专演言情戏的当时以此为名的戏院。

“啊，离这里不太远，”敏妮回答，“就在霍尔斯台街，过去一些就是。”

“我真想去看看。今天我走过霍尔斯台街的，不是吗？”

听到她这句话，回答的人迟疑了一下。思想是一种奇异的善于感染的东西。听得她提出要去戏院，一种不赞成去做这类要花钱的事的无言的阴影——一种不快之感，出现在汉生的心里，然后出现在敏妮的心里——略微影响了饭桌上的气氛。敏妮“嗯”了一声，但是嘉莉已经觉察，上戏院的事在这里是不提倡的。这话题当时被搁下了一会儿，直到汉生吃完了饭，拿着报纸走进前面房间去。

只剩下她们两个人了，姐妹俩开始比较自由地谈话，她们一边洗碗碟，收拾东西，一边谈话，嘉莉不时还打断了话头，哼上两句。

“我想去霍尔斯台街走走，倘使不太远的话，”嘉莉过了一会儿说，“我们为什么今晚不去看戏呢？”

“啊，我看史文今晚不想去，”敏妮回答，“他要起得很早。”

“他不会不想去的——他会看得很高兴的，”嘉莉说。

“不，他是不常去的，”敏妮回答。

“不过我很想去，”嘉莉接着说。“我和你两个人去吧。”

敏妮思索了一会，不是在想她能不能去，和愿不愿去，关于这个，不去是已经决定了的，她是在想有什么办法把她妹妹的这些念头转移到别的话题上去。

“我们改天去吧，”她终于说，找不到旁的现成借口。

嘉莉立即发觉了不赞成去的根源。

“我还有点钱，”她说，“你同我去吧。”

敏妮摇摇头。

“让他也一起去，”嘉莉说。

“不，”敏妮轻声回答，故意把碗碟弄得丁当响，来掩盖谈话的声音。“他才不肯去呢。”

敏妮和嘉莉分别已有好几年了，在这期间，嘉莉的性格已经起了些细微的变化。对有关她个人进取的各方面，她生性害羞胆怯，特别是在没有力量又没有钱财的时候；可是对于娱乐的渴望，却是这么强烈，成了她性格中的一大支柱了。她对什么事都不多说话，只喜欢谈娱乐。

“问问他看，”她悄悄地恳求道。

敏妮正在想着嘉莉贴补的食宿费用可以增加他们多少收入。可以拿它来付房租，使她跟丈夫谈到开支问题时，减少些困难。但是，如果嘉莉一开头就想东跑西跑，那就有些麻烦了。除非嘉莉甘心克勤克俭，知道必须勤劳地工作而不贪图玩乐，她到城里来对他们会有什么好处呢？这些并不是一个冷酷无情的人的想法，而是一个毫无怨言、安于所处的环境、勤勉谋生的心灵的严肃的反映。

她终于让步了， 答应去问汉生。这是她心里完全不愿意干的，不得已的差使。

“嘉莉要我们一起去看戏，”她说，探头望着在前房中的丈夫。汉生从他的报纸上抬起头来，他们温和地相互看了一眼，那一眼把事情说得清清楚楚：“这可不是我们想干的事。”

“我不想去，”他回答，“她想看什么？”

“到约各布戏院去，”敏妮说。

他低头看着报纸，不以为然地摇摇头。

嘉莉看到他们这样对待她的提议，对他们的生活方式有了更加清楚的认识。这使她心头沉重，但是没有表示明白的反对。

“我想到楼梯脚边去站站，”过了一会，她说。

敏妮对此没有反对，嘉莉就戴上帽子，走下楼去。

“嘉莉哪里去了？”听到关门的声音，汉生回到吃饭间来问。

“她说要到楼梯脚边去，”敏妮回答，“我看她无非是想去望望野景。”

“她不该现在就想花钱看戏，你说对吗？”他问道。

“她不过是有点好奇罢了，我想，”敏妮大胆地说，“什么都是那么新奇啊。”

“我说不上，”汉生说，然后走到孩子跟前，他的眉头稍稍皱了一下。

他在想年轻的姑娘往往会醉心于充满虚荣和挥霍的生涯，可是弄不懂嘉莉眼前手边还一无所有，怎么会考虑到走这条道路。

星期六，嘉莉独自走出去——先朝河边走去，觉得那里很有趣，然后转身沿着杰克逊街走，当时那里两边排列着漂亮的房屋和出色的草坪，后来由此改成了林荫大道。她为富有的气派所激动，虽然街上的人也许谁也没有十万元以上的家产。她离开她姐姐的家里，感到高兴，因为她已经觉得那是个狭窄、枯燥的地方，乐趣和欢乐都在别的地方。她的思想现在无拘无束，不时猜想杜洛埃正在哪里。她说不准他会不会在星期一晚上来找她，但有这可能，她为这种可能微微感到不安，可是却又模糊地盼望事情可能会这样发生。

星期一，她一早起身，准备去上工。她穿了一件蓝点棉布旧衬衫，一条褪了色的浅褐色哔叽裙子，戴了一顶她在哥伦比亚城已经戴了一个夏天的小草帽。她的鞋子的鞋头和脚跟都磨损了，领带已皱缩不堪，由于长期佩戴而用旧了。她的模样像个极其普通的女店员，但是容貌却不同寻常。她的五官比一般女人略为端正，使她看上去很娇媚，带着些矜持动人的姿态。

像嘉莉这样的人，在家里惯常要睡到早晨七八点钟，要想起得早是不容易的。在早上六点钟，她睡眼蒙眬地窥望吃饭间，看见汉生正在一声不响地结束他的早饭，这使她懂得了些汉生的生活习惯。等到她穿好衣裳，他已经走了，她就跟敏妮和孩子一同吃早饭，这孩子刚能坐在高椅上，拿一把汤匙搅着盘子里的食物。现在一想到要去做她从未做过的陌生的工作，她的精神就大为沮丧。她一切美妙的幻想只剩下灰烬了——不过这灰烬里还包孕着一些希望的火星。因为精神不振，心情颓丧，她一声不响地吃着，反复想象着制鞋公司里的情况、工作的性质、她的雇主的态度。她隐约觉得，在那里工作将会接触到大厂主，也偶尔会有态度庄严、衣着入时的阔人来光顾。

“哦，祝你顺利，”敏妮在嘉莉准备动身时说。她们已商妥，顶好是走去，至少是这天早上，看看是否能够每天都步行，因为一星期六毛钱的车费，在当时的情况下，着实是一笔不小的支出呢。

“我今天晚上把经过情况告诉你，”嘉莉说。

一走上阳光下的街道，看到工人们来来去去，公共马车驰过，连车栏旁都挤满了大批发行里的小职员和杂役；男男女女都走出家门，在邻近的地方走过，嘉莉觉得稍稍安心了些。在早晨的阳光里，在广阔的青天下，吹拂着清新的和风，除去生死攸关的大事，人们的胸中还有什么恐怖插足的余地呢？在夜晚，或者在白天昏暗的房间里，恐惧和忧虑会越来越强，可是一到光天化日之下，连死的恐惧有时也会消失的。

嘉莉昂首向前走去，过了河，拐上五马路。这条通衢在这里像一道用棕色石块和深红色砖头打墙的峡谷。巨大的平板玻璃窗又光亮又干净。货车轰隆轰隆地越来越多；男男女女，儿童女孩，向四面八方行走着。她遇到一些年龄和她相仿的姑娘，她们看着她，好像瞧不起她的羞怯。她对这么大的生活场面很是吃惊，想到在这样的地方做事，必须多具备些知识才是。害怕自己能力薄弱的感觉浮上了她的心头。她会不懂得怎么做，也会不够麻利。在别的那许多地方，她不是因为不懂做这样或者那样，而遭到人家拒绝了吗？她会挨骂，受辱，可耻地被开除出来。

她来到亚当斯街和五马路转角处的那家大制鞋公司，走进电梯时，觉得脚软，略微有些透不过气来。当她走出电梯踏上四层楼的时候，一看近边没有人，只有一行行的盒子，直堆到天花板。她非常惶恐地站住了，等有人过来，这时有一个年轻人，手里拿着一些订货单，从电梯里走出来。

“你找谁？”他问她。

“布朗先生。”

“呀，”他说。

布朗先生很快就走了过来。他好像不认识她了。

“你有什么事？”他问道。

嘉莉的心往下一沉。

“你说过我可以今天上午来工作——”

“啊，”他插进来说，“唔，不错。你叫什么？”

“嘉莉·米贝。”

“好吧，”他说，“你跟我来。”

他领着路，穿过两旁堆着一排排盒子、满是新鞋子气味的黑暗的走道，来到一道铁门边，门里就是工厂厂房。那是一大间天花板很低的房间，安着些稀里哗啦响的机器，机器旁边，有一些穿白衬衫、罩着蓝布围裙的男人在工作。她跟着他怯生生地走过那些卡嗒作响的机器，眼睛直望着前面，脸上微微发红。他们穿过去，来到远处一个角落，乘电梯到了六楼。从一排排的机器和长凳之间，布朗先生招手唤来了一个工头。

“就是这个女孩子，”他说，转过来又对嘉莉说，“你跟他去。”他说了就回去了，嘉莉跟着她的新上司，走到一个角落的小写字台边，那里算是他的办公处。

“你以前没有做过这种工作吧？”他很严肃地问。

“没有，先生，”她回答。

他对于不得不和这样的下手打交道好像有些厌烦，但记下了她的名字，然后带她走到一排女工跟前，她们都坐在噼啪作响的机器前的凳子上。他伸手拍了拍一个女工的肩膀，那个女工正用机器在鞋面上打洞。

“你呀，”他说，“把你的工作教给这个姑娘。教会了到我这里来。”

那女工一听这话，马上站了起来，把她的位置让给嘉莉。

“这并不难做，”她说着弯下身子，“你只要这样拿住这个，用这个夹子把它夹住，然后开动机器。”

她边说边做，把一块（要做一只男鞋面的右半爿的）皮革用一些可调整的小夹子夹住了，然后推动机器旁边的一根小钢柄。机器就马上打起洞来，发出尖锐的喀喇喀喇的声音，冲下几小片圆形的皮，鞋面上就留下了将来穿鞋带的洞眼。看了一会儿，那女工就让她独自操作了。看她做得还不错，就走开了。

这些皮革是从她右边机器旁的女工传过来的，打好洞后传给她左边的女工。要不了一会儿，嘉莉就发现，她必须保持平均的速度，否则活儿到她这里就要积压起来，在她后面的人就要等活儿了。她没有工夫向四边张望，只顾低头专心工作，努力把工作做得好些。在她左右的那些女工懂得她的困境和心情，想法帮助她，尽量按她们的胆量允许的程度把工作做得慢些。

她继续专心做这工作，做了一段时间，在机器的单调、刻板的动作中，她忘却了自己的畏惧不安和胡思乱想。随着时间的流逝，她发觉这屋子不大亮，有一股浓重的新鲜皮革气味，但她并不在乎。她发觉别的工人的眼睛盯着她，担心自己的工作做得不够快。

有一回，她在放皮革时出了一点小差错，正当她在摆弄那个小夹子的时候，一只大手伸到她的面前，替她把夹子夹好。那是工头。她的心跳得几乎不能继续工作下去。

“开动机器，”他说，“开动机器。不要叫别人等着。”

这句话唤醒了她，她慌忙继续工作，差不多屏住了呼吸，直到那个影子从她身后移开去。她这才深深地透了一口气。

早晨渐渐地过去，屋里开始热起来了。她觉得要吸些新鲜空气，喝些水，但是不敢动。她坐的凳子没有靠背，也没有踏脚，她开始觉得有些不舒服。过了一会儿，她觉得背脊隐隐作痛。她扭了扭身，略微变动一下坐位，但也好不了多久。她开始感到疲倦。

“站起来，为什么不站一会？”右边的女工说，并不打什么招呼。“不要紧的。”

嘉莉感激地望着她。“我想要站一会，”她说。

她站了起来，立着工作了一会，但是这样更不舒服。她的脖子和肩膀弯得酸痛起来。

这个地方的气氛使她觉得有些粗野。她不敢朝四周观看，但是透过噼啪的机器声，有时也听得到一两句话。她也能从眼角瞥见一两件事情。

“你昨晚看见哈里了吗？”她左边的那个女工招呼她旁边的一个人。

“没有。”

“你看到他打的领带就好了。乖乖，他真是个惹人嘲笑的角色。”

“嘘——”另外的那个女工说，弯着身子在工作。先说话的那个马上不作声了，装出一本正经的神情。工头慢慢地走过来，仔细地看着每一个工人。等他一走开，谈话又重新开始了。

“喂，”左边的女工开了腔，“你知道他说了些什么？”

“我不知道。”

“他说他看见我们有一晚跟埃迪·哈里斯在马丁酒店。”

“算了吧！”她们两个都吃吃地笑了起来。

一个需要好好儿理理发的褐发青年，左臂下夹着一箩零星的制皮工具，贴紧在肚子上，在机器中间蹒跚地走来。走近嘉莉的时候，他伸出右手，在一个女工的膀子下拧了一把。

“呸，放手，”她生气地叫道，“坏蛋。”

他只回她咧嘴一笑。

“有什么好看的，”发觉她注视着他的背影，他回头叫道。连一点殷勤体贴的意味也没有。

弄到后来，嘉莉实在坐不住了。两腿开始发酸，她觉得不管怎样都要站起来，伸一伸腰。中午难道永远不会来到了吗？她好像已经工作了一整天。她一点也不饿，但是觉得很虚弱，眼睛老是盯着打眼机打下来，从皮革上冲掉一小片的地方，看得眼花缭乱了。她右边那个女工看到她身子不安生的样子，心里很替她难过。她的注意力太集中了——实在她做的工作是不需要在精神上和肉体上都这么紧张的。可是也没有办法可想。半爿鞋面皮不断堆积起来。她的手腕开始发痛，然后痛到了手指上，到后来就浑身肌肉麻痹、疼痛，老是保持着一种姿势，做着一种简单刻板的动作，使她觉得越来越可厌，到后来竟要令人作呕了。正在她幻想这种紧张状态是否会有尽头的时候，一阵沉闷的铃声从电梯下的什么地方响了起来，放工的时候到了。马上就是一阵人们走动和交谈的嘈杂声。所有的女工立即离开凳子，急忙走进毗连的一个房间里；男工们从右面的某间厂房里走了过来。滚动的机轮响起缓和的调子，逐渐低沉，终于消失在低低的嗡嗡声中。这时是一片寂静，连一些普通的人声听起来也是异样的。

嘉莉高兴地站了起来，去找她的饭盒子。她身子僵直，觉得有些晕眩，非常口渴。她走到一个由板壁隔成的小间去，那里放着外衣和饭盒，半路上遇到那个工头，他使劲地打量着她。

“喂，”他说，“你跟得上干活吗？”

“我想还能行，”她毕恭毕敬地回答。

“唔！”没有别的好说，他只这样应了一声就走了。

如果物质条件好些的话，这种工作是不会这么糟糕的，但是当时的制造业，还没有接受新近出现的社会改革思想，替工人准备舒适的工作环境。

这地方散发着机器油和新鲜皮革混在一起的气味，此外再加上这大楼里的霉味，就是在冷天也是令人难受的。地板尽管每晚都按例打扫，还是垃圾满地。没有一丝一毫为工人的舒适打算的措施，厂主的想法是，给他们的东西越少越好，工作越重越好，可以不给酬报就不给，只有这样才能赚钱。举凡踏脚、靠背转椅、女工餐室、免费供应的干净围裙和烫发钳以及像样的衣帽间，一概都谈不到。盥洗室和厕所虽然不太肮脏，可也是些叫人不快、粗劣不堪的地方，整个气氛给人一种幽禁之感。

嘉莉从屋角一个桶里，舀了一白铁杯水喝了，向四周张望着，想找个地方坐下来吃饭。别的女工已经排列在窗边，或者在已走出去的男工们的工作台边安顿了下来。没有一处不是被二三个或一群女工占据着，她太害羞，不好意思挨上去主动表示友好，只好走到自己的机器旁，坐在自己的凳子上，在膝上打开饭盒。她坐在那里，听着房内各处的闲言杂语和品评的话。这些话语多半是无聊的，夹杂着流行的俗语。屋里有几个男工，隔得老远和女工们打情骂俏。

“喂，吉蒂，”一个男工招呼一个女工，她正在一扇窗子边几英尺宽的空处，踏着华尔兹的步子——“你跟我去参加舞会吗？”

“当心，吉蒂，”另一个男工叫道，“你会失魂落魄的。”

“去你的吧，谁要你看！”是她惟一的回答。

嘉莉听着这些话，以及男女工人之间更多的类似的打趣嘲弄，本能地畏缩起来。她看不惯这种样子，觉得这些都很粗鄙、下流。她害怕那些小伙子会对她说同样的话——与杜洛埃相比，这些小伙子显得粗野可笑。她根据一般女性的眼光，用衣服来划界线，认为穿礼服的是有地位的，有道德的，有声望的人物，穿工装裤和短外套的都是些丑恶的人，连看都不值得一看。

短短的半个钟点过去了，机轮又开始转动起来，她觉得很高兴。虽说疲倦，到底她可以不被人注目了。但这种幻想破灭了，因为另一个青年，顺着走道过来，若无其事地用手指向她的肋部戳了一下。她转过身来，眼里冒火，但是他已经走了过去，只回头做了一个鬼脸。她觉得难以自制，直想哭。

她旁边的女工发觉了她的心情。

“别理他，”她说，“他太放肆了。”

嘉莉什么也没有说，只是弯腰工作。她觉得简直无法忍受这样的生活。她心目中的工作完全不是这么一回事。整个漫长的下午，她尽想着厂外的世界、城市华丽的外貌、人群和漂亮的大楼。她又想到哥伦比亚城和故乡生活的好的一面。到了三点钟的时候，她以为一定是六点钟了，到了四点钟，她以为人们好像忘记了看钟，让大家过了时间还在工作。那工头变成了十足的恶鬼，老在附近走来走去，使她一直钉在这倒霉的工作上。她所听到的周围人们的谈话，只叫她决心不和这里的任何人交朋友。一到六点钟，她急忙走了出去，两臂酸痛，四肢因为老是这么坐着而僵硬了。

当她拿了帽子，顺着门厅走出去时，一个年轻的机器操作工人，看上了她的美貌，老着面皮跟她说起笑话来。

“喂，玛吉，”他叫道，“等一下，我跟你一块儿走。”

话是直冲着她送过来的，所以她明白是对谁说的，但是她根本没有回头。

在拥挤的电梯里，另一个满身尘垢的青年向她挤眉弄眼，想得到她的青睐。

在外面人行道上，有一个青年在等候同伴，看到她走过时，对她咧着嘴笑了。

“你跟我一路，是吗？”他怪腔怪调地叫道。

嘉莉心情沮丧，把脸转向西边。她在街角拐弯时，透过发亮的大玻璃窗，看见那张小写字台，她就是在那里申请工作的。街上行人很多，还是熙熙攘攘、精力充沛地匆匆走着。她觉得轻松了一些，但这只是因为自己已经脱身出来。她看见服饰比她好的姑娘在身边走过，觉得羞愧。她认为自己不应该落到这个地步，觉得不甘心。

第五章

那天晚上，杜洛埃没有来看她。这个大人物接到信以后，把思念嘉莉的念头暂时都搁在一边，东游西荡，过着他心目中的快活日子。就在这个晚上，他去雷克托饭店吃饭，这是家当地有些名气的饭店，在克拉克街和门罗街转角处一幢大楼的底层。随后，他到亚当斯街上相当华丽的联邦大楼对面的汉南-霍格酒店去。他倚着酒店里漂亮的酒吧，喝了一杯清威士忌，买了两支雪茄，点上了一支。这算是他的高贵生活的一部分——这就是他所追求的整个生活的一个相当好的范例。

杜洛埃不是酒徒，并不像这个词儿所说明的那样贪杯。他不是“有钱的”富翁。他只追求他心中所向往的最优裕的生活，照他看来这些活动似乎就是最优裕的生活的一部分。雷克托饭店光滑的大理石墙壁和地板，辉煌的灯火，有气派的瓷器和银器，此外，再加上演员和自由职业界人士经常光临的名声，在他看来，使它成为一个得意的人应该去的地方。他爱好上等的衣服，精美的饮食，尤其是和有成就的人在一起，结成相识。吃饭的时候，听到约瑟夫·杰斐逊[1]有时也到这里来，或者那红极一时的名演员亨利·易·狄克西[2]就在这里，和他只隔开几张桌子，就使他觉得极其满意。在雷克托饭店，他老是能这样满意，因为在那里，特别是在晚上，人们能够接触到政界人物、经纪人、演员、当地的某些常常泡在酒店里的阔少，大家都在一片通俗平庸的谈笑声中吃喝着。

“那边是某某人，”是这些有钱来这里进餐、显示豪华气派的人之间所常说的话，尤其是那些还没有爬到这个地步，而心里想望如此的人们所常说的话。

“真的吗？”对方就会这样说。

“当然是的，难道你不知道？呃，他是大歌剧院的经理啊。”

当这些话传到杜洛埃耳里，他就稍微挺一挺身子，吃得更其心满意足了。如果他有些虚荣，这就扩大了他的虚荣，如果也有些野心，这就激发了他的野心。总有一天，他也能拿出成叠的钞票来。而在这时，他就能在他们吃喝的地方吃喝了。

他对亚当斯街上的汉南-霍格酒店的偏爱就是这种想望的一部分。在芝加哥人看来，这的确是一家华丽的大酒店。和雷克托饭店一样，它也装饰着好些闪耀的白炽灯，它们安在漂亮的枝形吊灯中，挂在雅致的地方。地上铺着鲜艳的花砖，墙壁的下半部镶嵌着贵重的深色护壁板，反射着灯光，墙的上半部涂着彩色的泥灰，使这地方显得极其富丽堂皇。长长的木制酒吧擦得贼亮，上面是一排灯光，放满了彩色的雕花玻璃器皿和许多美妙的瓶子。这真是家上等的酒店，有着富丽的窗帘、名贵的酒类和许多全国最出色的酒吧货品。

在雷克托饭店里，杜洛埃曾经遇见过亚当斯街汉南-霍格酒店的经理乔·威·赫斯渥先生，有人指出，说他是个事业非常成功的社交界著名人物。赫斯渥的神气也确实如此，因为除去年龄还四十岁不到一点以

---

① 约瑟夫·杰斐逊（1829—1905）是一个演员世家的第三代，以演华盛顿·欧文的原著改编的《李伯大梦》的主角而取得国际声誉。

② 亨利·易·狄克西（1859—1943）为著名喜剧演员。

外，他体格健壮、活动力强、神态稳健庄重。这种形象部分是由于漂亮的服装、干净的衬衫、身上戴的珠宝饰物所造成的，但最重要的还是他那自命不凡的气概。杜洛埃立即就觉得他是值得结交的人物，不仅高兴见到他，而且以后每想到要喝杯酒或者抽支雪茄的时候，就到亚当斯街酒店的酒吧去。

赫斯渥自有一种风度，是一个有趣的人物。他在许多小事情上显得精明而又机敏，善于给人以良好的印象。他的身份是相当重要的，是个经理——一种总管一切的、很威风的职位，但是不掌握经济大权。他是靠坚忍、勤勉起家的，通过好多年的工作，从一个普通酒吧的掌柜爬到现在的地位。他在酒店里有个小写字间，用光亮的樱桃木壁和铁栅隔成，那边一张有拉盖的写字台里，安放着店内的简易账本，记着订购的和需要的供应品等等。那些主要的店务和财务的管理权是操之于店主人汉南和霍格，和一个管收钱的出纳员之手的。

他大部分时间在店里各处走动，穿着用进口料子精工缝制成的西装，手指上戴着几只戒指，领带上佩带着一颗上等蓝宝石，一件引人注目的时式背心上挂着一条赤金表链，链上系着一个设计精美的小饰物，和一只式样和纹彩都是最时新的挂表。他叫得出几百个演员、商人、政客以及本城一大批走运的人物的名字，并且能用“喂，老朋友”这样的话，跟他们亲切地打招呼，这是他获得成功的部分原因。他有一份细致的交际分寸等级表，他招呼每周收入十五元的店员和机关职员时说“你好！”因为他们常到这里来，已经知道他是经理，但招呼认识他而且乐意和他交好的名人或有钱人时却说“哎呀，老朋友，你好呀？”可是，也有一些太有钱、太出名或者太走运的人，他不敢亲密地同他们打招呼，对这些人他以一个老练的行家的身份，摆出一副严肃庄重的态度，向他们表示敬意，这既能赢得他们的好感，又丝毫无损于他自己的风度和见识。最后，还有些好主顾，不富也不穷，不出名也还不太走运，对这些人，他亲热得像是老朋友一般。就是和这些人，他谈得最长，也最恳切。他喜欢每隔些时候出去玩玩——看赛马，看戏，上什么俱乐部去赌博玩乐，还有更不足道的罪恶的去处——装饰俗艳的妓院，当时芝加哥正因这些妓院而遭人诟病。他有一匹马和美妙的双轮轻便马车，他的妻子和两个孩子安居在北区靠近林肯公园的一幢精致的宅子里，从各方面看来，他是我们美国上层社会的一个受欢迎的人物——仅次于豪门大族的第一等人物。

赫斯渥也喜欢杜洛埃。他喜欢杜洛埃随和的脾气和衣冠楚楚的外貌。他知道杜洛埃只不过是一个跑码头的推销员，而且资格也不老，但是巴特利特-卡约公司是一家营业兴隆的大行号，所以杜洛埃的地位很不差。赫斯渥和卡约老板很熟，时常跟他和几个别的人在一起喝一杯，大家随便谈谈。杜洛埃有一定的幽默感，这对于他那一行是有好处的，在必要时他还能天南地北地扯淡一番。他能和赫斯渥谈论赛马，讲述自己有趣的遭遇和风月场中的经历，报告他所到过的城市的生意情况，从而使他自己差不多总是很受欢迎。今晚他特别高兴，因为他给公司的报告得到了表扬，已经满意地选好了新货的样品，并拟定了此后六个星期的行程。

"喂，查利，老朋友，"那天晚上八点钟光景，杜洛埃走进来的时候，赫斯渥说。"怎么样？"当时店堂里挤满了人。

杜洛埃跟他握手，满面春风，他们就向酒吧走去。

"啊，很好。"

"已经有六个星期不见你了。什么时候回来的？"

"星期五，"杜洛埃说，"这回跑得不差。"

"那很好，"赫斯渥说，黑眼睛里射出热情的光芒，把他平常那副装模作样的冷漠的神情冲淡了一半。"你想喝些什么？"他加上一句，当时那个穿着雪白上衣、打着白领带的堂倌，正从酒吧后朝他们探过身来。

"陈轩尼诗酒[①]，"杜洛埃说。

"给我也来一点，"赫斯渥插进来说。

"这一回你在城里要待多少时间？"赫斯渥问。

---

①这是从英国进口的上等威士忌。

“只待到星期三。我要到圣保罗去。”

“乔治·伊凡斯星期六到这里来过，说上星期在密尔沃基碰到过你。”

“是的，我见到乔治了，”杜洛埃回答，“他是个了不起的家伙，是不？我们在一起玩得挺欢。”

堂倌把杯子和酒瓶放在他们面前，他们这就一边倒酒一边谈话，杜洛埃在杯中倒了不到三分之一，当时人们认为这样才合乎体统，赫斯渥倒了真正一点点威士忌，用矿泉水把它冲淡。

“卡约老板怎么样了？”赫斯渥问，“他已有两星期不到这里来了。”

“听说在家躺着呢，”杜洛埃说明道，“着啊，这老兄常闹痛风病！”

“话虽如此，他当年也赚了不少钱呢，不是吗？”

“是的，大笔大笔的，”杜洛埃回答说，“他活不长了。现在难得到写字间来。”

“只有一个儿子，是吗？”赫斯渥问。

“是的，是匹没笼头的马，”杜洛埃笑道。

“话虽如此，我看也碍不了公司多少事，别的股东都还健在哪。”

“是的，他碍不了什么的，我想。”

赫斯渥站着，敞开着上衣，大拇指插在背心口袋里，灯光照在他的宝石和戒指上，显得光耀夺目。他活脱一副讲究打扮的人物的模样。

“喂，乔治，”有人叫了一声，赫斯渥就转过身去，伸手让另一个衣冠楚楚、风度翩翩的名人握住了，那人是从国内别处来的。他们两个现在也照样泛泛地谈起话来，而杜洛埃拿出荷包来要付账。然而堂倌一见他的模样，就做了个手势。

“算在经理账上，”他笑嘻嘻地说。赫斯渥对他们进行过训练，所以他们都知道。

“我来给你介绍我这里的一个朋友，”赫斯渥一边说，一边走上前来。他把新来的人交给了杜洛埃。杜洛埃和他握握手，立即问他是否要喝点儿什么。他们在一起聊天，起初是三个人，赫斯渥也参加在内，后来赫斯渥走进他的小写字间，和在那里等他的两个脸色红润的胖胖的绅士谈话了，只留下他们两个。杜洛埃看出他们的会见是既友好又有趣的，因为他们头碰头地谈着，然后向后一靠，哈哈大笑，接着又开始谈话，没完没了，交谈着一般琐事。

“你今夜作何消遣？”新来的人过了一会说。

“啊，我想等一会儿到大戏院去，”杜洛埃回答。

“那里在演什么？”

“霍伊特的《地洞》①。”

“唔，我要不是已经看过了几次，会和你一同去的，”他以一见如故的神气说，这看来是那些轻率的人的特点。

就在这当儿，出现了一个认识新来人的第三者，把他拉了就走，撇下杜洛埃一个人在他觉得很愉快的气氛中凝望着，抽着烟，心满意足地微笑着。

一个不想喝酒，生来思想比较严肃的人，一定会觉得这样一个沸沸扬扬、吵吵嚷嚷、五光十色的房间是反常的，是对自然和人生的一种古怪的评价。成群结队的飞蛾不断地扑向这里，想在火光中取暖。在这里能够听到的那些谈话，从智力程度方面说起来是并不可取的。这是很明白的，阴谋家会选择更隐蔽的地方去运筹策划；政客们除了客套话以外也不会聚集在这里讨论任何事情，怕一些顺风耳可能会听到；这地方对酒徒们也不合适，因为到这等华贵的地方来的人，多数并不嗜酒。然而人们到这里来聚集，在这里喋喋不休，喜欢在这里摩肩往来，一定是有些道理的。一定是有些热情和空洞的欲望的奇异的结合，使这种奇异的社交场合得以产生，否则是不会这样的。

杜洛埃就是这样的一个人，他被引到这里来，一半是为了寻求快乐，一半是为了想在比他高一等的人中出头露面。他在这里接触到许多朋友，他们到这里来，可能并没有自觉地分析过，只是渴望这里人多，热情洋溢，气氛友好，他们也找到了这一切。总之，人们可以把这里当

① 这是美国剧作家查尔斯·霍伊特（1860—1900）的著名闹剧，于1887年在费城初演。两年后，在芝加哥首次演出。

作上流社会的雏形，他们在这里所得到的，虽然是声色之乐，但不是罪恶。向往于金碧辉煌的厅堂是不会产生罪恶的。对于物质欲望强的人，这里可能产生的最坏的结果，也许是引起一种野心，要把他们自己的生活安排得同样豪华。归根结蒂一句话，那不是画阁雕楼的罪过，而是人性的趋向。如果说这种场面可能促使服饰较差的人去效法服饰华丽的人，这也只能归咎于受影响的人的不切实际的野心，而不能归罪于其他。排除了那个众口一词所非难的因素，酒，就没有人会否认剩下的美和热情的种种特色。我们现代的时髦酒店所以会招人青睐，就证明了这种看法的正确。

可是，这里的灯火辉煌的店堂，衣着华丽的酒肉朋友，浅薄自私的空谈，这地方所体现的散漫的、无聊的、游移不定的精神活动——对于辉煌的灯火、华丽的排场、讲究的衣着的爱好——在一个站在清澈的星光下的局外人看来，一定显得像是一幕光怪陆离的景象。在吹拂的晚风和星光之下，它一定是一派火树银花的光景——像一种奇异的、灿烂的夜花，散发着香气、诱引昆虫、又被昆虫啮蚀的逸乐之花。

“看见那边进来的人吗？”赫斯渥说，在走回来时向刚进来的那个绅士瞥了一眼，那人戴着大礼帽，穿着亚尔培亲王式的上衣，肥胖的脸颊高高鼓起，红光满面，好像吃多了撑的。

“没有，在哪里？”杜洛埃说。

“那边，”赫斯渥说，用眼睛一瞥指着方向，“戴大礼帽的那个人。”

“啊，看见了，”杜洛埃说着，又装作没有看见的样子，“他是谁？”

“是招魂术巫师朱尔斯·华莱士。”

杜洛埃目随着他，很感兴趣。

“不大像是个能见鬼神的人，是不？”杜洛埃说。

“这个我可不知道，”赫斯渥回答，“反正他钱赚足了，”说罢微微眨了一下眼睛。

“我不大相信这一套，你呢？”杜洛埃问。

“唔，说不准，”赫斯渥说，“也许有些道理。可是我自己不想寻根究底。我问你，”他加了一句，“今晚你上什么地方去吗？”

“去看《地洞》，”杜洛埃说，提到的是当时那出受人欢迎的闹剧。

“那末你该走了。现在已经八点半了，”他说着掏出表来。

顾客已经散去一大半——有些去戏院，有些去他们的俱乐部，还有些到那一切游乐中最迷人的地方——至少对在那里的这类男人是这样的——情妇那里去。

“好吧，我就走，”杜洛埃说。

“看过戏再来弯弯。我要给你看一个玩意儿，”赫斯渥说。

“一定，”杜洛埃兴致勃勃地说。

“今天夜里没有别的事情吗？”赫斯渥补充说。

“什么事也没有！”

“那末到时候来吧。”

“是金发女郎吗？”杜洛埃笑着说。

“十二点左右来吧，”赫斯渥说，不理会他的问话。

“星期五我在火车上遇见了一个漂亮的小妞儿，”杜洛埃在分手的时候说，“真的，真有这么一回事，我在出门之前一定要去看看她。”

“唔，算了吧，”赫斯渥说。

“喂，老实对你说，真是个小家碧玉，”杜洛埃推心置腹地说下去，想要引起他朋友的注意。

“十二点钟，”赫斯渥说。

“好吧，”杜洛埃说着，走了出去。

这样，嘉莉的名字就在这个极其轻狂和浮华的地方传开了，而同时，这个小女工正在自叹命苦，这几乎是和她刚刚展开的命运难解难分的。

第六章

那天晚上，嘉莉在她姐姐家里感觉到一种新的气氛。实在还是老样子，只是她的感情起了变化，增加了她对这种气氛的认识。由于嘉莉找到工作时表现得兴高采烈，敏妮这时自然期待着好消息。汉生以为嘉莉会感到满意的。

“喂，”他说，当时他穿着工作服从门厅里出来，站在吃饭间的门口望着嘉莉，“你干得怎么样？”

“唉，”嘉莉说，“苦得很。我不喜欢这工作。”

她脸上带着一副神情，比言语表示得更清楚，她是又疲劳又失望。

“是什么样的工作？”当他转身预备到洗澡间去的时候停下来问。

“操作一部机器，”嘉莉回答。

很明显的是，他只关心家里多一个人挣钱，而不关心别的。他有些生气，因为嘉莉在命运决定之际，竟不高兴干这事情。

敏妮做起事来没有嘉莉回来以前那么起劲了。嘉莉表示了她的不满心情后，煎肉的嗞嗞声也不那么好听了。在嘉莉想来，辛苦了一整天，要是有一个快快活活的家庭，体贴的接待，喜气洋洋的夜饭，而且有人对她说，“啊，好了，且忍耐一下子吧。以后自会有好些的事情的，”那该是惟一的安慰，但是现在，这全破灭了。她开始明白，他们认为她的埋怨是毫无根据的，认为她应该工作下去，而不出怨言。她知道要付四块钱的伙食和住宿费，现在可觉得跟这些人住在一起，将是极其不舒畅的。敏妮不是她妹妹的好伴侣——她太老了。她的思想很古板，已经受到特定的环境的严重影响。

汉生呢，倘使他有什么高兴的念头或者快乐的情绪，也总是不流露出来的。他好像总是不露声色地进行着内心活动。他平静得像是一间无人居住的房间。嘉莉却不同，她有着青春的活力和一些想象。她的谈情说爱的神秘日子还在后头。她可以思量她喜欢做的事情，喜欢穿的衣服和喜欢去观光的地方。她的心思就驰骋在这些事情上面，但是在这里，没有人激发她的感情，也没有人和她的感情发生共鸣，好像处身在一个处处碰壁的境地。

她只管考虑、分析白天的遭遇，竟忘记了杜洛埃可能要来。现在，她看到这对夫妻与新鲜事物是多么格格不入，希望他还是不来的好。倘使他果真来了，她并不确切知道该怎么办，怎么就他的到来作出解释，可是，在她发信以后，她的担心并不大得足以使她为他万一来到而事先作好安排。由于当时没有恰当的话题，她就对此事进行了反复的思考，吃过了晚饭就换了身衣服。她打扮好了，的确是一个娇小可爱的姑娘，长着双大眼睛和忧郁的嘴巴。她脸上显露着期待、不满和压抑的感觉交织在一起的表情，但是并不像更有教养的人那么明显。碗碟收拾好以后，她就这里走走，那里走走，不时跟敏妮谈几句，然后，她心头一亮，决定下楼到楼梯脚下的门口去站站。倘使杜洛埃来了，这倒是摆脱困境的一个办法。她可以在那里迎接他。当她戴上帽子准备下楼的时候，她脸上似乎出现了高兴的神色。

“嘉莉好像对她那份工作不大喜欢，”敏妮对她的丈夫说，当时她丈夫手里拿着报纸走出来，要到吃饭间里去坐一会儿。

“不管怎么样，她应该做一些时候再说，”汉生说，“她到楼下去了吗？”

“是的，”敏妮说。

“要是我是你的话，我要叫她干下去。她可能在这里几个星期找不到别的工作。”

敏妮说她会告诉她的，于是汉生就看了一会儿报纸。

“我要是你的话，”过了一会儿，他说，“我就不让她站在楼下的门口。这样做不好。”

“我会告诉她的，”敏妮说。

当时，嘉莉正站在楼下门口，观赏着附近商店里的灯火，往来的行人，欢快地从她面前丁丁当当地向城中心驶去或者驶到郊外去的街车——在她看来那些地方都是神秘的乐园。她看见男孩子在街上玩捉人的游戏，女孩子们有说有笑、成群结队地走过，心里大为高兴。有时她看到一个年轻姑娘，衣着特别华丽，或者容貌特别美好，或者美貌而且浓妆，这就勾起了她羡慕的心情，加强了她对漂亮衣服的欲望。有时她看见一个年轻的小白脸，穿着高贵的衣服，轻松地大踏步走过，她认为一定是去拜访哪位年轻的小姐的。还有些别的青年，虽然衣着并不怎样华丽，三三两两地向她投送秋波，你推我撞，插科打诨，想引她注意。对这些人她做出一副冷淡的样子，或者干脆掉过头去把眼光望向别处，可是那些年轻人似乎并不在乎。他们嬉笑，吹口哨，或者怪叫几声，还带着希望回头望望她，但是并不敢做出表示亲热的动作——这是一些在热情澎湃的外表下隐藏着怯懦的内心的青年。有时远处有个人看上去像是杜洛埃，这时她就振作起精神，神经紧张起来，直到那人走近了，她的激动、紧张的心情才松了下来，原来那人脸上的轮廓不对，是她看错了人。

街上三三两两的行人使嘉莉看得津津有味，看了好半晌。她不厌其烦地揣想着坐在车里的人到什么地方去，或者要怎么行乐。她的想象顺着一条狭窄的道儿打旋，老是在有关金钱、打扮、服饰或者享乐等项目上停下来。她有时也会遐想到哥伦比亚城，或者为这一天的经历感到懊丧，但是，总的说来，她身边的小小世界吸引着她的全部注意力。

这房屋的底层是一家面包铺，汉生住的是三楼，当她站在那里的时候，汉生下楼来到铺子里买面包。直到他走近身边，她才看见他。

“我来买面包，”他走过她身边时只说了这一句。

思想的感染在这里产生了作用。汉生的确是来买面包的，但是心里存在着一种想法，现在他可以看看嘉莉在做什么了。他存着这样的想法一走近她，她就觉察了。当然，她不知道是什么东西使她这么想的，但是，不管怎么样，她心里开始对他真的产生了一些反感。她现在明白了，她不喜欢他。他是个多疑的家伙。

一种想法会给我们把整个世界都涂上某种色彩。嘉莉冥想的思路被打断了，汉生上楼后不久，她也跟了上去。经过这一刻钟的时间，她知道杜洛埃不会来了，这使她感到有些儿愤懑，有些儿像是被抛弃了似的——似乎她还配不上人家。她上了楼，发觉楼上一片寂静。敏妮在桌旁灯光下缝纫。汉生已经到房里去睡了。嘉莉又疲倦又失望，只说了一声她要上床睡觉去了。

“是的，早些睡觉好，”敏妮回答，“你知道，你要起得很早。”

早晨一切如旧。嘉莉从房里出来时，汉生刚要走出门去。吃早饭时，敏妮想和她谈谈，但是她们俩可以交谈的都感兴趣的话题不多。像上一天早晨一样，嘉莉一路走到市中心去，因为她现在开始明白，她这四块半钱，付了膳宿费用之后，连付车费都不够。这看来是一种凄惨的安排。但是早晨的阳光扫除了这一天开始时的忧虑，因为早晨的阳光总是能做到这一点的。

她在鞋厂里干了一整天，并不像上一天那么疲惫，但也不觉得那样新奇了。这厂房里的工头有爱尔兰血统，他以冷板的面孔、严厉的眼光和生硬的言语管理着他这一群不同种族的下属。此外，还有一个纯种的爱尔兰人，他穿着一双吱吱作响得出奇的鞋子，是掌管各层楼的总工头。他是自我介绍和嘉莉相识的。

“你是哪里来的？”这一天早晨他问她，第一次在她的机器旁边站住了。

“是布朗先生雇的，”她回答。

“啊，他雇的，嗯！”然后他说，“要好好地干啊。”

操作机器的女工们给她的印象甚至比昨天还差。她们似乎都安于命运，可以说是“庸庸碌碌”的。嘉莉的想象力比她们丰富。她不习惯于市井俚语。她对衣着这类事情上的直觉，天生比较高明。嘉莉不喜欢听身旁的那个女工说话，她满口俚语，过去的经历使她变得很冷酷。

“我就要不干了，”嘉莉听得她对邻近的女工说，“拿这么小的工钱做到天黑，我的身体吃不消。”

她们跟厂内的工人，不管老少，都很随便，用粗野的言语互相调笑，这在起初吓了她一跳。她发现自己也被他们当做同类的人，因此也用同样的方式来招呼她。

“喂，”中午时分，有个手臂粗壮的鞋底工人对她说，“你真是个妙人儿①。”他本来等待听到习以为常的回答，“哼，滚你的蛋吧！”可是嘉莉一声不响地走开了，使他大为没趣，狼狈地苦笑着。

---

①这一俗语来自亨利·詹姆斯的小说《妙人儿密勒》（1878），于19世纪80年代后期很流行，意指一个大胆而不拘习俗的女子。

那天晚上她在家里觉得更其寂寞——沉闷的气氛变得更其令人难受了。她看出汉生家是很少，也可以说是从来没有客人上门的。她站在门口往外看时，放胆到近处走走。她那轻松的脚步和闲散的态度，招引来一些存心不良但是平淡无奇的人的注意。她被一个衣冠楚楚的三十岁左右的男子的搭讪弄得微微有点吃惊，他走过她身旁时盯着她看，放慢脚步，回过身来说道：

“晚上出来散散步，是吗？”

嘉莉惊异地望着他，然后鼓足力量，回答说：“什么，我可不认识你，”一边说，一边回身就走。

“啊，那没有关系，”那人和蔼可亲地说。

她不再跟他搭腔，急忙走开，上气不接下气地跑到自己的家门口。那人的神情里有些东西使她害怕。

这个星期的其他几天，情况完全相同。有一两个晚上，她累得走不动路，就花了车费回家。她不太健壮，加上一天到晚地坐着，使她的背脊发酸。有一天晚上，她睡得比汉生还早。

花木的移植往往不一定能成功，娘儿们也是这样。即使要她自然生长，有时也需要更其肥沃的土壤，更其优良的空气。倘使让她比较逐渐地适应气候，环境条件不那么严峻，那该会更好些。倘使她不那么快就找到工作，能多看看她所急于要了解的大城市，她该会干得更高明些。

第一次碰到下雨的早晨，她发现自己没有雨伞。敏妮把自己的借给了她一把，可是那把伞并不漂亮。嘉莉心中有份虚荣心，对此感到不快。她到一家大百货商店自己去买了一把，把她那微薄的积蓄花去了一块两毛五分钱。

“你买那个做什么，嘉莉？”敏妮看见就问道。

“我，我要用嘛，”嘉莉说。

“你这个傻姑娘，”敏妮继续说。

嘉莉很不服气，虽然并没有回嘴。她想，她不要做一个普通的女工。他们也不应该这样想。

另一点使她不高兴的是汉生夫妇老是守在家里。晚上他们什么地方都不去，因此嘉莉就整天都无法出去玩儿。在工厂里她听得女工们谈到许多娱乐——都是她早已想见识见识的东西。比如说，在中午的半小时休息里，在一扇窗下有四个女工在听她们的同伴讲她到标准戏院去的情形。那里在上演一出叫做《八击钟》的闹剧。

“啊，真好笑死了，”讲述者高声说，“有一个小胖子，演得真棒。他们把一头驴子拉成几截，还干了些稀奇古怪的事情。”

嘉莉就是喜欢听这些事情。她为什么不能也去看看呢？

“唏，我累得要命，”一天早晨，一个美貌的女工打着呵欠说，“我昨夜跳舞直跳到两点钟。”

起初，嘉莉对这些事情觉得有些害怕，但是，随着她越来越对自己的处境觉得艰难乏味，这些事情便像难以得到的愉快那样，越发显得增添了光彩。她并不一定渴望到泥水匠工会或者木工工会办的舞会上去跳舞，但是，当她听说结伴到公园或者湖上去游玩，上戏院去看戏，和小伙子们调情等等，她就觉得自己的生活圈子实在太狭隘了。她希望能够做些更赚钱的事情。要是能在商场里找到一个工作就好了。

第一个星期六的晚上，嘉莉付了她的膳宿费——四块钱——这是以前敏妮在写回家的信里提过的，要嘉莉付这么多钱她才肯收留她。敏妮接钱的时候，心里感到有些内疚，但她要是少收了，就不知道该对汉生怎么解释了。那个大人物便带着满意的微笑少给了四块钱的家用开支。他只想多偿清些造屋的贷款。至于嘉莉，却在费劲地盘算如何用每星期的这五毛钱来购买衣着和进行娱乐。她千思万想，想得心里满是反抗情绪。

“我要上街去散散步，”晚饭后她说。

“不是一个人去吧？”汉生说。

“是一个人去，”嘉莉回答。

“叫我就不会去，”敏妮说。

“我想去见识见识，”嘉莉说，从她最后两个字的腔调里，他们第一次听出了她心里不大高兴。

“她怎么了？”等她去前房拿帽子的时候，汉生问。

“我不知道，”敏妮说。

“唔，她应该懂得好歹，不要只想独个儿出去。”

嘉莉到底没有走远。她拐回来后，就站在门口。第二天他们一起去逛了加菲尔德公园，但是她并不感到高兴。她的脸色不大好看。第二天在车间里，她听得女工们眉飞色舞地谈论她们的一些平凡的娱乐。她们过得很快乐。有几天下了雨，她把钱都花在坐车上了。一天晚上，她到范布伦街去搭街车，弄得全身都湿透了。那天整个晚上，她独自坐在前房，眺望反射着灯光的潮湿的街道，只管出神。她想象力够丰富，不由得感到忧郁。

星期六，她第二次付掉了四块钱，绝望地把五毛钱收入衣袋里。她和车间里的一些女工已有了拉家常的友谊，她发现了一桩事实：她们赚的钱，留作自己用的要比她多。她们有年轻的男朋友带她们出去玩，但是因为她结识了杜洛埃，就瞧不起这些人。她极其厌恶车间里那些轻浮的小伙子。他们中间没有一个人有点文雅的气息。她只看见他们干活生活的那一面。

有一天，预告严冬来临的第一阵劲风掠过城市。朵朵薄云在天空中疾驰，高烟囱上拖着一缕缕轻烟，一阵阵劲风突然卷过街面和拐角。这时嘉莉想到了冬衣的问题。她该怎么办呢？她没有过冬的外套，没有帽子，没有厚实的鞋子。她多少有些想请求敏妮让她把自己的钱留下，以便购买这些东西。她必须整整工作一个月，才有足够的钱去买些什么。曾经有一次，她决心要对敏妮提出，但是每到要开口的时候，她总没有勇气提出。一个个越来越冷的早晨，老是在催促她。终于她鼓起了勇气。

“我不知道我的冬衣该怎么办，”一天晚上她和敏妮在一起的时候，她说，“我需要一顶帽子。”

敏妮的神色变得严肃了。

“为什么不把你的钱留下一部分自己去买一顶呢？”她提议道，但心里为嘉莉少交钱这事将引起的后果感到不安。

“倘使你们不介意，我想这一两个星期少付一点，”嘉莉壮着胆说。

“你付两块钱行吗？”敏妮问道。

嘉莉急忙同意，高兴逃过了难关，因为现在找到了一条出路而感到自由自在。她得意洋洋，立即开始计算起来。她首先是需要一顶帽子。她一点也不知道敏妮后来是同汉生怎么说的。他什么也没有说，但是从神情上看得出心里有些不高兴。

要是没有疾病来打岔，这新的安排满可以对付了。一天下午，雨后刮起了冷风，当时嘉莉还没有外套。六点钟，她从温暖的车间里出来，吹着风就浑身打颤。第二天早晨她开始打喷嚏，走到城里病情就加重了。这一天她的骨头发痛，而且觉得头晕。到傍晚她觉得很不舒服，回到家里连饭也不想吃。敏妮见她垂头丧气的样子，问她身体怎么样了。

“我不知道，”嘉莉说，“我觉得难过得很。”

她待在火炉边，冷得牙齿格格地作响，就抱病上床去睡了。第二天早晨，她浑身发烧。

敏妮对这事情很懊恼，但是态度还很和气。汉生说她最好回家去住一个时期。三天以后，她起得床来，想到她那份工作当然是丢掉了。冬天近了，她没有冬衣，而且现在又失了业。

“我也拿不准，”嘉莉说，“星期一我到市区去看看能不能找到一些事情。”

她的努力，要说是和上一次有所不同的话，结果却是更惨。她的衣服不宜于秋冬天气穿着。她最后的一点钱已买了帽子。她奔波了三天，意气颓丧。姐姐家的气氛很快变得不堪忍受了。她就怕想到每天晚上要回去。汉生是那么冷淡。她明白这情形不能长久维持下去。不久她就得离开这里，回老家去。

第四天，她向敏妮借了一毛钱吃中饭，在市区跑了一整天。她向最卑贱的地方去讨工作，也没有成功。她甚至看到一家小饭店窗上贴的一张聘用女招待的招贴，就进去应征，但是他们要的是熟手。她挤在密密层层的陌生人群中，垂头丧气。冷不防有只手抓住了她的臂膀，拉她转过身来。

“喂，喂！”一个声音说。她一眼看出是杜洛埃。这个大人物不但面色红润，而且容光焕发。他真是阳光和兴致的化身。

“喂，你好吗，嘉莉？”他说，“你是个妙人儿。你一向在哪里？”

嘉莉在他难却的盛情之下微笑着。

“我一向在家里，”她说。

“唔，”他说，“我在街的对面看到了你。我就想是你。我刚出来要到你那里去。你到底好吗？”

“我很好，”嘉莉微笑着说。

杜洛埃打量了她一番，觉得情况不是如此。

“喂，”他说，“我想和你谈谈。你没有什么地方要去，是吗？”

“现在不去，”嘉莉说。

“我们到那边去吃点东西。真的，我很高兴再见到你。”

她见他满面春风，觉得非常宽慰，看到他那么照顾和关怀她，就高兴地答应了，虽然还有些儿矜持。

“来吧，”他一边说，一边拉着她的手臂——这句话里含着无限情意，着实使她心底深处感到温暖。

他们穿过门罗街到老温莎餐厅，当时那里又大又舒适，烹调精美，服务周到。杜洛埃拣了个靠窗的桌子，看得见街上熙熙攘攘的行人。他喜欢变化万端的街景——在吃饭的时候，一面看人，一面给人看。

“现在，”他说，让嘉莉和自己舒舒服服地坐了下来，“你想吃些什么？”

嘉莉看着侍者递给她的大菜单，并没有认真考虑该要什么。她很饿，看到那些东西引起了她的食欲，但是价钱之大使她怔住了。“嫩烤子鸡——七角五分。蘑菇烧牛腰肉——一元两角五分。”她曾经依稀地听到过这些东西，但是要她看了菜单亲口点出来，显得很陌生。

“我来点吧，”杜洛埃叫道，“唏，侍者！”

这个掌管上菜的是一个胸部宽阔的圆脸黑人，他走过来侧耳听着。

“蘑菇烧牛腰肉，”杜洛埃说，“番茄塞肉。”

“是，先生，”黑人点头答应。

“烤土豆丁。”

“是，先生。”

“芦笋。”

“是，先生。”

“还要一壶咖啡。”

“唔！”——黑人说。

杜洛埃转向嘉莉。“我早饭后还没有吃过东西呢。刚从洛克岛回来。我碰到你的时候，正打算去吃饭。”

嘉莉又笑了笑。

“你在干什么？”他说下去，“把什么都告诉我。你姐姐好吗？”

“她很好，”嘉莉只回答了最后一句问话。

他盯住她看着。

“嗨，”他说，“你生过病了，是不？”

嘉莉点点头。

“那末，唔，这太糟了，是不？你的气色不大好。我刚才就觉得你脸色有些苍白。你在干什么？”

“做工，”嘉莉说。

“有这样的事吗？在哪里做工？”

她告诉了他。

“罗兹-摩根索-斯各特公司——啊，我知道的。就在这儿五马路上，是吧？他们是家很刻薄的店家。你怎么会到那里去的？”

“我找不到别的事，”嘉莉坦率地说。

“嘿，真是岂有此理，”杜洛埃说，“你不该替那些人工作。厂房就在铺子后面，是吗？”

“是的，”嘉莉说。

“那不是个好地方，”杜洛埃说，“总之，你用不着到那样的地方去工作。”

他滔滔不绝地说着，问了她一些问题，讲了一些自己的事情，告诉她这是一个多好的餐厅等等，直到侍者捧着个大托盘来了，上面放着他们叫的热气腾腾、香味扑鼻的菜肴。（杜洛埃递起菜肴来非常得心应手。)在桌上的白色餐巾和银制餐具后边，他舒展臂膀，使着刀叉，更显得模样出众。他切肉的时候，那几只戒指特别耀眼。他伸手去取盘子，撕面包，倒咖啡的时候，新衣服窸窣作响。他替嘉莉装了满满一盘子菜，他这番温情感染了她，使她完全变了样。他的确是个名副其实的大好人，把嘉莉完全给迷住了。

这个小冒险家对于她自己的时来运转，感到很舒服。她觉得有些不自在，可是那大房间使她镇静了下来，而看看街上服装华丽的人群，似乎是很惬意的事。唉，没有钱多苦恼呀！能到这里来吃饭是多么好呀！杜洛埃一定是很幸运的。他常坐火车，穿着这么漂亮的衣服，身体这么健壮，在这样阔气的地方吃饭。他似乎是个很了不起的人物，他对她的友谊和关切，使她有些惊讶。

“原来你因为生了病而丢了工作，是吗？”他说——“你现在怎么办呢？”

“各处找找看，”她说，一想到出了这漂亮的餐厅，贫困就会像一条饿狗似地追踪着她，眼神里不禁有所流露。

“啊，不，”杜洛埃说，“那不行。你已经找了多少时候？”

“四天，”她回答。

“想想看，”他说，像是不知对什么别的人说的。“你不该做那样的事。那些姑娘，”他挥了一下手，表示所有的女店员和女工都一样，“什么好处都得不到。唔，你没法靠此生活的，对不？”

他的态度像是兄长般的。当他弄清了那种苦工的含义时，他换了一种手法。嘉莉实在是美丽得很。即使她那时候穿着平常的衣服，她的体形也显然不坏，而且那双眼睛大而温柔。杜洛埃看着她，使她懂得了他的想法。她觉察到他的倾慕之情。这种倾慕因为他性格慷慨和脾气温柔而显得更为有力。她觉得自己是喜欢他的——能够永远这么喜欢他。她在心里还潜藏着一种超乎喜欢的暗流。

她的目光时不时会和他的相遇，这使双方的感情交流十分融洽。

“你何不留在市区，跟我一起去看戏？”他说，一面把椅子移近了些。桌子本来就不太宽。

“啊，不行，”她说。

“你今晚有什么事情？”

“没有事，”她不大起劲地回答。

“你不喜欢你现在住的地方，是吗？”

“啊，我说不上来——”

“倘使你找不到工作，打算怎么办？”

“我恐怕要回家乡去。”

她说这句话的时候，声音里略微有些颤抖。说也奇怪，他施展的影响是强有力的。他们用不着说话就互相理解了——他明白了她的处境，而她懂得他已经明白了。

“不行，”他说，“你不能这么办。”他当时心里充满了真正的同情。“我来帮助你吧。我给你一些钱。”

“啊，不要，”她说，向椅背一靠。

“那你怎么办呢？”他说。

她坐在那里沉思，仅仅摇了摇头。

他以就他那种人说来是相当温和的态度望着她。他的背心口袋里有些零碎票子——美钞。这些钞票柔软无声，他用手指拿着，把它们紧捏在手心里。

“好了，”他说，“我要帮你渡过难关。你给自己买些衣服吧。”

这是他第一次提到这事情，现在她明白了自己是多么寒伧。他单刀直入，击中了要害。她的嘴唇略微颤动了一下。

她的一只手伸出在面前桌子上。他们俩坐的这个角落里没有旁人，他便把自己温暖的大手按在她的手上。

“啊，得啦，嘉莉，”他说，“你一个人怎么办？我来帮助你吧。”

他轻轻按住她的手，她想要抽出来。他因此紧紧地握住了，她就不反抗了。然后他把手里的钞票塞进她的手掌里，她正要开口推辞，他咬着耳朵说：

“这是我借给你的——不要紧的——我借给你的。”

他硬要她收下了。现在她觉得有一条奇异的感情的绳索把她和他联结了起来。他们走出来，他陪她一直朝南走到波尔克街，边走边谈着话。

“你不愿和那些人住在一起吧，”走到一个地方，他心不在焉地说。嘉莉听到了这句话，但是留下的印象不深。

“明天到市区来找我，”他说，“我们去看一场日戏。好吗？”

嘉莉推辞了一会，终于同意了。

“不要去做什么事情。去买一双漂亮的鞋子和一件外套吧。”

她当时简直不去想他走了以后她会遇到什么麻烦。在他的面前，她也像他一般兴致勃勃，无忧无虑。

“不要为你家里的那些人烦恼，”在分手时他说，“我会帮助你的。”

嘉莉离开他时，觉得好像有一只大手伸到她面前，为她扫除了困难。她所接受的钱是两张柔软、绿色、好看的十元钞票。

第七章

金钱的真正意义还有待于大家去研究和领会。如果每个人都自己弄明白了，这东西该首先当做，而且也只应当做道德的酬报来看待——应该当做诚实地积蓄起来的精力的代表，而不应当做抢夺来的特权——那末，我们的许多社会上、宗教上以及政治上的纠纷，就会一去不复返了。至于嘉莉呢，她对金钱的道德意义的见解，就是一般人的那种见解，别无其他。老话说：“金钱为人人都有之物，而我也一定要有。”这可以透彻地表明她的见解。她现在手里有了些钱——两张柔软、绿色的十元钞票，有了这二十块钱，她觉得比先前不知强了多少。金钱本身就是一种权力。她心里有一个意念，只要有一大堆钱，即使被抛到荒岛也心甘情愿，只有长期挨饿才能使她懂得，在某些情况下，金钱也是无能为力的。就是到那时候，她也不会认识到金钱只具有相对的价值；而只会毫无怀疑地认为，自己有这许多权力而不能施展，真是可惜。

这可怜的女孩子和杜洛埃分手时，心里怦怦地跳着。她觉得有点惭愧，因为她没有足够的勇气拒绝接受，可是她的需要实在太紧迫了，所以心里还是高兴的。现在她将有一件漂亮的新外套了。现在她要买一双精美的有一排纽子的鞋子了。还要买长统袜子，以及一条裙子，以及，以及——直到后来，像她第一次拿到工资前的盘算一样，她的欲望超过了那两张钞票的购买力的一倍多。

她对杜洛埃有了真正的认识。在她看来，而且在外界所有的人看来，他的确是一个出色的好心人。这个家伙的身上全无邪气。他给她钱是出于善心——出于对她困难的了解。他是不会把这么一笔钱给一个穷苦的小伙子的，但是我们不应该忘记，事实上，一个穷小子也不会像一个穷姑娘那样打动他的心。女性激动了他的感情。他是一个天生富有情感的人。可是倘使有个乞丐跑到他的跟前说，“天啊，先生，我饿得慌哪”，他只会爽快地掏出惯常打发乞丐的钱来，就这样算了。他不会去思索，也不会进行哲理探讨。他的思想方法都够不上进行这两种活动的水平。从外表上看，他穿着漂亮的衣服，有着健壮的身体，但却像是一只乐天而没有思考能力的扑灯飞蛾。一旦失去了他的社会地位，受到了一些有时会捉弄人的错综复杂而莫名其妙的力量的打击，他就会像嘉莉一般一筹莫展——也可以说，就会一筹莫展，六神无主，孤苦伶仃，和她一般。

说到他追求女人，他倒并不想损害她们，因为他并不以为他想和她们建立的关系是有损于她们的。他喜欢和女人接近，使她们倾心于他的魅力，这倒不是因为他是个冷血、黑心、诡计多端的恶棍，而是因为他天生富有情欲，促使他拿它作为主要的乐趣。他爱虚荣，爱矜夸，像任何头脑糊涂的姑娘一般迷惑于漂亮的衣着。一个地道的坏到骨子里的恶棍很快就能把他骗住，就像他能够很快讨得一个漂亮的女店员的欢心一样。他之所以能成为一个成功的推销员是靠他气度大方和他那家公司的卓越非凡的名声。他在人群中周旋，他有一股子热情——却说不上是“有才能”，没有可以称做“高尚”的思想，也没有坚持不懈的感情。萨福夫人[①]会叫他猪猡；莎士比亚会说一声“我那兴高采烈的孩子”；爱喝酒的年老的卡约老板认为他是一个聪明能干的商人。总之，照他自己的眼光看来，他是个好人。

此人有其坦率和值得佩服的地方，这可以拿嘉莉接受他的钱这一事实作为最好的证明。没有一个存心不良、老谋深算的阴险的人，能在友谊的幌子下让她接受一毛五分钱。没有智能的生物并不是这么无能的。造物主教田野里的野兽遇到突如其来的危险侵袭的时候赶快奔逃。在松鼠的愚钝的小脑袋里也有单纯的对于毒药的畏惧。“上帝使万物不受侵害”，不是单独对野兽而言的。这只是用宗教的语言来表达一种从物质上和精神上引导物种进化的真理。否则，那末是什么东西在它们能够合乎逻辑地思想以前——在它们懂得如何安身立命之前，引导并教养它们的呢？嘉莉并不聪明，因此就像没有智慧的绵羊一般，感情极其强烈。倘使说杜洛埃初步的挑逗激起了她一些自卫的本能，那是这一类生物所共有的强烈的本能，那也是很微薄的。他并没有恶意。正好相反，他是带着善意、不解、强烈的肉体上的欲望、虚荣、对女性的强烈赞赏、欢笑，甚至眼泪，但是对于这些，没有女人会害怕的。飞蛾、猪猡、小丑、蝴蝶、演员、商人、肉欲主义者都集中在一身了。他就活生生地体现了这一切。

嘉莉走了以后，他因为已博得她的好感而深自庆幸。她倒是多么高兴啊，这可怜的小东西。而且出落得真美。天知道，弄得年轻的姑娘这么走投无路，真是可耻。天气冷了，而她却没有冬衣。真够呛。他要到汉南-霍格酒店去抽支雪茄。他要再想想他是怎样使她收下那笔钱的，想想下一步该怎么办。他一想到这里，就觉得步履轻松起来。

嘉莉兴高采烈地回到家里，这种心情要想掩饰也掩饰不住。但是得了这笔钱，却产生了许多问题，使她不知如何是好。敏妮知道她没有钱，她怎么能去买衣服呢？她一踏进门，这个问题就解决了。不能这么

---

①古希腊女诗人。

办。她想不出什么办法来解释她怎么会得到一件新外套的。

“结果怎么样？”敏妮问，指白天找工作的事。

嘉莉没有一点欺骗的本领，她不能心里这样想，口里说的却完全相反。她要搪塞一下，但是至少要和她的情绪相称才行。她心里既然这么高兴，就不能抱怨，于是她说：

“有人答应给我工作。”

“在哪里？”

“波士顿商店。”

“人家确实答应的吗？”敏妮问。

“哦，明天去听回音，”嘉莉回答——她不喜欢把谎话说得超过必要的限度。

敏妮感到了嘉莉带回来的高兴的气氛。她觉得现在正是时候，可以对嘉莉说明汉生对她到芝加哥来闯这一趟的想法。

“倘使你找不到工作——”她顿住了——想找一个轻松点的说法。

“倘使我不能很快就找到工作，我想就回家去。”

敏妮得到了机会。

“史文以为这样最合适，至少回去过个冬天。”

嘉莉立即明白了她的处境。如果她没有工作，他们不愿意留她再住下去。她并不怪敏妮；她也不怎么怪汉生。这时，她坐在那里玩味着那句话，认为她幸亏收了杜洛埃的钱。

“是啊，”过了几分钟她说，“我是想要这么做的。”

不过，她没有说明这种想法引起了她极大的反感。哥伦比亚城——她在那儿有什么可干的呢？她对那边一天到晚的枯燥而不足道的生活了如指掌。而这里是伟大、神秘的城市，对她依然具有吸引力。她所见到的一切只是表明了它使她的前途可能有什么发展。现在要离开它，回到那里去过从前的低微生活——一想到这里，她几乎要大声反抗。

她回来得早，就到前房里去思考。她该怎么办呢？她不能买新鞋子，在这里穿。她必须在二十块钱里留下一部分作为回家的旅费。她不愿意向敏妮借旅费。可是她怎么解释她从哪里弄来这些钱的呢？倘使能够弄到足够的钱可以舒舒服服地搬出去，那就好了。

她把这个难题想了又想。杜洛埃希望明天早晨就见她穿上新外套，但这是办不到的。汉生盼着她回家去，她却想出走而不回家去。按照他们对她没有工作却弄到钱的看法，她接受这笔钱的事现在看来是很可怕的。她开始惭愧起来。整个处境使她不安。她和杜洛埃在一起的时候，一切都很明白。现在却这么复杂，不知如何是好——比以前还要糟糕得多，因为她手里看上去有笔人家帮助她的钱，却不能使用。

她意气消沉，以致吃晚饭的时候，敏妮以为她一定又是度过了艰难的一天。嘉莉最后决定把钱退回去。收钱是不对的。她明天早晨要到市区去找工作。中午时分她要应约去会见杜洛埃，对他说明一切。这么一决定，她的心就沉重起来，终于又成为先前那个处境困难的嘉莉了。

说也奇怪，她手里握着这笔钱就少不得有一点轻松之感。即使在她作出痛苦的决定之后，她还能撇开关于这件事的胡思乱想，于是这二十块钱看来还是样美妙可喜的东西。啊，金钱，金钱，金钱！有了钱多么好啊。有了不少钱就能把这一切困难一扫而空。

第二天早晨，她起了床，提早一些出去。她要找到工作的决心是相当坚决的，但是她衣袋里那笔叫她左右为难的钱，似乎略微减轻了找工作的可怕程度。她步行到批发公司区，但是当她每走过一家企业时，一想到求业，心里就畏缩起来。她心里想，自己真是个胆小鬼。可是她曾经多次求业，结果总是老一套。她向前走着，走着，最后确实走进一家去，结果还是照旧。她走了出来，觉得命运在和她作对。挣扎是徒然的。

她没有多想，就走到了迪尔伯恩街。那个大商场就在这里，两旁停着它的许多送货车，有长长的一排橱窗和成群的顾客。这些景况很快就改变了她的心思，她实在想得太厌倦了。她本来就是想到这里来购买新衣物的。现在为了消除烦恼，她想进去看看。她要看看外套。

世界上的事情，要算我们有时在心里权衡轻重最为有趣了，那时手头有钱，又被欲望所驱使，可是却被良心所阻止，或者拿不定主张。当嘉莉开始在店里漂亮的陈列品之间走来走去的时候，就是这样的心情。

她前一回到这里的体会，使她对这里的好处评价很高。现在，她在每一件华美的服饰前都要停留一下，而在以前却是匆匆走过。她那颗女人的心，热烈地想望得到这些东西。她穿上这一件该多么好看，那一件会把她打扮得多么俊俏呀。她走到内衣柜，看见那里陈列着色彩鲜艳、饰有花边的精致的制成品，就站住了，心里充满了幻想。呀，只要她肯下定决心，现在就可以买一件。她在珠宝部也徘徊不忍离去。她看见耳环、手镯、别针、表链。倘使她能得到这一切，她是什么代价都愿意付的！她只要有几件这样的东西，就可以显得很漂亮了。

外套对她最有吸引力——她走进店里时，早已决定挑那种奇特的棕色小外套，上面钉着那年秋天最时新的珠母大纽扣。然而她还是乐意来使自己确信这是她最心爱的东西。她在陈列这些衣服的玻璃柜和挂衣架之间走来走去，满意地认定她想的那一件正是最合适的。这一阵子她心里一直犹豫不决，一会儿说服自己既然看中了就可以立即买下，一会儿又回想到自己的实际处境。最后，眼看就到了中午，她还什么都没有买。现在她必须去退掉那笔钱。

她走到街角的时候，杜洛埃已站在那儿了。

“喂，”他说。“新外套呢？”然后向下一望说，“新鞋子呢？”

嘉莉曾经想用巧妙的方式来表明她的决心，但是这一句话使她原先的计划整个落空了。

“我是来告诉你，告诉你，我不能拿这笔钱。”

“啊，原来是这么回事，是吗？”他回答，“那末，你跟我来。我们到那边的施莱辛格-迈耶公司去看看。”

嘉莉就跟他一起走。瞧，一切疑惑和为难都已在她心里烟消云散了。她没法提出这么严肃的问题，把要告诉他的事情都讲明白。

“你吃过饭吗？——当然还没有吃过。我们进去吧，”杜洛埃说着，走进门罗街上靠近斯台特街的一家布置洁净的饭馆。

“我不应该拿这笔钱，”当他们在一个舒适的角落里坐定了，杜洛埃叫了饭菜以后，嘉莉说，“我不能在家里穿这些新衣服。他们——他们不知道我从哪里弄来的。”

“你打算怎么办呢？”他微笑道，“不穿行吗？”

“我想回家乡去，”她没精打采地说。

“啊，得了，”他说，“你把这事情想得太多了。我告诉你怎么办吧。你说你不能在那边穿。那你为什么不租一间带家具的房间，把东西在那里放个把星期呢？”

嘉莉摇摇头。像一般女人一样，她表示反对，还有待说服。现在要靠他来消除疑虑，扫清道路，如果他办得到的话。

“你为什么要回家乡呢？”他问道。

“哦，我在这里找不到什么工作啊。”

“他们不肯留你住吗？”他直觉地提出这点。

“他们留不起，”嘉莉说。

“我告诉你怎么办吧，”他说，“你跟我走。我来照顾你。”

嘉莉听了这些话，没有作声。她尴尬的处境使这些话听起来像是从敞开的大门外吹来的一阵可喜的和风。杜洛埃的气质和她一样，很讨人喜欢。他干净、漂亮、衣冠楚楚，又富于同情。他说话的口气是一个朋友的口气。

“你回到哥伦比亚城能做什么呢？”他说下去，他的话在嘉莉的心里唤起了她所抛弃的家乡的死气沉沉的景象。“那边一无所有。芝加哥才是个好地方。你可以在这里弄一间漂亮的房间，添置一些衣服，然后可以找些事情做。”

嘉莉从玻璃窗里望着外面车水马龙的街道。这就是啦，一个极妙的大城市，多么好呀，只要你有钱。这时有一辆华美的马车，由两匹昂首阔步的栗色马拖着，驰骋过去，车内坐垫深处坐着一位年轻的太太。

“倘使你回去，你会得到什么呢？”杜洛埃问。在这句问话里并无隐晦的含义。他料想，她根本得不到他认为有价值的任何东西。

嘉莉静静地坐着，望着窗外。她默想着她该怎么办。他们是希望她这星期就回家乡去的。

杜洛埃把话题转到她想买的衣服上去。

“你为什么不买一件小巧精致的外套呢？你必须要有一件。这钱算我借给你的。你用不着为拿了钱而感到不安。你可以给自己找一间漂亮房子。我不会伤害你的。”

嘉莉懂得这个意思，但是无法表达自己的想法。她觉得自己的处境比以往任何时候都更为绝望。

“我只要找到些工作做就好，”她说。

“可能找到的，”杜洛埃说下去，“只要你留在这里。倘使你走了，那就不行了。他们不让你住在那边。那末，为什么不让我替你找一间漂亮的房间呢？我不会打搅你——你用不着害怕的。然后，等你安顿好了，你可能找到些事情的。”

看着她俏丽的面孔，使他的精神活跃起来。在他看来，她真是个可爱的小东西——那是毫无疑问的。在她一举一动的背后，似乎有一种无形的力量。她不像一般的女店员。她没有傻气。

实际上，嘉莉比他具有更多的想象力，更高尚的趣味。她所以会感到消沉之又消沉，感到打不起精神，孤独无依，就是因为她的头脑比他的来得精细。她的旧衣服是整洁的，她顾盼多姿，但是并不做作。

“你认为我能找到什么工作吗？”她问道。

“当然了，”他说，伸手过去给她倒茶。“我会帮助你的。”

她望着他，他很有把握地笑着。

“现在，我来告诉你我们怎么办吧。我们到施莱辛格-迈耶公司去，你去选购你想要的东西。然后，我们去替你找一间房子。你可以把东西放在那里。然后我们晚上去看场戏。”

嘉莉摇摇头。

“然后你可以回到他们家去，那——是不碍事的。你不用住在新房间里。只是租下来，把你的东西放在那里。”

她对这事迟疑不决，直到吃完了饭。

“我们去看看外套吧，”他说。

他们一起去了。在店里，他们看到琳琅满目的时新商品，这景象立即吸住了嘉莉的心。在一顿丰美的午餐和杜洛埃兴致勃勃的影响之下，她觉得杜洛埃所提出的计划仿佛是可行的。她左顾右盼，挑了一件像她在大商场里看中的那种外套。一拿到手里，觉得还要好看得多。女店员帮她穿上了，巧得很，竟然完全合身。杜洛埃看她面目一新，就笑逐颜开。她看上去极其漂亮。

“这件好极了，”他说。

嘉莉在镜子前面转来转去。她望着自己的身影不禁满心欢喜。一片温暖的红光泛上了她的双颊。

“这件好极了，”杜洛埃说。“付钱吧。”

“要九块钱呢，”嘉莉说。

“这没什么——买下吧，”杜洛埃说。

她伸手到荷包里，掏出一张钞票。女店员问她是否要穿着走，说罢就走了。不一会她就回来了，就此成交了。

从施莱辛格-迈耶公司出来，他们来到一家鞋子店，为嘉莉选购鞋子。杜洛埃站在旁边，看到鞋子样子很漂亮，就说：“穿上吧。”可是，嘉莉却摇摇头。她在想要回到汉生家里去。他先为她买了一只荷包，又买了一双手套，再让她自己选购长统袜子。

“明天，”他说，“你到这里来买条裙子。”

在嘉莉的一切行动中，多少带些儿不放心的成分。她在这进退两难的处境中陷得越深，便越是认为事情取决于一些她还没有做的事。既然她还没有做那些事，所以还是有办法脱身的。

杜洛埃知道沃巴什大街有房间出租。他带嘉莉在那些房间的外面看了看，说道：“现在，你就是我的妹妹了。”在选择房间的时候，他四面察看，品评，陈述意见，很容易就把此事安排定当了。“她的行李一两天里送来，”他对房东太太说，她很高兴。

屋内只有他们两个人了，杜洛埃也丝毫没有改变态度。他用同样的一般口气说话，就像在外面街上一般。嘉莉放下了她的东西。

“说起来，”杜洛埃说，“你为什么不今夜就搬来？”

“啊，我不能，”嘉莉说。

“为什么不能？”

“我不愿就这样离开他们。”

他们走在大街上时，杜洛埃又提起了这事。这是一个暖和的下午。太阳出来了，风已经平息下去。在和嘉莉的谈话中，他确切地了解了她姐夫家的详细情形。

“搬出来吧，”他说，“他们不会在意的。今后我来帮你过日子。”

她听着这些话，直到慢慢地放下心来。他要带她到各处去看看，然后帮她找工作。一则他心里也有些想这么办。二则他出门去做生意，她可以去工作。

“现在我来告诉你怎么办吧，”他说，“你到那里去把你所需要的东西拿了就走。”

她对这事想了好久。最后她同意了。他将一直陪她走到皮奥里亚街，等她回来。约定她八点半时跟他会面。五点半时她回到家里，到六点就下了决心。

“这么说你没有成功？”敏妮说，指的是嘉莉编造的波士顿商店的事。

嘉莉用眼角斜视着她。“没有，”她回答。

“我看今年秋天你就不用再找了，”敏妮说。她感觉到汉生想让嘉莉回去，她最好马上就劝嘉莉这么做。

嘉莉没有说什么。

汉生回家来的时候，面上还是带着那种不可思议的神情。他一声不响地洗了手，就走去看他的报纸了。吃晚饭时，嘉莉觉得有些紧张。她自己今后的计划给她的精神压力很大，而且她强烈地感到她在这里不受欢迎。

“没有找到事情吗？”汉生说。

嘉莉回说没有。

他又埋头吃饭了，心里老是想着把她留在这里是个负担。她必须回家乡去，就是这个办法。她一旦走了，明年春天就不会让她再来了。

嘉莉对她要干的事感到有点提心吊胆，但是一想到这里的生活就可以了结，觉得松了一口气。他们不会把她放在心上的。特别是汉生，她走了，他会高兴。他是不关心她的前途的。

吃过晚饭，她走进浴室里写了一张小纸条，他们不会到那里去打扰她的。

“再见吧，敏妮，”条子上写着，“我不准备回家乡。我要在芝加哥待些时候找寻工作。不用担心。我会很好的。”

汉生正在前房看报。她像往常一般，帮助敏妮收拾碗碟，清理房间。然后她向屋前的窗外望了一会儿，对丁零零地驶过的街车出了一会神。等到时间将近，她回进吃饭间来。

“我想到楼下门口去站一会儿，”她说。她的声音忍不住有些颤抖。

敏妮想起了汉生的告诫。

“史文认为站在楼下不大好，”她说。

“他这样说过吗？”嘉莉说，“我这次以后不再站了。”

她戴上帽子，不安地围着小寝室里的桌子转，不知道把纸条偷偷地放在哪里好。最后她把纸条放在敏妮的发梳下面。

她带上了客堂门，迟疑了一下，心想不知他们会怎么想。她想起要做的事情的古怪意味，多少使她不能平静。她慢慢地走下楼梯。街车在街上驶过去，孩子们在玩耍。她回头看看点着灯的楼梯，然后装出上街散步的模样。一走到转弯处，她加快了脚步。

当她在匆匆向前走去的时候，汉生回到他妻子跟前。

“嘉莉又到楼下门口去了吗？”他问道。

“是的，”敏妮说，“她说以后不再下去了。”

他走到婴儿跟前，婴儿正在地板上玩，他伸出手指去逗弄他。

杜洛埃正在转角处高高兴兴地等待着。

“喂，嘉莉，”看见一个女孩子的活泼的身影向他走近时，他说。“顺利地来到了这里，是吧？好吧，我们上车去。”

第八章

一个没有教养的人，在宇宙间扫荡、摆布一切的势力之下，只不过是风中的一棵弱草而已。我们的文明还处于一个中间阶段——我们既不是禽兽，因为已经并不完全受本能的支配；也不是人，因为也并不完全受理性的支配。老虎是不负责任的。我们看到造物赋予它强大的生命力——它生下来就受到生命力的照料，不用花费什么心思就得到保护。我们认为人类已远离在丛林里巢居穴处的生活，他们天生的本能已因太接近自由意志而变得迟钝了，而自由意志却还没有发展到足以取本能而代之而成为完美的主导力量。人已变得相当聪明，不愿老是听从本能和欲念；可是他还太懦弱，不可能老是战胜它们。作为野兽，生命力使他受到本能和欲念的支配；作为人，他还没有完全学会让自己去适应生命力。他在这种中间阶段里左右摇摆——既没有被本能拉过去和自然融合无间，也还不能恰当地使自己和自由意志取得和谐。他就像是风中的一棵弱草，随着感情的起伏而动荡，一会儿按照意志行动，一会儿按照本能行动，一下子错了，就等另一下来挽救，一下子倒了，就等另一下来扶正——是一种不可捉摸的变化无常的生物。我们知道进化是持续不断的，理想是一种不会熄灭的光明，这是可以引以自慰的。他不会长此在善与恶之间摇来摆去。等到自由意志和本能的纠葛调整妥当以后，等到清醒的觉悟使自由意志有力量完全取代本能的时候，人就不会再摇摆不定了。觉悟的磁针将永远稳固地指着遥远的真理标杆。

在嘉莉的心里，正如世上的许多人一般，本能和理智，欲念和觉悟，正在争夺主宰权。哪个人不是如此呢。在嘉莉的心里，正如世上的许多人一般，本能和欲念往往还是胜利者。哪个人不是如此呢。她跟着她的欲念走。她是被动的时候多，主动的时候少。

敏妮过了交织着猜疑和焦虑的一夜，这倒不一定是带着忧伤的思念或者爱，第二天早晨看到了那张纸条，她叫了起来：“哎呀，你看这是怎么一回事？”

“什么？”汉生说。

“嘉莉妹妹到别处去住了。”

汉生用超乎寻常的速度从床上跳了下来，看着那张纸条。他这时只用舌头嗒地弹了一下来表示他的意思——那是有些人催马前进时发出的声音。

“你看她到什么地方去了？”敏妮说，精神十分紧张。

“我不知道，”一种讥讽的神情在他的眼里闪了一下。“她到底走了，干出这种事来了。”

敏妮困惑地摇着头。

“唉，唉，”她说，“她不知道自己在干什么啊。”

“那末，”汉生过了一会儿说，把两手向前一伸，“你有什么办法呢？”

敏妮的女性天性不像他这么简单。她在思量这情形下可能发生的事情。

“唉，”她最后说，“可怜的嘉莉妹妹！”

这一场特别的谈话发生在早晨五点钟，这时候，那个小冒险家正独自辗转反侧地睡在新房子里。

我们有时候会对别人的处境担惊受怕，但那位当事人心里对自己的境遇所持的态度，却似乎远远没理由要我们这样做。人们有时候对自己的情况并不像我们想象的那么忧虑。他们苦恼，但是他们能够英勇地忍受。他们忧伤，但是照例是为了别的事情，而不是为他们自己当时的实际处境。当我们为他们担忧的时候，我们看到的是他们倒霉的生涯的全部细节，是多少年的灾难交杂在一起的一大幅景象，正如我们在一部十小时可读完的小说里看到二十年的悲剧一般。就在这时，受害人在一两天里是并不真正感到苦恼的。他只是在厄运临头的当时才看到它展现的一切。

嘉莉的新处境是异常的，因为她发现前途有望。她并不是肉欲主义者，贪图沉醉于奢侈的生活中。她在床上翻来覆去，为自己的大胆而不安，又为得到解脱而高兴，她不知道是否能找到事情做，也不知道杜洛埃会怎么办。那个大人物的未来已确实无疑地给安排停当了。他打算做的事情是情不由主的。他目光不够清晰，无法指望不这么做。他受着自己内心欲望的支配，按照老规矩玩着追求女人的把戏。他需要跟嘉莉共度愉快的生活，就同需要吃丰盛的早餐一样。他不管做什么事，都丝毫不会感到一丁点儿内疚，就这点而论，他是邪恶罪过的。你可以相信，即使他感到一点内疚，也只是极肤浅的。

第二天他来看嘉莉，她就在她的房间里会见他。他还是那样快乐，带着一股生气勃勃的劲儿。

“啊，”他说，“你为什么这样不高兴？出去吃早饭吧。你今天还要去买旁的衣服呢。”

嘉莉看着他，一双大眼睛里露出犹豫不定的神色。

“我希望找些工作做，”她说。

“你会找到的，不成问题，”杜洛埃说，“现在着急有什么用呢？先安顿安顿好。到城里观光观光。我不会伤害你的。”

“我知道你不会的，”她半信半疑地说道。

“穿上新鞋子了吗？伸出来看看。天哪，多好看啊！穿上外套吧。”

嘉莉照他的话办了。

“看，完全合身，对不？”他说，拉拉外套的腰身，后退几步，高兴地端详着。“现在你还缺一条漂亮的裙子。我们出去吃早饭吧。”

嘉莉戴上了帽子。

“手套在哪里？”他问。

“在这里，”她说，从梳妆台的抽屉里拿出了手套。

“现在就走吧，”他说。

开头的疑惧，就这样扫除了。

每一次都是这样发展的。杜洛埃不大让她有空闲的时间。她有时独自心里犹豫，但是多半时间是由他带着去游览的。在卡生-比里公司，他替她买了一条漂亮的裙子和一件衬衫。她又用他的钱买了些用得着的化妆品，直到后来，她看上去完全成了另外一个姑娘。镜子证实了她一向自信的一些事情。她是美丽的，的确不差！她的帽子戴在头上多么漂亮，而且，她的眼睛不是很美吗？她用牙齿咬了咬小红嘴唇，第一次激动地感到了她自己的魔力。杜洛埃多么好呀！

一天晚上，他们去看《日本天皇》①，这是当时极其叫座的一部歌

---

①这是英国作家威廉·吉尔伯特（1836—1911）作词、音乐家阿瑟·沙利文（1842—1900）作曲的许多歌剧中的名作，1885年首次演出于伦敦。

剧。去看戏之前，他们先去迪尔伯恩街的温莎餐厅，那里离嘉莉的住处有好一段路。天正刮着冷风，嘉莉从她的窗子可以望见西边的天空，还带着在消逝的红霞，可是头顶上接近夜色之处呈现着深蓝色。半空中高悬着一长条薄薄的红云，形状像是远方海上的岛屿。在路对面，有些枯树枝在摇晃，不知怎的，这唤起了她的回忆，使她想起了十二月里在家中前窗口望出去所看惯的景象。

她迟疑了一下，拧着她的小手。

"怎么了？"杜洛埃说。

"哦，我不知道，"她说，嘴唇颤动着。

他觉察了她的心事，就伸出手臂搭在她肩上，拍着她的手臂。

"走吧，"他温和地说，"一切都很好嘛。"

她掉过身去，披上外套。

"今晚最好把那条皮围巾围在脖子上。"

他们沿沃巴什大街朝北走到亚当斯街，然后向西转弯。商店里的灯，已经射出了一道道的金色光芒。弧光灯在头顶上闪烁，更上面是高高的办公大楼那些点着灯的窗子。冷风一阵阵吹来吹去。六点钟下班回家的人群摩肩接踵而过。薄大衣的领子被翻起遮住了耳朵，帽檐都拉下了。年轻的女店员三三两两地匆匆走过，一面谈笑着。人们都显得热情洋溢。

冷不防有一双熟识的眼睛和嘉莉对视了一下。那双眼睛从一群衣履寒伧的姑娘中间直射出眼光来。她们的衣服已经褪色，在身上松松地垂下来，她们的外套是旧的，整个打扮显得很褴褛。

嘉莉认出了那眼光和那姑娘。她是在制鞋公司机器边操作的女工之一。那女工看看她，心里拿不大准，又回过头来看。嘉莉觉得她们之间好像已隔了一条鸿沟。她想起了过去的穿着和机器。她真的吃了一惊。直到嘉莉撞到一个行人的身上时，杜洛埃才注意到。

"你一定在想什么心事，"他说。

他们吃了饭，就上戏院去。嘉莉看得大为高兴。五彩缤纷和优美雅致的歌剧场面把她吸引住了。她对于地位和权势，遥远的国家和显贵的人物，都存着遐想。散场以后，她目不转睛地望着辘辘地驶过的马车和成群结队的漂亮妇女。

“等一下，”杜洛埃说，拉她在华丽的休息厅里站住了，绅士淑女们正在那里来往走动，裙子窸窣作响，戴着花边帽的头频频点着，微启的嘴里露着洁白的牙齿。“让我们来看看。”

“六十七号，”管马车的人用一种悦耳的音调，高声叫着，“六十七号。”

“真好看啊，”嘉莉说。

“好极了，”杜洛埃说。他也和她一般受到这豪华和欢乐的场面的感染。他热情地紧握住她的手臂。她有一回抬起头来，双唇微启，露出整齐的牙齿，两眼闪着光。他感到一阵强烈的欲望。当他们向外走的时候，他俯下头来轻轻地对她说：“你的模样真可爱。”他们刚到管马车人跟前，他正拉开车门，让两位太太上车。

“你跟在我后面，我们也去叫马车，”杜洛埃说。

嘉莉几乎没有听到，她的头脑还沉浸在生活的旋涡中。

他们在一家餐厅门口停下来，进去吃夜宵。嘉莉只是模糊地想到时候已经不早，但是现在已没有家规来管束她了。倘使她过去有什么坚定的习惯的话，它们就会在这时候发生作用。习惯是古怪的东西。它们能驱使一个实际上不信教的人，爬下床来祈祷，而这只是习惯而不是虔诚。受习惯支配的人，当他疏忽了惯常做的事情的时候，头脑里会有些不安，由于脱出了常规而感到有些懊恼，把它当作良心的责备，当做把他拉回正路去的低声的小忠告。倘使越轨得太过分了，习惯就能相当有力地把这个不会思考的人拉回来，让他按老规矩办事。这种头脑会说：“现在，上天保佑，我已尽到我的责任了，”而实际上，它仅仅是把无法抛弃的老把戏重演一下而已。

嘉莉的头脑里没有深印着什么了不起的家规。倘使有的话，她良心上会觉得更难过的。现在他们在一片相当温情脉脉的气氛中吃完了夜宵。在各种际遇的影响下，在杜洛埃的难以觉察的热情感染下，在丰美的食物、还不大习惯的舒适的环境的影响下，她的疑虑解除了，竖起了耳朵听他说话。她又成了大城市的诱惑力的俘虏，受到超理性的力量的催眠的可怜虫。我们听到过尼亚加拉大瀑布的奇异的力量，望着瀑布急奔直泻的流水，会使人想起解体和死亡。我们听到过催眠球的力量，那是一桩合乎科学的事实。人们非常熟悉无法解释的、无形的力量的作用，因而不再怀疑人们的头脑是受不声不响的事物所渲染、推动和驱使的了。月亮不仅仅只影响海水。个人在注视着耀眼的、诱人的或者撩人的景象时所想到的一切，是这些景象所造成的，而不是观察着这一景象的人的头脑所发现的。我们开始发现，这些起到更替、改造、溶解作用的奇异而觉察不到的灌输入人头脑中的力量预示了莎士比亚那两行神秘的诗句“霍拉旭，天地之间有许多事情，是你们的哲学里所没有梦想到的呢”[①]，该如何理解。总之，我们是被动多于主动，是镜子而不是发动机，而关于人类行为的由来，至今还没有估量，或者计算过。

“好吧，”杜洛埃终于说，“我们该走了。”

刚才他们是一边吃东西，一边消磨着时间，他们的眼光时常相遇。嘉莉不由得感到随之而来有股力量使她震撼，这就是他的目光。他说话时喜欢碰她的手，像是要把所说的话深印到她心里似的。现在说到走，他又碰了碰她的手。

他们站起身来，走到街上。市中心现在已经冷落了，只有少数吹着口哨的行人，寥寥几辆深夜行驶的街车，还有不多几家尚未打烊的娱乐场所的窗子里还透着灯光。他们沿着沃巴什大街漫步，杜洛埃的话还是滔滔不绝，有一搭没一搭地讲着。他挟着嘉莉的手臂，说话时紧紧地捏着。说过一阵俏皮话，他就低头一看，他的眼光就会和她的相遇。他们终于走到台阶边，嘉莉站在第一级上，她的头现在和他的一般高了。他拉住她的手，亲切地握着。他一直凝望着她，而她却左顾右盼，心头暖洋洋地在沉思。

大约就在这时候，敏妮胡思乱想了长长的一个傍晚后，睡得正熟。她的一个手拐儿扭曲地压在身下。这样一来，紧张的肌肉扰乱了一些神

---

①引自《哈姆莱特》第1幕第5场(朱生豪译)。

经，于是有一幅模糊的景象在她昏昏沉沉的头脑里浮现出来。她觉得她和嘉莉在一处古老的煤矿旁边。她看得见高高的斜坡滑道和挖出的成堆的泥土和煤块。那里有一只很深的坑井，她们正在向里面望着——她们看得见远在下面的稀奇古怪的潮湿的石头，坑壁到那里变成了一片昏暗的阴影。一只下坑用的旧篮子挂在那里，系在一条腐朽的绳子上。

“下去看看吧，”嘉莉说。

“啊，不行！”敏妮说。

“行，来吧，”嘉莉说。

她开始把篮子拉过来，不顾敏妮竭力阻拦，径自跳进去，就一直向下——向下沉了下去。

“嘉莉，”她叫道，“嘉莉，回来吧！”但是嘉莉这时已掉到下面深处，完全被黑暗吞没了。

她挥着手臂。

于是这个神秘的场面奇妙地消失了，变成了她从来没有见过的水边。她们站在远远伸到水中的一块木板、土地或者别的什么东西上，嘉莉呢，正站在末端。她们朝四下望望，这时，这东西慢慢地下沉了，于是敏妮听到水涨上来时的低沉的汩汩声。

“过来呀，嘉莉，”她叫道，但是嘉莉已越走越远了。她好像在远去，远去，这时已无法叫得应她了。

“嘉莉，”她叫着，“嘉莉，”可是她自己的声音听起来似乎很远，这陌生的潮水把一切都化为朦胧的一片。她走开时像丧失了什么东西似的苦恼着。她有生以来从没这么说不出的伤心过。

就是这样，这些离奇的精神幻象，通过疲倦的头脑里的各种变化，一幕又一幕地溜进来，变换着奇怪的情景。最后一幕使敏妮哭了起来，因为嘉莉在什么地方的一块岩石上滑了一下，她的手指没有抓着她，眼看她掉了下去。

“敏妮！怎么了？喂，醒醒，”汉生被闹醒了，摇着她的肩膀说道。

“怎……怎么一回事？”敏妮睡意蒙眬地说。

“醒醒，”他说，“翻个身。你在说梦话啊。”

约莫一个星期以后，杜洛埃打扮得整整齐齐，风度翩翩地踱进汉南-霍格酒店。

“你好，查利，”赫斯渥说，从他写字间里向外望着。

杜洛埃踱过去，看着这位坐在写字台边的经理。

“你什么时候再出门去？”他问道。

“快了，”杜洛埃说。

“上次出门回来后不大看见你，”赫斯渥说。

“是呀，我很忙，”杜洛埃说。

他们谈了一会儿一般的事情。

“喂，”杜洛埃说，好像突然心血来潮似的，“我希望你哪个晚上出去玩玩。”

“到哪里去？”赫斯渥问。

“当然到我家里去啦，”杜洛埃微笑着说。

赫斯渥诧异地抬头望着，嘴唇上挂着淡淡一丝笑意。他机灵地观察着杜洛埃的面孔，然后落落大方地说：“一定去，我很高兴。”

“我们可以好好地打打尤卡牌①。”

“我带一小瓶淡香槟来好吗？”赫斯渥问。

“当然好，”杜洛埃说。“我来给你作介绍。”

第九章

赫斯渥的住所在北区，靠近林肯公园，是当时很流行的一种砖砌的三层楼房，底层稍稍比街面低一点儿。二楼有一排大凸窗突出来，屋前点缀着一小块草地，二十五英尺长，十英尺宽。还有一个小后院，被邻家的篱墙给围了起来，那里有一个马厩，养着马，安放着他的双轮轻便

---

①一种由2至4人用32张纸牌玩的牌戏。

马车。马厩面对一条弄堂，弄堂在屋后，和街路平行。

屋里十个房间，由他自己、他太太朱丽亚、他儿子小乔治和女儿杰西卡分住。除这些人之外，还有一个女佣人，不时由各种不同血统的女孩子充当，因为赫斯渥太太并不总是个容易侍候的人。

“乔治，昨天我把玛丽打发走了，”这是吃饭时常常听到的招呼。

“好吧，”这是他惟一的回答。他早就懒得谈这些讨厌的事了。

和睦的家庭空气是世界上的一种花，没有什么东西比它更纤弱，没有什么东西比它更娇嫩，没有什么东西比它更能把在家里成长、养育的人的天性变得坚强和正直。对于没有受过这种愉快的家庭生活的有益影响的人，就说不明白这种作用的力量。对于那些从来没有在家庭中看到家庭成员之间首要的容忍精神和爱护关系的人，那些颂扬家庭的歌曲和文学是干燥无味的。他们不能理解在听到美妙的音乐的奇异的声音时，泪花怎么会在眼睑之间闪烁。他们永远也不会了解那联系并激荡全国人心的神秘的和弦。

我们不能说赫斯渥的寓所里弥漫着这种家庭精神。那里缺少容忍和体贴，没有这两件东西，家庭还成什么家庭呢。那里有精美的家具，按照家人的审美观点布置得舒舒服服。那里有柔软的地毯，放着华丽坐垫的椅子和长沙发，有一架大钢琴，一座由不知名的艺术家雕塑的某个不为人知的维纳斯女神的大理石像，还有一些天知道从哪里收集来的小铜像，但一般总是由那些大家具店，连同所有别的为布置陈设完美的家庭所需的东西，一起卖出来的。

餐室里有一架餐具橱，里面放满了闪光的酒瓶和别的玻璃用具和装饰品，安排得非常妥帖。赫斯渥在这方面是在行的。他在自己的业务中对此已研究了多年。他乐于在每一个玛丽到后不久对她讲解一些陈列的艺术。他决不是个碎嘴子。正相反，他对于全部家庭经济生活保持着克制的态度，就是通常所说的“绅士风度”这句话所包含的一切意义。他不争论，不随便说话。他的态度有些儿武断。他对凡是改不过来的事情，就视而不见。他内心有一种倾向，就是避开不可能的事。

有一个时期，他对杰西卡相当疼爱，尤其是他还年轻，事业还不怎么得手的时候。可是现在，杰西卡十七岁了，养成了一种冷淡、不受拘束的脾气，这是最强烈的父爱也不欢迎的。她还在中学里读书，对于人生完全持有贵族的见解。她喜爱华丽的衣服，时常要求添制。她的头脑里只想着谈情说爱和优越的个人生活的安排。她在中学里遇见一些地道的富有人家的女孩子，她们的父亲是本地殷实企业的股东或者业主。这些女孩子的神气，和她们出身的家庭的富裕排场颇为相称。她们是杰西卡在学校里结识的仅有的一些女孩子。

年轻的小赫斯渥正好二十岁，已在一家大地产公司做事，前途无量。他对家庭的日常开支一点也不负担，据说是在积钱准备投在地产业中。他有些能力，极慕虚荣，喜欢寻欢作乐，但是至今还没有损及他的任何职责。他进进出出，追求他自己的计划和理想，偶尔和他的母亲说几句话，告诉父亲一些小新闻，但多半时间只限于一般扯淡的普通事情。他不向任何人透露自己的欲望。他认为家里也没有什么人特别想要知道他的欲望。

赫斯渥太太是这样一种女人，她老是想要出风头，可是到处看到别人比她高明，不免有些懊恼。她对生活的了解只限于那个因循守旧的社会小圈子内，她很想置身其中，但是还够不上。她不是不知道，对她说来，这是办不到的。她希望女儿的情况会好一些。她想靠杰西卡来抬高一点自己的身份。小乔治可能会取得成就，通过他，她可以为自己取得被人仰望的特权。就是赫斯渥也干得很不坏，她渴望他的小地产买卖能够多赚些钱。他拥有的财产还不多，但是他的收入令人满意，而且他和汉南和霍格的关系是巩固的。那两个老板对他和善而且比较亲密。

这样一些人物所能创造出来的气氛是对人人都显而易见的。它出现在千百人的闲谈中，全是属于同一性质的。

“明天我要到福克斯湖镇[①]去，”一个星期五的晚上，小乔治在餐桌上宣布。

“那儿有什么事吗？”赫斯渥太太问。

---

① 在芝加哥西北约35英里处，位于同名的湖边，是一个避暑地区。

“埃迪·法尔韦置备了一条新汽艇，他要我去看看航行得好不好。”

“他花了多少钱买来的？”他妈妈问。

“哦，两千多块钱吧。他说是一条好船。”

“老法尔韦一定赚了钱，”赫斯渥插嘴说。

“我想是的。杰克告诉我，他们现在正在运某种成药到澳大利亚去。据说上星期运了一整箱到开普敦。”

“想想看吧，”赫斯渥太太说，“就在四年以前，他们还住在麦迪逊街的地下室里呢。”

“杰克告诉我，明年春天他们将在罗比街造一幢六层大楼。”

“想想看吧，”杰西卡说。

这一次情况特殊，赫斯渥想早些走开。

“我想我该到市中心去了，”他站起来说。

“星期一我们去麦克维克家吗？”朱丽亚说，没有站起身来。

“去，”他漫不经心地说。

当他上楼去拿帽子和外衣的时候，他们还在继续吃饭。一会儿屋门咔哒一声关上了。

“我看他已经走了，”杰西卡说。

杰西卡的学校新闻又是另一种类别。

“他们将在楼上的人礼堂里演戏，”有一天她报告说，“我也要参加。”

“是吗？”她妈妈说。

“是的，我必须做件新衣服。学校里好些最漂亮的女同学都要参加。帕尔默小姐将扮演波希霞[1]。”

“是吗？”赫斯渥太太说。

“他们又叫玛莎·格里沃尔德参加演出。她自以为能演戏。”

“她的家境不是很差吗？”赫斯渥太太同情地说，“他们家什么也没有，是吗？”

---

① 莎士比亚名剧《威尼斯商人》中的女主角。

“是的，”杰西卡回答，“穷得像教堂里的老鼠。”

她很小心地对学校里的男生采取区别对待的态度，有好几个男生被她的美貌所吸引。

“你以为怎么样，”她有一天晚上对母亲说，“赫伯特 · 克兰要跟我做朋友。”

“好孩子，他是谁呀？”赫斯渥太太问道。

“啊，谁也不是，”杰西卡说，噘起她美丽的嘴唇。“他只是学校里一个学生。他什么都没有。”

这个故事的另一面，是当肥皂厂老板布里福的儿子小布里福送她回家的时候透露出来的。赫斯渥太太正坐在三楼摇椅里看书，恰好在这时向外一望。

“跟你一起来的是谁，杰西？”杰西卡上楼时，她问。

“是布里福先生，妈妈，”她回答。

“是吗？”赫斯渥太太说。

“是的，他要我跟他一同到公园去，”杰西卡进行解释时脸有些红，因为她是跑着上楼的，也许还有别的缘故。

“好吧，孩子，”赫斯渥太太说，“早些回来。”

当他们两人走上街时，她很有兴趣地望着窗外。这真是很可喜的景象——最是可喜的。

赫斯渥在这样的气氛中度过了许多年，也不去深入地思考这些事情。他生性就是不肯费神去把事情弄得好些，除非是明明摆在他眼前的，对比极其鲜明的。事实上，他有所受，也有所给，有时候因为漠然无情的自私表现而恼怒，有时候也因为可能会有利于尊严和显赫的社会地位的美景而高兴。他在当经理的那家酒店里的生活，就是他自己的生活。他的大部分时间都花在那里。晚上回家时，住宅显得很可爱。饭菜很少是不可口的，就是普通的仆人能做的那种。实际上，他喜欢听儿子和女儿的谈话，他们看上去总是很漂亮的。赫斯渥太太爱慕虚荣，使她打扮得有些乔模乔样，但是在赫斯渥看来，这比之平淡无奇要好得多。他们之间并没有失去感情。也没有太感不满之处。她对任何事物都没有惊人的意见。他们谈任何问题，总是不够深入，不至谈到争吵的地步。用通常人们公认的话来说，她有她的看法，而他有他的看法。有时候，他会遇见个把女人，她的青春、活泼、风趣，会使他的太太相形见绌，但是这种邂逅相逢可能引起的暂时的不满，会被他的社会地位和某些策略所抵消。他不能搞乱他的家庭生活，因为那会影响他跟店东们之间的关系。他们不要流言蜚语。一个人要保持他的地位，必须有庄严的风度，清白的名誉，植根于一个可敬的家庭。因此他做一切事情都得小心谨慎，每当在哪一个下午或者星期日出现在公共场所，总是和他太太在一起，有时和孩子们在一起。他会到当地的游乐场所去，或者到附近威斯康星州①的游乐胜地，规矩清白地过上几天，到大家散步的地方散散步，做些大家都做的事情。他懂得这样做的必要。

他认识的那些有钱的中产阶级人士中间，有谁出了乱子，他总是摇摇头。他不愿意对此说长道短。倘使在算得上是他的亲密朋友之间谈起这桩蠢事，他就会对它发表批评意见。干这样的事是无所谓的——人们都这样干的——但是为什么不小心些呢？再小心也是不会过分的。他对犯了错误而被发觉的人是不同情的。

因此他如今依然花些时间带太太出去露露面——要不是在外面他可以结识些人，还有些她是否在场并不会产生影响的小小的娱乐的话，这种时候的确会令人感到厌倦。他有时候很好奇地观察她，因为她依然有些妩媚动人，还有男人朝她看。她和蔼可亲，爱慕虚荣，喜欢受人恭维，他深知这一切加在一起，对于处在她那种家庭地位的女人，是可能造成悲剧的。按照他的性格，他对女性的信心并不大。他的太太从来没有那些可以赢得他那样天性的男人的信任和欢心的品德。他看得出，只要她还热爱着他，是可以信任的，但是如果有朝一日这种爱情不复存在了——那末，可能会出些事情。

近一两年来，家庭的开支显得很吃重。杰西卡要穿好衣裳，赫斯渥太太不愿比不上她的女儿，也常常添置新衣。过去赫斯渥没有说什么，

① 芝加哥位于伊利诺斯州东北端，离北面的威斯康星州不远。

但是有一天他叽咕了。

“杰西这个月要做件新衣服，”一天早晨，赫斯渥太太说。

当时，赫斯渥正站在镜子前面，穿上一件精致非凡的背心。

“我记得她刚买了一件，”他说。

“那只是晚上穿的，”他太太满不在乎地回答。

“依我看，”赫斯渥回答，“她近来在衣服上花的钱很不少了。”

“是呀，她出去应酬的时候多了，”他的太太最后说，但是他的语调使她感觉到包含着某些从前没有听到过的东西。

他是个不常出去旅行的人，但是出去的时候总是带她一同去的。在这次谈话后不久，当地的参议员旅游团要到费城去参观，旅游的时间为十天。赫斯渥被其中几个朋友所邀请，他决定去一趟。

“在那里没有人认识我们，”其中一个人说，他脸上好不容易地掩饰住了愚鲁粗拙和追求肉欲的神态。他戴着一顶巍峨的大礼帽。“我们可以好好地玩一下。”他的左眼微微眨动了一下。“你应该跟我们一起去。乔治，”他最后说。

第二天，赫斯渥把他的打算告诉了他的太太。

“我要出门去，朱丽亚，”他说，“去几天。”

“到哪里去？”她抬头看着他问。

“到费城出差去。”

她望着他，留意地等着听他的下文。

“这一回我不能带你去。”

“好吧，”她答道，但是他看得出她认为这事情中有些蹊跷。在他走以前，她又问了他几句话，使他很不痛快。他开始觉得她是个讨厌的累赘。

这次旅行，他大大地享乐了一番，结束的时候，简直不想回来。他不是个愿意撒谎的人，绝对不愿对此事作出解释。这件事就用一般言语搪塞过去了，但赫斯渥太太对此想得很多。她坐车子出去的时间比以前多了，穿得更漂亮了，随随便便就去戏院看戏，以此作为报复。

这种气氛是越出家庭生活的规范的。在这里心情不够舒畅——没有足够的热情。这是靠习惯势力和社会舆论的势力维持着的。随着时间的推移，这关系一定会变得越来越枯燥——直到最后变成火种，很容易着火，把一切都烧毁。这是赫斯渥内心世界以外的一个世界。这是他毫不关心的事情。整个事情可能按传统的习俗发展到老年，直到死亡。也可能不是这样。

第十章

按照世人对于妇女及其义务的看法，嘉莉的精神状态是值得研究的。人们对她这样的行为总是武断地下评语的。社会上有一种评判一切事物的惯用的标准。男子应该善良，女子应该贞淑。恶棍啊，你为甚做不到！

尽管斯宾塞[①]和我们现代的自然主义哲学家们作过各种分析，我们关于道德还只有一种幼稚的观点。这种道德观点的意义不仅仅在于它符合一条进化规律。它不仅仅在于它单单符合世上的事物，其意义要来得更深刻，比我们已知的要更复杂。首先请回答，心弦为什么会战栗，请解释，某些忧伤的曲调为什么能传遍世界，流传不息，请说明，玫瑰花凭什么微妙的法术，不管晴雨都能展放花瓣，像一盏红灯。道德的基本原则，就存在于这些事实的精髓之处。

"啊，"杜洛埃心里想，"我的胜利多么甜美。"

"啊，"嘉莉想着，显得惆怅不安，"我失掉了什么呢？"

面对这个亘古未决的难题，我们态度认真，全神贯注，却又茫无头绪；努力要想探究什么是真正的道德原理——确切地回答什么是善。

按照某一社会阶层的眼光看来，嘉莉已被安置得很舒服了——在

---

① 赫伯特·斯宾塞(1820—1903)：英国哲学家，他是用生物学中关于生存竞争的学说来阐述社会问题的，对德莱塞的哲学观点极有影响。

那些受尽风吹雨打的忍饥挨饿的人们的眼里，她正安身在风平浪静的海港里。杜洛埃在西区联合公园对面的奥格登公寓租下了三间带家具的房间。那是一个芳草满地、空气新鲜的小地方，在今天芝加哥没有比它更漂亮的地方了。那里有悦目的街景可供欣赏。最好的那间房间朝着公园里的草坪，这时草木已经枯黄，掩映着一个小湖。公园对面就是阿什兰大道和沃伦大街，那里耸立着一行行舒适的住宅，是既有声望又相当富裕的中产阶级所建造并居住的。联合公园中的公理会教堂的尖塔，高耸在寒风中摇曳的枯枝之上，再远一些，还有其他几个教堂的钟楼。门前没有街车驶过，可是只要走过一条马路就是麦迪逊街，那里有街车，那是当时西区最繁华、最兴隆的一条布满店铺的通衢。

这些房间布置得相当舒服。地板上铺着一条优质布鲁塞尔地毯，暗红与嫩黄等色相间，显得富丽堂皇，上面织着大花瓶，花瓶里插满了漂亮的奇花异卉。两扇窗子之间有一块大穿衣镜，是在这种镜子非常时髦的时候安上的。一个角落放着一张罩着柔软的绿绒毯的大躺椅，旁边散放着几把摇椅。还有几幅画、几块小地毯、几件小摆设，这就是房间里的全部内容。

在前房旁边的卧室里，放着杜洛埃替嘉莉买的衣箱，在壁橱里，挂着一大排衣服——比她以前拥有过的所有衣服还要多，而且式样非常合身。还有第三个房间，可以用作厨房，杜洛埃让嘉莉在那里装了一具可以移动的煤气炉，以便做简单的午餐，烹调杜洛埃最爱吃的牡蛎，做涂干酪的烤面包之类，最后还有一个浴室。整套房间是舒适的，因为点着煤气灯，用装有调温装置的火炉取暖，还有一个小壁炉，炉膛里贴着石棉，这是当时刚采用的舒适的取暖设备。由于她的勤快和现在有所发展的天生爱整洁的脾气，这个地方保持着极其讨人欢喜的气派。

嘉莉当时就住在这里，安置得很舒适，摆脱了某些不祥地纠缠着她的困难，也增添了一些新的精神负担，这一切使她在人世间的种种关系变动得这么厉害，竟足以使她成为一个跟过去不一样的新人。她照照镜子，看到的嘉莉比她以前见过的要漂亮；她窥视自己的内心，照照她自己和社会舆论所造的镜子，看到的嘉莉却比以前坏了。她在这两个形象之间犹豫不决，不知相信哪个好。

“哎呀，你真是个小美人儿！”杜洛埃常对她这样惊叫。

她就会睁着大眼睛高兴地望着他。

“你自己也知道，是不？”他会说下去。

“啊，我不知道，”她会回答，因为有人居然会这么看而感到得意洋洋，虽然她实际上也是这么想的，但还是不敢马上相信，自己竟然自负得自以为了不起啦。她就是这样游移不定。

可是，她的良心却不像杜洛埃那样喜欢夸赞。她从良心中听到另一种声音，她和这种声音争辩起来，向它哀求，请它原谅。归根结蒂，这良心也不是正直而有见识的顾问。它仅仅是一般的渺小的良心，一种世俗的见解，是她过去的环境、习惯、风俗混杂在一起的反映。有了它，人们的声音实际上就等于上帝的声音了。

“嘿，你失败啦，”这一声音说。

“为什么？”她问道。

“看看你周围的那些人吧，”这一声音低声回答，“看看那些正派人吧。他们会多么瞧不起你所做的事啊。看看那些正派的姑娘吧，等她们知道了你这么意志薄弱，会怎样躲开你呀。你没有经过奋斗就屈服了。”

每当嘉莉独自在家，向外眺望公园的时候，她会听到这个声音。每当没有别的事来打岔的时候，生活的欢乐的一面不那么鲜明的时候，或者杜洛埃不在的时候——这个声音有时就会出现。起初，这声音比较清晰，但总是不能说服她。她总是有话可以回答。这一阵，十二月的天气老是在威胁她。她孤独无依，她有所期望，她害怕呼啸的寒风。穷困的呼声替她作了回答。

我们在哲学研究中对于自然界的因素是估计不足的。我们的逻辑思维中就没有风声的地位。饥饿的苦痛对于“做正派人”的呼声的回答是何等有力。凄风苦雨的气候的影响是何等微妙呀。

晴朗的夏天一旦过去，城市就披上了灰沉沉的外衣，紧裹在身上，准备在漫长的冬天里进行它的活动。无尽的房屋都显得灰暗，天空和街道也都染上暗淡的色彩，散立着的、落了叶的枯树和在风中飞扬的尘埃和废纸，只能对这一片阴郁的色调有所增添。掠过又长又窄的大街的冷风中，好像带着些撩人哀思的意味。不仅是诗人，不仅是艺术家，不仅是那些自命不凡、思想杰出的人觉得如此，连狗和普通人也都有同感。他们和诗人有同样的感受，虽然没有同样的表现能力。电线上的麻雀、门洞子里的猫、拖拉重负的驾辕马，都感到了漫长的严冬的劲风。冬天击中了一切的核心，无论是生物，还是无生物。飞扬的尘沙、低垂的云块、众多工厂的烟尘，把深秋和初冬的天日变得昏暗而一无生气。要不是有人工点燃的欢乐的炉火、孜孜为利的繁忙的商业活动和供人享受的娱乐；要不是各业商人在他们的店内店外照旧装潢布置；要不是我们的街上还挂着五颜六色的招牌，并挤满了川流不息的顾客，我们很快就会觉察到寒冬是多么沉重地压在我们心上。有些日子，太阳扣留了一部分我们应得的光和热，那是多么令人扫兴呀。我们依靠这些东西的程度，胜过我们常常所想象的。我们是靠热力生长的虫豸，没有了它就会憔悴、死亡。

在这样一个漫长的阴郁日子中，这神秘的声音会重新出现，随着日子一天天地过去，变得越来越柔弱无力了。

“懒婆娘！”它会用这种她能领会的语言叫起来，“贪图安逸生活的人。”

“不，”她会想，“我有什么别的办法呢？我是这么倒霉。我能到哪里去呢？别再说回家——啊，我不高兴到那里去。我有挨饿的危险。我没有冬衣。难道我没有努力过吗？”

“别忘了人家对你的作为会有什么看法，”这种声音说。

“我有漂亮的衣服，”她会高高兴兴地吟哦，淹没了这一敦促的声音。“衣服把我打扮得这么俏丽。我安全无忧。世界现在变得不那么可怕了。不那么令人生畏了——我干了什么呀？”

人们对一个能向他们偿付债务的人的尊重，有时也会提供这种信念。

“走到街上去，回你家乡去，恢复你的本来面目。逃走吧！”

“我不能，我不能，”是她唯一的回答。

“出去，女人。到街上去。宁可受苦的。”

“我能到哪里去呢？”她会回答，“我是个可怜的女孩子。你看人们过去是怎样待我的。要是回家乡去，他们会把我看做什么呢？”

“摆脱这一切吧，”这声音最后会这么低语，轻得几乎听不清楚。

“唉，我的漂亮衣服啊，”她的官能在说，“唉，寒冷的街道啊。这不是我听见过的风在呼啸吗？我有了一件精美的斗篷。我有手套。没有这些东西，我不又成了一架机器吗？唉，我有什么办法，有什么办法呢？”

她就这样在真理与罪恶之间——在是与非之间摇摆着，和她处境相同的所有的人都是如此的。这只是利益的权衡。谁有这么高尚，能永远避开罪恶，谁有这么聪明，能永远朝真理的方向前进？

这样的内心斗争并不总占主导地位。嘉莉决不是一个生性忧郁的人。再说，她也没有心思想切实掌握明确的真理。当她思考这个问题，陷入缺乏逻辑性的迷宫，找不到出路的时候，她就压根儿不去想它。

杜洛埃律身处世，始终是他这类人的典范。他常常带她出去玩，在他财力许可的范围内在她身上花了不少钱，在他出门做生意时带她同行。有时候，他出去跑短程生意，她就得两三天独自在家，但平常总是在一起的时候多。

“喂，嘉莉，”在他们安顿下来以后不久的一天早晨，他说，“我已邀请我的朋友赫斯渥哪天晚上到这里来玩玩。”

“他是谁？”嘉莉疑惑地问道。

“啊，他是个场面上人。汉南-霍格酒店的经理。”

“那是个什么样的地方？”嘉莉说。

“本城最上等的酒店。顶刮刮的好地方。”

嘉莉犹豫了一会儿。她对杜洛埃告诉她的话感到纳闷，不知采取什么态度才好。

“那没有关系，”杜洛埃说，觉察到她的想法。“他什么都不知道。你现在是杜洛埃太太嘛。”

嘉莉觉得这么说有些儿欠斟酌。她看得出杜洛埃的感觉不太敏锐。

“我们为什么不结婚呢?”她问道，想起他曾经答应过的甜言蜜语。

“好吧，”他说，“等我那笔小交易一办结束，我们就结婚。”

他指的是他曾经说过他拥有的某个产业，需要好好操心、调整等等，这事不知怎的影响了他的自由的、符合道德的个人行动。

“等我正月里从丹佛出差回来，我们就结婚。”

嘉莉把他的话当作希望的基础——这是对她良心的一种安慰，一条愉快的出路。结了婚，事情就合法了。她的行动就可以算是正当的了。

她实际上并不热爱杜洛埃。和他同居了一些时候，她就明白了。她比他聪明。她已开始隐约看出他的缺点所在。要不是这一点，要不是她有能力对他进行某种估量、评价，她的处境会比现在更坏些。她会崇拜他。她会因为害怕得不到他的欢心，害怕失去他的关怀，害怕被他抛弃而无处安身，给弄得丧魂落魄。在当时的情况下，她起初是有些不安，有些焦急，要把他完全抓住，但是后来，就安心地等待着了。她并不完全清楚自己对他的看法如何——自己打算怎么办。

赫斯渥的来访，使她遇见了一个在许多方面都比杜洛埃聪明的人。他并不像杜洛埃那样，对女人有贪得无厌的欲望，可是却更能赢得女人的欢心。他对女人献的殷勤是所有的女人都欣赏的。他既不卑，又不亢。他最大的魔力是体贴入微。他训练有素，能赢得那些到他酒店里来的同性中的上等人士，那些商人和自由职业者的好感，为了让使他着迷的人感到和蔼可亲，他能采用更巧妙的手腕。凡是漂亮的女人，不管她情致是否优雅，对他总是一种最大的刺激。他温和、沉静、自信，给人家一种只愿意为人效劳的印象——只想做些使女人更加高兴的事。

杜洛埃在认为值得的时候，在这方面也是有一手的，不过他太以自我为重，达不到赫斯渥所具有的风度。他太轻浮，粗俗的生活过得太多，太自以为是了。他对付缺少恋爱经验的许多女人，能够成功。但是对有些经验的、气质高尚的女人就非惨败不可。拿嘉莉来说，他发现这个女人完全属于后者而不是前者。当时是偶然的艳福落到了他身上。再过几年，有了些经验，日子过得好些，他就根本无法接近嘉莉了。

啊，女人学得多么快呀。总的说来，她们本能上是很狡猾的。赋予她们以天生的丽质，她们就会在环境许可的条件下挑精拣肥。给她们看两个男人，她们就能分辨出哪一个最能赏识女人。男人就并不掌握这种作比较的好方法。这是女人世代继承的性格，由千百年的需要所培育的。

“你们这里应该有一架钢琴，杜洛埃，”就在那天晚上，赫斯渥对嘉莉微笑着说，“好让你太太弹弹。”

杜洛埃没有想到这一点。

“我们是应该有一架，”他脱口而出地说。

“我不会弹啊，”嘉莉插嘴说。

“这并不怎么难，”赫斯渥回答，“只消几个星期，你就可以弹得很好。”

这天晚上，他十分高兴地应酬着。他的衣服显得特别新颖美观。上衣的翻领相当挺括，凡是上等衣料总是这样的。背心是上等苏格兰格子花呢的，缀着两排螺钿圆纽扣。他的领带是闪光的丝织品制成的，不太俗气也不太素淡。他穿的衣服不像杜洛埃穿的那么强烈刺眼，但嘉莉看得出这料子是精美的。赫斯渥的鞋子是柔软的黑色小牛皮的，只擦得半亮，而杜洛埃却着漆皮鞋，但是嘉莉不得不认为配上全身华丽的打扮，还是软皮的来得好。她差不多是不自觉地注意到这些东西的。这些东西很自然地会在这种场合显现出来。因为她已看惯了杜洛埃的打扮。

“我们打一会儿尤卡牌怎么样？”大家闲谈了一会之后，赫斯渥提议说。他非常机警，有意回避一切足以显出他知道嘉莉的过去的言谈。他根本不谈有关个人的事，把谈话限制在与个人完全无关的事情上。他的态度使嘉莉毫无拘束之感，他的敬重和风趣使嘉莉感到快乐。他装出对她的回答都极有兴趣的模样，让自己退居幕后，在能够进行愉快的谈话的情况下尽量不突出自己。

“我不会打牌，”嘉莉说。

“查利，你责任没有尽到家呀，”他极其和悦地对杜洛埃说，“不过我们俩，”他继续说，“可以共同教你。”

赫斯渥用这种手腕，使杜洛埃觉得赫斯渥很喜欢他的选择。他态度中有些地方表示他乐于待在这里。杜洛埃觉得同赫斯渥确实比以前更亲近了些。这也使他对嘉莉更尊重起来。在赫斯渥的赏识之下，她的容貌放出了新的光彩。场面因此大为活跃了。

“啊，让我看看，”赫斯渥说，很尊敬地从嘉莉的肩头望过去。“你有些什么牌？”他端详了一会。“牌相当好，”他说，“你的手气真好。现在我教你怎样打败你的丈夫。你照我的话做。”

“嗨，”杜洛埃说，“倘使你们两个串通一气，那我就稳输了。赫斯渥是个地道的高手。”

“不，”赫斯渥说，“这是你太太的关系。她带给了我运气。她为什么不该赢呢？”

嘉莉很感激地望了赫斯渥一眼，对杜洛埃微笑着。赫斯渥的神气显出他只不过是一个朋友。他只是到这里来享受一下的。嘉莉的一举一动都使他感到有趣，仅此而已，别无他意。

“看，”他说，缩回自己的一张好牌，使嘉莉有机会赢了一墩牌，“我认为初学的人打到这样是了不起的。”

嘉莉看到这一盘要赢了，高兴地笑了。看来只要有赫斯渥帮忙，她就能百战百胜。

那个大人物并不时常对她看。每当望着她的时候，他总是眼睛里带着温和的神情。除去友好和和善之外，并无任何其他迹象。他收敛起狡黠乖巧的目光，代之以天真的目光。嘉莉不由得不认为，对他来说，眼前在干的事是一种乐趣。她觉得他认为她尽了最大的努力。

“这样打牌而不得到些彩头是不公平的，”过了一会儿他说，手指伸进上衣的放硬币的小口袋里。“我们拿角子来赌输赢吧。”

“好啊，”杜洛埃说着就掏钞票。

赫斯渥比他动作快。他的手里满是一角的新硬币。“给，”他说着，给每人一小堆。

“啊，这是赌钱，”嘉莉笑道，“这可不好。”

“不，”杜洛埃说，“只是玩玩而已。倘使你连这一点儿钱也不赌，你可以进天堂了。”

“等你看到谁赢了钱，”赫斯渥温和地对嘉莉说，“再谈道德吧。”

杜洛埃笑了一笑。

“倘使你丈夫赢了钱，他会告诉你这有多坏。”

杜洛埃响亮地笑了。

赫斯渥的声音里有一种讨好的音调，明明透露着巴结的意思，连嘉莉也听出了它的含义。

“你什么时候出门？”赫斯渥对杜洛埃说。

“星期三，”他回答。

“你丈夫这样的东奔西走，日子是蛮难过的，是不？”赫斯渥对嘉莉说。

“这次她和我一起去，”杜洛埃说。

“在你们出门以前，两位得跟我去看一次戏。”

“好啊，”杜洛埃说，“怎么样，嘉莉？”

“我非常高兴，”她回答。

赫斯渥竭尽全力让嘉莉赢钱。他为她的胜利而高兴，不住数着她赢得的钱，最后聚在一起放在她伸出的手里。他们摆出便餐，他给他们斟酒，吃过之后他就知趣地告辞了。

“记住，”他说，先对嘉莉看一眼，又对杜洛埃看一眼，“你们七点半前准备好。我来接你们。”他们送他到门口，他的马车就等在那里，车上的红灯在黑暗中快乐地闪动着。

“好了，”他用老朋友的腔调对杜洛埃说，“以后你再留下你太太单独在家的时候，你得让我带她到各处去走走。这可以消除她的寂寞。”

“一定，”杜洛埃说，对这种关切表示十分高兴。天啊，赫斯渥很喜欢他的嘉莉。

“你真客气，”嘉莉说。

“没什么，”赫斯渥说，“我希望你丈夫也这样照顾我。”

他带着笑容，轻快地走了出去。嘉莉很受感动。她从来没有和这样高雅的人接触过。

至于杜洛埃，也同样地愉快。

“是个好人，”他们回到舒适的房间里，杜洛埃对嘉莉说，“也是我的好朋友。”

“看得出来，”嘉莉说。

第十一章

在研究嘉莉的精神状态、使她终于到这古怪的避风港里来栖身的推理过程的时候，倘使对一些微妙的影响(不是凡人皆有的，而是在一个年轻人驰骋想象时，向它包围，使它感到兴趣的)不予以应有的重视，我们就不能作出正确的评价。虽然看起来好像不足为奇，我们还是应该记住，在生活中，我们大多数人到底还是完全受欲望支配的。使欲望感兴趣的东西不总是看得见的东西。请别把这个与自私混为一谈。它比自私要善良一点。欲望是一种强弱不定的风，有时和风煦煦，有时呼啸作声，一会儿鼓起我们的风帆，驶向远方的某个港口，一会儿在阳光照耀的大海上，懒懒地吹拍着风帆，一阵狂风可以一会儿把我们吹到这里，一会儿吹到那里，使我们即刻取得成就；但时常也会撕破我们的风帆，把我们吹到某一个被人遗忘的港口，只留下一副可以入画的支离破碎的残骸。自私是人类这艘汽船上的一双螺旋推进器。它只顾坚持不懈地、枯燥无味地朝前冲。它有一个危险，就是估计错误。像嘉莉这样的性格应该是属于前一范畴的。她对正义和天职的相当混乱的看法该用什么办法去补救，是很不容易觉察的。

对于这种人的思想发展，环境是一种微妙的主宰力量。这是和欲望共同起作用的。例如，她的智慧不能控制的某些条件，将她推入一个境地，在那里她第一次看见了和她自己的生活截然不同的生活方式。美丽的衣服、丰富的食物、高级的住宅以及其他人十分显眼地流露出的关于地位的优越感——这些她是看得见的。在观察这些东西的时候，她并不比任何女店员高明。女人对这些东西总是眼目清亮的，不管她们对别的事物的见解是怎么迟钝。鉴于到处可见人们都在努力争取这些东西，她便认为这些东西是最可贵的，这也是毫不奇怪的。倘使看到了这些东西，使她胸中唤起了欲望，这有什么稀奇呢？

其次，我们必须考虑，倘使人们头脑里充满了欲望，而不具备满足这些欲望的渠道；倘使有野心，不管是怎么微弱，并且不是由高尚的原则和戒律所陶冶的——而无法表现出来，那就肯定会去学世俗的一套。应该说，后者所取得的教训不总是教人向上的。我们知道普通人一般是致力于争取幸福的。这种解释还不够吗？

最后，大家应该记住，基本上说来，对人世间的道德从来没有经过考验。他为什么是善人——是因为上天将美德降到抚育他成长的土地上。在进行严格考验的地方，出现了一些令人伤心的失败者。我们在生活中往往不知道我们从对别人提出的每一条批评中都可以得益的事实。我们这么办，是因为我们不理解生活的微妙之处。要知道你加之于人的罪恶是一种幻象。这正是你自己缺乏理解力——你自己心灵中的混乱的最明白的证明。

从这些真理看来，就应该承认除了人力以外，还可能有别的引诱和控制的力量。难道完全是杜洛埃引诱她的吗？唉，这样的罪名加之于头脑简单的杜洛埃是太重了！主要的牵线者不在于他们两个。

嘉莉很善于学习有钱人的派头——有钱人的外表。看到一件东西，她立即就想了解，倘使弄到了手便能把自己打扮得怎样漂亮。应该说这不是优美的情操，这不是明智的行动。最伟大的心灵不会为之劳神，反之，最笨拙的头脑也不会自寻苦恼。华丽的衣服对她是一种巨大的诱惑；它们轻声软语而狡猾虚伪地替自己招徕。当她听得到它们的倾诉的时候，她心中的欲望就乐于低头倾听。啊，啊！这是所谓无生物的话声。谁能把宝石的语言翻译给我们听呢？

“亲爱的太太，”她从巴得里奇公司买来的花边衣领说，“你戴上我再合适也没有了；不要抛弃我。”

“啊，这么小巧的脚，”新皮鞋的软皮革说，“我把它们保护得多好；没有我的帮助，它们会多么不幸呀。”

这些东西一旦到了她的手里，穿到身上，她可能梦想要抛弃它们；这些东西到她手里来的途径，可能强烈地刺痛她，使她十分想摆脱这一块心病，可是她就是不肯放弃这些东西。“穿上旧衣服——那双旧鞋子吧，”她的良知对她叫着，但是毫无效果。她也许能够克服对饥饿的恐惧，回到家里去；她可以在良心的最后强制下，接受艰苦的工作和贫困的小圈子生活——但是要她损害自己的外貌——要她穿上旧衣服，露出寒伧相？——决不。

杜洛埃助长了她对这些以及诸如此类的事物的看法，因而削弱了她对这些事物的影响的抵抗力。凡是所考虑的事情是与我们的欲望相符的，干起来就不费吹灰之力。他倾心致意，要她打扮得好看。他赞赏她的美貌，她也完全相信这一点。在眼前的情况中，她用不着像美人儿般做得乔模乔样。她自己很快就掌握了这种知识。杜洛埃有一种习惯，那是他这一类人的特点，就是在街上留心一些服装时髦或者容貌俊俏的女人，对她们评头品足。他就像女人般爱服装，因而成了一个很好的评判者——不善于判断才智而是善于评判服装。他注意到她们怎样迈动她们小巧的双脚，她们怎样抬起下巴摆出高贵的姿势，她们怎样优雅而柔软地摆动身体。一个女人故意优美地扭动臀部，对他就像名酒的色泽对酒鬼那样具有魔力。他会把眼光转过去，目送着那个逐渐远去的身影。他会像孩子般因无法控制内心的激情而浑身战栗起来。他喜欢女人们自己所欣赏的那一点：风度。他会跟她们一起，拜倒在她们自己所崇拜的神龛——风度面前，做一个虔诚的信徒。

“你看见刚走过的那个女人吗？”他们第一天一起出去散步时，他就对嘉莉说。

他们遇见的是一个很一般的女人，年轻、美貌，穿扮得和她的外貌十分相称，虽然不好算时髦。杜洛埃从来没有见过纽约社交界打扮得十全十美的女人，否则他会觉察到这个女人的缺点的。嘉莉早就看了她一眼，虽然这不过是倏的一瞥。

“走路的姿势很漂亮，是吗？”

嘉莉又看了一眼，注意到了他所推崇的仪态。

“是啊，蛮漂亮，”嘉莉高兴地回答，心里略微觉察到，自己在这方面可能有些缺点。倘使真是这么好，她必须更仔细地看看。她本能地感到一种要模仿她的欲望。当然，她也能做到这样的。

像她这样的人，只要见到别人反复强调而且赞扬的许多事情，就会掌握了这些事情的规律，而且效法起来。杜洛埃不够精明，看不到这是失策。他不知道要她明白她在跟自己比，较之跟别的比她高明的人比，要来得好。对一个年龄较大的、阅历较多的女人，他是不会这么办的，可是对嘉莉，他只看到她是个新手这一点。他不及她聪明，当然无从理解她的情感。他继续教育她，伤害她，对一个将越来越爱慕自己的生徒和受害人的人来说，这么做是多愚蠢啊。

嘉莉愉快地接受他的教导。她看到杜洛埃喜欢什么，也隐约看到了他的缺点所在。当女人发现了一个男人的爱慕之情是非常明显而慷慨布施的，她对这人的看法就会降低。她认为世界上只有一个人应备受恭维，那就是她自己。倘使一个男人要博得许多女人的欢心，他必须竭尽全力来讨好每一个女人。

有一天，他带她坐马车出去，既为了他自己娱乐，也为了使她高兴。他有不少东西要指点给她看。其中主要的是一些百万富翁的华贵的住宅，当时差不多都造在草原大街上。他认为金钱是一种最可爱的东西。有百万富翁这个头衔就像拥有爵位一样伟大。像所有的美国人一样，他对于爵位有些瞧不起，但是对于与之相当的百万富翁的头衔，却几乎是羡慕不止的。他知道阿穆尔[①]住在哪里，普尔曼[②]住在哪里。他常常看见波特 · 帕尔默[③]和马歇尔 · 菲尔德[④]的住宅。现在他就站在这些房子的前面赞不绝口地注视着。在他看来，这简直是妙极了，

---

①菲利普 · 阿穆尔（1832—1901）于美国内战末期靠猪肉期货交易发了大财，创办阿穆尔公司，专营肉类加工，采用冷藏工艺，其肉类产品远销世界各地。

②乔治 · 普尔曼（1831—1897）是美国企业家，首创高级卧车，名普尔曼车厢。

③波特 · 帕尔默（1826—1902）是芝加哥大商人，百货店林立的斯台特街的开发人。

④马歇尔 · 菲尔德（1834—1906）于 1856 年到芝加哥，后来成为马歇尔 · 菲尔德大百货公司的主人。

太妙了。

“喂，嘉莉，”他说，“你看见前头的那所房子吗？”

他指着一所形状有些笨拙的砖石建筑，从装饰上看一点也不美丽，矗立在一片相当广大的草坪上——这是当时这个城市所特有的说不准是哪种风格的多种风格混杂在一起的建筑中的典型。

嘉莉点点头。

“那是普尔曼的住宅，”他说。

两个人带着显而易见的兴趣凝望着这伟大的卧车大王的住宅。

“说起来，他的确是有钱。两千万块钱。你想想！”

他同样地指出别的许多人——银行家、商人的住宅，这都是他从做生意的经历中得知的。

“多好呀，是不是？”是他常用的一种赞扬语。

在一道堂皇的大铁门外，有一辆丁零作响的双轮轻便马车在转过来——一对优美的栗色马和一辆闪闪发亮的、镀镍的轿车。里面坐着一个二十三岁左右的青年和一个和嘉莉差不多年纪的年轻姑娘。姑娘有几分姿色，她给人的主要印象是她傲慢的顾盼，更确切地说，是旁若无人的风度。她凝视着前方，噘起她美丽的小嘴，对她同伴所说的什么话，毫不在意地点点头。

杜洛埃出神地看着。这才是他想望的女人。同这个姑娘一样的人坐在一起，面前是这么一对好马，该是多么了不起呀。啊，闪闪发亮的皮制马具——丁当作响的镀镍带扣。他在想象中跟这年轻女郎一起走了，在广阔的大街上哒哒地行驶，摆出一副百万富翁应有的姿态。嘉莉也感觉到了这一点，虽然他并没有多说话。她羡慕这个身子笔挺，服饰华丽的苗条姑娘。她甚至看到了和那个姑娘在一起的青年的优越的气度，这对杜洛埃是不利的。原来这就是有钱人的派头。一所宽大的房屋带一片漂亮的草坪，窗上挂着厚厚的花边窗帘，一辆华丽的马车配上欢跃的马儿，能在一道华贵的大门里出来，门内有喷泉在喷水，就是在寒天也如此。嘉莉看在眼里，记在心里。她那敏锐的印象既是由杜洛埃没有吐露出来的感想引起的，也是这些事物本身的形貌造成的。她像蜡一样被这景象打上了烙印，使旧衣服、破鞋子、向商店求业以及一般的穷苦生活显得更其悲惨，更其卑贱，更受不了。她怎么能不喜欢得到前者——她怎么能不尽力躲避后者呢。

从她自己的处境着眼，有些地方甚至更有说服力。这不是比范布伦街美好得多吗?

他们回家的路上，杜洛埃无意中驱车走过杰克逊街，嘉莉突然发现竟来到了汉生家的对面，中间只隔一排房子。她能够越过几片空地望见汉生的家，前面窗帘半垂着，敏妮在厨房里准备晚饭。

嘉莉显然一下子给惊呆了，像是挨了一下耳光。

“以后兜风再也不要到这里来了，”等他们走过了一段路以后，她说。

“说的是，”他说着，就转弯了。“这里不像华盛顿街那么漂亮。那才是西区最繁华的街道。”

在她自己的公寓里，嘉莉看到的事物也给了她同样的影响。

在她居住的同一幢房子里，住着一位戏院的职员弗兰克·海尔先生，他是标准剧院的经理，还有他的太太，一个相貌动人、肤色微黑的三十五岁的女人。他们这种人在今天是美国非常普遍的，生活能很体面地过得去。海尔每星期薪水收入四十五元。他的妻子极其妩媚，摆出年轻人的派头，不高兴过管理家务和养儿育女这样的家庭生活。他们住在杜洛埃与嘉莉上面的那一层，跟他们一样，也占有三个房间。

嘉莉到这里以后不久，海尔太太就跟她建立起社交关系，有时一同出去走走。有好长一个时期，这是她唯一的伴侣，而这位经理太太的闲谈便成了她了解世界的途径。这些琐碎的小事，这些对财富的颂扬，这些在言语中表达的因袭的道德观点，从这个没有头脑的女人心里透露出来，进入嘉莉的耳朵里，一时使她的思想混乱起来。

另一方面，她自己的感觉，倒是一种矫正的力量。无法否认老是有一种力量要她向上。她的感情老是提醒着她。在门厅对面的那套房间里，住着一个年轻姑娘和她的母亲。她们是一个铁路公司的司库的妻子和女儿，从印第安纳州的埃文斯维尔来的。女儿到这里来学音乐，母亲来给她做伴。

嘉莉和她们并没有来往，但是她看见那个女儿进进出出。有些时候，她看见她坐在客厅的钢琴旁，还时常听到她弹琴。就她的社会地位来说，这个年轻的女人穿着特别讲究，戴着一两只嵌宝戒指，弹琴的时候在嫩白的手指上闪耀。

现在，嘉莉受到了音乐的感染。她那易感的心弦与某些曲调产生了共鸣，正如竖琴的弦线，逢到钢琴上弹同一音调时产生的共鸣一般。她并不天生多愁善感，可是在她身上一般所谓的情感却很丰富，这使她对某些令人销魂的音弦产生迷惘惆怅的反应，勾起她对所缺少的东西的向往，使她对已经取得的东西更加紧握着不放。有一支短歌，那个年轻的女人弹得非常婉转缠绵。嘉莉是从下面客堂敞开的门里听到的。那正是将近黄昏的时候，在游手好闲的人们、流浪者的眼里，事物往往会带有些哀怨的味儿。心神会遥想海角天涯，带回几许淡忘的、消逝了的欢乐。嘉莉坐在窗边望着外面。杜洛埃早晨十点钟就出去了。她自寻消遣，散了一会步，看了杜洛埃留在那里的伯莎·莫·克莱[①]写的一本书，可是她不大喜欢这本书，后来换上了晚装。现在她坐在那里，眼光掠过公园，满怀哀怨，意气消沉，就像一个渴望变化和生活的人在这种情景下所表现的那样。正当她思量着自己的新处境时，楼下客堂里的琴声悄悄地传了上来。她的思想随着琴声染上了色彩，纠缠不清。她回想起自己短短的经历中所遭遇的最乐意的和最伤心的事情来。她一时变成了一个忏悔者。

正当她处于这种心情中的时候，杜洛埃走了进来，随身带来了一种完全不同的气氛。当时暮色苍茫，嘉莉忘记了点灯。壁炉中的火也很微弱。

“嘉德，你在哪里？”他说，用他替她起的小名叫她。

“在这里，”她回答。

---

① 伯莎·莫·克莱为英国作家夏洛蒂·莫尼卡·布雷姆(1836—1884)的笔名，曾写过不少冒险传奇小说。

她的语声里有些微妙与孤独的意味，但是他没有听出来。他心中缺乏诗情，不会在这种情景中赶到一个女人身边，对她感到的生活中的凄苦给以安慰。他没有这么办，倒是划了一根火柴，点上了煤气灯。

“喔唷！”他叫道，“你哭了。”

她眼睛里还留着模糊的泪痕。

“嘘，”他说，“你用不着这样。”

他拉过她的手，从他好心肠的自我主义出发，以为或许是由于他不在家，使她感到了寂寞。

“现在好了，”他说下去，“一切都很好。让我们随着这音乐跳一会华尔兹吧。”

这是个最不识时务的提议。这使嘉莉看清楚他是无法同情她的。她表达不出能反映他的缺点或者清楚地区别他们俩之间的差别的话，但是她感到了这一点。这是他犯的第一个错误。

一天晚上，那个女孩子迈着轻快的步伐跟她母亲出去时，杜洛埃对她的风度作了一些评论，这使嘉莉看透了那些自命不凡的女人所采取的某些时髦的小动作的性质和作用。她照着镜子，噘起嘴唇，同时把头微微一抬，像她所看到的铁路公司的司库的女儿所做的模样。她把身子轻轻一摆，撩起裙子，因为杜洛埃曾经夸赞过那个女孩子和别的女人的这个动作，而嘉莉正是天生善于模仿的。她开始懂得了那些爱虚荣的女人毫无例外地都会做出来的那些小动作的诀窍。总之，她对风度的知识成倍增长了，她的模样也随之而发生了变化。她变成一个很有风度的姑娘了。

杜洛埃发觉了这一点。一天早晨，他看见她头发上的新蝴蝶结和梳的新发式。

“你这样打扮很好看，嘉德，”他说。

“是吗？”她娇媚地回答。这使她想在当天尝试采用些别的打扮的办法。

她脚步放得比以前轻了，这是她要想模仿那司库的女儿的结果。同屋的那个年轻姑娘的风度到底给了她多少影响，是说不尽的。她看见她过着充满魅力的生活，而这种生活对她们两个都是新鲜的。对这个年轻小姐说来，芝加哥是新鲜的。她对埃文斯维尔所不能提供的经历，感到得意洋洋。她的一举一动，都表现出她强烈地感觉到她父母能送她来芝加哥学习的高人一等的地位。她每一个行动都反映了她的骄矜和自满。她弹琴很有气派。

嘉莉不得不认为这种人物很了不起。她被这种人的冷漠无情所激起的遗憾，阻碍不了她学样儿的欲望。要是她也能那样才好呢，她准会在这些风流潇洒的人物面前露一手。

晚上，钢琴边安着有红灯罩的高高的钢琴灯，在它的玫瑰色的灯光下，司库的女儿在弹琴、唱歌，这时嘉莉发现并感到了她梦寐以求的东西。倘使歌声能够像有一次那样激起她流泪的情思，那么这年轻姑娘的物质状况会产生多大的影响啊。在嘉莉心上，歌声和灯光在华丽的服装、炫耀的姿态、闪光的钻戒上投射下一种灵光。这使物质世界的表面上增加了不可言喻的魅力。因此，当赫斯渥来访的时候，他所看到的这个年轻女人，已远不是杜洛埃最初与之交谈的那个嘉莉了。原先在服饰和姿态上的缺点已经不见了。她漂亮、文雅，因不够自信而非常腼腆，大眼睛里透露着孩子般的天真，使这位男人群中的一本正经的伪君子大为倾倒。这种新鲜事物对陈腐事物的诱惑力，自古有之。倘使他对于天真烂漫这样的青春之美还有一点鉴赏力的话，现在都复燃了起来。他细细看着她俏丽的脸庞，感到那儿闪耀着年轻的生命的微妙的光辉。在那双澄澈的大眼睛里他就看不到他纵情声色的天性能够了解的那种狡诈。如果他在那里觉察到了一点虚荣心，他倒认为这是一件讨人喜欢的事情。

“我不知道，”当他坐着马车回去时说，“杜洛埃是怎么把她弄到手的。”

他一眼就看出，她的思想感情要比杜洛埃高明得多。

马车在远远后退的两行煤气灯之间颠簸前进。他抱着戴手套的双手，一味只想着灯光明亮的房间和嘉莉的脸庞。他在玩味青春之美所给人的乐趣。

“我要送她一束花。杜洛埃不会介意的。”

第十二章

杜洛埃是个对什么东西都不会有长性的人。他只崇拜一个偶像——风华绝代的女人。他发现许多少女都是这种女人的化身。在他出门做生意的行程中，他会把嘉莉忘记得干干净净。只有在后来的一切偶像都不见了，或者在他回芝加哥的路上，才会想起她来。于是，她的美貌和她所居住的舒舒服服的房间相当迷人地在他的眼前浮现出来，这时他就乐于回家了。他会满怀着一个热情的爱人的情怀出现在嘉莉面前——一离开她，他就像一个无情无义的花花公子一般轻易地忘记她，总而言之，他就是这么一个男人。

对嘉莉这种性格(有些地方也同他的个性类似)的人来说，他们之间不可能存在强烈的感情。他们相同的气质不能容忍这种感情。既然他们成婚的主要动力，没有取得应有的成功和结果，这是由嘉莉无法控制的条件所决定的，她观察她的伴侣的角度就改变了。他善良、他和气、他随和，但他不是可以获得或保持她的爱情的男人。她觉得，有些方面他不像是个真正的男人，虽然她不能把这些方面整理成连贯的、有条理的思想。

反之，杜洛埃却快活地过着日子，干着那老一套满意的工作，压根儿不为他那伴侣的处境操心。他无节制地和女人调情以及对女性评头品足。在不少城市里，他的朋友们约他出去，在这里、那里寻花问柳，他是难得拒绝接受的。在这些事情上他没有自疚——对这种事也没有周密的思考。女人是为男人而生的——这就行了。一个卖弄风情的媚眼，就是可以胡搞的充分的理由。他对此没有别的理解。

可是，赫斯渥的思想却没有这么轻狂，所以要来得微妙些。他对于社会要求人们必须做到的事看得比较清楚一点儿，但是他对违反这些要求的事情却更其不在乎。他确实不像杜洛埃般行为放浪，但这完全是为了尊重自己的社会地位。在实际作出决断和行动方面，他比杜洛埃更其恶劣。他更其深思熟虑地把他所了解的善恶准则抛在一旁。

赫斯渥已倾心于嘉莉。他在心里从不掩饰这一事实。他也丝毫不考虑杜洛埃的优先权或者个性。他只是散布出他的思想游丝，像蜘蛛丝一般，希望能抓住什么。他不知道，也猜不出会造成怎样的后果。

几天以后，杜洛埃行色匆匆，从奥马哈短途出差回来，遇到芝加哥的一个穿着入时的女朋友。他原来打算急忙赶回奥格登公寓，让嘉莉出其不意地惊喜一下，可是现在他跟她谈得兴致勃勃，立即改变了他原来的打算。

“我们吃饭去，”他说，毫不考虑会碰巧遇见什么熟人，可能惹起麻烦。

“一定奉陪，”他的伴侣说。

他们到一家上等餐厅去随便谈谈。他们相遇的时候是下午五点钟，吃到最后已是七点半了。

杜洛埃正讲到一段见闻的结尾，脸上堆满着微笑，这时候，赫斯渥的眼光和他相遇了。赫斯渥是和几个朋友一同进来的，看见杜洛埃和一个女人在一起，而她不是嘉莉时，就得出了自己的结论。

“嘿，这个坏蛋，”他心里想，然后带着些正义感嘀咕着，“真难为那个小姑娘了。”

杜洛埃看到了赫斯渥，一层层地尽往好处想。直到他看出赫斯渥小心地装作没有看见这个小场面时，他才有些不安起来。这时他才注意到赫斯渥的态度。他想起了嘉莉和他们上次的会面。

天啊，他得把这件事情对赫斯渥解释一下，这么偶尔和一个老朋友一起谈半个钟点，也是情理之常，是别无用意的。

他第一次感到了心烦意乱。这是一个道德上的复杂问题，这是他不可能弄懂其中的底细的。赫斯渥会笑他朝三暮四。他会和赫斯渥一同大笑。嘉莉决不会听到，他现在同桌的伴侣也决不会知道，但是他还是不能不觉得这事情对他太糟糕了——这里多少有点污点，可是他并没有错。他变得很沉默，就此结束了晚餐，送他的女伴上了街车。然后他回家去。

“他没有对我谈过最近这些相好的事情，”赫斯渥在心里想，“他以为我把他看成是喜欢那个姑娘的。”

“既然我已经带他到这里来过，他就不该以为我还在到处勾勾搭搭，”杜洛埃想。

“我看见你了，”下一次杜洛埃弯到他不由得不去的漂亮酒店时，赫斯渥友好地说。他举起食指指点着，像父母对儿女一般。

“一个老相识，我刚从车站出来的时候碰到了她，”杜洛埃解释说，“她过去倒是个美人儿。”

“呃，还有点儿吸引力呢！”另一个回答，像是开玩笑一般。

“啊，不，”杜洛埃说，“这一次是碰到了她脱不了身。”

“你回来多久了？”赫斯渥问。

“不过几天。”

“你必须带那个姑娘来，跟我一同吃饭，”他说，“我怕你把她关在鸟笼里了。我去订一个包厢看乔·杰斐逊[1]演出。”

“我没有关她，”这个推销员说，“我一定来。”

这使赫斯渥大为高兴。他不相信杜洛埃对嘉莉有什么感情可言。他妒忌他，现在他看着这个他非常喜欢的衣冠楚楚、兴高采烈的推销员的时候，眼睛里闪出了情敌的冷光。他开始从机智和魅力方面来估量杜洛埃。他开始找寻他的缺点所在。虽然他可能把杜洛埃当作一个好人，可是作为一个情人，他对杜洛埃却有点看不入眼，这是无可争辩的事实。他确实是能蒙骗他的。真的，只要他让嘉莉看到星期四发生的那样的小事情，那就可以解决问题了。他一边笑一边说话的时候，心里一直在想，高兴得几乎得意忘形，而杜洛埃却一无所觉。他没有能力分析像赫斯渥这样一个人的眼光和气度。他站在那里微笑着，接受了邀请，而他的朋友却以老鹰的眼光打量着他。

这出特别错综复杂的喜剧里的主人公，当时却并没有想到他们两人。她正忙于使自己的思想、感情适应新的环境，并没有为他们两人感到烦恼和痛苦的危险。

---

① 即美国名演员约瑟夫·杰斐逊。

那天晚上，杜洛埃看见她在镜子面前梳妆打扮。

“嘉德，”他一边说，一边拉住了她，“我觉得你神气起来了。”

“一点也不，”她含笑反驳。

“不错，你真是俏丽，”他说下去，伸手搂住了她，“穿上你那件海军蓝的衣裳，我带你去看戏。”

“哦，我已经答应了海尔太太今晚一同去看展览会①，”她抱歉地回答。

“你已经答应了，”他说，心不在焉地考虑着这个情况，“我可不想去看。”

“哦，我也说不上，”嘉莉回答，拿不定主意，但是并不表示要为他而背约。

正当这时，响起了敲门声，女仆送进一封信来。

“说是要等回音的，”她说明。

“这是赫斯渥写来的，”杜洛埃在拆信时看到信上的笔迹，这么说。

“请你们两位今天晚上来和我一同看乔·杰斐逊的演出，”信里有这么几句话，“由我做东，这是我们前几天说定的。务请光临。”

“那末，我们怎么答复？”杜洛埃天真地问，而嘉莉满心只想答应。

“还是你决定吧，查利，”她含蓄地说。

“我想，倘使你能取消跟楼上那人的约会，我们还是去的好，”杜洛埃说。

“啊，我可以去取消的，”嘉莉不假思索地回答。

当嘉莉去换衣服的时候，杜洛埃拿出信笺来写回信。她自己也说不出为什么这刚送来的邀请信使她这么感兴趣。

“我要不要把头发梳得和昨天一样？”她手上搭着几件衣服走出来，问道。

---

①这是在州际工业展览大厦展出的长期展览会，陈列着现代绘画、雕刻作品，每年秋季还展出纺织品、妇女用品及机制品等等。

“好，好呀，”他高兴地回答。

她看到他一无所感，心里一轻松。她并不以为自己愿意去是因为赫斯渥对她有什么吸引力。好像是赫斯渥、杜洛埃和她自己三个人在一起时比过去的什么事情都有趣些。她精心地打扮了一番，他们向楼上道了歉，就出发了。

“我说，”当他们走进戏院的门厅时，赫斯渥说，“今天晚上我们真出落得漂亮极了。”

嘉莉在他表示赏识的目光之下，有些儿心慌意乱。

“过来吧，”他说，带着他们穿过休息室，走进剧场。

如果说真有花花世界的话，这里就是。这里真是体现了老话所说的“一尘不染”。

“你看过杰斐逊的戏吗？”他在包厢里向嘉莉俯过身去，问道。

“从来没有看过，”她回答。

“他是个有趣的演员，很有趣，”他说下去，说的是这种人所知道的一般的赞美话。他打发杜洛埃去拿节目单，然后和嘉莉谈他听说的有关杰斐逊的事。嘉莉真是说不出的高兴，剧场的环境、包厢里的陈设和她伴侣的风度确实使她陶醉了。他们的目光有几次无意中相遇，于是有这么一股她从未体会过的感情注入了她的眼睛。她当时说不出道理来，因为在下一次瞥视或手势中，又好像带着无所谓的意味，只不过还夹杂着一些万分亲切的殷勤而已。

杜洛埃也参加谈话，但是相形之下，显得几乎很迟钝。赫斯渥对他们两个都应酬着，这时有种看法打进了嘉莉的心里，就是这个人要高人一等。她本能地觉得他更坚强，更优越，同时又是那么平易近人。到第三幕的末了，她明确地认为杜洛埃只不过是一个好心的家伙，除此以外，缺点不少。在这强烈的对比之下，他在她心目中的地位一直在下降。

“我过得愉快极了，”等戏演完了，他们走出来的时候，嘉莉说。

“是啊，确实如此，”杜洛埃补上一句，他压根儿不觉得已经进行了一场较量，而他的防御力量削弱了。他像是个中国皇帝，高高在上，自以为了不得，却不知道他最好的行省正在被人夺走。

“是的，你们让我度过了一个愉快的晚上，”赫斯渥回答。“再见。”

他握住了嘉莉的纤手，有一股可以感觉到的热流从一个传给了另一个。

“我疲倦死了，”嘉莉在街车上靠在椅背上，当杜洛埃开口要讲话的时候，她说。

“好吧，你休息一会儿，我去抽一支烟，”他说着，站起身来，然后愚蠢地走到街车前端的平台上，就这样听之任之了。

第十三章

要是说赫斯渥在当时还有一种更容易意料到的特点的话，那就是为了保持他的家庭生活状况和社会地位所需要的瞻前顾后的思虑。虽然他心里对妻子儿女并无什么抛不下的感情，可是，像前面所指出的，他对于家庭生活的气派却是有点自以为得意的。他是受尊敬的人。他的家庭和近邻有往来，其中有几家很有钱。他早晨乘街车到市区去时，可以很得意地和不少荷包里装满了钱的商人摩肩接踵，回答对于他的妻子儿女的问候，这是孜孜为利的美国人一般随便应用的应酬话。这些事情好像给他以地位，因此是值得保持的。

同时，还有些更其微妙的道德方面的支索。他的妻子性情冷漠、自满，对她的性格他还没有吃透。说实话，他始终没有真正了解这个女人。在终于使他们成婚的谈情说爱时期中，主要的因素是交织在一起的情欲与个人利益。等情欲得到满足了，他们就被婚后人们所共有的种种利益结合在一起，共同过着日子。因为他们有钱过舒适的生活，而且有积蓄，就没有任何不满的理由。两人都觉得前途有些希望，多年来他们的关系是和谐的，虽然并不热烈。

可是，在近来一个时期中，由于他们白天和晚上都各行其是，两个人的性情和习惯在各向极端发展了。赫斯渥太太越来越把兴趣集中在她的儿女身上，特别是女儿。赫斯渥越来越依赖他所主持的酒店那人为的欢乐气氛来当他个人的娱乐了。儿女们没有足够的高尚情操和兴趣来把这老两口拉拢在一起。多少家庭是靠这个共同的目标——儿女的努力所取得的成功——才能巩固起来的呀。

赫斯渥太太并不知道她丈夫道德方面的任何缺点，虽然她很可以对他的一些癖好发生怀疑，那是她心里很有数的。像她这样的女人，你是绝对想象不出她在一怒之下会干出什么事来的。赫斯渥就是压根儿不知道在某些情况下她会怎么行动。他从来没有看见过她大发雷霆。她确实不是一个爱发脾气的女人。她对别人很不信任，知道他们是会犯错误的。她很有心计，绝不轻易作无谓的争吵，来影响她从了解信息中获得好处。她的怒气决不会通过一次致命的打击发泄出来。她会等待，反复思量，研究细枝末节，积聚起力量来，直到这力量足以发挥她报复的欲望。同时她会不失时机地给人家以或多或少的伤害，叫她的冤家吃点苦，却不让他明白祸从何来。她是一个冷酷、自私自利的女人，心里自有各种盘算而从不透露出来，甚至连眼光里也不透露一些。

赫斯渥对她这种天性有些觉察，虽然并没有真正看清楚。他与她和平相处，多少得到一些满足。他一点儿也不怕她——没有理由要怕她。她依旧多少为他自傲，这种感情又被她想维持社会地位的欲望所加强。她因为她丈夫的许多产业是以她为业主的，暗暗有些高兴，这是家庭对赫斯渥的诱惑力比现在更大的时候，他所采取的一种防范措施。他的太太没有丝毫理由会想到他们的家庭会出什么岔子，但是面前的阴影有时会使她觉得这措施的好处。她因为地位占着优势而可以变得难以驾驭，赫斯渥呢，做事很谨慎，因为他觉得一旦她表示了不满，他对一切都是没有把握的。

说来正巧，赫斯渥、嘉莉和杜洛埃在麦克维克戏院包厢里看戏的那一夜，小乔治正和当地一家纺织品批发行的合伙人哈·勃·卡迈克尔的女儿坐在正厅第六排。赫斯渥没有看见他的儿子，因为他惯常坐在包厢的最后面，当他俯身向前时，正厅前六排的看客也看不见他的全身。他到每一家戏院都习惯这么坐的——在暴露自己对他没有好处的地方尽量不这样做。

他从不走动，而是仔细地打量着周围，估计露一点面要付出多少代价，因为万一人们要误解或者误传他的行动呢。他的行动很神秘，特意不让别人看见，除非那是个他乐于让对方看见的人。

这一回他的儿子看见了他，第二天吃早饭的时候，他的儿子说：

“昨天晚上，爹，我看见你了。”

“你也在麦克维克戏院吗？”赫斯渥以最大方的口气说。

“是的，”小乔治说。

“和谁在一起？”

“卡迈克尔小姐。”

赫斯渥太太以探询的目光向她的丈夫望了一眼，但是从他的态度上，无法判断他是否只是偶然上那家戏院去一次而已。

“戏演得怎么样？”她问。

“很好，”赫斯渥回答，“不过还是那出老戏《李伯大梦》。”

“你同谁一起去的？”他的太太装作无所谓地问。

“查利·杜洛埃和他的太太。他们是霍格的朋友，到店里来玩的。”

因为他地位特殊，这样的说明通常是不会产生麻烦的。他太太理所当然地认为他的身分需要进行某些不一定要她参加的社交活动。此外，他的家庭对他日日夜夜在干些什么，逐渐产生了一种淡漠之感，只要是他经理的职务需要他加班，他们都置之不问。但是近来，有几次他太太要他晚上陪她出去玩时，他都推托说公事太忙。就在上一天早晨他就说过当天晚上有事。

“乔治，”他太太曾经问他，“今天晚上你有事儿吗？”

“有事，”他说，“我今天晚上要开一些账单。”

“我还以为你昨晚有事呢，”她这时很谨慎地说。

“我是有事！”他嚷道，“我没有办法，人家要来拉我出去，但是我看完了戏，直做到两点钟才得了事。”

这番谈话就这样告一段落了，但是心里还是留下了不满意的疙瘩。

过去他对太太的要求还从来没有这样不客气地拒绝过。多年来，他对太太的感情一直在发生变化，觉得和她在一起很乏味。现在天边升起了新的太阳，这颗较旧的发光体就在西天显得暗淡了。他要完全转过脸去，任何要他回头的呼唤都是令人讨厌的。

反之，她却绝对不愿要他不完全履行一切形式上的夫妇关系，虽然其中的精神可能已经丧失了。

“今天下午我们要上街去，”过了几天她说，“我希望你到金斯利饭店去见见菲利普斯先生和太太。他们耽搁在特雷芒旅社，我们去陪他们观光观光。”

发生了星期三的那桩事件，他不能推辞了，尽管菲利普斯夫妇由于爱虚荣和无知，是极其索然无味的。他表示同意，但是态度非常勉强。他离家的时候，心里很生气。

“我不愿意这么下去了，”他心里想，“我不高兴再在有工作的时候，费心去和游客鬼混了。”

过了不久，赫斯渥太太又提出一个相似的建议，只是这一回是看日戏。

“亲爱的，”他回答，“我没有工夫。我忙得很。”

“可是你却有工夫去陪别人，”她相当恼怒地回答。

“没有这样的事，”他回答，“我不能避免生意上的应酬，就是这样一回事。”

“哼，不去就算了！”她高声叫着，嘴唇绷紧了，于是相互敌视之感从此增加了。

在另一方面，他对于杜洛埃那小女工的兴趣，几乎以同样的比例在增长。这个年轻姑娘由于环境的促使和她那新朋友的教导，起了很大的变化。她具有努力争取解放的人的能力。更其繁华的生活对她是不会没有影响的。她在知识上的增长没有她的欲望的觉醒来得快。海尔太太对于财富和地位这些话题的高谈阔论，使她懂得了分辨财富的等级。

海尔太太喜欢在天朗气清的下午的阳光里乘马车出去兜风，看看那些自己住不起的花园住宅，聊以自慰。在北区，沿着现在的北湖滨大道，建筑了不少精美的邸宅。当时还没有现在的那道用石块和花岗石筑成的湖堤，但是道路平坦，路边一片片间隔的草坪看上去很可爱，那些房屋完全是新的，气势雄伟。当冬季过去，早春佳日初到之际，海尔太太租了一辆小马车，邀请嘉莉同游一个下午。她们先穿过林肯公园，一直向埃文斯顿[①]驰去，四点钟才回头，大约五点钟到达湖滨大道的北端。在一年的这个季节里，白天还比较短，薄暮的阴影已开始降临这个大城市。路灯已开始发出醉人的光辉，看上去几乎是水汪汪而半透明的。空中有一种柔和的气息，以无限美妙的温情向人的心灵低诉，也向人的肉体低诉。嘉莉感觉到这是一个可爱的日子。这一天给了她许多启迪，使她精神上更臻成熟了。她们顺着平坦的路面行驶，偶尔遇到一辆马车经过。她看见有一辆车子停了下来，男仆下了车，打开车门，让一个好像是午后漫游归来的绅士下车。隔着现在刚转绿的宽草坪，她依稀看见灯光照在富丽堂皇的室内陈设上。一会儿只是一把椅子，一会儿是一张桌子，一会儿又看见一个华美的壁角，但是使她羡慕得异乎寻常。那些幼年时期对于神仙殿堂、帝王寝宫的幻想如今又回到了眼前。她想象在那些雕刻华丽的门廊的里边，人们是无忧无虑、心满意足的。在这种门廊里，球形的水晶灯照亮了那些方格嵌板的大门，门上装着精心设计的彩色玻璃窗。她完全相信幸福就在这里了。倘使她能够顺着那宽阔的走道漫步，走进那富丽堂皇的门廊该有多好，她觉得那里就像珠宝一样美，十分体面，可以掌握许多财富，发号施令——啊！忧愁就会迅速逃遁；心病马上就可以去掉。她呆呆地望着、望着，感到惊异、欣喜、渴望，与此同时，那个坐立不安的人那迷人的语声，一直在她的耳边低诉。

“要是我们有那样一个家，”海尔太太感伤地说，“该是多么愉快呀。”

“可是人家却说，”嘉莉说，“没人是永远幸福的。”

她听到过不少吃不到葡萄的狐狸的伪善的论调。

---

①位于芝加哥北郊，滨密执安湖。

“话虽如此，”海尔太太说，“我发现人们都勾心斗角，情愿在高楼大厦里受煎熬。”

嘉莉回到自己的房间里，觉得这些房间相形见绌了。她并不迟钝，她看得出这不过是一家中等陈设的公寓里的三间小房间而已。现在，她不是把它们同她过去住过的房子相比，而是同她刚才看到的房子相比。宫殿般的大门的光辉还在她眼前闪现，有软座垫的马车的辘辘声还在她耳边作响。说到底，杜洛埃算得上什么？她又算得上什么？她坐在窗边摇椅里来回摇晃着，一边思量，一边向外掠过灯光闪耀的公园，望着沃伦大街和阿许兰大道上灯烛辉煌的房子。她非常激动，连饭也不想去吃，她想得出了神，只是摇晃，低吟，什么都不想干。有些老曲子又上了她的嘴边，她吟唱着，心沉下去了。她想望着、想望着、想望着。一会儿是想望哥伦比亚城那旧住宅中的房间，一会儿是想望湖滨大道上的宅邸，一会儿是想望某一位太太的漂亮服装，一会儿是想望某些地方的美景。她无限伤心，可是还在犹豫、希求、幻想。想到最后，仿佛她的整个处境都是寂寞凄凉的，她忍不住嘴唇微微颤抖。她坐在窗边的阴影里哼着，哼着，让时间流逝，觉得乐在其中，其乐无比，虽然她不知道是为了哪一桩。

正当嘉莉还沉浸在这种心情中的时候，公寓的仆人上来告诉她，赫斯渥先生在会客室里，要见杜洛埃先生和太太。

“他大概不知道查利出门去了，”嘉莉心里想。

这个冬天她不常见到这位经理，只是心里为着这件或那件事情——主要是由于他所造成的强烈印象——老是想着他。她一时不知道自己是否脸容整洁，心里很慌，但是马上照了照镜子，觉得很满意就下楼去了。

赫斯渥照常穿扮得非常漂亮。他没听说杜洛埃已经出门了。听得这个消息，他简直无动于衷，尽力谈些能够引起嘉莉兴趣的一般话题。他这么泰然自若地谈着——真是令人惊讶。他和所有富有讲话经验的人一样，知道这是能博得同情的。他知道嘉莉乐意听他谈话，就不费气力地一连串说下去，使她听得着迷了。他把椅子拉近些，改变了话音，使他所说的话变成好像完全是知心话似的。他谈的几乎完全是他对于男人和行乐的看法。他到过许多地方，见多识广。他使得嘉莉好像也希望能看到这些事物，与之同时却让她一心想着他。她一刹那都无法忘记他的个性和他这个人。他会含笑地慢慢抬眼着重地谈着某件事，于是她被他眼光的魔力吸引住了。他能够以又随便、又大方的风度博取她的赞许。有一次他为了加重语气碰了一下她的手，她只报之以一笑。他仿佛散发出一种气氛，把她的身子笼罩住了。他的言谈始终不会枯燥无味，仿佛使她也变得机敏了。至少，她在他的影响之下变得活跃起来，终于把她全身解数都施展了出来。她觉得她和他在一起要比和别人在一起更机敏。至少，他仿佛从她身上发现了那么许多可赞赏的长处。没有一丝儿施恩的味道。杜洛埃却浑身都是。

不管杜洛埃在不在场，他们之间的每一次相见都有某种使嘉莉觉得有些难以表达的万分亲密、微妙的感情。她不是健谈的人。她从来不会把她的思想安排得有条有理。对她来说，这始终是一个诉诸感情，强烈而深沉的感情的问题。她哪一次都说不出一句重要的话来，至于眼色和感触，哪个女人愿意透露呢？这种交流在她和杜洛埃之间从来没有发生过。实际上也根本不可能发生。她当时正处于苦难中，急切地盼望着解救她的力量，而杜洛埃及时地以这种力量的代表身份出现了，她因而才倾心相从。现在她却受到了杜洛埃永远无法理解的感情暗流的支使。赫斯渥的眼色就像情人倾吐的话一般富于魅力，而且更加迷人。它不要你立即下决断，而且你也是无话可答的。

一般人对于语言看得过重了些。他们有一种错觉，以为语言能产生极大的效果。事实上，语言一般说来是整个人与人之间的交往中最浅显的部分。它们只能模糊地表现隐藏在后面的巨大、激昂的感情与欲望。当喉舌的絮聒过去以后，才能心心相印。

在这次谈话中她所听到的却是他所代表的事物的言语。他那种神情是何等的温文。他那高超的气概表现得何等动人。他对她产生的越来越大的欲望，像一只温和的手一般抚摸着她的心灵。她毋须为此战栗，因为这是肉眼看不见的——她不必担心别人会怎么说——也不必担心自己会怎么想，因为这是无形的。他正在向她恳求、劝说，要她否认旧的权利，取得新的权利，可是又没有言语可以作证。他们所进行的欢畅的谈话，对这两个人的实际精神状态的关系，就像管弦乐队奏出的低沉的音乐，对为之增添色彩的戏剧情节的关系一般。

请不要对我关于这两个人物的这些真实的心理状态的预言提出疑问。天性的巨大的力量是不应该被智力所独霸的。所谓高雅，无非就是对于这些事物的认识和理解，什么人能理解并感觉到这些事物是真实的，他就是高雅的。但是这些力量的本身，可以为从事最平凡工作的聪明人所发现。控制猪猡的力量是微妙、奇异而惊人的，需要观察者具有精练的思想才能了解它。控制两个像嘉莉和赫斯渥这类性格的人的力量，也像我们所说的那样奇异、微妙。我们在写小说和哲学论文时，对此没有予以足够的着重的阐述——我们没有提出一切人等关于这些事物必须先理解并感觉到什么方面，才能过真实、自然的生活。我们必须懂得，不是我们自己，而是我们所证明的这些事物，才是现实。必须懂得，不仅仅是美才

……通过秀丽的风景有所陈述，
并通过万里碧空予以宣说。

而且

地和天，善与恶，你和我，
就是它的全部领土。

“你见过北区湖滨那一带的房屋没有？”赫斯渥问。

“噢，今天下午我刚到那里去过——海尔太太和我一起去的。那些房屋不是漂亮得很吗？”

“非常漂亮，”他回答。

“天啊！”嘉莉若有所思地说，“我就希望能住在那样的地方。”

“你并不幸福，”赫斯渥略微停顿了一下，慢慢地说。他严肃地抬眼注视着她的眼睛。他自以为已经打动了深沉的心弦。现在他已有一点儿机会可以为自己的利益说话了。他悄悄地靠到她身边，还是目不转睛地望着她。他觉得这是一发千钧的时刻。她尽力想要动弹一下，但是无济于事。这个男人的天性的全部力量在发挥作用了。他有充分的理由可以一步步干下去。他望着，望着，望的时间越长就越难于应付。这个小女工已越来越陷进了深渊。她正让支撑着她的仅有的一些支柱都被水冲走。

“啊，”她最后说，“你不应该这样望着我。”

“我控制不住自己，”他回答。

她精神放松了一点，让这种情况继续下去，使他得到了鼓励。

“你对生活不满意，是吗？”

“是的，”她柔弱无力地回答。

他知道他主宰着这个局面了——他感觉到了这一点，就伸出手去抚摩她的手。

“你不能这样，”她嚷着，跳起身来。

“我是无意的，”他随意回答道。

她并不逃走，照理是可以这样做的。她并不就结束这场会晤，他就一下子想入非非了。过了不久，他起身告辞，她觉得是他掌握了主动权。

“你不要难过，”他和蔼地说。“随着时间的推移，事情自会好转的。”

她没有回答，因为她想不出什么话来说。

“我们是好朋友，是不？”他说，伸出手来。

“是的，”她回答。

“那末，在我再来看望你以前，不要说出去。”

他握住了她的手不放。

“我不能答应你，”她犹豫地说。

“你应该宽宏大量一些，”他说，说得这么率直，使她不由得不受感动。

“我们不要再谈这个了，”她回答说。

“好吧，”他笑逐颜开地说。

他走下楼去，坐上他的马车。嘉莉关了门，上楼到自己的房间里。她对着镜子解开宽阔的花边领子，解下一条美观的鳄鱼皮腰带，那是她新近购置的。

“我变得真可怕，”她说，确实感到不安和羞愧——“我好像什么事情都没有做对。”

过了一会儿，她拆开头发，看上去很漂亮。她心里思忖着这天晚上发生的事情。

“我不知道，”她最后喃喃地说，“我该怎么办才好。”

“嗯，”赫斯渥在驱车回去的时候说，“她真是喜欢我的，我知道了。”

这位精神振奋的经理，在回办公室去的足足四英里路上喜滋滋地吹着口哨，那是一支总有十五年没有想起的旧曲子。

第十四章

赫斯渥和嘉莉上次在奥格登公寓暧昧的会见以后，还不到两天，这位大人物又去拜访了。在这时期中，他几乎日夜都在思念她。她的容忍在某种程度上燃起了他的爱慕之情。他认为一定能取得她的欢心，而且很快就成。

促使这个阅历丰富的人一往情深（虽然还不能说是神魂颠倒）的原因要比单纯的欲望深得多。这是多少年来在已经干涸、几乎荒瘠的土壤里的枯萎了的感情，现在又开了花。很可能嘉莉要比从前曾经吸引过他的女人更胜一筹。除了那一次终于成婚的恋爱以外，他没有恋爱过，而从那以后，时间以及人世的经历告诉他，他原先的选择是何等草率、错误。他一想到这回事，心里就认为，倘使可以重来一次，他是决不会娶这么一个女人的。同时，他和一般女人的交往降低了他对于女性的敬意。他所持有的那种玩世不恭的态度，是以不少经验教训为基础的。他所结识的女人差不多都是一个类型的，自私、愚蠢、华而不实。他朋友们的太太看起来也都是庸脂俗粉。他自己的太太已养成了冷酷、庸俗的性格，而这最不讨他的喜欢。他知道下层社会的情况，那里匍匐着人面兽心的家伙——他认识不少这样的人——使他的心肠硬了起来。他对多数女人都表示怀疑——只看她们的美貌和服饰能起什么作用。他用锐利、挑逗的眼光追随着她们。同时，不管他多么无聊，他对善良的女人还是尊敬的。他自己并不打算分析为什么会出现一个圣洁的女人的这种奇迹。他会脱下帽子，使那些言语轻薄、心术不正的人在她面前默默无语——活像波威里街[①]小客栈的爱尔兰看门人，在天主教慈惠会[②]女修士的面前低首下心，自愿虔诚地献上慈善捐款——但是他不大去想为什么自己要这么办。

像他这般处境的人，曾经历过一连串无聊的、叫人心肠发硬的事，一旦遇见一个天真烂漫、年轻单纯的姑娘，不是由于感到自己跟她相距甚远而保持疏远的态度，就是会被吸引过去，为他的发现而魂牵梦萦，洋洋自得。只有经过迂回的过程，这种男人才会倾心于上述这样的姑娘。除非他们发现这番努力可以有好处，他们是没有办法，也不了解怎样去迎合这种青春年少的女人的。倘使这苍蝇不幸被蛛网缠住了，那蜘蛛就可以爬过来根据自己的条件讲斤头。所以，妙龄女郎流浪到喧闹的城市里来，要是接触到无业游民或者酒色之徒的圈子，即使是最外层的边缘，他们也会跑出来，玩弄他们诱惑人的勾当。

“啊，”这样的人会叫起来，“有一个天真无邪的人在我手边啦。现在，我可以露一手，试试运气。”

事情就这样发展下去，结果是我们可以预料的，因为天真无邪的人

---

①波威里街位于纽约市中心曼哈顿岛东南部，为下等客栈、廉价饭馆、低级娱乐场所会集之地。那一带地方也被称为波威里区。

②这是爱尔兰修女凯瑟琳·麦考利(1787—1841)于1827年在都伯林创办的以救济穷人为宗旨的组织，1843年在美国设立分会。

是没有谁来教导或者劝告她们的。

很容易看出，经过一个迂回曲折的过程，嘉莉被引到了赫斯渥的手边。他接受杜洛埃的邀请，是准备来看一个盛装艳服、面目姣好的女人的。他进来时，只打算享受一晚上轻松愉快的玩乐，然后永远忘掉这个新朋友。哪里知道，他却发现了一个年轻貌美而使他一见倾心的女人。嘉莉温柔的眼光里丝毫没有一个做人情妇的女人的深谋熟虑。羞怯的态度中也没有高级妓女的装腔作态。他立即发现这是一个错误——某种艰难的处境把这个可怜的姑娘推到了他的面前，她引起了他的兴趣。同情心涌上心头，想去进行搭救，但不能说其中没有夹杂着私心。他要夺取嘉莉，因为他认为她的命运和他的交织在一起，比之和杜洛埃的连在一起要来得好。他忌妒这个推销员的胜利，这是他一生中最强烈的忌妒。

嘉莉当然要比杜洛埃高明，因为她在思想上比这个家伙强。她刚从小镇的清新空气中来，眼睛里还保留着乡村的光芒。这里面既没有奸诈，又没有贪婪。虽然她身上继承了这两者的一丁点儿特性，但只是一些萌芽而已。她心里充满了惊奇之感和欲望，而不是贪得无厌。她还在打量这周围的迷宫般的大城市而茫无头绪。赫斯渥感觉到她青春焕发。他要摘取她，就像他要摘取树上的鲜果一般。啊，她和他的太太多么不同呀——她同那些习惯于城市生活的、同一个模子中制造出来的庸俗的女人，相距是多么远呀。他逐步接近这个年轻妇人，就像口渴的旅行者走近清泉一般。他在她的面前觉得神清气爽，像一个人从夏天的烈日下，投入初春的凉风里一般。

自从上一次会晤以来，嘉莉孤身一人，没有人好商量，起初不免东想西想，得不出结论来，最后觉得疲倦了，就干脆不想了。她觉得欠了杜洛埃的情。他在她焦急苦恼的时候帮助了她，这仿佛还是昨天的事。她在各方面都对他感恩。她承认他的长处在于容貌漂亮，心情慷慨，当他不在跟前的时候，甚至忘记了他的利己主义思想；但是她并不觉得有什么约束力可以使她为了他而不倾心于别人。事实上，这种想法是从来没有任何根据的，即使杜洛埃也没有这样的打算。

实际的情况是：这个讨人喜欢的推销员以其轻浮的态度和见异思迁的感情，注定不能建立任何持久的关系，至少对女性是如此。任何女人对他观察得长久一些，都会发觉他是个“人去人情亡”的人。他就是不可能有一会儿从他所寄身的轻浮的天空中被拉得落到这严肃的感情世界中来。他喜洋洋地过着日子，自以为可以讨得一切女人的欢心，认为他到哪里都有人对他钟情，认为这世界将一成不变，永远可以供他享乐。当他看不到某一个老朋友，或者在什么地方终于碰壁的话，他也不会太伤心。这个人没有这么深的感情，能为旧情的丧失而心痛。他还太年轻，在事业上已经很成功了。他这个人在精神上永远是年轻的，直到死亡。

嘉莉对杜洛埃的依恋的程度，就像他这样的天性能使任何人对他产生的依恋的程度差不多。她对他的习惯了解得不够，因此在这方面还无法形成任何看法。从他们第一次相见以后，他还没有做过惹她生气的事。倘使她可能认为他有什么缺点的话，那是指他还没有做出来的事——是他没有能力做的事。

至于赫斯渥呢，他浑身洋溢着关怀嘉莉的想法和感情。他对她并没有具体的计划，但是决心要她承认对他有感情。他认为从她低垂的眼睛、游移的目光、迟疑的态度里看出了爱情初绽的征兆。他要站在她的身边，要她伸手给他——他要看看她下一步怎么表示——对他有感情的下一个迹象是什么。他已经好多年没有这样的如醉如痴了。他在感情上又变成了一个小伙子——在行动上变成了一个向女人献殷勤的男子。

处于他的地位，要在晚上抽空出去是极其方便的。一般说来，他是一个非常忠于职守的工作人员，至少在支配自己的时间这一方面，是个能获得东家信任的人。大家都知道他把经理的任务完成得很出色，所以他可以高兴离开就离开，不管什么时候。他的气度、手腕和华美的外表，给那家酒店一种不可缺少的气派，而同时，长期累积的经验使他成为置备必要的货物的最优秀的专家。堂倌或者助手们可以单个地或者成群地被雇用或辞退，但是，只要有他在店堂里，所有的老主顾都不会觉察有什么变化。他使店堂里保持着他们所习惯的气氛。因此，他可以随自己的方便安排休假时间——有时一个下午，有时一个晚上，但是在十一点和十二点之间总是要赶回来，看看一天最后一两个钟点的生意情况，照料打烊的琐事，这也是他职责范围中的一部分。

“乔治，你要把一切事情都安排妥当，一切人员都走了以后，才回家去。”霍格有一次对他说过，从此以后，在长期的任职期间，他从没有忽略过一次。多少年来，这两个老板在下午五点钟以后，都没有到这里来过，然而这位经理却好像他们经常要来观察似的，忠实地完成了这项要求。

这个星期五下午，在他上次访问后刚两天，他决心前去和嘉莉谈谈。他再也不能等待了。他整个早晨坐在办公桌前工作，但是没有什么效果。他和几个老朋友握手问好，参加了一两次顾客之间的聚谈，另外还干了些店里的日常工作，但是他心不在焉。他一直在幻想，要是能再坐在嘉莉身边该是何等的愉快。最后他决定要去看她，从此他的眼睛便老是望着时钟，但在他看来，时针却无情地转动得十分缓慢。

十二点半，他去吃午饭，但是胃口不好，一点一刻回到店里，心里一直拿不定主意什么时候动身为好。二点差一刻，他拿下他的淡灰大衣和深色常礼帽。

“埃文斯，”他对酒吧间领班说，“倘使有人来看我，我四五点之间回来。”

他匆匆向麦迪逊街赶去，跳上一辆马拉街车①，半小时之后就把他送到了奥格登公寓。

嘉莉想出去散步，穿上了一套淡灰色的呢套装，上装上有两排灰色大纽扣。她已拿出了帽子和手套，放在她面前的五斗橱上，正在颈项上打白花边的领带，这时公寓的女仆上楼来告诉她赫斯渥先生来访。

她一听之下，不免有些惊奇，但是告诉女仆说她马上下去，就赶快打扮。

听说这位令人难忘的经理在等着见她，嘉莉这当儿竟说不出是高兴

---

①在嘉莉居住的芝加哥西区，直至1890年才有有轨缆车。

还是担心。她觉得有些慌张，脸颊上有点热辣辣的，但这主要是因为紧张而不是害怕或者喜爱。她并不想去推测谈话会向哪里发展。她只认为自己应该谨慎，认为赫斯渥对她有一种难以形容的迷恋。于是她用手指最后整理了一下领结，就下楼去了。

这位一往情深的经理，因为完全明白自己的来意，神经也有些紧张。他认为这一回必须采取坚决的行动，但是现在事到临头，听到嘉莉在楼梯上的脚步声，他不免丧失了勇气。他的决心消退了一些，因为到底他还不知道她的想法如何呢。

可是，当她走进房间来时，她的态度给了他勇气。她看上去单纯、妩媚，足以给任何情人壮胆。她明显的不安，反而打消了他自己的这种心情。

“你好呀？”他从容地说，“今天下午我没法不出来，天气是这么晴和。”

“是的，”嘉莉说，在他面前止了步。“我自己也正准备出去散步哪。”

“啊，你要出去吗？”他说，“那末，你去拿帽子，我们一同出去好吗？”

“很好，”她回答着，就转身走出房间。

在这短暂的会见中，她坚决相信赫斯渥对她有好感了。如今已不容怀疑，她已使他倾心。他的风度与英俊的相貌使人们并不去注意他这个人。这就使她解除了对他的身体的感觉，而只受到他的想法的影响。这些想法是异常迷人而有吸引力的。

“真的，”他说，“我真高兴来得正是时候，否则就会看不到你了。”

“是的，”她回答，“我正要出去。”

他们穿过公园，沿着华盛顿街向西走去，当时那广阔的碎石路面，以及离人行道有一定距离的木结构的大房子，看上去很悦目。这是西区比较富裕的人们居住的一条路，赫斯渥怕被人发现，不由得感到紧张。城内各处的许多大商人都认识他，虽然他想到这个时候多数商人都在办公室里，而且他们的太太和儿女多数不认识他，因此放心些，但还是不由得希望不要太抛头露面。他们没有走多少路，就瞥见横路上有家出租马车行的招牌，这一来解决了他的困难。

“我们以车代步怎么样？”他说。

“也好，”嘉莉说。

“你从来没有见过城内的那条新林荫大道，是吗？”他问。

“是的，”她回答。

“那末，我们去看看吧，”他说下去，觉得这个主意很好。

所谓的那条林荫大道在当时和乡间的道路差不多。他打算带她去看的那一段，就在这西区还要向西很远的地方，那里几乎连一座房子也没有。这条大道把道格拉斯公园与华盛顿公园——又叫南公园，连接了起来，只是一条铺设得很平整的马路而已，向正南方向穿过一片杂草丛生的旷野，大约五英里长，然后向正东方向穿过同样的草原，也是同样的长度。沿路大部分地方连一所房屋都看不到，随便什么话都可以畅谈，不会碰到打扰。

他在车行里拣了一匹驯良的马和整洁的马车，他们俩很快来到了人们看不见也听不见的地方。

“你会驾驶马车吗？”过了一会儿，他说。

“我从来没有试过，”嘉莉说。

他把缰绳放在嘉莉手中，双臂盘在胸前。

“你看，这并不是什么大不了的事，”他笑着说。

“要是马匹驯良，倒并不难，”嘉莉说。

“只要练习一下，你就能够像任何人一样驾御马匹，”他带着鼓励的语气补充说。

他一直在寻找机会，想趁谈话中断的时候，把话转到正题上去。他有一两次不开口，希望她的思想能在静默中受到他的影响，但是她却还在轻松地讲下去。可是他的静默不久就控制了局面。他的思路开始起作用了。他茫然注视着不知什么地方，仿佛在思量和她根本不相干的什么事。可是他的想法是不言而喻的。她很清楚眼前到了千钧一发的时候。

“你可知道，”他说，“自从认识你以来，我过到了几年来最愉快的晚上。”当时的形势已经变得近乎紧张了。

“真的吗？”她假装轻快地说，但还是为他语调中所流露的执著的意念而感到激动。

“那天晚上我就想对你说的，”他补充说，“但是不知怎的，失去了机会。”

嘉莉不声不响地听着。她想不出什么值得说的话。在上次会见以后，她虽然老是想着这事的是非，依稀觉得不安，这时却又处于他强烈的影响之下了。

“我今天到这儿来，”他一本正经地说下去，“要把我的感受告诉你——不知你高兴不高兴听。”

按照自己的本性，赫斯渥是一个多少带点浪漫色彩的人物。他会产生强烈的感情——往往是富有诗意的；在欲望的驱使之下，像目前那样，他会变得口若悬河。这就是说，他的感情和声音都染上了那种似乎是压抑和悲怆的色彩，那是流畅的辞令的要素。

“你知道，”他说，把手放在她的手臂上，在搜索语句时，保持着紧张的沉默，“我爱你。”

嘉莉听了这句话并没有动静。她已完全被这个人的气度缚住了手脚。他需要像教堂里的宁静那样的气氛来抒发自己的感情，她呢，也就一声不响。她目不转睛地凝望着面前平坦空旷的景色。赫斯渥等待了一会儿，又重说了一遍。

“你不该这么说，”她有气无力地说。

这句话并没有任何说服力。只是因为她模糊地感到应该说点什么而已。他根本不理睬这句话。

“嘉莉，”他说，以讨人欢喜的、亲昵的语气叫她的小名，“我希望你爱我。你不知道我是多么需要有人在我身上倾注一些感情呀。我真是孤苦伶仃。我生活中没有什么乐趣、幸福。老是同一些毫不相干的人一起工作、操劳罢了。”

当赫斯渥这么说的时候，他真以为自己的境况是可怜的。他有一种本领，能撇开自己，隔着一段距离客观地打量自己——他有本事能在他的生活构成中看到他要看的东西。现在，他说话的声音就带着因情绪紧张而产生的特殊颤动。这一点击中了他女伴的心弦。

“啊，我还以为，”她说，张着一双充满同情和感触的大眼睛望着他，“你是很幸福的。你对世界上的事情见识这么多。”

“这话说对了，”他说，声音变得温和、低沉，“我对世上的事情见识得太多了。”

听一个这么有地位和权势的人这么说话，对她说来是一件重要的事情。她不禁觉得自己的处境很奇妙。在这么短的时间里，乡镇的狭隘生活就像一件外衣般从她的身上脱下了，换上了满是奥秘的城市生活，这是怎么一回事呀。眼前最大的奥秘之处就是：一个有财有势的男人坐在她的身边——正在向她求爱。看啊，他生活悠闲、舒适，他势力大，地位高，衣服华丽，可是他却在向她求爱。这事情对她的影响，正如上帝的威力对一个看到了上帝的奇迹、末了却发现要他去把上帝的所作所为弄得十全十美的基督徒的影响一般。她想不出任何正当、合理的道理。她再也不为此操心了。她只顾沐浴在他感情的温煦之中，就像一个受寒的人得到了可喜的火焰。赫斯渥被满腔激情弄得热情洋溢，他感情的热力早已把对方的种种疑虑像蜡一般熔化了。

“你以为，”他说，“我是幸福的，我不该诉苦。倘使你一天到晚和丝毫不关心你的人打交道　倘使你天天都到一个除了装模作样、淡漠无情而外一无所有的地方，倘使在你所认识的人中没有一个会对你表示同情或者可以与之畅谈——也许你也会觉得不愉快吧。”

他正在叩击她的心弦，使她在当时的处境中激起了同情。她懂得和冷漠无情的人打交道，在那么多丝毫不关心你的人中独来独往，是什么滋味。她不是有过这种经验的吗？就是在眼前，她不也是非常孤独吗？在她认识的所有人之中，她可以向谁祈求同情呢？一个都没有。她只能独自一个在那里沉思、出神。

“倘使我能得到你的爱情，”赫斯渥说下去，“我就心满意足了。倘使我可以来看你，有你做伴就好了。事实上，我只是毫无兴趣地在各处走动。我只是在苦挨日子。在你出现以前，我一无所事，只是游手好闲、逢场作戏而已。自从你来了以后——嗯，我心里就尽想着你。”

嘉莉曾经幻想过会有人来求助于她，这时这个老想法又在她心头滋长起来。她真心可怜这个忧伤、孤独的人物。想想看，他这一切优越的地位因为没有她而变得这么生气全无，而且在她自己孤苦无依的时候竟对她提出这样的哀诉。这确实是太糟糕了。

“我并不很坏，”他抱歉地说，好像非在这方面向她作解释不可似的。“你也许以为我到处漂荡，无恶不作。我过去是比较轻率，但是很容易摆脱掉的。我需要你来把我拉回来，倘使我的生活还可以有什么意义的话。”

嘉莉含情脉脉地望着他，那是德行高尚的人希望挽救恶行时的表情。这么一个人物，怎么会要人挽救呢？他的错误是什么，她怎么能把它改过来呢？一切都这么好，一定是一些小错误。充其量不过是被夸大的瑕疵，而人们对于这些错误的看法，又都是宽大为怀的呀。

他把自己说得这么孤苦，使她深为感动。

“真是那样的吗？”她在心里沉思。

他伸出一只手臂抱住她的腰部，她硬不起心肠来把身子溜开。他用闲着的那只手握住她的手指。一阵柔和的春风拂过路面，吹动了地上一些去年秋天的棕色枯枝。马儿从容不迫地朝前走着，没有人在驾驭。

“请你说吧，”他温柔地说，“你是爱我的。”

她的眼睛羞怯地低垂下去。

“亲爱的，承认吧，”他柔情蜜意地说——“你是爱我的，对不？”

她不答话，但是他感到自己得到了胜利。

“告诉我吧，”他低沉地说，紧紧地搂着她，使他们的嘴唇快碰在一起了。他热情地捏紧她的手，然后放掉她的手去抚摩她的面颊。

“你是爱我的，”他说，把他的嘴唇贴在她的嘴唇上。

至于回答呢，她用嘴唇作了答复。

“现在，”他兴高采烈地说，优美的眼睛里闪出光来，“你是我的人了，是不？”

她把头温柔地靠在他的肩上，作为进一步的结论。

第十五章

那天晚上，嘉莉坐在她的房间里，觉得身心极度兴奋。她为自己对赫斯渥的感情和他的爱情深感喜悦，抱着美妙的幻想期待着定于星期日晚上的再度会见。他们约定由她到市中心去看他，并不以为必须保守秘密，但是说到底，他们这样约定正是为了好保守秘密。

海尔太太从楼上窗口看见她进屋子来。

“哼！”她在心里想，“她在丈夫出门的时候，和别的男人出去兜风。他应该对她多加留神才好。”

事实上，不仅是海尔太太一个人对这事有想法。招呼赫斯渥进来的女仆也有她自己的看法。她对嘉莉没有特别的好感，认为她冷淡，不近人情。同时，她对那心情愉快、态度随和的杜洛埃却有些儿意思，他不时对她说一两句打趣的话，有时还对她表示一些他对所有女性的那种好感。反之，赫斯渥的态度却比较检点，比较挑剔。他并不以同样和蔼的态度来对待这个穿着紧身胸衣的仆人。因此，在他来访过几次之后，这女仆想到他就不开心。她奇怪他怎么来得这么勤，杜洛埃太太竟会在今天下午杜洛埃先生不在家的时候，跟他一同出去。她在厨房里对厨子透露了她的看法。结果，一连串闲话就在公寓里暗中流传，一般闲话都是如此流传的。过了不多时候，虽不能说全体人员都有这种看法，但也不只是这两个人而已。

嘉莉正处于她自己感到非常满意的精神状态中。她既然已这么倾心于赫斯渥，承认了自己的感情，就不再顾虑到对他的态度问题了。她暂时不去想杜洛埃，只想着她的情人的气度、风姿以及对她的无限柔情。在第一个晚上，她什么都不干，只是重温着那天下午的详细情景，结果总是想到那甜美的高潮，那时她以行动承认了对他的孤独处境抱有深厚的同情。这是她的同情心生平第一次被充分地激起了，使她的性格蒙上了新的光辉。她原先有些潜在的主动性，现在开始发挥出来了。她更其实际地考虑自己的景况，开始看到一线光明，可以有出路了。赫斯渥仿佛是一股把她拉去过体面生活的力量。她的感情是完全值得赞许的，因为从最近的这些事态发展看来，这种感情预示着可以使她摆脱不光彩的生活。她不知道赫斯渥下一回要说出什么话来。她只是把他的感情当作高贵的东西，从而可以获得更好、更丰硕的成果。

恰恰相反，那个大人物却没有制定什么样的行动计划，只是差不多毫无保留地听从自己欲望的使唤。他现在得意洋洋，他的求爱竟会这么顺利。毫无疑问，嘉莉对他的迷惑是真诚的。他对她觉得难舍难分，只盼着下一次会见时，推进他与她的关系。他十分迷恋于在她面前所感到的愉快。一想到她的含情凝睇，就使他浑身都乐滋滋地战栗起来。他心急如焚地等待着下一次的会见。一句话，他当时正在一种轻松的气氛中活动，通过一种玫瑰色的气氛来观察一切。在这种情况下，他可以说真的在恋爱了。

通过对人的了解，我们很容易就可以猜出他的打算。许多人的生性就是只想寻欢作乐，而推卸责任。他们会像蝴蝶一般，永远在夏天的花园里飞舞，从一朵朵的花上掠过，吸取花蜜为他们自己取乐。他们认为不用管自己的行动会产生什么样的后果。他们不以为需要有一个组织完美的社会，在那里人人都应该负有一定的责任，人人都享受相当的幸福。他们只顾自己，因为还没有受过要顾到社会的教育。对他们来说，只有痛苦和必然才是驱使他们的大监工。法律无非是圈定他们行动范围的樊篱而已。犯了错误以后，痛苦像鞭子一般笞打他们，但他们也不知道他们的受苦是因为行为不端。有许多这样的人被必然和法律所笞打，打得昏倒在地，饿死沟壑，或者瘐死狱中，但是他们心里从来不会想到，他们之所以受笞打正是由于一心一意要越出必然所设下的界限的缘故。一个被命运摆布的囚徒，被自己的寻欢作乐锁住了手脚，不知道围墙有多么高大，并且生活的看守永远手里拿着枪在巡逻。他哪里知道一切的欢乐都是在墙内，而不在墙外。他一心想越出社会允许的范围，制服那守卫。当我们听得被系着大拇指吊起来的人的悲呼，听得不祥的枪声，标志着又一个想脱逃的可怜虫送命的时候，我们可以认定生活又一次被人误解了——我们可以认定这个人一直在和社会作斗争，只有死亡才能终止他的斗争和作恶。

可是赫斯渥此刻只有不负责任的享乐思想。他并不以为他的作为会在自己的生活中引起纠葛。他的地位很稳固；他的家庭生活虽然不能令人满意，至少是风平浪静的；他的个人自由是不大受束缚的。嘉莉的爱情只是表明又增加了他那么许多乐趣而已。他要享受这新的赐予，作为额外的幸福。他可以和她快乐地一起玩，而他自己的事业会照常进行——不受影响。

星期日晚上，嘉莉和他在他所选定的东亚当斯街上的一家饭店里吃饭，饭后，他们雇了一辆马车到当时位于靠近三十九街的别墅园林大街上的一家可以欢度良宵的娱乐场所去。在他自诉衷曲的过程中，他很快就了解到嘉莉把他的爱情看得比他所预料的要高一等。她真诚地对他保持着一定的距离，只接受对于毫无经验的情人才相称的一些热情、温柔的表示。赫斯渥发现她不是唾手可得的人，就不敢过分热忱地求爱。他向她求爱的方式是年轻人的那一套，而不是诱奸。要她自己感觉到一切恩爱都是她的赐予。与此同时，他的兴趣却提高了。既然这把戏要全靠施展手腕才能赢得，这就显得更其迷人了。因为她显得若即若离——她不想进一步陷下去，只想保持现状——这使他觉得她的美色更其高贵了。因为他过去假装相信她已结了婚，他觉得必须继续假装下去。他知道离开胜利还有一小段距离。他无法估计这距离到底有多远。

他们听着音乐演奏，看到大厅一端的时钟刚指到十点钟时，嘉莉说：

“我们该走了。”

“怎么，还只十点钟呢，”赫斯渥回答。

“我知道，但是等我们回到奥格登公寓就要十一点多了。我不能在外面待得太晚。”

“他们那里都早睡早起的吗？”

“哦，是的，”她说，“倘使可能，我必须十一点钟到家。”

赫斯渥勉强听从了她的意见，不过他很老练，并没有露出一点声色。马车快到奥格登公寓时，他问道：

"我什么时候再来看你？"

"我说不上，"她回答，心里拿不定主意。

"下星期二到'大商场'来好吗？"他提议道。

她摇摇头。

"不能这么勤，"她回答。

"我告诉你怎么办吧，"他补充说，"我写信给你，由这个西区邮局转交。你星期二到那里去拿好吗？"

嘉莉同意了。

马车听他的吩咐在离一家门面的地方停了下来。

"晚安，"他低声说。

不幸好事多磨，杜洛埃回来了。第二天下午，赫斯渥正坐在他堂皇的小办公室里，看见杜洛埃走进店来。

"嗨，你好，查利！"他殷勤地说，"又回来了，嗯！"

"是的，"杜洛埃笑着说，走过来，在门口向内张望着。

赫斯渥站起身来。

"好啊，"他说，把这推销员打量了一番，"和往常一样红光满面。"

他们开始谈论他们所认识的人，以及所发生的事情。

"到过家了吗？"赫斯渥最后问。

"没有。不过就要去了，"杜洛埃说。

"我想起了那里的小姑娘，"赫斯渥说，"去望了她一次。我想你是不愿意她过得太清冷的吧。"

"你说得对，"杜洛埃表示同意，"她怎么样？"

"很好，"赫斯渥说，"不过很想念你。你还是现在就回去，使她高兴一下。"

"我就去，"杜洛埃含笑说。

"你们两位在星期三请过来，和我一同去看戏——"赫斯渥在分手时说。

"谢谢你，老朋友，"他的朋友说，"且看那个姑娘怎么说，再告诉你。”

他们非常友好地分了手。

“这人真不错，”当杜洛埃转弯向麦迪逊街走去时，心里在想。

“杜洛埃是个好人，”赫斯渥回到办公室去时，心里在想，“但是配不上嘉莉。”

一想到嘉莉，他的头脑就变得飘飘然了，他在思考怎么样可以占这个推销员的上风。

杜洛埃见了嘉莉，就照例把她搂在怀里，但是他在亲吻她时她稍微有点抗拒。

“唔，”他说，“我这次跑得不错。”

“是吗？”她应了一句，“你对我讲起过的那个拉克罗斯[①]人，你跟他的交易结果怎么样？”

“哦，很好。卖了一整批给他。那边还有一个代表伯恩斯坦公司的家伙——一个地道的鹰爪鼻的犹太人，但是他没有得手。我把他弄得一钱不值。”

当他解开领口和袖口饰纽，准备洗脸换衣服的时候，他滔滔不绝地讲着出差的经过。嘉莉不由得高兴地听着他活龙活现的描述。

“说真的，”他说，“我使办公室里的人都吃了一惊。我在上一季度销出的货物比我们公司里别的任何推销员都多。我在拉克罗斯脱手了价值三千块钱的货物。”

他把脸浸在脸盆中的水里，用手擦着颈项和耳朵时，又是吹气，又是喷气，这时嘉莉凝望着他，一边回忆往事，一边考虑眼前的光景，两种思想交织在一起。他在揩面的时候，又往下说：

“我在六月份要提出加薪要求。我给他们做了这么多生意，他们是出得起的。我会达到目的，你看着吧。”

“我希望你成功，”嘉莉说。

---

① 位于威斯康星州西部，滨密西西比河，为附近那一带农业地区的贸易及船运中心。

“到那时候，倘使我做的那一小笔地产生意成交了，我们就结婚，”他表示出极大的热忱说，这时他站到镜子面前开始梳理头发。

他抖出这笔子虚乌有的地产生意，来搪塞嘉莉的结婚要求。他要她安于现状，而他可以逍遥自在地在外面游荡。

“我就不相信你真打算和我结婚，查利，”嘉莉哀怨地说。赫斯渥最近的表白使她有勇气说出这句话。

“啊，我是真的——当然是真的——你怎么会这么想的？”

这时他停止了在镜子前的梳理，走到她面前来。嘉莉第一次觉得她好像应该从他身边躲开。

“可是你说了好久啦，”她说，仰起她美丽的面庞望着他。

“哦，我是这么打算的，但是要称我的心生活，非钱不行。现在，等我加了薪水，我就可以差不多把一切事情都办妥了，就可以结婚了。现在，请你不要担心，好姑娘。”

他拍拍她的肩膀要她相信，但是嘉莉觉得她的希望实在非常渺茫。她能够清楚地看出这个随遇而安的家伙并不打算为她办什么事。他只是混到哪里是哪里，因为他喜欢目前自由自在的光景，而不愿受任何法律上的约束。相形之下，赫斯渥就显得比他坚强、诚恳。她觉得他各方面都更好。他没有随便搪塞她的轻率态度。他同情她，让她知道自己的真正价值。他需要她，而杜洛埃却满不在乎。

“啊，不，”她带着几分懊恼的情绪说，语调里反映着几分自己的胜利，更反映了她无可奈何的心情——“你永远也不会。”

“那末你等着瞧吧，”他最后说——“我一定会和你结婚的。”

嘉莉望着他，觉得自己是正确的。她要找些可以使自己心安理得的借口，这里就是——他随随便便、轻飘飘地把她对他的正当要求置之度外。他曾经矢口说要和她结婚，而这就是他履行许诺的方式。

“嗨，”他说，自以为已经轻松地解决了结婚问题，“我今天遇见了赫斯渥，他要请我们和他一同去看戏。”

嘉莉听到这名字吓了一跳，但是立即镇定下来，没有引起杜洛埃的注意。

“什么时候?”她假装满不在乎地问道。

“星期三。我们去，好吗?”

“你同意就去吧，”她回答，态度这么勉强、拘束，几乎要引起别人的疑心。杜洛埃也有点发觉，但是他认为这是他们谈论的结婚问题所产生的情绪。

“他来望过你一次，”他说。

“是的，”嘉莉说，“他星期天晚上到这里来过。”

“是吗?”杜洛埃说，“从他的话里听起来，我还以为他是一个星期左右以前来的。”

“他也来过的，”嘉莉回答，她完全不知道她的两个情人可能谈了些什么话。她心中茫无头绪，恐怕自己的答话会引起什么纠葛。

“啊，原来他来过两次，”杜洛埃说，脸上第一次流露出猜疑的神色。

“是的，”嘉莉天真地说，这时才明白赫斯渥一定是只说来过一次。

杜洛埃以为他一定误解了他朋友的话。不过，他对这事也并不特别注意。

“他说了些什么?”他追问道，略微有些儿好奇。

“他说他来看我是因为他觉得我可能感到冷清。你好久没到那里去，他不知道你怎么样了。”

“乔治是个好人，”杜洛埃说，知道了这位经理的关心感到很高兴。“好了，我们到外面去吃饭吧。”

赫斯渥看见杜洛埃回来了，立即就写信给嘉莉，其中有一段是这样写的：

“我告诉他在他出门的时候，我来看过你，最亲爱的。我没有说几次，但是他可能以为是只有一次。把你对他说过的话都告诉我。收到此信后，请专差送回信给我。亲人儿，我一定要见你。星期三下午二时，你是否能在杰克逊街和思鲁普街的转角来跟我相会。我希望我们在戏院里见面之前，先和你谈谈。”

星期二早晨嘉莉到西区邮局取得了这封信，立即写了回信。

“我说你来过两次，”她写道，“他好像并不在意。倘使没有事阻挠，我会设法到思鲁普街来的。我仿佛觉得自己变得很坏了。我知道这么做是错误的。”

当赫斯渥如约和她相见时，要她在这点上不必担忧。

“你不应该担忧，好心肝，”他说，“一等他再出门去，我们就安排一下。我们可以把事情办妥，使你不用瞒什么人了。”

嘉莉以为他立即要和她结婚，虽然他没有直接这么说，因此她的精神很兴奋。她打算尽量挨过这一阵，等到杜洛埃再度出门。她全心倾注在这漂亮的经理身上，他看上去是这么诚恳，这么体贴，比那个推销员要老练得多。

当一个年轻姑娘发现自己陷入了这种错综变幻的处境中时，她不是发挥相应的机智和勇敢的能力来应付，就非彻底失败不可。对嘉莉说来，财富和欢乐的城市生活的场面，唤醒了她要取得更高的地位、生活得更好些的欲望。杜洛埃的优柔寡断和漠不关心，已使她看得明明白白，要想从这方面找出路是行不通的。赫斯渥的穿着和仪态使她对他的地位之高、手面之阔产生了错觉。她以为他对她的迷恋就是引她进入她所梦寐以求的高级社会的门户。所以现在，当他保证要进行某种安排时，她就心安了。

“照过去一般，不要对我表示过分的关心，”谈到晚上去看戏时，赫斯渥这么劝告她。

“那末，你不要目不转睛地望着我，”她回答，想到了他眼睛的力量。

“我不会的，”他说，在分别的时候紧紧握住她的手，又像她刚才警告过的那样望着她。

“你又来了，”她打趣地说，伸出手指指着他。

“戏还没有开场呢，”他回答。

他依依不舍地望着她离去。这般的青春美貌在他身上所引起的反应，比之醇酒要微妙得多。

在戏院里，情况发展得对赫斯渥有利。倘使从前嘉莉觉得他是讨人喜欢的话，现在就越发如此了。因为这对象更乐于接受，他那优雅的气度的影响更是无孔不入了。他的一举一动都使嘉莉看着称心。她险些儿忘记了可怜的杜洛埃，而他呢，却唠唠叨叨得像是在做东道主了。赫斯渥极其机警，一点也不露声色。倘使说有些异常的话，那就是他现在对他的老朋友比平常更其关心，可是并不巧妙地取笑他，那是得宠的情人往往会在他心上人面前暗中玩上一手的。要说呢，他觉得眼前这回事不大公道，不过他不至于卑劣得再加以丝毫精神上的嘲弄。

只是台上演出的那本戏却造成了嘲讽的局面，不过这也只能怪杜洛埃自己。

台上在演《海誓山盟》的一幕，剧中的丈夫出门去了，他的太太在听一个情人的甜言蜜语。

“这男人是活该，”后来，甚至在看到剧中的她痛悔前非时，杜洛埃还说。“我对这么一个傻男人一点也不同情。”

“哦，那倒说不定，”赫斯渥柔和地回答说，“他也许以为自己并不错呢。”

“嘿，一个男人倘使要保持住老婆，总得比他做得周到一些才是。”

他们这时已走出门厅，在门口衣着华丽的人群中挤出去。

“喂，先生，”赫斯渥身边有一个声音说，“请给些租个铺位过夜的钱好吗？”

赫斯渥正在津津有味地和嘉莉说话。

“说老实话，先生，我没有地方过夜。”

求乞的是一个大约二十八岁，脸色憔悴的男人，看上去一副穷极潦倒的模样。杜洛埃第一个看到了这个人。他心中涌起了一股怜悯之情，给了他一毛钱。赫斯渥没有留心这回事。嘉莉立即忘记了。

“说起来，先生，”赫斯渥在和他们分手时，最后说，“没有什么比看一本好话剧更有趣的事了，是不？”

“我最喜欢看喜剧，”杜洛埃说。

第十六章

赫斯渥越是钟爱嘉莉，越是压根儿不把自己的家庭放在心上。他对家庭的所有一切行动，都是极端敷衍了事的。早晨，他坐下来和妻子儿女一起吃早饭，沉浸在自己的幻想里，和他们关心的事远隔万里。他看报，由于儿女们谈论的话题浅薄无聊，更提高了他看报的兴趣。在他和他太太之间，横着一条冷漠的鸿沟。

唉，日渐增长的厌倦之感真是难挨啊。时光拖延着——把他的心泉都吸干了。自从好久前他第一次产生感情以来，他就过着这种生活；在这感情失去了美，只剩下一副尘污的躯壳之后，他就是这样长期地挨熬着。现在他已变得满不在乎了。他对某些事闭耳不闻，对别的一些事情闭目不看。其余的一切就像衣裳般被他跨出门槛后就扔掉了。一到外面，他的生活又虎虎有生气了。

现在嘉莉出现了，他有把握又变得幸福了。晚上到市区去也有了乐趣。他在天色很早就断黑的日子走在路上，路灯闪烁着可爱的光芒。他又开始感受到那种几乎忘却了的、加快情人脚步的情绪。他望着自己的漂亮衣服的时候，是用她的眼光来看的——而她的眼光正是年轻人的眼光。

正当他沉浸在这种感情中的时候，听见了他老婆的话声，夫妇关系中的那些摆脱不了的义务把他从梦想中召回到枯燥的现实中来，他觉得真是可恼。于是他知道，这是一根束缚住他双脚的锁链。

“乔治，”赫斯渥太太说，用的口气是他早就熟悉的，一听到就知道她要提出要求了，“我们要你给我们弄一张看赛马①的长期票。”

“你们场场都要看吗？”他用疑问的口气说。

“是的，”她回答。

他们所谈的赛马，即将在南区华盛顿公园举行，在那些并不自命为

---

①从 1884 年至 1904 年间，每年暮春在芝加哥的华盛顿公园跑马场举行大赛马。

虔诚的基督徒和保守人士心目中，这是件十分时髦的事情。赫斯渥太太从来没有要过长期票，但是今年出于某些考虑，她决心要订一个包厢。首先，有一家邻居兰姆赛夫妇，是靠做煤生意赚了钱的财主，已经订了包厢。其次，她所宠信的医生比尔博士，一个喜欢养马、买跑马票的绅士，曾经随便同她谈起过打算送一匹两岁的马去参加大赛马。第三，她想让正在迅速成长、出落得很美的杰西卡露露面，希望她能嫁一个有钱的男人。她自己想去参加这种场合，在她的亲友以及一般人中出一下风头，也是动机之一。

赫斯渥把这个建议考虑了几秒钟，没有作答。他们正在二楼的起坐室里等吃晚饭。这是他同嘉莉和杜洛埃约定去看《海誓山盟》的那个晚上，他是回来换衣服的。

“你认为个别票不行吗？”他问，不敢说得更露骨。

“不行，”她不耐烦地回答。

“不过，”他说，很不高兴她的态度，“你用不到生那样大的气。我不过问你一声而已。”

“谁生什么气啊，”她抢白道，“我就是要一张长期票。”

“我告诉你，”他回答，用明澈、坚定的眼光望着她，“这是不容易到手的东西。我不知道跑马场的经理是否肯给我。”

他一直在思忖着自己与跑马场巨头们之间的交情。

“那末我们可以买嘛！”她声色俱厉地嚷道。

“你说得倒容易，”他说，“家庭包的长期票要花一百五十块钱呢。”

“我不同你争论，”她坚决地回答，“我要长期票，就是这么一回事。”

她已经站了起来，这时就悻悻地走出屋去。

“好吧，你去买就是了，”他冷冷地说，虽然语气比较和缓了些。

那天晚上，饭桌上照例又少了一个人。

第二天早晨，他冷静得多了，后来及时弄到了长期票，可还是无补于事。他好久以来就认为他太太的开销越来越大，现在，嘉莉夺去了他的感情，他对这一切便更加生气了。他太太在他面前，并不为此显得和善一些。

她为杰西卡付舞会费用，付马车费，付衣服费以及其他费用，弄得杰西卡开始在赫斯渥的心目中成为一个娇生惯养的孩子，不公平地享用着过多的家用贴补。他心里想，他不计较把他相当部分的收入用于供应子女的需要，但他不高兴违反自己的意志被逼去那样做。而且他看不到子女们的孝顺之情，这是他从没激起过的。杰西卡只顾满足自己，从不想念她的父亲。凡是她去看父亲，往往是她盛装打扮要出去的时候。他是个敏锐的观察家，不会不发现她心灵中的虚荣心。他忘记了自己在这方面的欠缺，认为女儿的行为是受了母亲的影响。

"你知道吗，母亲，"隔了一天，杰西卡说，"斯宾塞一家就要出门了。"

"不知道。他们要到哪里去？"

"去欧洲，"杰西卡说，"我昨天遇见乔金，是她告诉我的。她说得怪神气活现的。"

"她说过什么时候动身吗？"

"我想是星期一吧。报上又会登一条关于他们的消息了——他们老是这样的。"

"没关系，"赫斯渥太太带着安慰的口气说，"我们过一阵也去。"

赫斯渥把目光在报纸上慢慢移动着，但是没有说什么。

"'我们从纽约乘船到利物浦！'"杰西卡模仿她朋友的口气嚷道，"'打算在法国度过大部分夏天'——这大惊小怪的东西。好像去欧洲就了不得似的。"

"倘使你这么眼红，那准是了不得的啦，"赫斯渥插嘴说。

看到他女儿所表现的情绪，使他着了恼。

"不要为这些事情发愁吧，好孩子，"赫斯渥太太说。

"乔治走了吗？"过了一天，杰西卡问她母亲，这样透露了赫斯渥一点儿也没有听到过的事情。

"他到哪里去了？"他抬起眼睛问。从前有什么人出门，他总是知道的。

“他要去惠顿[1]，”杰西卡说，没有注意到她父亲那受到轻视的反应。

“去那儿有什么事？”他问，想到他竟然要这样来加以盘问，暗中既伤心又恼怒。

“网球比赛，”杰西卡说。

“他一句话都没对我说嘛，”赫斯渥最后说，忍不住在口气里带些怨恨。

“我想他一定是忘记了，”他的太太无动于衷地说。

过去，他在家庭里总是受到一定程度的尊敬，那是钦佩和敬畏的混合物。他和他宠爱的女儿之间还保留着一部分亲密之感，这是他一向着意追求的。事实上，那充其量只是言语之间装得轻松些而已。语气总是有节制的。可是，不管怎样，就是缺少感情，而现在他发现竟渐渐地连他们的动向也不了解了。他的了解不再是深入的了。他在饭桌上看到他们，有时候连饭桌上也看不到。

他偶尔听到他们的行动，多半却听不到。有几天他发现自己对他们所谈的事情——他们打算做，或者当他不在家时已经做了的事——完全莫名其妙。更其使他伤心的是，他觉得有些小事情在进行却不让他知道。杰西卡已开始认为她自己的事情用不到别人过问。小乔治到处活动，仿佛是个十足的成人，应该有些私人的事务。赫斯渥发觉了这一切情况，这使他有些生气，因为他向来是受尊敬的——至少在公务上是如此——他觉得在家里的威信不应该降低。最使他不快的是，他的太太也产生了同样冷淡、独立的态度，而他却眼睁睁地看着，承担着家庭的开支。

可是，离开了家，他脑子里就充满着别的事情，不太去想它了。就在发生上述争论的晚上，因为和嘉莉过了一个快乐的夜晚，他的情绪几乎完全安定下来了。他到底还是有人爱的，就拿这种思想来安慰自己。

---

① 位于芝加哥西20英里。

家里的事情就听其自然吧，反正他在家庭之外还有嘉莉呢。他心里想象着她在奥格登公寓那舒适的房间里，他曾经在那里度过了几个这么愉快的晚上，想到等到完全摆脱了杜洛埃以后，她每天晚上在这安乐窝里等他回去，是多么美妙。他很有把握，没有什么事情会促使杜洛埃把他已有妻室的情况告诉嘉莉。事情进行得这么顺利，他相信不致发生变化。要不了多久，他就可以说服嘉莉，于是一切都可以如愿以偿了。

从他们看戏后的一天起，他开始按时写信给她——每天早晨一封信，并且请求她对他也这么办。这些信是由西区邮局转交，嘉莉自己去拿的。他没有任何文学修养，但是处世的经验和日益增长的感情，使他写得还有些风味。这是他在办公室写字台上经过充分思考后写成的。他买了一盒色泽雅致、印有姓氏字母的香信笺，锁在一只抽屉里。他的朋友们现在对他这么一位经理在做书写工作，一副办公事的样子都很惊异。店里的五个酒保对于要他这样一个人物做这么多案头书写工作的职务，也都表示敬意。

赫斯渥对自己的行笔流畅也暗自吃惊。按照统制所有活动的自然规律，他所写的一切在他自己身上引起了反应。他开始觉察到这些他能够用文字来表达的微妙的情意。每写出一句话，就加深一层体会。这些他用文字表达出来的深情蜜意，使他不能自拔。他认为嘉莉对他信里所表达的全部爱情是当之无愧的。

可以写一篇文章来阐明这一种既不是青春年少、又没有田园风味的激情。一个深明世故的人，会考虑到他感情的各个方面，自以为能掌握他的情欲的一切目的，能加以引导、主宰并毁灭，但他还是处在这种思想的牵引和控制之中。他就像一只飞蛾，明知道自己的感情、火焰的吸引力，但是连离开火焰的愿望都无法使自己产生。人们对于在他们身上起作用的种种自然的力量，就只能如此理解。

嘉莉真是值得爱慕的，倘使青春和丰姿在最旺盛的时候能够得到生命的眷恋的话。人世的经历还没有夺去她精神上的青春之美，这正是她肉体上的妩媚之处。她温柔的水汪汪的眼睛，似乎从未领略过失望的滋味。在某种程度上，她曾经为疑虑和渴望所苦，但这些并没有留下深刻的印记，只是在看人或者说话时有些哀怨的痕迹而已。有时候，在说话或在休息的当儿，嘴巴的表情像是快要伤心落泪的人一般。这并不是因为她一直是这么忧愁。在发某些音节时，她的嘴唇会形成这种特殊的形状——就像哀怨本身那样富于挑逗性、那样动人。

而且，她的举止中也绝对没有大胆、冒失的地方。生活没有教她要凌驾于别人之上——这种傲慢的仪态正是某些女人的威风凛凛的力量。她希望受人尊重，但不够强烈，不能驱使她去追求这一点。即使现在，她还是缺乏自信，但是她已有的经历使她不太胆怯了。她需要欢乐，她需要地位，可是她还弄不明白这些东西究竟是什么。人事变幻像万花筒般每小时都把新的光彩投射在某些事物上，就此便成了她所希望的东西——她要的一切。万花筒一转动，看呀，另一种东西变得十全十美了。

在精神方面也是这样，她富于感情，这是这种天性的人理该如此的。许多景象都会撩起她的愁思——对于懦弱和无助的人，会不分是非地掀起哀伤之感。她老是为在她身边绝望地、歪歪扭扭地走过的那些精神恍惚、面色苍白、衣衫褴褛的男人觉得伤心。对于晚上在她窗前急忙走过的、从西区某些车间里赶回家去的衣服破旧的姑娘，她会从内心深处可怜她们。当她们走过时，她会咬住嘴唇站着，摇着小脑袋发起愣来。她想，她们这么一无所有啊。衣衫褴褛、穷愁潦倒，真是太惨了。披着褪了色的旧衣服的人，会使她目不忍睹。

“而且，她们不得不拼命干活！”是她唯一的评语。

在街上，有时候她会看到人们在做工——拿鹤嘴锄的爱尔兰人、铲运大堆煤块的运煤工人、忙忙碌碌做一些纯体力劳动的美国人——他们都触动着她的感情。现在她已经用不到做苦工了，但是看起来这好像比她在做的时候更其凄凉呢。她是透过幻想的迷雾进行观察的——一片苍白、昏暗的微光，那是诗情的精英。一张在窗口掠过的面孔，有时会使她记起了年老的父亲，穿着满身面粉屑的磨坊工人的服装。一个在敲鞋楦的鞋匠，从熔铁的地下室狭窗口看到的拉风箱的工人，在高处窗口看到的脱去了上衣、卷起了袖子的钳工——这一切使磨坊中的详细景象又都历历地呈现在她眼前。她对这一点颇有伤心之感，尽管难得流露出来。她对做苦工的下层社会总是抱着同情，她自己刚从那里脱身出来，最最懂得其中的甘苦。

赫斯渥正在和一个感情这么温柔、敏锐的人打交道，但他不知道这一点。他也不知道，正是她的这种品质吸引了他。他从来不去分析自己为什么一往情深。只要她目光温柔、态度怯弱、心地善良、思想乐观就够了。他亲近这枝百合花，她从他从来无法穿透的流水深处吸取柔顺的美貌和芬芳，从他无法知悉的软泥和模型中成长起来。他亲近她，只是因为它柔顺、清新。她使他的心情轻松愉快。她使晨光有了价值。

在有形的外表方面，她比从前大大改进了。她那局促的神气早已成为过去，倘使还残留着一些，也不过是一点儿优美的痕迹，这和完善的仪态一般讨人欢喜。她的小鞋子如今穿在脚上既合脚又漂亮，还是高跟的。她学到了不少用花边和那些小领饰来大大增加女性妩媚的方法。她的体形已经长成，出落得丰满、圆润，令人赞美。她以杜洛埃的经验和意见作为指导，学会了如何选择能适合她的肤色的各种颜色和色调。她衣着称身，因为她穿着最精美的紧身胸衣，仔细地系紧带子，裹在身上。她的头发比以前长得更加丰美，而且她对于梳洗很有一手。她一向性喜洁净，现在有了条件，就把身子弄得清洁可爱。她牙齿洁白，指甲红润，头发老是朝上梳，露出了前额。她两颊微红，长着一双温柔的大眼睛，丰满、优美的下巴和圆润的头颈。这一切，无论何时，都使她成为动人情意的人。

赫斯渥有一天早晨写信给她，约她在门罗街的杰斐逊公园里见面。他认为不便再去看她，即使杜洛埃在家时也不行。

第二天下午一点钟，他到了那美丽的小公园里，在一条小道边一丛紫丁香的绿叶下面，找到了一张粗糙的长椅。这时节，美满的春光还没有完全消逝。在近旁的小池边，有几个衣服整洁的孩子在放白帆布船。一个领口扭紧的警官，在一座绿色塔的阴影中安坐着，手臂交叉着，警棍挂在腰带上。草地上有一个老园丁，拿着一把修剪树枝的剪刀，照看着几丛灌木。在头上高处是初夏晴碧的天空，忙碌的麻雀在茂密的闪闪发光的绿叶丛中跳跃，吱吱喳喳地叫。

那天早晨，赫斯渥从自己家里出来时照常感到很烦恼。他在店里闲逛着，因为不需要写什么。他到这里来的时候，带着轻快的心情，像是摆脱了烦恼的人一样。现在，他在这清凉、碧绿的灌木荫下，以一个情人的心情，打量着他身边的一切。他听得大车在邻近的街上轧辘辘地滚过，但是相距很远，只有嗡嗡的声音传入他的耳里。附近的市声很轻微，偶然一声钟鸣，就像音乐一般。他期待着，做着和他目前固定的地位毫不相干的欢乐的新梦。他回想到从前的赫斯渥，当时既没有结婚，在生活中也还没有固定的地位。他回忆从前曾经以无忧无虑的心情追求少女们——怎么和她们跳舞，护送她们回家，站在她们门口依依不舍。他简直希望自己能回到那个时代——在这可爱的景象之中，他仿佛觉得自己是个没有妻室牵挂的人。

到了两点钟，嘉莉从小道上轻快地朝他走来，面色红润、洁净。她新近刚戴上一顶时行的水手帽，上面缀着一条美丽的白点蓝丝带。她的裙子是用华贵的蓝色衣料做的，衬衫跟裙子正配得上，是雪白的料子，上加细蓝条——条子细得像发丝一般。她脚上穿着黄皮鞋，手里呢，有一副手套。

赫斯渥快活地抬头望着她。

"你来了，最亲爱的，"他热忱地说，站起来迎接她，握住了她的手。

"当然啦，"她含笑说，"你以为我不会来吗？"

"我说不准，"他回答，完全醉心于她的妩媚之中，以致说话没有多大意义了。

"你等了很久吗？"她问。

"不太久。"

"我还以为脱不出身来呢，"她说下去。

"很麻烦吗？"他插进来说，以为杜洛埃可能在家里，她必须找些借口才行。她听出了这句问话所指的意思。

"哦，杜洛埃，"她说，"他早上十点钟到市区去的。他说要五点钟才回家。”

赫斯渥满意地笑了一笑。

“坐一会儿，凉快一下。”他望着她的前额，因为赶路而有些汗湿。然后，他取出一块自己的洒了香水的柔软的丝手帕，在她的脸上东按西抹。

“好了，”他亲热地说，“没事了。”

有那么一阵子，他们沉醉于微妙的感情活动之中，这时言语是多余的——这种感情一用言语来表达，往往会使卿卿我我的场面变得荒谬可笑。他们觉得很快活，因为能相互亲近——你望着我，我望着你。最后，当一阵欢乐的情绪平静了一些的时候，他说：

“查利什么时候再出门？”

“我不知道，”她回答，“他说眼前要在这里给公司办些事情。”

赫斯渥的神色严肃起来，陷入沉思之中。过了一会儿，他抬起头来说：

“你为什么不离开那儿，抛下他呢？”

他转眼望着在玩船的孩子们，好像这问题是无关紧要的。

“我们能到哪里去呢？”她以同样的神态问道，卷起她的手套，望着近边的一株树。

“你想到哪里去？”他问。

他说这句话的语气，使她觉得好像必须表明她不喜欢住在本地的意思似的。

“我们不能待在芝加哥，”她回答。

他想不到她心里有这种想法，竟会提出迁居的建议来。

“为什么不能呢？”他柔和地问。

“啊，因为，”她说，“我不愿意。”

他听了这句话，但是不大了解它的意义。语气里没有严肃的意味。这问题不是立即需要解决的。

“那我就得放弃我的职位了，”他说。

他说话的语气仿佛表示这事情是不用过分考虑的。嘉莉当时在消受眼前的良辰美景，也没有深思。

“有他在这里，我就不愿意待在芝加哥，”她说，想起了杜洛埃。

“这是一个大城市，最亲爱的，”赫斯渥回答，“搬到南区去，就像搬到国内别处去一般啦。”

他已经选定那个地方作为定居的地点。

“总之，”嘉莉说，“只要他住在这里，我就不愿意结婚。我不高兴私奔。”

提到结婚不免使赫斯渥大吃一惊。他明白看出这是她的主意——他觉得这不是轻易混得过去的。刹那间，在他模糊的思想的边缘，亮起了“重婚”这两个字。他非常吃惊，不知道这到底会闹出什么事来。他看到，除了得到她的垂爱之外，他没有取得任何进展。现在，当他望着她的时候，他认为她是美丽的。能得到她的爱是多么了不起呀，即使其间有些儿纠葛。因为她有异议，在他的心目中她反而提高了身价。她是要花气力去追求的，这就是一切。她跟那些心甘情愿地委身于他的女人是多么不同啊。他把那些女人都从头脑里赶了出去。

“你不知道他什么时候出门吗？”赫斯渥态度潇洒地问。

她摇了摇头。

他叹了一口气。

“你是个态度坚决的小姑娘，不是吗？”过了一会儿，他抬眼望着她的眼睛说。

听到这句话，她觉得有一股柔情掠过她的心头。这是对他仿佛表示的钦佩所感到的骄傲——对于一个能够这样看待她的男人的一种好感。

“不，”她羞答答地说，“但是我能怎么办呢？”

他又把双手抱在胸前，越过草地向街上眺望着。

“我希望，”他忧郁地说，“你能跟我在一起。我不愿这样同你分离两处。再等下去有什么好处呢？你又不会更幸福，是吗？”

“更幸福！”她柔声嚷道。“你还不明白！”

“那末，我们就是，”他用同样的口气说下去，“在浪费我们的时间啦。倘使你不幸福，那你以为我在干什么？我一天最大部分的时间，就是坐下来给你写信。我告诉你吧，嘉莉！”他突然加重语气，直望着她的眼睛，大声说，“没有你，我就不能生活，就是这么一回事。现在，”他最后说，摊出他一只白白的手掌，做出山穷水尽、毫无办法的表情，“我怎么办呢？”

他这样把责任推诿到嘉莉身上，打动了她的心弦。这个没有分量的、有名无实的负担，触动了这个女人的心。

“你不能略微等待一下吗？”她温柔地说，“我会设法问清楚他什么时候出门的。”

“这又有什么用呢？”他依旧用同样的语气问。

“嗯，我们也许可以安排到什么地方去。”

她实际上并不比以前看得更明白些，但是从同情出发，她的心情已经处于女人快要屈服的地步了。

赫斯渥并不了解这一点。他在思考该怎样来说服她——要怎样恳求才能促使她放弃杜洛埃。他开始想了解，她对他的爱能使她做到什么地步。他在想该提出什么问题才能使她表明态度。

最后，他想到了一个试探性的建议，这种建议往往可以掩饰我们自己的欲望，而使我们了解别人对我们所设的障碍，就这样从中找出一条路来。这和他的真心打算毫不相干，并没有经过认真的思考，而是随口说出来的。

“喂，”他说，紧盯着嘉莉的面孔，装出一副认真的神气，而实际上自己却并不觉得如此。“假如我为了这事情，在下星期，或者这星期——譬如说今天晚上来找你，跟你说我不得不走开——我一分钟也不能再等了，而且永远也不回来了，你愿意跟我一起走吗？”

他的情人用无限柔情的眼光望着他，假装想了一想，虽然在他的话说出口以前，她早已准备好了答话。

“愿意，”她说。

“你用不着再商量一下，或者安排什么吗？”

“倘使你等不及的话，就不。”

他看出她以为他是认真的，就笑了，他想要是可以出去旅行一两个星期那该是个多好的机会。他本想告诉她，他只是开开玩笑，借此扫除她那可爱的认真态度，但是这番话的效果使他太快活了。他就随它去了。

“假如我们来不及在这里结婚呢？”他事后想到，又补充说。

“倘使我们到了旅行的目的地，立即就结婚，那也使得。”

“我的意思就是这样，”他说。

“很好。”

这时，他觉得这大早晨好像格外明媚了。他不知道怎么会想出这个花招来的。虽然事情是不可能的，可是他不能不对它的巧妙觉得喜欢。这表明了她是何等的爱他。现在他心里已无所怀疑了，他要想一个办法把她夺过来。

“那末，”他开玩笑似地说，“我要有天晚上来把你带走。”接着他就笑了。

“话虽如此，倘使你不和我结婚，我不会和你同居的，”嘉莉想了一想，补充说。

“我并不要你这样做，”他温和地说，握住了她的手。

她如今知道了这情况，觉得幸福至极。想到他能这样挽救她，她爱得他更深切了。至于他呢，心里并没有多想结婚这一条。他只是在想，有了这样的爱情，对他最后的幸福就不会有什么阻碍了。

“我们溜达一下吧，”他满心欢喜地说，站起身来，观望着整个可爱的公园。

“好啊，”嘉莉说。

他们走过那个爱尔兰青年的身边，他用嫉妒的眼光目送着他们。

“挺好的一对，”他自言自语地说，“他们一定很有钱。”

第十七章

杜洛埃这次在芝加哥逗留的期间，稍微花些工夫在他所参加的那个秘密社团上，出席了刚在这时候举行的每月一次的例会，还参加了当时本地支部的一些工作。他的兴趣是由他在明尼阿波利斯听到的一次谈话激起的。谈话说到社团支部身份的价值和代表高级会员资格的内部徽章的巨大影响。①

“我告诉你，”他记得那个人非常机密地对他的朋友说，“这一点很重要。你看看黑曾施塔勃。他并不怎么绝顶聪明。当然啦，他有一家大商行做他的后盾，但是单靠这一点还不够。我告诉你，这是靠他在社团中的地位。他是共济会的高级人士，这作用可大啦。他有一种内部标志，那是某种地位的象征。”

杜洛埃在当时当地就决定今后要对支部的事情多加关心。所以他回到芝加哥以后，就到当地支部办事处去走动走动。

“喂，杜洛埃，”哈里·昆塞尔先生说，他是麋鹿会当地支部的一个非常重要的人物，“你可以给我们帮一下忙。”

这是业务会议以后人们都在活跃地进行社交活动的当儿。杜洛埃正和一二十个他所认识的人周旋，说说闲话，开开玩笑。

“你们在搞什么？”他和悦地问，对他同会的老大哥现出满面笑容。

“我们想从今天起，在两星期之内排一台戏，我们想问问你，是否认识什么年轻姑娘，能够演一个角色——这角色是很容易的。”

“当然有，”杜洛埃说，“演什么角色？”他根本没有想到他在这方面并不认识什么可以去征求意见的人。可是，他天生的好心肠叫他答应了下来。

“好，我来告诉你我们要干些什么吧，”昆塞尔先生说下去，“我们要为支部买一堂新的家具。目前财务处的钱不够，我们想举行一次游艺会来筹款。”

“是啊，”杜洛埃插嘴说，“这是个好主意。”

---

① 此处指麋鹿会，该会在各主要城市设有支部，其会员都是当地的工商界人士及社会名流。

“这里有几个小伙子能上台演戏。有一个哈里 · 伯贝克——演黑人节目演得很好。麦克 · 刘易士能演庄重的角色。你听过他朗诵《翻越山丘》①吗?”

“从来没有听过。”

“那末,我告诉你,他念得很出色。”

“你要我找一个女人演一个角色吗?”杜洛埃问,急于要终止关于这个话题的谈话,谈些旁的事情。“你们打算演什么戏?”

“《煤气灯下》,”昆塞尔先生说,指的是奥古斯丁 · 戴利②的有名剧本,这出戏已从盛大的受人欢迎的演出降格成了业余演出爱演的剧目,删掉了许多困难的枝节,把剧中登场人物减到最小限度。

杜洛埃过去不知什么时候曾经看过这出戏。

“好,”他说,“那是一出好戏。会演成功的。你们可以靠这出戏赚不少钱。”

“我们认为可以演得很好的,”昆塞尔先生回答,“现在,不要忘记了,”他最后说,因为杜洛埃有些神色不安的模样。“找个年轻女人扮演珠儿这个角色。”

“当然。我会物色的。”

他要走了,昆塞尔先生刚说完,他几乎就已经忘个精光。他甚至没有想到要问演出的时间和地点。可是,在昆塞尔先生这倒是比较重大的事情,所以在杜洛埃要走出门去回家过夜之前,又把他强留下来说话。

“我忘记告诉你了,”他说,“游艺会将于十六日在西麦迪逊街的艾弗里会堂举行。不要忘记了,好吗?”

“我才不会呢。”

“想法找到个有演戏经验的女人,”当杜洛埃走下台阶去的时候,

---

① 指美国诗人威尔 · 卡尔顿(1845—1912)的著名诗篇《翻越山丘走向贫民院》。德莱塞很喜欢这首诗,他在自传《黎明》里曾说,这诗老是使他记起他的哥哥保罗对母亲的态度。

② 奥古斯丁 · 戴利(1838—1899)为美国剧作家和剧团经理。《煤气灯下》为他的成名作,于 1867 年在纽约首次演出。

这个兴致勃勃的管事叫着说。

“没问题，哈里，我会留心的，”他走向前去，好像根本没有这次谈话一般，心里没有一些儿责任感。

这个精力充沛的管事对于这类事情比一般人考虑得更完善，更负责。他的精神世界充其量就是为秘密支部的一些小荣誉而高兴，对完成目前这样一些艰巨的任务而觉得非常骄傲而已。他不是一个只提出要求，然后就坐下来为事情可能失败而忧心忡忡的人。在他看来，这不过是主动地、通常是接二连三地发出一系列的通知、要求、紧急召唤等等，直至得到妥善解决有关细节的某些确切的消息。他是眼前这样一桩任务的货真价实的办事员，因为他不仅从所有的、每一个有影响的方面得到了赞助的许诺，而且他知道通过自己亲自照料这些事情，他可以获得他们的重视。

“昆塞尔是个聪明的家伙，”在这样的游艺会成功地闭幕以后，大家都这么说。“他设法使别人做了这么许多工作。”

杜洛埃在一两天之后接到一封信，上面说订于星期五晚上首次排演，要他赶快把那年轻女人的地址告诉他们，以便把她的台词本子送去，这才使他记起他所答应的事情来。

“啊呀，真见鬼，我认识什么人呀？”这个推销员在心里想，搔搔他发红的耳朵。“我并不认识任何懂得业余表演的人啊。”

他把所认识的好些女人的姓名从头想了一遍，终于拣中了一个，这主要是因为她家就在西区近便的地方；他决定要在当天晚上出去时顺路去看看她。可是，当他搭上街车朝西去时，却又忘记了，等到看见《晚报》上的一条新闻，《秘密社团通告》栏中占三行的小启事，说麋鹿会寇斯特支部将于十六日(星期五)假座艾弗里会堂举行戏剧演出，上演《煤气灯下》时，这才记起了他的失职。

“我的天！”杜洛埃叫嚷起来，“我把那件事忘了。”

“什么事？”嘉莉问。

他们正坐在那间可以当作厨房用的屋子的小桌边，嘉莉有时候就在那里吃饭。今晚她忽然心血来潮，小桌上放满了可口的饭菜。

“啊，我那支部的游艺会。他们要上演一出戏，要我给他们推荐一个年轻的女人，演一个角色。”

“他们打算上演什么戏？”

“《煤气灯下》。”

“什么时候演出？”

“十六日。”

“那末，你为什么不推荐呢？”嘉莉问。

“我什么人都不认识啊，”他回答道。

突然，他抬起头来。

“嗨，”他说，“由你来演怎么样？”

“我吗？”嘉莉说，“我又不会演戏。”

“你怎么知道？”杜洛埃想了一想问道。

“因为，”嘉莉回答，“我从来没有演过戏。”

可是，想到他会请她演戏，她是高兴的。她的眼睛亮了起来，因为，如果说有什么事能引起她的兴趣的话，那就是表演艺术。

杜洛埃按照自己的天性，抓住了这个主意不放，作为交差的好办法。

“那有什么关系。你能够演好戏里的角色的。”

“不，我不行，”嘉莉无力地说，非常喜欢这个建议，可是心里害怕。

“行，你能演。啊哟，你为什么不试试呢？他们需要人，而且你会觉得很好玩的。”

“啊，不，不会的，”嘉莉严肃地说。

“你会喜欢的。我知道你会喜欢的。我看到过你在这里跳舞，模仿别人的动作，所以我才想到请你去。你又十分聪明，行的。”

“不，我并不聪明，”嘉莉腼腆地说。

“我来告诉你怎么办吧。你到那里去看看。你会觉得好玩的。那个班子的别的人也不见得怎么高明。他们没有什么经验。他们懂得些什么表演艺术呢？”

他一想到他们的无知，就眉头一蹙。

“请把咖啡递给我，”他接着说。

“我不相信我能演戏，查利，”嘉莉撒娇似地说，“你也认为我不能演的，是吗？”

“一定能演。毫无问题。我可以打赌，你会叫台下轰动的。现在你想去了吧，我知道你想去的。我回家来时就知道了。所以我才开口请你啊。”

“你刚才说过了，是哪一出戏？”

“《煤气灯下》。”

“他们要我演哪个角色？”

“哦，其中的女主角之一——我倒不清楚。”

“是什么样的戏？”

“哦，”杜洛埃说，他对于这种事情的记性并不太好，“是讲一个姑娘被两个流氓——住在贫民窟里的一男一女——绑架的故事。她有些钱财之类的东西，他们想要夺取这些东西。到底怎样的情节，我也搞不清楚。”

“你不知道我演哪个角色吗？”

“是的，说老实话，我不知道。”他思忖了一下。“噢，我想起来了。珠儿，就是这个角色——你将扮演珠儿。”

“你不记得这是怎样的一个角色吗？”

“别问了，嘉德，我不记得了，”他回答，“我是应该记得的。过去我常看这出戏。戏里有一个女孩子，她幼年被拐，也许是在路上被人抱去的，也可能是别的情况，她就是我刚才告诉你的两个老罪犯所追踪的人。”他顿住了，用叉子叉了一小块馅饼放在自己面前。“她差些儿被淹死——不，不是这样的。我告诉你怎么办吧，”他最后绝望地说，“我去给你把本子找来。现在我无论如何也想不起来了。”

“我，我可说不上，”当他说完话以后，嘉莉说，她想在舞台上出风头的兴趣与欲望，正在跟她的胆怯心理搏斗，想争取主导地位。“倘使你认为我能演，我可以去试试。”

“当然，你能演，”杜洛埃说，在努力鼓动嘉莉的过程中，使他自己也发生了兴趣。“你以为我会回到家里来，要你去干我认为你干不来的事情吗？你能够演得很好。这对你有好处。”

“我该什么时候去呢？”嘉莉想了一下说。

“第一次排演在星期五晚上。我今天晚上就把台词本子给你拿来。”

“就这么办吧，”嘉莉不再坚持自己的意见，说，“我试试看，但是，倘使我演砸了，那就得怪你。”

“不会演砸的，”杜洛埃要她安心说，“只要像你在这里的日常行动演就行。要自然些。你没有问题。我常常想，你可以成为一个呱呱叫的女演员。”

“你真这么想？”嘉莉问。

“一点不错，”这推销员说。

那天晚上，当他走出门口时，他哪里想得到已在那撇在家里的小姑娘的胸怀里，留下了怎样的秘密火焰。嘉莉生来具有富有同情心的、可塑性很强的天性，这种天性发展到最高度，一向是戏剧艺术最欢迎的特征。她天生富有被动性，这种性格总是能反映能动的世界。她生来具有模仿的爱好，而且能力不小。即使不经训练，她有时候也能够对着镜子把舞台上各种角色的面部表情表演一遍，重现她看过的剧情。她喜欢按照落难女主人公通常用的口气，调整自己的声调，背诵那些最能激起她同情的悲伤的片段。近来，在几出结构完美的戏里，看了天真烂漫的女演员的活泼神态，她深受感动而暗地里模仿起来，不时躲在她自己的卧室里，纵情地搬演好些身段方面的小动作和脸部表情。有几次，杜洛埃看到她对着镜子，认为她在顾影自怜，而她不过是把她在别人身上所看到的某种嘴巴或者眼睛的媚态，重演一下而已。受到了他漫不经心的指责，她误认为这是虚荣心的表现，便暗自多少认错，接受他的责难，虽然事实上这只是努力把她所喜爱的一些美的形态完完全全再现出来，是艺术天性的最初微妙的萌芽而已。要知道，这些微弱的爱好倾向，这些要重现人生的愿望的表现，正是一切戏剧艺术的根基。

现在，嘉莉听到了杜洛埃赞美她的演戏才能，就浑身感到满足。他的话像火焰把金属屑片熔接成一团坚实的固体一般，把她感觉到但是从来不相信的有关自己演戏才能的那些浮泛的幻影，变成了一丝辉煌的希望。她和一切人相同，是有虚荣心的。她觉得只要有机会，她也做得成事情。她望着舞台上服饰华丽的女演员，往往设想，倘使她能取而代之，将显得怎样美丽，会觉得何等愉快。迷人的魔力、紧张的情节、漂亮的服装、喝彩叫好声——这些东西引诱着她，使她觉得自己也能演戏——她也能使人们承认她的力量。现在有人告诉她真能演戏——在家里做的这些小动作，竟使他也觉得了她的力量。她一想到这里，心里就很愉快。

表演艺术在这方面是最为奇特的，它会在最没有能耐的观众之中引起模仿的想法，产生人人的能力是均等的这种看法。毫无疑问，这主要是因为这是一种最容易理解而同时又是最自然的魅力。戏剧呈现了观众们日常的生活和感觉。没有经验的看客不大会想到，要做得自然——按照我们所看见的周围所有人的行动那样行动——会是件难事。他们从舞台的镜子里看到了他们愿意看到的情景、他们乐于置身其间的环境、他们乐于体验的激情。模拟出来的忧乐、笑泪、爱憎是这么真切，竟使表演艺术的本身消失了。观众们看到随着一年年的消逝，外界会为他们提供什么——日常的人性和人事，而这些都已被提高并且集中，供他们一时享受。这些东西既吸引他们，也蒙蔽他们。它们引诱着一切没精打采的人等，和各阶层形形色色的人物，给他们许以舒适的生活以及大家都希望能经历到的感情变化和发泄。

嘉莉不能算属于后面那一类观众。她是应该列入其中杰出的一类，因为她多情善感，感情起伏很大，又是几乎无可救药地缺乏逻辑头脑。她那可塑性强的感情，就是演员的感情——她的缺乏主动和决断，也是这类人的特点。一句话，她不通过思考就能够直接感受，这从戏剧表演起源以来就是优伶们的真实情态。

杜洛埃出去后，她坐在窗边的摇椅里思量着这件事。跟往常一样，想象为她夸大了可能性。这就像是他放了五毛钱在她手里，而她却把它当作一千块钱来看待。她想象自己出现在种种悲伤的场合中，采用了颤抖的声调，装扮出痛苦的姿态。她想到奢华和优美的场面，想到自己成为众目所视的目标，一切命运的主宰者的情景，觉得心旷神怡。当她在摇椅里前后摇晃时，她感到了被抛弃的沉痛，受骗后的盛怒，失败后的忧郁。她又想起了她见过的那个和斯坎伦[①]一起在台上漫步的少妇。想起了她在戏剧中看到过的所有美女——关于舞台的每一奇想、每一幻觉都像退潮后的涨潮一般，又回到她的心头。她培养起这个机会不一定保证能产生的感情和决心。

杜洛埃结果带给她的台词本子不是珠儿，而是罗拉的那部分。他到市区去的时候，顺便到支部弯一弯，遇见昆塞尔时，摆出一副了不起的姿态。

"你为我们去找的姑娘在哪里？"后者问。

"我已经找到了，"杜洛埃说。

"找到了？"昆塞尔说，对对方的办事利索感到有些吃惊。"那就好。她住在哪里？"他拿出笔记本来，以便把台词本子送给她。

"你想把本子送给她吗？"推销员问。

"是的。"

"那末，我来带去吧。我早晨总要走过她家的。"

推销员和这管事双方都面临着一个小问题。后者立即挑明了他那方面的情况。

"我原来告诉你，"他说，"你的女朋友将扮演珠儿这一角色。我那么说是因为我想哈里森将带来的那女人会扮演罗拉的，但是她现在肯定地说她演罗拉演不好。所以我就把珠儿这一角色给她了。你认为你的朋友能扮演罗拉吗？"

"哦，我不知道，"推销员回答，他一点也不为这事担心。"我看是可以的。我把本子带回去，让她看看。要是她看过后，认为演不来，

---

① 威廉·斯坎伦（1856—1898）为出生在美国的爱尔兰喜剧演员和声乐家。13岁时即闻名全美。

她可以到这里来找你。”

“就这么办吧，”昆塞尔说——“不过我们不能浪费时间了。”

“我知道，”杜洛埃回答。

“你说她住在什么地方——我们要地址，只是以便万一有什么通知要送去。”

“奥格登公寓二十九号。”

“她叫什么？”

“嘉莉·马登达，”推销员随口编造了一个姓名。支部会员们都知道他是单身汉。

“听起来倒像是个能演戏的人，是不？”昆塞尔说。

“对，是这样。”

他把本子带回家，赐恩一般把它交给了嘉莉。

“给你，嘉德。”

“就是这个，是吗？”嘉莉说，就一页页地翻着。

“他说这是最精彩的角色。你觉得能演吗？”

“我要看过以后才知道。虽然我说愿意演，你知道我心里还是害怕的。”

“啊，瞧你再胡说。你害怕什么呢？这些人都不大高明。别人还不如你强呢。”

“好吧，我考虑考虑，”嘉莉说，尽管有些顾虑，但得到了这个角色还是很高兴的。

他梳梳头发，坐立不安地在屋子里团团地转了一会，才说出下一句话。

“他们在准备印节目单，”他说，“我说你叫嘉莉·马登达。这样行吗？”

“行的，我想，”他的伴侣说，抬头望着他。她觉得这事情有些蹊跷。

“你知道，万一你演出不成功——”他说下去。

“啊，对的，”她回答，现在对他的小心谨慎反而觉得高兴了。这是杜洛埃的聪明之处。

“我不愿把你说成是我的妻子，因为，倘使你演得不成功，你会觉得难堪的。他们都很熟悉我。但是你一定演得成功。反正你也许永远也不会再遇见他们的。”

“啊，我不计较这些，”嘉莉横下了心说。她现在决心要试一试这迷人的把戏了。

杜洛埃这才松了一口气。他害怕快要把谈话引到结婚的问题上去了。

嘉莉仔细看台词时发觉罗拉是一个可悲的受苦的角色。按照戴利先生的描写，这角色符合他在开始写作生涯时就发现的关于言情剧的最神圣不可侵犯的传统。愁绪满怀的姿态，带颤音的音乐，冗长的、解释性的、愈说愈多的道白，一应俱全。

“可怜的人儿，”嘉莉看着本子，用拖长的悲伤的语气念着，“马丁，在他走之前，千万别忘记给他一杯酒喝。”

全部台词并不多，使她很为吃惊，她不知道在别人讲话的时候她也得留在舞台上，而且不仅是留在那里，还要使自己的行动配合各场戏中的戏剧动作。

她继续读下去。

“哈！哈！这是一个今天来得太勤的傻子写的。看看吧，雷——”(给他信)

嘉莉看了雷拒绝看信而把它交还给珠儿，珠儿把信交给罗拉的那几行以后，突然摆出一副姿态。她加重了语气，有声有色地念下去：

罗拉　(她对信看了一会儿，整个面部表情都改变了。然后故意慢慢地念出来。雷和珠儿走到台中央偏右方。)“我恭敬地请你今天晚上赐见一下。我一直等到你的亲友们散场。现在，我就在街对面等着。”

她跳过了下面这一句台词：

珠儿　(奔到窗前)一个穿黑衣裳的高个子刚走过去。

她接着念她自己的台词：

“‘倘使你接到此信后马上开门，我会跨进去的；倘使你不开门，我会按门铃的；不论怎么样，我都要进去。我不用签上我的名字；你会记得我就是有一次曾经和你母亲在客堂里说话的那个陌生人，当时我把你吓了一大跳。'这句话是什么意思？——珠儿——不——"

嘉莉相当充分地感受到这些话的力量。作为一个新手，她念白时的表情实在很出色。

"我想我能演的，"她说。

为了便利不熟悉《煤气灯下》的人们，必须在这里说明，罗拉这角色是纽约一个有钱而时髦的考特兰家族的养女。她是考特兰夫人从街上领来的，她当时只有六岁，想抢夫人的钱。她一直被抚养到十九岁，这时那个坏蛋的角色出现了——这个人知道她过去是一个流浪儿，小扒手。正当时髦的雷·特拉福德先生快要娶她的时候，他露面了。他的目的是破坏捣蛋、敲诈钱财。刚才念的信就是他写来的，在幸福的场景中宣布他神秘地来到。当然啦，年轻的特拉福德发现了这事，心里就犹豫了。社会不会容忍他和这样卑贱的人成婚。他给罗拉写了一封信，提到这一发现，并取消了他们的婚约。但感情改变了他的决心，他决定一切照旧，但是没有撕毁这封信。这一疏忽就形成了第一幕第二场的核心，在这里罗拉的戏很短，但是很有力。在最后一分钟，她走了进来。

特拉福德早已走进跳舞厅去等她来，不小心把那封信掉在地上了。一位社交界知名人士拾到了，就在当时当地看了信，公布了这个消息。

"这是什么意思？"她的一个听众发问。

"这意思是，"这个角色说，"十年以前的流言证实了。当时就有人怀疑考特兰太太当年从不知什么地方弄来的、当作她的侄女介绍给大家的姑娘，是个骗子手，而这个愚蠢的女人，出于异想天开的善心，把她硬塞进社交界。因为没有事实证明——也因为罗拉的美丽多姿、仪态万方——流言给打消了，但是现在却证实了。她是某一个乞丐的孩子。"

"你看我们该怎么办呢？"一个人问。

"把这事讲出去——当然啦，要到处去讲。这个女孩子侮辱了纽约的高贵人家。”

就在这时，在这群人准备驱逐罗拉的时候，她走进来了。她自己的情人现在也迟疑起来，不敢接待她了。她的堂妹也同样地感到难为情。她静静地站着——独个儿面对着这蔑视她的、正在走出去的人群。

本子上是这么写着的：

（罗拉进场时，音乐声低低的，除了她的堂妹珠儿和雷以外，所有的人都傲慢地望着她，走了出去，而音乐继续这样演奏着。）

“雷，雷，你为什么不到她跟前去？”珠儿高叫着。

“你不跟我们一起走吗？”范·达姆太太，那个对他读信的女人说。

“咱们回家去吧，”珠儿对罗拉说。

“不；你和他待在一起，”女主人公高叫着，指指不肯走过来的雷。“他受辱的日子不会长久的！”

她快要昏过去的时候，他向她跑了过来，但是她骄傲地挥挥手，要他走开。

“这是上天的打击！”是她最后的话，说着幕就落下来了。

这角色使嘉莉深受感动。好像使她想起了自己的处境。她受了忧愁的感染，完全同情这个角色，所以很容易就掌握了。她的台词确实很少，不过凡是碰到这种情况，一切都要靠表情来表达了。

当杜洛埃晚上回家的时候，她对于这一天下的功夫觉得非常满意。

“嗨，怎么样了，嘉蒂？”他说。

“很好，”她笑道，“我认为已经把台词差不多都记住了。”

“那就好，”他说，“我们来听一段吧。”

“啊，我不知道我能不能就在这儿又演又背的，”她羞答答地说。

“咳，我想不出为什么你不能。在这里要比在那边排练时容易嘛。”

“这我可说不准，”她回答。

她终于以相当大的热情演了跳舞厅内的那个片断，因为她越来越深入角色而完全忘记了杜洛埃，使自己的情绪上升到高妙的境界。

“好，”杜洛埃说，“很优美，非常高明。你演得很不差，嘉蒂。我不骗你。”

他当真为她出色的表演和那个可怜的小姑娘摇摇晃晃地终于昏倒在地上的形象大为感动。他跳将起来，一把拉住满脸笑容的嘉莉，把她搂在怀里。

“你不怕会摔痛吗？”他问道。

“一点也不怕。”

“嘿，你真是个了不起的人。说起来，我从来不知道你能干这样的事。”

“我也从来不知道，”嘉莉愉快地说，她的面孔因为高兴而泛着红光。

“是啊，你可以确信，你演起来没有问题，”杜洛埃说。“你可以相信我的话。你不会失败。”

第十八章

这次对嘉莉说来非常重要的舞台演出，将在艾弗里会堂“按预定的时间举行”，其演出的条件将使它比原来人们所预料的更引人注目。就在台词本子送到她手里的那天早晨，这个学戏的小学生写信告诉赫斯渥，说她将在一出戏里演一个角色。

“我真的要演戏了，”她写道，恐怕他会把这事情当作开玩笑，“现在我收到了台词本子，不说瞎话，当真的。”

赫斯渥看到这里，得意洋洋地笑了。

“我不知道会演得怎么样。我一定要去看看。”

他立即回信，叫人喜欢地称赞了她的才能。“我坚决相信你可以获得成功。你必须于明天早晨到公园来，把经过情形都告诉我。”

嘉莉高高兴兴地答应他，把她所知道的详细情形都告诉了他。

“哦，”他说，“这样很好。听到这个消息我很高兴。当然你可以演得很好。你是个多么聪明的姑娘。”

他确实从没见过这个姑娘有这么高兴。她往往会透露一丝哀伤，这种神情也暂时消失了。她说话时眼睛发亮，两颊泛红。她流露了这个任务给她带来的不少愉快之感。虽然她很担忧，一天到晚都撇不下，但她还是快乐的。她掩饰不住做这件小事情的高兴，这样的事在一般人看来是无足轻重的。

事态的发展显示这个姑娘是有才能的，使赫斯渥极为心醉。看到正大光明的雄心，不管它怎么幼稚，是人生最有鼓舞作用的事情。这能增加拥有这种雄心的人的光辉、力量和美。

嘉莉现在被这一点儿神灵所赋予的灵感的触动而精神振奋。她毫不费力地从那两个爱慕她的人处获得赞扬。他们钟情于她，自然会提高他们对她要干的事情的看法，以及对她已经做到的事情的赞美。她涉世不深，保持着自己横溢的幻想，一有些儿机会就会奔放不羁，把它当作黄金的魔棒，可以用来找到人生的宝藏。

“让我想想看，”赫斯渥说，“我应该是认识寇斯特支部的几个人的。我自己也是麋鹿会会员啊。”

“啊，你决不可以让他知道这是我告诉你的。”

“这倒也是，”经理说。

“倘使你要看，我倒喜欢你去，但是，除非他请你，我不知道你怎么去得成。”

“我会去的，”赫斯渥情意缠绵地说，“我会安排妥当，不让他知道是你告诉我的。由我来办吧。”

这位经理对这次演出感到兴趣，这本身就是一件重大的事情，因为他在麋鹿会里有相当声望。他已在打算约几个朋友订一个包厢，并且送鲜花给嘉莉。他要把它当作盛大的事件，使这个小姑娘出一下风头。

过了一两天，杜洛埃弯到亚当斯街的酒店里，立即被赫斯渥瞧见了。那时是下午五点钟，店里挤满了商人、演员、经理、政治家——一大群大腹便便、面色红润的人物，戴着大礼帽，穿着上浆的衬衫，戴着戒指，领带上缀着别针，穿扮得尽善尽美。拳师约翰·劳·沙利文[①]正在那光辉灿烂的酒吧的一端，被一群打扮得很惹眼的运动员围住了，在精神抖擞地高谈阔论。杜洛埃欢快地跨着大步在地板上走过，一双黄褐色的新皮鞋随着步伐叽叽作响，清晰可闻。

“嗨，老弟，”赫斯渥说，“我正在纳闷不知你怎么样了。我以为你又到外地去了。”

杜洛埃笑了。

“倘使你不常来报到，我们要把你除名了。”

“实在没有办法，”推销员说，“我一直很忙。”

他们穿过大声喧闹、挤来挤去的知名人士群，向酒吧踱去。就在这三分钟里，这位衣冠楚楚的经理给人握了三次手。

“听说你们的支部将有一次演出，”赫斯渥十分随便地说。

“是啊，谁告诉你的？”

“没有谁，”赫斯渥说，“他们只是送了两张票子给我，我付两块钱就行。这戏好看吗？”

“我不知道，”推销员说，“他们一直要我给他们找一个女人，担任一个角色。”

“我不想去，”经理从容地说，“票当然是要买下的。那边的情况怎么样？”

“很不错。他们想靠这次演出的收入来贴补一下。”

“哦，”经理说，“我希望他们能够成功——再来一杯吧。”

他不打算再说下去。这样，倘使他同几个朋友去看戏的话，他可以说是被人拖去的。杜洛埃很想扫除可能产生的误会。

“那姑娘要在这戏里演一个角色，”他想了一下，断然地说。

“真的吗？怎么会的？”

“哦，他们缺少人手，要我找一个什么人。我告诉了嘉莉，她显得

---

①约翰·劳·沙利文(1858—1918)为美国著名职业拳击家，1882年获重量级冠军称号，称霸拳坛，至1892年才败于詹姆斯·科贝特(1866—1933)。

很想试一试身手。”

“这对她很好啊，”经理说，“倒是一件地道的好事情。对她也有益处——她有过什么演戏经验没有？”

“一点也没有。”

“哦，也好，这并不是什么太严重的事。”

“话虽如此，她是相当聪明的，”杜洛埃说，要打消对嘉莉的才能的任何非难。“她很快就背熟了她的台词。”

“真的吗？”经理说。

“是的，老兄，前天晚上她真使我吃了一惊——天呀，真是不错。”

“我们一定要送她一些小礼物，”经理说，“我来负责买鲜花。”

杜洛埃因为他的好心而笑了。

“等戏演完了，你们一定要到我这里来，我们一起吃顿便饭——”

“我想她能演好的，”杜洛埃说。

“我要去看她演出。她一定演得好。我们要捧她一下，”经理短促而严峻地一笑，里面交织着他的好心和精明。

这时，嘉莉正在参加第一次排演。这次排演由昆塞尔先生主持，助手是米利斯先生，这个年轻人过去在戏剧界有些资格，只是谁也不清楚是怎么回事。可是他是这么有经验，又这么一本正经，几乎接近粗暴的地步——他忘记了他在教练的是些客串的人员，不是拿薪水的下属，他的确是忘记了。

“喂，马登达小姐，”他对嘉莉说，她在一场戏中不知道怎么表演才好——“你不能这么站着。脸上要有表情。记住了，你受到了陌生人的打扰而心神不安。要这样走——”于是他垂头丧气地在艾弗里会堂的舞台上从这头走到那头。

嘉莉并不明确懂得这提示的意思，但是这新奇的局面、在场的全都多少有些神经紧张的陌生人以及一心希望演成功的想法，反而使她胆怯起来。她遵命按照这导演的步伐走着，心里却别扭地觉得缺少点什么。

“喂，摩根太太，”导演对演珠儿的那个少妇说，“你坐在这里。

喂，班伯格先生——你站在这里，对了。哦，你该说什么？”

“你要讲明白，”班伯格先生有气无力地说。他演罗拉的情人雷，一个交际场中的人物，一发现她是个流浪者，是个出身低微的人，就犹豫不决，不想和她结婚了。

“怎么——本子上是怎么说的？”

“你要讲明白，”班伯格先生注视着他的本子，重说了一遍。

“是的，但是本子上还说，”导演指点说，“你该做出大吃一惊的模样。现在，重说一遍，看看你是否像大吃一惊的模样。”

“你要讲明白！”班伯格先生神气十足地提出要求。

“不，不，这哪能行啊！要这么说——你要讲明白！”

“你要讲明白！”班伯格先生说，学得有点走样。

“这样好些了，现在演下去。”

“有一天晚上，”摩根太太又开始说，这时轮到她念台词了，“父亲和母亲上歌剧院去了。他们跨过百老汇大街的时候，照例有一群孩子围住了他们讨钱——”

“停，”导演说，冲上前来，伸出一只手臂。“你说的话里要多加些感情。”

摩根太太望着他的那副模样，好像是害怕他要打人似的。她眼睛里闪出反感的光来。

“记住了，摩根太太，”他补充说，并不理会那眼光，但是态度温和了一些，“你是在仔细地讲一个凄惨的故事。你现在要讲述的事是使你感到伤心的。这就需要感情，需要有压抑之感，像这样：‘照例有一群孩子围住了他们讨钱。’”

“知道了，”摩根太太说。

“现在继续下去吧。”

“当母亲在衣袋里摸零钱时，她的手指碰到了一只已经抓住了她的荷包的冰冷、颤抖的手。”

“非常之好，”导演插嘴说，意味深长地点着头。

“一个扒手！唷，”班伯格先生叫嚷起来，这时轮到他念台词了。

“不，不，班伯格先生，”导演说着，走到他身边，“不能这样念。‘一个扒手——唷’——要这样。那就对了。”

嘉莉发现这时还弄不清楚扮演的人员是否都熟记了台词，且不说怎么做出细致的表情了，她觉得倘使大家从头至尾念一遍，先弄清楚这一点，可能好一些，就轻声说：“倘使我们就背一遍台词，看看我们是否记住了，你看是不是好些？我们可能会发现一些问题。”

“这主意很好，马登达小姐，”昆塞尔先生说，他坐在舞台旁边，冷静地旁观着，主动提一些意见，可是那导演不加理睬。

“也好，”后者说，多少有些局促不安。“这么办也好。”然后又打起精神，威风凛凛地说：“我们来从头到尾念一遍，能加多少表情就加多少吧。”

“好的，”昆塞尔先生说。

“这只手，”摩根太太又开始念道，她抬头望望班伯格先生，又低头看她自己的本子，按照下面的台词念着，“被我母亲一把捏住，捏得这么紧，只听得一个细小的、低微的声音叫起痛来。我妈往下一看，看见她身边站着一个衣衫褴褛的小女孩。”

“很好，”导演说，现在彻底没事干了。

“贼！”班伯格先生嚷起来。

“大声一些，”导演插嘴说，认为简直没法不插手了。

“贼！”可怜的班伯格吼着。

“是啊，但是这个贼还不到六岁，面庞像天使一般。‘住手！’我的母亲说。‘你在干什么？’‘想偷钱，’这孩子说。‘你不知道偷窃是坏事吗？’我父亲问。‘不知道，’这女孩子说，‘不过挨饿太可怕了。’‘谁教你偷的？’我母亲问。‘她——在那边！’孩子说，指着对面门洞子里一个肮脏的女人，那人突然沿街逃走了。‘那是老朱达斯，’女孩子说。”

摩根太太把这一段读得很平淡，导演感到绝望了。他忐忑不安地踱了一会儿，然后走到昆塞尔先生面前。

“你看他们怎么样？”他问。

“哦，我看我们总可以加把劲儿使他们成个样子的，”后者说，表现出遇到困难时不屈的神气。

“我可说不准，”导演说，“我认为班伯格这家伙演情人是很不称职的。”

“我们可就只有他一个，”昆塞尔先生说，眼睛向上一翻。“哈利森到最后关头变了卦。我们再找什么人去呢？”

“我不知道，”导演说，“我怕他永远演不好。”

在这个当儿，班伯格正在大嚷：“珠儿，你在和我开玩笑吧。”

“你且看看，”导演用一只手掩住了嘴巴，低声说，“我的天！你对说话这么拖泥带水的人，有什么办法呢？”

“尽你的力量干吧，”昆塞尔带着安慰的口气说。

排演就这样继续下去，直到扮演罗拉的嘉莉要进屋去向雷进行解释。雷听珠儿讲了罗拉的身世，已经写了一封信要和她决绝，可是没有寄出。班伯格刚说完雷的话：“我必须在她回来之前出走。她的脚步声——来不及了！”他正把信塞进衣袋里，她就柔媚地说：

“雷。”

“小姐——考特兰小姐，”班伯格结结巴巴地低声说。

嘉莉望了他一会儿，忘记了所有在场的人。她开始进入她的角色，嘴唇上现出淡漠的笑容，按照台词的要求，转身走到一扇窗前，像是没有他在场一般。她表现得仪态从容，看上去非常动人。

“这个女人是谁？”导演问，注视着嘉莉和班伯格合演的这一场小戏。

“马登达小姐，”昆塞尔说。

“我知道她的名字，”导演说，“但是，她是干什么的？”

“我不知道，”昆塞尔说，“她是我们一个会员的朋友。”

“嗯，我在这里看到的这些人中间，她的进取心最强——看来她对所演的戏很感兴趣。”

“也很美丽，不是吗？”昆塞尔说。

导演并不答话，踱到旁边去了。

在第二幕里，按规定她要在舞厅里和大家见面，她演得更其出色，赢得了导演的微笑，因为他喜欢她，就主动走上去和她谈话。

“你上过舞台吗？”导演讨好地问。

“没有，”嘉莉说。

“你演得这么好，我以为你可能是有些经验的。”

嘉莉只是腼腆地一笑。

他走开去听班伯格念，他正在有气无力地念几句热情的台词。

摩根太太看到事态发展的趋势，黑眼睛里含着嫉妒，对嘉莉狠狠地瞟了一眼。

“她是个起码的职业演员吧，”她聊以自慰地想，并且因此而蔑视她，憎恨她。

一天的排演结束了，嘉莉回到家里，认为自己表现得很满意。导演的话还在她耳边响着，她希望有机会能告诉赫斯渥。她要使他知道她演得多么好。杜洛埃也是她可以吐露心事的对象。她几乎等不及他来问她，可是她自己又不好意思提出来。

可是这个推销员这一晚却另有心事，认为她这一段小小的经历是无足轻重的。除了她自愿叙述的一些事情之外，他没有接着谈下去，而嘉莉又不善于自吹自擂。他认为嘉莉表演得好是理所当然的事，在这方面他可以不用再担忧了。结果就使嘉莉说不下去了，这使她大不高兴。她强烈地感到他的冷漠，就渴望和赫斯渥相见。这大人物现在好像就是她在这世界上唯一的朋友了。第二天早晨，杜洛埃总算又有兴趣了，但是已经伤了感情。

她从经理那里收到一封漂亮的信，说当她接到这封信时，他将在公园里等她。当她到达公园时，他像清晨的太阳一般，满面笑容地迎接她。

“哦，亲人，”他问，“排演得怎么样？”

“好得很，”她说，还因为杜洛埃而有些儿精神不振。

“不要这样，现在把经过情形告诉我吧。演得有趣吗？”

嘉莉讲了排演中所发生的事情，越说越起劲。

“哦，这太妙了，”赫斯渥说，“我多么高兴啊。我一定要到那里去看看你。下次排演是什么时候？”

“星期二，”嘉莉说，“但是他们是谢绝参观的。”

“我想我进得去，”赫斯渥意味深长地说。

他这样关心这回事，使她完全恢复了过来，而且觉得快活，但是要他答应不去看排演。

“现在，你必须大显身手，使我高兴，”他鼓励她说，“记着，我要你成功。我们要使这次表演成功。你现在就这么办。”

“我试试看，”嘉莉说，充满着洋溢的感情和热忱。

“这才是个好姑娘，”赫斯渥宠爱地说，“现在，记住了，”伸出一只指头亲切地对她点了点，“要大显身手。”

“我会尽力而为的，”她回答，回头望着他。

那天早晨，整个世界洋溢着一片阳光。她轻快地走着，晴朗的天空给她的心灵里灌注了蔚蓝色的光辉。啊，祝福那些努力上进的孩子吧——他们在努力，充满着希望。也祝福那些了解他们，能含笑赞许他们的人吧。

第十九章

艾弗里会堂是一座三层楼的红砖建筑，底层有一些商店和一间休息室，楼上有几间办公室，大部分都没有安排使用，因为当做戏院已经不大受人欢迎了。这个会堂原来建筑时是打算作为一个夏令大游乐园的一部分的，当时这片地基离市区的边缘不到一英里。因为城市迅速发展，把边沿地区往外大大延伸了，所以人们放弃了夏令游乐园的打算，将屋子四周的地皮分块建造了不少作店铺用的平房，这些平房大部分还空着。这个会堂的本身也和芝加哥其他许多建筑一般，并不经常被人所使用。它偶尔以极微不足道的租金出租作演讲会、游艺节目或上演话剧之用，这实在倒是很合用的。原来的白色、蓝色和金色的内部装饰，那是一般小装修公司通用的涂料，看上去依旧很悦目。小舞台上的布景道具，还没有陈旧得令人讨厌。它们上面有许多地方已经打上了不少补丁，多次修理过，但是毕竟仍比大多数靠它们在那里上演的节目要强得多。

到十六日晚上，赫斯渥的妙手已在帮助这次演出的不少小事情上显出了神通。他在人数很多，而且很有势力的朋友们中间散布消息说，这次演出他们应该到场，结果使昆塞尔先生为支部卖出了许多门票。各种日报上不时刊出四行字的小新闻，提到麋鹿会会员正在准备作一次很有趣的演出，或者说筹备工作已经接近完成，从各方面看来这次演出将会获得成功。这是他的一个新闻界朋友，《时报》的编辑主任哈里·麦格仑先生帮忙办理的。

“喂，哈里，”有一天晚上，赫斯渥对他说，当时后者于深夜回家之前，正站在酒吧前喝酒，“我想，你可以帮帮那些人的忙。”

“什么事？”麦格仑说，因为这位有钱的经理向他请教，觉得很高兴。

“寇斯特支部为筹款准备举行一次小规模的演出，他们希望报纸上发些小新闻。你知道，我的意思只是——登一两则简短的新闻，预告一下。”

“一定遵命，”麦格仑说，“我可以为你效劳的，乔治。”

“他们都是好人，”经理指出，他的意思是说那些会员都是商人和有地位的人士。“他们并不希望吹什么牛，你知道——只要来条简明的通告。”

“反正报上会刊出通知的，”麦格仑说，他很乐于效劳——“都是麋鹿会会员嘛，你知道，我会为你办理的。”

“谢谢你，老朋友，”赫斯渥说，谈话就到此为止了。

麦格仑忠于自己的诺言，就写信给各家报馆，结果在各报的俱乐部和秘密社团的栏目中出现了不少简短的通告。

倘使有人怀疑这些通告的作用，他只消出于好心而不是某一个阶层或者派系的需要或欲望，去发起一次这样的小活动，那他就会发现没有宣传，事情会进行得多么糟糕。他也会发现人们乐于沐浴在盛大声名的光辉中，而不乐于躲在智力活动的阴影里提高自己。事物本身的长处不是目的，一切都为了出风头。

谁也没有比赫斯渥对这道理了解得更清楚。同时他又完全置身幕后。寇斯特支部的会员们根本弄不懂他们这次小活动怎么会进行得这么顺利。大家认为哈里·昆塞尔先生真是办理这种工作的地道的好手。他的朋友们都来要票子，有许多是别的支部的会员。倘使他能看到赫斯渥不时在悄悄地和他的朋友们说一两句话，他就会知道其中的奥妙了。

“马克，你十六日有什么安排吗？”赫斯渥对一个来到他经营得这么成功的酒店里来的麋鹿会会友问道。

“没有呀。有什么事吗？”那个大人物应道。

“我希望你在那天晚上到艾弗里会堂去看一次小规模的演出。把太太带上。”

“一定，”马克说，“什么样的演出——要穿礼服吗？”

“要。”

“在哪里买票？”

“我想在寇斯特支部吧。”

只要是赫斯渥开口要他出席，就是对这个新来的人明确地暗示，这不仅仅是看一次演出，这邀请中还隐藏着其他意义。不过，这对他说来，这样那样都是无所谓的。戏也许演得还可看，他可以遇见不少有名的朋友，不论是什么样的目的，总是可以达到的。花一个晚上或者十块钱又有什么了不起呢？

“有天早上，我在《时报》上看到一条有关的新闻，”赫斯渥对之提及此事的另一个麋鹿会会员说，“那是怎么回事？”

“只是演一出小戏。可能不怎么样，但是应该去看看。”

“很好，我会去的——你说要穿礼服，是吗？”

到了十六日那天，赫斯渥的朋友们就像罗马人听了元老院议员的号召似的都集合起来。他是个不大说话的人，但是很有影响，因为他是麋鹿会的老前辈，而麋鹿会在当地很有势力，也因为他地位稳固而且引人瞩目。他性好交游，倘使轮到他请客，他会很慷慨地让朋友们分享快乐。他是那种春风得意、衣冠楚楚、寻欢作乐的人，在许多像他自己一般的人中间，用一句比较生动的俗话来说，他是能大显神通的。在这种场合中，他真是得其所哉，他只要向人透露说这次活动值得重视，就足以使他的许多朋友把这一夜晚当作麋鹿会之夜。从他想要为嘉莉帮忙的当儿起，就相信会来一群衣冠楚楚、和蔼可亲、乐于捧场的观众。

那个小学生已经完全掌握了她的角色，自认为满意了，尽管她想到有一天要在舞台脚光的照耀之下，面对一大群观众演出，还是很担心自己的命运。她想到另外那一二十个人，男的和女的，对他们演出的结果同样在担心，以此来安慰自己，但是她不能不把大家的失败和她个人的责任联系起来。她害怕会忘记台词，也许会无法集中她现在感到的支配自己在舞台上的动作所需要的感情。有时候她想，要是根本不参加这次演出多好啊；有时候，她害怕会慌得手脚瘫痪，站在台上，面色发白，喘不过气来，不知道应该说些什么，因此破坏了整个演出。

她把自己的一些顾虑告诉了杜洛埃，但是他却不以为意。

“胡说，”他说，“你不会干出那样的事来的。观众算不上什么。他们不会存心来嘘你下台的。而且，看看别人吧。他们都和你一样害怕呢。”

“这我知道，”嘉莉说，“但是我觉得倘使我忘记了一句台词，我的心会直跳上喉头，把我哽死的。”

“不过你不会忘记的，”他对她说明，“不要去想观众——就当他们没有在场。你演这角色的时候就当周围什么人也没有。你可以演得成功的——用心些，不要失败。”

“唉，我可说不准，”嘉莉说，“我真紧张啊。”

在星期五漫长的一整天里她都在钻研她的台词，先去参加了最后一次排演，后来独自一个在房间里复习。

“唉，天呀！天呀！”她说，“我知道是演不成功的。”

赫斯渥在排演场里出现了一会儿。他抵抗不住那诱惑力。幸而杜洛埃不在场。

“哦，”他说，“我想还是前来看看你觉得怎么样比较好。”

“啊，我不知道，”嘉莉说，“我真有些担心。”

“哦，你现在不要这样，”他深情地说，“用不到担心。这些人不会吹毛求疵的。而且，即使你真的忘记了几句台词也没什么。继续演下去就行了——你会成功的。”

“我真希望是这样，”嘉莉说。

“你会成功的——现在别紧张。”

至于那些演员嘛，班伯格先生已经走了。这个不可救药的家伙在导演的批评指摘下垮了台。摩根太太还在，但是她嫉妒心很重，决心哪怕就是为了出出气，也至少要演得同嘉莉一样好。一个不属于什么剧团的职业演员已被请来扮演雷这个角色，他虽然是一个蹩脚戏子，却不像从来没有在观众前露过面的人那样，会因为慌张而局促不安。人们虽然提醒他不要谈他过去在戏剧界的人事关系，他却非常自信地大吹大擂，好像只要通过间接的证据就可以使人相信他是个演员似的。

“这是挺容易的，”他用通常念台词的语调对摩根太太说，“我最不考虑观众了。你知道，表现角色的精神才难呢。”

嘉莉不喜欢他的态度，但是她是一个很好的演员，看到今天晚上她非得忍受他那假装的爱情不可，也只好柔顺地容忍他的品德了。

晚上六点钟，她做好了动身的准备。演戏的行头都已办妥，毋须她费心。那边化妆室不够，只有十二个鸽笼式的斗室供化妆之用，她和一个三十岁的寡妇霍格兰夫人派在一起，她在戏里演社交界的发言人之一范·达姆太太这一角色。嘉莉在早晨已经试过妆，一点钟又排演一次，安排好了晚上要用的东西，回家最后看了一遍台词，等待着暮色降临。

为了这次演出，支部派了马车来接。杜洛埃和她一同乘车到门口，然后到附近的店铺去买几支上等的雪茄。这位小演员战战兢兢地走进她的化妆室，开始她焦急地等待着化妆，好把她这么一个普通的姑娘变成罗拉，一个社交界的美女。

我们都知道，对于每一个喜欢演戏的局外人来说，舞台大幕后的世界是个奇异的天地。这需要像霍桑这样的大手笔和《故事新编》①的精神，才能正确地描述那弥漫在舞台演员的房间里的生活和哑剧混合在一起的气氛。煤气灯的闪光，令人想起出门旅行和存心展览的打开的衣箱，散放在桌上的化妆盒里的东西——胭脂、脂粉、白粉、软木炭、墨汁、画眼睑的铅笔、假发、剪刀，还有镜子和戏装——总之，一切说不完名字的乔装改扮的用品，各自透露着它们特有的显著的气息。它们透露着我们没有接触过的另一半生活，这里的门关闭着，这里的种种奥秘也许永远也不会透露。我们可能获得许可，通过这一切——通过这一切来瞥见种种我们自己的生活里绝对不允许体验到的欢乐和悲伤。

嘉莉以前不知道这种气氛，但是现在却给了她深深的印象。自从她来到这城市以来，许多东西都给了她影响，但总是可望而不可即的。这种新气氛却要亲切得多。它完全不同于那些高大壮丽的府第，它们凛然挥手不许她接近，只许她敬而远之。眼前的景象却和善地握住了她的手，好像在说："亲人儿，进来吧。"对待她就像对待自己人一样。她曾对海报上那些神气的人名，对报纸上奇妙的长篇剧评，对舞台上那些美丽的服饰——对马车、鲜花、高雅的气氛——表示惊叹。在这里却不是幻象。这里有一扇打开的门，可以通向这一切。她找到了这扇门，就像一个人偶然走进了一条秘密的甬道，瞧，她已经进入一间摆满钻石珠宝的喜人的宫室里了。

她在后台那个斗室里忐忑不安地化妆，听着外面的人声，看见昆塞尔先生在东奔西走，留意到摩根太太和霍格兰太太在战战兢兢地做准备工作，看到所有参加演出的那二十个人在往来蹀躞，担心着演出的结果

---

①《故事新编》为美国作家霍桑（1804—1864）于 1837 年发表的故事集，其中包括一些神怪的历史故事。

会怎么样，这时候，她不由得想到，倘使这种情况能够老是这么持续下去，该是多么愉快，倘使她这次演得好，以后当上一名真正的演员，该是多么美妙的事情呀。这种想法使她无论如何也摆脱不掉。就像是一支熟悉的歌曲的调子，在她的耳朵里嗡鸣着。啊哈！能抛弃闲着无事和寂寞难挨的日子——能有所作为而步步高升——受到赞扬，抚爱，被提高到一个到处是颂扬、礼遇和尊荣的境地，该多好啊。她一想到这里，头脑就飘飘然起来——她那些短短的台词在世间获得了极其重要的意义。但愿她能够恰当地表达出来。

在外面休息室里却又是一种场面。住在马路对面的公寓房子里的人家看到这小戏院灯烛辉煌，都很感兴趣。这是一个温和的夜晚，不少孩子在街上游玩。店主们都站在他们灯光通明的店堂门口，享受着夜晚的快乐。无数街车丁丁当当地驶过，因为这是西区所有街道中最主要的一条。到了七点钟，领票员、勤杂人员以及和演出有关的人员，都已到齐。到了七点半，寇斯特支部的会员和他们的朋友逐渐出现了。

倘使没有赫斯渥的关照，这个小会堂也许不可能坐得相当满的，因为支部的会员们对于支部的福利都只有一定程度的关心。可是赫斯渥把话传开了。这将是一次盛大的活动。于是四个包厢都被订了去。诺曼·麦克尼尔·海尔医生和他的太太占了一个。这是一张王牌，因为海尔医生是一个很知名、很受欢迎的人物。绸布呢绒商格·罗·沃克，至少拥有二十万块钱的财主，订了另一个包厢，一个有名的煤炭商被劝而订了第三个，赫斯渥和他的朋友们订了第四个。这些朋友包括杜洛埃在内。一般说来，现在拥进来看戏的并不是知名人士，也不是当地的要人。他们是社会上某一个圈子的头儿脑儿——是小康人士和秘密社团中的名人。这些麋鹿会的绅士了解彼此的身份地位。他们尊重能积聚一小笔财产，有一个美满的家庭，置办有四轮马车或者小马车，穿着考究的衣服并占有商业界的好地位的人物。任何一个这样的人，并且属于他们支部的，就是个了不起的人物。自然，赫斯渥比之以此为满足的人要高出一筹，他很精明，显得很庄重，他有权有势，能够运用天生的手腕操纵别人，博得别人的友谊，在这些人中间，他是一个了不起的人。

他在这圈子里要比别的许多人有名，大家都认为他的持重态度里隐藏着极大的潜在影响和殷实的财力。

今天晚上他真是得其所哉。他和几个朋友从雷克托饭店直接坐了马车来。在休息室里遇见了杜洛埃，他刚出去再买了几支雪茄回来。这五个人就兴高采烈地谈着到场的人物，以及支部一般事务的进行情况。

“这里都有些什么人呀？”赫斯渥一面说着，一面走进剧场，那里已经灯光通明，有一大群麋鹿会的绅士在座位后面的空处谈笑着。

“喔唷，你好呀，赫斯渥先生！”第一个认出他的人说。

“很高兴见到你，”他说，轻轻地握了一下手。

“看上去着实不错，是不？”

“是的，真是，”这位经理说。

“寇斯特支部的会员们看来是支持支部的，”这个朋友表示意见。

“应该是这样的，”这位老于世故的经理说——“我看到这点很高兴。”

“喂，乔治，”另外一个大腹便便的人说，他那肥大的腰围使衬衫硬胸非露出几乎惊人的一大片不可，“近来得意么？”

“好得很，”经理说。

“你怎么到这里来了——你又不是寇斯特支部的会员。”

“一时高兴，”经理回答。“你知道，是来看看朋友的。”

“太太来了吗？”

“她今晚不能来。她身体不舒服。”

“真是可惜——我希望不是重病。”

“不是，仅仅觉得有些不适意罢了。”

“我记得赫斯渥太太，有一次和你一同旅行到圣乔——”说到这里，这个新来的人提起一些琐碎的回忆，但是又来了许多朋友，就把话打断了。

“喔唷，乔治——你好吗？”另一个和悦的西区政客，支部会员说。“天呀，我真高兴再见到你——总之，情况怎么样？”

“很好——我知道你被提名为市参议员了。”

“是的，我们在那儿没有花多大力气就打败了他们。”

“你看亨尼西现在会怎么办呢？”

“嘿，他会回去干他的砖瓦生意呗。你知道，他有一家砖瓦厂。”

“我倒不知道，”经理说，“依我看，他因为竞选失败，觉得很伤心吧。”

“也许吧，”对方说，狡猾地眨眨眼睛。

他邀请的有几个和他交情更好的朋友，这时都坐马车陆续来了。他们都穿了华丽的衣服，浑身流露着自满和神气活现的样子，拖着脚步走进来。

“我们都来了，”赫斯渥转向自己正在与之交谈的人群中的一个人说。

“是呀，”新来的人说，这是一个大约四十五岁的绅士。

“听着，”他把赫斯渥的肩膀扭过来，以便凑着他的耳朵说话，于是乐呵呵地低语道，“倘使不是好戏，我就敲你的脑袋。”

“来看看老朋友也应该付出代价的吧。管它戏好不好。”

对另一个问“真是好戏吗”的人，经理回答说：“我不知道，我想不见得会好吧。”然后很潇洒地举起手来：“为了支部。”

“来的人真不少，嗯？”

“是的，去找找沙纳汉吧。他刚才在找你。”

这个小戏院里就这样沸腾着有成就者的杂语声、华丽的衣服的窸窣声、善意的客套话，而这一切多半是听从这个人的吩咐而出现的。在启幕前的半小时里，随时可以看见他，总是和重要人物呆在一起——他们五六个人围在一起，他们那肥胖的身体、宽大的白色衬衫硬胸和闪光的别针，都表明他们是有成就的人物。带了太太来的绅士们招呼他过去和她们握手。坐垫格格作响；他和蔼可亲地向前望着，领票员们对他鞠躬行礼。他明摆着是他们中间的一盏明灯，他的性格反映着那些招呼他的人的野心。大家承认他，奉承他，多少把他当做大人物看待。通过这一切，人们可以看出他这个人的地位。虽然不好算怎么高，但也可以说是伟大的了。

第二十章

终于要启幕了。化妆方面的一切都已完毕，那雇来的小管弦乐队指挥拿指挥棒意味深长地敲了一下乐谱架，开始奏起柔和的序曲，大家都坐了下来。赫斯渥停止了谈话，和杜洛埃以及朋友萨加·莫里森一同进入包厢。

“我们就可以看看那小姑娘演得怎么样了，”他对杜洛埃说，声音低得别人都听不到。

舞台上，六个角色已经在开场的会客室一幕里出现。杜洛埃和赫斯渥望了一眼，看见嘉莉不在其内，就继续低声耳语着。这一幕的主要角色是摩根太太、霍格兰太太和代替班伯格的那个演员。这个职业演员姓巴顿，除了面皮老以外别无什么出色之处，但是在目前，面皮老显然是最需要的。扮演珠儿的摩根太太已经给吓呆了。霍格兰太太喉咙沙哑。全部人马都这么手足无措，只能背诵台词，全无表情可言。真要观众抱着很大的希望并具有不爱吹求的雅量，才不至于骚动不安，对痛苦的失败表示遗憾。

赫斯渥却压根儿不在乎。他早已料到这是没有什么可看的。他只要戏演得令人勉强忍受得住，让他在演完以后有借口祝贺一下就是了。

可是，在开始慌张了一阵以后，演员们克服了垮台的危险。他们有气无力地演下去，几乎忘记了原来所准备的一切表情，使戏演得沉闷至极，就在这时，嘉莉上台了。

赫斯渥和杜洛埃两人一眼就都看出她也是手足无措的。她怯生生地走到台前，说：

“你，先生，我们从八点钟到现在一直在找你。”但是她念得毫无韵味，声音又这么低弱，简直令人感到痛心。

“她给吓慌了，”杜洛埃对赫斯渥咬着耳朵说。

经理并不答话。

她当时的台词里有一句应该是很好笑的：

“那末，这等于说我就是救命仙丹啰。”

可是，这句话说得这么平淡，一点没有生气。杜洛埃觉得坐立不安。赫斯渥略微移动了一下脚尖。

还有一处，罗拉应该站起身来，带着大难即将临头的预感，伤心地说：

“珠儿，你要是没说那句话就好了。你总知道一句古老的谚语，‘错把姑娘叫太太’吧。”

她表演得这么缺乏感情，真要令人失笑。嘉莉根本不懂得这句话的意思。她仿佛在说梦话。看情况她非惨遭失败不可了。她比摩根太太更不可救药，摩根太太倒多少已镇静了些，此刻至少把台词念得很清楚了。杜洛埃转眼过来望望观众。观众肃静无声，当然是在希望整个局面能好转起来。赫斯渥的眼光盯住了嘉莉，好像要催促她演得好一些。他要把自己的决心倾注给她。他替她难受。

过了几分钟，轮到她读那个陌生的歹徒送来的信了。那个职业演员和一个叫做斯诺盖的角色的对话，使观众略微高兴了一些，这角色是由一个矮小的美国人扮演的，他扮演一个以送信为业的、疯疯癫癫的独手军人，的确发挥了些幽默感。他大胆无畏地朗诵台词，虽然实在并不充分掌握台词中所需要的幽默感，但是很好笑。这时他可已经下场了，戏又恢复了悲哀的调子，而嘉莉正是其中的主要人物。她还是没有镇定下来。她把跟那个闯进来的歹徒的整场戏演得乱七八糟，弄得观众心急难忍，最后总算下台了，使大家松了一口气。

“她太紧张了，”杜洛埃说，自己也知道他这温和的批评是在扯谎。

“还是到后台去鼓励她一下吧。”

杜洛埃为了解围是什么都高兴干的。他总算从人堆里挤过去，挤到边门口，被友好的看门人放了进去。嘉莉正站在舞台边厢，有气无力地在等待下次上场的提示，一点没有活力和精神了。

“喂，嘉德，”他望着她说，“你不应该胆怯。振作起来。不要把场子里的观众放在眼里。你害怕什么呢？”

“我不知道，”嘉莉说，“我好像就是演不出来。”

话虽如此，她很感激推销员来看她。她发现同台的人都这么怯场，自己也就丧失了力量。

“得了，”杜洛埃说，“振作起精神来。你害怕些什么呢？走上台去，拿出浑身解数来。你担心些什么呢？”

受到了推销员那强烈地感染人的情绪的影响，嘉莉略微恢复了些勇气。

“我演得真那么糟吗？”

“一点也不糟。你只需要再加些劲道就行了。照你做给我看过的那样去演。像那天晚上一样，把头一甩，放手演吧。”

嘉莉想起了在自己的房间里曾演得很成功。她竭力想着自己是能演好的。

“下面是什么戏？”他说，望着她正在仔细看的脚本。

“哦，就是雷和我。我拒绝他的那一场。”

“那末，现在你要演得活泼些，”推销员说，“加些劲道，就是这样。要毫不在乎地演。”

“轮到你了，马登达小姐，”提示人说。

“天啊，”嘉莉说。

“哦，你要是害怕，那才傻呢，”杜洛埃说，“好吧，打起精神来。我就在这里看你演。”

“是吗？”嘉莉说。

“是的。现在就去吧。不要害怕。”

提示人给她做了一个手势。

她走上台去，像以前一般无力，但是她的精神突然恢复了一些。她想到杜洛埃正望着她。

“雷，”她温和地说，语气比刚才第一次出场时要镇静得多。这一幕在排演时曾受到导演的赞美。

“她从容一点了，”赫斯渥暗自想道。

这场戏她演得还不如排演时动人，但是比刚才好了一些。至少并不使观众看不入眼。全台的人的表演都有了改进，观众就不只注意她一个人了。他们演得顺利起来，现在，这戏好像看上去过得去了，至少对那些不太艰难的角色来说是如此。

嘉莉兴奋而又胆怯地下了场。

“你说，”她望着他说，“演得好些没有？”

“好些了，我应该这么说。就这样演。演得有生气些。你这一幕要比上一幕好上十倍呢。现在就演下去，感情激昂一些。你能演好的。让他们大吃一惊吧。”

“真是好些了吗？”

“我应该说，好些了。下一场是什么？”

“舞厅的那一场。”

“啊，那一场你可以演得很好的，”他说。

“我不知道，”嘉莉说。

“怎么了，女人！”他嚷着，“你曾经演给我看过。现在，你就上台去演吧。你会觉得好玩的。就像在家里那样表演好了。倘使你那样露一手，我敢打赌，你会叫台下轰动的。现在你要赌什么东道吗？你会演成功的。”

推销员热情善良的好心肠往往能使他口若悬河。他真的以为嘉莉曾经把这场戏演得很好，现在要她在观众面前重演一遍。他的热情是在当时的气氛中激起的。

到了上场的时候，他已卓有成效地鼓起了嘉莉的精神。他使她觉得，仿佛她真的曾演得很好。在他和她说话时，她又燃起了原来那股令人伤感的欲望，等轮到她上场时，她的感情正处在高潮。

“我想这一场我能演好。”

“你当然能够。现在你去演了就晓得了。”

在舞台上，范·达姆太太正在神气活现地对罗拉进行含沙射影的讽刺。

嘉莉倾听着，忽然感染到了一点什么东西——她也不知到底是什么。她的鼻子轻轻一嗤。

“这是说，”那个职业演员扮演的雷开始说，“社会对于侮辱总要予以可怖的报复。你们听见过西伯利亚的狼群吗？要是狼群里有一只因为衰弱而倒下来，其他的狼就要把它吞食掉。这个譬喻不大文雅——但是社会上就是有些带有豺狼性的事物。由于一桩弄虚作假的事，罗拉讥笑了社会，但是这个惯于弄虚作假的社会，就是痛恨这种讥笑。”

一听到她在剧中的名字，嘉莉吓了一跳。她开始体会到处境的辛酸。她的心笼罩着被社会所排斥的人的感情。她在舞台边厢逗留着，心潮起伏，被弄得出了神。除了她自己奔腾的血潮以外，几乎什么都听不到了。

“来吧，姑娘们！”范·达姆太太严肃地说，“快检点自己的东西。进来了一个这么高明的窃贼，还能安全无事吗？”

“轮到你了，”站在她身边的提示人说，但是她并没有听见。她早已从容大方地走了出去，充满着灵感。她出现在观众眼前，美丽而傲慢，根据情节的要求，在社会这豺狼群带着讥笑撇开她时，她逐渐变成一个冷漠、苍白、无依无靠的小东西。

赫斯渥眨着眼睛，受到了感染。热情和赤诚所发射出的波浪已经冲击到戏院内最远的墙壁。可以融化世界的奇妙的激情，正在这里发挥作用。

注意力被吸引住了，原来散漫的感情集中起来了。

“雷，雷！你为什么不到她跟前去？”这是珠儿的呼声。

“你不跟我们一起走吗，特拉福德？”

每人的眼睛都注视着嘉莉，她站着不动，又傲慢又轻蔑。他们在跟着她转动。他们的眼睛都望着她的眼睛。

扮演珠儿的摩根太太向她走去。

“我们回家去吧，”她说。

“不，”嘉莉回答，她声音里第一次带着深入人心的气质，这是从未有过的。“你和他待在一起。”

她几乎像控诉一般用手指着她的爱人。然后，她以极端朴实、因而深切感人的悲哀说：“他受辱的日子不会长久的。”

赫斯渥发觉他正在看非常之出色的戏。由于落幕时观众的喝彩声以及这是嘉莉演的戏，更提高了他对戏的评价。他现在觉得她真是个美人儿。她干下了一桩超出他的范畴的事。一想到她是他的人，他觉得快乐无比。

“好极了，”他说，跟着突然心血来潮，跳起身来，向舞台门口走去。

当他走进去看嘉莉的时候，她还和杜洛埃在一起。他对她怀着特别充溢的感情。她所表现的力量和感情几乎使他丧失了自持力。他巴不得以一个情人的无限温情，滔滔不绝地赞美她，但是杜洛埃就在这里，而杜洛埃的感情也在迅速地苏醒过来。要说呢，杜洛埃比赫斯渥更入迷。至少，他的感情表现得更充分，这也是很自然的。

“啊，啊，”杜洛埃说，“你演得非常之好。简直是棒极了。我知道你能演好的。啊，你真是一个小妙人儿。”

嘉莉眼睛里闪烁着成功的喜悦。她激动得心里直跳。她嘴唇发烫，面颊发红。

“我演得还可以吗？”

“演得还可以吗？我觉得很好。你难道没听见喝彩声吗？”

这时还可以听见隐约的掌声。

“我觉得我演得有些像——我感觉到了。”

正在这时候，赫斯渥走了进来。他本能地感觉到杜洛埃起了变化。他发觉这推销员同嘉莉很亲近，不觉妒火中烧。一转念他谴责自己不该早打发杜洛埃到后台来。他还恨他碍手碍脚。他几乎无法使自己降格为一个普通的朋友来祝贺嘉莉。可是他还是控制住了自己，这是一次胜利。他的眼睛里几乎照旧闪烁着难以捉摸的光芒。

“我觉得，”他说，望着嘉莉，“我应该到这里来告诉你，你演得多么高明，杜洛埃太太。真是使人高兴。”

嘉莉懂得了他的意思，就回答：

“啊，谢谢你。”

“我正在跟她说，”杜洛埃插嘴说，因为她是他的人而得意非凡，

"我认为她演得很好。"

"你确实演得很好，"赫斯渥说，转过脸去望着嘉莉，她从他眼睛里看出了言外之意。

嘉莉得意洋洋地一笑。

"倘使你在其他几幕里都演得这么高明，你就会使我们大家都认为你是个天生的女演员啦。"

嘉莉又笑了一笑。她发觉赫斯渥处境为难，深愿和他单独相见，但是她却不懂得杜洛埃的转变。赫斯渥抑制了自己的感情，觉得无法谈话，眼看杜洛埃在他的面前，心中怨恨不已，就以浮士德一般的风度鞠了一个躬，告别出来。杜洛埃没有随着出来。到了外面，赫斯渥切齿妒恨着。

"他妈的，"他说，"难道他要永远从中作梗吗？"他回到包厢里，觉得情绪很低沉，想到自己的尴尬处境，说不出话来。

当下一幕启幕时，杜洛埃回来了。他心情非常昂扬，很想说悄悄话，但是赫斯渥假装全神贯注在戏上。他眼睛直望着舞台，虽然嘉莉还没有上场，这时正在演她上场前的一段短短的喜剧场面。可是他视而不见。他在想着心事，想得很伤心。

剧情的进展并没有改善他的情绪。从这时起，嘉莉很容易地成为大家注意的中心了。观众起初看得感到灰溜溜的，曾以为不可能有什么好东西了，现在却跑到了另一个极端，在并无功力的地方看出了功力来。观众的热情在嘉莉身上起了反应。她把戏演得恰到好处，虽然不像长长的第一幕的结尾那样强烈地激动人们的感情。她演的角色是个处境凄凉的人物，就像她自己一样，被藏在纽约一处悲惨的地方，以免遇到她旧日的相识，但同时却被她过去那可怕而凶恶的继母——朱达斯所追踪，企图把她绑架去勒索赎金。

赫斯渥和杜洛埃两人都以兴奋的情怀观赏她美丽的姿态。她居然能发挥出这样的才能，他们居然能在这样效果突出的环境中，几乎是在金碧辉煌的场面里，在优美的情操和上等人士的光辉照耀之下看她发挥才能，使他们更觉得她妩媚动人了。杜洛埃认为她已不是原来的嘉莉了。他巴不得和她一起回到家里，告诉她这一切。他迫不及待地等着终场，那时候他们可以单独回家去了。赫斯渥却相反，在她这新的魅力之中发现了他自己的悲惨处境。他真想诅咒他身边的这个男人。天呀，他甚至不能尽情地喝彩。这一次，尽管不是滋味，他还是必须装模作样。

在第二幕里，嘉莉有两场好戏——一场是和她的爱人雷对话，他是来想重新赢得她的——另一场是和她所谓的母亲朱达斯对话，她和她那罪恶的同伙，强迫罗拉违反自己的意志跟她走。在第三幕里，她在违警罪法庭上受审，因为反抗她假冒的父亲，她被逼乘上马车，最后，当她在一个死静的夜里，被送到河边去时，终于为几个在河边逗留的无业游民和她的情人所救。第四幕，她出现在原来的环境里，出现在她的朋友们中间，但还是被那些诡计多端的坏蛋所追踪，还是不肯同她的情人和好，他却想重新得到她的爱情。最艰苦的场面是她打算离家出走，免得她过去的情人再留恋她，他呢，也已经和别人订了婚——也免得她的朋友们老是想保护她免遭进一步的暗算。

就是在这一幕里，嘉莉给她的情人们所显示的魅力达到了最强有力的程度。杜洛埃对于演出非常满意，在第二幕和第三幕的末了，他都跑去祝贺她，尽管在后一幕里她的戏并不重要，几乎完全处于被动地位。他还没有从刚才觉醒过来的热情中恢复过来，他是在一片玫瑰色的光辉中观看她的一切表演的。

与此同时，赫斯渥却发现他不得不和他的许多朋友说话，这一来使他在幕间无法保持沮丧的感情。他强打精神，多少同朋友们保持着和蔼可亲的情谊，虽然他的思想和欲望已趋向于幕后的那个姑娘了。

在第三幕结束时，杜洛埃匆匆去看了她就回来了。

“她的兴致很高，”他愉快地说。

“那就好，”赫斯渥说。

第四幕这时启幕了，是发生在“长厢房”——考特兰家高雅的避暑别墅底层的事情。背后是高大的打开的长窗，从地上直到天花板，在舞台深处安上了一块涂成蓝色的帆布，淡淡地撒上一些银粉，作为大海，这一切效果非常好。外面还有一个阳台或者走廊，造成一种夏天的景象，倒不无逼真之感。

观众以相当大的兴趣在观看剧情的开展，因为全体演员都表演得比较有感情了，演得至少没有冲淡这老剧本原有的吸引力。摩根太太，扮演珠儿，多少捕捉住了这轻率的卖弄风情的女人的神情——这并不难，因为她本人就像她所演的角色。扮演雷·特拉福德的巴顿先生，演得还过得去。雷过去爱罗拉，现在还爱着她，但是却已和珠儿订了婚。扮演范·达姆太太的霍格兰太太，由于得到了嘉莉的称赞，态度不拘束了。原来嘉莉在化妆室里曾再三说她演得极好。观众惊奇地发现看这戏不再是精神折磨，就趋向狂热地赞扬的极端，他们的喝彩和好心，对平庸的演技起了好影响，使戏演得平易轻松从而获得较好的效果。

赫斯渥听着剧中的台词在念下去，心里想着不知道嘉莉什么时候上场。他说不准她会在什么时候露面，和杜洛埃一样，他现在想了解前情后事的关系，可以从此评价她的表演。他并没有等多久，因为在珠儿表白了她其实并不怎么喜欢雷，她是个追求欢乐的、水性杨花的人，正非常倾心于某个迷恋着她的贵族这一小段以后，嘉莉就上场了。剧作家故意把那些寻欢作乐的人全都打发出去兜风了，因此现在嘉莉单独登台了。这是赫斯渥第一次有机会看到她独个儿面对着观众，因为在别的那几场戏里总是有配角做陪衬的。当她上场时，他突然觉得，她方才的力量——在第一幕结尾时攫住了他的注意力的那种力量——又恢复了。她似乎越来越感情充沛，因为戏已接近尾声，可以发挥浑身解数的机会眼看就要化为乌有了。

“可怜的珠儿，”她带着自然的悲伤语调说，“追求幸福是桩可悲的事情，但是眼看别人在几乎可以得到幸福的时候，还在盲目地摸索，更是桩可怕的事情。”

她现在正伤感地眺望着大海，一只手臂懒洋洋地按在光亮的门柱上。

赫斯渥对她产生了深切的同情，同样也对他自己。他几乎觉得她是在对他说话。由于种种感情和困扰纠缠在一起，他几乎给她的话音和态度所哄骗，就像一曲悲哀的音乐，仿佛成了对他的窃窃私语了。悲哀具有这种特点——好像总是在单独对一个人说话似的。

“可是，和他在一起她能够过得很幸福，”这个小女伶接着念下去。“她开朗的性格和欢乐的脸容，可以使任何家庭都生气勃勃。”

她向观众慢慢回过头来，可是目中并没有观众。她的动作是这么自然，仿佛只有她一个人在那里似的。然后，她在桌边的一把椅子里坐下，翻翻几本书，专心看了一会儿。

“我并不企求得到不应得到的东西，”她最后低声说，几乎像是叹息一般，“在这广漠的人间，除了两个人以外，谁都不知道我的存在，我要把不久就要做他太太的那个天真无辜的女孩子的欢乐，作为自己的欢乐。”

当一个叫做桃花的角色打断她的话的时候，赫斯渥觉得很遗憾。他悻悻地扭动了一下身体，因为他希望她说下去。他醉心于那张由于眼睛下面涂了摊青色而显得苍白的面庞，那穿着珠灰色的衣裙、颈项上挂着串假珠项链的轻盈的身姿。嘉莉带着一种疲惫、需要保护的神情，当时这迷人的幻觉使他的感情激扬起来，竟然在心里准备走到她的跟前，把她从愁苦中解脱出来，以增加他自己的愉快。

这个叫做小桃花的角色，是这情节剧中的一个极有趣的人物，是一个得到过罗拉照应的小顽童，因此到处跟着罗拉，把那些存心陷害她的阴谋者的秘密都告诉了她，还干了其他一些不大可能的、但是这种戏中的街头顽童通常干的有助于情节发展的事情。可是赫斯渥不喜欢这一插曲，一心只注视着嘉莉，她演的角色在这一段里并不像以前那么悲伤了。插曲过后，他竖起了耳朵等着听剧中更其强烈的念白。

嘉莉又只是一个人了，正在有声有色地说：

“我必须回到城里去，不管那里可能潜伏着什么危机。我一定要去——倘使可能，就秘密地去——倘使必要，就公开地去——”

这时外面传来了一阵马蹄声，接着是雷说话的声音：

“不，我不骑了。把它牵进马房去吧。”

他上场了。在这以后的一场戏使赫斯渥感受到了爱情的悲剧，就像发生在他那特殊而复杂的生涯中的真事一样。因为嘉莉决心要在这一场里演出成绩来，现在时候到了，剧情开始感染着她。赫斯渥和杜洛埃两人都注意到了她接下来的表演中越来越丰富的感情。

“我以为你同珠儿一起走了，”她对她情人说。

“我的确陪她走了一段路，但是在过去一英里路的地方把他们撇下了。”

“你和珠儿没有闹别扭吧？”

“没有——闹的；这是说，我们总是这样。我们交往的晴雨表上老是指着‘多云’和‘阴’。”

“那是谁的不是呢？”她轻松地说。

“不是我的不是，”他赌气地回答，“我知道我已尽了所有的力量——我是尽了所有的力量——但是她——”

巴顿把这句话说得相当勉强，但是嘉莉却以扣人心弦的气度作了补救。

“但是她就要成为你的太太了，”她说，把全部注意力集中在这个做作的演员身上，使声调变得柔和，以至又成为低沉而悦耳的了。“雷——我的朋友——夫妇生活的严肃的长篇大论是从求爱时期的文章中获得其主旨的。不要让你的恋爱生活变得不和而不快啊。”

她把两只小手合起来，哀求似地紧贴着。

赫斯渥微微张着嘴注视着。杜洛埃高兴得坐立不安了。

“成为我的太太，是的，”那演员说下去，念词的方式和嘉莉的比起来显得差劲，但不至于损害嘉莉所创造并保持的亲切的气氛。她好像并不觉得他演得很糟。即使是面对着一块木头，她也可以演得这么优美。她所需要的配角都在她自己的想象之中。别人的表演如何，不会产生什么影响。

“你已经后悔了吗？”她缓缓地说。

“我失去了你，”他说，一把抓住她的纤手，“我只好听凭任何一个高兴向我卖弄风情的女人的摆布了。这是你的过失——你是知道的！你为什么离开我呢？”

嘉莉慢慢地转过身去，仿佛是在暗中抑制内心的冲动。然后又转过身来。

“雷，”她说，“我想到你以所有的热情永远爱着一个善良的女人，一个跟你门当户对、财产和才艺都相称的女人，就觉得这是我体会过的最大的快乐了。现在，你对我透露的是什么消息呀！是什么东西老是使你在和你自己的幸福作对？”

这末了一句话，问得这么天真，对观众和这情人都像是一个切身的问题。

演到最后，她的情人高声说：“像从前一样待我吧！”

嘉莉带着动人的柔情回答：“我不能像那样待你；但是我可以用对你说来已永远死去了的罗拉的精灵来说话。”

“随你便吧，”巴顿说。

赫斯渥俯身向前。全场观众这时都被她优雅的风度所感染。就像是第一幕的高潮的又一次重现——情绪是这般感人。

“不管你看中的女人是聪明的还是虚荣的，”嘉莉说，她的眼睛忧伤地俯视着颓然坐在椅子里的情人，“不管她是美人儿，或者相貌平庸，有钱人或者穷人，她只有一件东西可以真正献给你或者不愿给你——那就是她的心。”

杜洛埃觉得喉头有些发痒。

“她的美貌、她的机智、她的才艺，她可以卖给你——但是她的爱情却是金钱买不到的无价之宝。”

经理觉得这句话是对他个人的呼吁。他觉得好像是他们两个单独在一起，他几乎忍不住要为他所爱的这个绝望、悲伤而又娇弱动人的女人伤心得落下眼泪来。杜洛埃也是欣喜若狂。他决定以后待嘉莉的态度要和以前根本不同。天呀！他要和她结婚。她是配得上的。

“作为报答，”嘉莉说，几乎没有听见她情人那低微的、剧本上规定的回答，使自己的表演和乐队这时在奏的如泣如诉的曲调更其和谐了，“她只要求你在对她看的时候，眼睛里要流露出无声的热爱；在对她说话的时候，语气应该温和、多情、和善。不要因为她一时不能了解你生气勃勃的思想和远大的抱负而卑视她；因为，当不幸和邪恶击败了你那伟大的目的时——她的爱情会留下来安慰你的。你看到树木的力量和庄严，”她继续说下去，而赫斯渥靠着最大的努力才控制住了自己的感情，“但是请不要因为花朵只能发出芳香而看轻它们。请你记着，”她最后柔和地说，“爱情就是女人所能给的一切，”她把一切这两个字念得特别动听，“但这是上帝允许我们带进坟墓里去的唯一的尘世间的东西。”

这两个男人心中被爱情折磨得好苦啊。他们几乎没有听见终场的那几句话。他们只看得见他们这个偶像，她正以撩人的风度在舞台上走动着，继续发挥着他们意想不到的感染力。

赫斯渥心中不知下了多少次决心——杜洛埃也是这样。他们一起跟着大家陡地鼓起掌来，要嘉莉再上场。杜洛埃啪啪地鼓着掌，直鼓到两手发痛。接着他又一跃而起，走了出去。他出去时，嘉莉走出幕来，看见一只大花篮正由人匆匆地顺着观众席中间的走道送到她面前来，她就等待着。那是赫斯渥送的。她向经理的包厢望了一眼，和他目光相接，笑了一下。他真想从包厢里跳出来拥抱她。他忘记了他那有妇之夫的身分需要行动检点。他几乎忘记了包厢里还有些他认识的朋友。天呀！他要夺取这个可爱的姑娘，即使牺牲一切，也在所不惜。他要立即动手。这该是杜洛埃的末日了，请你别忘了。他连一天也不想等了。这个推销员不能占有她。

他激动得在包厢里待不住了。他走进休息室，然后走到街上，心里在盘算着。杜洛埃没有回来。隔了不多几分钟，最后一幕演完了，他急于要和嘉莉单独相见。他诅咒命运，在他想向她表示爱意、同她单独窃窃私语的时候，竟只能带着笑，向人鞠躬，装模作样。他发现他的愿望一时无法实现，不禁唉声叹气。他甚至还必须装模作样地带她出去吃饭。最后他走进去，向她问好。演员们正在换装，聊天，东奔西走。杜洛埃在极其兴奋、热情地信口闲谈。这位经理几乎以超人的力量才控制住了自己。他简直要高声呻吟起来。

“我们当然要去吃饭了，”他说，说话的声调对他的感情是一种嘲弄。

“是啊，”嘉莉含笑说。

这个小女伶情绪很高。她这时体会到了受宠的滋味。这一次她成为被颂赞、被追求的人物了。由于成功而产生的自立之感如今隐约地初步露出了苗头。情况改变了，她正在俯视而不是仰望着她的情人。她还没有完全觉察到这种情形，但是流露出了某种屈尊的神情，使他们觉得说不尽的甜蜜。等她准备停当了，他们就登上等候着的马车，驶到市中心去。她只找到一个机会表示她的感情，那是这经理在杜洛埃之前，跨上马车，在她身边坐下的时候。趁杜洛埃还没完全进车时，她温柔而激动地握了握他的手。经理高兴得忘乎所以。只要他能和她单独相处，就是出卖自己的灵魂也甘心。

“唉，”他想，“真痛苦啊。”

杜洛埃讲个不停，以为自己最最重要。他的热忱也使晚餐大煞风景。赫斯渥回家时，心里感到，假使他无法作出深情的表示，他要活不成了。他热情地对嘉莉咬耳朵说“明天”，她就会意了。他离开了推销员和他的宝贝，在分手时心里大有把他杀死为快之感。嘉莉也觉察到这种处境很痛苦。

“晚安，”他说，装出一副违心的风度，心里却渴望着嘉莉。

“晚安，”小女伶温柔地说。

“这个傻子，”他说，这时憎恨起杜洛埃来了。“这个白痴。我要把他搞掉。而且说做就做。我们明天瞧吧。”

“哦，你真是了不起，”杜洛埃紧握着嘉莉的臂膀，心满意足地说。“你是世界上最漂亮的小娘儿。”

第二十一章

像赫斯渥这样天性的人，情欲会表现得很强烈。这不是冥想、梦幻之类的事儿。他决不会到情人的窗外去唱歌——在种种困难面前变得憔悴，口出怨言。在夜里，他因为想得太多了，迟迟不能入睡，早晨一早就醒来，急忙又抓住这可爱的问题，拼命想下去。他浑身不舒服，心绪也很乱，因为他不是对嘉莉发生了新的兴趣吗，而杜洛埃不是挡住了他的路吗？一想到他的情人被兴高采烈、洋洋自得的推销员所占有，他感到苦恼得无以复加。他觉得，为了解决这个纠葛——让嘉莉默许一种安排，能有效地摆脱，而且永远摆脱杜洛埃，他是宁愿牺牲一切的。

怎么办呢？他边想边穿衣服。他在和他妻子同住的卧室里踱来踱去，不去注意到她的存在。

吃早饭时，他觉得胃口不好。他叉起来放在盘子里的肉，一动也没有动。咖啡冷了，可是他却还在心不在焉地看报。他在报上看到了一些小事情，但是什么都没记住。他的心情大可以说是矛盾的。

这时候，他很少想到自己家里的事情，而想到的那一点却都是不愉快的。杰西卡还没有下楼。他的太太坐在桌子的一头，默默地在反复思考自己的事情。新雇来的一个仆人忘记了餐巾。为此，一声斥责恼人地打破了沉默。

“我早跟你说过了，麦琪，”赫斯渥太太说，“我不高兴再说了。”

赫斯渥望了他太太一眼。她正在发脾气。眼前她的态度使他非常生气。她的下一句话是对他说的。

“你有没有决定，乔治，什么时候休假？”

每年这个时候，都要商量到哪儿去度夏，这是他们的习惯。

“还没有定，”他说，“眼前我非常忙。”

“哦，倘使我们打算出门，你必须快些决定，对吗？”她应道。

“我想还可以等几天再说吧，”他说。

“哼，”她回答，“别错过了季节。”

她说这话时生气地扭动了一下身子。

“你又来了，”他说，“照你这么说，好像我是什么事都不干的。”

“可是我要知道你什么时候休假，”她反复说。

“还有几天呢，”他坚持说，“你们总不会想在跑马赛结束以前就动身吧。”

当他正想考虑别的事情的时候，提出这样的问题，使他很生气。

“不过，我们可以这样做嘛。杰西卡不愿意等到跑马赛结束。”

“那末你们当初要长期票干吗？”

“呃！”她说，用这一声表示厌恶——“我不愿意和你争论。”说罢就站起来要离开餐桌了。

“喂，”他站起来说，口气很坚决，使她要走而不得不暂时停下来——“你近来怎么啦？我还能和你说话吗？”

“当然啦，你能和我*说话*，”她回答，语气着重在“说话”这两个字上。

“可是，看你这副样子，好像不是这么回事。现在你想知道我什么时候准备好——没有一个月不行。也许到那时还不行。”

“你不去，我们自己去！”

“你们自己去，呃？”他讥讽道。

“是的，我们会去的。”

他听得这女人这样坚决，不禁吃了一惊，但是这只能使他更其恼怒而已。

“好，我们等着瞧吧。我觉得你近来想用高压手段来处理事情了。听你的口气像是你要来安排我的事情了。嘿，你办不到。凡是和我有关的事情，你什么都管不着。倘使你们想去，就去得了，但是你那样说话是逼我不走的。”

他现在浑身都激动起来了。他的黑眼睛闪烁着，他在放下报纸时把它捏得沙沙发响。赫斯渥太太就不再说话了。他刚说完话，她就转身走到穿堂里，上楼去了。他停了一下，好像在犹豫——然后坐下来，喝了些咖啡，就此站起身来，到正房里去拿帽子和手套。

他的太太确实没有预料到会发生这么严重的争吵。她刚才下楼吃早饭时觉得有些不自在，心里在反复思考她的一个打算。杰西卡曾提醒她，跑马赛并不如她们所设想的那么好玩。今年的社交机会不如她们所预料的那么出色。这位美丽的姑娘认为每天去看赛马是一件乏味的事情。而且，今年一些有身份的人，都成群地提早到海滨胜地或者欧洲去了。在她自己的朋友圈子里，已有几个她感兴趣的年轻人到沃基肖去了。她觉得自己也想去，她的母亲赞同她的想法。她们为什么不去呢？已买下的长期票又算得了什么呢？

“你可知道，”有一天下午她们准备驱车去跑马场时，杰西卡说，“兰伯特一家已经到那里去了？他们是星期二走的。”

她指的是沃基肖。

“是这样吗？我原以为他们还要等些时候才去呢。”

“我也是这么想的，”女儿应道，“但是他们已经走了。还有法尔威一家。我希望我们能去。”

“倘使我们想去，也可以去，”母亲回答。

“啊，妈妈，我希望你安排一下！”这个喜气洋洋的少女说，“这要好玩得多。老一套的赛马一点也不好看。”

赫斯渥太太因此决定提出这回事来。她下楼来吃早饭的时候正在思考这个问题，但是不知什么缘故，气氛不对头。争吵过后，她还是弄不懂怎么会争吵起来的。可是，她如今认定她丈夫是个粗暴的家伙了，她无论如何也不会就此罢休的。她要他把她当做贵妇人看待，否则她要弄清楚是什么缘故。

在经理这方面，他心里老是沉重地思量着这场新的争吵，直到走到办公室里，又从那里出发去会见嘉莉。这时，另外那段错综复杂的爱情、欲望和对抗的情事兜上了他的心头。他的思想早已展着老鹰的翅膀，从他身子里向前飞去。他几乎是迫不及待地要与嘉莉当面相见。总之，没有了她，这夜晚还算得上什么——白天又算得上什么？她应该，必须成为他的人儿才是。

至于嘉莉呢，她在上一天晚上和他分别之后，就想入非非，百感丛生。她听着杜洛埃起劲的唠叨，对有关她自己的部分非常注意，对有关他自己的得失的部分却毫不关心。她不爱他。她尽力对他保持着距离，因为她一心只想着自己的胜利。她觉得赫斯渥的满腔热情是她自己取得的成就的可喜的陪衬，她不知道他会说些什么。她也替他感到难过，怀着一种奇特的悲哀，竟然在别人的苦恼中发现有些叫人快慰的地方。

她这时正依稀地感觉到一些微妙的变化，这些变化使她从求赐者的阶层转入到赐恩者的队伍。总之，她是非常之快乐。

可是，第二天早晨，报纸上没有登载任何有关的新闻，于是在周围一些日常发生的琐事的冲击下，昨晚的盛况也就减色了一些。杜洛埃本人也不大谈她的表演，而只讲些能赢得她欢心的话。他本能地觉得，由于某些原因，他必须跟她重新建立起亲密的关系。

“我想，”第二天早晨当他在卧室里打扮、准备到市区去时说，“我要在这个月里把我那笔小买卖了结一下，然后我们就结婚。我昨天已和莫舍谈过这事了。”

“不，你才不会呢，”嘉莉说，她依稀觉得自己已有了些力量，可以和这个推销员开玩笑了。

“我会的！”他嚷道，比平常说得更热情些，又用恳求的口气补充说，“你难道不相信我对你说过的话吗？”

嘉莉哈哈一笑。

“我当然相信的啦，”她回答。

这时杜洛埃的自信心有些不足了。尽管他观察力很肤浅，但是已经发生的事情使他那可怜的分析能力变得无济于事了。嘉莉还和他在一起，但已不是孤苦无告和苦苦求助的了。她的声音里有了一种轻快的调子，那是新的东西。她不再用依赖的眼光来打量他了。推销员感到了要发生什么事情的预兆。这就使他的感情加浓了色彩，使他施些小小的关怀，讲几句体己话，这无非是为了预防发生危机。他虽然忙忙碌碌，不知内情，但还是觉察到了什么，而且现在又被完全苏醒了的欲望所牵引着了。

“喂，”有一次他在镜子前欣赏新的绸领巾时说，“你当时是怎样干的？”

“干什么？”嘉莉问。

“就是跳舞厅的那一幕——我是说——你是怎样激起自己的感情的。看上去你真是很伤心似的。”

“啊！我说不上来，”嘉莉回答。

这一问，就阐明了才识是否高明的问题。她开始看出有些事情是他无法理解的。这使他在她心目中的地位固定了。

“你是想象事情应该这样的吧，是吗？”他说下去。

“不，不，”嘉莉说，“我并不确切地这样想象。我只是体会到应该这样而已。”

他好奇地望了她一会儿，然后补充说——“是啊，你演得好像你真有体会似的。”

过了一会儿，他出去了，嘉莉就准备去和赫斯渥会见。她急忙梳洗打扮，立即完毕，便匆匆走下楼去。她在街角走过杜洛埃身旁，但是他们相互都没有看见。

推销员忘记了几张要送到公司去的发票。他匆匆跑上楼梯，冲进房间，但是只见一个女仆在房里打扫。

“喂！”他叫了一声，好像是对自己说的。“嘉莉出去了吗？”

“你的太太吗？是的，她在几分钟前刚出去。”

“这就怪了，”杜洛埃心里想。“她一点儿也没有对我说起过。不知道她到哪里去了。”

他在旅行包里急忙翻寻着他所需要的东西，最后藏入衣袋。然后把注意力转向跟他在一起的俏人儿，她长得美貌，对他又和善。

“你在干什么？”他笑着说。

“打扫房间呗，”她回答，停止了工作，把一块抹布绕在自己手上。

“累了吧？”

“不怎么累。”

“我给你看一件东西，”他和蔼可亲地说，走过去，从口袋里拿出一张烟草批发公司印行的石印小画片。画片上印着一个美女，手里拿着一顶条纹遮阳伞，转动画片背后的一个圆盘，可以变换伞的颜色，从伞面的底色上那些小空隙里露出红、黄、绿和蓝的条纹来。

“这不是很巧妙的吗？”他说，把画片交给她，教她怎么转动。“你从来没有见过这样的东西吧？”

“真是很好玩，”她回答。

“倘使你要，就送给你，”他说。

他老是弄些这样的小东西，用于这种场合。

“你这戒指倒很好看，”他说着，摸摸她手上戴的一只普通嵌宝戒，她手中正拿着他给她的画片。

“你说好看吗？”

“是的，”他回答，假装要看个清楚而捏住她的手指。“很好看。”

这样打破了隔膜，他就进一步试探，假装已忘记了他还捏着她的手指。可是，她立即缩了回去，退后几步，靠在窗台上。

“我好久没看见你了，”她回避了他这一次热烈的亲近，卖弄风情地说——“你一定是出门去过。”

“我是出过门，”杜洛埃说。

“去的地方远吗？”

“相当远——是的。”

“你喜欢旅行吗？”

“哦，不太喜欢。过了一阵子就会厌倦的。”

“我倒希望能出门旅行，”姑娘说，漫无目的地望着窗外。

“你那位朋友赫斯渥先生近来好吗？”她想到了这位经理，突然问道，在她看来，他这个人似乎大有可谈之处。

“他就在本城。你为什么问起他来？”

“哦，没什么，只是自从你回来以后，他没到这里来过。”

“你怎么会认识他的？”

“在上个月，我不是把他的名字通报了十几次吗？”

“去你的，”推销员轻松地说，“我们搬到这里以来，他只来过六七次。”

“只有六七次吗？”姑娘笑着说，“这是你知道的罢了。”

杜洛埃语气略微严肃了一些。他吃不准她是否在开玩笑。

“别逗了！”他说，“你为什么要这样笑？”

“啊，没什么。”

“你近来看见过他吗？”

“你回来以后，就没有见过，”她笑着说。

“以前呢？”

“当然见过。”

“常见吗？”

“是的，差不多每天都见的。”

她是个爱捣蛋的搬弄是非者，非常想知道她的话可能产生什么影响。

“他来看谁？”推销员满腹狐疑地问。

“杜洛埃太太。”

他听到这句答话时表现得相当傻，接着就想校正自己的态度，不至于看来像个受骗者。

“哦，”他说，“这有什么呢？”

“没有什么，”姑娘回答，卖弄风情地把头一歪。

“他是个老朋友，”他说下去，更深地陷入了泥坑。

他本来可以进一步调情，可是一时失去了兴致。当楼下有人叫这姑娘的名字时，他觉得心里一阵轻松。

“我得走了，”她说，就轻盈地离开了他。

“回头见，”他说，装出因为受到打扰而不安的模样。

等她出去后，他让自己的感情更自由地流露出来。他向来不大能够控制自己的脸色，这时把心里的疑虑和不安全部表现了出来。难道嘉莉真的接待了他这么多次拜访，而绝口不提吗？赫斯渥说谎了吗？女仆这番话究竟是什么意思呢？他当时曾以为嘉莉的态度有些异样。当时他曾问她赫斯渥来过几次，她为什么显得那么慌张？天呀！他现在想了起来。这整个事情里有些儿蹊跷。

他坐在摇椅里想好好地考虑一下，把一条腿搁在膝上，使劲皱紧了眉头。他的思潮迅速地奔驰起来。

可是嘉莉并没有什么反常的举动。天呀，她不可能是在欺骗他。她没有那样干。嗐，就在昨天晚上，她对他不是还非常友好吗？赫斯渥也是这样。看看他们的行动吧。他简直不能相信他们会打算欺骗他。

他忍不住自言自语起来。

“她有时候确实有点奇怪。今天早晨她就打扮好了，出去了，却一句话都没有说。”

他抓抓头皮，准备到市区去了。他还皱着眉头。当他走进过道时，又遇见了那个姑娘，她正要打扫另一个房间。她头戴挡灰尘的白帽子，帽下圆滚滚的面孔露着和蔼的神色。杜洛埃看到她在冲着他微笑，几乎忘记了自己的心事。他亲热地把手按在她肩膀上，好像不过是走过时给她打个招呼而已。

“不再发火了吗？”她说，还是存心要捣蛋。

“我没有发火，”他回答。

“我还以为你气疯了呢，”她含笑说。

“不要开玩笑了，”他随便地回答。“你刚才是说正经的？”

“当然啦，”她回答。然后带着并不想故意挑拨是非的神气说，“他来过好多次。我以为你早知道了。”

杜洛埃不想再自欺欺人了。他不打算再装得无动于衷了。

“他晚上来过没有？”他问。

“有时来。有时他们一同出去。”

“在晚上吗？”

“是的。话虽如此，你可别气疯了。”

“我不会，”他说，“还有别人看到他没有？”

“当然有，”姑娘说，好像这毕竟不是什么了不起的事情。

“在多久以前？”

“就在你回来之前。”

推销员神经质地咬咬自己的下嘴唇。

“你什么都不要说，行吗？”他问，在姑娘的胳臂上轻轻地捏了一把。

“当然不说，”她回答，“我不会去操这份心的。”

“很好，”他说着就走了出去，这才严肃地思虑着，可是还有点觉得自己给这个女仆留下了非常良好的印象。

“我要找她问问清楚，”他很激动地在心里想，觉得自己是受了不应有的委屈。“天呀，我要弄明白她是否真要那么干。”

第二十二章

要理解赫斯渥的感情的力量，必须了解这个老于世故的人。他已不是青年。已没有青年的精神，但是他头脑中还留下一些当年谈情说爱时的幻想。他观察敏锐，感情洋溢。他深爱青春的光辉。

他在嘉莉身上发现了体现他往日的经历和梦想的东西。她青春焕发的面颊上带着些往昔春天的花园的气息。他曾经恋爱过——是的，在好久以前，他偶尔会意识到那高挂在五月夜晚静谧天空中的团圆的明月，飘入年轻人敏感的鼻孔中的沁人心脾的芳香，以及由于恋爱使他敞开了胸怀、振奋了心弦而产生的珍贵的感情。总之，他曾经恋爱过，而往日的那种种感情又兜上了心头，像刀割一般，像鞭打一般，因为他害怕——唉，一个热情充溢的人总是这么剧烈地害怕的啊——这样的事情再也不会重来了。

可是现在，瞧啊，它竟回来了。在这衰败的，几乎是荒芜的花园里，开出了一朵新花。闪着柔和的光芒的眼睛。雅致动人的线条、柔和红润的双颊、看上去令人悦目的头发——轻快的步伐、青年的幻想、他新近看到的一股耀眼的感情之火。这里有些新鲜的东西，有些东西使他回到了过去。

他等了好几分钟，嘉莉才来。他热血奔流。他精神振奋。他急于要见到上一天晚上如此深深地感动他的女人。

“你来了，”他压制了自己的感情说，觉得四肢激动，悲喜交集。

“来了，”嘉莉说。

他们一起走着，像是要有目的地到什么地方去一般，而赫斯渥却沉醉于她的仪态万方的姿容中。在他听起来，她那美丽的裙裾的窸窣声就像是音乐一般。

“你满意吗?”他问，心里想着上一天晚上她表演得何等高妙。

“你呢?”

他看见她在对他微笑，便捏紧了手指。

“演得棒极了,”他回答说,“好极了。”

嘉莉得意忘形地笑了。

“那是我好久以来所看到的最佳表演之一,”他补充说。

他在玩味他昨天晚上所感觉到的她那迷人之处，以及当前她的姿态所激发的感情。

“你喜欢，我就高兴,”嘉莉多情地说。

“我喜欢,”他说,“真喜欢。”

嘉莉在细细玩味这个人替她所创造的气氛。她早已生气蓬勃，光彩满面。他对她的强烈的感情，起了酒一样的作用。她觉得他每一句话的声音，都是倾心于她的表示。在他细致的表情和吐露的语言中，包含着写一大部书也无法阐释的内容。

“你送给我的鲜花真可爱,”她隔了片刻说。“真美丽。”

“你喜欢，我很高兴,”他简单地回答。

他老是在思索，他想谈的主要问题被拖延了下来。他急于想把谈话转到他自己的感情上去。时机已经完全成熟。他的嘉莉已经在他身边。他想要单刀直入，劝告她，可是他发现自己正在琢磨辞令，摸索开口的方法。

“你回家很好吧,”他突然愁眉不展地说，声音变得像是在自叹自怜一般。

“是的,”嘉莉随口说。

他目不转睛地望了她一会儿，放慢脚步，又凝望着她。

她感到脉脉温情涌上心头。

“你知道我怎么样吗?”他问。

这话使嘉莉着实惶惑，因为她觉得感情的闸门已经打开。她真不知道怎么回答才好。

“我不知道，”她回答。

他用牙齿咬住了下嘴唇，一会儿又放开。他在走道边停下来，用脚趾踢踢青草。他用温柔、哀恳的眼光打量着她的脸。

“你难道不以为你应该知道吗？”他问。

嘉莉因为不了解情况而拿不定主意。她感到处境困难，但看不到解决的办法。她处在退回去或者被拉上前去的两种力量之间——她不知怎么办才好。

“你怎么不？”他过了一会儿又问。

“我怎么不什么？”

“你怎么不知道？”

“唉，我不知道啊，”她无可奈何地说。

他望着她可爱的脸蛋儿，产生了一股新的感情。这是每一个情人心胸中起伏着的强烈、深沉的波涛。倘使她归他所有，她会给他多大的乐趣，对他在复杂的家庭问题中所感到的一切艰辛和倦怠能给予何等的安慰——他的生活会何等地充满了光明啊。可是，他也发觉，像一切情人一般，他开不出口来。没有任何简单或复杂的办法可以说清他感觉到的强烈的感情。他神经紧张地在寻求他认为需要的东西——表达的方法。

“你不愿意离开他吗？”他郑重其事地说，把身子的重量压在左脚上，漫无目的地望着别处。

“我说不上，”嘉莉回答，还是茫无头绪地在胡思乱想，找不到确切的主意。

事实上，她正陷入了十分无可奈何的窘境。这个男人是她非常喜欢的，对她施加着的影响，大得几乎足以使她误认为自己对他有了强烈的爱情。她依旧被他那敏锐的目光、殷勤的态度、漂亮的衣服所俘虏。她亲眼看见她面前的男人是极其文雅而富于同情的，正满怀热情地倾心于她，叫人瞧着都高兴。她无法抗拒他那灼热的激情、闪光的眼睛。她几乎不能不和他心心相印。

可是她还不无一些恼人的思虑。他知道什么情况呢？杜洛埃告诉了他什么呢？在他心目中，她是一位太太，还是什么呢？他会和她结婚吗？他说着话，她心里在软化下来，眼睛里闪耀着温柔的光芒，即使在这时候，她还是不禁自问，杜洛埃是否跟他说过他们没有结婚。她根本说不准他说过没有。杜洛埃说的话向来都是靠不住的。

可是，赫斯渥的爱情并不使她伤心。不管他知道了什么，他这爱情对她说来一点也没有抱怨的意味。他显然是真诚的。他的感情真挚而又热烈。他说的话里很有力量。她该怎么办呢？她继续思量着，对自己作出含糊的回答，怀着爱意焦虑着，毫无条理地胡思乱想，直到她好像在一片无涯的幻想之海上漂浮。

“你为什么不出走，”他温柔地说，“一切都可以由我为你安排——”

“啊，不要，”嘉莉说。

“不要什么？”他问。“你是什么意思？”

她脸上流露出无所适从的苦恼。她弄不懂为什么要提出这个叫人沮丧的想法。想到可悲的外室生活，她像挨到刀锋砍了一般。

他本人也知道提出这个办法是可悲的。他要衡量一下这样做的后果，可是估量不出。在她的面前，他觉得精神健旺，头脑清醒，他专心致志地想实现他的计划，继续在搜索枯肠。

“你肯出走吗？”他用更加虔诚的感情重说一遍。“你知道，我没有你就活不下去——这你是知道的——事情不能这样下去了——对不？”

“我知道，”嘉莉说。

“我不会提出来的，要是我——我不会要说服你的，要是我有办法的话。你看看我吧，嘉莉。你替我设身处地想一想。你不想抛开我，是不？”

她摇摇头，像是在深思一般。

“那末，为什么不把事情全部解决，一劳永逸呢？”

“我说不上，”嘉莉说。

“说不上！啊，嘉莉，你怎么会说这样的话？不要折磨我啦。不要开玩笑。”

“我不开玩笑，”嘉莉柔声说。

“你是在开玩笑，好宝贝，否则就不会说这样的话。你知道我是何等爱你，你就不该这么说。想想昨天晚上吧。”

他说这句话的时候，态度极其安详。他的面孔和身体保持着极端的镇定。只有他的眼睛在活动，闪射着微妙的、销魂蚀骨的火焰。这个人的天性的全部精华都在他眼睛里透露了出来。

嘉莉没有回答。

“你怎么能这样呢，宝贝？”过了一会儿，他询问，“你不是爱我的吗？”

他对她吐露这么强烈的真情，使她觉得无法抗拒。所有的疑虑一时都给驱散了。

“是的，”她坦率而温柔地回答。

“那末，好，你会出走的，是不？”

“我不知道能不能做到，”她回答，刚才的想法和眼前的处境使她很不安。她是个不大喜欢变动的人。她没有冒险家的机智和胆量。她对自己太没有把握，对人世又太害怕。这个男人，尽管她喜欢他，却具有使她敬畏的品质。她觉得和随随便便的杜洛埃在一起要安全一些，她已经对他习惯了。她已经掌握了这个头脑单纯的人的性格。她发现了她自己强而他弱的方面。再说，她已定居在一套舒适的公寓里，至少她可以在那里安身并且盘算未来。换了别的地方会怎么样呢？这好像是要她解去自己泊船的缆索——尽管它们是不牢靠和不能令人满意的，漂流到什么别的地方去。有人要她出走，而她不知怎么回答才好。

“昨天晚上，”他说，“我在想——”

他然后就顿住了。他眼睛俯视着地上。他那强烈的激情深深地感动了她。

“想什么？”看他不说下去，她柔声地问。她声音里充分显示出她虽然在嘴上否认，但在行动上却表明了她的感情。

“没什么，”他回答。

“啊，一定有的。你想说什么呢？”

他漫步向前走，越来越想要说出口来。

“什么？”她温柔地说。

“你，”他终于以压抑的热情说——“你——我在想我必须要你。你难道不知道我的处境——我是多么需要你——”

他们又回到了过去的话题，只是两人相互更其亲热了。嘉莉越来越觉得不能眼看他这么期望着而不给他迫不及待地要得到的安慰。她自己的窘境变得越来越不重要了。她的疑虑在他的热情之火里化为乌有了。

“你不能等一下子，”她说，“等到——”

然后她顿住了。

他在等待着，高兴地听着她吐露的每一个字。

“什么？”看到她说不下去了，他终于说。

“等我看看我有什么办法。”

“你要看什么？”他急切地问。

“唉——我说不上啊。”

“你又来了，”他伤心地说，“你不用看什么。”

“是的，我要看看，”她回答。

“那末，看什么？”

面对这句直接的问话，她自己也弄不清楚到底是什么了。她开始觉得自己毕竟不过是想设法找些借口，拖延时间而已。那惊人的事实隐约地耸立在背景上，那牢不可破的巨大的现实，开始失去重要意义，他正在请求她放弃这现实而走一条很成问题的道路。她应该加以考虑，但说不清考虑的结果如何。这现实的价值只在于作为一个阴暗的肯定事实，她可以想法加以回避。

“什么？”他又说了一遍。

“你不知道要立即决定是何等困难，”她有气无力地说，“我就不知道该怎么办。我希望考虑一下。”

“这么说，你不愿意出走，”他伤心地说。

“啊，不，我愿意，”她突然感情奔放地回答。

“什么时候？”

“哦，要不了多久啦。”

他这时靠得她很近，把满腔的柔情倾注于她。他用自己的手紧紧握住了她的手。

“明天？”他问。

“啊，不。”

“倘使你肯，是办得到的。”

“我来不及准备。”

“星期六？”

她热切地窥视着未来，美妙的嘴唇微微张开着，露出了整齐的牙齿。

“为什么不就在星期六呢？”他问，语调里透露着无限的爱情。

“你难道不能再等了吗？”她问，一股情意刺激着她的躯体，使她的两颊泛上了红晕。她表明了感情已经控制了她。

“不，不，”他说，“我今天就要你。”

当他不言不动地拼力求爱的时候，她犹豫了。他强烈的欲望在为他作斗争，既不求助于言语，也不求诸行动。

“到那时候，我可能来，”她一字一顿地说。

“你愿意了？”他说，高兴得跳了起来。“啊，这就太好了。现在你是我自己所有的嘉莉了，”他说着，热情地捏紧了她的手。

几乎立即就有了反应。她走得太远了。她似乎被什么东西束缚着。她的结婚问题使她不放心。她又想争取一个善良妇女的权利了。

“我们什么时候结婚呢？”她羞答答地问，在进退两难中，她忘记了自己原来是希望他把她当作杜洛埃太太的。

经理吃了一惊，因为他遇到的这个问题比她的问题更其棘手。这思想在他的头脑里像电讯一样闪过，却没有形之于色。

“你说什么时候就是什么时候，”他从容地说，不愿让这讨厌的问题来使他目前的快乐为之减色。

“星期六吗？”嘉莉问。

他点点头。

“好吧，如果到那时候你和我结婚，”她说，“我会去的。”

经理眼看他的心肝宝贝这么美丽、这么动人、这么难以争取，就作出了这异乎寻常的决定。他的热情这时已高涨到这样的地步，以致丧失了理智的色彩。他在这千娇百媚的女人面前，不愿意为这种小小的阻碍而操心。他宁愿接受这困难重重的局面——而不去理会冷酷的现实强加给他的那些障碍。他什么都可以答应，一切都可以答应，让命运来使他从纠葛中解脱出来吧。他要试登天堂，不管后果如何。哪怕要他大撒其谎，要他离经叛道，天呀，他还是会幸福的。

嘉莉含情脉脉地望着他。她真想把头靠在他的肩膀上，因为他看上去是这么讨人欢喜。

“好吧，”她说，“我设法到时候准备妥当。”

赫斯渥望着她美丽的脸庞，脸上蒙着些淡淡的惊异和疑虑的阴影，觉得他从来没有看见过比她更可爱的人儿。

“明天和你再见，”他欢乐地说，“我们可以讨论讨论计划。”

他和她一同向前走，高兴得不能用言语形容，结果竟然是这么可喜。虽然他只是偶尔说一两句话，却在她心里留下了无限的欢乐和缠绵的情意。过了半个钟点，他开始觉得他们应该分手了，因为人世的要求是严格的。

“明天，”他在分手时说，快乐的神情给他大胆的风度添上了迷人的色彩。

“好啊，”嘉莉说，得意而轻快地走了。

这次会见激起了那么深厚的热情，使她自以为深深地爱上了他。一想到她这英俊的情人，她叹了一口气。是啊，她要在星期六准备妥当。她要出走，而且他们会幸福的。

第二十三章

由爱情产生的嫉妒，并不随着爱情的消灭而消灭，这事实造成了赫斯渥一家的不幸。赫斯渥太太紧怀着嫉妒，只消受到后来发生一些事的影响，就可以使它变成憎恨。赫斯渥这个人还是值得他太太像过去那样钟爱的，但是就两人相处的关系而论，却有所欠缺了。他不关心她，也不再着意对她献殷勤，这一点对于一个女人来说，比之对对方的公开犯罪更其严重。我们往往从自我出发，来判断别人的善恶。赫斯渥太太的自尊心误解了她丈夫冷漠的态度。她认为他的有些行动和言辞都是别有用心的，实在仅仅是出于对她失去了兴趣。

结果，她就心怀憎恨，满心疑惑。他关于夫妇关系上的小殷勤每一次有所疏忽，嫉妒总使她留心到，还使她注意到他在和世人周旋时依然保持着轻快的风度。从他对个人修饰上所表现的无微不至的关心，可以看出他对人生的兴趣一点也没有减退。一个爱好打扮，对有关自己的一切表示这么重视的人，不会不使亲近的旁观者觉得世界上还有许多值得争取的宝贝。真的，没有人能像赫斯渥现在这样一方面全心倾注在一种事情上，另一方面却能隐藏自己的感情，只要旁观者对人的气质是敏感的话。他的每一举止，每一顾盼，都蕴藏着他从嘉莉身上所感到的愉快，蕴藏着这新的快乐的追求在他生活中所唤起的激情。他是一个超越寻常的情人，因此十分关心自己的风度和优雅的言行，这不能不在他自己的家里流露出一些迹象。这样的油，不能永远不和这样的水混合在一起而不被发现——至少是被感觉到。他在家里带进了不属于这个家庭的许多思想和情调，终于引起了注意，要不是发觉的话。赫斯渥太太有些觉得，可是不知道是什么，嗅到了一些变化，像野兽嗅到了远处潜伏着危险一般。

赫斯渥采取的直截了当的、更其强硬的行动，加强了这种感觉。我们已经看到他怎样急躁地逃避那些他已不感兴趣、得不到满足的小责任，以及近来对她那些讨厌的责备话所表示的公开的咆哮。这些小争吵实在是由充满了纠纷的气氛所促成的。天空中密布了要打雷的乌云，当然会降下阵雨来，这是不值得加以议论的。因此，赫斯渥太太这天早晨离开早饭桌时，因为他板起面孔不理睬她的计划，心里极其忿懑，后来在化妆室里看见杰西卡正在悠闲地梳头。赫斯渥早已离了家。

“我希望你不要这么迟迟不下去吃早饭，”她对杰西卡说，一面伸手去拿放钩针编织品的篮子。“这会儿东西全都凉了，而你还没有吃过。”

她失去了往常的镇静，很可悲地生着气，杰西卡就非遭受风暴的尾声不可了。

“我不饿，”她回答。

“那末为什么不早说，让女仆把东西收拾起来——免得她等待一个早晨呢。”

“她不会计较的，”杰西卡冷冷地回答。

“嘿，她不计较，我计较，”母亲回答，“而且，我不喜欢你对我这样讲话。你对母亲摆出这副神气，还太年轻呢。”

“啊，妈妈，不要吵了，”杰西卡回答说，“今天早晨到底出了什么事呀？”

“没有出什么事，我也没有吵。你别以为我有些地方纵容了你，你就可以叫大家都等候你。我不允许这样。”

“我没有叫任何人等我，”杰西卡尖刻地说，被激得从讥讽性的冷漠变成了尖锐的自卫。“我说过我不饿。我不要吃什么早饭。”

“对我说话要留神些，小姐。我不许你这样。现在听我说，我不许你这样。”

听到这最后一句话时，杰西卡已经走出房间，她把头一扬，甩了一下漂亮的裙裾，表示她独立自主和满不在乎的态度。她并不喜欢别人和她吵架。

这样的小争执发生得太多了，主要是独立和自私的性格发展的结果。小乔治在触及他个人权利的事上，表现得更加神经过敏和过分，他要使大家都觉得他是一个成人，应该享有成人的种种特权——这是一个二十岁的青年人所表现的最无根据和毫无道理的非分之想。

赫斯渥是一个有威信而又敏感的人，他发现自己逐渐被包围在一个他控制不了的、日渐隔膜的世界里，这使他十分忿懑。他不能忍受这种遮遮掩掩的神气和不照顾到他的利益的筹划。他不能不注意到，没有他的参与，事情正进行得非常顺利。这是令人伤心的，因为他要尽量保持他过去所有的威信，同时却致力于别的更其乐意的事情。总之，他希望两者都要。

现在，发生了像要提前动身到沃基肖去这样的小事情，使他明白了自己的地位。她们要他跟在后面——并不要他带头。此外，表现出来的态度很苛刻，不仅是要排挤他、消灭他的威信，还加上了一种令人恼怒的精神上的刺激，如嗤之以鼻，或者带笑讥讽，这就使他沉不住气了。他忍不住要大发脾气，但愿和整个家庭脱离关系。这对他所有的愿望和机缘来说，仿佛是最恼人的障碍。

尽管如此，在外表上他还是保持着一家之主的样子，虽然他的妻子在竭力反抗。她使脸色，公开反对，除了她觉得可以这么办而外，别无其他理由。她没有特别的有关证据可以为自己辩护——没有掌握什么可以为她提供威信和借口的材料。可是，要为她那看来是毫无根据的不满提供坚实的基础，所欠缺的正是这种材料。只要有一桩公开的行动来做明白的证明，那就会像冷风一般，把怀疑的乌云变作愤怒的倾盆大雨。

赫斯渥的不检点的行为，早在上一次口角前的一些时候就露了马脚，那是在一次熟人在街上相遇时得知的。他们家附近有一位漂亮的私人开业医生皮耳，在赫斯渥太太的门口遇见了她，那是赫斯渥和嘉莉乘车在华盛顿街上向西兜风之后的两天，这次兜风使他们吐露了相互之间的感情。当时皮耳医生正在这条路上向东走，他认出了赫斯渥，不过是等他过去以后才认出来的。关于嘉莉，他吃不准——不知究竟是赫斯渥的太太还是女儿。

“你出去兜风的时候，遇见朋友也不打招呼的吗？”他开玩笑似地对赫斯渥太太说。

“要是看见，我是打招呼的。你在哪里看见我的？”

“在华盛顿街，”他回答，指望她会眼睛一亮，立即想起这回事来。

她摇了摇头。

“是在海恩大街附近。你和你丈夫在一起。”

“我想你是看错了，”她回答。接着她想起她丈夫牵涉在里面，心里立即涌上了许多新的怀疑，可是没有露出形迹来。

“我确信我看见的是你的丈夫，”他说下去，“没有把你看清楚。也许是你的女儿。”

“也许是吧，”赫斯渥太太说，明明知道并不是这么一回事，因为杰西卡几星期来都和她在一起。她控制了自己的脾气，想再打听些详细情形。

“是在下午吧？”她机灵地问，做出是知道这桩事的神气。

“是的，大约两三点钟。”

“那一定是杰西卡，”赫斯渥太太说，不想显得重视这件事似的。

医生自己心里也有些想法，可是放下不提了，至少在他一方面，认为这是不值得讨论下去的。

在随后的几个钟点，甚至几天里，赫斯渥太太对这一小消息反复进行了思量。她认定医生的确看见了她的丈夫，而他那次出去兜风，很可能是和别的什么女人去的，是对她推说很忙以后的事。这一来，她越来越生气地想起他常常拒绝和她一同出去，一同去看朋友，或者，是啊，参加任何可以使她的生活得到一些消遣的社交活动。人家曾经看见他和所谓霍格的朋友们一起看戏；现在，人家又看见他在兜风，很可能他对此也有的是借口。也许还有她没有听到的别的活动，否则，他近来为什么这么忙碌，这么冷淡呢？在最近的六个星期里，他变得出奇的不耐烦——稀奇古怪地只想拿起帽子就走，不管家里情况妙不妙——这是什么道理呢？

她以更其微妙的情绪回想起他现在已不用往日那种满意或者赞许的眼光来看她了。很明显的，除了其他的事情以外，他还认为她是老了，乏味了。也许他看到了她脸上的皱纹。她已姿色衰退，而他却依然打扮得翩翩年少。在寻欢作乐的去处依然有他的一份，而她呢——她不再想下去了。她只觉得整个处境是悲苦的，因此恨得他入骨。

当时，这桩事情并没有产生什么后果，因为事实上，情况还不够明确，不能深究。结果仅仅增强了互不信任的气氛和恶感，时不时由于怒火勃发而促使冒出一些斗嘴的场面。关于到沃基肖去旅游的事情，不过是其他同样性质的事情的延续而已。

在嘉莉在艾弗里会堂登台演出的下一天，赫斯渥太太带了杰西卡和她的年轻朋友巴特·泰勒先生，当地一家家具陈设公司的小老板，一同去看赛马。他们很早就驱车出门，碰巧遇见了几个赫斯渥的朋友，都是麋鹿会会员，其中有两个曾经看过头天晚上的戏。本来千缘百巧也不会谈到昨晚的戏上去的，只怨杰西卡对她那青年朋友献的殷勤这么感兴趣，占去了尽多的时间。这使赫斯渥太太跟认识她的那几个人一般地打了招呼不算，竟有心绪多说上几句话，并且把这简短的友好交谈拉长了。正是一个原来只打算和她随便打一下招呼的人，把这个有趣的消息告诉了她。

“我知道，”这个人说，他穿着式样很美的运动衣，肩上挂着一副望远镜，“昨天晚上你没有去参加我们的小游艺会。”

“是吗？”赫斯渥太太带着疑问的口气说，弄不懂他为什么用这种语调来提起她没有去参加她根本不知道的什么活动。她嘴里正要说：“是什么事呀？”这时候，他却接着说，“我看到了你的丈夫。”

她的惊异之情立即变成了性质更其微妙的怀疑。

“是的，”她谨慎地说，“好玩吗——他没有对我多讲这件事。”

“很好玩——真是我所看到的最好的业余演出。有一个女演员使我们全都很吃惊。”

“说真的！”赫斯渥太太说。

“你没有去，真是太可惜了。听说你身体不好，我真替你可惜。”

身体蛮好。赫斯渥太太一听忍不住要说出口来。结果呢，她摆脱了自己想否认和追问的那股冲动，简直粗声粗气地说：

“是的，太可惜了。”

“看样子今天到这里来的人会非常之多，不是吗？”这个熟人说，扯到另一个话题上去了。

经理太太要想追问下去，但是找不到机会。她一时竟弄得茫无头绪，只想好好考虑一下，不知道这个新的骗局是什么意思，竟使他在她没病的时候说她在生病。这又是一个不要她同去而找出的借口。她决心要了解更多的情况。

“你昨晚去看戏了吗？”她坐在包厢里，问下一个和她招呼的赫斯渥的朋友。

“去的。你没有去吗？”

“没有去，”她回答，“我的身体不大好。”

“你丈夫对我就是这么说的，”他回答，“是的，真有趣。比我估计的要好得多。”

“到的人很多吧？”

“全场客满。真是次麋鹿会的盛会。我看到了你的许多朋友——哈里森太太、巴恩斯太太、柯林斯太太。”

“真是一次盛大的联欢会。”

“确实如此。我太太看得非常高兴。”

赫斯渥太太咬着她的嘴唇。

“原来，”她想，“他就是这么办的。告诉我的朋友，说我生病不能去。”

她弄不懂是什么事情吸引他要单独前去。其中一定有鬼。她搜索枯肠要找出理由来。

晚上，当赫斯渥回到家里的时候，她已经左思右想，怒不可遏地要他交代清楚，向他复仇了。她要知道他这奇怪的举动包含着什么意义。她认定这事情后面还有她所没有听到的事，而恶意的好奇心已和不信任以及她早晨的余怒完全混合了起来。她像即将临头的灾祸的化身，愤怒地踱来踱去，眼睛四周的阴影越来越浓，野性未驯的肌肉在她嘴边勾勒出冷酷的线条。

在另一方面，我们大可相信，这位经理是兴高采烈地回家的。他和嘉莉的谈话与协议使他精神兴奋，以至他的心情像一个在高兴地歌唱的人一般。他为自己觉得骄傲，为他的成功而骄傲，为嘉莉而骄傲。他可以和气地对待整个世界，对自己的太太也并无怨恨。他有意做得和蔼可亲，忘记她的存在，生活在他已经恢复的青春和欢乐的气氛中。他跨进门来时就带着些这样的心情，但是这没有持续多久。

倘使我们想想风暴即将来临的情景，我们对赫斯渥家当时的情况就可以有一个完善的印象了——这种风暴甚至在一个温暖而平静的夏天里也可能发作。在这种时刻，虽然空气里充满了电力，静止得预示着不祥，可是却没有什么不快意的地方。这风暴来临时并不像那低压、笼罩在海上的雾气，会同时降低气温，使人颓丧。确切地说，它的到来反而会振作人的神经系统，使肌肉紧张，整个人体和谐地活动起来，以至加速血液的流通，引起愉快的感觉。即使它爆发之后，在喧闹的噼啪声中，在电光闪闪，雷声隆隆，风吹雨打之中，一个人也只会弄得不知所措，但是并不狼狈不堪。即使在那时候，也不会像阴天淅沥不断的苦雨那样使人精神沮丧，而只能使我们跳将起来，惊异不止，机警地倾听高低杂乱的声音，精神旺健得像一个卷入纷嚣、混乱中的人一般。

所以现在，他进来时觉得家里显得非常可爱和非常舒适。他在客厅里看见一张晚报，是女仆放在那里而赫斯渥太太忘记拿的。在饭厅里，餐桌上铺着干净的台布，摆着餐巾，玻璃杯和红花瓷器在闪闪发光。他从敞开的门口望到厨房里，那里炉子里的火在噼啪作响，夜饭已经准备得差不多了。小乔治正在不大的后院里和他新买来的小狗玩耍，杰西卡在客厅里弹钢琴，愉快的圆舞曲的乐声传到了这舒适的家庭的每一个角落。每个人好像都同他自己一样，恢复了他们的兴致，寄情于青春和美景，要想寻欢作乐。他觉得简直愿意对他身边的人都说句好话，他对铺好的饭桌和擦亮的餐具柜万分亲切地望了一眼，然后上楼到起居室里，坐在舒适的安乐椅里看报，从敞开的窗子可以望见下面的街道。可是，他一走进室内，发现他的太太在一面梳头发，一面独自默想。

他轻轻地走进来，心想用一句和气的话以及一个现成的许诺来缓和可能还没有消除的怒气，但是赫斯渥太太一声不响。他就在大靠背椅里坐下来，为要坐得适意些而微微挪动了一下身子，打开报纸，开始看起来。隔了一会儿，他看到一篇关于芝加哥队和底特律队的一场棒球赛①

---

① 芝加哥白袜子棒球队于1876年参加国家棒球联盟。1887年，与底特律队的比赛曾轰动一时，最后底特律队得胜。

的非常诙谐的报道，不禁高兴地笑了。

当他在含笑看报的时候，赫斯渥太太不在意地从她面前的镜子里观察着他。她看到了他愉快和自足的态度，他轻松的气度和含笑的情趣，而这就增加了她的怒气。她弄不懂的是，既然他至今已表示了讥刺、冷漠和轻视的态度，而且只要她能容忍，还要一直这样干下去，那末，怎么还能在她面前做出这般模样来。她心里在想应该怎样对他讲——要用怎样着重的语气来郑重表明她的意见，怎样把全部事情都追逼出来，直到自己满意为止。真的，她那亮光光的利剑一般的愤怒，只是由于她还在思索，才暂时没有爆发。

正当这时候，赫斯渥看到了一条有趣的新闻，说一个外地人来到本城，上了一个搞赌局的骗子的当。他觉得非常有趣，终于他的身体动了一下，格格地笑出声来。他希望能引起他太太的注意，把新闻读给她听。

“哈哈，”他小声叫道，像在自言自语一般，“真有趣儿。”

赫斯渥太太还是在梳头，连看都不屑看一眼。

他又动了动身体，继续看别的新闻了。最后，他觉得他的好兴致似乎该发泄一下。朱丽亚为了今天早晨的事，心里也许还在不高兴，但那是容易补救的。事实上，是她在闹别扭，但他并不计较。倘使她高兴，她可以立即到沃基肖去。越早越好。一有机会，他就要告诉她，于是这事情就可以全过去了。

“你可知道，”他看到另一条新闻时终于开口说，“有人提出诉讼，要伊利诺斯中央铁路不通过湖滨大道[①]，朱丽亚？”他问。

她简直无法强制自己去作回答，但还是勉强干脆地说了声“不”。

赫斯渥竖起了耳朵。她声音里震荡出一种声调，很是刺耳。

“倘使他们这么办，倒是件好事，”他说下去，一半是自言自语，一半是对她说的，虽然他觉得她那边有些不对头。他又非常谨慎地看他的报纸，却留心着听取有什么能告诉他即将发生什么事的细微动静。

---

①这事件发生于1887年，由美国最高法院作出判决，铁路当局胜诉。

事实上，像赫斯渥这般乖巧的人——对各种各样的气氛都这么留心、敏感(尤其是以他自己的思想水准来说)，要不是头脑里想着完全不相干的事情，是决不会在他太太这样的人面前犯这样的错误的。要不是嘉莉对他的垂顾使他念念不忘，她的许诺使他神魂颠倒，他决不会以这么愉快的心情来看待这个家的。这天晚上家里可并不特别光明而愉快啊。他只是完全看错了，要是他带着正常的心情回家，就能够大大地适宜于应付这个局面。

他把报纸再看了一会儿，觉得应该想些办法来改善一下情况。他的太太显然是无法用一句话就愿意和解的。所以他就说：

“乔治在院子里的那只狗是从哪里弄来的？”

“我不知道，”她抢白说。

他把报纸放在膝上，懒洋洋地望着窗外。他不打算发脾气，只想百折不挠，态度和蔼，问几句话来取得某种适度的谅解。

“为什么为了今天早晨的事情你要这么不开心？”他终于说，“我们不用为这种事吵嘴。你知道，倘使你们要去，你们尽可以去沃基肖。”

“这样你就可以留在这里和别人鬼混了，是吗？”她嚷道，对他露出坚决的脸色，脸上出现刻薄、愤怒的嘲笑。

他愣住了，好像挨到了一个嘴巴。他那劝诱、求和的态度立即消失了。他一下子就采取了防御的态度，可是想不出用什么话来回答。

“你这是什么意思？”他终于说，振作精神，凝望着他面前这个冷酷、坚决的女人，她却毫不在意，继续对着镜子梳妆打扮。

“你知道我是什么意思，”她最后说，好像她掌握着不知多少情报似的——可是不必说出来。

“哦，我不知道，”他顽固地说，可是神经紧张地提高了警惕，想知道对方将说些什么。这个女人断然的态度，使他感到在斗争中失去了优势。

她并不答话。

“哼！”他把头一歪，喃喃地说。这是他一生中最懦弱的表现。是压根儿没有把握的表现。

赫斯渥太太发现他的话有气无力。她像野兽一般朝他转过身去，要给以第二下有效的打击。

“我明天早晨就要到沃基肖去的钱，”她说。

他不知所措地望着她。他从来没有在她眼睛里看见过这样冷酷、坚决的表情——这么残酷无情的眼色。她仿佛是拿定了主意——完全自信，而且完全有决心要从他那里夺取全部控制权。他觉得随他想什么办法也无法自卫。他非得反攻不可。

“你这是什么意思？”他跳起身来说，“你要！我倒要问问你，今天晚上你怎么啦？”

“我不怎么样，”她怒冲冲地说，“我就是要那笔钱。拿出钱以后你再去吹牛好了。”

“吹牛，呃，什么话！我一钱不给。你这些含沙射影的话，究竟是什么意思？”

“你昨天晚上在哪里？”她反问道。这句话听起来火辣辣的。“你在华盛顿街上和谁兜风来着？乔治看见你的时候，你是和谁在看戏？你以为我是任你骗的傻子吗？你以为我会坐在家里，听信你的‘太忙’和‘不能去’那一套，而你却在外面招摇，胡说什么我不能去吗？我要你知道，你的老爷派头，对我说来已经吃不开了。你不能指挥我，也不能指挥我的子女啦。我和你完全没有干系了。”

“这是撒谎，”他说，已经被逼入了绝境，想不出别的借口来了。

“撒谎吗？”她狠狠地说，但又镇静了下来。“你要说是撒谎，就说是撒谎吧，但我是知道的。”

“我告诉你，这是撒谎，”他以低沉、粗暴的声音说。“几个月来，你一直在搜寻一些微不足道的罪名，现在你自以为搜寻到了。你以为可以突然抛出来占我的上风。哼，我告诉你，我的天，你办不到。只要我在这个家里，我就是一家之主，而你或者别的什么人都不能命令我——你听见了没有？”

他眼睛里闪露着凶险的光芒，一步步向她身边走去。这个女人的冷酷的、讥刺的、占上风的态度中透露了一些气焰，好像她已经成为一家之主了，这使他一时觉得要扼死她才甘休。

她凝望着他——活像一个诙谐的女巫。

“我不是在命令你，”她回答，“我是告诉你我的需要。”

回答是这么冷酷，这么富有威力，多少使他像泄了气的皮球。他没法攻击她；他没法要她拿出证据来。他好像觉得证据、法律以及他全部财产都在她的名下这一事实，全都在她的眼中闪耀着。他像是一艘强有力而危险的船，但是没有风帆，在海浪上颠簸、挣扎。

“我要告诉你，”他最后说，略微镇静了些，“这些你就是得不到。”

“等着瞧吧，”她说，“我会弄清楚我究竟有什么权利。倘使你不高兴对我说，也许会对律师说的。”

这是一场出色的戏，而且产生了作用。赫斯渥败下阵来了。他现在知道他要对付的不仅是威胁。他看出自己正面临着一个不愉快的难题。他简直不知道应该说些什么。这一天的全部乐趣都已化为乌有。他不安、痛苦，而且满怀憎恨。他该怎么办呢?

“你这个该死的，你愿意怎么办就怎么办吧，”他最后说，“我同你一刀两断。”说完，他大步走了出去。

第二十四章

当嘉莉回到自己家里的时候，她已经陷入了由于缺乏决断而引起的犹豫和迟疑之中。她说不准自己的许诺是否得当，也不知道已经说出了口，是否应该遵守。当赫斯渥不在的时候，她把事情的全盘经过重温了一遍，发现了一些在那经理热情洋溢地争辩时她所没有发现的小障碍。她发现她把自己放进了一个尴尬的处境——那就是她算是已经结了婚的，可是没有花时间去办离婚，竟然就答应再嫁人。她记起了杜洛埃做的一些好事来，而现在却要跟他不告而别，觉得好像是要干桩坏事似的。再说，她已无衣食之忧，而对一个多少有些害怕人世艰难的人来说，这是一件极其重大的事情，会招致一些稀奇古怪的异议来。“你不知道将来会发生什么事。外界有的是凄惨的际遇。有人在求乞。女人是孤苦无依的。你根本说不准会发生什么事情。不要忘记你挨饿的时候。不要放弃你眼前的所有啊。”

说来也怪，她虽然完全倾心于赫斯渥，他却没有牢牢地掌握住她的思想。她倾听，微笑，赞赏，但是没有最后同意。这是赫斯渥这方面缺乏力量所致，缺乏使人神魂颠倒，把所有的辩解和原则都熔化而成杂乱的一团，把推理的能力毁于一时的巍然如山的激情。几乎每一个人一生都有一度具有这种巍然如山的激情，但这往往是青春时期的特性，有助于初恋的成功。

赫斯渥是个上了年纪的人，很难说还保持着青春之火，虽然他确实有着热烈而不可理喻的激情。我们已经看到他这份激情强烈得足以吸引嘉莉，使她倾心于他。也许可以说她自以为钟情了，而其实却没有。女人往往会这样想的。这是因为每个女人内心里都向往着爱情，渴望获得受人钟爱的快乐。希望得到保护、提高、同情，这是女人的一种特性。再加上多情善感和情不自禁，往往使女人难于拒绝对方。这使她们认为自己是在恋爱。由于我们知道只有激情才是永远不变的说服力量，所以情况更是如此。

和一切女人一般，嘉莉情意绵绵地倾听着这些希望她愉快的事情。因为她生性温柔，富有同情心，就最容易被别人的感情所感染。赫斯渥本人满怀着对她的爱情，因而和她在一起的时候，可以用他美妙的幻想，使得她觉得真是在恋爱。离开了他，她就不那么确信了。这左右为难的不幸，就是她眼前苦恼的根源。

一回到家里，她就换下衣服，自己动手整理房间。在安排家具这事情上，她从不考虑女仆的主张。那个年轻的女人老是把一把摇椅放在角落里，嘉莉都照例要把它搬出来。今天她只顾自己想心事，几乎没有注意到摇椅放错了地方。她忙这忙那，直干到五点钟杜洛埃回来。这个推销员面红耳赤，神情激动，决心要知道她和赫斯渥的全部关系。他喝了几杯酒，为达到他的目的作了准备。可是，他在这度日如年的一天里，把事情反反复复地思量着，感到有些厌倦了，只希望把这事了结算了。他并不料想会发生任何严重的后果，但是要开口还是有点犹豫。当他进来的时候，嘉莉正坐在窗边，摇着摇椅向外望着。

“嗨，”她天真地说，对自己的反复思量感到厌倦了，同时看到他这副匆忙的样子和难于掩饰的激动状态，有些奇怪，“你为什么这么匆忙？”

杜洛埃迟疑起来，现在到了她的面前，他倒不知采取什么办法才好。他不会外交辞令。他不会鉴貌辨色。

“你是什么时候回来的？”他愚蠢地问。

“哦，大约一个钟点之前。你为什么要问这个？”

“我上午回来时，”他说，“你不在家里，我以为你是出去了。”

“我是出去过，”嘉莉坦率地回答，“我出去散步的。”

杜洛埃诧异地望着她。尽管他在这类事情上是不讲体面的，可还是不知道怎么开口。他公然直瞪瞪地望着她，她终于问道：

“你为什么这样瞪着我——怎么回事？”

“没有什么，”他回答，“我在想。”

“究竟在想什么？”她含笑问道，被他的态度弄糊涂了。

“哦，没有什么——没有什么大不了的事情。”

“那末你为什么面色这样难看？”

杜洛埃站在镜台边，用哭笑不得的态度凝视着她。他已经放下他的帽子和手套，这时正在手足无措地摆弄着台上靠近他身边的化妆品。他不敢相信他面前的美人竟会纠缠到使他如此失望的事情里去。他很愿意想，其实并没有什么事情。但是女仆告诉他的消息却使他心里发痛。他想用什么直截了当的话单刀直入，但是不知道怎么说好。

“今天早晨你到哪里去了？”他终于有气无力地问。

“啊，我出去散步了，”嘉莉说。

“真是去散步的吗？”他问。

“是的，你为什么要问？”

这时她开始发现，她没有预料到的事情发生了。他知道了一些风声。

她立即采取更其谨慎的态度。她的面色稍微转白了一些。

“我看你也许不是去散步的吧，”他旁敲侧击地说，实在是无济于事的。

嘉莉注视着他，随即恢复了勇气。她发现他自己还在犹豫不决，所以女人的直觉告诉她，没有任何值得大为惊恐的理由。

“你为什么要讲这些话？”她问，皱起了美丽的前额。“你今天晚上的行为真可笑。”

“我也觉得可笑，”他回答。

他们相互望了一会儿，然后杜洛埃单刀直入，提起他要谈的话题。

“你和赫斯渥是怎么一回事？”他问。

“我和赫斯渥，你是什么意思？”

“我出门的时候，他不是来过十几次吗？”

“十几次，”嘉莉心虚地重复了一遍。“不，但是你这么说是什么意思？”

“有人说你曾经和他一同出去兜风，说他每天晚上都到这里来。”

“没有这样的事，”嘉莉回答——“这是撒谎——谁告诉你的？”

她脸红得一直到头发根，但是，因为室内光线暗淡，杜洛埃没有看清她的面色。既然嘉莉矢口否认来为自己辩护，他的信任恢复了不少。

“哦，有个人说的，”他说，“你的确没有吗？”

“当然，”嘉莉说，“你知道他来了几次。”

杜洛埃一时不开口，思忖着。

“我记得你对我说过的话，”他最后说。

他在摸弄着表链上的小饰物，嘉莉心慌意乱地望着他。

“哦，我记得我没有告诉过你那样的事情，”嘉莉恢复了神志说。

“倘使我做了你，”杜洛埃说下去，没有注意她最后的那句话，“我就不愿意和他有任何来往。他是个有妻室的人，你知道。”

“谁——谁有妻室？”嘉莉结结巴巴地说。

“怎么，是赫斯渥呀，”杜洛埃说，看到这句话的效果，觉得自己给了她有力的打击。

“赫斯渥！”嘉莉嚷着，站起身来。听到这个消息以后，她的面色变了好几变。她茫然地想了想自己，又想了想身外的事情。

“谁告诉你的？”她问，忘记了她的关心是不妥当的，对自己非常之不利。

“怎么，我知道的。我一直就知道的，”杜洛埃说。

嘉莉在寻求将思想理出个头绪来。她神色非常狼狈，可是心里却激动起来，没有一点儿使人意志瓦解的胆怯之感。

“我想是告诉过你的，”他补充说。

“不，你没有说过，”她反驳他，语气又突然坚强起来。“你绝对没有提起过那样的事情。”

杜洛埃目瞪口呆地听她讲。这倒有点儿新鲜。

“我记得是说过的，”他说。

嘉莉万分严肃地向四周一望，然后走到窗口去。

“你不应该和他有任何来往，”杜洛埃以受了委屈的语调说，“我给你帮了多少忙啊。”

“你，”嘉莉说——“你——你给我帮了什么忙？”

她的小脑袋里正激荡着种种矛盾的感情——隐私被揭露而感到的耻辱，受到赫斯渥欺骗而感到的耻辱，受到杜洛埃欺骗而激起的忿怒——以及他对她的嘲弄。这时她头脑里产生了一个清楚的想法。是他的错。这是毋庸置疑的。他为什么要把赫斯渥——赫斯渥这么一个有妇之夫带到家里来，却从来没有对她讲清楚。现在，且不说赫斯渥的欺骗行为——但杜洛埃为什么要这么做呢？他为什么不早告诉她？他如今竟站在那里，干了这样失信的事，还说什么给她帮了什么忙。

“你说得倒好听！”杜洛埃嚷道，哪里知道他的话竟燃起了怒火——“我认为我是帮了你不少忙。”

“你帮了忙吗？”她回答，“你骗了我——那就是你干的好事。你以虚伪的借口，带你的老朋友们到这里来。你把我当作——唉，”说到这里，她说不下去了，把两只小手凄苦地合在一起。

“我不知道那跟这事有什么关系，”杜洛埃莫名其妙地说。

“不知道，”她回答，恢复了神志，把一副小牙齿啪的一合。“不知道，你当然不知道。你什么都不知道。你难道不能一开始就告诉我吗？你要我做错事情，直到来不及挽回。现在，你却鬼鬼祟祟地回来，告诉我这个消息，还说什么帮了忙。”

杜洛埃从来没有想到嘉莉在这方面的德性。她浑身都激动起来，眼睛眨巴着，嘴唇颤动着，整个身体都感觉到她所受的委屈，充满了怒气。

“谁鬼鬼祟祟啦？”他问，略微觉得自己犯了错误，但是认定他是受到冤枉的。

“你，”嘉莉跺着脚说，“你是个自高自大、自吹自擂的家伙，你就是这样的东西。倘使你有人格的话，你就不会想要干这样的事情了。”

推销员目瞪口呆地望着她。

“我没有自高自大，”他说，“不管怎么样，你和别的男人来往是什么意思？”

“别的男人！”嘉莉嚷道，“别的男人——你比我更明白。我是和赫斯渥先生一同出去过，但这是谁的过失呢？不是你带他到这里来的吗？你亲口对他说过要他到这里来，带我出去玩的。现在，事情全过去了，你却来对我说，我不应该跟他出去，说他是个有妇之夫。”

她说到最后那四个字时就顿住了，扭着双手。想到赫斯渥的欺骗行为，像一把刀似的刺伤了她。

“唉，”她啜泣起来，出奇地抑制了自己，熬住了眼泪。“唉，唉！”

“嘿，我想不到我不在的时候，你竟会跟他到处跑，”杜洛埃坚持说。

“想不到！”嘉莉说，这时被这个男人的异样态度激得愤怒之极。“当然想不到。你只想到使你自己满意的事情。你想到可以把我当成玩物。嘿，我会让你知道这是办不到的。我要和你干脆一刀两断。你可以把你那些旧东西拿去，我都不要。”她说着就从领口上摘下他送给她的一支小别针，用力掷在地上，开始在房间里走来走去，像是要收拾她自己的东西。

这一下不仅把杜洛埃激怒而且使他更加着迷了。他莫名其妙地望着她，最后说：

“我不懂你的怒气是从哪里来的。在这事情上我是对的。我帮了你许多忙，你不应该做什么不对的事情。”

“你给我帮了什么忙？”嘉莉把头向后一仰，张开了嘴唇，怒火直冒地问。

“我认为给你效了不少劳，”推销员向四周一望说，“我给了你需要的所有衣服，不是吗？我带你到你要去的所有地方。你有的东西和我一样，而且比我还多。”

不管怎么说，嘉莉可不是个忘恩负义的人。就她内心的认识而言，她承认受到了好处。她不知道怎样回答他的这番话，然而她的愤怒却没有和缓下来。她觉得推销员无可挽回地损害了她。

“是我向你要的吗？”她回敬了一句。

“哦，是我送的，”杜洛埃说，“而你接受了。”

“你说得好像是我开口问你要的，”嘉莉回答，“你站在那里，老是扯什么帮了忙。我不要你的这些旧东西。我不要了。你今天晚上就拿走，要拿它们怎么办就怎么办。我马上就走。”

“那倒好！”他回答，现在他想到自己将受到损失而发怒了。“把什么东西都享用过了，骂了我一通，就走开。真像是女人的行径。当你一无所有的时候，我收留了你，以后来了别的人，好，我就没用了。我早就料到事情会落到这种地步的。”

他想到自己受到的待遇，实在伤心死了，好像看不出有什么办法能弄清是非似的。

“不是这样，”嘉莉说，“我不打算跟什么人走。你是卑鄙到了极点，根本不替别人着想。我告诉你，我恨你，我一分钟也不愿意再同你住在一起了。你是一个唐突无礼的大——，”说到这里，她迟疑了，没有骂出口来，“否则就不会说这种话了。”

她拿起帽子和上装，把上装披上她的晚礼服。几绺鬈曲的头发从头的一侧的丝带里松了出来，散落在她那又烫又红的面颊上。她感到愤怒，屈辱，伤心得很。她的大眼睛里满是痛苦的眼泪，但是眼眶却还没有湿。她心乱如麻，拿不定主意，作出决断和干事时茫无头绪，不知如何是好，她一点儿也不知道这整个难题会怎么了结。

“嘿，这倒是个好收场，”杜洛埃说，“收拾收拾东西就走！你真行。我可以打赌，你和赫斯渥有来往，否则你不会这么行动的。我不要这些老房间。你用不着为我而搬出去的。你可以住在这房间里，我不管，但是，我的天，你实在对不起我！”

“我不愿和你同住，”嘉莉说，“我不高兴和你同住。你到这里来，除了老是吹牛以外，就什么都不干。”

“啊，压根儿没有这么回事，”他回答。

嘉莉走到门口去。

“你到哪里去？”他说，抢前一步，拦住了她。

“让我出去，”她说。

“你到哪里去？”他又问了一句。

他首先是富于同情心的，当他看到嘉莉要走出去，而且不知到哪里去，虽然满腹牢骚，但也受到了感动。

嘉莉没有干别的什么，仅仅是在拉门。

可是，这个局面的紧张程度，使她受不了啦。她再努力克制住自己，但是徒劳无功，放声哭了起来。

“好了，嘉德，你理智一点，”杜洛埃温和地说，“你这样冲出去干什么？你没有什么地方可去。为什么不就住在这里，安静下来呢？我不会麻烦你的。我不想再在这里住下去了。”

嘉莉从门口啜泣到窗口。她哭得连话也说不出来了。

“现在，放理智一点，”他说。“我不想拉住你不放。倘使你要走，就走好了，但是你为什么不前后想一想呢？天知道，我不会拦阻你的。”

嘉莉一言不发。可是，受到了他哀求的影响，她平静下来了。

“你就留在这里，我会走的，”他最后补充说。

嘉莉听了这句话，心里又悲又喜。她的思想原来就没有多大的逻辑性做依据，这时被打乱了。她想到一桩事给弄得激动起来，想到另一桩事又激怒起来——她想到自己所受的委屈，赫斯渥和杜洛埃所受的委屈，又想到他们两个的和善和宠爱，想到外部世界的威胁，她以前曾在那里失败过一次，又想到不可能在这些房间中这么过下去，它们已不再名正言顺地属于她了——这样反复思量对她神经的影响，这一切加在一起把她的心情弄得一团糟——就像一只没有抛锚的、任风暴吹打的小船，除了随风漂流而外什么都干不了。

“喂，”过了一会儿，杜洛埃心里有了一个新的主意，走到她的身边说，把手放在她的肩上。

“不要碰我，”嘉莉说，把身子闪开了，但是没有把手帕从眼睛上拿开。

“好了，不要计较这次吵嘴了。算了吧。不管怎么样，你在这里住到了月底，那时候你可以更好地拿定主意该怎么办了，对不？”

嘉莉并不答话。

“还是这么办好，”他说，“你现在不用收拾东西。你没有地方可去啊。”

她仍旧不回答他的话。

“倘使你就这么办，我们现在就不谈这事，我就出去。”

嘉莉把手帕略微移下一些，望着窗外。

“愿意这么办吗？”他问。

还是没有回答。

“愿不愿意？”他又问了一遍。

她只是茫然地望着街上。

“嗨！说呀，”他说，“告诉我。你愿意吗？”

“我不知道，”嘉莉不得不回答，就低声说。

“答应我这么办吧，”他说，“我们不再谈这事了。这办法对你最好。”

嘉莉听着他的话，但是还打不起精神来合情合理地回答他。她觉得这个男人是温文的，对她的关切并没有减少，这使她觉得内疚。她真不知如何是好。

至于杜洛埃呢，他采取了一个嫉妒的情人的态度。他现在的情绪是因受了欺骗而愤怒，因失去嘉莉而悲痛，因遭到失败而伤心这三方面混在一起的。他想尽办法要取得自己的权利，而所谓权利就包括留住嘉莉，使她认识错误在内。

“你看好吗？”他催促着。

“哦，让我想一想，”嘉莉说。

这样就使事情悬而未决，但是也好算是个结局了。看来这场吵嘴的风波就可以过去，只要他们想些办法相互说话就得了。嘉莉觉得羞愧，杜洛埃还是忿忿不平。他假装要收拾东西放到旅行包里去。

这时，嘉莉偷眼望着他，头脑里产生了一些合理的想法。他犯了错误——这是真的，但是她又干了些什么呢？他虽然心目中只有自己，却很厚道，性情温和。这一次吵架，他自始至终没有说过一句很粗鲁的话。另一方面，那个赫斯渥——却是个比他更大的骗子。他装得这么爱她，这么痴情，却一直在对她说谎。唉，背信弃义的男人啊！而她却爱上了他。在这一方面是压根儿完蛋了。她不愿意再见赫斯渥。她要把自己的想法写信告诉他。以后她应该怎么办呢？这里有房子。杜洛埃在这里恳切地挽留她。很明显的，只要事情安排妥当，在这里还可以多少像以前一般过活的。比之流浪街头，无处安身，总要好得多。

当杜洛埃在抽屉里寻找衬衫硬领，花了不少时间，又费劲地寻找一颗衬衫袖纽时，她在心里思量着这一切。他并不急于要匆匆办完这事。他觉得嘉莉对自己还有一种不会消退的吸引力。他认为事情不能以他走出这个房间为了结。一定还有回旋的余地，有办法使她承认他是对的，而她是错了——双方言归于好，把赫斯渥永远摈绝出去。天啊，想到这个男人口是心非的无耻行为，他真生气。

“你是不是想，”静默了一会儿之后，他说，“上舞台去试试？”

他在猜测她心里的盘算。

“我还不知道做什么好，”嘉莉说。

“倘使你要上舞台，我也许可以帮助你——我在那一行里有许多朋友。”

她对此不作回答。

“不要身无分文地出去东奔西走。让我帮助你吧，”他说，“在这里你要独自谋生是不太容易的。”

嘉莉只是坐在摇椅里前后摇晃着。

“我不希望你就这样去碰壁。”

他激动地提起一些别的细节，而嘉莉还是在摇晃着。

“你为什么不把事情全都告诉了我，”他过了一会说，“让我们把它了结吧。你其实对赫斯渥是没有意思的，对不？”

“你为什么又提起这事情来？”嘉莉说，“应该要怪你。”

“不，不能怪我，”他回答。

“是的，也应该怪你，”嘉莉说，“你本来就不应该对我胡编一通。”

“但是，你和他并没有什么关系，对不？”杜洛埃说下去，急于要她表示直接否认，使他自己可以安下心来。

“我不愿意谈这件事，”嘉莉说，因为和解又转为责问而觉得心痛。

“嘉德，你现在来这一套有什么用呢？”推销员坚持说，停止了手头在做的事，富于表情地举起一只手来。“至少你该让我知道我所处的地位啊。”

“我不愿意，”嘉莉说，觉得除了发怒以外无可躲闪。“不论发生了什么事，都是你自己的过失。”

“这么说，你真是有意于他了？”杜洛埃说，完全停下手来，觉得一阵怒气涌上心头。

“哼，住嘴！”嘉莉说。

“嘿，我可不愿上当受骗！”杜洛埃嚷道，“倘使你高兴，你可以去和他鬼混，但是你不能叫我跟着你走。你告诉我也好，不告诉我也好，随你高兴，但是我不愿再当傻瓜了。”

他把已摊在外面的最后剩下的一些东西塞进旅行包里，忿忿地关上。然后把他刚才理行李时脱下的上衣一把抓过来，拿起手套就朝外走。

“见你的鬼去，我才不管呢，”他走到门口时说——“我不是乳臭小儿，”他一边说，一边猛力地拉开门，又同样猛力地关上了。

嘉莉听着，望着窗外，对推销员突如其来的怒气觉得比什么都奇怪。她简直不能相信自己的眼睛了，他一直是脾气多好，多温顺的啊。她就是不懂得人的感情变化的根源。真情热恋的火焰是一种微妙的东西。它像鬼火一般燃烧着，向着快乐的仙境跳跃前进。它像高炉一般轰鸣着。使它能熊熊燃烧的往往就是嫉妒啊。

第二十五章

那天晚上，赫斯渥整夜留在市中心，办完了事以后到帕尔默旅馆去投宿。由于他太太的行为大有损害他的整个前途之虞，他心里非常焦急。虽然他没法肯定她所表示的威胁有多大意义，他却相信倘使她的态度长此不变，会给他造成无穷的麻烦。她态度坚定，已在一场非常重要的争论中打败了他。今后会怎么样呢？他起先在小办公室里，后来在旅馆房间里踱来踱去，左思右想，想不出个办法来。他想不出现在该如何进行安排。

反之，赫斯渥太太却决定不能坐视她的权利受损。既然她已经实际上慑服了他，她要接着提出条件，要是他接受下来，将来她说的话就将成为法律。他将不得不付给她现在要按时索取的钱，否则，她就要找他的麻烦。他怎么办是无所谓的。她实在并不在乎他以后是否回家。没有了他，家里的事情可以进行得更愉快些，她可以不同任何人商量，随心所欲地行事。现在她打算去请教一个律师，并且雇一名侦探。她很快就可以发现她能取得什么好处。

赫斯渥在房间里踱着步，心里盘算着他的处境的那些主要情况。“产业用了她的户名，”他心里不断地想着，“那是何等愚蠢的一招啊。真该死！那是何等愚蠢的做法。”

他也想到了他经理的职位。“倘使她现在吵闹起来，我就保不住这个了。倘使我的名字上了报，人家就不会要我了。朋友们也不能来往了！”他想到她那方面的任何行动可能惹起的闲话，不禁咬咬嘴唇。报上会怎么讲呢？每一个他所认识的人都会大惊小怪，他不得不解释，否认，成为众矢之的。然后，霍格会来找他，和他谈判，那就不堪设想了。

他想到这里，两眼之间皱起了许多条小皱纹，前额也汗湿了。他想不出什么解决的办法——一点出路都没有。

在这么想的过程中，他偶尔有几刹那想起了嘉莉，以及预定在星期六进行的事情。虽然他的事情搞得一团糟，他可并不为那事担心。这是全部祸患中的唯一可喜的事情。他可以顺利地安排这事情，因为倘使有需要的话，嘉莉是会愿意等待的。他要看看明天的情形怎样，然后再同她谈。他们要照常相见。他眼前只看见她美丽的脸庞和匀称的体态，只怪为什么不能将生活安排妥当，可以让他永远保持和她在一起的愉快。这会变得多幸福呀。然后他又考虑起他太太的威胁来，于是脸上又出现了皱纹和汗水。

第二天早晨，他从旅馆到酒店里来看信，但是除了普通的信札之外，别无所有。由于某种原因，他觉得从信件中可能发现问题，当他把所有的信都检查一遍而没有发现任何可疑的事情时，他才放下心来。他到达办公室之前，胃口一点也没有，这时开始觉得饿了，就决定在到公园去会见嘉莉之先，上太平洋大饭店去弯一弯，喝一杯咖啡，吃几只小面包。虽然危机没有减轻，可是至今还没有具体化，对他说来，没有消息就是好消息。只要他多有些时间供思考就好了，也许会想出什么办法的。一定的，一定的，这事情不会发展成为灾难，而他却找不到出路。

可是，当他到了公园，等呀，等呀，而嘉莉没有来时，他的精神就委顿了下来。他在心爱的地点坚持了一个多钟点，然后站起来，开始心神不定地来回走动。难道在那边发生了什么事情，使她来不了吗？难道他的太太去找过她了吗——一定不会。他毫不考虑到杜洛埃，竟然绝对没有想到要担心杜洛埃会发现什么。他在思忖的时候玩弄着他表链上的小饰物，然后认为什么事都没有发生。她今天早晨不能脱身。那就是她没有来信通知的缘故。他今天还来得及收到信的。也许他回去的时候信已经在他桌上了。他要立刻去看看。

可是，这些想法仅仅暂时使他安心而已。在别的时候，他却是一个最苦恼的忧心忡忡的人。和他太太的屈辱的争吵，又痛心地历历在目地出现在眼前。他又看见了她眼睛里盛气凌人的光芒。他看见她说："倘使你不愿对我说，也许会对律师说的吧。"嘿，这冷酷的恶魔。想想看，他竟然娶了这么一个女人。他一想到她，就摇起头来。

过了一会儿，他不再等待，没精打采地去赶麦迪逊街的街车。晴朗的青天已布满了朵朵小块的浮云，遮住了太阳，使他的心境变得更其沉重了。风转向了东方，等他回到办公室时，天气变得好像整个下午要细雨霏霏似的。

他走进办公室，检看信件，但是没有嘉莉的来信。幸亏也没有他太太的来信。他感谢上天，现在正当他要深思熟虑的时候，总算还不用为太太的来信而操心。他又踱来踱去，装得心情和平时一样，但是暗地里却烦恼得无法以言语形容。

一点半时，他到雷克托饭店去吃中饭，当他回来的时候，有一个信差在等着他。他带着疑惑的神情望着这个小家伙。

"要讨回信的，"那个信差说。

赫斯渥认出了信纸和他太太的笔迹。他撕开信来，不动声色地看下去。信是以最正式的格式开头的，措辞从头到尾写得又尖锐、又冷淡。

"请把我所要的钱立即送来。我要钱办事。倘使你不高兴回来，不回来也无妨。这是毫无关系的。但是我必须要钱。切勿迟延，叫来人带下。"

他看完了信，手里拿着信，站在那里。这么放肆，使他大吃一惊，也激起了他的愤怒——潜藏在心中最深的反感。他最初只想写四个字作答复——"见鬼去吧！"——但是他妥协了，只对信差说没有回信。然后，他坐在椅子里，视而不见地呆望着，考虑他这样做的后果。她今后会怎么办呢？这该死的泼妇！她是否要逼使他屈服呢？他要回家去，和她解决这件事情，他就要这么办。她这一手气焰太盛了。不，天呀，他不能就这样俯首听命。她要怎么办就怎么办吧。他要让她自己照料自己。让她等下去吧，等到他做好了准备再说。这是他起初的想法。

可是，后来他一贯的谨慎心占了上风。必须采取什么行动。事情快要爆发了，她决不会坐等的。他对她很了解，知道她一旦决定了一个计划，不达到目的是决不罢休的。可能事情会立即交给律师去办。

"该死的女人，"他咬紧牙关，轻声地说，"该死的女人。倘使她要跟我捣蛋，我要给她点颜色看。我要逼使她改变语调，即使动武也在所不惜。"

他从椅子里站起来，走到窗口，望着街上。连绵的淅沥细雨已降下来，行路的人翻起了衣领，卷上裤脚管。不带雨伞的人把手插进衣袋里——带伞的都撑着伞。街道看上去像是一片满是一个个黑布圆顶在旋转、浮荡、移动的海洋。货车和大篷车轧轧地连成喧闹的行列，行人到处都在尽量遮掩自己的身子。他几乎没有注意到这种景象。他一直在想着对付他的太太，要她改变对他的态度，免得他动手打人。

四点钟又来了一封短信，只说要是当晚不送钱去，明天就要把事情告诉汉南和霍格，采取别的步骤要钱。

事情逼得这么紧，赫斯渥差些儿要大叫出来。是的，他会把钱给她的。他要拿去给她——他要立即到家里去，和她谈一谈。

他戴上帽子，朝四面看，找他的雨伞。天呀，他要想个什么办法解决这件事。

他叫了一辆马车，在凄风苦雨中上北区去。在路上，他想着这回事的细节，火气平息了下来。她知道了些什么？她干了些什么？也许她去找过嘉莉，谁知道呢——或者——或者去找过杜洛埃。也许她真的拿到了证据，要把他打倒，像是埋伏在暗中的伏兵一样。她是一个狡猾的女人。要是她没有充分的根据，怎么会这样侮辱他呢？

他开始想，要是他早些通过什么办法跟她妥协就好了——把钱送给了她就好了。也许他到了家里可以办到的。总之，他要走进家里，弄弄明白。他不愿意吵架。

当他到达他家住的那条街上的时候，他清楚地觉得自己的处境很狼狈，心里一再希望能自动出现什么解决的办法，使他可以渡过难关。他下得车来，踏上前门的台阶，但是内心不安地跳动着。他拿出钥匙要插进去，但是里面已塞了一把钥匙。他摇了摇捏手，但是门却锁着。于是他就按门铃。没有人答应。他又按了一下——这回按得更重些。还是没人答应。他接连地猛力按铃，但是没有用。于是他走下台阶。

台阶下面还有一扇门，内通厨房，可是外面装着一道铁栅，原是用来防盗贼的。他走到门口，发现这门也上了闩，厨房的窗子都关着。这是什么意思？他按了一下铃，然后期待着。最后，看不到人来，他转身回到马车边。

“恐怕他们都出去了，”他抱歉地对马车夫说，后者正把红面孔藏在松松地披着的油布雨衣里。

“我看见上面那窗子里有一个姑娘，”马车夫回答。

赫斯渥望过去，但是这时那里已没有人面了。他气鼓鼓地进了马车，既觉得心里一松，又觉得忧虑重重。

原来是这样的把戏。把他关在门外，还要他拿出钱来。哼，老天啊，真是令人无法忍受。

第二十六章

当赫斯渥再回到办公室的时候，他陷入了空前的绝境。怎么办，这是他至关紧要的问题。他被关在家门之外，他的太太不愿见他，可是他必须给她送钱去，否则，明天早晨他在办公室里就要碰到麻烦。他认为她是说得到做得到的。倘使她说要把事情摊在汉南和霍格的面前，她就会这么办的，那就会造成另一个难对付得多的局面。

他再三考虑着这事情，连晚饭也没有吃。他忧心忡忡，心怀怒火，沉不住气。他像是一只掉在蜘蛛网里的苍蝇，挣扎得已经筋疲力尽了。除了把她所要的钱送给她，承认自己失败以外，他想不出别的办法来。

即使他这么办了，他也脱不了身。她拿着把柄，可以驱使他。她不会让他得到安宁，而会提出越来越多的要求。他将要像罪犯一般东躲西藏，避免同她见面，但必须答应她的各种要求。天呀，天呀，他想，他见了什么鬼了？事情何以会这么急转直下，来得这么措手不及？他简直不明白这一切是怎么发生的。这仿佛是一种骇人听闻、不合人情、没来由的局势，不让他遮拦，抵挡，突然降临到他的头上。

他同时也偶尔想到嘉莉。她那里会出什么事呢？没有信来，没有任何消息，她本来答应在那天早晨和他会面的，可是现在已经是夜晚了。他们预定在明天会面，一起出走——到哪里去呢？——他发现由于近来情况紧急，他还来不及在这方面作出计划。他发疯般爱上了嘉莉，要是在平时，他会想尽办法赢得她的，但是现在——现在怎么办呢？假使她已经发现了什么，假使她已经写信给他，告诉他已经知道了一切。她要和他断绝往来。照现在这情况看来，这样的事情是会发生的。另一方面，他还没有给他太太送钱去。

他在酒店里的打蜡地板上踱来踱去，两手插在衣袋里，皱紧眉头，闭紧嘴唇。他抽着一支上等雪茄，依稀得到一点儿乐趣，但这并不是医治他所受的痛苦的万应灵丹啊。他时不时捏紧拳头，跺跺脚——那是说明他心绪不宁的现象。他整个身心受到强劲有力的震动，他发觉一个人的精神在忍耐方面毕竟是有限度的。他大量喝白兰地苏打，是几个月来晚上喝得最多的一次。整个说来，他成了心神紊乱不堪的范例了。

尽管他左思右想，这一晚还是想不出什么办法——只好送钱去。他实在不愿意，经过两三小时内心紧张的反复斗争，终于拿出了一个信封，把她要的钱放进去，慢慢地封好。他这么办时心里还有很多保留。他想把它放在信封里后再好好考虑一番。也许他根本不送出去。也许他只预备这么拿在手里，过一会就放回自己的口袋里。她决不会知道的。她无法知道他是这么做的。

他终于把信封封好，然后把椅子朝后倒，背靠着抽起烟来，决定还是送去的好。这样可以免得在早晨引起争吵，让他有时间可以想想别的办法。一定会想出什么办法来的。他可以了解一下她打算怎么办。也许她不了解太多的情况。他想了又想，终于把店堂里一个打杂的仆人哈里叫了来。

“你把这个送到这个地方去，”他说，把信封交给他，“送给赫斯渥太太。”

“是，经理，”仆人说。

“倘使她不在，就带回来。”

“是，经理。”

“你见过我的太太吗？”为了小心起见，当仆人转身要走时，他问了一声。

“见过的，经理。我认识她。”

“那就好。赶快回来。”

“要回信吗？”

“我看不必了。”

仆人急忙出去，经理又沉思起来。他干下了这桩事。不用再胡思乱想了。今天晚上他吃了败仗，他只好尽量想开一些了。但是，嘿，这样的屈服真是惨啊。他可以想象得到，她开门见到这仆人时会带着讥刺的笑。她接过信封，就会知道她已经得胜了。天呀，天呀，这是多么棘手的事情啊。要是他能收回那个信封才好呢。他敢断言，他就不会送出去了。他深深地叹了一口气，拭去面上的汗水。这真是可怕的事情。

为了解闷，他站起来，参加正在喝酒的几个朋友的谈话。他想对身边的事情发生兴趣，但是不行。他老是会想起家里，想到那里所发生的事情。他一直在想当仆人把信封交给她的时候，她会说什么话。

过了大约一小时三刻钟，仆人回来了。他分明已经送到了信件，因为他走上前来时，并没有要从衣袋里拿出什么东西来的表示。

“怎么样？”赫斯渥说。

“我交给她了。”

“给我的太太吗？”

“是的，经理。”

“有回信吗？”

“她说‘来得正好’。”

赫斯渥死劲咬着嘴唇。

这方面还有更多的事情要办。他反复思考自己的处境，直到半夜又到帕尔默旅馆去投宿。他琢磨着第二天早晨会发生什么事情，因此根本睡不好觉。

第二天，他又到办公室，打开信箱，对这些来信抱着又是疑惑又是期望的心情。嘉莉没有信息。也没有太太的来信，这倒令人快慰。

他已经送去了钱，她已经收下了，这事实终于使他的心情轻松了一些，因为一想到他已经让步，把钱送去了，就减少了他对这事情的懊恼，增加了和好的希望。他坐在写字台边，想到一两个星期里不会出什么事了。现在，他尽有时间可以思考了。

这么一思考，他又想起了嘉莉，以及他要把她从杜洛埃手里夺过来的部署。现在怎么办呢？他思量着这件事，想到她不和他见面，也不写信给他，他的痛苦就迅速地增长起来。他决定写信给她，由西区邮局转交，要她说明原因，同时要她和他相见。想到这信也许要到星期一她才能收到，他心里非常焦急。他一定要想个快些的办法——但是怎么办呢？

他把这事情想了半个钟头，因为怕暴露出来，不打算差人去或者自己直接去她家；但是他发现时间在白白流过，就写了一封信，然后又思考起来。

在某些明显的事实面前，随你反复思考都没有用，这往往是人生的幽默的一面。这里有劳而无功的性质，那就是幽默的一种绝妙的因素。一个绝顶聪明的人坐下来思考某些彰明较著的情况，对它们进行推理，就像一个哲学家站在狮身人面女怪[①]面前一样。这徒劳无益的行动有时是滑稽的，有时是可悲的。而这些情况是不大会因此而有所改变的。人们往往认为，事情发生了好的变化，是他自己考虑周到的结果。事实上，这一切错综复杂的情况，多数是被事物本身的内在性质所改变的。它们起着变化，显露出一些新的局面，这才给有心人以机会。紧张的思

---

①据希腊神话，这个女怪常叫过路行人猜谜，猜不出者将遭杀身之祸。

维，除了使有关人员始终关心着这具体的情况外，别无其他作用。

这对赫斯渥的困难处境是最好的解释。他虽然很精明，但是一筹莫展。他明知道嘉莉住在哪里，但是因为她没有音讯，加上在那边可能发生了不利于他的复杂情况，他不敢去拜访。就是为了这个缘故，他认为去拜访是不策略的。他就这样千思万想，俯首沉吟，想法改变情况，但是没有用。一小时一小时在消逝，他原来考虑到的结合的可能性也在消逝。他原来想现在就可以高高兴兴地帮助嘉莉把她的利益和他自己的利益结合起来，可是这时已经是下午了，却什么都没有干。到了三点钟、四点钟、五点钟、六点钟，还是没有信来。这位无可奈何的经理在室内踱来踱去，冷清清地承受着失败的悲哀。他目送忙碌的星期六过去，星期天来临，可是一事无成。那一天，酒吧整天休业，他独个儿思索着，与家庭隔离，与酒店的热闹隔离，与嘉莉隔离，但就是没有能力把境况改善一些儿。这是他一生最倒霉的星期天。

星期一的第二班信件里，他接到了一封完全是公文形式的信，使他注目了好些时候。信上印着“麦格雷戈、詹姆斯和海埃法律事务所”等字样，开头非常合乎格式地写着“先生台鉴”以及“敬启者”，接着简单地通知他，他们受朱丽亚·赫斯渥夫人的委托，负责解决某些有关她的赡养与产权的问题，可否请他立即劳驾和他们面谈？

他仔细地读了几遍，然后光是摇摇头。看来他的家庭纠纷才刚刚开始呢。

“唉！”过了一会儿，他说出声来，“我拿不定主意啊。”

于是他把那信折好，放入口袋。

嘉莉还是没有消息，这更加重了他的苦恼。他现在断定她已经知道他是有妇之夫，因而对他的不诚实很生气。他现在特别需要她，所以他的损失似乎更其沉重了。倘使她不立即给他些什么信息，他打算闯到那里去，硬是要见她。他这样被遗弃，实在使他心痛得很。他爱她确实是够真诚的，但是，现在失去她的可能已迫在眉睫，她仿佛显得更其撩人情思了。他一心渴望着消息，带着无限哀怨的心情思念着她。不管她怎么想，他可不打算失去她。无论发生什么事情，他都要把这事情安排妥当，而且动作要快。他要去看她，把他的家庭纠纷全部告诉她。他要给她说明自己的确实处境，以及何等迫切地需要她。现在，她一定不能抛弃他。这是不可能的。他会苦苦哀求，直到她消尽怨气——直到她肯饶恕他。

他忽然想起："假使她不在那里——假使她已经出走了呢？"

他不得不站起身来。坐在那里兀自思念，真不好受啊。

可是，他这样发奋起来也无济于事。星期二还是这般模样。他确实曾打起精神向嘉莉的住处走去，但是当他走近奥格登公寓时，他自以为看见一个男人在跟踪他，就走开了。他没有走近那屋子。

这次访问中的一桩恼人的事件是，他乘伦道夫街的街车回来时，不知不觉地几乎到了他儿子在做事的一家公司的对面。他一发觉这个地方，心里就是一阵疼痛。就是这个地方。以前他曾经几次来看过他的儿子。现在，这小子连只字片语都不给他写。仿佛他的子女都没有发现他不曾回家。罢了，罢了，命运是要和人耍恶作剧的。他回到办公室，和朋友们闲谈起来。好像无聊的闲谈可以麻痹悲痛之感似的。

那天晚上，他在雷克托饭店吃了饭，立即回到办公室。只有在这热闹和显赫的酒店里，才能使他遣愁解闷。他对许多细枝末节都要过问，对每一个人都敷衍几句。等别人走了以后好久，他还坐在办公桌边，直到守夜人在巡查中，拉拉前门看看是否锁严的时候，他才离开桌边。

星期三，他又收到麦格雷戈、詹姆斯和海埃发来的一份措辞客客气气的通知。它是这样写着的：

敬启者：本律师等受朱丽亚·赫斯渥夫人的嘱咐，将等到明日（星期四）午后一时才提出起诉，要求离婚及赡养费。如届时台端仍无表示，本律师等将认为台端无意作任何和解，并相应采取行动，特此奉告。

你忠实的云云

"和解！"赫斯渥恨恨地嚷着，"和解！"

他又摇摇头。

原来如此，事情明白地摆在他的面前，他如今可知道会发生什么结果了。倘使他不去见这些律师，他们会立即控告他。倘使他去，就会向他提出使他怒不可遏的种种条件。他把信折起来，和另一封放在一起。然后他戴上帽子，到附近那一带去散步。

他目前处境的难处，在于要考虑多种后果。不管他怎么行动，他都不会得到什么。这一切是这么突如其来，以致他还没有从其眼花缭乱的影响中恢复过来——为了一种好奇的欲望，他得把它研究一番。这最后的想法产生于他那多少深思熟虑的思想方法。他从不喜欢匆匆作出决定。

尽管他要考虑上述要求，但他一点也不匆忙行事。他不能强制自己去律师事务所。他不能同意和他们谈这件事，这看来真是一件私事啊。他依稀感到会突然发生什么转机——希望能如此——尽管他确信这是不会发生的。他甚至设想他太太和他谈了一次话后会跟他和解，这时他想起了冒雨回家的那桩事来。这样受人压制，使他整个坚强而激烈的天性产生了反感，他是这么一个爱好权力的人，哪里肯向人苦苦哀求啊。

“我得去一下才是，”他有一回作了这样的认可，可是接着心里就说，“我应该找一个律师。”

“这又有什么用呢？”他心里另一种声音说，“不管有没有律师，倘使你不去看他们，他们明天就要起诉。你对这又有什么办法呢？”

“我不知该怎么办才好，”他私下承认，于是开始考虑事情的其他方面，但不到十分钟，绕了一个圈子，又得出了同样的结论。

第二十七章

杜洛埃撇下她走了，嘉莉独个儿听着他越来越远的脚步声，简直不知道发生了什么事情。她知道他已一怒而去。过了几分钟之后，她才想起他是否会回来的问题——不是马上就回来，而是最后是否会回来。她环顾室内，室外射进的斜阳正在消逝，不知怎的，看着这些房间竟觉得和平日有些不同。她走到梳妆台前，划了一根火柴，点起煤气灯。然后，她返身坐在摇椅里，又沉思起来。

过了好一会，她才能集中思想，但是她这就觉得眼前的情况应该重视。她现在已孤苦无依。假使杜洛埃就此不回来了。假使以后再也听不到他的消息了。这套陈设精美的房间就保留不下去了。她非搬出去不可。

她从来没有想到要依赖赫斯渥，这应该说是她有骨气的地方。每想到这一点，她只有感到剧烈的哀愁和遗憾。说真话，她倒是被这个良心堕落的实例所震动并吓倒了。他会不眨一眼地蒙骗她。她会被引进一个新的、更狼狈的局面里去。可是她忘不了他的容貌和风度。只有这一点被隐瞒的事实看来是既出奇而又可悲的。它是和她对于这个男人的全部观感压根儿相反的。

但是她孤苦无依。这是她眼前更为重要的想法。怎么办呢？她是否要再出去工作呢？她是否就得到商业区去找找看呢？上舞台去——啊，是的。杜洛埃曾经说起过。她在那里可有什么希望呢？她摇来摇去，在头绪纷纭地沉思，而时间一分分地溜了过去，天色已经完全黑了。她什么也没有吃，可还是坐在那里，心里在盘算。

差不多在这时候，她感到肚子饿了，就跑到后房的小食橱边，里面搁着一顿早餐剩下的食物。她望着这些东西，心里有些担忧。她对食物看得比平日更有意义了。

她一边吃，一边想她还有多少钱。她觉得这是非常重要的，就立即去找自己的荷包。荷包在梳妆台上，里面有七块钱的钞票和一些零钱。想到数目之小未免沮丧，但想到房租已付到月底，心又宽了一些。她开始想到，倘使她最初想走出去的时候，真的走了出去，该是怎么样了呢。现在看起来，和那个情况一比，眼前的局势好像是差强人意的。至少她还有些时间，也许，到最后，一切都会顺利解决的。

杜洛埃走了，那有什么关系呢？他看来并不生气得十分厉害。看他的样子像是一时被激怒了。他会回来的——当然会回来。他的手杖还在屋角里。这里还有一条硬领。他在衣橱里留下了他的薄大衣。她搜索着，要以十几件这样的琐事来镇定自己的信心，可是，唉，又附带产生了一种想法。假使他真的回来了，那该怎么办呢?

这又是一个问题，即使没有这么为难，也是差不多恼人的。她不得不和他谈话，向他解释。他会要她承认他是对的。这样就会把全部私下来往的细节都透露出来，这样即使他愿意，也使她不可能和他同居下去。她无法想象，如果他知道了她的罪过，该如何对付她。反正她也并不喜欢他。她这场相骂就是明证。他在赫斯渥的事情上对她并不宽宏大量——在其他的事情上十分自私。知道了这情况，而再继续装出友好的样子是不可能的。她认为，倘使他回来，她就无法考虑在这里住下去——那该怎么办呢？要不了几天，就要到生活里去搏斗了，该怎么样就怎么样吧。这是她的感觉。她还不懂得，人们要一起居住，可能要放弃些什么东西。和有些人相比，狮子和绵羊睡在一起也好算是快活的。

等她弄清了自己还有多少钱，她回过头来看看她的食物，但是并不吃。在这当儿，食物失去了价值，她把它收起来，关上了橱门。然后，她又回到她的椅子里。

杜洛埃明白自己被愚弄了，就凭着一股冲动，匆匆出走。他拿了手提包，乘车直上帕尔默旅馆。天呀，他不应该受到这样的亏待，宁愿永远不再见她。他一向待她很好。他已尽力之所及什么都办到了，可是她还是不满足。她偏要和别的男人去鬼混。

在直达斯台特街和麦迪逊街的转角的一路上，他只顾低头思忖着，简直没有想到自己在干什么，就登记了他的姓名："查尔斯 · 杜洛埃，本市。"

"只住一夜吗，杜洛埃先生？"夜班茶房问。

"不，要住一两天，"推销员说。

他上得楼去，放下了手提包。然后洗面洗手，就出去吃饭。他精神极其颓丧，再三希望事情并不如此。

“想想那该死的赫斯渥，”他想着，有时在自言自语。“我认识他那么久了。”

那一晚，他在帕尔默旅馆的休息室里踱来踱去，事情明白地摆在面前，他绞尽了脑汁想法对付。多糟糕的亏待啊。天呀，想想看，一个女人竟会这样来对待一个男人。而且竟是嘉莉——这个小嘉莉。他哪里想得到她会干出这种事来。

最后，他上楼去拿了一些发票，带到下面舒适的写字间里，想要工作，但是没有用。他做不成。他越是想做，他的思想就越是想到他的不幸上去，最后，他绝望地放弃了工作。

“这是没有用的，”他说，“我干不了。”

最后，他到一家戏院去，但是扫兴而回。戏并不有趣。接着他想看看书，可是发现没有用，就上床睡了——可是，这一夜尽是梦见他被解除了职务，受尽了种种侮辱。

第二天早上，他还是心情不好。他从事着一天的工作，那是他代表那家公司在本城做的生意，但老是忘不了他心目中嘉莉对他的不忠诚。他想使自己相信，他要和她断绝关系——他能够硬下心来惩罚她，把她永远抛弃。他回忆她愚弄他的这场骗局中的主要情节，企图打消自己对她的恋恋不舍之情，可是，天呀，这是场可悲的思想斗争。他老是想起，他还有些东西要到那里去拿——他备用的衬衫、他那件薄大衣、他的鞋子。他要前去处理一下。他还想起嘉莉没有钱。她现在该怎么办呢？倘使他不立即行动，也许她会束手无策的。也许——唉，想想真痛苦啊——她会去找赫斯渥。也许她已经去了。就是这种想法，使他心痛无比。不管他爱不爱她，但他所受的侮辱还要这样扩大，而赫斯渥竟然将获得胜利——真是桩伤心的事情啊。天呀，这是一种凌辱——一种羞耻。

这种心情在他身上留了好一些时光，只是越来越削弱了。他决不定他该采取哪一种合适的行动。一是去找嘉莉，二是避开她，三是去阻拦赫斯渥。他让时间一小时一小时地流过，希望嘉莉会写信给他或者来找他——她知道他办公的地点——作一些说明。啊，只要她来一次——

不是就可以和解了吗？他有几个晚上到办公处去，走得很快，以为可能见到什么。当他知道要解决问题还得靠他自己时，心情总是很沉重。没有信，不承认错误，不求他饶恕。他在帕尔默旅馆的那些夜晚，真是凄惨啊。

在这期间，嘉莉的处境也是这般。她不知道如何是好。星期五，她想起了和赫斯渥的约会，可是她非常愤怒、难过，不想去践约。然而，随着那一段她应该根据诺言和他相见的时刻的流逝，倒使她清晰明确地看到了降临到她头上的灾祸。她对此事反复想了十多遍，但是她也想到了她眼前的处境，想到了倘使她被人这么粗暴地遗弃，得再度自谋生计的话，会发生什么事。她神经紧张、思想不安，觉得必须采取行动才是，因而穿上了棕色的出客服，于十一点钟动身再度去走访商业区。

十二点钟像是要落的雨，到一点钟真的落了下来，这使她不得不退回来，留在家中，这场雨也使赫斯渥心情沉重，难过了一天。

第二天是星期六，许多商店都休业半天，而且，因为上一夜下了雨，树木和青草就显得极其葱绿，是个风和日暖、阳光明媚的日子。麻雀都在愉快地同声歌唱。嘉莉自从不要找工作以来享受了好一个时期的自由生活，她不想很早就起床。当她望见窗外可爱的公园时，她不禁觉得生活对不愁衣食的人是欢乐的事情，她一再希望这时会发生什么事情，使她能保持她的舒服生活。她这么想的时候，并不是要杜洛埃或者他的钱，也不打算再和赫斯渥来往，只想要她所经历过的那种心满意足的生活——因为她毕竟是过得很愉快的——至少比现在需要自己独个儿找出路要愉快些。她望着窗外，悲叹这么明媚的一天对她来说却充满着烦恼。她不得不到阳光下去寻找生计。她得踏遍难走的街道，徒然地企图为自己寻找一个肉体要忍受种种苦楚的职位。她不禁又想起了她所剩无几的那几块钱和她孤苦无依的处境。

等她来到商业区，已经十一点钟了，要不了多久就要停止营业了。她起初并没有想到这一点，因为她先前闯进这个又紧张又残酷的地区的经历所给她的痛苦情绪，还有些左右着她的思路。她徘徊着，要使自己相信决心要找工作，同时，又觉得也许并不需要这么匆促。工作不容易找到，而她还可以挨几天。而且，她还不大相信自己确实又面临着自谋生活的难题。总之，有一点变得比过去好了。她知道她的外貌已有改善。她的风度已大不相同。她衣着称身，以至男人们，衣服华丽的男人们——这种人过去有些是隔着擦亮的铜栏杆和堂皇的柜台冷淡地打量她的——现在都眼睛里含着柔和的光在直盯着她的面孔。在某种程度上她觉得有了力量，有些满足，但是还不能使她完全自信。她只想找到能合法地取得的东西，不要特殊的恩赐。她有需要，但是谁都不能以花言巧语或者恩宠来收买她。她打算要光明磊落地自食其力。

她走了好久，觉得应该干点什么，但是越来越屈从于因胆怯而找出的借口：今天不是找工作的日子。那些大门上贴着的小纸片上表明营业即将停止，至少要等到星期一才开业。

她看到有些店铺商行，认为应该走进去问问有否工作，但一看大门上写着“本店星期六下午一时打烊”，倒感到高兴而满意。这使她有了借口，等她看到了好几家都这么写着以后，发现时钟上已是十二时一刻，她就认为今天毋须再找了，所以就坐上街车，到林肯公园去。那里总是有些可看的东西——花草、动物、池塘；她聊以自慰地以为在星期一她会及时出来，找寻工作。而且，在现在和星期一之间还可能发生许多事情呢。

星期天也同样地在疑惑、焦虑、自慰中过去了，天知道她的心里和精神上又有多少非分之想。这一天每隔半小时，找工作的念头就会像飕飕的鞭子一般非常锐利地鞭挞她，她不能停下来思考——而是要行动——立即行动——这是迫不及待的。另外有些时候，她会向身旁环顾一下，自以为事情并不怎么糟糕——认为她一定能安然无恙地摆脱困难。在这样的时候，她会想起杜洛埃要她献身舞台的劝告，到那里去找找机会。她决定明天去试试，直到找着些工作为止。

因此，星期一早晨她很早就起了身，打扮得自以为能给人以好的印象。她不知道应该如何进行这样的职业申请，但是认为这是和戏院直接有关的事情。只要请戏院里的人去找一下经理，要一个位置就行了。倘使有什么空缺，你就可以得到——否则，他至少会告诉你该怎么办的。

她和这一类人一个都没有接触过，不知道戏剧圈里的人的荒淫无耻和玩世不恭。她只知道海尔先生所担任的职位，但是，因为她和他太太极相熟，就最不高兴去找他。再说，她不喜欢这个人，他长得结实，是一种老于世故、故弄玄虚的角色，他听人提到女人，心里只浮现起一种女人的印象，他老是留心着找机会和女流接触，想讨些便宜。她因此对标准剧院远而避之，连想都不愿想。

不过，在当时有一家戏院，芝加哥歌剧院，非常受人重视；剧院经理大卫·阿·亨德森在当地很有点名气。嘉莉曾在那里看过一两次精湛的演出，也曾听说还演过其他的戏。她根本不认识亨德森，也不知道申请职业的手续，但是她本能地认为那是一个适宜的地方，因此就在歌剧院附近溜达起来。她鼓足勇气走进富丽堂皇的大门，一进门就是金碧辉煌的走廊，挂着装镜框的时下名角的肖像，通向静悄悄的票房间，但是她不能再前进了。这一星期，法兰西斯·威尔逊先生[①]正在演出；那地方的显赫和炫耀的气派把她吓住了。她不敢想象在这么崇高的园地里会有她的一席之地。她想到采取大胆的举动可能使她遭到严词拒绝时，不禁战栗起来。她只敢看看那些花里胡哨的图片，然后退了出来。她觉得这样脱身实在太好了，如果想再到那里去求职位，就未免大胆老面皮了。

这段小经历就此结束了她那一天的求职。她到别的地方也看了一周，但都是只在外面望望。她心里记住了好几家戏院的地点，特别是大歌剧院和麦克维克戏院，这两家都是上座高的剧场，然后她就走开了。因为她又一次感觉到这些企业之大，而她对社会的要求却诚如她所想的无足轻重，她的精神压根儿萎靡了下来。

那天晚上，海尔太太来访，她闲话连篇，坐着不走，使嘉莉没法仔

① 法兰西斯·威尔逊（1854—1935）为当时著名的喜歌剧演员。

细考虑自己的困境或那天的遭遇。可是，在睡觉之前，她坐下来沉思，心里充满了极端阴郁的预兆。杜洛埃没有露面。各方面都没有消息。为了买饭吃和付车费，她已经把她宝贵的余款花去了一块钱。事情很明显是不能持久的。而且，她发现别无生财之道。

处在这境况中，她想到了范布伦街的姐姐，从她出走的那夜之后就没有见过，又想到了哥伦比亚城的老家，现在仿佛是一去不复返了。她发现她无法在那里找到庇护。回头想到赫斯渥，只能使她悲伤。他竟然这样轻易地欺骗她，显得多残忍啊。

到了星期二，还是迟疑不决，胡乱推测。在上一天失败之后，她没有心思急于去完成找工作的任务，可是却责备自己上一天太懦弱无能了。因此，她就出发去重访芝加哥歌剧院，但是几乎连走近去的勇气都没有。

然而她到底上票房间去问了。

“要找剧团经理还是剧院经理?”负责票务的那个衣着漂亮的人问。他觉得嘉莉相貌长得不差。

“我不知道，”嘉莉说，被这一问弄得畏缩起来。

“反正你今天也见不到剧院经理，”这个青年主动地说。“他出门去了。”

看到她迟疑的表情，他补充说：“你要找他有什么事?”

“我想找个工作，”她回答。

“那还是找剧团经理好，”他回答说，“但是他现在不在这里。”

“他什么时候在?”嘉莉问，听到了这样的指点，心情多少轻松了一些。

“哦，你可以在十一点至十二点之间来找他。他两点钟以后也在这里。”

嘉莉道了谢，精神抖擞地走了出来，那个青年从他装饰精致的票房的边窗口目送着她。

“相貌不差，”他在自言自语，开始设想她的殷勤会使他非常之引以为荣。

嘉莉一走出来，就觉得除了在这里溜达并等待以外，别无办法，但是一想到这里一点也没有把握，而她必须有些把握才好，她便向另一家戏院——大歌剧院去申请。查尔斯·弗罗曼[①]的一个喜剧团正在这里受聘上演。这一回，嘉莉要求会见剧团经理，满以为他很可能要为他自己的戏请一个助手。她哪里知道这个人的权力渺小得很，倘使有缺额的话，会从纽约派一个演员来补缺的。

“他的办公室在楼上，”票房负责人说。

经理的房间里已经有了几个人，两个懒洋洋地靠在窗边，另一个在和坐在有拉盖的写字台边的人——经理谈话。嘉莉怯生生地打量了一下，害怕在这些人前提出要求，其中的两个，就是待在窗边的，已经在仔细地端详她了。

“办不到，”经理在说——“这是弗罗曼先生的规矩，决不让观众到后台去——不——不行。”

嘉莉站在那里，胆怯地等待着。房间里有椅子，但是没有人请她坐下。和经理说话的那人垂头丧气地走了出去。那个大好佬在用心细看面前的报纸，好像那是他最关心的东西。

“哈里斯，你看到了今天早上在《先驱报》上有关纳特·古德温[②]的消息吗？”

“没有，”被问的人说，“怎么回事？”

“昨晚在胡利大戏院念了篇相当精彩的闭幕辞。还是看一下的好。”

哈里斯伸手到桌上去寻《先驱报》。

“什么事情？”经理对嘉莉说，分明是方才看到她。他以为是来讨免费票的。

嘉莉鼓起了浑身的勇气，实在充其量也不多。她感到自己初出茅

---

①查尔斯·弗罗曼（1854—1915）为美国最早的戏剧界巨子，在纽约开设5家戏院，在全国设有几百家戏院。

②纳特·古德温（1857—1919）为弗罗曼剧团的一个名演员，擅演喜剧。

庐，一定会遭到拒绝的。她对这一点深信不疑，所以只希望现在能装出一副来讨教的样子。

“能不能告诉我，怎样才能上台演戏？”

这倒真是关于这问题如何进行的最好的办法。坐在椅子里的人至少对她的容貌方面是感到兴趣的，她率直的要求和态度也打动了他的心。他微笑了，房间里其他的人也笑了，可是，他们却想把他们的笑意稍微掩饰起来。

“这很难说，”他回答，肆无忌惮地打量了她一番。“你有什么舞台经验没有？”

“有一点儿，”嘉莉回答，“我在一些业余演出里客串过。”

她想非要吹嘘一下，才能保持他的兴趣。

“没有学过演戏吗？”他说，摆出一副郑重的态度，要使他的朋友们和嘉莉得到同样的印象。

“没有，先生。”

“哦，这很难说，”他回答，懒洋洋地向椅子背上一靠，而她却站在他面前。“你为什么要演戏呢？”

这个家伙的大胆使她有些害羞，但是对他那讨好的假笑只能以微笑相答，她说：

“我需要谋生。”

“啊，”他回答，被她整洁的外表所打动，觉得似乎可以趁机和她交个朋友似的。“这个理由不错，是不？不过，你要演戏，芝加哥可不是好地方。你必须到纽约去。那里的机会较多。你在这里是很难希望出道的。”

嘉莉和蔼地一笑，他竟会不搭架子给她提出这么许多意见，她心里很是感激。他注意到她的笑容，却有些误会了它的意义。他认为找到了可以轻易调情的机会。

“请坐，”他说，从他的桌子边拖出一把椅子，放低声音，使室内的另外两个人听不到。那两个家伙相互眨了一下眼睛示意。

“哦，我要走了，巴尼，”一个人在走出去时对经理说。“下午再见。”

“好吧，”经理说。

剩下的那一个拿起一张报纸像是要看报。

“你可有什么想法，要演什么样的角色？”经理柔和地问。

“啊，不，”嘉莉说，“我开头的时候什么都愿演的。”

“我明白了，”他说，“你就住在本城吗？”

“是的，先生，”嘉莉回答，不高兴在这方面多提供什么情况。

经理非常殷勤地一笑。

“你有没有试过当群舞演员？”他问，装出极其亲切的神气。

嘉莉开始觉得他的态度有些过分热情，而且不大自然。

“没有，”她说。

“多数踏上舞台的女孩子，”他接着说，“是从这条路进身的。这是取得舞台经验的好办法。”

他以友好、殷勤的目光望着她。

“这个我倒不知道，”嘉莉说。

“这很难，”他说下去，“但是，你知道，机会总是有的。”接着，他好像忽然想起了什么事，掏出怀表来看了看时间。“我两点钟有个约会，”他说，“现在非去吃午饭不可了。你肯赏光一同去吗？我们可以在那里好好谈谈这件事情。”

“啊，不，”嘉莉说，立即想到了这家伙的全部动机。“我自己也有事。”

“真是太可惜了，”他说，认识到自己提出邀请未免太早了一点，并且知道嘉莉就要走了。“改日再来吧——我可能有些情况可以告诉你。”

“谢谢你，”她有些惊慌地回答，就走了出去。

“她长相很漂亮，是不？”经理的伙伴说，他没有听清他所要的把戏的详细情形。

“是的，有几分，”另一个说，想到这把戏没有要成有些心痛。“话虽如此，她绝对当不成女演员的。只能跑跑龙套而已，就是如此。”

第二十八章

这段小小的经历几乎打消了她要去访问在芝加哥歌剧院演出的威尔逊剧团的经理的雄心，但是，过了些时候，还是决定要去。那个人的头脑比较严肃、稳重。他立即就说，没有任何办法，而且似乎认为她的追求是愚蠢的。

“芝加哥不是能露头角的地方，”他说。“你必须到纽约去。”

她还是坚持不懈，就到麦克维克戏院去，可是谁也找不到。那里正在上演《老家宅》①，但是人家叫她去找的那人不在。

这些小小探险活动直让她忙到近四点钟，这时她感到筋疲力尽，就回家了。她觉得似乎应该继续到别处去探询，但是已得到的结果却这么令人气馁。她跳上街车，三刻钟后回到奥格登公寓，但是决定继续前往西区邮政支局，她向来是从那里收取赫斯渥的来信的。这时那里正有一封，是星期六写的，她拆开信来，内心矛盾地看着。信写得这么热情，而对于她的爽约，以后又音信全无，诉说得这么沉痛，倒使她可怜起这个人来了。他爱她是非常明显的。他是个有妇之夫，竟曾经想，而且敢于这样做，这是一种罪恶。她觉得似乎应该给他一个回答，终于决定写信告诉他，说她已经知道他是个有妇之夫，对他的欺骗理所当然地感到十分愤怒。她要告诉他，他们之间一切都完了。

她回到家里立即就动笔，花了好些时间斟酌信中的措辞。真难写呀。

她写的信中有一部分是这样的：“你毋须要我解释我为什么不和你见面。你怎么能这样欺骗我？你不必指望我会和你再有什么来往。无论如何，我不愿意。”

“唉，你怎么可以这样干？”她又情不自禁地继续写道，“你给我带来了意想不到的苦难。希望你忘掉对我的迷恋。我们决不能再见面

① 这是美国演员登曼 · 汤普森（1833—1911）自编的名作，1886 年首次整本演出。

了。再会。”

她在信上签了“嘉莉”的名字。

第二天早晨，她带着这封信，勉强地投入路角上的邮筒里，心里还是拿不准是否应该这么办。然后，她跳上街车，到市中心去。

这是百货店的淡季，但是因为她衣服整洁，容貌动人，受到了比对一般年轻的女求业者更热情的接待。人家又问了她那一套她早已熟悉的老问题。

“你能干些什么工作？”“以前在零售店里做过工作吗？”“你有经验吗？”

嘉莉在绝望中决定不承认没有经验而影响她的机会，所以她大胆承认是有经验的。

“从前在哪里做过？”波士顿商店的人问她。

“在大商场做过，”她回答。

“你是被解雇的吗？”他问。

“不，”她回答，“我因为想离开芝加哥而辞职的。”

“呃！”他回答，“现在没有任何空缺。你知道，这是淡季。你可以把姓名、地址留下来。”

他望着她美丽的面庞和体形，加上了一句：“我们过些时候会要你的，但是眼前没有缺额。”

在大商场、西伊公司、西格尔-库珀公司和施莱辛格-迈耶公司都是这样。这是淡季，她可以过些时候来，他们可能会雇用她的。

在这些地方，她的处境比起过去的经历来有了一点改善——对她比较客气。这是很明白的，五官端正，长相漂亮，对这些人是有些作用的。有一家店里的人对她特别客气，请她坐下，小心记下她的地址，而且说下个星期可能有事——他会通知她的。嘉莉走出去时他暗中对她微笑着，她很懂得他的意思。可是，她决定决不把这样的人放在心上，但是，想到她所需要的食物可能就要从这样的照顾中取得，心里很悲伤。

在其他较小的店铺里，对她的待遇是随店主人的年龄、当天吃的午饭或心情而变异的。她走进几家女帽商店，但女店主只要有经验的助手。她到皮货店去问问，但职员们都闲着没事做。她看见一两家乐器店，便闯了进去，但是他们只雇男工。她最后走进一家镜框店——窗上写着“大美艺术公司”——就被领到后面的经理室里。这是当时一时生意兴隆的以欺诈、诡计骗人的粉画人像公司之一，后来被人揭发了，遭到警察局的查禁。这是一种欺骗勒索的伎俩，使受害人同意付一笔合理的代价，画一张粉画像，但事后却发现镜框不算在内，而且他们早订下了，同意另付费用的。经营这家公司的是一个大约二十六岁的青年，精明机灵，工于心计，寡廉鲜耻到这样的青年能达到的地步。他对大部分雇员只要求愿意廉价劳动，但是，他也希望身边有个把相貌美丽而意志薄弱的姑娘，可以在她身上施展他勾引的手段。

当嘉莉走到他面前时，他以发亮的眼光仔细打量着她，问她有什么事。

他的态度有些地方使嘉莉非常看不顺眼。他一点不漂亮，而且他内心的龌龊思想全部显露在脸上。他的态度带着几分油滑和狡诈，他嘴上的笑容和搓着双手的样子也是这样。

“我能为你效劳吗？”他问道。

“我想找个工作，”嘉莉说。

“从前在这样的地方工作过吗？”他问，注视着她的大眼睛和神采奕奕的面颊。

“没有，”她回答。

“你总有些做生意的经验吧，”他宽宏大量地说下去，像要帮助她似的。

“不太多，”嘉莉说。

“你能记账吗？”

嘉莉承认不会，面上一红。

“你住在南区吗？”

“不——住在西区，”她回答。

“和父母一起吗？”

她不假思索地回答了“不”之后，就想到这个青年的油滑、讨好的态度，有些奇怪，就接着说：“和姐姐住在一起。”

“呀，”他说，“是这么回事呀。”着实有些神气活现和夜郎自大的神气。

“好吧，你知道，我是要雇用些女职员的，”他说，“但是大多数是搞抄写工作。你希望周薪多少？”

嘉莉迟疑了一下，然后说：“请你斟酌吧。”

“嗯，”他接着说，“这里的大多数女职员每周拿四五块钱。工作不大繁重。有时候我也多出一些，”他补充说，“但眼前正是淡季。”

他以非常温柔的神态望着嘉莉，看看是否可以发现她有什么依从的表现，可以进一步推进他的欲望。

“五块钱周薪，你肯接受吗？”他说下去，在弹簧椅里前后摇晃着，带着一副好像是她的老朋友一样的姿态。

“行啊，”嘉莉说。

“我也许可以，”他说，看了看自己的鞋子，又望着她的面孔，“给你想想办法。我说过了，我并不急于要人手，但是我可以给你一个位置。”

他在“你”这个字上加重了些语气，然后自以为献媚似地笑着。嘉莉觉察了语调的变化，开始意会到他的主意。可是，她相当直截了当地回答：“我急于要找一个位置。”

“我看，”他说，“你把你的地址告诉我吧。我可以看看有什么办法。”

他写下了她的地址，然后说：“我住在离你处不远——华盛顿大道。倘使我能为你安排一个位置，我可能到你那里弯一弯，来告诉你。”

“非常感谢，”嘉莉说，心里想的却完全相反。她了解这个人的整个思路，因为他并不想隐瞒。他好色地对她使媚眼，装得非常客气地站起来送她出去。总之，他暗暗地向她提出了极其无耻的建议——想用五块钱的周薪，收买她的劳力和感情。

她走出来才松了一口气，因为那个男人使她觉得反感。她忍不住要想起他的嘴唇有些发青，那双古怪的眼睛有些淡黄色。她知道倘使她接受了那个职位，她会使自己陷入被狎弄、被戏辱的地位，她不禁犹疑起来，想想这是说什么也不能这样干的。这一天就这么过去了，而五块钱毕竟是五块钱呀。比起她过去所得的生活费和生活情况来，这数目好像是微不足道的，但是她恐惧地认为也许她还是得接受这笔钱。总算这一次没有遭到拒绝，但是这种可能，同以前没有这种可能时一样地使她担心。

另一件使她伤心的事，就是即使她得到了一个职位，但是等她用完了手头的余款，她也会陷入困境。她不能身边一块钱也没有维持到周末。这时她想到了她那些小饰物和当铺，心里才宽了一些。她可以靠这个来自己度日。这一想使她放心了些，她回家时觉得她还可以支持几天。

她回到家里，发现有人来过——显然是杜洛埃。他的伞不见了——还有他那件薄大衣。她以为还少了些别的东西，但是说不准。东西没有全部给拿走。

这么看来，他的出走已经变成永别了。她现在该怎么办呢？很明白，她在一二天之内又要像以前一般彷徨地对付这世界了。她的衣服又要露出寒酸相来。她不得不艰苦地做工。她将不得不接受今天下午人家提出的那可悲的五块钱的周薪，而且要处在那样无法容忍的环境中。她得到了这么一个悲惨的机会几乎要谢天谢地。她又习惯地富于表情地合起双手，捏紧手指。眼睛里涌出大滴眼泪，热辣辣地淌下面颊来。她落得孤苦伶仃一个人，非常孤苦伶仃。

杜洛埃真的已经来过，但是他的心情和嘉莉所猜想的大不相同。他希望见到她，以拿取衣橱里剩下的东西为名回来，在再度离家之前和她言归于好。

因此，他回到家里，发现嘉莉出去了，感到很失望。他拿拿这个，放放那个，希望她就在邻近什么地方，立即会回来的。他老是侧耳倾听，巴望听到她上楼的脚步声。他在这么办的时候，打算万一她回来，就装作刚刚进来就被她撞见而很不好意思的样子。然后他要说明他需要拿衣服，看看情况如何。

可是，他等了好久，嘉莉还是没有回来。他起初在抽屉里摸来摸去，盼望她随时会回来，随后到窗口去张望，望了一会，又坐在摇椅上休息。嘉莉还是没有回来。他开始坐立不安，点燃了一支雪茄。此后，他在室内踱来踱去。然后，他望望窗外，看见云朵正在积集起来。他记起了三点钟有一个约会。他认为等待是没有用了，就拿起了伞和薄大衣，想还是把这些东西带走吧。他希望借此吓她一跳。明天他要回来拿别的东西。他要看看情况如何。

当他动身要走时，觉得没见到她真是遗憾。墙上挂着一张她的小相片，穿着他第一次买给她的小短外套——脸上的表情比近来更热烈一些。他看看相片，真心大为感动，以他难得有的柔情望着照片上的眼睛。

“嘉德，你对不起我啊，”他说，好像在当面对她说似的。

然后他走到门口，向四周仔细张望了一下，就走出去了。

第二十九章

赫斯渥收到麦格雷戈、詹姆斯和海埃的那份明确的通知以后，在街上心烦意乱地散了一会儿步，回家后发现了那天早晨嘉莉写给他的信。他看到信封上的笔迹，心里大为激动，急忙把它拆开。

“好了，”他想，“她是爱我的，否则决不会写信给我。”

他看了信的内容，起初几分钟里略微有些沮丧，但是很快就振奋起来。“倘使她不是对我有心，就根本不会写信的。”

这是他抵制控制着他的莫名其妙的沮丧的一种力量。他从信的措辞里看不出什么，但是信的精神，他自以为是了解的。

这篇词意显明的谴责竟使他这样心里感到轻松，倘使说不上可悲，也真是人情味过重了。他一向自得其乐，现在竟要向外界去寻求安慰——而且是从这一方面。感情的绳索真是神秘！——它们把我们都束缚住了。

他一遍信还没有看完，就决定要想法去找嘉莉。他要写信给她，或者守候她，或者上门访问。她不应该避开他太久。啊，不，不能这样。倘使能和她谈谈，她就不会这样。

他匆匆忙忙把这事想了一遍，面上又有了血色。他一时忘记了麦格雷戈、詹姆斯和海埃的来信。啊，只要他能得到嘉莉，也许他就可以摆脱这全部纠葛——也许那就无所谓了。只要他能保住嘉莉，就不在乎他的太太会采取什么行动了。他站起来，在室内踱来踱去，做着今后和他钟情的这个妙人儿共同生活的美梦。只要他有了她，他目前的困难好像就没有什么大不了啦。啊！啊！只要他能得到她就好了。

可是，不久他又想起了过去担心的事儿，随之而来的是多大的厌倦之感啊！他想到明天和那诉讼。他什么都没有干，可是眼看一个下午又要过去了。这时是四点差一刻。到五点钟，律师们都要回家了。他还有明天一个上午。当他正这么思忖的时候，最后的十五分钟过去了，五点钟到了。于是他就不去想在这一天去拜访他们了，思路又转到了嘉莉身上。

说也奇怪，由于暂时不去考虑另一个问题，他的思念就更其热烈了。那件事已弄得他这么厌倦，真不想再去寻求解决的办法。嘉莉有信写给他，他现在就有了些希望。假使她真的知道了——那又有什么道理呢？难道她不是爱他的吗？难道他不是愿意放弃一切吗？他忘记了多亏了他的家庭纠纷，才使他放弃家庭比较来得容易，不过他已为此弄得头昏脑涨。他只能想着嘉莉，想到他可能将不得不完全和她待在一起来得到慰藉这一点。倘使他的家庭将就这么破裂，他还能去找谁呢？这样他们可以一起过美好而平静的生活了。

他自己想清了这事情，他的心神就飞到了嘉莉的身边。他在想象中发现她很惊异，装出震惊的样子，带着畏惧的神情避开他，但是暗地里却倾心于他。是的，真是这般——她会暗地里倾心于他——他知道。他这么爱着她，她不会不如此的。然后，他会虚心倾听她的一切数说，而不置一辞。她怎么谴责他都可以，直到满意为止，他决不打断她。只有在听她说完了话以后，他才开口，到那时——啊，他要把他的一切可悲的境遇都告诉她。她会了解要他不爱她是何等困难。这是杜洛埃的不是。他本来并不想到那里去。他总是想再也不上那里去了。但是一旦他见了她，他怎么能不牵肠挂肚呢？是他的罪过吗？啊，当然不是，因为她是这么令人神魂颠倒。他曾经试过——但是你看。在这一点上，他自己也无法为自己辩护。他要等见到她才说。终会让她理解的。

值得指出的是，此人并不对他自己证明他的行为是正当的。他并不为此而操心。他想的压根儿只是有可能说服嘉莉。这是没有什么不是的。他热爱着她。他们的共同幸福就靠这一点。但愿杜洛埃那个家伙走了才好。

当他在这样得意洋洋地思想的时候，他记起了明天早晨要换干净衬衣。他曾决定那天晚上带一些到旅馆里去。他其他的衣服全都在家里，他还没有决定这事该怎么办。他决定立即出去买一些，他还不知道今天晚上在哪里过呢。他在思念嘉莉，可能去看看她。他心里想，总有办法看到她的吧。

他买了衬衣和半打领带，就到帕尔默旅馆去。他走进去时，好像看见杜洛埃[illegible]了钥匙上楼梯去。哪里会是杜洛埃啊。想到这是不可能以后[illegible]脑里闪过的第一个念头是他也许正和嘉莉住在这里吧。也许他们暂时搬了家。他一直走到写字台边去看旅客登记表。这一天表上没有他熟悉的名字。他翻到上一天的那一页。还是没有。“杜洛埃先生住在这里吗？”他问那茶房。

“我想是的吧，”后者说，一边查阅他的私人登记表——“是的。”

“真的吗？”赫斯渥叫道，尽量掩饰着惊异的表情。

“一个人吗？”他补充说。

“是的，”茶房说。

赫斯渥转过身去，闭上眼睛，好尽量表示并尽力掩饰自己的感情。

“这是怎么搞的？”他想，“他们吵架了。”

他兴高采烈地匆匆赶到自己房间里，换了衬衣。在换衣服时，他打定了主意，倘使嘉莉一人独居，或者搬了地方，他应该去弄弄明白。他决定立即去访问。

“我知道应该怎么办”，他想，“我要上门去问杜洛埃先生是否在家。这就可以弄明白他到底在不在，嘉莉现在正在哪里。”

他想到这里，几乎要手舞足蹈起来。他决定吃过夜饭就去。

六点钟他从房间里下来，仔细望望四周，看杜洛埃是否在场，然后出去吃饭。可是他几乎吃不下东西——因为急于去执行他的使命。在动身之前，他想最好去了解一下杜洛埃在什么地方，就回到旅馆里。

“杜洛埃先生出去了没有？”他问茶房。

“没有，”后者回答，“他在房间里。你要送一张名片上去吗？”

“不，我等一下去看他，”赫斯渥回答，就走了出去。

他搭上一辆麦迪逊街的街车直到奥格登公寓，这一回他大胆地直走到门口。女仆来开了门。

“杜洛埃先生在家吗？”他和悦地问。

“他出门去了，”女仆回答，她听得嘉莉是这样对海尔太太说的。

“杜洛埃太太在家吗？”

“不在，她上戏院去了。”

“是吗？”赫斯渥说，不禁大吃一惊。然后，做出好像有要事一般，他说：“你不知道她上哪家戏院去了吗？”

女仆实际上并不知道她到哪里去了，但是她讨厌赫斯渥，想给他找些麻烦，就回答说：“知道的，胡利戏院。”

“谢谢你，”经理回答，用手轻轻地碰了一下帽边便走了。

嘉莉实在不在胡利戏院，她是和海尔太太一起去哥伦比亚戏院的，那里正在上演威廉·吉勒特①的一出早期的喜剧。

“我到那里去找她，”当经理一路去上车时，心里这样想，因为得干这桩棘手的事而感到相当失望；但是事实上他却没有去。在他到达市中心区之前，他把事情重新想了一遍，认为这是无补于事的。虽然他非

---

①威廉·吉勒特（1855—1937）为美国杰出的演员和剧作家，以演自己改编的《歇洛克·福尔摩斯》中的主角获盛名。

常想见嘉莉，可是他知道，她会和别人在一起，所以他不愿意闯到那里去求情。他可以过一些时候去——明天早晨去。只是明天早晨他得应付律师的问题。

这一短短的历程使他大为扫兴。他很快又想起了原来的烦恼，急于回到酒店去找解脱。一大群绅士在那里谈天说地，使这个地方显得很热闹。库克县[①]的一批政客正在店堂的后部围着樱桃木圆桌商谈什么事。几个寻欢作乐的青年正在酒吧边聊天，不愿就上戏院去。在酒吧的一头，有一个寒酸而又斯文的人，长着个红鼻子，戴一顶旧礼帽，正在静静地喝一杯淡啤酒。赫斯渥对政客们点点头，就走进办公室。

大约十点钟光景，他的朋友弗兰克·勒·泰恩特先生，当地一个喜欢运动和赛马的人，闯了进来，看见赫斯渥独个儿在办公室里，就走到门口。

“喂，乔治！”他大叫道。

“你好，弗兰克，”赫斯渥说，看见了他好像轻松了些。“请坐，”向他指指小房间里的一把椅子。

“怎么回事，乔治？”泰恩特问，“你看上去不大高兴。是不是在赛马上输了钱？”

“今天晚上我有些不舒服——前几天有些小伤风。”

“喝点威士忌吧，乔治，”泰恩特说，“你该知道的。”

赫斯渥笑了一笑。

他们谈了一会赛马，最后一起踱出房间走向酒吧。当他们还在那里谈话的时候，赫斯渥的其他几个朋友走了进来，等到十一点过后不久，戏院散场了，有些演员陆续走了进来——其中有些名角儿。有斯[illegible]伦、上演《老家宅》的那个剧团的登曼·汤普森和当时刚在杂耍[illegible]成名的演员法兰克·布什。

“喂，乔治，”后者对[illegible]

这是他这[illegible]时第一次见到这位经理。赫斯渥很客气地向

① 在伊利诺斯州东北部，芝加哥在该县的东部。

他致意。他这时还不认识汤普森，只是闻名而已。和斯坎伦也不大熟。这时碰巧当地著名的酒鬼马克·肯尼迪也走了进来。他是因为有钱和趣味还过得去而结识了到本城来访问的许多名人。这三位演员他都认识。

“让我给你介绍汤普森先生，”他把这三位名角和经理拉在一起以后，对赫斯渥说。于是就开始了美国交际场所常有的那种漫无边际的社交性谈话，通过这种闲谈，那些追逐名利的人企图从那些享有盛名的人那里沾点光。倘使赫斯渥有什么癖好的话，那就是对名流倾心。他认为，如果说他属于什么圈子的话，那就该在名流之中。要是在场的人中有人不赏识他，他自视甚高，不甘心去拍马屁，但又十分热心，不能不严守自己的岗位。但是在像眼前的这种情况中——他能以绅士的身份大出风头，同时不折不扣地被人们当作这些名流的朋友和同僚，他就极其高兴。倘使有机会，那就是在这样的情况下，他可以“喝上几杯”。在社交气息相当浓厚的时候，他甚至可以放手和他的同伴们一杯对一杯地喝酒，轮到他付钱的时候，他丝毫不马虎，似乎他同其他人一样，也是个外来的顾客。倘使他曾经接近喝醉，或者换句话说，在达到醉醺醺的状态前感到脸红、灼热而很舒泰的话，那就是在现在这样的人物之间——当他处在闲谈的名流中时。今夜他虽然心事重重，有了同伴还是感到很轻松，而且，既然有一些名流聚在一起，他就暂时将自己的心事搁在一边，尽情地参加他们的闲谈。

过了不久，这样饮酒就开始发生效果了。大家开始讲故事了——那些说不完的、滑稽可笑的故事，这是美国人在这种情况下的主要话题。

“你可听见过这个故事，”和“这倒使我想起了，”是重复得最多的老话。斯坎伦的幽默占着上风。赫斯渥也不甘落后。他不是幽默家，但是他经常听到不少故事，记得很牢，又能相当正确地分辨故事的优劣。所以一轮到他，他就也来上一个。

结果十二点钟到了，酒店要打烊了，人们就此告别。赫斯渥极其热忱地和他们握手道别。他在肉体上感到很愉快。他当时的情况是，虽然头脑清醒，可是心里却充满了幻想。他觉得他碰到的麻烦似乎并不太严重。走进办公室，他开始翻阅一些账册，等堂倌们和出纳离店。他们很快就走了。

等所有的人都走了，看看每样东西是否都已锁好，以便可以放心过夜，这是经理的责任，也是他的习惯。按照习惯，只有过了银行营业时间所收入的现金才存放在店里；这笔钱由出纳锁在保险箱里，只有出纳和那两位店东知道号码锁的密码；但是赫斯渥却每夜都很谨慎，总要拉拉放现金的抽屉和保险箱的门，看看是否关严了。他然后锁上自己的小办公室，开亮保险箱旁边的灯，然后才离去。

他从来没有发现什么东西出过毛病，但是今夜，锁上自己的写字台以后，他走出来拉拉保险箱的门。他用的办法是把门用力拉一拉。这一回箱门竟应手而开了。他对此略有些惊奇，于是往里一看，发现那些放现金的抽屉像白天里一样，显然是没有关上。他第一个念头当然是要查看一下抽屉，然后关上箱门。

“明天要和梅休提一下这事，”他心里想。

梅休在半小时前离店时一定以为自己已经旋过箱门锁钮，关上了锁。他以前从没有忘记过。但是今天晚上梅休却心不在焉。他在盘算自己的一笔生意。

“我来看看里面，”经理想，拉出一只藏钱的抽屉。他不知道为什么想往里看看。这完全是不必要的行动，要是在别的时候一定不会发生的。

他抽出抽屉，就看见一层扎好的钞票，一千元一扎，像银行发出来的原封。他不知道其中有多少，就站住了细看一下。然后他拉出另一只现金抽屉。里面藏着当天的进款。

“我知道汉南或者霍格从来没有这样放过钱，”他心里在想，“他们一定忘记了这些钱。”

他又看了看另一只抽屉，又停下手来。

“数数看，”他耳边有一种声音说。

他伸手到第一只抽屉里，拿起那叠钞票，让它们一扎扎地散下来。这些是一千元一扎的五十元和一百元的钞票。他一数有这么十扎。

“我为什么不把保险箱关上呢？”他心里自思自忖，踌躇不决。

“我为什么要站在这里不走呢？”

回答他的是一句非常离奇的话：“你手头曾经有过一万块钱的现钞吗？”

啊，这位经理记得他从来没有过这么许多。他所有的财产都是慢慢地积聚起来的，现在都在他太太名下。他的财产总共值四万多块钱——都要归她所有了。

他想到这些事情时感到迷惑——然后推进抽屉，掩上箱门，手搁在锁钮上，顿住了，这锁钮只消一转就可以锁上，断绝一切诱惑。他还在迟疑。最后他走到窗边，拉下窗帘。然后他拉拉房门，实在他早已锁上了。什么事情要他多心呢？他为什么要这么悄悄地行动呢？他回到账台的一端，像是要靠着手臂思索一下。然后他走去打开他那小办公室的门，开了灯。他还打开了他的写字台，在台前坐了下来，脑子里尽是些奇怪的念头。

“保险箱开着，”有一种声音说，“恰好还有一点儿隙缝。还没有锁上。”

这位经理心乱如麻，尽在胡思乱想。这时，他回想起白天里的全部纠葛。也想到了眼前就有个解决办法。这笔钱就能解决问题。倘使他有这些钱又有嘉莉，那该多好啊。他站起来，呆呆地站着，俯视他的鞋子。

“这么办好吗？”他心里在问，慢慢地举起手来，抓抓耳朵，想找寻答案。

经理不是傻子，不会盲目地由于这一念之差而误入歧途，但是他处境特殊。他血管里充满了酒。酒已涌上了他的脑袋，使他对眼前的机会产生好感。酒还对他美化了一万块钱的作用。他可以从这一万块钱里看出大好机会。他能得到嘉莉——啊，是的，他能得到。他可以摆脱自己的太太。还有明天早晨要谈判的那封信。这样就不用答复它了。他走回到保险箱前，伸手放在锁钮上。然后，他拉开箱门，把放钱的抽屉完全抽出来。

抽屉一在他面前拉开，想要不动它仿佛是愚蠢的事情了。这当然是太蠢了。他不是可以和嘉莉安静地生活许多年吗？

天呀！这是怎么啦。他第一次觉得精神紧张，好像有一只坚定的手抓住了他的肩膀。他恐惧地向四周一望。一个人影都没有。一些声音都没有。有人在人行道上踢踢达达地走过。他把钱箱和钱又放进保险箱里。然后又把保险箱门掩上一些。

一般良心上从来不动摇的人，对一个头脑比较脆弱、在责任与欲望之间拿不定主意的家伙的为难，是不容易理解的，除非这种情绪能得到鲜明的描绘。一般从来没有听见过内心中幽灵似的时钟的庄严的声音，非常清晰地滴答、滴答地传出“你应该”、“你不应该”、“你应该”、“你不应该”的人，是无法对此作出判断的。不单是反应敏捷、思路有条有理的人可能有这种心理矛盾。即使是糊涂透顶的傻子，受到欲念引诱而想干坏事的时候，是非感也会唤他回头的，就权威和力量而言，这种是非感是和他的犯罪倾向成正比的。我们应该记住，这可能不是对是非的认识，因为动物畏惧罪恶的本能，并不基于对是非有所认识。人类在受知识指导以前，还是受本能控制的。正是本能唤醒了罪犯——正是本能（在不存在有条有理的推理时）使罪犯觉得危险，害怕犯错误。

因此，每逢初次冒险干某种从未干过的罪恶勾当时，人的头脑就会犹豫起来。思想的时钟报出了它的欲望和它的否定。凡是从来没有在精神上经历过这种进退两难的人，下面的故事可能纯然是想象不到的。

当赫斯渥把钱放回去后，他心里又觉得轻松而大胆起来。没有人看见他。这里只有他一个人。谁也不知道他想干些什么。他可以自己把这事好好盘算一下。

晚上的酒意还没有消尽。尽管他额头冒汗，在经历了一番无名的恐惧后，他的手还在发抖，浑身还都在冒酒气。他几乎不觉得时间在消逝。他又把自己的处境思忖了一番，他的眼睛老是看见成堆的钱，他的头脑老是想着这些钱的作用。他踱进自己的小房间里，又走到门口，又回到保险箱前。他把手放在锁钮上，把它打开。钱就在那里。看看当然是不会有什么害处的。

他又拉出抽屉，拿起钞票——钞票是这么光洁，这么整齐，这么便于携带。总之是很小的一包。他决定把它带走。是的，他要拿，把它放进自己的口袋。然后，他看看钱，发现口袋里放不下。他的手提包！当然啦，他有只手提包。手提包里放得下——全都放得下。谁也不会怀疑那只手提包的。他走进小办公室，从屋角的搁板上拿下手提包。这时他想起上次用这包时是出去郊游。他就把手提包放在办公桌上，向保险箱走去。为了某种缘故，他不想在外面大房间里装钱。

他先拿了钞票，然后拿当天零碎的进款。他要全部都拿走。他推进空抽屉，把铁门几乎关上了——这时又站在旁边沉思起来。

在这种情况下，思想的动荡几乎是不可思议的，然而是绝对真实的。赫斯渥没有勇气就这么果断地干。他要考虑考虑——把事情反复思考一下，决定这是否是上策。他对嘉莉有这么强烈的欲望，他紊乱的私事又是这么逼着他，因而他老是认为这是上策，但还是迟疑不决。他不知道这对他可能造成什么恶果——是否很快地就会遇到麻烦。他从来没有想到过这件事的是非善恶。看来无论在什么情况之下，他都决不会想到。

当他把所有的钱都放进手提包之后，心里陡的产生了一种相反的想法。他不能这么办——不行。想想看，这该多丢人哪。那些警察，他们会追捕他的。他非插翅飞逃不可，可是飞到哪里去呢？唉，做一个逃亡的罪犯是何等的可怕啊。他抽出两只抽屉，把所有的钱都放回去。他心急慌忙，忘记了自己在干什么，把钱放进了另外的抽屉。然后当他关上保险箱门的时候，他想起放错了地方，才又把箱门打开。两只抽屉搞错了。

他拿出钞票，放回原处，这时恐惧之感消逝了。有什么可怕的？他不能逃走吗？留在本地有什么用？他决不会再有这样的好机会的。他把这些钱都放进手提包。这一叠叠柔软的钞票，这些零碎的金银币，真有些迷人。他此刻觉得自己肯定放不下它们了。不，不。他要把这些钱带走。他要把保险箱锁上，免得再改变主意。

他走过去，把空抽屉放回原处。然后他推上箱门，这差不多已经是第六次这样做了。他踌躇不决，思忖着，一手按在额角上。

他手里拿着钱，这时候，锁卡答一响。锁上了。是他锁上的吗？他捏住门钮，拼命地拉。关上了。天呀！他现在无法改悔了，一点也不错。

他一发觉保险箱的确已经锁上，额上就直冒冷汗，浑身剧烈地打战。他向四周一望，立即下了决断。现在不能耽搁了。

“假使我把钱放在保险箱顶上，”他说，“然后走开。他们会知道是谁拿的。我是最后关门的人。而且还会发生别的事情。”

他立即变成了一个敢作敢为的人。

“我必须离开这里，”他想。

他急忙走进自己的小办公室，拿下他的薄大衣和帽子，锁上写字台，拿起手提包。然后他熄了所有的灯，只留下一盏，开出门来。他想装出他平日自信的神气，但是几乎装不出来。他很快就懊悔了。

“天呀，”他说，“要是不拿就好了。天呀，这是犯了错误呀。”

他径直沿街走去，与一个相识的查夜人打了个招呼，这人正在检查门户。他必须出城，而且赶快出去。

“我不知道什么时候有火车，”他想。

他立即拿出表来一看，已经快一点半了。

他走到第一家药房门口，看见里面有长途电话间，就停了下来。这是一家有名的药房，是最早装有单人电话间的店家。

“我想借用一下你们的电话，”他对夜班职员说。

那职员点了点头。

“请接1643，”他查到了密执安中央火车站的号码以后，对电话总局说。票房间很快就接通了。

“到底特律去的火车什么时候开？”他问。

那个人报了几个开车的时间。

“今天晚上没有车了吗？”

“没有挂卧车的了。不过，还有，”他补充说，“三点钟有班邮车开出。”

“很好，”赫斯渥说，“那班火车什么时候到底特律？”

他在想，只要他赶到那里，过河进入加拿大，他就可以不慌不忙地到蒙特利尔去。他听到火车中午可到，心里觉得一轻松。

“梅休不到九点钟不会开保险箱的，”他想，“他们在午前查不到我的行踪的。”

这时他想到了嘉莉。倘使他要得到嘉莉的话，要非常迅速才行。她必须和他一起走。他就跳上等在近旁的一辆马车。

“到奥格登公寓，”他干脆地说，“倘使你跑得快，我可以多给你一块钱。”

车夫鞭着他的马，使它像是飞跑起来，实际上速度却是一般。赫斯渥在路上想出了一个办法。到了门口，他急忙跨上阶沿，甚至不怕打铃唤醒仆人。

“杜洛埃太太在家吗？”他问。

“在家，”吃惊的女仆说。

“告诉她穿好衣裳立刻下来。她丈夫受了伤在医院里，要见她。”

女仆看到这人的紧张而郑重的神气就相信了，急忙上楼去。

“什么事呀？”嘉莉说，开亮煤气灯，伸手去拿衣裳。

“杜洛埃先生受伤进了医院。他要见你。马车在楼下等着。”

嘉莉很快穿好衣服，立刻下了楼，除了必要的东西以外什么都没有拿。

“杜洛埃受了伤，”赫斯渥急忙说，“他要见你。赶快走吧。”

嘉莉惊惶之极，信以为真了。

“上车吧，”赫斯渥说，扶她上了车，随后也跳了上去。

车夫转过马来。

“密执安中央车站，”他站起来说，声音说得很低，不让嘉莉听见。“越快越好。”

第三十章

马车行驶了不多路，嘉莉就安定了些，在夜凉空气中完全清醒过来，问道："他出了什么事？伤得厉害吗？"

杜洛埃受了伤、住进了医院这件事，排除了她对他逐渐增长的疏远之感，使她产生了同情。她急于要了解情况。

"并不太严重，"赫斯渥一本正经地说。他为自己的处境已经心乱如麻，而现在他已和嘉莉在一起，只想平安地逃出法网。所以，除非是能够肯定促进他的计划的话，他不想多说。

嘉莉没有忘记在她和赫斯渥之间还有些事情没有解决，但是这看来似乎不大重要。重要的是结束这次奇异的半夜旅行。

"他在哪里？"

"在南区过去很远的地方，"赫斯渥说，"我们得坐火车去。这样最快。"

嘉莉没有说什么，马在往前奔跃。城市在夜间的古怪气氛吸引着她的注意。她望着一长排向后退去的路灯，以畏惮的神情端详着那些黑暗、静默的房屋。坐在马车里，有一个男人做伴看来是件大好事。

"他怎么受伤的？"她问——意思是伤势如何。赫斯渥心里明白。他不高兴多说不必要的谎话，可是他在脱险以前，不愿让她提出抗议。

"我不大清楚，"他说，"他们只是来找我，让我去找你，把你带去。他们说绝对不必惊慌，但是要我一定带你去。"

此人的严肃态度，使嘉莉信以为真，她就静默下来，心里惊疑不定。

赫斯渥看了看表，催车夫赶快。拿一个在这么微妙的处境中的人来说，他是绝顶冷静的。他尽想着，最要紧的是赶上火车，悄悄地逃走。嘉莉仿佛十分温顺，他在暗自庆幸。

他们及时到达车站，扶她下车之后，他把一张五块钱的钞票交给车夫，就往里跑去。

"你在这里等一下，"当他们走到候车室的时候，他对嘉莉说，"我去买车票。"

"离去底特律的火车开车还有多久？"他问售票员。

"四分钟，"后者说。

他小心翼翼地买了两张车票。

“路远吗？”当他急忙回来时，嘉莉问。

“不很远，”他说，“我们得立即上车。”

在车站进口处，他把她推在前面，当检票员轧票的时候，他站在她和检票员之间，使她看不到，然后从后面赶上去。

站里有一长列快车和客车以及一两节普通客车。因为这列火车是新近重新编成的，不会有多少乘客，所以只有一两个列车机务员在那里等着。他们走进后面的一节普通客车，坐了下来。他们一坐下，车厢外就轻轻地传来“大家上车”的喊声，火车开动了。

嘉莉开始觉得这事情有些儿蹊跷——这么到火车站来，但是没说什么。这桩事从头至尾是这样异乎寻常，使她对自己心中想象的事情并不重视。

“你一向好吗？”赫斯渥温和地问，因为他现在觉得轻松些了。

“很好，”嘉莉说，她心情非常不安，竟不知道对这事情应采取什么正确的态度。她还是很激动，想去看杜洛埃，看看出了什么事情。赫斯渥打量着她，也看出了这一点。他并不为此而操心。他并不因为她在这事上所表现的同情和激动而觉得不安。她的这种品德是他十分喜欢的。他只是在考虑他该怎样来解释。然而，即使这一点也不是他心里最担心的事情。他自己干下的事和眼前的逃跑是压在他心头的沉重的黑影。

“我这么干真是傻啊，”他反复想着，“天哪，这是犯下了大错呀！”

在他清醒的时候，他简直不相信已经干下了这件事。他不敢想起自己是一个逃离法网的罪犯。他常常在报上看到这样的事情，认为这种事一定很可怕，但是现在事情落到自己头上，他却只是坐着，追怀着往事。他的前途是与加拿大边界联在一起的。他想到那里去。至于其他，他把这晚上的行动回想了一遍，认为都是一桩大错中的一部分。

“可是，”他想，“我有什么办法呢？”

于是他决定要尽力补救，就开始这么办，第一步又把整个情形重新想了一遍。但这样反复思量是枉费心机而叫人烦恼的，使他头昏脑涨，不知如何对嘉莉开口谈他对她的打算。

火车穿过湖边的车场，在隆隆地前进，缓慢地向二十四街驶行。看得见车外的分轨闸和信号灯。机车用汽笛发出短促的鸣声，铃声时常作响。有几个列车机务员手拿提灯走过。他们在锁车厢门，料理好车上的一切，准备长途旅行。

火车立即开快了，嘉莉看见静悄悄的街道接连迅速地闪过。机车在重要的道口都发出四声汽笛声，作为危险的警告。

“路很远吗?”嘉莉问。

“不怎么远，”赫斯渥说。他忍不住要笑她的天真。他想向她说明情况，劝慰她，但是他要等车开出了芝加哥再说。

再过了半个钟点，嘉莉才明白，他要带她去的地方，是相当远的。

“在芝加哥城内吗?”她紧张地问。这时他们早已离开了城市，火车正在飞速跨过印第安纳州的州界。

“不，”他说，“我们去的地方不在芝加哥。”

他说这句话的语气立即使她很吃惊。

她美丽的前额开始皱了起来。

“我们不是去看查利吗?”她问。

他觉得时机已经到来。迟早总要解释的，还是现在就解释吧。因此，他以最柔和的态度摇头表示否定。

“什么?”嘉莉说。她想到这次出行可能和她原来的想法不同，感到不知所措。

他只是以最和善和安抚的眼光望着她。

“哦，那末，你要带我到什么地方去呢?”她问，声音里带着恐惧。

“倘使你能安静下来，嘉莉，我会告诉你的。我要你和我一同到另一个城市去。”

“啊，”嘉莉说，她提高嗓音，发出一声柔弱的呼喊，“放我走。我不愿意和你一起去。”

她被这个家伙的大胆无礼吓得惊慌失措。这是她头脑里从来没有想到过的事情。现在她只想下车，离开他。要是这飞驰的火车能够停下来，这个可怕的诡计就不能实现了。

她站起来，想冲到过道上——什么地方都好。她知道非要有所行动不可。赫斯渥却伸手轻轻地按住了她。

“安静地坐着，嘉莉，”他说，“安静地坐着。在这里站起来，对你也没有什么好处。听我说，我要把我的打算告诉你。请等一会儿。”

她推着他的膝头，但他仅仅把她拉回来。谁也没有看见这一场小小的争吵，因为车厢里乘客很少，而且都在想打瞌睡了。

“我不愿意，”嘉莉说，可是却违心地屈从了。“让我走，”她说，“你怎么竟敢这样做？”她眼睛里涌出了大滴眼泪。

这时，赫斯渥要全副精神来处理眼前的情况，就不再思考他自己的处境了。他必须想办法对付这个姑娘，否则会给他带来麻烦的。他拿出全身解数，施展劝诱的手段。

“现在你听着，嘉莉，”他说，“你不能这样。我并不想使你难过。我不想干任何使你伤心的事情。”

“唉，”嘉莉啜泣起来，“唉，唉—嗬—嗬。”

“得了，得了，”他说，“你千万不要哭。听我说好吗？听我说一分钟，我要告诉你，我为什么要这样干。我别无办法。我老实告诉你，真是无法可想。听我说好吗？”

她的啜泣使他心神不安，他相信她确实一个字也没有听见。

“听我说好吗？”他问。

“不，我不听，”嘉莉说，勃然大怒了。“我要你让我走，否则我要喊车掌了。我不愿意跟你走。这是可耻的，”恐惧的哽咽重又打断了她想说的话。

赫斯渥听得有些愕然。他认为她这么伤心是理所当然的，可是又衷心希望能迅速地把这事情办妥。车掌不久就要来查票了。他不愿声张，不愿发生任何麻烦。天呀，只要他能使她安静下来就好。

“不等火车到站，你是下不了车的，”赫斯渥说，“我们不久就可以到下一站了。倘使你要走，到那里你可以下车。我不会阻拦你的。我只要你听我说几句。你听我告诉你，好吗？”

嘉莉仿佛并不在听。她仅仅把头转向车窗，窗外已是一片漆黑。火车正在坚定地、平稳地前进，越过田野和片片树丛。驶近荒凉的林地上的道口时，漫长的汽笛声带着忧伤的、音乐般的韵味传来。

这时车掌走进车来，检查了芝加哥上车的一两张车票。他走到赫斯渥身边，赫斯渥就拿出两张车票。嘉莉虽然摆出了要有所表示的架势，但是没有动弹。她没有转身探望。她当时的心情是不知怎么办才好。

等车掌走了，赫斯渥觉得心上一轻松。

"你对我生气，是因为我骗了你，"赫斯渥说，"我并不是有意的，嘉莉。实实在在我不是有意的。我是出于无奈。我第一次看到了你，就觉得不能离开你了。"

他并不提最后的这次欺骗，似乎这是可以置诸脑后的。他要她相信，他的太太已不成为他们之间的障碍了。他竭力要忘却自己盗窃的那笔钱。

"不要对我讲话，"嘉莉说，"我恨你。你给我走开。我到下一站就下车。"

她说话的时候，激忿和反抗之情使她浑身颤抖。

"很好，"他说，"但是你听我把话说完好吗？你曾经说过是爱我的，你还是听我讲吧。我决不想伤害你。你走的时候，我可以给你回去的路费。我只是要告诉你，嘉莉。不管你心里怎么想，你不能使我不爱你。"

他温柔地望着她，但是她不说话。

"你以为我卑鄙地骗了你，但是我没有。我不是有意的。我已和妻子断绝了关系。她不能对我提出什么要求了。我决不会再和她相见。那就是我今夜到这里来的缘故。那就是我来带你走的缘故。"

"你说查利受了伤，"嘉莉气势汹汹地说，"你骗我。你一直在骗我，而现在你竟要强逼我跟你一起私奔。"

她激动得站了起来，又想从他身边走过去。他让她走，她在另外一个座位上坐了下来。接着他也跟了过去。

"不要抛弃我，嘉莉，"他温和地说，"让我说说明白。只要你肯听完我的话，你就会明白我的处境。我说过了，我的妻子对我是无所谓的。我已好多年不爱她了，否则我就不会来亲近你了。我要尽快地和她离婚。我决不再见她了。这一切都已经过去了。我只需要你一个人。倘使有了你，我断乎不会再想别的女人了。”

嘉莉怒气冲冲地听了这席话。可是，不管他的所作所为如何，听起来却相当诚恳。赫斯渥的声音和态度都很紧张，不能不产生一些效果。他说的这些话确实是发自内心的，他真诚地希望能够克服嘉莉的愁思，使她像以前那样爱他。可是，她不愿和他有什么来往。他已经结了婚，已经骗过她一次，现在又极其残忍地在骗她，她认为他是个可怕的角色。然而，他这种大胆和魄力中多少有点使女人着迷的地方，倘使能使她觉得这一切都是为了爱她，那就特别起作用。

火车的行程对于解决这个僵局起了极大的作用。滚滚向前的车轮和向后消逝的田野，越来越把芝加哥撇在后面了。嘉莉觉得她已被带到远方——这台机车正几乎不停地在向远方某个城市行驶。她有时觉得要嚷出声来，大吵一场，因而会使什么人前来帮助她；有时又觉得这仿佛是无济于事的——她已孤立无援，不管她怎么办都是无用的。赫斯渥还一股劲儿地在殚精竭虑地想法求情，想动之以情，使她回心转意。

“你知道，”他说，“我是别无办法。你不愿再和我来往——你说过你不愿意的。我不能接受这一点，嘉莉。我知道你曾经爱过我，我就是抛不下你。要抛也抛不下。我已经到了没有你活不下去的地步了。我过去没有想骗你，今后也不会再骗你。我简直是弄到了没有别条路可走的地步。”

嘉莉假装没有听见他这一番话。

“当我知道除非我和你结婚，你就不肯跟我来往的时候，我就决定把一切置之度外，让你和我一同出走。现在我要到另一个城市去。我要到蒙特利尔停留一下，然后，只要你高兴，你要到哪里就到哪里去。只要你开口，我什么都照办。倘使你愿意，我们可以到纽约去居住。”

“我不愿意和你发生任何关系，”嘉莉说，“我要下车。我们现在到哪里去？”

“底特律，”赫斯渥说。

“啊！”嘉莉说，确实感到很伤心。听到这么一个遥远而明确的地名，仿佛增加了困难。

“只要你让我保护你，你决不会缺少什么的，嘉莉。我会给你一个优美的家。你现在不必马上决定。你可以跟我一起走，等你准备定当之后，我们就结婚。我不会打扰你的，我向你保证这一点。你高兴怎么样就怎么样，我只要你住在附近，我至少能看得到你的地方。”

嘉莉还是不答话。

“你跟我走好吗？”他说，好像她很可能不高兴这样做。“你什么都不要干，只要跟我旅行就行。我无论如何不会打扰你的。你可以看看蒙特利尔和纽约，然后，倘使你不高兴住下去，你可以回去。这比你今天夜里就回去要好些。”

嘉莉第一次觉得这个建议还算公道。这似乎是可以接受的事情，尽管她害怕倘使她真要这么做，会遭到他的反对。蒙特利尔和纽约。现在她就是在向这些陌生的地方前进，倘使她高兴，她可以看看这些地方。她在心里盘算，但是没有表示。

赫斯渥觉得她这态度里有些应允的希望，就加倍增强了他的热忱。

“想想看，”他说，“我抛弃了一切。我再也不能回芝加哥去了。倘使你不跟我一起，现在我也只能一个人待在外地了。你不会完全抛弃我吧，嘉莉。”

“不要你对我说话，”她强硬地说。

赫斯渥静默了一会儿。

“你甚至不愿到蒙特利尔去吗？”他问。

火车已经接近密执安城[①]了，这是机车要停下来添煤加水的第一个站头。机车拉了一声漫长的汽笛，表示它的来临，这声音飞过夜空，好像是一声伤心的啼泣。

“你愿意吗？”他温柔地说，“我认为没有你，我是不能去的。”

---

①在印第安纳州西北部，滨密执安湖，在芝加哥东南约40英里。

嘉莉觉得火车在慢下来了。倘使她要行动，这是应该行动的时候了。她心烦意乱地想站起身来。

“不要走，嘉莉，”他说，“倘使你曾经喜欢过我的话，就陪我一起走，我们立即开始吧。无论你说什么，我都可以照办。我可以和你结婚，或者让你回去。请你好好地想一会儿。倘使我不爱你，我不会要你来的。我告诉你，嘉莉，苍天在上，我没有你就不能活下去，我活不下去。”

此人的哀求坚执而又强烈，深深地激起了嘉莉的同情。这是一阵烈火，正驱使着他。他爱得她太厉害了，不能设想在这时候，在他痛苦的时刻放弃她。他忐忑不安地抓住了她的手，极其恳切地紧握着。

这时火车几乎要停下了。它驶过旁边轨道上的几节车厢。车外是一片黑暗和凄凉。车窗上的几点水滴表明正在下雨。嘉莉进退两难，又想下决心，又觉得无可奈何。这时火车已经停下，而她却还在听他哀诉。机车后退了几英尺，就停止不动了。

“你想想，我是多么爱你呀，嘉莉。”这位过去的经理说，“你想想，要是你走了，会使我感到多么悲惨呀。”

她还是拿不定主意，压根儿无法采取什么行动。时间一分一分地消逝，她还在迟疑不决，他还在哀哀恳求。终于机会快过去了。她认为到下一站也有机会下车的。

“倘使我要回去，你能让我走吗？”她问，似乎她现在已占了上风，她的伴侣已经彻底屈服了。

“当然，”他回答，“你知道我会的。”

机车清晰地打了铃，车轮嘎嘎地开始向前慢慢地转动起来。

“你愿意了，”他说，“是吗？”她却还在犹豫不决。他知道她的态度软了下来。“啊，你要什么都可以得到，”他说下去。“你会看到我会待你多么和善。”

嘉莉只是听着，就像自己暂时宣布了大赦一样。她开始认为这事情全都掌握在她手里。

火车又快速行驶。赫斯渥换了话题。

“你很疲倦了吧？”他说。

“不，”她回答。

“给你在卧车里找一个铺位好吗？”

她摇摇头，虽然她满心烦恼，他又诡计多端，她却开始注意到她过去一直喜欢的：他的体贴入微。

“啊，要一个吧，”他说，“你会觉得舒服得多呢。”

她摇摇头。

“那末，让我把我的大衣给你铺上，”他说着站起来，把自己的那件薄大衣铺垫妥帖，给她当枕头。

“好了，”他温柔地说，“现在你且休息一下。”因为她听从了，他几乎忍不住要吻她一下。他在她身边坐下了，思忖了一会儿。

“我看天要下大雨了，”他说。

“看来是这样，”嘉莉说，她听着一阵劲风送来的雨点的声音，精神逐渐平静下来，而火车正在黑暗中向一个更新的世界疾驰猛奔。

第三十一章

在火车向前奔驰的时候，嘉莉反复思考着自己的处境，觉得形势大大的不妙。她是个能动脑筋的人，想找些办法借以自慰。说真的，正是因为想得过多才使她犹豫不决。发现杜洛埃没有受伤减轻了她对他的同情，也同样增加了她对赫斯渥的恼怒。当她听到杜洛埃受了伤的时候，她忘记了或者撇开了对他的反感。现在，她知道他安然无恙，她想起了他当初一去不回——似乎抛弃了她，让她独自去谋生、挣扎。这推销员这么做可不得人心。就在这天下午，她发现他曾来过，拿走了他的一些东西，她曾经苦恼得扭着双手。

她凄苦地背靠在车座上，听着铁轨迅速的轧轧声，她还想起了明天就没有钱了，只好到那家艺术人像公司去挣五块钱的周薪了；倘使她要回去，她也无人可靠。杜洛埃已经抛弃了她。赫斯渥又不在那里。她没有朋友，没有熟人。这将是个一无希望的处境，她可能在那里受难而落到——她不知道会落到什么地步。这一切对她的影响甚深，因为她是一个多愁善感的人，对什么事情都会发愁的。她正在火车上，被人强迫着匆匆带往别的环境和别的场合，和芝加哥的一切困苦形成一种对照，可是这事情本身也并不使她感到轻松。她知道就是在这里她也正在受到不公正的对待，被当作一个不正经的女人。这是一种羞耻、侮辱，可是她有什么办法呢？她时常这么想想，眼泪就涌上来，她就默默地啼泣。不管她想怎么办，她都得不到公正的待遇。

赫斯渥以为这第一个难关已显然渡过了，便回想到他自己的处境。他不能入睡。他把藏着偷来的钱的小提包放在身边，用他的大衣稍微遮掩着。他非常担心，怕发生什么意外。不知会来什么电报？他们会在清早什么时候来搜查火车？然后想到他的太太和子女。他彻头彻尾地憎恨他的太太造成了他的苦难，但是他觉得对不起杰西卡。明天，报纸上——下午的报纸上就会满载着他犯下的盗窃事件。他可以听见报童们在商业区沿街叫卖。他想象得出汉南的愁容和霍格的愤怒。堂倌们会多么惊讶啊。他想象得到这上流酒店在发现这盗用公款事件时的喧腾的景象。出纳会怎样目瞪口呆，他会怎样向店东们报告，怎样向警察局报警。然后会通知他的太太。这对她在社交界的抱负是何等重大的打击啊。他想到他所造成的混乱局面——多少愤怒、痛恨和苦恼——就咬紧了嘴唇。可是在这里他却安然无事，只是不知道要到哪里去，害怕他随身带着的那笔钱，担心他的前途，担心他的嘉莉不肯跟他走。她要是知道他是抢劫保险箱的人，她要是知道在一个死静的深夜被逼和一个逃离法网的男人一同出走，她会怎么想呀。他要不让她看见报纸。倘使办得到，就不让她知道这件事。

唉，他那优越的职位，他那优美的办公室；他怎么把这一切都撇下了。明天他的朋友们会来——马文、菲利浦斯、安德森，他认识的那一大群品性高尚、衣冠楚楚、处境优越的人。他们会怎么想，他们会怎么看，他们会怎么说呢？啊，他抛弃了多少优美的东西——他的朋友们、他的地位。是的，还抛弃了他太太的憎怒、她那些律师的来信，这一切他都知道，但是这又怎么样呢？当然这不足以为他干下的这样疯狂、愚蠢、可怕的事做辩解。他本来是可以摆脱困境的。他可以接受他太太的要求，他可以退让，和她解决争端。他为什么不这么办——啊，他为什么不这么办呀？现在，他能怎么办呢，远在加拿大，人地生疏。他不能同他的老朋友们见面；他不能用自己的名字。他不得不放弃这个名字，另用一个。他不得不向嘉莉解释。唉，真是一团糟啊。他怎么会从热锅里跳进火坑去的。他遭到了灾难；但是忍受这些灾难比之这样飞向他一无所知的地方去总要安逸得多啊。他弄不懂自己怎么会干出这样的事来。他一定是发了疯、醉了酒、着了魔。无论根据什么理由，他都解释不清楚。

这一连串的想法是他心上的负担。这就使他头晕脑涨，汗流满额。这使他头痛，使他神经紧张，满怀恐惧。他精神委顿，却又异常清醒。他不能入睡，醒着又觉得不舒服。总之，他处境狼狈，就以执著的忍耐等待着进入加拿大境内。也许，到了那里，他会觉得好些。

随着时间一分一分地过去，他们两人一阵阵时醒时睡地打起瞌睡来。嘉莉胡乱做着梦，他也是这样。他们于清晨的微光在东方闪耀时醒了过来。雨已经停了。火车两旁潮湿的绿野和可爱的林地在疾驰而过。嘉莉心烦意乱，无意欣赏这样的景色，尽管她平时很喜欢这一切。赫斯渥对这些本来就不感兴趣。他要是到不了加拿大，就全完了。

到了五点半，他又坐了起来，头脑清新无比。嘉莉也是如此。她心里还很烦恼，目前不想去考虑他。可是，他却以看到她为惟一的安慰。她在烦恼中也这么美丽。他能够恢复她的信心和爱情，即使付出极大的代价也在所不惜。

“我们要一杯咖啡，”他说，“还吃点饭吧。你会觉得好过些的。”

“你要吃，就要吧，”她回答。

他叫来茶房，茶房拿来了客饭，他叫了咖啡。嘉莉没有吃什么，仅仅喝了咖啡。这暂时使她的精神振作了一些。

吃了东西以后，赫斯渥的精力恢复了许多。照到他身上的阳光给了他鼓励。他就立即想再谈谈他上一晚所干下的事，把嘉莉争取过来。他对她的爱不是什么小事情，他渴望能感到她在他无法估计的渺茫的前程中至少能和他在一起。因此，他以更大的柔情对她说话。

“嘉莉，你看你到底能宽恕我吗？”他说，“因为我这样欺骗了你。”

“不，”她回答，望也不望他，“我不能。”

“即使我尽力改悔都不行吗？”

她不答话。

“你可知道，”他不顾她不作声，说，“我要是不爱你，就不会这么干的。我要不是喜欢你，就不会要你和我在一起了。”

他顿住了，但是她只望着车外驰过的广阔的田野风光。

“只要你再相信我就好了，”他说下去，“我就要过一种你能引以为荣的生活。我要去做生意，”他说，“我们将住在漂亮的住宅里。”

嘉莉思量了一下，但是不愿意这么干。赫斯渥等了一会儿，注视着她转向一旁的脸庞的侧影。

“你难道一点也不爱我吗？”他问。

她正在比较这幕未来的情景和她已经撇下的景象。他给她提供了一个在另一个城市里过上体面生活的机会。她可以远离过去的一切社会关系，她可以生活在一个新的世界里。赫斯渥并不是坏人。到目前为止他没有伤害过她。他曾经骗了她，但是并没有企图粗暴地强迫她去干她坚决不想干的事情。他还一直让她自己拿主意。他还答应让她回去，倘使她愿意，可以给钱让她回去。他还希望干一件惟一可能的事情：离了婚和她结婚。看到他这么体贴，这么急切，是令人高兴的。他向她提供一切，只要她不离开他，而这是因为他太爱她了，不能让她走。这还不算，他在重重困难中好心地给了她一条出路，这多少是桩好事。她无法忘记她没有别的地方可去。

“倘使我尽量把事情搞好，”他说下去，“你肯留下来和我在一起吗？我干了这一切，你当然不应该恨我的。”

她觉得他这时并没有望着她，就偷偷地瞥了一眼。他正低头坐着，凝视着他的鞋子。他还是她一向爱慕的那个漂亮的赫斯渥，只是现在显得满怀愁绪而已。他的衣服还像从前一样整洁，他的整个仪态也像他的衣服一样完美。嘉莉想回答他，但是不能迫使自己这么做。她转过头去。

“看看我吧，嘉莉，”他温柔地说，回头望着她。“你并不真心恨我，是吗？”

嘉莉偷偷地望了他一眼，但是马上就把目光转向地面。

“是的，”她说，“我并不恨你。”

“那末，你觉得能够宽恕我，我们能一切从头开始吗？”

她不愿意地摇摇头。

“为什么不？”他问。

“你自己知道，”她回答。

他又回复了刚才的那副姿态。过了几分钟他才开口，因为他认为只要哀恳到家她很快就会跟他和好的。

“你能忘记了过去，让我一切重新做起吗？”

她不回答。

“你不能吗？”他说。

她还是望着别处。

“请你看看我吧，嘉莉，”他说，“我打算把一切都干得妥妥帖帖。你能试一试，饶恕我吗？”

她听得这话，心里几乎要笑出来。这是很讨人喜欢的。

“让我想一想，”她冷淡地说。

他非常快乐地望着她说：“你愿意到蒙特利尔去了吗？”

她顿住了不就开口，然后点了点头。

“啊，”他激动地说，“我知道你会愿意的。你根本不会拒绝我的。”他按住她放在他身边的手，但是她把手抽了回去。

“你愿意告诉我，你有那么一点点喜欢我吗？”他说。

“不，我不愿意，”她直截了当地说，但是声音里除了忿怒以外还有些别的意味。

“我们到卧车里去吧，”他说，“那里舒服一些。你愿意吗？”

“随你高兴，”她回答。

他去寻找普尔曼卧车的车掌，买了白天的票子。

“来吧，”他说，“我已经安排好了。”

他拿起他的大衣和装满钱的小提包。

“行李太少了，是不？”他打趣地说。

嘉莉只笑了一笑。

“这样匆促的旅行，使人忘记带许多东西，不是吗？”他找补上一句。

嘉莉抵挡不住他的幽默。她开始用他的眼光来观察事物了。

“好了，”他们坐到新车厢里以后，他说，“我不知道他们什么时候挂上餐车。我们要中午才到底特律。”

嘉莉环顾她身边华丽的设备。这是她一生中第二次坐普尔曼卧车。

“我们到了那里要换车吗？”她问。

“是的，我想我们要先过河去沃克维尔①，”他说，心里很清楚他是要去加拿大，除非有立即就开的火车，他是不愿意等车的。

赫斯渥多少使嘉莉安静了一些，这使他很满意，但只能是极暂时的慰藉。既然她已不再反对，他就可以把所有的时间都花在考虑自己所犯的罪行上。他希望能看清一些前途。他已经在想能找到什么样的职位。一万块钱算不了什么。再说，他已开始觉得他没有权利动用它，永远不能动用它。

他的处境异常困难，因为他不想要他所盗窃的那笔可耻的钱财。他不愿意做贼。这钱财或者别的什么，万万不能抵偿他这么愚蠢地抛下的过去的境况。它不能还给他那成群的朋友、他的声名、他的住房和家庭，也不能把他意想中的嘉莉还给他。他已被逐出芝加哥，丧失了他那轻松、安逸的环境。他亲手夺去了自己的尊荣、快乐的交游、欢畅的晚间。这是为了什么？他越想越觉得忍受不了。他开始想到，要努力恢复他自己原先的地位。他要把上一夜可耻地偷窃的钱财送回去，并且表白一番。也许霍格会理解的。也许他们会宽恕他，让他回酒店的。

---

① 在加拿大境内，和底特律隔河相望。

这种想法虽然荒唐，但比起他所设想的更其荒唐的活动，好像是很可取的。这比之展开在他眼前的前途——黑暗、孤独、流放——总要好些。他没有职业。经理的位置不是你随便要就可以弄到手的。他势必要说明他的经历，但是要不提起过去干过什么，怎么说得清呢？他不想动用他拿的钱。他应该把它送回去。于是，他记起了，倘使在前一天有什么人告诉他今天要为钱而操心，会显得何等可笑。一想到他、无论什么人或每一个人都可能落到需要钱而得不到钱的境地这一可怕的现实时，心中就感到莫大的伤心。他觉得自己的处境万分艰难。他必须立即去了解情况，开始行动。唉，怎么着手呢。唉，最糟糕的是，必须在陌生的城里，在陌生的人中间来干。他孤立无助。怀乡的情感开始占有他的身心。对固定、安稳而习惯的生活的迫切向往，开始进入了他的心里，这是从感情上对环境作出反应的人所摆脱不了的。他向往着芝加哥，向往着他昔日的生活方式和快乐的去处。他要回去，留在那里不走，不管代价要多大。

这是他感想中的几点。火车开到一个地方，他向车外望去，看见一家大工厂之类的墙上有一块大牌子，写着“乔治·皮·默多克”等字样。他随随便便地看了一眼，发现有些小地方使他觉得很高兴。用白粉写的大字“乔治·皮·默多克”，就在他的眼前。“嗐，这不是他可以采用的一个好姓名吗？”乔治·皮·默多克。不，乔治·赫·默多克，或者光是乔治·默多克。他把这事想了一些时候，差不多决定他要用这个姓名了。他觉得他就是喜欢用这一类姓名。

火车于中午开进底特律，他开始觉得非常担心。现在警察一定在追踪他。他们可能已经通知各大城市的警察，会有侦探在监视他。他想起了盗用公款犯被捕的案例来。因此，他透不过气来，面色有点发白。他似乎双手发痒，非干一些什么事不可。他假装欣赏车外的几处风景，心里实在一无感觉。他一再把脚蹬着地板。

嘉莉发现他心绪不宁，但是并不说什么。她不知道这是什么意思，或者有什么重要性。

这时，他不明白自己为什么没有早问一下，这次车是否直达蒙特利尔或者加拿大境内的什么地方。也许他可以节约些时间。他跳起身来，去找车掌。

“这次列车有直开蒙特利尔的车厢没有？”他问。

“有，后面一节卧车就是。”

他本想再问下去，但是看来不大策略，所以决定到站上去问。

火车轧轧地响着，喷着气，开进了车场。

“我看最好直接到蒙特利尔去，”他对嘉莉说，“我去看看下车后怎么转车。”

他非常心慌，但是极力装出平静的样子。嘉莉只顾张大了眼睛，不安地望着他。她思想很乱，不知自己要怎样干才好。

火车停了，赫斯渥就领她走出车厢。他向四周小心地一望，装作是照顾嘉莉的样子。没有发现有谁在监视他的样子，他就向票房走去。

“开往蒙特利尔的下班车什么时候开？”他问。

“还有二十分钟，”票房里的人说。

他买了两张车票和卧铺票，然后赶回到嘉莉身边。

“我们马上就走，”他说，几乎没有注意到嘉莉的疲惫、倦怠。

“但愿能摆脱这一切就好了，”嘉莉凄凉地高声说。

“到了蒙特利尔你会觉得好些的，”他说。

“我什么东西都没有带，”嘉莉说，“连一块手帕也没有。”

“一到那里，你就可以买需要的一切东西，最亲爱的，”他解释道，“你可以找一个裁缝来。”

嘉莉不说了，赫斯渥就松了一口气。他看什么地方都没有侦探。

这时列车员高喊火车要开了，他们就上了车。火车开动时，赫斯渥放心地透了口气。不久就到了河边，他们渡过了河。火车刚从渡船上开下来，他就松了一口气，安坐在位子上。

“不消多久就要到的，”他说，在安心以后，想起了嘉莉。“我们明天一早就可以到达。”

嘉莉都不高兴回答。

“我去看看有没有餐车，”他补充说，“我饿了。”

第三十二章

没有旅行过的人，背乡离井到了陌生地方，总会觉得奇趣无穷的。这是给人安慰、使人愉快的事情，仅次于爱情而已。这对疲惫、忧愁的人是一种恩惠，因为会碰到层出不穷的新鲜的事和意外的遭遇，能使人忘却过去。即使是受伤的爱情，也不能不在种种新景象中长期来回穿梭而多少忘却所受的创伤。那些看到的事情都很重要，不容忽视，而人的头脑，无非是感官所得的种种印象的反映，就会被这如潮的新事物所征服。它忙于积贮新的概念，就来不及顾到旧的意念了。这样，就忘记了过去的恋人，撇下了忧愁，看不见死亡了。在那句陈旧的动人听闻的话“我要出门去了”的背后，蕴藏着不知多少情意。对于一个没有旅行过的人来说，这是失恋的惟一的补偿——局部的补偿，即使不能恢复，也能使我们忘记。因此，我们不要忘记，没有旅行过的嘉莉，现在正在旅行。

当嘉莉眺望着窗外飞逝而过的景色时，她几乎忘记了自己是违反了自己的意志被骗来作这次长途旅行的，也忘记了她没有带旅行所必需的衣着。她有时竟忘记了身边的赫斯渥，却以惊奇的目光眺望村中幽静的农舍和恬适的住宅。在嘉莉看来，这是个有趣的世界。她的生活刚刚开始。她并不觉得已经打了败仗。她也并不心灰意懒。大城市是能给人些机会的，虽然她不知道究竟如何。也许她能从束缚中解放出来而获得自由——谁知道呢？也许她可以幸福。她在思忖中想到这些，使她超脱了犯了错误的人的心情。由于充满了希望，她精神上得到了解脱。

赫斯渥在车离底特律以后和她讲了几句话，但是随着白天的逝去，他们俩都觉得疲倦，打起瞌睡来。八点半，茶房前来放下了铺位，到九点钟，许多人都睡了。赫斯渥第一个请她早点去睡。等她去睡了以后，他到前面车厢去抽一支雪茄，但并不觉得安适。过了不多久，他也上了铺，一夜就这样过去了。

第二天早晨，火车平安地驶进蒙特利尔，他们下了车，赫斯渥为脱离危险而高兴，嘉莉则对这北方城市的新奇气氛感到惊异。赫斯渥好久前曾经到过这里，现在还记得他耽搁过的旅馆。当他们从车站总出入口出来的时候，他听到公共马车的车夫在叫那个旅馆的名字。

“我们马上到那里去开房间吧，”他对嘉莉说，和她一起向着欢迎他们的马车夫走去。

嘉莉表示同意，他就扶她上车。马车驶过的街道和芝加哥的大不相同，到了那家大旅馆，他们从妇女入口处进去。

“请坐一会儿，”他们到达小接待室时，赫斯渥说，“我去看看房间。”

可是，嘉莉却情愿走来走去，看看墙上的不多几张图画。

赫斯渥在账房间里把登记簿转过来，这时账房走上前来了。他在考虑要写上什么姓名。因为账房就在面前，他没有时间迟疑了。在车窗外瞥见的那个姓名倏地回到了眼前。这是个讨人喜欢的姓名。他就从容地写下了“乔·威·默多克夫妇”。这是他在形势逼人的情况下作出的最大的让步了。他不愿放弃自己名字的缩写。

“二楼有带浴室的房间吗？”他问。

账房查看着他的单子。

“有，十一号房间。”

“让我去看看，”他说。

叫来了一个茶房，他就去看房间了。出乎他的意料，房间使他非常满意，深绿色的墙壁，家具的颜色也很相配，有三扇朝外的窗。他把钥匙拿下了，下楼去领嘉莉。

“我给你找了一间合适的房间，”他悄悄地说。

嘉莉也很喜欢这房间。她为这地方布置得素净淡雅而感到安慰。她立即觉得他给她找到了一间可爱的卧室。

“那里还有一间浴室，”他说，“要是你准备好了，就可以梳洗一下。”

嘉莉走过去，向窗外眺望，而赫斯渥望着镜子里的自己的形象，觉得自己风尘满身。他没带衣箱，没有更换的衬衣，连一把发梳也没有。

“我按铃叫人送肥皂和毛巾来，”他说，“再给你送一把发梳。你就洗澡，准备吃早饭吧。我出去刮一下胡子就回来接你，我们出去给你买些衣服。”

他说话时和蔼地笑着。

“好吧，”嘉莉说。

她在一把摇椅里坐下来，而赫斯渥在等待茶房，很快茶房就敲门了。

“拿肥皂、毛巾和一壶冰水来。”

“是，先生。”

“现在我要走了，”他对嘉莉说，伸出了双手向她走去，但是她并不伸手去接。

“你并不生我气，是吗？”他温柔地问。

“啊，不，”她相当冷淡地回答。

“难道你一点都不爱我吗？”

她并不答话，只是向窗口注视着。

“你不能爱我一丁点儿吗？”他恳求道，握住了她的一只手，而她却想要挣脱。“你过去说过爱我的。”

“你为什么这样欺骗我？”嘉莉问。

“我是没有办法，”他说，“我太需要你了。”

“你没有任何权利要我，”她回答，一语击中了要害。

“啊，可是，嘉莉，”他回答，“已经到了这个地步。现在已经来不及了。你是否可以试一试，爱我一些呢？”

他站在她面前，像是心里毫无头绪似的。

她否定地摇摇头。

“让我一切从头做起吧。从今天起你就做我的妻子。”

嘉莉站起身来，像是要走开，他还是握着她的一只手。这时他伸手搂住了她，她挣扎着，但是没有用。他把她紧紧搂着。他体内立即燃起了一股不可抵抗的欲焰。他的感情变得非常之强烈了。

嘉莉被他搂住了不放，只得说：“放开我。”

“你爱不爱我？”他说，“你愿意从今以后做我的妻子吗？”

嘉莉对他从来没有过恶感。就在一会儿之前，她还在怡然自得地听他说话，回想起对他的旧情。他是这么漂亮，这么大胆。

可是现在，这感情变成了反抗，一种无力的反抗。这反抗精神一时占了上风，可是被他搂住了不放，她就开始软化了。她心里响起了另外一个声音。把她紧搂在怀里的是一个强有力的男人，他满怀热情，他爱着她，而她却又孤苦伶仃。倘使她不顺从他——接受他的爱情，她又能到什么别的地方去呢？再说，他的体力占了上风。她的抗拒在他强烈的情潮里溶化了好几分。

“你能爱我一丁点儿吗？”他问，“我要从头做起。你承认爱我好吗？”

嘉莉放松了她的挣扎。她发现他捧住了她的头，直勾勾地望着她的眼睛。她怎么也弄不明白，他竟会有这么大的吸引力。于是，他的许多罪过一时都被忘记得一干二净了。

他把她搂得更紧一些，吻了她，她觉得再抵抗是无济于事的了。

“你肯和我结婚吗？”她问，不去想怎么结法。

“今天就结婚，”他兴高采烈地说。

这时旅馆的茶房敲门了，他遗憾地放开了手。

“现在你就准备好吗？”他说，“马上。”

“好的，”她回答。

“我过三刻钟就回来。”

当他放茶房进来的时候，嘉莉红着面孔，精神兴奋地走到旁边去了。

到了楼下，他在走廊里站住了，寻找理发室。他一时得意扬扬。眼前对嘉莉的胜利，仿佛已补偿了他过去几天内所受的苦痛。人生仿佛是值得为之斗争的。这一次向东逃亡，撇下了一切牵心挂肚的日常事物，看来是有幸福正在目的地等待着的。风暴过后出现彩虹，彩虹脚下可能正有一盆黄金。

他刚要跨进门旁安着红白条纹相间的圆柱的理发室时，听得一个声音亲热地招呼他。他心里立即泄了气。

“喂，喂，乔治，老朋友，”声音说，“你在这里干什么？”

赫斯渥跟这位朋友打了个照面，认出了正是股票经纪人肯尼。

“办一些私人小事，”他回答，心里就像电话局的接线盘一样跳动着。这个家伙显然不知道——他没有看报。

“哦，想不到会在这遥远的地方碰到你，”肯尼先生亲切地说，“在这里歇宿吗？”

“是的，”赫斯渥很不自在地说，心里想着旅客登记簿上他的笔迹。

“要在这里住几时吗？”

“不，不过一天左右。”

“原来如此。吃了早点没有？”

“吃过了，”赫斯渥随便地撒了一个谎，“我刚要去修面。”

“去喝一杯吗？”

“完了再喝，”这位过去的经理说，“过一会儿来望你。你住在这里吗？”

“是的，”肯尼先生说，于是又转了话题，补充说，“芝加哥的情况如何？”

“还是和往常差不多，”赫斯渥说，亲切地一笑。

“带了太太来吗？”

“没有。”

“哦，今天我一定要和你再谈谈。我刚到这里来吃早点。修了面请过来。”

“会来的，”赫斯渥说着，就走开了。这场谈话对他是一次磨难。仿佛每讲一个字都要使事情复杂一分。这个人引起了他对往事的无数回忆。此人代表了他所撇下的一切。芝加哥、他的太太、漂亮的酒店——此人的招呼和问询中包含着这一切。而且在这里和他同住一家旅馆，要和他谈话，无疑想要和他玩一个痛快。芝加哥的报纸很快就会来到。当地的报纸今天也会刊出报道。想到这个家伙可能很快就要知道他的真面目——一个保险箱的窃贼，他就忘记了赢得嘉莉的胜利。

他走进理发室时，几乎要哼出声来。他决定要避开这个朋友而和嘉莉住在一起——找一家偏僻些的旅馆。

因此当他修好面出来的时候，看到走廊里没有人，觉得很高兴，便急忙朝楼梯走去。他要带上嘉莉从妇女进出口出去。他们要到冷僻些的地方去吃早点。

可是，当他穿过走廊时，另一个人在打量着他。这是一个一般的爱尔兰人，个子矮小，衣衫寒伧，可是脑袋却仿佛是一个选区政客的大脑袋的缩本。这个人刚才明明是在和账房谈话，但是现在却敏锐地打量着这位过去的经理。

赫斯渥感到了这远距离的观察，看出了那人的身分。他本能地觉得那人是一名侦探，他已受监视了。他匆匆走过，假装没有觉察，但是心里却千头万绪。现在会发生什么事情呢？这些人要怎么办呢？他想到引渡法而心烦意乱起来。他并不完全懂得这些法律。他也许会被捕。啊，要是嘉莉发觉了怎么办呢？蒙特利尔不能让他藏身了。他开始希望离开这个地方。

当他回来的时候，嘉莉已洗了澡，在等他。她看上去精神焕发——比以往愉快得多，但是还有些矜持。他走了以后，她又恢复了些对他的冷淡态度。爱情并没有在她的心里燃烧。他觉察到这一点，他的忧虑仿佛又增加了。他不能把她搂在怀里；他连试都没试。她的神气不许他这么做。他的这一看法部分是他自己在楼下的经历和考虑的结果。

“你已经准备好了，是吗？”他和蔼地说。

“是的，”她回答。

“我们出去吃早点吧。楼下那地方我看起来不大入眼。”

“好吧，”嘉莉说。

他们走出去，拐上大街，但是那个一般的爱尔兰人正站在转角上，望着他。赫斯渥差一点流露出他已经知道这家伙的存在的表情来。这家伙眼睛里蛮横的神情是令人可恼的。但他们还是走了过去，他向嘉莉讲着这个城市的情况。不久看见了另一家饭馆，他们就走进去。

“这是一个多么古怪的城市啊，”嘉莉说，她对这个城市很惊奇，只是因为这里与芝加哥不一样。

“这里没有芝加哥热闹，”赫斯渥说，“你喜欢它吗？”

“不，”嘉莉说，她的感情早已在美国西部那个大城里生了根。

“哦，也不及那里有意思啊，”赫斯渥说。

“这里有什么好玩的？”嘉莉问，弄不懂他为什么要到这个城市来。

“没有什么特别好的地方，”赫斯渥回答，“这是一个相当好的疗养地。这一带有些美丽的风景。”

嘉莉听着，但是心里有些不安。她不喜欢这个城市。她心里老是放不下自己的处境，哪有心情去游山玩水。

“我们不会在这里待很久的，”赫斯渥说，这时看到她不满意，实在感到高兴。“一吃过早点，你就去买些衣服，我们马上到纽约去。你会喜欢那个地方的。除了芝加哥，纽约是比别处都热闹得多的城市。”

他实际上是打算溜之大吉。他要看看这些侦探会怎么干——他在芝加哥的东家们会采取什么行动——然后他就溜走—— 一直到纽约去，那里是容易藏身的。他深知那个城市，知道那个城市的神秘和神出鬼没的无穷余地。

可是，他越想越觉得处境狼狈。他发现到了这里，并没有完全解决问题。酒店里可能雇用侦探来监视他——平克顿[①]的伙计或者穆尼和博兰[②]的密探。他们可能在他打算要逃离加拿大的时候把他逮捕。这样他就不得不在这里待几个月，那就惨了！他心里十分反感。蒙特利尔没有什么可留恋的地方。地方比较小——比较带些乡气。最不好的一点是这地方不是芝加哥——现在他长时期不能回去，不能履行他日常的职务，和朋友们应酬，这就使他的苦恼越发大了。他开始感到淡淡的乡愁——虽然他是一个老于世故的人。

---

①阿伦·平克顿（1819—1884）曾于1850年在芝加哥设立第一家私人侦探所，曾经保护林肯从伊利诺伊州到华盛顿就任总统。

②指穆尼和博兰侦探所，在美国各大城市都设有分所。

早点之后，他陪嘉莉到几家大呢绒布匹店里，等她定购许多东西。嘉莉虽然年轻，却已有了不少可借鉴的经验。这次该她自己负责选择衣服，她就振作起精神来果断地选了起来。她选择得都非常精当，因为她在考虑自己的爱好时没有忘记海尔太太的劝告。她选择得相当迅速，不久就离店出来了。

“你要的都选了吗？”赫斯渥问。

“我眼前需要的都选了，”嘉莉回答。

回到旅馆里，赫斯渥急于要看早晨出版的报纸，可是又怕看，他想知道有关他盗窃行为的新闻已传播到什么地方了。所以他告诉嘉莉他隔一会儿上楼去，就去找报纸看了。周围没有发现熟悉的、可疑的人，可是他不愿意在休息室里看报，所以才到二楼的大客厅里，在窗边坐下来，把报纸翻个遍。关于他那桩罪行的新闻极少，但确乎有，就在报道各处杀人、车祸、结婚以及其他消息的短电讯里，有这么几小段。他在看的时候，深深希望他眼睛在逐行看着的消息都不是真事。他带着几分悲伤的情绪，希望把这些都抹去。在这遥远而安全的居处，每一分钟都使他增强了自己犯下了大错的感觉。应该有简便些的摆脱办法，他要是知道该多好。

在回房间之前，他把报纸扔在那儿，以为这样可以使报纸不致落入嘉莉的手里。

“喂，你觉得怎么样？”他问她。她正一本正经地望着窗外。

“哦，很好，”她回答。

他走过去，刚开始要和她谈话，就传来了敲门声。

“可能是给我送货来了，”嘉莉说。

赫斯渥开了门，门外站着他非常怀疑的那个人。

“你是赫斯渥先生，是吗？”后者说，做出非常狡猾、肯定的模样。

“是的，”赫斯渥镇静地说。他对这种人了解得很透彻，所以恢复了他旧日对这种人满不在乎的神情。这种人是酒店所招待的最低的阶层。他跨出门外，关上了门。

“那末，你知道我到这里来是干什么的，是吗？”这个家伙很秘密地说。

“我猜得到，”赫斯渥低声说。

“那末，你还想把钱藏起来吗？”

“那是我的事情，”赫斯渥冷漠地说。

“你知道，那是不行的，”侦探说，冷冰冰地打量着他。

“听着，朋友，”赫斯渥神气地说，“你一些不懂这案情，而我不能对你说明。我打算怎么办就怎么办，不需要局外人插嘴。请你原谅。”

“嘿，等你到了警察手中，”侦探说，“这么说话就不行啰。倘使我们高兴，我们可以给你找许多麻烦。你在这旅馆里没有登记真姓名，你没有带太太来，报馆里还不知道你到了这里。你还是通情达理点好。”

“你想知道什么情况？”赫斯渥问。

“你是否准备把款子寄回去？”

赫斯渥停顿了一下，端详着地板。

“我同你解释此事是没有用的，”他最后说，“你问我也没有用。你知道，我不是傻子。我懂得你干得了什么，干不了什么。倘使你高兴，可以造成许多麻烦——我知道这是不错的，但这不能帮助你取得那笔款子。现在我已经打定主意怎么办了——我已经写信给汉南和霍格，所以我没有话可说了。你等他们以后的通知吧。”

他在说话的时候，逐渐从门口走开，沿着过道走去，免得嘉莉听到。他们现在已走近过道的尽头，通到一间大客厅去的地方。

“你不肯放弃那笔款子吗？”这个人说。

这句话大大激怒了赫斯渥。热血涌上了他的头脑。心里真是千头万绪。他不是窃贼。他不要那笔款子。只要他能对汉南和霍格解释清楚，事情可能还是没有问题的。

“听着，”他说，“我和你谈是根本没有用的。不错，我尊重你的权力，但是我要和知道内幕的人打交道。”

“那末，你不能把款子带出加拿大去，”这个人说。

“我不想出走，”赫斯渥说。“等我准备走的时候，也许就不会有事情来拦阻我了。”

他转过身去，那侦探眼巴巴地望着他。这看来是件不可容忍的事情。可是他还是向前走去，走进自己的房间。

“那是谁？”嘉莉问。

“一个芝加哥来的朋友。”

在过去一星期里的种种焦虑之后，碰到这么一场谈话，使赫斯渥大为震动，并足以在他心里引起了深沉的忧伤和道德上的反感。最使他伤心的，是人们把他当做盗贼来追捕。他开始发现社会的不公道的实质，人们只看到问题的一面，往往只看到一幕漫长的、逐渐形成的悲剧中的某一点。所有报纸只提到一件事情，他偷了钱。关于怎么偷和为什么要偷，就无动于衷了。没有说明造成这种后果的一切纠葛。人家不了解他，就定了他的罪名。

他在心里开始形成了一种非常明确的想法，那就是他不想要那笔钱。拿了那笔钱，是件很可悲的事，他不想留着它。而且，要是他留下了这笔钱，那就是为这笔微不足道的款子卖掉了他过去的一切关系——他的利益、特权和志趣。倘使他留下了钱，他所得的只能是苦痛，他只能走偏僻小路，在秘密场所躲来躲去。他会被监视，总有一天会被捕的。加拿大是他惟一可以藏身的处所，但这里寒冷、陌生，没有美国的风味。他已经在思念芝加哥熙熙攘攘的生活了。没有酒店的排场和光彩，已对他的精神产生了深刻的影响。

就在这一天，当他和嘉莉一起坐在房间里时，他决定把钱寄回去。他要写信给汉南和霍格，说明一切情况，然后用快递把款子寄回去。也许他们会原谅他的。也许他们会请他回去的。他要把刚才说的已写信给他们的谎话变为现实。然后离开这个古怪的城市。

“我想写几封信，”他对嘉莉说，打铃叫了茶房。

她表示同意，拿起一本书来看。

为了写这封特殊的信，关于这桩麻烦事作出言之成理的说明，他思考了一个钟点。他本想把他太太的事情告诉他们，但是说不出口。他最后把事情缩小，只是说明他和朋友们应酬喝醉了，发现保险箱没有锁上，竟将现款取出，一不小心关上了箱门。他对这件事表示非常遗憾。他给他们添了那么许多麻烦，很对不起他们。他愿意尽力了结这件事，把钱寄回去——其中的大部分。其余的部分等他一有钱立即偿还。他是否还有复职的希望？——对于这一点，他只暗示了一下。

这个人的心烦意乱，可以从这封信的结构里看出来。他当时忘记了即使让他恢复原职，那将会是何等痛苦的事情。他忘记了他和过去好像已一刀两断，即使他真的想什么办法把自己和过去联系起来，也不免老是要露出分离和重合的裂痕来。他老是忘记了一些人或事——他的太太，嘉莉，他需要钱用以及他眼前的处境什么的，因此无法清楚地推理。可是，他发出了这封信，想等收到复信后才汇钱去。

在这段时期中，他就和嘉莉安之若素，尽情地享乐，因为没有过去来阻碍，所以非常愉快。嘉莉所买的东西，其中包括一只衣箱，已及时送到，安置妥当了。到三点钟，她已经把自己打扮得换了一副样子，穿着合身多了。她穿着新衣服觉得舒畅一些，高兴一些，这是哪个女人都会是这样的。赫斯渥带着求爱的心情，亲近她，希望和她结成夫妇。他对她体贴入微，使她慢慢地恢复了对他的好感。

这一天阳光明媚，对这次逃亡产生了明显的作用。这里本来在下雨，可是中午太阳出来了，金色的光芒像潮水般从他们打开的窗户直泻进来。麻雀在吱吱喳喳地叫着。空气里飘着笑声和歌声。赫斯渥的眼睛无法从嘉莉身上移开。她好像就是他一切烦恼中的一丝阳光。啊，只要她能全心全意地爱他——只要她能伸手搂住他，心情就像他在芝加哥的小公园里看到她时一般欢乐，他该是多么幸福呀。这就能补偿他的损失了；这可以向他表明他并没有丧失一切。他就不在乎了。

“嘉莉，”他说，突然站起来，走到她身边，“你是不是愿意从此和我一起过活？”

她迟疑不决地望着他，但是被他逼人的面部表情所软化，产生了同情。这正是爱情，尖锐而强烈，被患难和烦恼所增强的爱情。她情不自禁地笑了。

他在她椅子前一膝跪下。这煦丽的天气，增进了两人的感情。

“从今以后，让我成为你的一切吧，”他说，“不要再使我担心了。我会忠实于你的。我们要到纽约去，找一套漂亮的公寓。我将重新经商，我们可以过幸福的日子。你愿意成为我的人吗？”

嘉莉十分认真地听着。她心里并不怀着强烈的激情，但是随着事情的推移，此人又近在身边，却撩起了一些情意。她的确为他感到难受，这是从那份最近还不过是高度崇敬的感情中所产生的一种惋惜之情。她对他从来没有过真正的爱情。倘使她能够分析自己的感情，就会明白这一点的，但是她现在被他的强烈热情所撩起的情绪，却打破了他们之间的隔膜。

“你愿意和我一起生活了，是吗？”他问。

“是的，”她说着，点了点头。

他把她搂过来，吻着她的嘴唇和面颊。

“话虽如此，你必须和我结婚，”她说。

“今天我就去领结婚证书，”他说。

“怎么领法？”她问。

“换一个姓氏，”他回答，“我要换一个新的姓氏，过新的生活。从今以后，我姓默多克了。”

“啊，不要用那个姓氏，”嘉莉说。

“为什么不？”他说。

“我不喜欢。”

“那末，用什么呢？”他问。

“哦，随便什么都行，只要不是默多克。”

他想了一会儿，双臂还是搂住她，然后说：“叫惠勒怎么样？”

“这不错，”嘉莉说。

“那末，好，就用惠勒吧，”他说，“明天一早第一件事就是去领结婚证书。”

第二天他们由一位浸礼会牧师主持了婚礼，这是他们能够找到的第一个合适的神职人员。赫斯渥带嘉莉观赏这个城市的风光，同时等着汉南和霍格的回信。他有充分理由知道正有人在监视他，因为侦探的身影会出其不意地出现，使他确信无疑。他个人对加拿大的这个城市已十分厌倦，因为这里生活节奏滞缓，而他又闲着无事。他老是心里记着，倘使他把钱退回去，就没有多少钱生活了。他逃走的时候，带了一万一千零四十五元左右，其中的一万元是留在保险箱里没有藏好的专款，还有八百元是当天收入的现款。其他二百四十五元是他自己的钱。这笔钱他已花去一百二十五元多了。

他决定，除非他能够回到芝加哥去（在他头脑清醒些的时候，他以为这是没有什么希望的），他只能还九千五百元，留下其中一千三百元作为借款，等到他能够归还的时候再归还。他不想这么办，可是也不能使自己处于困境。他想去纽约从事酒店生意——买一家酒店，把它办得像芝加哥那家酒店一样。他可以重做经理，有一个漂亮的小家庭和嘉莉。所以每过一天，他打算保存的余款就少一些，使他心里大为不安。

芝加哥那家酒店终于来了回信。是霍格先生口授的。他对赫斯渥干出这件事来很是惊异，对事情闹得这般模样觉得很遗憾。倘使把款项归还，他们并不打算找麻烦去控告他，因为他们对他实在并无恶感。至于他回去，或者要他们恢复他原来的职位一事，他们还拿不准后果如何。这个问题尚待考虑，以后再通知他。可能要不了多久云云。

总而言之，没有希望，他们只要求归还款项，不想多找麻烦。赫斯渥看到了自己的厄运。他决定把钱交给他们说要派来的人，某个和他们有来往的当地一家银行的代理人，就到纽约去。他打电报去表示同意，并向当天到旅馆来找他的那个代理人解释了一番，拿了收据，就叫嘉莉收拾行李。他开始采取这最新的行动时有些垂头丧气，但是慢慢地恢复了过来。他害怕就是在这时他还会被捕，被押解回去，所以他要想隐蔽自己的行动，但这是几乎不可能做到的。他吩咐把嘉莉的衣箱送到车站，由快递运到纽约。好像没有人在注意他，但是他还是在夜里离开旅馆。他非常焦虑，怕在越过国境的第一站，或者在纽约的车站上，会有个执法官在等待他。

嘉莉不知道他的盗窃行为和他的恐惧，因此当火车于次晨到达纽约时，心里很高兴。火车沿着赫德森河在前进，圆顶的青山环列在辽阔的河谷边缘，这美丽的风光使她神往。她曾经听到过赫德森河、哈莱姆河、这大都市纽约，现在她望着车外，觉得这个大都市真是惊人。想到坐在这么漂亮的车厢里外出旅行，欣赏陌生的景色，真是快活。她开始以自己的经验为自豪，至少在这件事上。这是人们巴望做的事，而她已经做到了——正在做哪。

当火车在斯布丁·杜佛尔[①]向东转弯，沿着哈莱姆河东岸驶去时，赫斯渥胆战心惊地告诉她，他们已经到了纽约城的边缘了。根据她在芝加哥的经验，她巴望看到一长行一长行的车厢——一大片交叉的铁轨——可是发现情况并不如此。她看到哈莱姆河里的几只船和东河里更多的船只，触动了她年轻的心。这是第一个征象，说明大海就在前面了。接着是一条平坦的大路，路边耸立着五层楼的砖房，然后火车钻进了隧道。

过了几分钟的黑暗和烟尘，重见了天日，列车员就叫道："中央大站到了。"

赫斯渥站起身来，拎起他的小手提包。他的神经紧张得无以复加。他和嘉莉站在车门口等着，然后下车。没有人走近他的身边，但是当他走向出口处时，他偷偷地东张西望着。他激动得竟压根儿忘记了嘉莉，她落在后面，弄不懂他为什么这样只顾自己。当他穿过车站大厦时，紧张到了极点，然后开始轻松下来。他立即走上了人行道，除了马车夫以外，没有什么人向他打招呼。他深深地透了一口气，转过身来，想起了嘉莉。

"我还以为你要撇下我跑了呢，"她说。

"我在想我们应该乘什么车去吉尔赛旅馆，"他回答。

嘉莉没有听清楚，她一心只注意着这车水马龙的风光。

"纽约有多大？"她问。

"啊，一百多万人口，"赫斯渥说。

---

①在纽约市中心曼哈顿岛北部，为哈莱姆河最接近赫德森河的那一部分，叫做斯布丁·杜佛尔溪。

他向四周一望，招呼一辆马车，但是他叫车时的神气同过去不一样了。

许多年来，这是他第一次想到应该好好考虑这些小费用。这是不痛快的事。

他决定马上找旅馆住下，然后租一套公寓。因此他对嘉莉说了，她表示同意。

“倘使你愿意，我们今天就去找，”她说。

他突然记起了在蒙特利尔的经验。在吉尔赛旅馆，他肯定会遇见芝加哥的熟人。他站起来，对马车夫说话。

“到大陆旅社，”他说，知道这是他的熟人不大去的地方。然后坐了下来。

“住宅区在哪里？”嘉莉问，她以为街道两旁那些五层楼的高墙里，不是住宅。

“到处都是，”赫斯渥说，他对纽约相当熟悉。“纽约没有空地。这些都是住宅。”

“哦，这样的话，我不喜欢，”嘉莉说，她已有了些自己的主见。

第三十三章

倘使你理解正确的话，这个城市当时的社会风气，就是喜欢立即给任何人的地位一个肯定的评价。已经产生了一些有钱的大王——范德比尔特、古尔德、罗素·塞奇①，和他们一起的还有一批气势凌人的百万富翁，他们的住宅在五马路，他们的办公室在华尔街或者华尔街的附近。天才的戏剧家以奥古斯丁·戴利、弗罗曼兄弟和莱斯特·沃克为代

---

①科尼利厄斯·范德比尔特（1794—1877）、杰伊·古尔德（1836—1892）和罗素·塞奇（1816—1906）主要都靠修建铁路而成为著名的财阀。

表。文学艺术界也各有领袖，如豪厄尔斯①、什·乔·爱·沃德、约翰·拉法格②。像爱迪生、达纳③、康克林④、约翰·凯利⑤这样的人物，各自统治着自己的领域。坦慕尼堂⑥拥有统治一切的权力。当时在这迅速成长的大都会中对那些庸俗的娱乐是要收税的，和现在一样，从而使这个组织变得有财有势。

不管赫斯渥在芝加哥是怎样的人物，但是很显然，他在纽约只是沧海一粟而已。芝加哥的人口还只五十万左右，阿穆尔、普尔曼、帕尔默、菲尔德等作为大家族还没有形成。百万富翁并不多。富人还没有众目昭彰地富到淹没一切小康人家的地步。居民们还没有被当地的戏剧界、艺术界、社交界和宗教界的名流所迷住，以致不把地位优越的一般人士放在眼里。在芝加哥，政治和商业是成名的两条大路。在纽约，成名的道路何止半百，在每一条路上都有成百上千的人在勤奋追求，所以知名之士为数不少。大海里已经挤满了鲸鱼。一条普通的小鱼只能完全销声匿迹，不能出头露面。换句话说，赫斯渥是微不足道的。

这样的处境可以产生一个更其微妙的后果，它虽然往往是大家不注意的，却会造成人间的悲剧。大人物创造的气氛，对小人物产生恶劣的影响。这种气氛易于，而且很快就能感觉到。置身于雄伟的宅第，华美的马车，金碧辉煌的店铺、饭馆、各种消遣的场所之间；嗅到了花香、绸衣香、酒香；领略了心满意足的人发出的笑声，类似利剑的寒光般的

---

①威廉·迪安·豪厄尔斯(1837—1920)为当时享盛名的小说家兼评论家。作为《哈珀氏杂志》的编辑，他鼓吹现实主义创作方法，并提拔青年作家，被誉为美国文坛的元老。长篇小说《塞拉斯·拉帕姆的发迹》(1885)为他的代表作。

②约翰·拉法格(1835—1910)为美国画家，擅长油画及水彩画。

③查尔斯·安德森·达纳(1819—1897)为美国新闻工作者，任《纽约太阳报》编辑而享盛名。

④埃德温·格兰特·康克林(1863—1952)为美国著名生物学家。

⑤约翰·凯利(1822—1886)为坦慕尼堂“头头”威廉·特威德的继承人。详见注⑦。

⑥这是威廉·穆尼于1789年创办的一个爱国者协会，后来成为掌握纽约实权的政治机器。1868年，威廉·特威德在堂内取得了首脑的绝对统治权。在他掌权期间，纽约市被掠夺了两亿美元，从此坦慕尼堂成为霸权和贪污的同义词。

闪闪的目光；感受了像快刀一般刺人的笑容以及趾高气扬的步伐，你就会懂得有权有势的高等人物的气派是怎么一回事。毋须争辩，这并不是崇高的境界，但是只要世界看重它，有人认为这就是应该达到的值得向往之境，那末，对这些人说来，这就会是崇高的境界。这一境界的气氛也将在人的心灵里造成无可救药的后果。就像化学试剂一般。在这里过上一天，恰像一滴化学试剂，会影响，改变心里的观点、目的、欲望的色彩，使它从此染上这一色彩。这一天对于一个没有经验的心灵就像鸦片对于一个没有烟瘾的体格一般。人们会产生一种欲望，倘使想满足它，就必然会导致梦想和死亡。啊，尚未实现的梦——咬啮着人心，迷惑着人心，无聊的幻象会招引和诱导，招引和诱导，直到死亡和毁灭来分化它们的力量，让我们不识不知地回到大自然的怀抱。

像赫斯渥那种年龄和气质的人，不会受年轻人的幻想和炽热的欲望所支使，但是也没有年轻人心里像泉水般喷涌出来的希望的力量。这种气氛不会在他心中挑起十八岁的少年的渴望，但是一旦煽起，因为没有希望，就会觉得更其惨痛。他不能不注意到各方面的富裕和奢侈的种种迹象。他曾经到过纽约，懂得这里有层出不穷的荒唐之处。他认为这实在是个令人惊畏的地方，因为这里集中了他最最尊重的事物——财富、地位和名声。他在汉南-霍格酒店里当经理时，跟他碰过杯的多数名流，就出身于这个自顾自的、人口众多的地方。关于这里的有些地方和人物，流传着许多动人听闻的寻欢作乐和豪奢淫佚的故事。他知道，他确实是整天在不知不觉中和有钱人摩肩而过；在这样富裕的地方，十万或五十万块钱并不能让人得到过豪华生活的权利。时髦和浮华需要更多的钱，所以穷人就无立锥之地。现在他非常敏锐地认识到这一切，因为当他面对着这座城市时，朋友往来已断绝了，他那小康的财产，甚至声名，都被剥夺了，他不得不重新开始为争取地位和幸福而战斗。他还不老，但是他并不迟钝得不觉得老之将至。于是，眼前这华丽的衣着、场所以及权力，突然具有了特殊的意义。和他自己的困难处境一比，就显得更突出了。

这使他很苦恼。他很快就发觉，消除对被捕的恐惧，并不是他生活下去的必要条件。这种危险化为乌有了，而另一个需要却变成了叫人痛心的事情。这区区一千三百多块钱，要应付今后多年的房租、衣食以及娱乐，怎么能叫一个每年花惯五倍多的钱的人心情舒畅呢。他到纽约的头几天内，就老是着力地考虑着这个问题，决定要赶快行动。因此，他就在报纸广告中寻找做生意的机会，开始自己进行调查研究。

然而那是在他定居之后才进行的。嘉莉和他按照原来的打算去寻找一套公寓，在靠近阿姆斯特丹大街的七十八街上找到了一套。那是一幢五层楼的建筑，他们的房间在三楼。因为街上没有都造上房子，所以向东望得见中央公园的绿树梢，向西望得见赫德森河宽阔的水面，从西窗可以看见一些河流的景象。租用一排六个房间和一个浴间，他们每月不得不付三十五块钱房租——这数目比当时一般人家所付的房租偏高一些。嘉莉发觉这里的房间比芝加哥的小一些，便提出了这一点。

“亲爱的，找不到更好的了，”赫斯渥说，“除非是找老式住宅，不过这样你就享受不到这些方便的设备了。”

嘉莉选中这新的居处，是因为建筑新颖，屋内木建部分颜色鲜明。这是最新的建筑之一，有暖气设备，这是极大的优越条件。固定的煤气灶、冷热水供应、升降送货机、传话筒以及招呼看门人的铃，使她很高兴。她着实有些家庭主妇的天性，对这些设备觉得非常满意。

“我们租下来怎么样？”赫斯渥建议道，他看中这个地点。

“很好，”嘉莉回答，“我们会过得确实很舒服的，不是吗？”

赫斯渥和一家家具店约定了，由他们供应全套家具，先付五十块钱，以后每月摊付十块钱。然后，他定做了一块小铜牌，刻上“乔·威·惠勒”的姓名，钉在穿堂的信箱上。嘉莉听见门房称她为惠勒太太，感到非常别扭，但是过些时候就听惯了，也就把它当作自己的姓氏。

把家里的琐事安排定当以后，赫斯渥就出去访问一些广告上的征求户，打算在市区的哪一家生意兴隆的酒店里投入一些股金。在亚当斯街那家华丽的酒店工作过以后，他看不上这些登广告的普通酒店。他花了好几天工夫找寻这些酒店，都觉得不称心合意。可是在交谈之中却了解了不少情况，因为他发现了坦慕尼堂的势力以及和警察搞好关系的好处。他发现最赚钱、生意最好的，是那些进行非法营业的地方，而不是汉南和霍格所开的那种酒店。这些很赚钱的酒店，楼上往往附设精美的密室和单间的酒座。他从大腹便便的老板衬衫前面闪耀着的大钻石和裁剪合身的衣服看出，这里的卖酒生意和各地一般，获利也是甚丰的。

最后，他找到了一个人，在沃伦街开设着一家酒店，看来是一桩极好的生意。酒店外观还不差，而且是易于改进的。店主人声称生意非常好，看上去也的确是这样。

“我们接待的都是非常高尚的人士，”他告诉赫斯渥，“商人、推销员、自由职业者。是衣冠楚楚的阶级。没有无业游民。他们是不许入内的。”

赫斯渥听着现金出纳机的铃声，观察了一下营业状况。

“两个人合营也有利可图吗？”他问。

“倘使你懂得卖酒生意的话，你自己就看得出来，”店主人说。“这是我经营的两家酒店之一。另一家在过去些的纳索街。我一个人照管不下两家店。倘使有人十分熟悉这行生意，我愿意把这一家和他合营，让他做经理。”

“我有充分的经验，”赫斯渥坦率地说，但是却不敢提到汉南-霍格酒店。

“那末你瞧着办吧，惠勒先生，”店主人说。

他只出让三分之一的股权、设备和信誉，愿意合股的人要出一千块钱，而且要有经营的能力。这里不存在房产问题，因为这是店主人向一个房地产大业主那儿租来的。

这个交易实在不差，但是赫斯渥考虑的问题是，在这一带地方的三分之一股权，每月是否能获利一百五十块钱，那是他估计要维持家庭日常开支而不显得拮据所必需的费用。可是，他找寻称心的职业已经失败了多次，这不是犹豫的时候了。看样子，三分之一的股权现在可以每月得到一百块钱的赢利。只要经营得法，改进业务，还可能多赚些钱呢。因此，他同意合股，付了一千块钱，准备第二天到店。

他起初得意扬扬，告诉嘉莉，他自以为作出了极妙的安排。可是随着时间的流逝，就出现了要考虑的问题。他发现这合股人很不近人情，常常喝得烂醉，这使他脾气很不好。这是赫斯渥在做生意中最不喜欢的事。此外，营业起了变化。那些主顾根本不是他在芝加哥所结交的那一类人。而且，他发现要花很长的时间才能结交朋友。这些家伙匆匆而来，又匆匆而去，并不寻求友情的乐趣。这不是个聚会或者休息的场所。整整几天和几个星期过去了，他没有听到过一声在芝加哥每天所听惯的那种亲切的招呼。

另外，赫斯渥惦念着过去那些知名人士——那些衣冠楚楚，给普通酒吧增光，并且带来远地的消息以及上流阶层圈子里的新闻的人物。他一个月里也看不到这样的一个人物。有时，在傍晚，他还没有下班，会偶然在晚报上看到有关他认识的那些名流的消息——过去他是常和这些人一起喝酒的。他们会到像芝加哥的汉南-霍格酒店那样的地方或者到住宅区的霍夫曼酒家去喝酒，但是他知道，他们断乎不会上这里来。这里太偏僻了。这里的顾客都不错，但是他过去常见的那类顾客却是在别的地方活动。这样有趣的人物，决不会到这里来。

而且这买卖也并不像他所预料的那样赚钱。收入增加了一点，但是他发现他必须在家庭开支上精打细算，这是令人气馁的。他将不得不限定嘉莉的花费，要是她花钱再大手大脚，就得提醒她不要浪费。他不知道她对此会怎么想，怎么办。可是，他觉得他不得不这么办的时刻就要到来了。

在刚开始时，他虽然回家很晚，但夜晚回家看到嘉莉是一种快乐。他设法在六七点钟之间赶回家来和她一同进餐，在家里待到翌晨九时，但是过了些时候，这种新鲜之感就消退了，他开始觉得他的职责是种累赘。其次，他开始希望能像过去一样同一些男朋友有交往。总的说来，纽约在他看来相当陌生，他很希望能卷进它的欢乐的旋涡。他看的《世界晨报》上就登载着关于各式各样的娱乐和游戏的报道，这更激发了他对这个城市可能包含的愉快生活的向往。

第一个月几乎还没有过去，嘉莉就很自然地说：“我想这个星期上市区去买一件衣服。”

“什么样的衣服？”赫斯渥说。

“哦，上街穿的。”

“好啊，”他含笑回答，虽然他心里在想，要是她不去买，他的经济状况就会好过些。第二天没有提起这件事情，但是第三天早晨他问道：“你的衣服已经买了吗？”

“还没有，”嘉莉说。

他停顿了一下，好像在思考，然后说：

“过几天买行吗？”

“不，”嘉莉回答，她没有听出他说话的意思。她以前从来没有想到他会手头拮据的。“为什么呢？”

“哦，我跟你说吧，”赫斯渥说，“我这次投资花了不少钱。我希望在短期里把它全部赚回来，但是目前手头不很宽裕。”

“啊，”嘉莉回答，“当然可以，亲爱的。你为什么不早告诉我呢？”

“当时没有这个必要，”赫斯渥说。

嘉莉虽然一下子就同意了，但是赫斯渥谈到他投资时的模样，有点使她想起了杜洛埃，以及他总是说就要成交的那笔小生意。这只是一刹那的想法，但这是一个开端。她对赫斯渥有了点新的想法。

接着常常有其他的事情出现，同样性质的小事情，这些事情积累起来的效果，最后就等于一个充分的启示。嘉莉决不是迟钝的人。赫斯渥并不特别机灵。总之，两个人长久住在一起，不会不逐渐了解对方的。不管一个人愿意不愿意自动地吐露，他心里的难处总是要表现出来的。困难会从态度上表现出来，造成忧郁之感，这是掩饰不了的。一个眼色的神采、一句话的声调、偶然的表态——都会透露、联系、暗示其他的事物，终于会把真相都表露出来。赫斯渥就是这样。他打扮得和往常一般漂亮，但穿的还是在加拿大时的那些衣服。嘉莉发现他没有添置全套四季衣着，虽然他原来的衣服也并不多。她又发现他难得提起什么娱乐，从不谈食物，仿佛在为他的生意操心。这已不是在芝加哥的那个自由自在的赫斯渥——不是从前她所熟悉的豪放、阔绰的赫斯渥了。这些改变非常明显，无法逃过她的眼睛。

不久她又发现了一种变化，他并不把心事都告诉她。他明明是遮遮掩掩的，而且只在自己肚里打主意。有些小事情也得问了才知道。这种状况对女人是不快意的。伟大的爱情能使这些事情显得合理——有时候还是值得嘉许的，但终究是不能令人满意的。要是没有伟大的爱情，就会得出一个更其明确而不能令人满意的结论。

至于赫斯渥呢，他正在向新的处境所带来的种种困难进行艰苦的斗争。他是个明白人，看得出自己已铸成了大错，懂得自己弄到现在这样已经好算不错了，但是他不能不把现在的处境和从前相比——时时刻刻，日日夜夜地比个没完没了。这已成为他一种自然的心理活动——每想到现在要干的一桩事情，就会迅速地记起他从前是怎么干的。他试图设想这新的情况早晚会起变化，以为他能找到好一些的事情，但是不容易。最难受的是要抑制他花钱的欲望。每一次他觉得必须这样做的时候，就会感到自己表现得绝顶寒酸。例如，有一天他在百老汇路一家裁缝店的橱窗里看见新的秋季服装的样品。许多年来他第一次感到愿意只在外面站住了看看而不进去——不要使自己处于非买不可的境地。他因不得不这么想而觉得很凄惨，这使他心里受了极大的伤害。他真想公开诅咒自己的命运——在心里，他确实是这么做的。

而且，自从他来本城后不久，遇见了一个过去的朋友以来，他就怀着一种不愉快的恐惧，害怕遇见他们。这事发生在百老汇路上，他看见一个相识的人对面走过来。已经来不及假装不看见了——他们明明已相互看了一眼，显然是相互认出来了。于是这位朋友，芝加哥一家批发行的采购员，觉得不能不停下步来。

“你好呀？”他说，现出不安而又不大关心的表情，伸出了他的手。

“很好，”赫斯渥说，同样地狼狈。“你怎么样？”

“很好。我来这里采购些东西。你现在耽搁在这里吗？”

“是的，”赫斯渥说，“我在沃伦街开了一爿店。”

“真的吗？”这位朋友说，“我听到很高兴。我会到那里去看你的。”

“欢迎，”赫斯渥说。

“再见，”另一个说，殷勤地一笑，就往前走了。

这是一件极端难堪的事情。没有讲一句有关芝加哥的话，没有提盗窃的问题，然而这么勉强地不谈那整个情况，比之谈到更其不好。“他连门牌号码也没有问，”赫斯渥心里想，“他是不想来的。”他拭去额上的汗，衷心希望再也不要遇见别的熟人了。这些人都会这么办——一切从前和他闲谈，一起寻欢作乐的人都会像这个人一样干的。他希望不要再遇见这类人了。

这些事情影响了他原有的好脾气。他只希望在经济方面情况会好转。他得到了嘉莉。家具钱在逐渐付清。他站住了脚跟。至于嘉莉呢，他只能为她提供少数娱乐，但眼前也只能这样了。他也许可以长期伪装而不败露，在这期间取得成功，这样，一切都会顺利了。那时他没有把人性中的弱点，夫妇生活的种种难处，估计在内。嘉莉还年轻。双方都会有变化百出的精神状态。随时可能有各趋极端的感情，在饭桌上相持不下。在最最协调的家庭里也往往会发生这样的事情。在这样的情况下产生的小龃龉，事后需要伟大的爱情来排除。要是没有伟大的爱情，双方都斤斤计较，过些时候就会成为问题。正如我们所指出的，在赫斯渥和嘉莉之间并无伟大的爱情。甚至明智的相互了解也说不上。因此就会产生下列变故。

第三十四章

这个城市和他自己的处境对赫斯渥产生了影响，对嘉莉也是一样，凡是时运所赐的事物，她总是竭诚接受的。纽约给她的第一个印象虽然不称心，但是很快就使她大感兴趣了。这里的清新气氛、更加热闹的大道和突出的互不关心，给了她强烈的印象。她从来没有见过像她住的那么小的公寓房间，可是很快对它有了感情。那些新家具显得极其精美，赫斯渥亲手安排的餐具柜光耀夺目。每个房间都陈设得极为相宜。嘉莉说过想学琴，所以在所谓的客厅或者前房里安了一架钢琴。又按周计薪雇用了一个女仆，她帮嘉莉做饭菜，并在嘉莉的督促下担任了几乎所有的洗涤工作。

嘉莉对于家务的操作和知识发展得很快。我们前面已经说过，她天生喜欢清洁，她这新家庭的情况又使她高兴。这是她一生第一次感到安顿了下来，看到自己在社会人士的心目中取得了合法的地位。她的心情相当愉快和天真。有一个长时期，她全心贯注于布置在纽约的住房，对一所建筑里同住十户人家，却互不往来，互不关心，觉得很奇怪。她还对港内几百条船的汽笛声——有迷雾的时候，驶过长岛海峡的汽船和渡船漫长而低沉的汽笛声——感到惊异。正因为这些声音是从海面上传来的，它们显得很奇妙。她时常从西窗口遥望赫德森河以及左右两岸在迅速建设起来的大城市的景色。这些景物足够她好好端详，够她神往一年，不会觉得乏味。

另外，赫斯渥对她是关怀备至的。他虽然忧心忡忡，但从不向她诉苦。他依然保持着同样自重的气度，以从容不迫的姿态对付新的局面，为嘉莉在家务上的癖好和成就感到高兴。每天晚上他准时回家吃晚饭，觉得这一间小餐室极其动人可爱。从某种意义上说，房间窄小倒反而显得华丽。看上去琳琅满目。铺上白桌布的饭桌上陈设着精美的盘子，点着四叉台灯，每盏灯上安着一只红灯罩。由嘉莉和女仆烧的牛排、猪排都很可口，有一阵子还用罐头食物作为补充。嘉莉学习了做饼干的方法，不久就学会了，能做出一盘子美味可口的小点心来。

这种晚间的景象和嘉莉美好的外貌，可以远远抵消赫斯渥自己所陷入的可悲的困境。他一开始就以为，这样一套可爱的小公寓和一个讨人欢喜的年轻太太可以抵偿命运给他的任何卑劣的打击。他一处于这种境地，就忘记了过去的地位和习惯，自以为跳出了过去的圈子，光景反而更好了。甚至于随着时光流逝，物换星移，到了日用开支难以从容应付的时候，他还以为只要能保得住嘉莉，什么事情都会好起来的。

这样地度过了第二、第三和第四个月。冬天一到，就感到足不出户最好，因此就不大谈到出去看戏。赫斯渥尽最大的努力支付一切费用，一点儿也不露声色。他假装在增资加强他的营业，以便将来获得更多的收入。他把自己的衣服费用极力撙节，也不大给嘉莉添置什么。就这样度过了第一个冬天。

在他们婚后生活的第二年，赫斯渥所经营的生意真的增加了些收入。他能按月获得他所预计的一百五十块钱。不幸当时嘉莉已经有了一些看法，而他已结交了几个朋友。嘉莉凭很简单的办法，终于发现他已手头不再富裕。他老是坐在家里，克制了打扮得衣冠楚楚，或者服装华丽的欲望，他避而不谈一切有关金钱的问题，这一切经过一年之久，就足以使她看清了情况。

说也奇怪，嘉莉天生性格被动、容忍，而不是主动、进取，因此她对这种变化安之若素。她的处境好像是称心如意的。有时候，他们一同去看戏，偶尔也按时令到海边以及纽约各处去逛逛，但是并不结朋引友。赫斯渥对她自然不再礼貌周全，而代之以一种随便的亲密态度。他们之间并没有误会，也没有明显的意见参差。事实上，没有钱，也没有朋友往来，他过的是一种不会引起嫉妒和议论的生活。嘉莉倒是同情他的努力，并不计较她失去了在芝加哥所享受的娱乐。纽约，作为一个整体，和她的公寓在眼前还是差强人意的。

可是，如上所述，随着赫斯渥的营业兴隆，他开始结交朋友了。他开始添置衣服。他自以为很珍视他的家庭生活，但是又以为偶尔不回家吃晚饭也使得。他第一次不回家时，曾派人送信说无法分身。嘉莉就独自进餐，希望以后不会再发生同样的事情。第二次，他也送了信来，但是已经快到吃饭的时候了。第三次，他压根儿忘记了，可是事后做了解释。这些事情，每一次都是相隔几个月的。

“你上哪儿去了，乔治？”第一次没回来吃饭以后，嘉莉问。

“在店里走不开，”他和气地说，“我得料理一些账目。”

“你不能回家，真是遗憾，”她和善地说，“我准备了这么丰盛的饭菜。”

第二次，他提出同样的借口，但是第三次，嘉莉心里觉得事情有些反常了。

“我无法回家，”他当晚后来回来的时候说，“我忙得很。”

“你难道不能给我捎个信吗？”嘉莉问。

“我想这样做的，”他说，“但是你知道，等我想起的时候，已经来不及了。”

“我倒弄了这么好的饭菜，”嘉莉说。

这时，他观察嘉莉，开始认为她的性格压根儿是家庭主妇型的。过了这一年，他真的以为她在生活中的主要特长在家务劳动中得到了很自然的表现。尽管他在芝加哥见到过她的演出，而在过去的一年里，只见她待在公寓里和他在一起，受到他造成的条件的限制，并没有结交什么朋友，但他还是得出了这个奇怪的结论。因此，他就以娶了这么一位知足的太太而心满意足，而这种感觉又产生了必然的后果。那就是，既然他以为她已满足了，就觉得只要提供能使她这样满足的东西就行了。他提供了家具、装修、食物以及必需的衣着。至于要给她娱乐，带她到外边的富丽、华美的生活中去，这种想法越来越少了。他自己倾心于那个外边的繁华世界，但是没有想到她也愿意一同前往。有一次，他独自去看戏。另一次，他和两个新朋友一起在晚上打扑克。他又开始和女人眉来眼去，又注意到了烟花窝的乐趣。因为他的财源又开始增长，他又想打扮得漂漂亮亮地到处活动。虽然这一切远不如过去在芝加哥那么招摇。他不到容易遇见熟人的娱乐场所去。

这时，嘉莉从耳听目察中感觉到了这一点。她并不是会对他的行动产生严重忧虑的人。她并不十分爱他，就不会因嫉妒而感到烦恼。事实上她根本不嫉妒。赫斯渥很喜欢她这种温和的态度，而他本来是应该适当地加以考虑的。当他不回家的时候，她也不以为是什么了不起的事情。她觉得他应该享有男人通常的乐趣——同人聊聊天，到什么地方去歇一下脚，找朋友商量商量问题。她极愿意他这么自得其乐，但是她不愿意自己遭到冷落。前面已经指出过，到目前为止，她还没有觉得受到了冷落。她的处境好像还过得去。她所觉得的，只是赫斯渥已有些变样了。

可是，过了一年以后，她对于环境的新奇之感逐渐消减，这套公寓变成虽然很舒适但不再具有什么特色的东西了；在这个城市作为一个地理概念和整体已不能再使她神往，而她开始对其中的具体事物发生了兴趣以后，在她发现赫斯渥的情况改变，认为他在当时的条件中干出了最佳的成绩以后，这时他的经济条件有了一些变化，他却形成了一种看法，认为她具有家庭主妇的本能。

“好太太，”现在他常常这么说，“我想今晚我不能回来吃饭了，”或者说，“好太太，我今晚将工作得很晚。”

“好的，”嘉莉很高兴地说，认为他的理由是很自然的，就去看小说借以消愁解闷了。在此以前，他曾经带她到城内许多地方去走走，但是现在，她发现她有时得要求他这么做。她常想这是因为人们常去的大多数地方他们都已去过，他已倦于此道，或者是他不高兴走路。不管怎样，她提出了要求。这样的情况持续了很久，直到最后她发现自己又只有一些她必不可少的衣服将就着穿了。她很少出去，因此已有的衣服可以穿很长的时间，而赫斯渥因为一年来处于逆境，已养成了节约的习惯，也不去过问这一个。但是，事情临到他头上，他就忘记了逆境的教训，于是和他的新服饰一比，她觉得相形之下，自己的衣着相当寒酸。这激发了她的思想。这唤醒了她，使她更敏锐地进行观察并相应地作出决定。

他们住到七十八街来的第二年的某一个时候，嘉莉家对面的那套房间空了出来，搬进一个很漂亮的年轻女人和她的丈夫，后来嘉莉便和他们两个结识了。这完全是由房屋结构所造成的，因为两家的房间有一处地方由升降送货机连着的。这个有用的电梯把燃料、食品等等从地下室送上来，又把垃圾、废物等等送下去，是同一层楼的两家人家公用的——两家都有一扇小门通到那里。

碰巧嘉莉和新来的房客都要在早晨拿牛奶和奶油，还有《世界晨报》和《星期日先驱报》。两人或者至少是两家的仆人惯于把奶油拿走以后，将垃圾和废纸借这升降机送下去。倘使两家的仆人或者主妇同时听到了门房吹的哨子，出来拿报纸，结果是他们各自打开升降机小门时，就会各自站在这小门口劈面相逢。有一天早晨，嘉莉的女仆在上一夜回家去了，还没有回来，她听到门房通知她的报纸已经送到，可以拿了，就自己应声而去。等她走到那里，那个新房客，一个大约二十三岁的肤色浅黑的美女，也在拿她的报纸。她穿着睡袍，外披晨衣，头发凌乱不堪，但是显得这么美丽而和善，使嘉莉立即对她产生了好感。新房客只是含羞一笑而已，但是这已经足够了。嘉莉觉得愿意结识她，另一个的心里也撩起了同样的感觉，她喜欢嘉莉天真的面庞。

“隔壁搬进来的女人真漂亮，”嘉莉在早餐桌上对赫斯渥说。

“搬进人来了吗?”经理说。

“是的，”嘉莉说。

“你在哪里看到她的?”

“今天早晨在升降机的门口。她长得真甜。”

“他们叫什么?”赫斯渥问。

“我不知道，”嘉莉说，“门铃上的姓氏是万斯。他们家里有人弹得一手好钢琴。我想就是她。”

“我从来没有听到过，”赫斯渥说。

“你在家里的时候，她好像没有弹过琴，”嘉莉说。

“哦，在这个城市里你很难说邻舍是什么样的人，是不?”赫斯渥说，反映了纽约一般人对邻居的看法。

“你想想，”嘉莉说，“我在这屋里和另外九户人家一起住了一年多，可是一个人都不认识。这户人家搬来了一个多月，可是在今天早晨以前，就没有见过他们一面。”

“这也很好嘛，”赫斯渥说，“你无法知道你会碰到什么人。有些人是很坏的。”

“我也这么想，”嘉莉顺着他说。

谈话转到别的事情上，嘉莉也不再想这件事了，直到过了一两天，她上街去的时候，碰到万斯太太从外面回来。后者认出了她，点了点头，嘉莉就报以一笑。这一下解决了结交的可能性。倘使这一次不是依稀相认，就不会有以后的交往了。

接着几个星期，嘉莉没有再见到万斯太太，但是透过分隔两家前房之间的薄墙，她听到她的弹琴声，很欣赏她所选的那些愉快的曲调以及精彩的演奏。她自己只能随便弹弹，而万斯太太能弹这么许多不同的乐曲，在嘉莉听来，已经接近伟大的艺术的边缘了。就她的闻见所及而论——仅仅是些片断和影子——表明了这对夫妇是相当高雅的，而且境况宽裕。所以嘉莉心里已准备今后可能和他们加深友谊。

有一天，嘉莉家的门铃响了，在厨房里的仆人一按电钮，打开了底层总进口处的前门。当时嘉莉站在三楼自己家门口，看是谁上楼来访问她，结果露面的是万斯太太。

“请你原谅，”她说，“我刚才出去一会儿，忘记了带前门的钥匙，所以就打了你家的门铃。”

别的住户忘记带前门的钥匙，而他们自己的房间里又没有人在家给他们按电钮开下面的门，都会按别人家的门铃，这是一种大家都采用的办法。可是，他们都并不因此而道歉。

“当然，”嘉莉说，“欢迎你这么做。我有时也是这样做的。”

“今天天气很好，是不？”万斯太太站住了一会儿说。

“真是好得很，”嘉莉说，“我在想一个人出去散散步。”

“我常想你一个人的时候，”万斯太太说，“拿什么来消遣。我发现你丈夫早晨走得比较早。我知道时间很难熬。”

“我不干什么，”嘉莉说，“除了料理房间以外。你琴弹得这么好，我以为你不会觉得寂寞的。”

“我已弹厌了，”万斯太太说，“你也弹琴的，是吗？”

“只会一点儿，”嘉莉说。

“我记得听见你弹过。不过，总不能老和钢琴做伴啊。”

“是的，”嘉莉相当认真地说。

“倘使能请你过来和我谈谈，我是极其高兴的，”万斯太太说，“我真希望有个邻居。纽约是个多么古怪的城市。”

“谢谢你，”嘉莉说，“我很高兴。你一定也请到我家来。”

这样，又说了一些客套话，就开始了相互间友好的来往，嘉莉发现年轻的万斯太太是个令人惬意的友伴。

这女人在许多方面都是个典型的纽约人，其中的一些方面就是讲究穿着、喜欢寻欢作乐、热爱花花世界的生活、结交朋友、上戏院和男朋友往来。她原来是从俄亥俄州迁来的，是该州南部一个县中一个医生的女儿。十七岁就和那里一家学校的年轻学生私奔，到了俄亥俄州的克利夫兰，但是结果不妙。在她初恋的幻想快要结束的时候，她遇见了现在委身相从的人，威廉·皮·万斯先生，他是一家大烟草公司的秘书，该公司的总部设在纽约。此人在大约三年前带她离开了克利夫兰，此后就一直住在纽约，为了太太的性之所好而迁移住处，但她直到现在没有真正找到称心如意的住所。万斯太太在新近处境有所改善的赫斯渥早晨去酒店时见过他，又穿过升降机的小门看到了嘉莉天真的面容，就对他们两个有了好感。而且，越是多见到嘉莉，就越是喜欢她。

嘉莉有几次过去串门，也招待了她几次。两家的房子看上去都不差，然而万斯家布置得要更华丽一些。

“请你今晚过来和我丈夫见见面，”她们有了交情以后不久，万斯太太说。“他想见见你。你会打牌吗？”

“会一些，”嘉莉说。

“那末，我们来打一局牌。倘使你丈夫回来，也带他过来。”

“他今天晚上不回家吃饭，”嘉莉说。

“那末，等他回来的时候，我们来叫他。”

嘉莉表示同意，那天晚上就会见了身材魁梧的万斯，他比赫斯渥小几岁，他那看上去还惬意的夫妻生活多半是靠他的金钱而不是靠他的容貌得来的。他一见嘉莉就有好感，表现得很亲切，教她玩一种新的牌戏，和她谈纽约以及纽约的种种娱乐。万斯太太弹了几支曲子，最后赫斯渥来了。

“我很高兴见到你，”当嘉莉将他介绍给万斯太太时，他这么说，充分流露出了当初使嘉莉着迷的风度来。

“你以为你的太太逃跑了吗？”万斯先生在介绍时伸出手来说。

“我还以为她也许找到了一个更好的丈夫，”赫斯渥说。

他这时把注意力转向万斯太太，嘉莉在霎时间又看见了赫斯渥擅长的那种圆滑奉承的姿态，而这正是她这一段时期下意识地感到在赫斯渥身上消失了的东西。她也发现自己穿得不够体面——不及万斯太太穿得好。这些想法已不再是模糊的了。她认清了自己的处境。她觉得生活在变得乏味，因此，不由得又忧虑起来。昔日那抛不下，撇不开的哀愁又兜上了心头。这又使充满向往的嘉莉考虑起自己的前途来了。

在赫斯渥到来以后不久，大家就散了，他们回到自己的房间里，嘉莉听到她丈夫在称赞他的邻居。

“她真是个漂亮的小女人，”他说，说的是万斯太太。

“我觉得她真是聪明至极，”嘉莉说，口气不大高兴。

“是啊，”赫斯渥说，“她长得楚楚动人。”

这种觉醒没有立即产生影响，因为嘉莉不大有主动精神，但是，虽然如此，她似乎老是会投身于变化的浪潮之中，随波逐流。赫斯渥一些都不觉得。他没有觉察嘉莉看出的明显的对照。连她眼睛里所含的淡淡的哀愁都没看出。最糟糕的是她现在已开始觉得家里寂寞，要找万斯太太作伴，而万斯太太也极其喜欢她。

“今天下午我们去看场日戏吧，”有一天早晨，万斯太太走进嘉莉家里说，身上还穿着她起床时穿的柔软的淡红色晨衣。赫斯渥和万斯已在差不多一小时前分道出去了。

“好啊，”嘉莉说，从万斯太太总的外表上，看出这是个得欢受宠并保养得很好的女人。看模样丈夫非常爱她，对她是有求必应的。“看什么戏呢？”

“啊，我真想看纳特·古德温演出，”万斯太太说，“我认为他确实是个最逗人的演员。报上说这真是一出好戏。”

“我们要什么时候动身？”嘉莉问。

“我们一点钟出发，从三十四街顺着百老汇路朝南走，”万斯太太说，“一路走走很有意思。他正在麦迪逊广场剧院演出。”

“我很高兴去，”嘉莉说。“票价要多少？”

“不到一块钱，”万斯太太说。

万斯太太不久就告辞了，到一点钟又露面了，穿着一身深蓝的上街衣服，真是艳丽夺目，还戴一顶同样华丽的帽子。嘉莉把自己打扮得也相当俏丽，但是相形之下，使她感到痛心。万斯太太看来有许许多多精致的小东西，而嘉莉却没有。各种金制的小饰物、绣着姓名缩写的优美的绿色皮荷包、图案异常华美的花式手帕等等。嘉莉觉得需要多添几件好衣服才能和这个女人媲美，现在谁要是看到她们两个，都会单凭服饰就看中万斯太太的。这想法是令人难堪的，但是很不公正，因为嘉莉的身材如今已经长得同样动人，出落得越发秀丽，成为绝顶可爱的独具一格的美人。两人的服饰，在质量上和新旧上都有些差别，但是这差别并不太明显。可是，这却增强了嘉莉对于自己的光景的不满。

在百老汇路上散步，当时也和现在一样，是这个城市的一种令人注目的特色。当日戏开场之前或散场之后，那里不仅有成群结队的爱卖弄姿色的美女，还有爱看女人、欣赏女人的男人。这是一道由俊俏的脸蛋和华美的服饰组成的行列，非常动人。妇女们都穿戴着最优美的帽子、鞋子和手套，手挽着手，一路漫步去逛华美的商店或者戏院，从十四街到三十四街到处都是这样的商店和戏院。男人们同样也穿着他们有条件购置的最时行的服装在招摇过市。裁缝可以在这里获得裁剪服装的启发，鞋匠可以了解合适的鞋型和颜色，帽匠了解帽子的行情。倘使一个讲究服饰的人制了新装，一定要先在百老汇路上露新，这是千真万确的。这确实是众所周知的事实，所以几年以后，有一首流行歌曲的歌词中详细谈到了这一点以及与演日戏的日子里这种下午的炫耀的展览有关的事，歌名为《他有什么权利待在百老汇路上？》①。它印行后在纽约的音乐厅里非常风行。

嘉莉在纽约一直待到这时候，从没风闻过这争艳斗俏的展览，当百老汇路上仕女云集的时候，她从没去过。在另一方面，万斯太太却是惯于此道的，她不仅知道这么一回事，而且常常置身其间，存心去看人，并且让人家看，以自己的美貌去引起轰动，把自己和本城的时髦的美人相对照，免得在服饰上会有落后的趋势。

---

① 这是一首流行歌曲。由哈里 · 狄龙作词，纳特 · 曼作曲。歌词共 3 节，加上副歌，于 1895 年 9 月印行。

她们在三十四街下了车，嘉莉很自在地向前走去，但是不久就目不转睛地凝望着成群地在身边走过，以及和她们一起向前走的美人儿。她突然发觉万斯太太被漂亮男人和服饰雅致的太太们用肆无忌惮的目光，看得有些态度局促起来。盯着看人仿佛是正当而自然的事情。嘉莉觉得也有人在端详她，送秋波给她。穿着完美的大衣，戴着大礼帽，手持银头手杖的男人摩肩而过，往往会盯着她那双敏感的眼睛看。穿着笔挺衣服的妇女窸窣作响地走过，带着乔模乔样的微笑，散发着香气。嘉莉在其间发现了少量良家妇女，但大多数却是不规矩的。多的是涂脂抹粉的面颊和嘴唇，洒上香水的头发，迷离的、懒洋洋的大眼睛。她突然惊惶地发觉自己正处身在时髦的人群里，在一个争艳斗俏的场所作展览——多出色的场所啊。路旁常常出现珠宝店的橱窗。鲜花铺、皮货店、男子服装用品店、糖果店，一家紧接着一家。街上车水马龙。在高贵的商店门口站着神气活现的看门人，身穿宽大的上衣，上面钉有发光的铜纽扣，围着铜扣腰带。穿着棕黄色长统靴、白色紧身裤和蓝上衣的马车夫，巴结地等候着在店里买东西的女主人。整条大街满是一派富丽堂皇的风光，嘉莉认识到自己不是其中的一分子。她无论如何也不会有万斯太太的姿态和风度，而万斯太太却因为自己漂亮而信心十足。嘉莉不免觉得别人一定看得很清楚，在两人之间，她的打扮较差。这刺痛了她的心，她下定决心，以后要不是打扮更漂亮一些，就不再到这里来。与此同时，她又巴不得能打扮得同别人一样华丽，到这里来出出风头。啊，那她就会感到幸福了。

第三十五章

这次散步使嘉莉百感丛生，使她的心情极易于接受接着看的那出戏中的伤感的情调。她们去看的那个演员，是以表现轻松的喜剧闻名的，在戏里加进相当程度的伤感，来和幽默作对照和调剂。我们知道，嘉莉是醉心于舞台艺术的。她始终没有忘记她在芝加哥那一次成功的演出。有许多漫长的下午，当她只能坐在摇椅里看最新出的小说来消愁遣闷时，这件事萦绕着她的心灵，填满了她的头脑。她每次看戏，总会清晰地想起她自己的才能。有几幕戏使她渴望也能上台参加演出——把她处在那个角色的地位会感受到的感情表演出来。她会几乎老是记住了那些生动的形象，第二天独自反复思量。她生活在这些幻想里，就像生活在日常生活的现实里一般。

她在现实生活彻底扰乱了她的情绪的情况下去看戏，不是常有的事。今天，她看到的华丽的衣服、欢乐的场面和美人儿，在她心里低低地唱起了一支渴望之歌。啊，这些在她身边走过的娘儿们，成百上千的，她们是些什么人呀？这些华丽漂亮的衣服、耀眼的彩色纽扣、金银小饰物，是从哪里来的呀？这些佳人是住在什么地方的呢？她们是在怎么样的雕刻精致的家具、装潢美丽的墙壁、富丽堂皇的挂毯等优美物品之间活动的呢？她们那富丽的、摆满高价购置的设备的公寓又在哪里呢？什么马厩里养着这些光洁、机灵的马儿，停着这样华贵的马车呢？那些衣服华丽的马车夫又在哪里溜达的呢？啊，高楼大厦、明灯、香水、藏着金银饰物的闺房，摆满山珍海味的餐桌。纽约一定到处是这样的宅第，否则就不会有那么美丽、傲岸、高不可攀的人物啦。有些温室培育着她们。她自知不是她们中间的一分子，心里感到发痛——唉，真可惜，她做了一个梦，但是梦没有成为现实。她想起自己两年来过的寂寞生活——弄不懂怎么会对自己从来没有实现原来的希望感到无动于衷。

那出戏是那种根据虚构的客厅里发生的事所编写的作品，在戏里，盛装艳服的太太、小姐和绅士在金碧辉煌的环境里遭受恋爱和嫉妒的苦痛。对于那些终日盼望这样的物质环境而永远盼望不到的人们，戏中的警句妙语是始终具有魅力的。句句话都表现了在理想的环境中如何受苦，这是怪迷人的。谁不愿意坐在镀金的椅子里发愁呢？谁不愿意在有香味的挂毯、有坐垫的家具和穿制服的仆人之间受苦呢？在这样的环境里发愁，竟成为迷人的事儿了。嘉莉希望置身其间。她巴不得在这样的世界里受苦，不管是什么样的苦，要是不行的话，至少要在舞台上如此美妙的场面中模拟一番。她的心情受到刚才的所见所闻深刻的影响，这时竟认为这是一出美妙无比的好戏。她立即被戏中描绘的生活所迷惑，竟然希望永远不要离开这种生活。在换幕的时候，她打量在前排和包厢里看日戏的观众们，对纽约可能提供的种种机会，有了一种新的看法。她相信自己根本还没有看到纽约的真面目——而这个城市真是个寻欢作乐的旋涡般场所啊。

走出剧院后，同样这一条百老汇路给她上了更其深刻的一课。她来时所见的景象现在已经扩大，达到了顶点。这么纷至沓来、冠盖如云的盛况，她从来没有见过。这使她对自己的处境有了一种坚定的看法。要是她自己的生活里不出现这种景况，她就等于没有生活过，说不上享受了生活。女人都挥金如土。她走过每一家高雅的店铺，都看到这样的光景。鲜花、糖果、珠宝，看来正是漂亮的太太小姐们所喜欢的主要东西。而她——她竟没有足够的零用钱来放纵自己每个月上街这样游玩几次。

那天晚上，她那美丽的小公寓仿佛成了枯燥无味的地方。别人可并不住在这种地方的啊。她以冷漠的目光看着仆人在做饭菜。她脑海里闪现着戏中的一幕幕场面。她特别念念不忘一个美貌的女演员——演的是剧中人追求而后来赢得的那个情人。这个女人的风姿迷住了嘉莉的心。她的服饰真是极尽精美之能事，她的苦痛又这么真切。嘉莉能够体会她所表达的愁苦，确信自己也能演得这么好，有些地方还能演得更好一些。于是她默默背诵起台词来。啊，倘使她能演这个角色，她的生活的境界可以扩大多少呀。她也能演得扣人心弦的。

赫斯渥回来的时候，嘉莉正在闷闷不乐。她坐在摇椅里一边摇晃，一边思忖，不愿为他而打断她迷人的想象，所以她不多说话，甚至不说话。

“怎么了，嘉莉？”赫斯渥过了一会说，注意到她沉默的、几乎是忧郁的神态。

“没有什么，”嘉莉说，“今天晚上我有些不舒服。”

“没有生病吧？”他走得很近，问她。

“啊，不，”她说，几乎有些不高兴了。“我只觉得心里不好受。”

“那太糟了，”他说着走开去，方才他略略俯身，现在把自己的背心拉拉好。“我原来想今天晚上我们可以去看一场戏。”

“我不想去，”嘉莉说，为了她心中美丽的幻象被打断和打消而不耐烦了。“今天下午我去看了日戏。”

“啊，你去过了？”赫斯渥说，“看的什么戏？”

“《一座金矿》[①]。”

“演得怎么样？”

“很好，”嘉莉说。

“今天晚上不想再去看戏了吗？”

“我不想去了，”她说。

可是，等她从忧郁的心情中苏醒过来，到饭桌上去吃饭时，她改变了主意。吃下了一些东西造成了奇迹。饭后她又去看了戏，这一来暂时恢复了她的平静。但是她已经受到了当头棒击，觉醒了过来。她如今能从这些怨望中恢复过来，但往往又会重生怨望。经久的重复——呀，真是奇妙。水滴石穿——石头终究是抵挡不住的呀。

这次看日戏以后不久，也许是一个月后，万斯太太请嘉莉和他们夫妇俩一起去看夜戏。她听嘉莉说过赫斯渥不回来吃饭。

“你为什么不跟我们一同去呢？不要一个人吃晚饭。我们要到秀莱饭店去吃饭，饭后上华利克戏院。跟我们一起去吧。”

“好吧，”嘉莉回答。

她于那天下午三点钟开始打扮，预备五点半到那著名的饭店去，当时它正在把德尔莫尼科饭店从获得社交界青睐的地位上排挤出去。嘉莉这次打扮显出受了和漂亮的万斯太太交往的影响。万斯太太经常提醒她注意凡是在妇女服饰方面的新奇的玩意儿。

---

①《一座金矿》是美国作家布兰德·马修斯（1852—1929）和乔治·杰索普于1889年合作的一部喜剧。

“你要这样那样的帽子吗?”或者“你看到饰有椭圆珠扣的新式手套吗?”这些仅仅是众多这类话中的几个例句罢了。

“下次你买鞋子时,好朋友,”万斯太太说,“要挑有扣子的,厚底而有漆皮鞋头的。今年秋天这种鞋最流行。”

“好的,”嘉莉说。

“喂,好朋友,你有没有见过奥尔特曼公司的新式衬衫?那里有几种极可爱的式样。我在那里看到一种式样,你穿了一定很漂亮。我一见就这么说。”

嘉莉兴致勃勃地听着这些话,因为这些话比之俏娘们之间一般谈的话显得更有交情。万斯太太实在喜欢嘉莉稳健的忠厚本色,很乐于把最时新的东西告诉她。

“你为什么不去买一条漂亮的哔叽裙子?斯图尔特公司正在出售,”有一天,她说,“那是圆筒形的,从现在起要大为流行了。你穿藏青的会显得很漂亮。”

嘉莉全神贯注地听着。她和赫斯渥从来不谈这种事情。然而她现在开始对赫斯渥提出要什么东西了,他同意了她的要求,可是并不发表任何看法。他觉察到了嘉莉的这种新倾向,因为听得许多关于万斯太太和她愉快的生活之道的话,终于知道这种变化是从哪里来的。他不想立即就提出什么异议,但是觉得嘉莉的需求在扩大范围了。他并不十分赞成这一点,不过他以自己的方式爱着嘉莉,所以还听其自然。可是她在跟丈夫打交道时,总有些细微之处使她觉得,她的要求不是他乐意接受的。他对她购买的东西并不热情。这使嘉莉认为他已渐渐对她冷淡起来,因而又出现了一道小裂痕。

不过,由于万斯太太的建议,这一回嘉莉自己认为穿着得比较满意了。她把最好的衣服穿在身上,她满意地想到,虽然她只有一件这样的衣服,但它是相称、合身的。她看上去是个二十一岁的打扮入时的女人,万斯太太赞美她,使她丰满的面颊上泛出红晕,两只大眼睛闪出引人注目的光芒。天像是要落雨,万斯按照他太太的要求,雇了一辆马车。

“你丈夫不来吗？”万斯在他小客厅里见到嘉莉时，提醒她说。

“不，他说过不回家吃晚饭。”

“最好留一张条子给他，告诉他我们在什么地方。他也许会早回来的。”

“我去写，”嘉莉说，她刚才没有想到这点。

“告诉他，八点钟以前我们在秀莱饭店，在五马路和二十八街转角。不过，我想他是知道的。”

嘉莉拖着窸窣作响的衣裙跨过走廊，没脱手套，草草地涂了一张条子。当她回来的时候，万斯家里来了一个新客人。

“惠勒太太，我来给你介绍艾姆斯先生，我的表弟，”万斯太太说，“他和我们一同去，是吗，鲍勃？”

“见到你很高兴，”艾姆斯说，对嘉莉彬彬有礼地一鞠躬。

嘉莉一眼看见一个非常高大健壮的人物的身形。又发现他胡子剃光，容貌端正，而且年轻，但是仅此而已。

“艾姆斯先生刚来纽约，准备待几天，”万斯插言道，“我们打算陪他略微看看这里的风光。”

“啊，是吗？”嘉莉说，又望了客人一眼。

“是的，我刚从印第安纳波利斯来，大约在这里耽搁一星期左右，”年轻的艾姆斯说，坐在椅子边上，等待万斯太太梳洗完毕。

“我想，你发现纽约是个很值得看看的地方，是不？”嘉莉说，想说些话以避免可能出现的、相对无言的沉默。

“一星期恐怕逛不完整个纽约吧，”艾姆斯愉快地说。

他是个极其诚恳的家伙，这个年轻人，一点不会装腔作势。在嘉莉看来，他仿佛刚刚脱去青年人害羞的痕迹。他看来不大善于交谈，但是值得称道的是衣冠楚楚，满有胆气。嘉莉觉得好像是容易和他攀谈的。

“哦，我看现在我们都已准备好了。马车就在外面。”

“大家走吧，”万斯太太含笑走进来说，“鲍勃，你得照看着惠勒太太。”

“我试着办吧，”鲍勃含笑说，向嘉莉挨近了些。“你不需要多照顾吧，是不是？”他用一种讨好和求援的口气说。

“我想，不会太多的，”嘉莉说。

他们走下楼去，万斯太太请大家上车，自己也爬上了敞篷马车。

“好了，”万斯说，砰地关上车门，车子就驶去了。

“我们去看什么戏？”艾姆斯先生问。

“弗洛伦斯①，”万斯说，“演的是《审判官道葛特》。”

“啊，他演得真好，”万斯太太说，“就数他最最滑稽。”

“我看见报上的赞词，”艾姆斯说。

“我完全相信，”万斯插言道，“我们会看得非常高兴的。”

艾姆斯坐在嘉莉的身边，因此他觉得有责任要照应她一些。他对这么一位年轻的太太，长得这么漂亮，觉得很有意思，不过这只是一种尊重的意思。他根本没有喜欢和女人厮混的小白脸的那种派头。他尊重婚姻，只想着印第安纳波利斯的有几个美貌的妙龄少女。

“你是生在纽约的吗？”艾姆斯问嘉莉。

“啊，不，我到纽约才只两年。”

“哦，那反正你也有足够的时间来领略纽约的风光啦。”

“我看来还领略得不多，”嘉莉回答，“在我看来它还像我初来时一样陌生。”

“你是从西部来的，是吗？”

“是的，我是威斯康星州人，”她回答。

“说起来，在这里的大多数人仿佛住得都不太久。我听得印第安纳州的许多同行都在这里。”

“你是干哪一行的？”嘉莉问。

“我在一家电气公司工作，”这位青年说。

嘉莉和他就这样随便地谈着话，万斯夫妇偶尔也插入几句。有几次大家谈得很投机，而且带着些打趣的味儿，就这样来到了秀莱饭店。

---

① 威廉·杰明·弗洛伦斯（1831—1891）为美国著名喜剧演员，和其妻子常同台演出。

嘉莉注意到一路上的喜气洋洋和寻欢作乐的景象。车水马龙，行人杂沓，五十九街上的街车都挤满了人。在五十九街和五马路交叉的地方，沿着普拉扎广场的那几家新旅社一片灯火辉煌，使人想起豪华的旅社生活。五马路是有钱人的安乐窝，到处可以看到马车和穿着礼服的绅士在熙来攘往。到了秀莱饭店，一个极有气派的门丁为他们打开车门，扶他们出车。年轻的艾姆斯握住嘉莉的手臂，扶她走上台阶。他们走进早已挤满主顾的门厅，然后脱下他们的外衣，进入豪华的餐厅。

嘉莉一生从没有见过这样的场面。她在纽约的整个时期内，赫斯渥由于经济拮据，没有力量带她到这种地方来。这里几乎有一种描摹不出的气氛，使初来的人认为到这里来才算是见了世面。昂贵的费用，使到这里来的主顾只限于有钱的或者喜欢作乐的阶层。嘉莉曾经在《世界晨报》和《世界晚报》上常常看到有关这家饭店的消息。她看见过报上刊出在秀莱饭店举行舞会、茶会、盛大的跳舞会、晚宴的通告。某某女士定于星期三晚上假座秀莱饭店举行晚会。年轻的某某先生将于十六日假座秀莱饭店设午宴招待朋友。她每天总忍不住要看看这些社交界活动的一般常规的通告，从而清楚地知道这个了不起的食府的豪华和奢侈。现在，她终于真的置身其间了。她是在那高大魁梧的门丁护送下走上堂皇的台阶的。她看见门厅门口守着另一个高大魁梧的人，还有身穿制服的僮仆来伺候，把客人的手杖、大衣等等接过去。这是间富丽堂皇的餐室，一切都装饰得光彩夺目，是有钱人进餐的地方。啊，万斯太太福气真好；年轻、美貌而又有钱——至少有钱坐了马车被带到这里来。有钱是多么美妙的事情呀。

万斯带头领他们穿过一排排亮堂的餐桌，桌边坐着二、三、四、五或六个人。初出茅庐的人，特别会感到这里的悠然自得和威风十足的气氛。白炽灯、擦得贼亮的玻璃杯上的反光、壁上的金饰的光辉，汇合成一片光彩，要静心察看，仔细分辨才能认出其间的差别来。绅士们洁白的衬衫硬胸、太太们色彩鲜明的衣服、钻石、珠宝、美丽的羽毛，全都极其令人瞩目。

嘉莉走进去时，气度并不亚于万斯太太，在侍者领班给她安排的座位上坐了下来。她机灵地留心着一切小动作——那是美国人出钱购买的侍者和侍者领班的那些点头哈腰地献殷勤的小动作。侍者领班拉出每一把椅子的神气，挥手请她就座的姿势，这些动作本身就要值几块钱呢。

一坐下来，就开始表现出有钱的美国人常有的那种铺张、浪费、不实惠的大吃大喝的派头，这是全世界真正有教养、有尊严的人感到希奇和惊讶的事。巨大的菜单上罗列着一行行足以供养一支部队的菜肴，在一旁注明的价格，使合理的开支显得寒酸可笑。一盆汤要五角至一元，有十多种可供选择。四十种烹调方式不同的牡蛎，半打就要六角。主菜、鱼、肉等菜肴的价格抵得上一个人在中等旅社住一夜的费用。在这张印刷华美的菜单上，一元半或者二元仿佛是最起码的价钱。

嘉莉注意到这一点，在细看菜单时，童子鸡的价格使她想起了另一张菜单以及大相悬殊的情况，当时，她和杜洛埃第一次一起坐在芝加哥一家高等餐室里。这只是一刹那间的回忆——像一首古老的歌曲里的一个悲伤的音符，接着就消逝了。但是在那一刹那中出现了另一个嘉莉，贫困、饥饿、走投无路，而整个芝加哥是个冷酷的、拒人于千里之外的世界，她只能在外面流浪，因为找不到职业。

墙上画着彩色图案，一个个蓝绿色方块，四周围着镀金的华丽框子，四角饰有精致地塑造的形象：花果，还有肥胖的赤裸的小爱神在上面飞翔自如。天花板上绘着金碧辉煌的藻井，围护着中央的一大圈明灯——在闪光的棱柱和镀金泥灰卷叶之间，安着好些白炽灯泡。地板是红色的，上了蜡，擦得很亮，四周都装着镜子——高大、明洁的车边镜子，相互辉映，反复映出不知多少人影、面容和枝形灯台。

餐桌本身并不怎么出色，可是餐巾上印着“秀莱”这字样，银器上刻着“蒂芬尼”①的牌号，瓷器上有“哈维兰”②这姓氏，有红灯罩的

---

①查尔斯·刘易斯·蒂芬尼（1812—1902）为美国珠宝和金银器皿商人，1851年在纽约创办著名的蒂芬尼公司。

②这是一家著名的瓷器公司。

小枝形台灯照耀着一切，墙上的色泽反映在客人的衣服和脸庞上，使这些餐桌显得十分夺目。每一个侍者的鞠躬、后退、伸手安排杯盘的态度，平添了尊贵和高雅的气氛。他对每一顾客都专心亲身伺候，站在旁边，半弯着腰，侧耳倾听着，双手叉在腰间，嘴里说：“汤——甲鱼汤，是——一客，是。牡蛎——有——半打——是。芦笋！橄榄——是。”

对每个客人都会是这样一套，不过这次是万斯征求了大家的意见和建议以后，一个人替大家点的菜。嘉莉张大眼睛在观察餐厅里的人们。原来这就是纽约的上流生活。有钱人就这样消磨他们的白天和晚上。她那可怜的小脑袋，没法不能把每一个场面推想到整个社交界。她以为每一个高贵的妇女下午一定处身在百老汇路的人群中，看日戏的时候在戏场里，晚上坐马车上饭馆。在什么地方必然都风头十足，有马车等待着，马车夫伺候着，可是她都没有份。在漫长的两年里，这样的地方就一次都没有到过。

万斯在这里如鱼得水，正像赫斯渥从前一样。他爽气地叫了汤、牡蛎、烤肉和配菜，还要了几瓶酒，装在柳条篮里，放在桌边。

年轻的艾姆斯主动提供了信息，说他们知道他是不喝酒的。

“我也不喜欢喝酒，”嘉莉说。

“你们这些可怜虫，”万斯太太说，“你们不懂得酒的好处。不管怎样，你们都要喝一些。”

“不，”嘉莉说，“我还是不想喝。”

艾姆斯正出神地望着餐厅里的人群，使嘉莉看到了他有趣的侧影。他额角很高，鼻子大而结实，下巴也还讨人欢喜。他的嘴巴优美、阔大而匀称，略长的棕黑色头发在一边分开。嘉莉觉得他还带着一点儿孩子气，但他却是个十足的成年人。

“你可知道，”他想了一下，回头对嘉莉说，“有时候，我认为像这样挥金如土是可耻的。”

嘉莉望了他一会儿，对他的严肃态度略微有些儿惊奇。他似乎在想一些嘉莉从未考虑过的事情。

“真的吗?”嘉莉很感兴趣地问。

“是的,”他说,“他们对这些东西不知多花了多少钱。他们在卖弄阔气。”

“我不懂既然人们有钱,为什么就不该花,”万斯太太说。

“这没有什么坏处,”万斯说,他还在研究菜单,虽然已经叫了菜。

艾姆斯又回过头去,嘉莉又望着他的额角。她觉得他似乎想到别处去了。而且他在观察人群时目光是温柔的。

“看那边那个女人的衣服,”他又回头对嘉莉说,朝一个方向点一点头。

“哪里?”嘉莉说,随着他的目光望过去。

“那边角上——过去一点。你看见那只胸针吗?”

“不是大得很吗?”嘉莉说。

“我从来没有见过这么大的一簇宝石,”艾姆斯说。

“真的,是吗?”嘉莉说。她觉得似乎应该随声附和这个年轻人,而且在这同时,或者是事先,她已依稀察觉他比她受过更多的教育——他的头脑比她高明。他看上去也正是这样,而嘉莉正有一种可取之处,她能够了解人是可以变得聪明一些的。她一生曾经遇见过不少人,使她想起了她模糊地想象到的所谓学者。这个在她身边的强健的青年,眉清目秀,仿佛懂得许多她不完全懂得的、但是赞成的事物。她认为一个男人能够这样是很好的。

话题转到当时一本风靡读者的书上——爱·佩·罗埃的《打开一颗刺毛栗》[①]。万斯太太读过这本书。万斯曾经看到有些报纸上讨论过这本书。

“一个人写了一本书,大可就此走运呢,”万斯说,“我听得许多人都在谈论罗埃这个家伙。”他说话的时候望着嘉莉。

---

①爱德华·佩森·罗埃(1838—1888),美国长老会教士和小说家,著有许多小说。这是一部通俗小说,出版于1874年。

“我没有听说过他，”嘉莉老老实实地说。

“啊，我听到过，”万斯太太说，“他写了许多书。这本《打开一颗刺毛栗》写得很不差。”

“他也没有什么了不起，”艾姆斯说。

嘉莉转眼望着他，像是望着一个神道一般。

“他的东西几乎和《朵拉·索恩》一般不高明，”艾姆斯下结论说。

嘉莉觉得这像是对她个人的谴责。她看过《朵拉·索恩》。她认为也只是还好而已，但是她知道别人都认为是很好的。现在，这个眉清目秀，头脑聪明，在她看来还像大学生的青年，却在嘲笑它。他认为不高明——不值一看。她低下头来，第一次由于自己的浅薄而感到痛苦。

可是，艾姆斯说话的态度里并没有一点讥讽或者傲慢的气味。他这个人很少这种气味。嘉莉以为这只是高等人士善意的想法——正确的想法，她很想知道照他看来还有什么是正确的东西。他仿佛发现她在倾听，而且有些同情他，于是他从此多半对她讲话了。

侍者鞠躬后退，摸摸盘子看是否够热，送上汤匙和刀叉，殷勤地干这些小事情，想使顾客对这豪华的地方产生好印象，在这些时候，艾姆斯也微侧着身子，有见识地把印第安纳波利斯的风光告诉她。他的确是头脑聪明，主要的专长在电学知识上。可是他对于别种学问，以及各式人等的反应也敏捷而热烈。红色的灯光照到他头上使他头发变成沙黄色，眼睛里闪出粉红的光彩。当他靠过身来时，嘉莉发现了这一切，觉得自己非常年轻。这个男人比她高明得多。他看来比赫斯渥聪明，比杜洛埃稳健、明智。他看来天真、纯洁，她觉得他极其可爱。她同时也发觉他对她并不感到太大的兴趣。她在他的生活中并不占有任何地位，跟他生活的各方面都没有什么关系，可是，他如今正在谈着这些事情，她觉得极有兴趣。

“我就不高兴发财，”他在吃饭的时候告诉她说，这些食物使他的心情激动起来——“不要钱多得来这样挥霍。”

“啊，你不想吗？”嘉莉说，这种新的观点第一次给了她鲜明的印象。

“不想，”他说，“这有什么意思？人不一定需要这种东西才能幸福。”

嘉莉对这一点有些怀疑，但是出之于他的口，对她是有分量的。

“他独个儿是可能幸福地生活的，”她心里想，“他是这么坚强。”

万斯夫妇接连不断地打断他们的谈话，使艾姆斯只能断断续续地谈论这些动人的事物。可是这已经足够了，因为不用言语，这个青年的气质已经打动了嘉莉。他身上或者他所处的世界中有某种东西使她很感兴趣。他使她想起了舞台上看过的那些场面——种种忧愁和牺牲，老是伴随着某种她不了解的东西。一种只有他所特有的无动于衷的气度，消除了一些这种生活和她的生活对照之下的苦涩味。

他们离开餐室时，他又挽住了她的手臂，扶她上了马车，然后他们一起又动身了，这样一路上戏院去。

在看戏时，嘉莉发觉自己全神贯注地听着他说话。他指出戏中的情节，那是她认为最好的——使她深为感动的情节。

“你觉得做演员不是很好吗？”她有一次问。

“是的——我认为不错，”他说，“要做一个好演员。我以为戏剧是了不起的。”

就这么略表赞许，已使嘉莉的心怦跳不已。啊，要是她能做一个演员该多好呀—— 一个好演员。这个人真聪明——他知道——而且赞成。倘使她是一个优秀的女演员，像他这样的男人就会称赞她。她觉得他说得正对，虽然事情和她并不相干。她不知道为什么会这样想的。

当戏终场时，忽然发现他不打算陪他们一起回去。

“啊，你不回去吗？”嘉莉情不自禁地说。

“嗯，不了，”他说，“我就耽搁在附近的三十三街。”

嘉莉不能说什么了，但是这事情多少有些使她震动。她对这愉快的晚上即将消逝早就感到遗憾，但是她原以为还有半个小时呢。啊，这半小时——珍贵的多少分钟。天呀，这其间充满着何等的不幸和悲伤呀。

她假装淡漠地说了再会。这又有什么了不起呢？可是马车里仿佛变得冷清清的了。

她回到自己的公寓里，心里担着这份心事。她不知将来是否能再见到这个人。但这又有什么关系呢——这又有什么关系呢。

赫斯渥已经回家，而且上床了。他的衣服零乱地丢在旁边。嘉莉走到房门口，看见了这情景，然后退了回去。她一时还不愿意进去。她要想一想。她不高兴进去。

回到餐室里，她坐在摇椅里摇晃着。她思忖时捏紧了两只小手。穿过希望和矛盾的欲望的迷雾，她开始看清了。啊，这无数的希望和怜惜——无数的忧伤和苦痛。她摇晃着，而且开始看清了。

第三十六章

这桩事没有立即造成什么影响。这种事情的影响一般总是慢慢地生长的。清晨到了，心情就变了。眼前的处境总是会替自己说好话的。我们仅仅偶尔见到一眼事情的不幸。只有在对照之下，人心才能理解事情的不幸。撇去了对照，心痛就会平息。

此后嘉莉照旧这么生活了六个多月。她没有再见到艾姆斯。他曾经来拜访过万斯夫妇一次，但她只是事后听那位年轻的太太讲起的。然后他就回西部去了，因此，这个人曾经有过的一些魔力也逐渐消失了。可是，精神上的影响却没有消灭，而且是永远不可能完全消灭的。她已有了一个理想的典型，可以把男人们与之作对比——特别是把身边的男人们与之作对比。

在这整个期间，转眼快到三年了，赫斯渥的事业发展得还算平稳。没有明显走下坡路的趋势，但也没有显著的上升，这是旁人一眼就看得出来的。但是，心理上他已起了变化，这一显著的变化确实能够非常明显地表明他的前途。那是他离开芝加哥时，事业中断所造成的。一个人的财产或者物质方面的进展和他的身体成长很相似。要不是像青年的成长一般，逐渐变得强壮、健康、聪明，就会像人接近老年时那样变得虚弱、衰老、思想迟钝。没有其他的情况。人到了中年，在青春活力停止发展和衰老的趋势到来之间，往往会有一个时期，两种趋势几乎处于完全平衡的状态，不大会向两面发展。可是，过了些时候，这种平衡会向死亡一面下陷。起先很慢，然后会稍微快些，最后会以最快的速度走向死亡。人的财产也往往如此。倘使增长的过程从未中断，倘使从未达到平衡的状态，那就不会垮下来。当前大富翁往往是靠雇用年轻的聪明人来避免他们财产耗尽的。这些年轻人把这些财产的利益看作自己的，因此这些财产还能稳定地直线发展。倘使每个人都完全自己照顾自己的财产，很长时间之后，变得极其衰老了，那他的财产也会像他的精力和意志一般消逝的。他和他的财产就会烟消云散，不知去向。

但是，现在来看看这种类比在什么地方有所不同吧。财产像人一般，是一种有机体，除了创业人自己以外，它还要吸收别人的思想和精力。除了出薪水雇用来的年轻人以外，它还要和年轻人的力量联合起来，即使在创业人的精力和智慧逐渐消逝的时候，这些年轻人的力量还能维持它的生存。也可能靠社会或国家的成长而保存下来。也可能牵涉到提供某种其需求与日俱增的产品的问题。这种情况就立即使它不需要创业人的特殊照料了。这时就不需要远见而只需要指导了。人衰弱了，需求还存在，或者在继续增长，而那笔财产，不管落到谁的手里，都可以维持下去。因此，有些人就永远无法发现他们自己能力的衰退。只是偶然有时候他们的财产或成功的事务被夺走了，这才显出了他们已缺少过去经营的能力。赫斯渥处在新的环境下，已经可以看到他已失去了青春。倘使一时还看不出来，那完全是因为他正处于极良好的平衡状态中，还没有显露时衰运去的绝对变化。

他本人不善于推理，或者反躬自问，就无法分析在他精神上以及体力上正在发生的变化，但是他已觉察到这种变化所给的压抑之感。老是把他过去的境况和现在的相比，反映出形势转劣，这产生了一种老是忧心忡忡或者至少是意气消沉的情态。现在已经由实验证明，经常抑郁的头脑会在血液中产生某些所谓破坏素①的毒素，正如愉快而欢乐的善良心情能够产生所谓生长素②的有益的化学物一般。由悔恨而产生的毒素猛攻着神经系统，终于会造成体质明显的恶化。赫斯渥正受着这种打击。

时间过得久了，这对他的脾性发生了影响。他眼睛里不再有当年在亚当斯街时所特有的那种轻快、精明的神情了。脚步也不像从前那么清脆而着实了。他老是沉思，沉思不已。他新交的朋友都不是名流。他们属于比较低下的，略微偏重肉欲而且较为粗俗的阶层。他在这群人之中不可能像在芝加哥酒店里的上等顾客之间那样取乐。他只有苦苦思索。

他慢慢地，极其缓慢地不想招呼、迎合、款待到沃伦街酒店里来的顾客了。他所抛弃的那个世界的重要性也慢而又慢地清楚起来。当他置身其间的时候，并不觉得其间如何美妙。仿佛每个人都很容易进去，有足够的衣衫穿，有充分的钱花，但是他如今被摈逐出外了，这个世界却变得离他多远呀。他开始发现那个世界活像是一座禁城。城门口有人守卫着。你就是进不去。在城内的人不屑出来看看你是什么人。他们在城墙里这么欢乐，竟忘记了被摈在城外的一切人等，而他正在城外。

他每天在晚报上都可以看到这座禁城里的活动。在赴欧旅客的名单中，他看到了他过去那爿酒店的高级主顾们的姓名。在戏剧新闻栏里常常出现有关他过去认识的人们最近的成功之作的报道。他知道他们还在照旧欢乐度日。他们坐着卧车在美国到处跑，报纸上发布有趣的新闻欢迎他们，大旅社雅致的门厅和灯火辉煌的亮堂的餐厅，把他们围在禁城之内。他认识的那些人，和他碰过杯的人，都是些有钱人，而他却已被忘却。惠勒先生是什么人呀？沃伦街的酒店又算得了什么？呸！

倘使有人以为，这么一个普通人不会有这样的想法——这样的想法要有更高的精神境界的人才能有，我要请他们注意，正是更高的精神境界才排除这样的想法。更高的精神境界能够产生哲学思想和那种坚忍精神，这种精神使人不愿老是想着这些事情——不愿因考虑这些事情

①②19 世纪 90 年代生理学家中所流行的用语。

而自讨苦吃。普通人对于与物质利益有关的一切事情都十分敏感——极其敏感的。不学无术的守财奴会因损失一百块钱而忧虑万分。只有埃皮克提图[①]，在最后的物质利益被剥夺的时候，才会一笑置之。

时机成熟了——在第三年里——这种想法对沃伦街的酒店发生了影响。到店里来的顾客，比由他经营以来的全盛时期，略微减少了一些。这使得他非常生气，但也使他担心。他和他的合股人一直相处得不太愉快。那个家伙太粗鄙，在别的事情上太下功夫了。他和赫斯渥的关系纯粹是生意上的关系，连一分钱也要斤斤计较，仅此而已。他不同意任何改进或者扩展的设想，而赫斯渥自己却积不起钱来进行扩展。这样下去，终于弄得他憎恨起这个合伙人来，因为他是个笨伯。他不高兴看到他到这里来，不知多少次想出些钱把他的股份买下来。

有一天晚上，他坦白地告诉嘉莉说这一个月的营业不如上一个月好。这是在她提出要买些小东西时说的。她曾发现他自己购置衣服，并不征求她的意见。她第一次觉得这是一种计策，或者他这么说就是不让她再讨东西。她的回答极其温和，但是心里却很不服气。他一些儿也不照顾她。她把自己的乐趣寄托在万斯夫妇身上。

可是这时万斯夫妇说要出门去了。时节快到春天，他们要到北方去。

"啊，是的，"万斯太太对嘉莉说，"我们想把房子退租，把家具存起来。我们整个夏天都不在这里住，空着房子是无谓的浪费。我想等回来以后，住在靠市区近些的地方。"

嘉莉听着心里实在难过。她非常高兴和万斯太太来往。她在这座公寓里并不认识别的人。她又要孤单了。

赫斯渥对于收入略微减削的忧虑和万斯夫妇的搬家，是同时发生的。所以嘉莉一下子既觉得寂寞无侣，又感受到她丈夫的郁郁不乐。这是伤心的事情。她变得烦躁、不满，这不满并不完全像她所想的是针对赫斯渥的，而是针对生活的。这是什么生活呀？实在是枯燥无味的循

---

① 埃皮克提图（约60—约110）为希腊斯多葛派哲学家。

环。她有什么呢？除了这狭窄的小公寓以外，一无所有。万斯夫妇能够旅行，他们能够干有意义的事，而她却待在这里。总之，她生来是为什么的呀？她越想越多，接着就流下了眼泪——流眼泪似乎是很自然的，是世上惟一的安慰。

这种光景又继续了一个时期，这一对夫妇过着着实单调的生活，然后情况变得又差了一些。有一天晚上，赫斯渥想出了一个办法来打消嘉莉对于添置衣着的要求，并减轻他们这种生活方式对他的赚钱能力的压力，就说：

“我恐怕和肖内西搞不下去了。”

“什么缘故？”嘉莉说。

“嘿，他是个迟钝、贪婪的爱尔兰佬。他不同意任何改进酒店的办法，而不加改进是赚不来钱的。”

“你不能说服他吗？”嘉莉说。

“不行，我曾经试过。我看倘使要改进只有一个办法，自己开一家酒店。”

“你为什么不自己开呢？”嘉莉说。

“哦，眼前我所有的钱都给搁在那里。倘使有可能节约一个时期，我想我能够自己开一家店，可以赚许多钱。”

“我们能节约吗？”嘉莉说。

“我们不妨试试看，”他建议道，“我一直在想，倘使我们在市区租一套小些的公寓，俭朴地过一年，加上我已经投入的资金，就足够开一家好酒店了。那时就可以按照你的愿望过活了。”

“我觉得这样也好，”嘉莉说，可是心里觉得弄到这个地步未免太糟糕了。要搬进小些的公寓，听起来像是要过穷日子了。

“在六马路上，十四街南面那一带，有不少精致的小公寓。我们可以在那里租一套。”

“既然你说如此，我去看看吧，”嘉莉说。

“我想不出一年就和这家伙拆伙，”赫斯渥说，“照现在的经营方式，这个买卖是无利可图的。”

“我去看看，”嘉莉说，看出他建议换房子看来是一件正经八百的事情。

这次谈话的结果是终于搬了家。嘉莉心里不免是十分难过的。说实话，这回事给她的影响比之以往任何事情更严重。她开始把赫斯渥完全当作一个男人，而不是爱人或者丈夫来看待了。她觉得自己作为一个妻子是和他紧密地联系在一起的，不管命运如何，是和他共命运的，但是她开始发觉他忧郁、沉默，不是一个年轻力壮、心情轻松的人了。她现在觉得他的眼角和嘴边都显得老了一些，照她估计，还有别的方面使他显出了真面目。她开始觉得自己犯了个错误。顺便说一句，她还开始回想到，当初实际上是他强迫她一起私奔的。

新公寓在十三街上，在六马路西面不远的地方，只有四个房间。他们在七十八街那六个房间里的家具，把这里塞得太满了，剩下几件就寄存了起来。嘉莉对这新住所的地段并不感兴趣。这里没有树木，向西也望不见河流。这条街上的房屋造得很稠密，这些公寓套房只造了三年，但造得很简陋，已陈旧得像是良好的建筑物过了十五年以后的模样。这里有十二户人家，是体面人士，但绝对及不上万斯夫妇。钱多的人需要更多的房间。

嘉莉独自住在这小地方，没有雇女仆。她把房间布置得相当可爱，但是无法把它弄得使自己喜欢。赫斯渥想到他们竟不得不改变他们的景况，心里也并不高兴，但是他坚持说他别无办法。他必须在表面上做得满不在乎，就这么随它去。

他想对嘉莉说明，不必担心经济困难，而是应该表示祝贺，因为一年之后，他就可以多带她上戏院，吃丰富的饭菜了。这只是一时的权宜之计。他的心情已变得只想独自一人待着，可以有机会沉思一番。这沉思的毛病已开始使他成为俘虏。只有看报和独自沉思才是值得干的事。爱情的欢乐又一次溜掉了。现在是生活下去的问题，要在极其平凡的生活情况下，尽力好自为之。

下坡路上是不大有立足点和平地的。由他的处境所造成的精神状态，使他和合伙人之间的裂痕扩大起来。最后，那家伙开始希望赫斯渥拆伙出去。然而，土地所有人的一笔地产交易，使事情解决得比双方的恶感效果更好。

“你看见了吗？”有一天早晨肖内西对赫斯渥说，指着手里的一张《先驱报》的地产交易栏。

“没有，什么事情？”赫斯渥说，低头去看那段新闻。

“这片土地的所有人把它卖掉了。”

“不会吧？”赫斯渥说。

他看报纸，果然报上有一则通告：奥古斯特·维尔先生已于昨日将坐落在沃伦街和赫德森街转角的25 ×75英尺的那块土地，以五万七千块钱，过户给杰·费·斯劳森。

“我们的租赁权什么时候到期？”赫斯渥一边思忖，一边问，“明年二月，是吗？”

“正是，”肖内西说。

“报上没有说新主人将把土地作什么用吧，”赫斯渥说着，回头又去看报。

“我想，我们就会得到通知的，”肖内西说。

十分正确，事情就是这样发展的。和酒店接连的那片土地也是斯劳森先生的产业，他打算建筑一幢现代化的办公大楼。现有的房屋要拆除。大约需要一年半新屋才能建成。

这些事情都是逐步发展的，于是赫斯渥开始考虑酒店的前途。有一天，他对合伙人谈起这事。

“你觉得可值得在邻近什么地方开一家吗？”

“顶什么用？”肖内西说。“在这一带地方我们找不到别的转角。”

“你以为开在别的地方就不能赚钱吗？”

“我不想尝试，”对方说。

眼看就要发生的变化，这时对赫斯渥显得极其严重。散伙就等于损失他那一千元的投资，而在这段时间内他又无法节省出一千块钱来。他明明知道肖内西只是不高兴合伙而已，而且在这转角上新房子造成以后，他可能单独把它租下。他开始操心，必须去找新的关系，除非有什么情况发生，经济的窘境就要迫在眉睫了。这一来，他就无心享受小家庭中同嘉莉在一起的乐趣，因而沮丧的情绪侵入了家庭。

当其时，他尽可能抽出时间去奔走，但是机会不多。而且，他已经丧失了刚到纽约时的那种动人的风度。愁苦的思想给他的眼睛蒙上了一层阴影，那是不能给人以可喜的印象的。手头又没有一千三百块钱作为谈话的基础。约莫过了一个月，他发现毫无进展，而肖内西却肯定地告诉他，说斯劳森不肯延长租期。

"我看这事情非完蛋不可了，"他说，假装关切的模样。

"哦，如果非完蛋不可，就完蛋吧，"赫斯渥冷冷地说。他不能给对方一点线索，让他知道自己的想法，不论这些想法是什么。不能让肖内西感到得意。

一两天以后，他认为应该把情况告诉嘉莉。

"你可知道，"他说，"依我看，我那家酒店的生意就要垮台了。"

"怎么会这样？"嘉莉惊惶地问。

"哦，屋基的主人已把土地出卖了，新业主又不肯再租给我们。生意可能就要完蛋了。"

"你不能在别处开一家吗？"

"看来没有地方可开。肖内西不愿意。"

"你的投资都会丢掉吗？"

"是的，"赫斯渥说。面上露出沉思的神色。

"啊，那不是太糟糕了吗？"嘉莉说。

"这是一个诡计，"赫斯渥说，"就是这么回事。他们会立即在那里另开一家的。"

嘉莉望着他，从他的整个神态中看出了其中的意义。这是严重的，非常严重的。

"你认为你能想些别的办法吗？"她怯生生地提出疑问。

赫斯渥沉思了一会儿。没法再吹牛说他有钱和投资了。她看得出，现在他已一无所有。

"我不知道，"他严肃地说，"我可以试试看。"

第三十七章

这些事实一旦在嘉莉头脑里明确以后，她就像赫斯渥一样，一直考虑着眼前的处境。她花了几天工夫才完全认识到她丈夫的营生一旦完蛋，就要遭受贫困，要为衣食而挣扎。她回想早年到芝加哥去的冒险行动，汉生夫妇以及他们的套间，心里产生了反感。那是可怕的。有关贫困的一切都是可怕的。她巴望能找到一条出路。近来和万斯夫妇的交往，使她压根儿不能怀着自满情绪来看待自己的光景了。由万斯夫妇提供给她的纽约上流社会生活的迷人的片断，使她念念不忘。她已学会了怎样打扮，到什么地方去玩，尽管这两者都没有力量办到。她的眼睛和头脑里如今都满是这些东西，这些万古常新的现实。她的光景越是紧迫，这另一种景况就显得越发迷人。现在眼看贫困就要把她完全俘获，把这另一个世界朝天空中推得老高，就像任何乞丐会伸手求告的上天一般。

这样，艾姆斯带到她生活中来的理想也留了下来。他人虽已离去，但是她耳边还响着他的话：财富并不万能，世界上还有许多她所不知道的事情，演戏是好的，而她所读的文艺作品是不足道的。他是一个坚强、纯洁的人——至于他比赫斯渥和杜洛埃究竟要坚强多少，高明多少，她只能一知半解地了解，但是其间的差别却使她很痛心。这是她故意不愿正视的事情。

赫斯渥在沃伦街那家酒店的最后三个月里，常常抽出时间，按照报纸上的广告出去找寻职业。这是桩多少令人气短的事，这完全因为他老想着必须立即找些事情做，否则就不得不靠节约下来的那几百块钱生活，然后就没有钱投资——非做别人的雇员不可。

他在广告栏中发现可以一试的每一家酒店，不是太昂贵，就是太简陋，使他无法参加。他发现有些要出盘或者要人增资的肮脏的小酒店，是些卑劣不堪的地方，使他一看就垂头丧气。而且，冬季将临，报纸上在宣传市面萧条，到处是时势艰难的感觉，或者至少他是这么想的。因为他在发愁，别人的烦恼也变得明显了。他在翻阅早报时，凡是商店倒闭，家庭受饿，路人大概是因饥饿而倒毙在街头的新闻，没有一桩逃得过他的眼睛。有一次《世界报》刊出一条触目惊心的消息说："纽约今冬有八万人失业。"这条新闻像是一把刀刺痛了他的心。

"八万人，"他心里想，"多吓人的事呀。"

这是赫斯渥思考的新问题。他过去没有注意到，但这确实是他一生中第一次重视这些事情。在从前，世事仿佛发展得很不差。他在芝加哥的《每日新闻》上也曾常看到类似的消息，但是过了几秒钟就忘记得干干净净了。他的兴趣都在别的方面。可是现在，这些事情就像是晴朗的天边飘荡着的阴云，要把他的生活笼罩、掩蔽在灰色的阴冷之中。他努力要撇下它们，忘记它们，振作起来。有时候，他在心里对自己说：

"发愁有什么用呢？我还不到这个地步。还有六个星期的时间。即使情况变得糟之又糟，我还有足够的钱可以生活六个月。"然后，他就盘算到结束时他还有多少钱，倘使找不着其他营生他还可过多少时间。

在这情况之外，只要再加上一些疑虑和不安——加上眼看这一冬将找不到职业这一点——他的心就会消沉下去。从思想上说，他已经走到了穷途末路。他该怎么办呢？

说也奇怪，当他在为前途忧虑时，也曾偶尔转念想到他的妻子和家庭。在起初的三年里，他曾尽力避免这样想。他恨他的妻子，没有她也能生活。随她去吧。他能够过得很好。可是现在，到了他过得不太好的时候，他开始想起她来，不知她在干些什么，他的儿女在怎样过日子。他能想象得出他们还是和从前一般过得很舒服，住着他那所舒适的房子，使用着他的财产。

"天啊，他们全部占了去，真是不要脸，"有几次他心里模糊地想，"我没有干什么坏事啊。"

现在他回想过去，分析导致他窃取钱财的情形，开始温和地为自己辩护。他干下了什么事情——有什么大不了要把他这样排挤出去，要让这许多磨难压在他头上呢？仿佛就在昨天，他还是生活舒适，手头宽裕，但是现在，这一切都已被剥夺了。

她不该拿他这许多财产，这是错不了的。要是大家明白就好了，他并没有干什么大不了的坏事啊。

他并没有想到应该把事实公布出来。他只是在为自己找些精神上的自慰——使他能像一个正直的人一般忍受目前的光景而已。

在沃伦街那家酒店歇业前五星期，有一天下午，他离店按照《先驱报》上看到的广告，去跑了三四个地方。一处在金街，他走到那里，但是没有进去。这是一家十分简陋的酒店，他认为无法寄身的。另一处在波威里街，他知道那里开设着许多豪华的酒店。这家酒店在格兰德街附近，装修得极漂亮。他和店东谈论投资问题，整整谈了三刻钟，店东说是身体不好，所以要人合伙。

“那末，哦，拼一半股份到底要多少钱呢？”赫斯渥说，他知道他最多只拿得出七百块钱。

“三千块钱，”那个人说。

赫斯渥吃惊得张大了嘴。

“现款吗？”他说。

“现款。”

他想装做在考虑的神气，像是真能买下似的，但是他的眼睛里却露出了忧郁。他说要考虑一下，结束了谈话，走了出来。店东已依稀觉察了他境况不佳。

“我认为他并不想投资，”他心里想，“他说话不对头。”

这天下午云色灰暗，天气阴冷。吹起了令人不快的北风。他去寻访很远的东区近六十九街的一家酒店，当他走到那里时，已经五点钟了，天色在暗下来。店东是一个大腹便便的德国人。

“关于你们登的广告，谈谈怎么样？”赫斯渥问，他对这家酒店的外貌不太喜欢。

“啊，事情已经过去了，”那个德国人说，“我现在不愿出盘了。”

“啊，是这样的吗？”赫斯渥说。

“是的，没有那回事了。事情已经过去了。”

“好吧，”赫斯渥说着，转过身去。

那个德国人不再理睬他，这使他很生气。

“发疯的笨蛋，”他心里想，“那他登广告干吗？”

他意气消沉地回十三街去。家里只有厨房里有灯光，嘉莉正在那里做饭。他划亮一根火柴，点上煤气灯，也不和她招呼一声，就在餐室里坐下来。她走到门口，朝里一望。

“是你吗？”她说，就走了回去。

“是我，”他说，看着买来的晚报，连头也不抬。

嘉莉知道他情况不妙。他忧虑的时候，面色就不那么好看。眼角边的皱纹更深了。天生微黑的肤色，因忧郁而有些凶险之气。显得十分可厌。

嘉莉摆好饭桌，搬上饭菜。

“饭好了，”她说，走过他的身前去拿东西。

他不答话，还是在看报。

她走进来，在自己的位子上就了座，觉得非常难堪。

“你现在不想吃饭吗？”她问。

他折起报纸，坐过去，除了“请把什么递给我”以外，好久不说话。

“今天很阴冷，是吗？”过了一会儿，嘉莉大胆开口说。

“是的，”他说。

他只顾拨弄着食物，吃得不多。

“你还是以为非歇业不可吗？”嘉莉说，大胆提到他们已经讨论了不知多少次的题目。

“当然要歇业啦，”他说，生硬的语气只稍微缓和了一些。

这句答话激怒了嘉莉。她自己已经为此不高兴了一天。

“你不用那么说话，”她说。

“啊！”——他嚷了一声，把椅子从餐桌边朝后推，像是要再说下去似的，但是没有说，就这么算了。然后他拿起报纸。嘉莉离了座位，好容易才控制住自己的感情。他知道已经伤了她的心。

“别走，”她动身回厨房去，他说，“吃你的饭吧。”

她不答话，走了过去。

他看了一会儿报纸，然后站起身来，穿上大衣。

“我要到市区去，嘉莉，”他说着，向外走去。“我今天晚上情绪不好。”

她不答话。

“不要生气，”他说，“明天就会好的。”

他望着她，但是她在洗涤盘子，不理睬他。

“再见，”他最后说，就走出门去。

这是他们之间第一次由处境困难而产生的强烈的后果，但是关店的日子越来越近，使忧虑几乎成了永恒的东西。赫斯渥无法掩饰他对这事情的情绪。嘉莉不禁担忧自己要飘泊到哪里去。这一下使他们比平日更少谈话，但这倒不是由于赫斯渥对嘉莉有什么不满，而是嘉莉要躲开他。他注意到这一点。她对他冷淡，引起了他的反感。他不高兴的是她竟会对他生那么大的气，连再见都不说一声——她竟然一言不发，存心不想鼓励鼓励他，觉得无所谓。他几乎把进行友好的交谈当成艰巨的工作了，不久就发现嘉莉的态度增加了困难的程度，使交谈更其不可能了。这使他很不高兴。

终于到了最后的一天。由于赫斯渥心理上早已准备好这一天仿佛一定会有霹雳的雷声和狂风暴雨，所以等到这一天真的到来时，他发现它竟是一个平常的普通日子，感到很欣慰。太阳照耀着，温度也宜人。当他去吃早饭的时候，觉得这到底也并不怎么可怕。

“哦，”他对嘉莉说，“今天是我的末日。”

嘉莉对他的幽默报以一笑。

“你们怎么处理生财和存货呀？”她问。

“啊，我们已经找到一个买主了，”赫斯渥说。

“他们是不是立即要拆房子？”

“不，我想他们要稍待几星期才动手。我们有五天工夫把我们的东西搬出来。”

赫斯渥以较为愉快的心情浏览着报纸。他仿佛放下了重担。

“我要到市区去一会儿，”吃罢了早餐，他说，“然后去找找看。

明天要整天找了。现在酒店的事情已经不要我操心了，我想是能够找到些事情干的。”

他带着笑出去，到酒店去了一下。肖内西正在店里。他们已经按照股份的多少办好了拆伙的手续。可是，当他在那里逗留了几个钟点，出去了三个钟点，又回来的时候，他已经没有兴致了。虽然他过去极不满意这个酒店，现在店就要不存在了，他却觉得很遗憾。但愿不关店才好。

肖内西却一本正经，十分冷静。

“好吧，”他在五点钟时说，“我们还是把零钱算一算，分了吧。”

他们就这么办。生财已经卖掉，钱也分了。

“我想，那些人会来搬东西的吧，”赫斯渥说，指的是买下生财的人。

“这你放心好了，他们会来的，”肖内西说。

“再会了，”赫斯渥在最后一瞬间说，尽量在最后显得和气一些。

“再见，”肖内西说，几乎不屑注意到这一点。

沃伦街的生意就此永远收了场。

嘉莉在家里准备了一顿出色的晚餐，但是赫斯渥搭马车回家后，显得神情严肃，心事重重。

“怎么样?”嘉莉打听说。

“我把这事了结了，”他回答，脱下上衣来。

她望着他，心想不知道他现在的经济情况究竟如何。他们吃饭时，交谈了几句话。

“你有钱能在别处盘下一家吗?”嘉莉问。

“不，”他说，“我要干些别的事情，积起钱来。”

“倘使你能找到一个职位就好，”嘉莉被焦虑和希望激励着说。

“我想是能找到的，”他若有所思地说。

以后的几天，每天早晨，他照例披上大衣，匆匆出门去。出去的时候，他起先安慰自己，手头有着七百块钱，是还能够找到什么有利的买卖的。他想去找酿酒厂，他知道酿酒厂往往管辖几家租进的酒店，可以找他们帮帮忙。然后他想到总得花上几百块钱的费用，这样就会使他没有余钱作家用了。他每月差不多要花八十块钱的生活费，倘使把钱都投入一家酒店，结果赚不到钱，那不是更糟糕吗。

“不，”他在头脑清醒的当儿说，“这是不行的。我要另找些事情，积起钱来。”

他一开始想他到底想干什么事的时候，这另找些事情做的问题就复杂化了。做经理吗？哪里去找这样的位置啊？报上没有招聘经理的启事。他很懂得这种位置要不是由多年的服务而提升，就是要出一半或者三分之一的股份去买。他可没有足够的钱到需要这么一个经理的大酒店去买一个经理做。

然而他还是出去活动。他的衣衫很不错，外貌还很出色，可是这却带来了一些假象。看到他的人，立即以为像他这般年龄的人，身子结实而又衣冠楚楚，一定是很富裕的。他并不是在寻找工作。他倒像是个日子过得很舒服的有产者，一般人能指望从他手里得到些赏钱。现在他已经四十三岁，体形发福，步行是不容易的。这许多年来已不习惯于这样的活动了。虽然每到一处他都乘街车，但一天下来，他的腿累了，肩膀发痛，脚也走酸了。单单上车下车，倘使时间久了，也会产生这种后果。

他很懂得，人家把他看得比他实际上有钱。他痛切地感觉到这妨碍他找寻职业。并不是说他愿意外貌变得差劲一些，而是羞于提出不相称的要求，暴露自己虚有其表。所以，他疑惑不决，不知如何是好。

在第一天，他决定到一家酒厂去，看看那里有什么机会。

“你有多少钱可以投资在纽约的一处地方？”上述酒厂的秘书问他。

“哦，我有几百块钱，”赫斯渥说。

“我们现在只有一处地方，至少要五百块钱。我眼前还不能把它让给你。”

赫斯渥走了。他跑了那么多路到本市的北部，可是一无所得。

他想找别的事情，但想想总是不可能。他想到旅社做职员，但是，他立即记起他毫无经验，而且，更其重要的，他在这一行里没有熟人或者朋友可找。他的确认识几个城市里的旅社主人，包括纽约在内，但是他们知道他和汉南-霍格酒店的关系——他不能向他们去求职。他想到其他的行业，他所知道的那些大厦和大企业所经营的行业——杂货批发、五金器材、保险公司等等，但是他都没有经验。

想到要如何去找到一份工作，真使他心痛。他是否应该亲自登门去请求，等在办公室外面，然后，以这样堂皇体面的姿态，宣称他是来求职业的？他痛苦而费劲地思索着。不，他不能这么办。

他认真地东西奔走，一路思索着，然后，由于天气很冷，他就弯进一家旅社去。他很了解旅社的情况，知道任何衣冠端正的人都可以在休息室里坐坐的。这是百老汇中央旅社，纽约当时最重要的旅社之一。到这里坐下来，在他是伤心的事情。他会弄到这个地步，真是不堪设想。他曾经听说过，在旅社里游荡的人叫做暖座者。他在得意的时候就这么称呼过他们。这样做总未免是一种可鄙的、凄惨的事情吧。但是他现在就在这里，在旅社休息室里避寒、歇脚，不管会不会遇见熟人。

"我不能这样做，"他心里想，"不预先想好要到什么地方去，一早就出来是不济事的。我要先想好一些地方，然后去找。"

这种想法给了他一点儿安慰，但只是一点儿而已。当他坐在光线暗淡的休息室里，他竟然想不出一个可以去的地方。他的头脑最后老是想到酒店，但是他没有钱去投资。他想起酒吧侍者的位置有时是有空缺的，但是他不予考虑。侍者——他，堂堂的前任经理。

坐在旅社休息室里变得极其乏味，所以他四点钟就回家了。走进去时，他想装出一本正经的态度，但这只是虚弱无力的装模作样。餐室里的摇椅是适意的。他高兴地坐下去，拿着买来的几份报纸，就开始看报。

当嘉莉穿过餐室去做晚饭时，她说：

"今天收房租的人来过了。"

"啊，他来过了？"赫斯渥说。

他想起今天是二月二日，收房租的人经常是在二日来的，他的眉头略微皱了起来。他伸手到衣袋里去掏荷包，第一次体会到一无收入时要付钱出去的滋味。他打量着一大卷绿色钞票，像病人望着一种可能把病治好的药剂一般。他然后数出二十八元来。

“给你，”当嘉莉再走过时，他说。

他把报纸遮住了脸，看起报来。啊，休息一下——不用跑路和操心，是多么舒服。这些如潮的电讯消息真好像令人忘怀一切的忘川[①]之水啊。他阅读关于各种活动的精彩新闻，忘记了自己的部分烦恼。有一个年轻美貌的女人，倘使你能相信报纸上的插图的话，在布鲁克林控告她的丈夫，一个富有、肥胖的糖果商，要求离婚。另一段消息详细报道斯塔腾岛的公主湾外一艘船在冰雪中沉没的经过。有一长栏生动的记载，记述戏剧界的活动——演出的戏、登台的演员、戏院经理的布告。范妮·达文波特[②]刚在五马路开始演出。戴利在上演《李尔王》。他看到范德比尔特一家和他们的朋友们，提前到佛罗里达州去度假。肯塔基州山区发生有趣的枪战。他就这样看啊，看啊，看啊，在这温暖的屋子里，坐在煤油炉边的摇椅里摇晃着，等着开饭。

第三十八章

第二天早晨，他翻阅各报，但是找不到对他合适的事情。他吃罢早餐，在九点钟开始研究有什么经商的机会。

> 出售。千载难逢的好机会。默根斯的老牌紧身胸衣行业，杜鹃花紧身胸衣店，已有三十年历史；愿以奇廉的价格出售权益、信誉、招牌、租赁权、存货以及生财。欲知详细条件及细目，请至西十四街十六号雅库-哈尔滨公司询问。

在同一栏里他又看到：

---

① 指希腊神话中的忘川，凡是饮了忘川之水的人，能忘记过去的一切。
② 范妮·达文波特（1850—1898）生于伦敦，曾为戴利的剧团中的主要女演员。

按照我们的指导，投资**几块钱**于你邻近的地方，就可以每天做三小时工作，得到八块钱的进款；我们不要用你的钱去进行投资；我们给你提供这个信息，收二毛五分钱，邮寄即可。若不如所载，可退款。东八十三街一百二十七号，**福·特·罗公司。**

还有：

$2,500 可购买设备齐全的酒店和旅馆。泽西城纽瓦克大街一百七十二号三楼；包括六个月的房租和至七月一日的执照。接洽时间为下午八时至十时，或投函《先驱报》八十一号信箱，**船长**[1]。

他涉猎了一长串这样的广告，做了一些摘记。然后他去看招雇男工栏的广告，但是心里很不高兴。摆在他的面前是一天——要找事情的漫长的一天，而这就是他必须走的第一步。他看了那长长一栏的广告，大多数是招面包师、改衣工、厨子、排字工人、车夫等等，只有两则引起了他的注意。一则是一家家具批发店招聘出纳员，另一则是一家威士忌公司招聘推销员。他从未想到过要当推销员，却立即决定到那里去看看。

那家公司叫阿尔斯伯里公司，是经销威士忌的，办公室在靠近市中心的布罗姆街。他于十点半出发。十一点一刻到了那里。这家公司看上去生意很兴隆，但是赫斯渥想到要去求职，心里就不好过。不过他还是走了进去。这样的公司里的推销员职位可不是轻易可以申请的。这是个体面的好职位。

他一到几乎就立即被请去见经理。

“早安，先生，”经理说，起初还以为接待的是外地的一位主顾。

“早安，”赫斯渥说，“我知道你们登了报要招聘推销员。”

“啊，”这个人说，明明白白地流露出恍然大悟的神情。“是的，

① 原文是 OWNER，是登广告人的化名。

是的，我是登了报。”

“我想来看看，”赫斯渥神气十足地说，“我对这一行是有些经验的。”

“啊，你有经验吗？”那个人说，“你有什么经验？”

“哦，我过去经管过几家酒店。最近我在沃伦街和赫德森街转角的酒店里有三分之一的股份。”

“我明白了，”那个人说。

赫斯渥不就讲话，等待他表示意见。

“我们确实要过一个推销员，”那个人说，“我们正在考虑几个人的申请。话虽如此，我想你也是不愿屈就的。我们只出一百块钱一月的薪水。我们希望雇用年轻人。”

“我明白了，”赫斯渥说，“不过，我目前的情况已不能挑精拣肥。倘使职位还空着，我很高兴接受。”

那个人听到他“不能挑精拣肥”那句话，心里大不痛快。他想要一个不想挑选或者不想找更好的工作的人。特别是不要老头儿。他要年轻、积极、安于中等薪水而能主动工作的人。他根本不喜欢赫斯渥。他比他的店东们还要神气呢。

“好吧，”他回答说，“我们很高兴考虑你的申请。我们还要等几天才能决定。你最好送份履历证明书给我们。”

“我会送来的，”赫斯渥说。

他点头告别，就走出去。走到转弯角上，他看了抄下的那爿家具店的地址，知道是在西二十三街。他就按这地址前去。可是这家店铺不太大。看上去是家中等店铺，店里的人都闲着而且薪水很小。他走过时向里一望，就决定不走进去。

“他们也许要一个周薪十块钱的姑娘，”他说。

到一点钟左右，他想要吃饭了，就走进陀朗饭店。他在那里思考他可以去找工作的地方。他感到疲乏。又在刮风，天空中布满了阴云。对面，穿过麦迪逊广场公园，矗立着五马路旅社，俯瞰着熙来攘往的马路。他决定到那边的休息室里去坐一会儿。那里又暖和又明亮。他在百老汇中央旅社没有遇见熟人。大概在这里也不会遇见熟人。他在大窗户边一只红丝绒长沙发里落了座，那里可以望见热闹的百老汇路，他就坐在那里沉思着。在这里，他的光景似乎不太糟糕。静静地坐着，向外眺望，他还能以自己荷包里的几百块钱聊以自慰。他可以把路上的疲乏和累人的奔走多少忘掉一些。可是，这不过是从一个严重的处境逃到一个不那么严重的处境而已。他还是愁眉不展，心灰意懒。这里的时间好像过得极慢。一个钟点要隔很长很长的时间才能过去。这旅社进进出出的真正旅客，以及旅社门外百老汇路上来往的更其得意的行人，他们的服装和神气表明他们鸿运高照，使他目不暇接，心不遐想。这差不多是他到纽约以来第一次有这么多空闲来欣赏这个奇观。现在，他自己不得已而赋闲，竟弄不懂别人在忙个什么了。他看见的青年是何等快乐，女人是何等美丽啊。他们都穿着那么漂亮的衣衫。他们都急忙要赶到什么地方去。他看到雍容华贵的姑娘抛出卖弄风情的眼色。啊，要多少金钱才能和这种人来往——这是他所熟知的。他失去这么生活的机会已经好久啦。

公共马车在空旷的三角地上来来往往。五马路上成群的马车带着被购物弄得疲倦了的太太小姐，以及早下班的绅士，都是朝北走的，开始把道路堵塞了。每一个人都显得快快活活，都是心满意足的。这时他对这些人有点嫉妒起来。看到人世有这么多叫人惬意的事，而他却都没有，他感到很伤心。他自己的前途恶狠狠地冷视着他。即将来临的夜晚不会给他带来什么乐事。这些人都是去寻欢作乐的。晚上！——他能上哪儿去呢。

两位绅士在他坐的长沙发上坐了下来。他们是春风得意的富翁，是西部来的两个开矿的百万富翁。

“你是什么时候来的？”一个说。

“哦，上星期三。”

“和太太同来吗？”

“是的。”

“今年去佛罗里达吗？”

“不，我太太不想去。她挑中了法国。我们要到那里去待几个月。”

“哦，我今天夜里动身。”

“是吗？”

“是的。”

“老地方吗？”

“是的，佛罗里达很配我胃口。我在那里觉得很开心。”

赫斯渥听了他们的谈话，就站起身来。他很疲倦，有些心灰意懒。外面的时钟上指着四点。时间还早一些，但是他想要回公寓去了。

想到回公寓去，他连带想到倘使他早回去，嘉莉会当他在外面只是东坐坐、西坐坐而已。他也希望不要这么早回去，但是这日子实在太难打发了。到了家里就是到了他自己的地方。他可以坐在摇椅里看报。这要舒服得多。这种忙忙碌碌、挑逗情绪、使人引起联想的局面就被排除在外了。他可以看看报纸。

因此，他就回了家。嘉莉独个儿在看报。门窗都关着，房间里显得很暗。

“你要看坏眼睛的，”他一看见她就说。

他脱下了上衣，觉得应该把这一天的情况告诉她一些。

“我已和一家酒类批发公司谈过，”他说，“我可能外出去推销酒。”

“那倒不坏，”嘉莉说。

“还不太糟，”他回答。

他这一阵总是向转角上的那个人买两份报纸——《世界晚报》和《太阳报》。由于有时报亭的主人找不出零钱，所以那个意大利人建议赫斯渥按星期付钱。所以现在他走过那里，不必停留，可以拿起报纸就走。

嘉莉认为该吃饭了。赫斯渥把椅子拖近炉边，点上煤气。然后又像上一晚一样了。他的心事消失在他爱看的新闻里了。

下一天竟然比上一天更糟，因为他这时想不出可以去什么地方了。直到上午十点钟，他在仔细研究的报纸里，还看不到中意的事情。他觉得应该出去，可是一想到就心痛。“到哪里去？到哪里去呢？”

“不要忘记给我这星期的家用钱，”嘉莉安静地说。

他们曾经约定，每星期由他给她十二块钱，用于日常开支。听到她的话，他轻轻地叹了一口气，拿出了荷包。他又觉得这事情真可怕。他只是把钱拿出去，拿出去，可是一无收入。

“老天爷，”他在自己心里想，“这样下去不行啊。”

他对嘉莉却什么都没有说。她也觉得她的要求使他不安。要他给钱很快就会成为难堪的事情了。

“可是，我有什么办法呢？”她想，“啊，我为什么就该为此而烦恼呢？”

赫斯渥走出门，朝百老汇路走去。他想去找个地方。可是不久就到了三十一街上的大旅社。他知道那里的休息室很舒适。他走过了二十条横马路觉得冷了。

“我到他们的理发室去修个面吧，”他想。

经过理发师的加工后，他认为就有权利在那里继续坐下去了。

他又觉得度日如年，就早些回家，这样一连几天，每天都苦苦地想找事做，但每天都因为厌恶、沮丧、害羞而不得不到休息室里去闲坐。

最后有三天刮起了风雪，他索性没有出去。雪是在一天傍晚开始下的。是一阵地道的风雪，雪片又大又软又白。第二天早晨还是风雪交加，报纸上说有暴风雪。从前窗窗口望得见外面厚厚地铺着一层柔软的雪。

“我想今天不出去了，”他在吃早饭的时候对嘉莉说。

“报纸上说，天气将越来越坏。”

“而且我叫的煤还没有送来，”嘉莉说，她叫了一蒲式耳[①]煤。

“我来去问一下，”赫斯渥说。这是他第一次表示要做些家务，但是，这好像是他想坐在家里的愿望提醒他的，作为享受权利的某种补偿。他并不是有意识地这样想的，但是在下意识里存在着这个想法。

整天整夜落着雪，城里的交通开始普遍发生阻塞。报纸上详尽地报

---

①容量单位，在美国等于35.238升。

道了暴风雪的消息，用大号铅字渲染穷人的疾苦。在全城按蒲式耳卖煤的意大利小商人，提高了煤价。报纸上大量刊载着寒冷、饥饿之类的消息，弄得人心惶惶，几乎每一个人都觉得冬天的可怕，虽然他们并没有自己身受。

赫斯渥坐在屋角的炉子边看报。他把找工作的需要撇在一边。这场暴风雪是如此猛烈，使一切活动都停顿下来，他也不需要去找工作了。他舒舒服服地坐在那里，烤他的双脚。

嘉莉看到他泰然自若有些不顺眼。尽管风雪很大，她还是怀疑他这样舒服是否恰当。他对自己的处境看得过分达观了一些。他太乐天安命了。

可是赫斯渥还是看报，只顾看报。他不大留心嘉莉。她在料理家务，不大说话来打扰他。

第二天还在下雪，再下一天天气寒冷彻骨。赫斯渥看了报纸的警告，就坐着不动。现在他自告奋勇去做些别的小事情了。一次是上肉店，另一次去杂货铺。他实在根本不去想这些小事情有什么真正的含义。只是既然坐在家里，这好像是应该做的。他觉得自己好像并不一无用处——真的，碰到这样恶劣的天气，在家里还是很顶用的。

可是，第四天，天晴了起来，他看报知道风雪已过。然而，这时他却闲散地混日子，想想街上该是何等的泥泞。天气还是很冷。他不愿考虑出门去。

直到中午他才放下报纸，走出门去。因为气候略微暖和了一些，路上真是泥泞不堪。他乘街车穿过十四街，从百老汇路上转车向南。他看到过一则小广告谈到珍珠街的一家酒店。可是，等他到了百老汇中央旅社，又改变了主张。

“这有什么用呀？”他想，眺望着车外的泥浆和积雪。“我没有钱投资。十拿九稳是不会成功的。我想还是下车的好。”于是他下了车。他在旅社的休息室里坐了下来，又等着时间流逝，不知道可以干些什么。

当他心满意足地在休息室里胡思乱想的时候，有一个衣冠楚楚的人走过休息室，停下步来，像是记不清楚似地仔细看了他一眼，然后就走上来。赫斯渥认出他是卡吉尔，芝加哥一家叫卡吉尔大马厩的东家，最后一次在艾弗里会堂看嘉莉演出的那一晚见过面。赫斯渥立即想起了这家伙那次带太太过来和他握手的情形。

赫斯渥大为局促。眼睛里显出了难堪的神情。

“嗐，是赫斯渥，”卡吉尔说，现在他记起来了，很后悔开始没有一眼就认出他，好避免这次会见。

“是的，”赫斯渥说，“你好呀？”

“很好，”卡吉尔说，因为没有话可谈而觉得为难。“住在这里吗？”

“不，”赫斯渥说，“前来赴约的。”

“我知道你离开了芝加哥。一直想知道，你景况如何。”

“啊，现在我住在纽约，”赫斯渥回答，急于想走开。

“我想，干得不差吧？”

“再好没有。”

“那就好极了。”

他们相互望着，觉得有些尴尬。

“哦，我和楼上一个朋友有约会。我要走了。再见。”

赫斯渥点了点头。

“真该死，”他喃喃地说，向门口走去。“我知道会碰到熟人的。”

他上街跨过了几条横马路。他表上还只有一点半。他竭力想有什么地方可去或者有什么事情可做。天气这么糟糕，他只想躲到室内去。终于他觉得双脚又湿又冷，就跳上一辆街车。街车把他送到五十九街，到这里实在和到别处没什么两样。下得车来，他转身沿着七马路走回去，但路上实在泥泞不堪。在路上闲逛而无处可去的痛苦，使他忍受不了。他觉得好像是着凉伤风了。

他在街角停下步来，等着向南行驶的街车。这不是出门的天气，他要回家去。

嘉莉见他三点缺一刻就回家，吃了一惊。

“这天气出门太糟了，”他就这么说了一句，然后脱下上衣，换了鞋子。

那天夜里，他觉得有些发冷，吃了些奎宁。直到天亮他还有热度，第二天就坐在家里，由嘉莉来伺候他。他一生病就成了个可怜虫，穿着颜色暗淡的浴衣，又不梳头发，就不很有风度了。他眼圈边显得憔悴，容颜苍老。嘉莉发现了这一点，这是使她不高兴的。她想要表示和善、同情，但是这个家伙有些地方使她不愿和他亲近。

快到傍晚时分，在暗淡的灯光下，他的面色显得极其难看，她就劝他去睡觉。

“你还是一个人睡的好，”她说。“你会感到舒服一些。我现在给你去铺床。”

“好吧，”他说。

她在照料这些事情时，心情是极其沮丧的。

“这是什么生活！这是什么生活！”她心里一直这么想着。

这天有一次，当他在暖炉旁边，弓着背在看报的时候，她穿过房间，看见了他，就皱起了眉头。她在不大暖和的前房里，坐在窗边哭起来。这就是她命中注定的生活吗？关在鸡埘一般的小房间里，跟一个失业的、闲着无事而又对她漠不关心的人同居吗？她现在只是他的一个女仆而已，别无可言。一切爱情都已死去。没有赞美，只是一般的好脾气而已。他什么都要她做，但是一无报答。他现在已有两星期什么也不干了。倘使他的病严重起来，他们怎么办呢？她两手捧住脸孔，又哭了起来。

她这一哭眼睛就发红，在铺床的时候，她点上了煤气灯，铺好了床，就叫他进来。他发现了这个事实。

“你怎么啦？”他问，紧盯着她的脸蛋。他的声音嘶哑，而且头发蓬乱，越发显得面目可憎。

“没有什么，”嘉莉有气无力地说。

“你哭过了，”他说。

“我没有哭，”她回答。

并不确切是为了爱他而哭，这是他明白的。

“你不用哭，”他说，爬上床去。“事情会好转的。”

过了一二天，他起了床，但是天气依旧很恶劣，他没有出去。那个意大利人现在送报上门了，他还是孜孜不倦地看这些报纸。过了些时候，他硬着头皮出去了几次，但是又碰到了一个老朋友，他开始觉得在旅社休息室里闲坐心神不安。

他每天老早回家，最后竟不装模作样地到任何地方去了。冬天不是找职业的时候。

他老是坐在家里的习惯形成了一个特点，就是他增加了对家务的照料。这是观察和启示的结果。因为老在家里，他自然会注意到嘉莉干家务的方法。她太不善于操持家务和精打细算了，他第一次看到了她在这方面的欠缺。可是，在她按期要开销的钱变成痛苦的负担以前，他却没有觉察。像他这样这儿坐坐，那儿坐坐，一星期又一星期过得好像很快。每星期二嘉莉就开口要钱。

“你以为我们生活得极其节省了吗？”有一个星期二早晨，他问。

“我是尽力而为的，”嘉莉说。

当时没有再说什么，但是就在第二天，他说：

“你到那面的市场去过没有？”

他是指在西区十一街上的甘斯沃尔市场。

“我不知道那里有个市场，”嘉莉说。

“那里有一个大市场。人们说，那里的东西便宜得多。”

嘉莉对这个建议很冷淡。她对这些事根本不感兴趣。

“你买一磅肉要多少钱？”有一天，他问。

“哦，有几种价格，”嘉莉说，“牛腰肉每磅两毛二。”

“这不是太贵了吗？”他回答。

他又这样问了其他的东西，天长日久终于成了他的一种癖好。他问了价格就牢牢记住。

他办家务的能力也有了改进。当然是从小事情上做起的。有一天早晨，嘉莉要拿帽子出去，被他挡住了。

“嘉莉，你要到哪里去？”他问。

“到那边面包房去，”她回答。

“我来代你去吧，”他说。

她默许了，他就出去。每天下午他到街角去买报纸。

“你要什么东西吗？”他会说。

她开始逐渐差遣他起来。可是，这么一来，她就拿不到每周十二块钱了。

“今天你要给我钱了，”差不多就在这时候，有一个星期二，她说。

“要多少？”他问。

她很懂得这句话的意思。

“哦，五块钱左右，”她回答，“我欠了煤店的钱。”

就在这一天，他说：

“我知道街角上那个意大利人每蒲式耳煤卖两毛五分钱。我去向他买。”

嘉莉漫不经心地听着。

“好吧，”她说。

于是事情就成为：

“乔治，今天要煤了”，或者“你该去买些午饭吃的肉了”。

他会问她需要什么东西，然后去定购。

随着这个格局，他变得吝啬起来。

“我只买了半磅牛排，”有一天下午他买报纸回来时说，“我们好像一向吃得不很多。”

这些凄惨的琐事使嘉莉的心都要碎了。这使她的生活变得阴暗，使她的心灵受着煎熬。唉，这个人变得真厉害啊。从早到晚，从早到晚，他尽是坐在家里看报。他对世界好像已无兴趣。每过一阵，他也会出去一次。逢到晴朗的日子，出去四五个钟点，在上午十一时至下午四时之间。她越来越看不起他，可是别无办法。

由于找不到出路，赫斯渥确实已处于麻木不仁的状态。每月的开支都从他那为数不多的积蓄里取出。这时，他只剩下五百块钱了，就紧抱住了不放，好像有些觉得他能够把赤贫无限期地拖延下去似的。坐在家里，他决定就穿他的一些旧衣服算了。起初是在下雨天。只有一次他说了句辩解的话，那是在开头的时候。

“今天天气这么坏，在家里我就穿这衣服算了。”

最后就永远穿了下去。

他向来习惯每修一次面给一毛五分钱，另给一毛钱小账。刚觉得手头拮据时，他把小账减到五分，然后就不给了。后来，他到一毛钱的剃头店去试试，发现修面修得不差，就经常到那里去了。再过了些时候，他把每天修面改为两天一次，然后每三天一次，这样下去，直到固定为每周一次。到了星期六，他的脸才好看呢！

当然啦，因为他已丧失了自尊心，嘉莉对他也失去了敬意。她弄不懂这个人心里在转什么念头。他还有些钱，还有一套体面的衣服，打扮好了，看上去还有些风度。她没有忘记自己在芝加哥的艰苦挣扎，但是她也没有忘记她并不听天由命。他就是听天由命。甚至连报纸上的广告都不再看了。

终于，她毫不含糊地说出了自己的想法。

“你为什么在牛排上放这么许多黄油？”有一天晚上他闲站在厨房里，问她说。

“当然是为了烧得好吃些啰，”她回答。

“黄油这一阵贵得很，”他提出意见。

“倘使你在工作，你就不会计较这些了，”她回答。

他就此闭口不说，回头去看报了，但是这句反驳话却在他的头脑里作痛。这是她嘴里的第一句刺人的话。

就在那天晚上，嘉莉看了报以后，就到前房去睡了。这是反常的。当赫斯渥要去睡觉的时候，他惯常是不点灯的。这时候他才发现嘉莉不在。

“这就怪了，”他说，“也许她还坐着呢。”

他不再去想这回事，就睡了。早晨，也不见她在身旁。说也奇怪，这事情就这样不了了之。

夜色降临的时候，谈话的气氛浓了一些，嘉莉说，“我想今晚一个人睡觉。我头痛。”

“好吧，”赫斯渥说。

第三夜，她不用借口，就到前房去睡了。

这对赫斯渥是个冷酷的打击，但是他从不提起。

“好吧，”他心里想，忍不住眉头一皱，“就让她一个人睡吧。”

第三十九章

万斯夫妇过了圣诞节就回到了纽约，他们没有忘记嘉莉；但是他们，或者说是万斯太太，从来没有去访问过她，理由很简单，只因为嘉莉没有把住址告诉她。根据她的性格，当她还住在七十八街时是和万斯太太一直通信的，但是等她不得不搬到了十三街，她害怕万斯太太会认为是家道衰落的表示，就设法不把住址告诉她。因为想不出什么适当的办法，她索性忍痛完全放弃了和她的朋友通信的权利。万斯太太对于这奇怪的沉默有些弄不懂，以为嘉莉一定离开了纽约，最后以为她已失踪而不再想她了。所以，当她在十四街又碰到嘉莉时，使她大吃一惊，她是买东西去的。嘉莉也是买东西去的。

“哎，惠勒太太，”万斯太太说，朝嘉莉浑身上下扫了一眼，“你一直在哪里？为什么不来看我？我一直不知道你怎么样了。真的，我——”

“我真高兴看到你，”嘉莉说，心里又快活又为难。这次遇见万斯太太真是太不巧了。“啊，我就住在这里附近。我一直打算去看你。你现在住在哪里？”

“五十八街，”万斯太太说，“就在七马路上朝北——二百十八号。你为什么不来看我呢？”

“会来的，”嘉莉说，“说真的，我一直想来哪。我知道我应该来。说来真不好意思。但是你知道——”

"你住在哪里?"万斯太太说。

"十三街,"嘉莉勉强地说,"西一百十二号。"

"啊,"万斯太太说,"不是就在这儿附近吗?"

"是的,"嘉莉说。"你过些时候一定要来看我啊。"

"好的,你是一个好人,"万斯太太笑着说,同时发现她的外表有了些变化。"这个住址也说明这一点,"她心里又想,"他们一定景况不妙。"

她还是很喜欢嘉莉,想照顾照顾她。

"和我一起到里面去一下,"她高声说,就走进一家店里。

嘉莉回到家里的时候,她对于奢侈和讲究的城市生活的一切希求又都复活起来了,而她的拮据的境况的性质也显得更严重了。最糟糕的是,万斯太太几乎没有得到邀请就声称要来看她。

赫斯渥照常在看报。他仿佛对这种处境压根儿无动于衷。他的胡子至少有四天没刮了。

"唉,"嘉莉想,"倘使她到这里来,看到他会怎么想呢?"

她满怀悲痛地摇摇头。看模样她的处境已变得忍受不下去了。

她觉得忍无可忍,就在吃饭的时候问:"那家批发公司有什么消息没有?"

"没有,"他说,"他们不要有经验的人。"

嘉莉没有接嘴,觉得已无话可说。

"今天下午,我遇见了万斯太太,"过了一会儿,她说。

"真的吗?"他回答。

"他们已经回到纽约了,"嘉莉说下去,"她打扮得真漂亮。"

"哦,只要她丈夫拿得出钱,她就负担得起,"赫斯渥回答,"他干的是好差使。"

赫斯渥眼睛盯着报纸。他看不见嘉莉投向他的无限疲惫和不满的眼色。

"她说,她想什么时候到这里来看我们。"

"她想到这点是不是太晚了一些?"赫斯渥带着讥讽的语调说。

他不喜欢这女人花钱的手面。

“哦，我说不准，”嘉莉说，被这个男人的态度惹怒了。“也许我并没有要她来。”

“她太会享福了，”赫斯渥意味深长地说，“除非有许多钱，否则谁都跟不上她的。”

“万斯先生看来并不觉得有多大困难。”

“他现在可能还行，”赫斯渥固执地回答，很懂得她的意思，“但是来日方长。还说不定会发生什么事情呢。他可能也会像别人一般垮下来的。”

这个人的态度真有些无赖气息。他的眼睛仿佛斜睨着幸运的人们，巴望他们失败。他自己的景况仿佛是另一回事——不在话下。

这是他往日的过分自信和独立自主的残余。坐在自己家里，从报纸上看别人的作为，有时候会产生这种不愿受约束和不肯认输的情绪。忘记了在街上奔走的疲劳、寻求职业的狼狈相，有时候他会竖起耳朵，好像在说：

“我能干些事情的。我还没有完蛋。倘使我去钻营一下，我会找到许多事情干的。”

正是怀着这样的心情，他会偶尔打扮得衣冠楚楚，修了面，然后戴上手套，兴冲冲地跑出门去。可并没有任何明确的目标。这活像是晴雨表上的变化。他只觉得这时正适宜于出门，去干些什么事情。

在这样的时候他的钱也得花掉一些。他知道市区有几家打扑克的去处。他在市区酒店里和市政厅那一带有几个相识。去看看他们，友好地随便谈谈，调剂一下生活。

“喂，惠勒，你好呀？”

“哦，还过得去。”

“你看上去很好。你怎么啦？”

“哦，说不上什么。”

这些小事情使他觉得这世界还差强人意，虽然对他并没有什么好处。

他曾经打得一手好扑克。有几次应酬中，他净赢了一百多块钱，在当时这笔钱只不过给打牌添点兴趣而已——不是头等大事。现在，在这样的好天气里，他倒有点想来试一手。

“我可能赢它两百块钱。我对此道还不生疏。”

应该说句公道话，他是心里有了好几次这种想法才付诸行动的。

他第一次闯进去的打扑克的去处在西街一个渡口附近的一家酒店的楼上。他以前曾到那里去过。这时有几组人正在打扑克。他看了一会儿，发现按发牌前下的赌注计算，总额为数极大。

“给我一副牌，”在新的一局开场的时候，他说。他拖过一只椅子，仔细看着牌。那些玩牌的人默默地打量着他，表面上并不明显，但却是这么全神贯注。

一开始他的手气不好。他拿到一手杂牌，既无顺子又无对子。

“我不要，”他说。

凭这手牌，他甘心输去他在发牌前下的赌注。再打下去，他的手气终究不错了，使他赢了几块钱回去。

一次小胜利，正像一点小聪明一样，确实是桩危险的事情。就在第二天下午，他又来了，想来玩玩，再赢些钱。这一回，他拿到一副三张同点数的牌，坚持不断地下注，结果惨败了。他对面一个好斗的爱尔兰青年的手里有一副更好的牌，他是赌场所在地的坦慕尼堂地区的一个食客。赫斯渥对这个家伙的咬住不放大为吃惊，他不动声色地连连下注，倘使是“偷鸡”的话，真是极其高明的手法。赫斯渥开始犹豫起来，但是他要，至少想要保持镇静的态度，他从前就是靠这个来欺骗牌桌上的那些工于心计的青年的，这些人仿佛不是观察对方外貌上的迹象(不管它们多么微妙)，而是观察思想和心情的。他克服不了心中的胆怯的想法：这个人有一副好牌，会坚持到底的，要是愿意这么跟下去的话，会把最后一块钱放入赌注的。但他还是想多赢一些——他一手牌极好。为什么不再加五块钱呢?

“我加你三块钱，”那个青年说。

“我加五块，”赫斯渥说，掏出筹码来。

“再加一倍，”那个青年说，推出一小堆红筹码。

“再给我一些筹码，”赫斯渥拿出一张钞票，对负责的管理员说。

年轻的对手的脸上露出了讥讽的冷笑。赫斯渥拿到了筹码，照加了赌注。

“再加五块，”那个青年说。

赫斯渥前额上汗湿了。他这时已陷得很深了——对他说来，非常深了。他已放上了整整六十块钱。他本来不是胆小鬼，但是一想到可能输掉这么多，使他气馁了。他终于放弃了。不再相信他手里的好牌了。

“摊牌吧，”他说。

“红桃顺子，”那个青年说，摊出一副同花的大牌。

赫斯渥的手掉了下去。

“我还以为比你强呢，”他有气无力地说。

那个青年收进筹码，赫斯渥就走了，在楼梯上停了步，数了数剩下的现钱。

“三百四十块钱，”他说。

输掉了这一笔钱，加上日常的开支，已花掉了不少啊。

回到公寓后，他决心不再赌钱了，要找些事情做。然而，事实上正是骄傲——对过去好时光的生动的记忆——使他停手的。他确实又走出去了，但是漫无目的地稍微走了些路，就使他垂头丧气，又像以前那样麻木不仁了。他就回到家里，在屋角的椅子里坐下来。

嘉莉记起了万斯太太说要来拜访，又温和地提出了自己的想法。那是关于他的衣衫的。就是这一天，他回到家里，就换上了在家里闲坐时穿的旧衣服。

“你为什么老是要穿这些旧衣服呢？”嘉莉问。

“在家里穿好衣服有什么用？”他问。

“哦，我以为你可以心情舒畅些。”接着又加了一句，“可能有人来看我们。”

“谁？”他说。

“哦，万斯太太，”嘉莉说。

“她不用来看我，”他板起面孔说。

这样缺乏自尊心和冷漠，使得嘉莉几乎恨他了。

“嘿，”她想，“他就是坐在那儿。说什么‘她不用来看我。’我认为他就是没脸见人。”

当万斯太太真来看望时，事情给弄得分外糟糕了。她经常出来买东西，就在有一次来了。一路穿过这普通的门厅，她敲敲嘉莉家的门。嘉莉不在家，这使她事后甚感痛心。赫斯渥来开门，以为是嘉莉在敲门。这一次，他确确实实吃了一惊。这是他已失去的青春和自尊的最后的呼声。

“呀，”他结结巴巴地说，“你好呀？”

“你好？”万斯太太说，几乎认不出他来了。她立即发觉他手足无措的样子。他不知道是否要请她进屋来。

“你太太在家吗？”她探问。

“不，”他说，“嘉莉出去了。不过请进来好吗？她就要回来的。”

“不——不，”万斯太太说，看出了景况已全部改变了。“我实在忙得很。我想跑上来看她一下，但是不能停留。请告诉你的太太，一定要她去看我。”

“好的，”赫斯渥说，退后一步，因为她要走而心里大为轻松。他感到十分羞愧，事后没精打采地交叉着双手，坐在椅子里沉思。

嘉莉从另一方向回来，似乎看见万斯太太在走向远处。她睁大了眼睛看去，但是无法说得准。

“刚才有人来过吗？”她问赫斯渥说。

“有的，”他于心不安地说，“万斯太太。”

“她看见你了吗？”她说，流露着满腔失望的神情。

这句话像是鞭子抽在赫斯渥身上，使他大为愤懑。

“倘使她有眼睛总是看得见的。我开的门。”

“啊，”嘉莉说，只因神经紧张而捏紧一只拳头。“她说了些什么？”

“没有说什么，”他回答，“她不能多待。”

“而你就是这副模样，”嘉莉一反长期的克制说。

“这又怎么样？”他说，动怒了。“我不知道她来，难道我知道吗？”

“你知道她可能会来的，”嘉莉说，“我告诉过你，她说要来。我已有十多次请你穿别的衣裳。啊，我认为这太糟糕了。”

“啊，别说了，”他回答，“这有什么关系呢？总之，你不能和她打交道了。他们太有钱。”

“谁说我要和她打交道？”嘉莉恶狠狠地说。

“哦，你做得像要和她打交道，为了我衣冠不整而大吵大闹。你以为我犯了——”

嘉莉打断了他的话。

“是这么回事，”她说，“即使我想和她打交道也不可能——但这是谁的不是呢？你大可以游手好闲地坐着，说我可以和什么人打交道。你为什么不出去找工作呢？”

这真是晴天霹雳。

“这对你有什么关系呢？”他说，气势汹汹地站了起来。“我付了房租，不是吗？我供给——”

“是的，你付了房租，”嘉莉说，“听你的口气，好像只要有套公寓可以在里头坐坐，世界上就没有别的什么了。三个月来，你只坐在家里添麻烦，别的什么都不干。我倒要问你，娶我来是干什么的。”

“我没有娶你，”他咆哮着。

“那末，我倒要问你，你在蒙特利尔干的是什么勾当，”她回道。

“是的，我没有娶你，”他回答，“你可以把这个念头抛掉。你说得好像不知道似的。”

嘉莉张大眼睛，望了他一会儿。她一向以为那是完全合法的，有约束力的婚姻。

“那末，你骗我做什么？”她恶狠狠地问，“你为什么强迫我和你私奔？”

她的语声几乎成了啜泣。

“强迫！”他掀起嘴唇说。“我才没有强迫呢。”

“啊！”嘉莉说，忍不住哭出声来，并且转过身去。“啊，啊！”就奔到前房去。

赫斯渥这时十分激动，生气。这对他的精神和道德观念是个极大的震动。他向四周一望，拭去额上的汗水，然后去拿衣服，穿着起来。嘉莉一声不吭，听得他穿衣服，就停止了啜泣。她起初稍微有些害怕，怕会不名一文地被抛弃——但并不是怕失去他，虽然他可能一去不返。她听得他打开衣柜盖，取出帽子。然后餐室门关上了，她知道他已走了。

寂静了一会儿，她站起来，擦干了眼泪，向窗外眺望。赫斯渥正在街头慢慢地踱去，从公寓向六马路走去。

赫斯渥沿着十三街向前走，跨过十四街到联合广场。

“找工作，”他心里想，“找工作。她叫我出去找工作。”

他努力要躲避自己良心的责备，因为凭良心说她是对的。

“总之，万斯太太这次来访真是该死，”他心中想着，“站在那里，把我上下打量了一番。我知道她在想些什么。”

他记得曾经在七十八街见过她几次。她老是浓妆艳服，他也曾在她的面前摆出和她不相上下的神气来。现在，想想她看见了他这副模样，真够呛。他难过地皱起了眉头。

“真见鬼！”他在一个钟点里这样说了十几次。

他离家的时候是四点一刻。嘉莉还在流泪。晚上要没有饭吃了。

“真倒霉，”他说，在心里装模作样，要掩饰自己的羞耻。“我并不这么糟糕——我还没有完蛋呢。”

他在广场上向四面一望，看见了莫尔顿饭店，决定到那里去吃晚饭。他要买了报纸，在那里舒适地待一会。

于是他走进莫尔顿饭店华丽的餐厅，这是当时纽约最高级的旅馆之一，找了一把有坐垫的椅子，就看起报来。他那日渐减少的钱不允许他这么挥霍，但他并不担心。像吗啡鬼一般，他对安逸上了瘾。只要能解除他精神的苦痛，满足他渴望安乐的需要就行。他必须这样做。管什么明朝——他不愿想下去，就像不愿想别的灾祸一般。像对待必然的死亡一般，他想在心里完全排除很快就将不名一文的念头，他几乎做到了这一点。

在厚地毯上来来往往的衣冠楚楚的客人们使他想起了昔日的豪华生活。有一位年轻的太太，这里的一个顾客，正在一间凹室内弹钢琴，使他看得很高兴。他坐在那里看报，装腔作势，谁都会把他当作一个有钱的、安逸的商人，而他就以此自慰。

一顿饭花了他一块五毛钱。八点钟吃好了饭，然后，看到客人陆续散去，出来寻欢作乐的人在门外不断增多，他不知到哪里去才好。不能回家。嘉莉还没有上床。不，今天晚上他不回去了。他要在外游荡，像一个没有家眷的人——但不是破产的——满可以干的那样。他买了一支雪茄，就走到街角，那儿其他闲人——掮客、赛马迷、演员——和他一模一样的人，正在闲荡。当他站在那里时，他想起了从前在芝加哥度过的夜晚，他过去是怎么打发时间的。他常常赌博。这使他想到了扑克。

“那天我打得不对头，”他想，指他当初赌输六十块钱的事。“我不应该软下来，我可以用偷鸡的办法打垮那个家伙。我的竞技状态不佳，才使我吃了亏。”

于是，他就研究那次打的牌的种种可能性，开始盘算只要再在偷鸡上加一把劲，有几副牌是可以取胜的。

“我打扑克是老手了，可以玩些名堂出来。今夜我要去试试手气。”

他眼前浮起一大堆赌注的幻影。假如他真能赢上一两百块——那不去玩才怪呢！他认识的许多赌徒都是靠此为生的，还生活得很不差呢。

“他们的钱也总是和我的差不多，”他想。

就这样他往附近一家打扑克的去处走去，心情活像往日一般。起先由于争吵而激动，后来在饭店里喝着鸡尾酒、抽着雪茄，吃了一顿晚饭，使他进入了忘乎所以的境界，差不多恢复了往日的赫斯渥的风度。实在他不是往日的赫斯渥了——只是一个心神不定、受到幻影诱惑的人而已。

这家去处和那一家很相似，不过它是在一家上等酒店的内室里。赫斯渥观察了一会儿，于是，发现了一个饶有趣味的牌局，就参加进去。像上一次一样，起先打得还顺手，他赢了几次就高兴起来，又输了些钱，因此更其热衷，决定要打下去。最后，这迷人的赌博使他放不下手来。他喜欢冒冒风险，就凭着一副小牌，大胆偷鸡，想赢一笔可观的钱。使他大为满意的是，他竟赢了。

在这意气风发的高潮中，他开始以为自己鸿运高照。谁都没有打得这么好。这时他又拿到了一副普通的牌，又想凭它来博一笔大钱了。那儿有些人却像是看透了他的用意，他们的观察是这么精密。

“我有三张同点数的牌，”有一个赌徒在心里想，“我要和这个家伙拼到底。”

结果就开始下注。

“我加你十块。”

“好的。”

“再加十块。”

“好的。”

“再加十块。”

“随你加就是。”

结果弄得赫斯渥下了七十五块钱注。那对手真觉得情况严重起来。也许这个家伙(赫斯渥)真有一副硬牌呢。

“摊牌，”他说。

赫斯渥摊出牌来。他完蛋了。他输了七十五块钱，这惨痛的事实弄得他想拼命了。

“我们再来一盘，”他冷冷地说。

“很好，”那个人说。

有几个赌徒退出了，由游手好闲的旁观者接替他们。时间在消逝，一直打到了十二点钟。赫斯渥坚持了下去，没有大赢，也没有大输。然后他觉得疲倦了，在最后一盘上又输了二十块钱。他心里很难过。

他于翌晨一点一刻走出那个去处。寒冷、荒凉的街道，仿佛在嘲讽他的处境。他慢慢地向西走，不再想到和嘉莉的争吵。他踏上楼梯，走进他的房间里，像是没有相骂过一般。他心里念念不忘赌输了钱。在床边坐下了，他数了数他的钱。除去日常的家庭开支，现在只有一百九十块钱和一些零钱了。他把钱放好以后，开始脱衣裳。

“我不懂我究竟怎么搞的，”他说。

早晨，嘉莉简直不说话，他觉得似乎又非出去不可。他待她很不好，但是又不愿赔罪。现在他不顾死活了，于是有一两天就这么到外面去，像绅士一般，或者像他心目中的所谓绅士一般生活，这一来又得花钱。这越出常轨的活动立即使他身心交困，且不谈他的钱包，这一下又损失了三十块钱。于是，他又恢复了冷静、痛苦的感觉。

“今天收房租的人要来，”过了三个早晨，嘉莉这么冷淡地对他说。

“是吗？”

“是的，今天是二号，”嘉莉回答。

赫斯渥皱起了眉头。然后，无可奈何地拿出荷包来。

“付房租看来是重头，”他说。

他差不多只剩最后的一百块钱了。

第四十章

过了些时候怎么会只剩下最后的五十块钱了，这是毋须解释的。那七百块钱，照他的花法，只维持到了六月份。快到只剩下最后一百块的关头时，他开始谈到灾祸就要临头了。

“我弄不懂，”有一天，他以买肉的小开支作借口说，“我们的生活好像着实花了不少钱。”

“照我看，”嘉莉说，“我们花得并不太多。”

“我的钱差不多要用完了，”他说，“我几乎不知道是花到哪里去的。”

“那七百块钱都要用完了吗？”嘉莉问。

“只剩一百块钱了。”

他面色那么忧郁，把她吓了一跳。她开始觉得自己毫无着落。她心里一直有这种感觉。

“可是，乔治，”她大声说，“你为什么不出去找些事情干呢？你可以找到些事情的。”

“我找过了，”他说，“你总不能强迫人家给你一个职位吧。”

她无力地望着他说——“那末，你想怎么办呢？一百块钱是用不长久的。”

“我不知道，”他说，“我除了寻找以外别无办法。”

嘉莉听到这句话，大为惊恐。她苦苦思量着这个问题。她过去往往把舞台当作可以进身的门户，从此走进她殷切向往的黄金世界。现在，像在芝加哥一样，舞台成了她苦难中的最后希望。倘使他不能很快找到工作，那必须想些办法。也许她不得不出去，再去单独奋斗。

她开始思量出去找一个职位的办法。她在芝加哥的经验证明她过去试得不得法。一定有些人是愿意听你提出要求，对你进行考核——愿意给你一个职位的。

有一次，她想问问赫斯渥，但是，也说不出是什么缘故，她同时觉得他会反对的。她已成了一个这么地道的家庭主妇；什么事情都依靠她。他不会情愿让她放下这一切，去找别的什么事情的。可是她还想可以绕一个圈子来问问他。

一两天之后，他们在早餐桌上谈话，她提到了戏剧，说看到萨拉·伯恩哈特①要到美国来演出的消息。赫斯渥也看到了。

“人家是怎么上舞台的，乔治？”她终于天真地问。

“我不知道，”他说，“一定是通过剧团代理人的吧。”

嘉莉在喝咖啡，没有抬起头来。

---

①萨拉·伯恩哈特（1844—1923）为法国的国际闻名的女演员，曾在欧美各国演出《李尔王》、《茶花女》、《哈姆雷特》等名剧。

“专门代人找工作的吗？”

“是的，我想是这样，”他回答。

突然，她问这些话的神气引起了他的注意。

“你不会还在想当演员吧？”他问。

“不，”她回答，“我只是弄不清楚罢了。”

虽然不是很明确，他对这种想法是不赞成的。经过三年的观察，他不再相信嘉莉能在这一行里出人头地。她似乎太单纯，太没有主见了。他认为戏剧艺术包含着一些更其浮夸的东西。倘使她想上舞台，就会落到某个卑鄙的经理的手里，变得和那帮人一样。他很了解他所谓的那帮人。嘉莉长得美丽。她能混得不错，但是他又将置身何地呢？

“倘使我是你，我就不转这个念头。这比你想象的要难得多。”

嘉莉觉得这句话里多少含着些瞧不起她的才能的意思。

“你说过我在芝加哥确实演得很好，”她回驳他。

“你是演得不差，”他回答，发觉他已激起了反感，“但是芝加哥不同于纽约，差得远呢。”

嘉莉不再答话。这些话伤了她的心。

“倘使你能成为名角，”他说下去，“那末演戏是不错的，但是对其他人就说不上什么了。要花很长的时间才能出头。”

“啊，我不知道，”嘉莉说，有些儿激动了。

他突然觉得他可以预料到这件事的结局。现在，他已接近日暮途穷了，她要不顾体面去演戏，并且抛弃他。说也奇怪，他并不明白了解她的智力。这是因为他不了解感情的伟大。他从来就不知道一个人可能在感情上很伟大，而不是在知识上。艾弗里会堂已经早就成为过去，他既不去想，也记不清楚了。他和这个女人同居得太久了。

“哦，我倒是知道的，”他回答，“倘使我是你，我就不想去演戏。这对女人来讲不是个好职业。”

“比挨饿总强吧，”嘉莉说，“倘使你不要我去演戏，你自己为什么不去找工作呢？”

他没有现成的话可以回答。他早已听惯了这种意见。

“啊，别说了，”他回答。

这场谈话的结果是她暗地里决定去试一试。这和他不相干。她不愿意为了迎合他而被拖入贫困，或更差的境地。她能演戏。她能找到事情，然后成名起来。到那时，他能说什么呢？她设想自己已经在百老汇某些好戏里演出，每天晚上到化妆室去化妆。然后，她会在十一点钟走出戏院，看见成行的马车，等待着散场出来的观众。不管她是不是明星，这不重要。只要她一旦进得去，拿到像样的薪水，穿上她喜欢穿的衣服，有钱可花，高兴到哪里就到哪里——这一切将是何等的快乐呀。她一天到晚就想着这个情景。赫斯渥的凄惨的境遇，使这个美境越来越生动了。

说来真奇怪，赫斯渥不久也有了这种想法。他的钱快要用完了，觉得需要有生活来源。嘉莉为什么不能帮助他一些，等到他找到什么事情干呢？

他有一天回家，心里怀着些这样的想法。

“今天我遇见了约翰·贝·德雷克，”他说，“今年秋天，他将在这里开一家旅馆。他说到那时可以给我一个职位。”

“他是谁呀？”嘉莉问。

“他是在芝加哥开太平洋大旅社的。”

“啊，”嘉莉说。

“我在那里大约每年可以拿一千四百块钱的薪水。”

“那不是很好吗？”她同情地说。

“只要度过今年夏天，”他补充说，“我认为就没有问题了。我又接到了几个朋友的信。”

嘉莉对这个天真、美丽的故事，不加考察，信以为真。她真诚地希望他能度过夏天。他显得这么束手无策。

“你还剩多少钱？”她问。

“只有五十块了。”

“啊，天呀！”她嚷出声来，“我们怎么办呢？再过二十天又要付房租了。”

赫斯渥双手捧着头，呆呆地俯视着地板。

“也许你能在演戏这一行里找到什么事情，”他用和缓的口气建议道。

“也许我能够，”既然现在有人赞成了她这个主意，嘉莉就这样说。

“我现在不管什么事情都愿意干，”既然他看见她已转忧为喜，就很大胆地说。“我能找到些事情的。”

有一天早晨，等他出了门，她收拾了东西，找出最好的衣服，打扮得很整洁，就动身到百老汇路去。她不怎么熟悉那条大道。对她来说，这里是所有伟大和了不起的事业的惊人的集合地点。那些戏院就在那里——这种代理处想必也在附近。

她决定弯进麦迪逊广场戏院去打听到什么地方去找剧团代理人。这仿佛是个聪明的办法。因此，她一到那家戏院就去问售票房的办事员。

“什么？”他说着，向外一望。“剧团代理人。我可不知道。话虽如此，你可以到《克立普》上[①]去找，他们都在那上面登广告。”

“是一种报纸吗？”嘉莉说。

“是的，”办事员说，很奇怪她连这么普通的事情都不知道。“报摊上买得到的，”看到这个来问询的人竟然这么漂亮，他很客气地补充说。

嘉莉就去买了一份《克立普》，站在报摊旁边，想翻阅一遍，找寻那些代理人。这是不那么容易找的。于是，她决定把报纸带回家去，看看经过仔细搜索是否可以找到这些代理人的地址。十三街离开这里有好几条横马路，但她还是带着这份珍贵的报纸回去，很后悔浪费了时间。

赫斯渥已经回到家里，坐在他的老位子上。

“你到哪里去了？”他问。

“我想去找几个剧团代理人。”

他觉得有点胆怯，不想问她是不是成功了。她开始翻阅的报纸引起

---

①这是1853年至1924年间在纽约出版的有关戏剧的新闻报。

了他的注意。

“你拿的是什么？”他问。

“《克立普》。那个人说可以在这上面找到他们的地址。”

“你要一直走到百老汇路才知道这一点吗？我本来就可以告诉你的。”

“你为什么不早说呢？”她问，没有抬起头来。

“你从来没有问过我啊，”他回答。

她漫无目的地在密密麻麻的栏目里找寻。她被这个家伙的冷漠无情弄得心烦意乱。他所干的一切，只能增加她面前处境的困难。她不禁在心里自怜自叹。泪珠在她眼睑上颤动着，只是没有掉下来。赫斯渥也看出了一些端倪。

“让我来看看。”

趁他在查看报纸的时候，她走进前房，定下神来。她马上就回来了。他拿着一支铅笔在信封上写着。

“这里有三处，”他说。

嘉莉拿过来一看，一个是伯缪台兹太太，另一个是马库斯·詹克斯，第三个是珀西·韦尔。她只停了一会儿，就向门口走去。

“我还是立即就去的好，”她头也不回地说。

赫斯渥望着她走出去，心里略微有些惭愧，这是一个衰老得很快的男子汉的心情。他坐了一会儿，过后觉得受不住了，就站起身来，戴上帽子。

“我想我该出去走走，”他心里想，就走出去，并不是要到某一个地方去，但是总觉得该出去才是。

嘉莉首先去访问伯缪台兹太太，因为她的地址最近。这是一座改装为办公室的老式住宅，看不出一丁点儿改建或者装修的迹象。连墙纸也没有换。伯缪台兹太太的办公室是原来三楼的后房和前卧室。那间前卧室如今是她专用的办公室，门上写着“闲人莫入”这几个字。在这大房间里有栏杆和铁丝屏风，直接天花板，把靠近后窗的一部分划出作办事员办公用。

当嘉莉走进去时，她发现有几个男人闲散地坐在那里——不说话，也不干事。过了一会儿，柜台后面的女职员发现嘉莉不和她说话，就同她打了个招呼。

“你来做什么？”她就问。

“我想找个舞台上的角色做做，”嘉莉说。

“啊，”女职员说，“也许你要找伯缪台兹太太吧。”

“就是要找她，”嘉莉回答。

“哦，她眼下不在。出去吃中饭了。”

“她什么时候回来？”

“我看，两点钟左右吧。”

嘉莉回头走了出去，那几个男人目送着她。

听到她去吃中饭了，嘉莉知道其他的人也会不在的，但她还是走访了詹克斯先生的办公室。这儿比上一处要小得多。那是在二十七街一间很小的房间里，在曲折盘旋的楼梯顶上，黑暗而且龌龊。嘉莉一个劲地爬上去，在屏风后面发现了另一个办事员，显然在写什么。这个家伙是个犹太人。另一个人坐在一个小角落的火炉边。

“什么事？”这个家伙问。

“詹克斯先生在吗？”

“不，他出去吃中饭了。”

“你知道他什么时候回来吗？”

“大约两点钟。”

在第三处简陋、阴暗的办公室里情况也是这样，所以嘉莉就决定在路上走走，等待时间过去。

到二点差一刻，她回到伯缪台兹太太的办公室里。

当她走进去时，这里仿佛也满是一片沉闷的景象，但是，就在她等待人家注意到她的时候，前卧室的门开了，从那里走出两个模样很像男子的妇女来，穿着非常紧的衣服，戴着白硬领和白袖口。她们身后跟着一位胖太太，大约四十五岁，淡色的头发、锐利的目光，看上去是心地和善的人。至少她正在微笑。

“可不要忘记那事情，”一个像男子的妇女说。

“不会的，”胖女人说，“让我想一想，”她又补充一句，“二月的第一个星期，你们要到哪里去？”

“到匹兹堡，”那个妇人说。

“我会写信给你们的。”

“好吧，”对方说，两人就走出去了。

这位胖太太的面孔立即变得极其清醒、精明。她转过身来，以锐利的目光凝视着嘉莉。

“哦，”她说，“年轻人，我能为你效劳吗？”

“你是伯缪台兹太太吗？”

“是的。”

“那末，”嘉莉说，不知怎么说起，“你能介绍人上台演戏吗？”

“是的。”

“能给我找一个角色吗？”

“你有演戏的经验没有？”

“略微有一点，”嘉莉说。

“你在哪个剧团干过？”

“哦，一个也没有，”嘉莉说，“只是一种客串，在——”

“啊，我明白了，”那个女人打断她说，“不，现在我不知道有什么机会。”

嘉莉的脸色变了样。

“你要在纽约登过台才行，”和蔼的伯缪台兹太太最后说，“话虽如此，我们可以把你的名字记下来。”

当这位太太回进办公室去时，嘉莉站在那里望着她。

“你住在哪里？”在柜台后面的年轻女人接过中断的谈话，问她说。

“乔治·惠勒太太，”嘉莉说着，走到她在写字的地方。那个女人把她的地址详细地写下了，然后就让她随意回去。

她在詹克斯先生的办公室里的遭遇，跟这十分相似，只是在结束时稍有不同，他说了句："倘使你能在什么地方戏院演出或者有一张印有你名字的节目单，我可能效些劳的。"

在第三处，那个家伙问道：

"你想干什么样的工作？"

"你这话是什么意思？"嘉莉说。

"哦，你想演喜剧，还是杂耍剧，还是当群舞演员？"

"啊，我倒希望在一出话剧里演一个角色，"嘉莉说。

"那末，"这个人说，"要花些代价才办得到。"

"多少钱？"嘉莉说，看起来好像很可笑，她就是没有想到过这一点。

"哦，那要看你了，"他狡猾地回答。

嘉莉惊奇地望着他。她不知道怎么问下去。

"倘使我付了钱，你能给我一个角色吗？"

"倘使不给你，你可以把钱拿回去。"

"啊！"她说。

这个代理人知道他是在和一个没有经验的人打交道，因此就这样说下去：

"反正你得付五十块钱。少了谁都不高兴为你奔忙的。"

嘉莉懂得了意思。

"谢谢你，"她说。"让我考虑一下。"

她要动身走了，可是又想起了一件事。

"要多久才可以弄到一个角色呢？"

"哦，那就很难说啦，"那人说，"可能一星期就弄到，也可能要一个月。我们一找到你能够干的工作就会给你的。"

"我懂了，"嘉莉说，于是半含微笑，露出愉快的神色，走了出来。

代理人揣摩了一会儿，然后在心里想："这帮娘们如此急于想上舞台，真是好笑。"

嘉莉关于五十块钱的要求东想西想，想个不停。她没有五十块钱，而且越想越觉得她很难弄到这笔钱。再说，她不喜欢提出这个建议的家伙的神色。

“也许他们拿了我的钱，而不给我事情做，”她想。这使她的希望萎缩了下去。

“事情这么难，真是可笑，”她想。“伯缪台兹太太不肯谈下去，也许就是为了这个缘故。倘使我带着五十块钱，她可能会说的。”

她回到公寓里，想起她有些珠宝——一只钻石戒指和别针，还有几件别的首饰。倘使把这些东西送进当铺，可以当五十块钱的。

赫斯渥比她早回家。他没想到她出去找工作会花这么多时间。

“哦，”他说，不敢探问有什么消息。

“我今天什么也没有找到，”嘉莉说着，一面脱下手套。“他们都要拿了钱才肯给你一份工作。”

“要多少？”赫斯渥问。

“五十块。”

“他们不要什么别的东西，对吗？”

“啊，他们也和别的人一样。即使付了钱，也说不定究竟会不会给你什么事情呢。”

“嗯，我就不愿意因此就拿出五十块钱，”赫斯渥说，好像正手里拿着钱在作决定。

“我可说不准，”嘉莉说，“我想找几个经理试试看。”

赫斯渥听着这句话，并没有觉察到这样做有什么可怕。他略微向前后摇了摇，啃着他的手指。到了这山穷水尽的地步，这仿佛都是极其自然的。他以后会好起来的。

第四十一章

第二天，嘉莉重新去找工作，到了卡西诺戏院，发现轻歌剧的群舞队里，也和别的地方一般，难于找到事情做。可以站队参加群舞的美貌姑娘，多得像能挥舞鹤嘴锄的工人一样。她发现除了关于容貌和体形的一般标准以外，人们并不分辨求职者之间的差别。她们自己的意愿或对自己的才能的了解，是在所不计的。

“格雷先生在哪里？”她在卡西诺戏院的后台入口处，问一个面目可憎的门房。

“你现在不能见他。他正忙着呢。”

“你知道什么时候能见他呢？”

“和他约定了吗？”

“没有。”

“那末，你得到他的办公室里去找他。”

“天呀！”嘉莉叫起来，“他的办公室在哪里？”

“百老汇路一千二百七十八号。”

她知道这时不必赶到那里去。他不会在那里的。除了利用其间的时候再找寻以外，别无他法。

丹尼尔·弗罗曼[①]先生的办公室，在二十四街和四马路转角的兰心戏院。查尔斯·弗罗曼先生的办公室在四十一街和百老汇路转角的帝国戏院。戴利先生的办公室在戴利戏院。在这些地方的悲惨的探索，结果很快就见分晓。戴利先生只见预先约定的客人。嘉莉在阴暗的办公室里，不顾阻挡，等了一个钟点，才从沉着、冷漠的多尼先生嘴里知道了这个规矩。

“你应该先写信要求他接见。”

她就这样走了。

在帝国戏院她发现一群特别没精打采和冷漠无情的人。一切都蒙着华丽的家具布套，一切都郑重地布置好，一切都非常矜持。

“弗罗曼先生的办公室吗？——在三楼。”这是一个好看的女打字员说的，她故意打量着嘉莉——这就是说，要让她觉得自己的渺小和

---

①丹尼尔·弗罗曼（1851—1940）为查尔斯·弗罗曼的哥哥，于1886年任纽约兰心戏院经理。

微不足道的地位。

弗罗曼先生的接待室里，另有一位年轻姑娘坐在打字机旁。

“弗罗曼先生吗？啊，他不在这里。你有什么事吗？”

“我想打听打听，是否可以参加剧团，”嘉莉说。

“啊，那末，你得到楼下去提出申请。巴纳比先生负责这事情。”

嘉莉就这样窘迫地来到楼下。巴纳比先生不在。

“什么时候可以见到他呢？”

“也许要三点以后。平常他这个时候总在这里。”

丹尼尔·弗罗曼先生的办公室在更其偏僻的地方——一个与世隔绝的楼梯下的小间里，地上铺着地毯，墙上安着护壁板，使人觉得所有的权威都是崇高的。这里有一个售票员、一个门房和一个助手，都是神气活现的，显示着高不可攀的气势。

“呀，现在要非常谦卑，真正做到非常谦卑。请告诉我们，你需要什么。快点讲，忐忑不安地说，要没有一丁点儿自尊心。倘使对我们没有任何为难之处，我们可以看看能为你效什么劳。”

这是兰心戏院的气氛——实际上是城里每一家经理室的共同态度。做这种营生的小业主，真是他们自己领域里的最高统治者。

嘉莉精疲力竭地回去，为受到了磨难而更其垂头丧气了。当时，弗罗曼先生的剧团不准备排演剧目。

“不，不——这几个月都不演出。”

那天晚上，赫斯渥听到了这劳而无功的求业的细节。

“我什么人也没有看到，”嘉莉说，“我只是走啊，走啊，东等西等。”

赫斯渥只是望着她。

“我想必须先有些朋友才进得去，”她闷闷不乐地补充说。

赫斯渥知道这事情的困难，可是并不以为怎么糟糕。嘉莉已经疲惫、沮丧，但是现在她可以休息休息了。从他的摇椅里观察世界，人世的艰辛似乎并不很快就会来临。今天过了还有明天呢。

明天来了，接着又是一天，又是一天。

嘉莉见到了一次经理。

“下星期一来吧，”他说，“那时候我可能调换些人。”

他是一个身材魁梧、肥胖的人，丰衣美食，他观察女人就像别人观察马一般。嘉莉长得美丽多姿。即使一点经验都没有，也许可以把她放在群舞队里。有一个东家曾经表示过，群舞队员的相貌差一些。

等下星期一来到还有好几天。下月初倒就在眼前了。嘉莉异乎寻常地忧虑起来。

“你出去真是去找事情的吗？”有一天早晨，她自己想得发急起来，就问赫斯渥道。

“那当然啦，”他不高兴地说，对这叫人难堪的暗示感到有些儿不安。

“在眼前，”她说，“要是我，什么事情都干。又快到月初了。”

她看上去简直是绝望了。

赫斯渥放下报纸，换了衣服。

他想，他要找些事情干。他想去看看什么地方是否有酿酒厂要他工作。是的，倘使弄得到的话，做堂倌他也愿意。

这一次出行和他以前经历的一个样。他什么事情也找不到。一碰到一两次轻微的挫折就打消了他的勇气。

“不济事的，”他想，“我还是回家去的好。”

现在他的钱已快花光了，就开始注意起他的服装来，觉得他的服装也开始显得黯然失色了。这使他很痛心。

嘉莉随后也回来了。

“我去找了几个杂耍剧场的经理，”她漫无目的地说，“你必须会演一个节目。他们不要没有节目可演的人。”

“我今天去看了几个开酿酒厂的人，”赫斯渥说，“有一个人告诉我，他想法在两三星期内给我找一个职位。”

看到嘉莉这么满怀愁绪，他非作些表示不可，因此就说了这句话。这是惰性对活力的托辞。

星期一嘉莉又到卡西诺戏院去。

“是我叫你今天来的吗？”经理说，把站在他面前的嘉莉上下打量了一番。

“你说是星期一，”嘉莉说，大为窘迫。

“有什么经验吗？”他简直严厉地又问。

嘉莉承认一无所知。

“哦，我可说不上了，”他说，又望了她一下，然后去翻寻一些报纸。他暗地里对这个美貌、含愁的年轻女人很有好感。“明天早晨到戏院里来吧。”

嘉莉的心都要跳上喉头来了。

“我会来的，”她艰难地说。她看得出他是要她的，就转身要走。

他真的会给她工作吗？好运之神啊，真的会这样吗？

从窗外传入的嘈杂的市声，已经变得悦耳动听了。

一个严厉的声音，回答了她内心的疑问，驱散了这方面的一切疑虑。

“要准时到院，”这声音粗声粗气地说，“倘使不准时到来，就要除名的。”

嘉莉匆匆离开。现在她不想去谴责赫斯渥的懒散了。她弄到了个职位——她弄到了个职位。她的耳朵里只听得这美妙的声音。

她在高兴头上几乎急于要告诉赫斯渥。但是，在走回家的路上，她对这事考虑得更多了一些，就想起她能在几个星期里就找到工作，而他却几个月来一事无成，这是不合情理的。

“他为什么找不到工作？”她在心里率直地想，“倘使我找得到，他一定也该找得到。我找工作并不太难呀。”

她忘记了自己的年轻美貌。她在得意忘形的时候，没有觉察到年龄的障碍。

获得成功的人老是这样的。

然而她还是掩饰不了心里的秘密。她想装得镇静、无动于衷，但这是一眼就看得穿的伪装。

“怎么样？”看见她面色轻松，他说。

“我找到了工作。”

“找到了吗？”他说，口气轻松些了。

“是的。”

“是什么工作？”他问，兴致来了，好像觉得现在他也能找到什么好工作似的。

“群舞队队员，”她回答。

“就是你告诉我过的卡西诺剧院上演的戏吗？”

“是的，”她回答，“明天就开始排练。”

嘉莉还自动加上了许多解释，因为她心里高兴。最后，赫斯渥说：

“你知道能拿到多少薪水吗？”

“不，我不想问，”嘉莉说，“我想他们每星期给十二块或者十四块钱吧。”

“我看也差不多是这个数目，”赫斯渥说。

那天晚上，因为消除了可怕的紧张之感，他们在家里美美地吃了一顿饭。赫斯渥出去修了面，带了一大块牛腰肉回来。

“那末，”他心里想，“明天我自己也要出去找找看。”他抬起俯视地板的目光，露出新的希望。

第二天，嘉莉准时去报到，当上了一名群舞演员。她看到一个空洞洞、黑魆魆的大戏院，还留着昨夜演出时的余香和排场，这是一个富丽堂皇的以东方色彩著称的剧场。这里的五光十色真使她又惊又喜。但愿这五光十色的场面永远长在。她真愿意竭尽全力使自己当之无愧。这是超乎常人，超乎游手好闲，超乎贫困的事儿，不是微不足道的。人们要盛装艳服，坐了马车来看演出。这里永远是愉快和欢乐的中心。而她现在却已置身其间。啊，只要她能够留在这里，她的日子会变得多么幸福呀。

“你叫什么名字？”正在指挥排练的导演问。

“马登达，”她立即想起了杜洛埃在芝加哥为她所选的姓氏，回答道。“嘉莉·马登达。”

“那好，马登达小姐，”他说，嘉莉觉得他说得非常和蔼可亲。

“请你到那边去。”

然后，他对一个早已在队里的年轻妇女说：

“克拉克小姐，你和马登达小姐搭配。”

这个年轻姑娘就朝前走了一步，使嘉莉知道该上哪儿去，排演就此开始。

嘉莉很快就发觉，尽管这里的排练和艾弗里会堂的排演约略有些相同，导演的态度却要强硬得多。她当初曾经对米利斯先生的严厉和高人一等的态度很吃惊，但是在这里指挥的人是同样严厉，而且粗暴得近乎野蛮。在排练的过程中，他仿佛对一些小事也是怒气冲冲的，说话的音量越来越大。很明显，他极其瞧不起这些年轻妇女的乔模乔样的自尊和天真的味儿。

“克拉克，”他会这么叫，意思当然是指克拉克小姐，“你为什么不跟上去？”

“四人一排，向右转！向右转，我说，向右转！天呀，注意，向右转！”在这么说的时候，他会把最后几个字音提高，成为一声怒吼。

“梅特兰！梅特兰！”他有一次叫道。

一个怯生生的、服装漂亮的小姑娘站了出来。嘉莉禁不住为她浑身打战，因为她自己心里充满着同情和恐惧。

“有，先生，”梅特兰说。

“你的耳朵有毛病吗？”

“没有，先生。”

“你懂不懂‘全队向左转’是什么意思？”

“懂的，先生。”

“那末，你为什么要跌跌冲冲地向右呢？想破坏队形吗？”

“我只是——”

“不管你只是什么。耳朵要听着。”

嘉莉可怜她，又怕轮到自己。

可是另一个又身受了责骂的痛苦。

“暂停片刻，”导演叫着，绝望似地伸起双手。他的动作是凶猛的。

“埃尔佛斯！”他高声大嚷，“你嘴里含着什么东西？”

“没有什么，”埃尔佛斯说，当时有的人在笑，有的怯生生地站在旁边。

“那末，你在讲话吗？”

“没有，先生。”

“那末，嘴巴不要动。现在大家再来一次。”

终于轮到了嘉莉。因为她一心想按照一切要求去做，反而造成了麻烦。

她听得在叫什么人。

“梅逊，”这声音说。“梅逊小姐。”

她向四周一望，不知是叫什么人。她身后的姑娘轻轻推了她一下，但是她不懂是什么意思。

“你，你！”导演说，“你听不见吗？”

“啊，”嘉莉说，吓得几乎站不住脚，脸色涨得通红。

“你不是姓梅逊吗？”导演问。

“不，先生，”嘉莉说，“我姓马登达。”

“好吧，你的脚怎么啦？你不会跳舞吗？”

“会的，先生，”嘉莉说，她早已学会了这种艺术。

“那末你为什么不跳？不要拖拖沓沓的，像死人一样。我非要有活力的人不可。”

嘉莉两颊烧得绯红。嘴唇有些儿颤动。

“是的，先生，”她说。

就这样不断地督促，外加脾气急躁和气势逼人，延续了整整三个钟点。嘉莉走时已经精疲力竭，但是心里太兴奋而没有觉察得这一点。她打算回家之后，按照指示练习这些规定动作。她无论如何要尽力不做错动作。

当她回到公寓里时，赫斯渥不在那里。她猜测，他是出去找工作了，真是少有的事。她只吃了一口饭，就继续练习，经济困难得到解除的远景支撑着她。

“她耳朵里响彻着荣耀的声音。”

当赫斯渥回家的时候，他的心情不如出去的时候舒畅，而她想到要停止练习，去准备晚饭，这时就有些不快。她既要工作，又得干这些事。她难道要一边演出，一边操持家务吗?

“我开始工作以后，”她说，“就不干这些事情了。他可以在外面吃饭的。”

此后每天都发生一些麻烦事。她发现参加群舞队并不是怎么了不起的事情，又知道她每周的薪水是十二块钱。过了几天，她第一次看到了那些高高在上的大人物——扮演主角的男女演员。莉莲·罗塞尔①在舞台上出现了，还有杰斐逊·迪·安吉利斯②。还有一些演员没有他们重要，但是远远超过嘉莉。她发现他们有特权，被尊敬。她是无足轻重的——压根儿是无足轻重的。

在家里有赫斯渥，每天使她不得不左思右想。他好像弄不到什么事可做，可是他却胆敢问她的工作情况。他经常这么询问，有些像要靠她的工作而生活的味道。既然她已有了具体的生活来源，赫斯渥的表现就使她很生气。他仿佛要依赖于她那笔菲薄的十二块钱的收入了。

“你干得怎么样?”他会用和悦的口气问。

“哦，很好，”她就会这样回答。

“容易应付吗?”

“干惯了就会好的。”

于是他又埋头去看报了。

“我买了些猪油，”他补充说，像是刚刚想起似的。“我想你可能想做些饼干。”

这个人的不动声色的建议使她有些儿吃惊，特别是考虑到最近的情况发展。她那渐露端倪的经济独立增加了她冷眼旁观的勇气，她觉得好

---

①莉莲·罗塞尔(1861—1922)为以貌美著称的女歌唱家，1881年演出成名。

②杰斐逊·迪·安吉利斯出身于加利福尼亚州一优伶世家，1896年曾与莉莲同台演出。

像有话要说。可是她还不敢对他像对杜洛埃那样说话。这个人的态度中有些地方老是使她感到敬畏。他好像保持着某种阴险的力量。

有一天，在她排练了一个星期之后，他公然提出了她所意料中的事情。

“我们要节约一些才好，”他说，把他买来的一些肉放在桌上。“你在一星期左右之内还拿不到钱吧。”

“是的，”嘉莉说，她在炉灶上翻搅平底锅内的食物。

“我除了房租钱以外，只剩约莫十三块钱了，”他补充说。

“原来如此，”她心里想，“我要在家里用自己的钱了。”

她立即想起自己曾希望买些东西。她需要衣服。她的帽子不够漂亮。

“十二块钱怎么能维持这个家庭呢？”她想，“我负担不了。他为什么不找些工作做呢？”

日子还是这么过下去，那个对她来说至关紧要的夜晚终于来临了。说也奇怪，她并不建议赫斯渥去看。他也并不想去。这只是浪费金钱而已。她演的是这么一个小角色嘛。

广告早已在报上刊出，海报已贴在布告板上。上面提到莉莲·罗塞尔小姐和其他许多演员的名字。嘉莉却榜上无名。

像在芝加哥一样，她在群舞队即将上场的时候，有些怯场，但是过些时候就镇静下来了。她担承的显然是一个令人心痛地无足轻重的角色，因此她毫不畏惧了。她觉得自己是这么不惹眼，所以也无所谓了。她幸而不用穿紧身衣。有一组十二个人被规定穿上漂亮的金色短裙，短得只到膝上一英寸光景。嘉莉恰好是其中的一个。

站在舞台上，随着大队进退，只是偶尔提高嗓子和大伙儿合唱，她有机会看到观众，看到这出伟大的成功之作开演了。掌声很多，但是她不禁注意到有些所谓有才能的女角，表演得多么糟糕。

“我可以比她们表演得好些，”嘉莉有几次在心里大胆地想。说公平话，她是对的。

演完了戏，她急忙换好了衣裳，因为导演呵责了几个人，而放过了她，她觉得她一定表演得还算令人满意。她想马上离开那儿，因为她认识的人不多，而主要演员们都在聊天。戏院外面停着不少马车，还总少不得有一些服饰华丽的青年，在那里等待着。嘉莉发现大家都仔细地打量着她。只要她睫毛一动就能招来一个朋友。她却不予理会。

可是，一个富有经验的青年却自动走了上来。

“你是一个人回家吗？”他说。

嘉莉只顾加紧脚步，跳上了六马路的街车。她头脑里充满了惊奇之感，来不及想别的事情。

那个星期末了，付给她十二块钱。数目不大，对她却不好算小了。拿到了钱却引起了一种不安，不知该怎样来处置它。赫斯渥暗地里希望她会主动拿出钱来，毋须公开商量，她总会把它用来维持他们的共同生活。可是嘉莉嘴上没说什么，心里却盘算着该怎么办好。她现在已明白了全部情况，必须立即作出决定。

“那家酿酒厂有消息吗？”她问，希望这一问会激起他采取行动。

“没有，”他回答，“他们还没有准备妥当。话虽如此，我想总会有些结果的。”

当时她没有再说什么，不高兴拿出她已经到手的钱，然而又觉得非这样做不可。赫斯渥觉得危机临头，机灵地决定要向嘉莉求援。他早已了解她心地何等善良，能忍受到什么程度。他想要开口又觉得有些羞愧，但是又以为自己真能找得工作而宽恕了自己。付房租那天给了他机会。

“哦，”他数出钱来时说，“这几乎是我最后的一些钱了。我必须赶快找到什么工作。”

嘉莉斜着眼睛瞟视他，有几分料到他要提出要求来。

“只要再维持一些时候，我想是可以找到事情的。九月里德雷克一定会在这里开一家旅馆的。”

“他会开吗？”嘉莉说，心里想到离那时候还有短短的大半个月。

“你可以帮我维持到那时候吗？”他恳求说，“过了那时候，我想就没有问题了。”

“行啊，”嘉莉说，感到受了命运的捉弄，很是悲伤。

“倘使我们节约一些，是能过得去的。我会照数奉还的。”

“啊，我会帮助你的，”嘉莉说，觉得自己心肠太硬，不该这么逼他卑躬屈膝地恳求，可是她想对自己的收入派些用场的欲望又促使她产生了一些反感。

“乔治，你为什么不暂时随便找些工作干呢？”她说，“这又有什么不好？也许，过些时候，你会弄到好些的工作的。”

“我什么工作都愿干，”他说，松了一口气，低头听着对他的责难。“就是上街掘泥也行。这里谁都不认识我。”

“啊，你还用不着干那种工作。”嘉莉说，为了他说话可怜而感到伤心。“但是一定有别的工作的。”

“我会找到工作的，”他说，下定了决心。

然后，他又去看报了。

第四十二章

赫斯渥这一决定所产生的结果，是使他更其相信每一天都不是出门的好日子。他的衣服变得更加褴褛，到九月一日，他搜尽箱箧，还是穿得很不体面。同时，嘉莉却跟他过了三十天精神痛苦的惨淡的日子。

她对于衣服的需要，且不谈对于装饰品的欲望，随着现实的发展而迅速增长，事实是她虽然有了工作，还是不能如愿以偿。当赫斯渥要求她帮忙渡过难关的时候，她对他曾表示同情，这份同情却被这些要体面的新要求所打消了。他并没有老是重提要求，但是她却念念不忘于爱打扮。这股欲望坚持不已，而嘉莉要满足欲望，就越来越希望赫斯渥不来阻挡她。当一个男人不管怎样不得已而成为妨碍女人满足欲望的障碍物的时候，他就在她的眼中成为可厌的东西——或者经过足够的时间，会达到这个地步。

当赫斯渥快到只剩下最后十块钱的时候，他从长计议，认为还是留下一些零钱的好，免得连车钱、修面等等的费用都要完全依靠嘉莉，所以当他手里还留着十块钱的时候，就宣称他已不名一文了。

“我的钱已用完了，”有一天下午，他对嘉莉说，“我今天早晨付了些煤钱，这一来只剩下一毛或者一毛五分钱了。”

“我那边荷包里还有点钱呢。”

赫斯渥去拿钱，开始时是为了买一罐番茄。嘉莉哪里知道这就是新局面的开端。他拿了一毛五分钱，用来买这罐头。随后就是这样零敲碎打地向她要钱，直到有一天早晨，嘉莉突然想起她要到吃晚饭时候才回家。

“我们的面粉用完了，”她说，“你还是今天下午去买一些吧。鲜肉也没有了。你看买些肝和熏肉好吗？”

“正合我意，”赫斯渥说。

“最好买半磅或者四分之三磅。”

“半磅就够了，”赫斯渥主动说。

她想起他没有钱，就打开荷包，取出五毛钱放在桌上。他假装没有看见。这就开创了这新局面的一个特殊阶段——在这种特殊情况下她会想起留下钱来。

赫斯渥买了一袋三磅半的面粉(所有食品店都是这样包装的)，花了一毛三分钱，又花了一毛五分买了半磅配好的肝和熏肉。他付了钱，把这些东西拿回家，把两袋东西和两毛两分找头放在厨房桌子上，嘉莉就是在那里看到的。她注意到找头一分不少。看到原来他有求于她的只是吃口饭，使她不免有些伤心。她觉得对他太苛刻似乎是不公平的。也许他还能找到什么工作呢。他又没有干什么坏事。

可是，就在这天晚上，她走进戏院时，有一个群舞队的姑娘在她身旁走过，穿着一身漂亮的苏格兰杂色花呢的新装，吸住了嘉莉的目光。这个年轻姑娘佩着一串幽美的紫罗兰，仿佛极其高兴似的。她走过时对嘉莉善意地一笑，露出一口美丽、整齐的牙齿，嘉莉也报以一笑。

“她有钱穿着得好，”嘉莉想，“我也办得到，只要能把自己的钱留起来。不得不什么都放弃，真是倒霉。我连一条体面的领带也没有。”

她伸出脚趾，沉思地望着她的皮鞋。

“总之，星期六要去买一双皮鞋。不管会发生什么事情。”

剧团群舞队里有个最可人、最热情的小姑娘，和她交上了朋友，因为她发觉嘉莉并没有什么令人望而生畏之处。她是一个快乐的小曼侬①，不懂得社会上严格的道德观念，然而对于她亲近的人是和善而慷慨的。群舞队员们是不允许多交谈的，但也有略微谈谈的。

“今天晚上很暖和，是不？”这个姑娘说，她穿着淡红色紧身衣，戴着金色的假头盔，还拿着一面闪闪发光的盾牌。

“是的，很暖和，”嘉莉说，因为有人和她谈话而觉得高兴。

“我像在炉子里烤着一般，”姑娘说。

嘉莉仔细望着她美丽的脸庞，蓝色的大眼睛，发现她脸上汗出如珠。

“在这出歌剧里，在台上开步走的时间比我过去演过的都要来得长，”姑娘补充说。

“你还演过别的戏吗？”嘉莉问，对她的经验很为惊异。

“多了，”这个姑娘说，“你呢？”

“这是我第一次登台。”

“啊，是吗？我还以为在这里上演《皇后的配偶》②时见过你呢。”

“不，”嘉莉摇摇头说，“那不是我。”

她们简短的谈话被乐队的吹打以及舞台边厢的镁光灯的噼啪声所打断了，这时群舞演员都被叫来列队，又要出场了。以后就没有谈话的机会，直到第二天晚上，当她们准备上台时，这个姑娘又在她身边出现了。

“他们说这台戏下月要到外地去巡回演出。”

---

①这是法国作家普雷沃（1697—1763）惟一传世的小说《曼侬·莱斯戈》（1731年）里的女主角。她贪图享乐，男友格里欧骑士为了她荒废正业，堕落而入狱。

②这是亨利·保尔顿作的轻歌剧，于1888年首次上演。

“是吗？”嘉莉说。

“是的，你想不想去？”

“我不知道。倘使他们要我去，我看是要去的。”

“啊，他们要你去的。我却不高兴去。他们不会加你薪水，而你却要把赚到的全付在生活费用上。我从不离开纽约。这里上演的戏多得很。”

“你老是能找到别的戏演吗？”

“我老是找得到的。这个月有一家剧团在百老汇戏院演出。倘使这个剧团真要跑码头，我打算到那家去找一个位置。”

嘉莉心领神会地听着这些话。要混下去显然并不非常难。倘使这个剧团出门去，也许她也能找到一个位置的。

“薪水大概都差不多的吧？”她问。

“是的。有时候可以多得一些。这家剧团出得不很多。”

“我拿十二块钱，”嘉莉说。

“真的吗？”这个姑娘说，“他们给我十五块，而你演的戏比我吃重。倘使我做了你，我就受不了。他们少给你钱，就是因为他们认为你不知道底细。你应该挣到十五块钱。”

“哦，我可没有，”嘉莉说。

“那末，倘使你愿意，到别处去可以多赚一些，”姑娘说下去，她很喜欢嘉莉。“你演得很好，导演是知道的。”

说实话，嘉莉在舞台上活动时，的确风度悦人，颇有特色，而她自己却没有觉察到这一点。这完全是她姿态自然，毫不忸怩作态的缘故。

“你以为我到百老汇戏院去能多挣些吗？”

“当然能多些，”姑娘回答，“我去的时候，你跟我一起去。由我来谈判。”

嘉莉听了这些话，感激得满面通红。她喜欢这个演士兵的小姑娘。她戴着金箔头盔，穿着戎装，显得富于经验，非常之自信。

“倘使我老是能这样找得工作，我的将来就一定有保障了，”嘉莉想。

可是，一到早晨，家务事集中在她身上，而赫斯渥却坐在那里，看上去真是个累赘，使她的命运显得还是凄惨而不轻松的。在赫斯渥的精打细算之下，吃食的开销不太大，还可能有足够的钱付房租，但是此外就一无所有了。嘉莉买了皮鞋和一些别的东西，就使房租成了严重的问题。在要付房租的那个不幸的日子前一星期，嘉莉突然发现钱要不够用了。

"看来，"她在吃早饭时翻看了一下她的荷包，惊呼道，"我没有足够的钱付房租了。"

"你有多少钱？"赫斯渥问。

"哦，我还有二十二块，但是还要付这一星期的所有开支，倘使把星期六的薪水全部付了房租，下星期就一文钱也没有了。你看你那个要开旅馆的人这个月会开张吗？"

"我看会的，"赫斯渥回答，"他说要开张的。"

他们考虑了一会儿，然后赫斯渥说：

"不用担心。也许食品店老板肯等待一下。他能等的。我们已跟他交易了这么久，他会让我们赊欠一两个星期的。"

"你以为他肯吗？"她问。

"我想肯的。"

为了这个缘故，赫斯渥就在当天直望着食品店老板奥斯拉格的眼睛，要了一磅咖啡，然后说：

"可以给我挂一个账，到周末付钱吗？"

"不要紧，不要紧，惠勒先生，"奥斯拉格先生说，"没问题。"

赫斯渥虽然处境困难，却还聪明老练，就不再多讲了。这好像是桩很容易的事情。他望着门外，然后等咖啡包好，拿了就走。一个处于绝境的人的挣扎就此开了头。

付了房租，接着就要付伙食费了。赫斯渥设法拿自己的十块钱先付了账，到周末向嘉莉索取。然后，他下次又和食品店商定推迟一天付款，就这样，他很快拿回了自己的十块钱，或者他的余款，而奥斯拉格却要等到星期四、五才收取上星期六的账款。

这种纠葛逼使嘉莉急于想改变一下现状。赫斯渥仿佛认为嘉莉无权添置任何东西。他想方设法用她的收入应付全部开支，但是自己却仿佛不打算加上点什么收入。

“他光是嘴里说苦恼，”嘉莉想，“倘使他真是苦恼，就不会只顾坐在那里，等我来张罗了。他应该找些工作来做。倘使一个人肯努力的话，绝对不会奔走了七个月还一事无成的。”

老是看见他在家里，穿着不整洁的衣服，满面愁容，逼得嘉莉到别处去消愁。每星期两场日戏，赫斯渥不得不吃自己做的冷快餐。另外两天排演，自上午十点钟起，往往要到下午一点钟。现在，除了这些活动以外，嘉莉又去拜望一些群舞演员，其中包括那个头戴金盔的蓝眼睛武士。她所以去访友，因为这是令人愉快的，又可以离开在家里孵豆芽的丈夫，出去解解闷。

那蓝眼睛武士姓奥斯本——萝拉·奥斯本。她住在十九街，靠近四马路，这一方街区现在已完全造了办公大楼。她在这里有一间舒适的后房，可以望见许多后天井，里面种着不少遮荫的树木。嘉莉常到这里来玩，坐在这姑娘的一把摇椅里，望着外面的树木。

“你家在纽约吗？”有一天她问萝拉。

“是的，但是我和家里的人关系搞不好。他们总是要我照他们的意思做事。你就住在本城吗？”

“是的，”嘉莉说。

“和家里人住在一起？”

嘉莉不好意思承认自己已经结了婚。她曾经多次谈到希望多赚些薪水，表示对自己的前途非常着急，可是现在，要她直接说出事实真相时，她却没法告诉这位姑娘了。

“和亲戚住在一起，”她回答。

奥斯本小姐以为，像她自己一样，嘉莉的时间当然是属于她自己的。她总是要嘉莉多坐一会儿，建议到近处去走走以及诸如此类的事情，结果竟使嘉莉渐渐忘记了吃饭的时间。赫斯渥发觉了这一点，但是不敢和她吵嘴。有几次她回来得这么迟，差不多只剩一个钟点不到，草草弄些饭吃就要上戏院去了。

“下午你们也排练吗？”赫斯渥有一次问，他这么问是种带讥讽性的抗议，出于遗憾的心情，但他几乎把这种心情完全掩盖住了。

“不，我在另找一个工作，”嘉莉说。

事实上她的确是在找，但这仅仅是拿它来作为一种推托的无力的借口而已。奥斯本小姐和她曾经去过即将在百老汇戏院上演新歌剧的那位经理的办公室，回来就直接到奥斯本小姐的房间里，三点钟以后她们一直在那里。

嘉莉觉得这句问话侵犯了她的自由。她并没有考虑过她获得了多少自由。只是认为不应该追究她最近的行动，这是她最新获得的自由。

赫斯渥对整个事情看得很清楚。他自己有一套精明的手法，可是这个人还有充分的面子观点，不容许他提出任何有力的异议。当嘉莉漂流出他的生活的时候，他凭着几乎不可理解的冷漠之感，甘心得过且过地垂头丧气，正如他愿意得过且过地看着机会消逝一样。可是，他不由得不依依不舍，以温和、使人生气却是徒劳无益的方式表示反对——然而，这种方式只能逐渐扩大他们之间的裂痕。

当导演在舞台侧面布景之间，看着群舞队在灯光闪耀的台上表演一些使人眼花缭乱的规定动作的时候，对群舞队队长说了一句话，从而扩大了他们之间的这个裂口。

“右边第四个姑娘是谁——就是正在一端转过身来的那一个。”

“啊！”群舞队队长说，“那是马登达小姐。”

“她长得很漂亮。你为什么不叫她领队呢？”

“我会这样做的，”这个人说。

“就这么办。她在那个位置上要比原来的那个好看些。”

“很好。我就叫她领队，”队长说。

第二天晚上，嘉莉被叫了去，就好像是出了错了。

“今天晚上由你来领队，”队长说。

“好，先生，”嘉莉说。

“拿点劲儿出来，”他补充说，“我们必须演得有劲儿才行。”

“是，先生，”嘉莉回答。

这一变动使她感到惊异，以为一定是原来的领队生了病，但是当她看见她仍在队伍中，眼睛里明明含着不高兴的神情的时候，她开始觉得也许是由于自己更强一些。

她惯于潇洒地把头部侧向一边，伸出双臂像是要有所活动——这可不是没精打采，而是充满着活力的。站在队伍前头，这种姿势就显得更其动人。

“那个姑娘是懂得如何才能姿势优美的，”导演在另一个晚上说。他开始想要找她谈谈。倘使他没有作出规矩，绝对不同群舞队队员打交道的话，他会坚决地亲自去找她的。

“叫那个姑娘去站在白衣队的第一位，”他对负责舞蹈的那个人说。

这白衣队里大约有二十名姑娘，全穿着银色和蓝色滚边的雪白的法兰绒衣裙。领队的穿着同样的白色衣裙，但穿扮得最为夺目，还饰有肩章和银色腰带，一边挂着一柄短剑。嘉莉试穿了这一身服装，几天后就这样上台了，对这些新的荣誉极为得意。知道她的薪水现在已由十二块钱改为十八块钱，她感到特别满意。

赫斯渥一点也不知道这回事，也不知道前排的观众对她眉目传情，以及散场后有些人围住她要勾引她。

“我不想把多加的钱交给他，”嘉莉说，“我已经给得很够了。我打算自己买些衣服穿。”

事实上，就在这第二个月，她就一直在大胆而不顾一切地购买自己需要的东西，并不考虑什么后果。这样在该付房租的日子上麻烦就多了，附近店里的赊账也推得更迟了。可是，她如今却想多照顾些自己。

她首先打算买一件仿男式的衬衫，在考虑购买衬衫的时候，她发现她的钱买不了多少东西——倘使能全部归自己用，那就可以多买不少。她忘记了倘使单独过生活也得付房租和膳费，只指望把这十八块钱中的每一分都花在自己喜欢的衣服和东西上。

她终于买了些东西，不但全部用完了十二块钱以外的部分，而且动用了那十二块钱。她知道做得太过分了，但是女人喜欢漂亮服装的天性占了上风。第二天赫斯渥说：

“我们这星期欠食品店五块四毛钱。”

“是吗？”嘉莉说，略略皱起了眉头。

她打开荷包要拿钱出来。

“我一共只有八块两毛钱了。”

“我们还欠送牛奶的人六毛钱，”赫斯渥补充说。

“是的，还有煤炭店，”嘉莉说。

赫斯渥默默无语。他已经看到她买的那些新东西，她弃置家务于不顾的情况，老是在下午溜出去，迟迟不回家。他觉得快要发生问题了。她突如其来地开口了。

“我说不上来，”她说，“我没法把什么都包下来。我赚的钱不够用。”

这是公开挑战。赫斯渥不得不应战。他努力要装得镇静。

“我并不要你完全包下来，”他说，“我只要你略微帮帮忙，等我能找到事做。”

“是啊，”嘉莉回答，“老是这么说。我赚的钱不够开支。我不知怎么办才好。”

“嘿，我也在努力找事干嘛！”他嚷着说，“你要我怎么办呢？”

“你没有拼命去找嘛，”嘉莉说，“我倒找到了事情。”

“哼，我尽力找过，”他说，激怒得几乎要口出恶言了。“你不用对我大肆夸耀你的成功。我只不过要你略微帮帮忙，等我能找到事情而已。我还没有完蛋呢。我会好起来的。”

他想以坚定的语气说话，但是他的声音却有些儿颤抖了。

嘉莉的怒气立即烟消云散了。她觉得难以为情。

“那末，”她说，“就给你钱吧。”说着把钱从荷包里都倒在桌上。“我的钱不够付全部赊账。话虽如此，倘使他们能等到星期六，我再可以拿到些钱。”

“你收着吧，”赫斯渥伤心地说，“我只要付食品店的钱就够了。”

她收起钱来，就早早地准备饭菜，以便及时进膳。她刚才略微放肆了一下，使她觉得好像应该作些补偿才是。

过了一会儿，两个人又恢复了过去的想法。

“她挣的钱比她说的多，”赫斯渥想，“她说只挣十二块钱，但是这是买不了这么多东西的。我不在乎。让她把自己的钱藏起来吧。我有朝一日就会找到些事情干的。到时候让她见鬼去吧。”

他只在气头上心里这么说，但却充分预示了可能的事态发展和态度。

“我不管，”嘉莉想，“应该叫他滚出去，找些事情干。要我供养他是没有道理的。我不愿供养他，就是这么回事。”

在这些日子里，嘉莉由人介绍结识了几个人——那是奥斯本小姐的朋友们，他们真可以说是一些愉快而欢乐的人。有一次他们去找奥斯本小姐，要她下午乘马车去兜风。嘉莉当时正在她那里。

“走，一起去吧，”萝拉说。

“不，我不能去，”嘉莉说。

“啊，可以的，一起去吧。你有什么事情啊？”

“我五点钟必须回家，”嘉莉说。

“干吗？”

“哦，吃晚饭。”

“他们会请我们吃的，”萝拉说。

“啊，不，”嘉莉说，“我不去。我不能去。”

“啊，去吧。他们是些极其出色的小伙子。我们可以准时送你回去。我们只到中央公园去兜兜风。”

嘉莉思忖了一会儿，终于不坚持了。

“不过，我必须四点半回来，”她说。

这句话从萝拉的一只耳朵里进去，从另一只耳朵里出来了。

在和杜洛埃和赫斯渥相识之后，她对青年男子的态度中总是略带些讥讽的意味——尤其是对那种荒唐的轻薄儿。她觉得自己比他们老成些。他们有些甜言蜜语听来很蠢。可是她的身心都还年轻，青年对她有吸引力。

“啊，我们立即就回来，马登达小姐，”有一个小伙子鞠了一躬说，“你知道我们不会耽误你的时间的，现在你相信了吧？”

“哦，我也说不上，”嘉莉含笑说。

他们就出去兜风，她左顾右盼，留意着华丽的衣着，小伙子们说着傻里傻气的笑话和淡而无味的妙语，这在忸怩作态的年轻人圈子里是当作幽默看待的。嘉莉看见公园里成群结队的马车，从五十九街进口处开头，绕过艺术博物馆，直到一百十街和七马路转角的出口处。她的眼睛又被豪华的气派、考究的服装、精美的鞍韂、鲜龙活跳的马儿所吸引，尤其是这一派美丽的景象。穷困的灾祸又刺痛了她，但是她现在已把赫斯渥置之脑后，因此多少忘记了些自己的困苦。而赫斯渥却一直等到四点钟，五点钟，甚至六点钟。当他从椅子里站起来时，天色已经暗了下来。

“我看她不会回家了，”他冷冷地说。

“就是这样，”他想，“她如今露了头角。我沾不上边啦。”

而嘉莉确实发觉了自己的疏忽，但那时已经五点一刻了，当时这敞篷马车远在七马路上，靠近哈莱姆河边了。

“什么时候了？”她问，“我该回去了。”

“五点一刻，”她的友伴说，看了看一只精致的、没有表面盖的表。

“啊，天呀！”嘉莉叫嚷起来，然后叹了一口气，背靠在车座上。“无法挽回了，哭也没用了，”她说。“太迟了。”

“当然太迟了，”那个青年说，这时他在设想丰美的晚餐，以及取悦于女方的谈话，结果将在演完戏以后再一起聚会。嘉莉使他着了迷。“我们现在赶到德尔莫尼科饭店去吃些东西好吗，奥林？”

“当然好，”奥林高兴地回答。

嘉莉想起了赫斯渥。她以前从来没有不说明缘故而不回去吃饭的。

他们就乘车赶回来，于六点一刻坐下来吃饭。这是秀莱饭店那次晚餐的重演，嘉莉又伤心地想起了往事。她想起了万斯太太，在赫斯渥接待了她一次后就绝迹不来了——还有艾姆斯——罗伯特·艾姆斯。

她又想起了这个人。这是个强烈而清晰的幻象。她现在可以看见他的漂亮的额角，他的一头黑发和坚挺的鼻子。他喜欢看的书比她看的更好，他喜欢的人比她所结交的更高明。他的理想在她的心里燃烧着。

“做一个出色的女伶真不差，”她又清楚地想起了这句话。

她是个什么样的女伶呀？

“你在想什么，马登达小姐？”她的快乐朋友问她，“好吧，看我是否猜得中。”

“啊，不，”嘉莉说，“不要猜。”

她抛下幻想，吃起饭来。她多少把它忘记了，情绪很愉快。可是提到散场以后再会面的事，她只是摇头。

“不，”她说，“我不能。我已经有了约会。”

“啊，得了，马登达小姐！”那青年恳求说。

“不，”嘉莉说，“我不能。你对我这么好，但是你得原谅我才是。”

青年显出极其垂头丧气的神情。

“振作起来，老朋友，”他的朋友咬着耳朵说，“不管怎么样，我们去一趟。她也许会改变主意的。”

第四十三章

然而嘉莉没有参加散场以后的游乐。她一直赶回家去，念念不忘没有回家吃饭的事情。赫斯渥已经睡了，但是，当她走过他床边到自己床上去时，醒过来望了一眼。

“是你吗？”他说。

“是我，”她回答。

第二天早晨吃早饭时，她想表示歉意。

“昨天晚上我来不及回家了，”她说。

“呀，嘉莉，”他回答，“说这话又有什么用呢？我不在乎。不过，你不必对我这么说。”

“我来不及了，”嘉莉说，涨红了面孔。然后，发现他的神情好像在说“我明白”，她就嚷起来：“嘿，好吧。我也不在乎！”

从此以后，她对于这个家更其漠不关心了。他们之间仿佛已经不存在互相交谈的共同基础。她一定要等他开口才拿出开支的钱来。可是他却不高兴开口。他宁愿在肉铺子和面包铺子里拖延付账的日子。他在奥斯拉格那里欠了十六块钱的食品账，储存了一批主要食品，这样他们可以在一个时期里不必再买这些东西。然后他换了一家食品铺子。对于肉铺子和别的几家铺子，他也这么办。嘉莉从来没有听他直接说起过这些事情。他只要求他可以得到的东西，双方愈来愈疏远，达到了只可能有一个结局的局面。

九月份就这样一天天快过去了。

“你的朋友德雷克先生快要开办旅馆了吗？”嘉莉问了几次。

“是的。不过他要到十月份才开办呢。”

嘉莉产生了反感。“这样一个家伙啊，”她心里常常想。她越来越喜欢去看朋友了。她把多下来的钱大部分购置衣服，这笔钱的数目到底也并不惊人啊。终于她在另一家剧团找得了一个位置。这是因为她所参加演出的歌剧在四星期内要到外地去演出了。在她采取行动以前，在所有的海报牌和报纸上都登着：“喜歌剧杰作最后两星期演出……”云云。

“我不参加巡回演出，”奥斯本小姐说。

嘉莉和她一起向另一个经理去求职。

“演过什么戏吗？”是他的问题之一。

“我正在卡西诺戏院演出的剧团里工作。”

“啊，是吗？”他说。

谈到结果订了每周二十块钱周薪的合同。

嘉莉大为高兴。她开始认为自己在社会上已经有了一个位置。人们对才能是赏识的。

她的地位大大变化了，竟使她觉得这公寓里的气氛难以忍受。家里只有贫困和烦恼，或者看上去是这般模样，因为这是一种沉重的精神负担。

它成了一个避之惟恐不及的地方。可是她还是住在那里，做相当多的家务活，把家里收拾整齐。这里终于成了赫斯渥老是坐着的地方。他坐在那里摇着，摇着，看看报，沉溺于自已悲哀的命运之中。十月过去了，随后是十一月。他还没有觉察，就已经到了严冬，而他还是坐在这里。

嘉莉的处境在改善，这他是知道的。现在，她的衣服已有改进，甚至可以说是很精美的了。他看她进进出出，有时候在自已心里想象她升发的光景。因为吃得少，使他消瘦了一些。他的胃口不好。穿的也是穷人的衣服。说什么要找事情干，对他说来已经是陈词滥调，而且是可笑的了。所以他抱着双手等待着——等待什么呢，他也无法料想。

精神上这般冷漠，是一件不可思议的事情。他这事例是适宜于对之进行科学探索的。可以根据他对尊严的某些先入之见如何在他的没落中起着作用，写一篇出色的论文。我们知道，某种生物只能在某种条件下生存，一旦暴露在别的条件下，就会立即死亡。一般的金丝雀在被捕时是相当坚强的，但是在镀金的鸟笼里关了几年，就丧失了独立生活的能力。家狗倘使舒舒服服地养到中年，再把它赶到丛林里去自寻食物，就会饿死。家狗，要是一生下来就被赶出去，就会变成狼，或者是十分像狼，只是在外形上有些不同而已。所以，一个人无忧无虑、丰衣足食地生活到中年，就会忘记谋生和工作的技能。技能和才智都萎缩了。他似乎是个有些作为的人，可是看吧，这可怜的头脑坚持说必须做到那么有作为地生活，否则就是丧失了体面。没有勇气来证明这种情绪是错误的。只能坐着出神，等待出现能够干的事情。几乎不能改变自已到足以适应事态的需要的程度。

赫斯渥就是这样。肉店老板来敲门，他借故推托。食品店老板也来敲门。还是借故推托。在这样一次不愉快而尖刻的交谈以后，他会回到自已的椅子里，心想他必须向嘉莉要些钱。当她只给他他通常要的那一点儿钱时，他就想过些日子再给肉店老板付款。当时不存在的麻烦总是最容易对付的。

可是，这些麻烦终于来得太频繁了。债主的追索、嘉莉的冷淡、家里的一片寂静和冬天的来临，全都联合起来促成一次危机。而奥斯拉格亲自上门来讨债，刚好遇到嘉莉在家，终于成了导火线。

“我来讨欠账，”奥斯拉格说。

嘉莉只是略微有些吃惊而已。

“多少钱？”她问。

“十六块，”他回答。

“啊，那么多吗？”嘉莉说，“这数目对吗？”她回头问赫斯渥。

“对，”他说。

“可是，我从没听说过这笔账呀。”

看她的样子，好像她以为他花了些不必要的费用。

“哦，他讲得很对，”他应道。然后他走到门口。“我今天付不出一文钱，”他和气地说。

“那末，什么时候能付？”食品店老板说。

“总之要等到星期六才行，”赫斯渥说。

“嘿！”食品店老板回答，“说得倒好听。我非要钱不可。我要钱用。”

嘉莉站在房间深处，听到了全部谈话。她感到很烦恼。事情是这么糟糕，这么无聊。赫斯渥也恼火了。

“喂，”他说，“现在多讲也没有用。倘使你星期六来，我会付你一些的。”

食品店的老板就走了。

“我们怎么付得出呢？”嘉莉问，对这笔欠账感到吃惊。“我付不起。”

“哦，不用你操心，”他说，“他收不到的账，总是收不到的。他非等待不可。”

“我不懂我们怎么会欠这么许多钱，”嘉莉说。

“嘿，是我们吃掉的，”赫斯渥说。

“奇怪，”她回答，还是半信半疑。

“你现在站在那里，说这些话又有什么用呢？”他问，“你以为是我一个人吃的吗？听你的口气，好像我在从中取利似的。”

“不过，总之是数目太大了，”嘉莉说，“不应该一定要我付这笔欠账。现在，我自己也入不敷出啊。”

“好吧，”赫斯渥回答，默默地坐了下来。他已被这事折磨得够苦了。

嘉莉出去了，他坐在那里，决心要干些事情。

这一阵报上登着布鲁克林有轨电车即将罢工①的风声和通告。工人对于工作时间长、工资少普遍感到不满。按照惯例，并且由于某种无法解释的理由，工人们选在冬天逼资方摊牌，要求解决他们的困难。

赫斯渥早已看到了这些新闻，琢磨着随之而来会引起的大规模交通堵塞。在和嘉莉发生这场争吵的前一二天，罢工开始了。在一个寒冷的下午，一切都呈现着灰暗的颜色，天快要下雪了，报纸上宣布各条线路上的工人都已停止了工作。

赫斯渥因为百无聊赖，心里充满着人们关于今年冬季将缺少工作和金融市场发生恐慌的种种预测，很有兴趣地读着这些新闻。他看到罢工司机和售票员们提出的要求，说他们过去一直领取两块钱一天的工资，但是一年多来，雇用了“临时工”，这样就减少了他们谋生的机会的一半，而且增加了他们上班的时间，从十小时加到十二小时甚至十四小时。这些“临时工”是在乘客最多或者高峰时间雇来开一次车的工人。开这么一次车的代价只有二角五分钱。一过高峰或乘客最多的时间，他们就无工可做。最惨的是谁都不知道什么时候有车可开。他必须一早就到车场，不管天晴落雨都要在那里守候，直等到用着他的时候。等这么久，平均有开两次车的机会——三小时多一些的工作，可得五角钱。等待的时间是不计酬的。

工人诉苦说，这种制度正在推广，要不了多久，七千雇工之中只有少数人可以保持两块钱一天收入的固定工作。他们要求废除这种制度，并且除了无法避免的耽搁以外，每天工作不得超过十小时，工资二元二

---

① 事件发生于1895年1月14日，工人要求工资由每天2元增至2元2角5分，并反对增加班次，及雇用临时工等等。

角五分。他们要求资方立即接受这些条件，可是每家电车公司都拒不接受。

赫斯渥起初很同情工人们的要求——事实上，问题在于他是否能始终同情他们到底，因为他的行动可能与此不一致。他是差不多什么新闻都看的，起初为《世界报》报道罢工新闻的耸人听闻的大标题所吸引。他从头至尾都看了，包括七家电车公司的名称和工人的数目在内。

“他们在这样的天气罢工真是傻啊，”他心里想，“话虽如此，倘使能够，但愿他们胜利。”

第二天出现了更大的新闻。《世界报》说：“布鲁克林区居民徒步上街。”“劳动骑士团①中断了过桥的电车线路。”“大约七千人罢了工。”

赫斯渥看了这些新闻，在自己心里盘算着事情的结果会怎么样。他对公司的力量是非常信任的。

“他们无法获胜，”他说，这是指工人而言。“他们没有钱。警察会保护公司的。他们非保护不可。大众必须有车子乘坐。”

他并不同情电车公司，但是力量在它们那一边。产业和公用事业都在它们手里。

“这些工人不会胜利的，”他想。

在别的新闻之中，他看到有一家公司发布的通告，是这么说的：

大西洋大街电车公司特别通告②

鉴于本公司司机、售票员以及其他雇员突然擅离职守，今对所有被迫罢工的忠实职工予以一个申请复职的机会。凡于一月十六日星期三正午十二时以前提出申请者，将按此项申请收到的顺序，予以雇用(并确保安全)，相应分派车次及职位，否则作解雇论。即将招用新职工，抵补每一空缺，此布。

总经理本杰明 · 诺顿(签名)

---

①这是美国的一个工人组织，成立于1869年。

②全文曾刊出于1895年1月15日的《纽约时报》上，无“特别通告”字样。

他还在招聘栏看到如下的广告：

招聘——能驾驶威斯汀豪斯机车的熟练司机五十名，在布鲁克林市区内专门开驶邮车。确保安全。

他特别注意两处的“确保安全”的字样。这对他表明了公司的不容置疑的威力。

“他们会受到国民警卫队的保护，”他想，“那些工人无法可想。”

他还在想这些事情的时候，发生了他和奥斯拉格以及嘉莉的冲突。过去也有许多事情使他忿忿不平，但是这件事似乎要糟糕得多。她从来没有怪他揩油过——或者差不多这个意思。她怀疑这么大的一笔欠账是否合乎情理。而他一向辛辛苦苦地把开支削减到似乎很少的程度。为了不向她要钱，他一直在欺骗肉铺和面包铺。他吃得很少——几乎什么都不吃。

“他妈的，”他说，“我能找些事情干。我还没有完蛋呢。”

他想现在真的该干点事了。挨到了这样含沙射影的指责，还坐在家里是太不值钱了。哼，再过一阵，他什么都得忍受了。

他站立起来，从窗口望向阴冷的街道。他站在那里，心里慢慢地想起要到布鲁克林去。

“为什么不去呢？”他心里想，“谁都可以在那里找到工作。可以挣两块钱一天啊。”

“出了事故怎么办？”有一种声音说，“你可能会受伤的。”

“啊，出不了多大的事故，”他回答，“他们已出动了警察。要开车的人都会受到很好的保护。”

“你不懂怎么开车，”这声音又说。

“我不去申请当司机，”他回答，“售票我能行。”

“他们最需要的是司机，”回答说。

“我知道，他们什么人都要，”他回答。

他跟这心里的顾问反复辩论了几个钟点，以为这么有把握赚钱的事情，是毋须立即采取行动的。

“我明天去，”他说。

这一天下午，当嘉莉回来的时候，他觉得似乎应该宣布一下自己的打算，但是按下了不谈，一直按下了不谈，直等到她终于上戏院去了。在那些小纠纷之后，他们始终没有真正和解。这场纠纷就在双方的某种默契中被遗忘了。

第二天早晨，他穿上最好的衣裳，其实已经破旧不堪了，就开始忙碌起来，把一些面包和肉包在一张报纸里。嘉莉望着他，对他这不常见的活动发生兴趣了。

“你要到哪里去？”她问。

“到布鲁克林去，”他回答。然后，看她还想寻根刨底，他补充说：“我以为在那里能找到工作。”

“在电车线路上吗？”嘉莉吃惊地问。

“是的，”他回答。

“你不害怕吗？”她问。

“怕什么？”他回答，“有警察保护的嘛。”

“报上说昨天有四个人受了伤。”

“是的，”他回答，“但是你不能相信报纸上的消息。他们能安全行驶的。”

这时，他显得很有决心，有些凄凉的样子，嘉莉觉得很内疚。这里出现了一些赫斯渥昔日的气质——一丁点儿过去那种精明、愉快的富有力量的影子。户外阴霾密布，飘着几片雪花。

“偏偏在这么糟的天气到那里去，”嘉莉想。

这一回他走在她之前，这是一桩不寻常的事情。她坐下来，设想着倘使他真的找到了工作，他会怎么办。你知道，他是可能找到的。

当她坐着思量时，赫斯渥朝东走到十四街和六马路的转角，在那里搭上了公共马车。他看到报上说有几十个人到蒙塔古街和克林顿街转角的布鲁克林市立电车公司大楼的办公室去申请工作，都受到了雇用。他决定到那里去。他脸色阴沉、默然不语，搭了公共马车和渡船，到达了上述办公室。路很远，路上没有电车行驶，天气又冷，但是他艰难地赶着路。一到了布鲁克林，他可以明显地看出，而且感觉到正在进行罢工。从人们的态度上看得出来。有些电车路线的轨道上没有车辆在行驶。有小群的工人在有些路角和附近的小酒店里游荡。在车场和办公室附近尤其是这样。有几辆装着弹簧钢板的大车在他的身边驶过，上面安着普通的木座椅，写着“弗莱特布什”或者“展望公园，车费一毛”等字样。他看见一些冰冷而甚至阴沉的面孔。工人之间正在展开小小的争斗。

当他走近上述办公室的时候，他看见那里站着几个工人，还有几名警察。远处的路角上还有些别的人在守望着，他猜想他们就是罢工者。这里所有的房屋都很矮小，是木结构的，街道也铺设得很简陋。和纽约一比，布鲁克林自然显得寒酸、贫困。

他一直走到一小群人中间，警察和先到的工人都望着他。其中一个警察招呼他说。

“你找什么？”

“我想看看是否能找到工作。”

“办公室就在这道台阶上边，”这穿蓝制服的人说。从他的脸上看他是无所偏袒的。在内心深处他同情罢工工人，而憎恨这个“工贼”。在内心深处他也深知警察的尊严和作用，那就是要维持秩序。而秩序的实际社会意义，他却从来没有想过。他的头脑不会想到这些事情。这两种情绪在他心里混合在一起，相互抵消，使他采取了中立态度。他为这个人可以像为自己一样坚决斗争，但只是奉命行事而已。剥下了他的制服，他就会立即站到另一边去。

赫斯渥走上一道尘污的台阶，进入一间灰暗的小办公室，室内有一道栏杆、一张长写字台以及几个职员。

“喂，先生，”一个中年人从长写字台边抬头望着他说。

“你们要雇用工人吗？”赫斯渥问。

“你是干什么的——司机吗？”

“不，我什么都不内行，”赫斯渥说。

他并不为自己的处境局促不安。他知道他们需要人手。倘使一个人不要他，另一个会要的。这个人要不要他，可以随他的便。

“哦，我们当然宁可要有经验的人的，”这个人说。他停顿了一下，而赫斯渥满不在乎地微笑着。然后他补充说，“可是，我想你是可以学的。你叫什么？”

“惠勒，”赫斯渥说。

这个人在一张小卡片上写了一条指令。“把这个拿到车场去，”他说，“交给工头。他会告诉你做什么的。”

赫斯渥走下台阶，就离开了。他立即按照所指的方向走去，警察在后面望着他。

“又是一个想尝试一下的，”警察基利对警察梅西说。

“依我看他要吃不了兜着走的，”后者静悄悄地说。

他们曾经经历过罢工。

第四十四章

赫斯渥前去求职的车场，人手极其缺少，实际上只有三个人在指导工作。他们周围有不少新手，是些带着饥饿相的怪人，看上去是贫困将他们逼上了绝路的。他们想显得活泼、主动，但是这地方有一种自惭形秽而缺乏自信的气氛。大多数都很尴尬。大家都闭口不言，穿着得很破旧。

赫斯渥递上他所得的卡片。

“没有经验吗？”这个人还算和颜悦色地问他。

“一点也没有，”他回答。

“那末，我想我们得教给你。到那面场地上去，去找桑德斯。他会指点你的。”

赫斯渥穿过那些车棚，走到后面一片有围墙的大广场上，那里有好几行铁轨和环行车道。有六辆电车停在那里，由教练员担任驾驶，每辆车的操纵杆旁站着一名学徒。还有许多学徒在车场一个后门口等待着。

他立即看清了这种景象。不用去叫桑德斯先生。他应该干的就是站在这里，等待轮到他。

不久，一辆电车在车场末端的车棚边停下来，一名学徒走下车来。

“下一个！”教练员叫着。

一个衣衫褴褛、脸容瘦削的家伙，穿着件破旧的春大衣，从赫斯渥身边走去，走上驾驶台。于是，教练员就低声和他说起话来。

赫斯渥默默无语地观察着这幕情景，一面等待着。他对同伴们望了一下，尽管这些人并不比那些车辆更使他感到兴趣。不过，他们是神色不快的一群。其中有一两个人非常瘦，非常单薄。有几个躯体相当结实。还有几个瘦骨嶙峋，面色如蜡，好像是挨到各种各样恶劣的气候摧残过似的。

“你在报上可看见他们要出动国民警卫队吗？”赫斯渥听得他们之中的一个说。

“哼，他们会这么做的，”另一个回答说，“他们老是这么做的。”

“你想我们会遇到许多麻烦吗？”另一个说，赫斯渥没有看见是谁。

“不会很多。”

“那个开上一辆电车出去的苏格兰人，”一个声音插入说，“告诉我说，他们用煤渣打在他耳朵上。”

伴随着这句话的是一阵神经质的低笑声。

“看报纸上说，五马路电车线路上有一个家伙一定倒了大霉，”另一个声音慢吞吞地说，“他们打破了车窗，把他拖到街上，直到警察来才阻止。”

“是的，但是今天已增加了警察，”另一个补充说。

赫斯渥听着，心里不置可否。他觉得这些说话的人仿佛是着了慌。他们狂热地唠叨着——说这些话是要使自己的头脑安静下来。他只顾望着场地，等待着。

有两个人走近他的身旁，但是在他背后站住了。他们比较喜欢交谈，他就听他们谈话。

“你是电车工人吗？”一个说。

“我吗？不是。我向来在造纸厂里做工的。”

“我在纽瓦克[①]做工，直到去年十月份，”另一个以相同的感情回答。

有几句话声音太低，听不清楚。接着谈话的声音又高起来。

“我不怪这些家伙罢工，”一个说，“他们完全有权利罢工，但是，天呀，我必须找些事情干啊。”

“我也是这样，”另一个说，“倘使我在纽瓦克还是有工作，我是决不会到这里来碰运气的。”

“这几天真是糟糕，是不？”这个人说，“一个穷人可以到哪里去呢？天晓得，你就是在街头饿死，也不会有谁来帮助你的。”

“你说得不错，”另一个说，“我是因为工厂停产才失业的。他们开工了一整个夏天，积了许多存货，就停产了。”

赫斯渥对这事只稍微注意了一下。不知怎的，他觉得比这两个家伙优越一些，处境好一些。他觉得他们无知、庸俗，是牧羊人手里的可怜的羊。

“这些可怜虫，”他想，流露出过去得意时期的思想和感情。

他还在听着这一类的私下的议论时，听到有人在叫他了。

“下一个，”一个教练员说。

“下一个是你，”旁边的人说，碰了他一下。

他就走出队伍，爬上驾驶台。教练员认为当然不需要任何开场白。

“你看这个把手，”他说，伸手拉住装在车顶上的电闸。“这东西可以把电流截断或者接通。倘使要打倒车，就转到这里。倘使你要车子前进，就转到这里。倘使你要截断电流，就转到中间。”

赫斯渥对这简单的指导笑了一笑。

---

①位于新泽西州东北部，在纽约市西。

“看哪，这个把手是控制速度的。转到这里，”他说，用手指指点着，“大约每小时能驶四英里。这里是八英里。开足了大约每小时能驶十四英里。”

赫斯渥镇静地望着他。他曾经看见过司机开车。他几乎完全懂得他们是怎么开的，确信只要稍微练习一下，一定也开得好。

教练员又解释了一些细节，接着说：

“现在，我们把它倒回去。”

当车子回驶进车场的时候，赫斯渥沉着地站在教练身旁。

“有一件事你要多加小心，那就是启动时要稳。开了一档速度以后要走一会儿，再加速度。大多数人的毛病总是想把它完全开足。这可不行。而且也很危险。马达要受磨损。你不要那样做。”

“我明白了，”赫斯渥说。

他等了又等，而那人却滔滔不绝地讲下去。

“现在你来开吧，”他终于说。

这个过去的经理伸手捏住操纵杆，自以为很轻地推了一下，可是，它比他想象的更容易启动，结果车子迅速地向前冲去，几乎把他抛到背部贴住了车门。他不好意思地站住了脚，那教练员用刹车把车停了下来。

“启动时要当心，”他就说了这么一句。

可是，赫斯渥发现使用刹车和控制速度并不像他所想的马上就能掌握。有一两次，倘使没有教练员来提醒并伸手帮助，他几乎要冲出后面的栅栏去。教练员对他很有耐心，但是脸上毫无笑容。

“你非学会两臂同时使用的诀窍不可，”他说，“要稍微练习练习。”

一点钟到了，他还在车上练习，觉得肚子饿起来了。天下起雪来，他觉得冷。他在这段短路轨上开来开去，感到厌倦起来。他知道这事情有一些诀窍，但他还没有能完全掌握。

“你吃过饭了吗？”这个人终于问。

“没有，”他回答。

“那末还是去吃饭吧。”

他们把电车开到路轨末端，两人一齐下车。赫斯渥走进车棚，在一辆电车的踏步上坐下来，从口袋里拿出纸包的午膳。没有水，面包很干，但是他吃得很高兴。在这里吃饭是不拘礼节的。他一边吞咽，一边东张西望，想到这行当的活儿又乏味又平淡。从各方面看来，这都是叫人不快的，极其叫人不快的。倒并不是因为他比别人高一等，而是工作太辛苦。他认为对谁都是辛苦的。

吃过了饭，他又像以前一般站着，等待再轮到他。在这些人中，有一些他认为是反对罢工工人的——那是些可憎的、迟钝的家伙，他们一直没开过口。没有任何迹象可以说明他们心里想的是什么。赫斯渥并不喜欢这些家伙。他自己是中立的，决心尽可能找到工作，但是也愿意承认罢工工人有他们的苦衷。他很希望别人以同样的态度来看待这个局面。

等轮到他的时候，他发现今天他是开不成车了。那人的意思是要他练习一个下午，也就是要他和别人一起，在轮到的时候参加练习。而大部分时间则花在等待上。

终于到了晚上，肚子也饿了，他心里反复思考着过夜的问题。时间已经是五点半。他必须立即吃饭。倘使他要回家，就得花两个半钟点，冒着寒风走路，并搭乘马车。而且公司吩咐他于翌晨七时报到，如果回家的话，他非起一个异乎寻常的大早不可，这是叫人不快的。再说，他身上只有嘉莉给他的一块一毛五分钱，是在想到这里来之前，准备付这个星期的煤账的。

“这里附近总该有个过夜的地方吧，”他想，“那个从纽瓦克来的人住在什么地方呢？”

他最后决定去打听一下。有一个小伙子站在门口的寒风中，在等待最后一次练习。他年纪还小——大约二十一岁，但是因为贫困而身子显得瘦削、细长。只消生活得好一些就能使这个小伙子长得丰满而且神气活现的。

“倘使身边没有钱，他们怎么安排呢？”赫斯渥小心翼翼地问。

这个家伙对问话的人转过脸来，带着敏锐而机警的神情。

“你是指吃饭吗？”他回答。

"是的，还有住宿。我今天晚上没法回纽约去了。"

"我想，你要是去问工头，他会给你安排的。他已经给我安排好了。"

"是这样吗？"

"是的。我刚才跟他说我身上一文钱也没有。呀，我没法回家去。我住在霍博肯[1]，离这里很远。"

赫斯渥仅仅清了一下喉咙，算是表示感谢。

"我知道，他们在这儿楼上有地方可睡。就不知是什么样的地方。想来是糟糕不堪的。今天中午，他给了一张饭票。我知道这算不上什么。"

赫斯渥惨然一笑，而这个小伙子却大笑起来。

"这可不是好玩的，是不？"他问，自以为得意地希望听到愉快的回答。

"说不上好玩，"赫斯渥回答。

"要是我，马上就去找他，"小伙子主动地说，"他可能走开的。"

赫斯渥就这么办。

"这里有什么地方可以让我过夜吗？"他问，"倘使我非回纽约不可的话，恐怕不能——"

"倘使你要睡，"这个人打断他的话说，"楼上有几只铺。"

"这就可以了，"他表示同意。

他存心讨一张饭票，但是找不到合适的机会，就决定这个晚上自己付钱算了。

"到早晨向他要吧。"

他在附近的小饭店里吃了饭，因为又冷又寂寞，立即就去寻找上述的阁楼。公司接受了警察的劝告，不打算夜里开电车出去。

这个房间像是夜班工人的休息室。大概有九张帆布床，两三把木椅，一只肥皂箱，还有一只圆肚小火炉，里面生着火。他虽然来得很

---

①位于新泽西州东北部，和纽约市的曼哈顿岛隔赫德森河相望。

早，但已有人先在了。那个人正坐在火炉边烤手取暖。

赫斯渥走近去，朝炉火伸出手去。他心里已经很难过，觉得这次求职中遇到的一切都是那么艰难困苦，但还是硬着心肠要坚持到底。他认为能忍受一时的。

“天气很冷，是不？”先来的人说。

“着实冷。”

一个长时间的沉默。

“这睡觉的地方不大像样，是不？”这家伙说。

“总比没有好，”赫斯渥回答。

又是一阵沉默。

“我想我还是上床吧，”这家伙说。

他站起身来，走到一张帆布床边，只脱了鞋子，便摊手摊脚地躺下，拉起一条毯子和污旧的棉被，把身子裹住。这情景使赫斯渥看不入眼，但是他不去想它，只是注视着火炉，想着别的事情。一会儿，他决定要睡了，便捡了一只铺，也脱了鞋子。

当他在就寝的时候，劝他上这儿来的那个小伙子也走了进来，看见了赫斯渥，想表示友好。

“总比没有好，”他说，向四周打量了一下。

赫斯渥以为这句话不是对他讲的。他以为那是表示满意的个人意见，所以没有答话。小伙子以为他情绪不好，就低声吹着口哨。当他看见还有一个人睡着了，就停止口哨，默不作声了。

赫斯渥尽量在这恶劣的环境中躺得舒服一些，他不脱衣服，把污秽的被头推下去，不让遮住头部，但是，终于因为疲惫不堪而睡意蒙眬了。他慢慢地觉得棉被越来越舒服，忘记了它的污秽，睡着了。

早晨，有几个人在这寒冷、落寞的房间里走动着，惊醒了他的好梦。他在梦里回到了芝加哥，回到自己舒适的家里。杰西卡在安排出门的事宜，他一直在和她谈论此事。她的形象在他心里是这么清晰，现在和这房间一对比，使他不得不大吃一惊。他抬起头来，这寒冷、凄惨的现实使他猛的清醒了过来。

“我看还是起来的好，”他说。

这一层楼上没有自来水。他在寒冷中扎好鞋带，站起身来，摇了摇僵硬的身子。他觉得身上的衣服不舒服，头发乱蓬蓬的。

“见鬼，”他戴帽子时嗫嗫嚅嚅地说。

楼下又热闹起来。

他找到了一个水龙头，下面有个原来饮马的木槽，但是没有毛巾，而他的手帕昨天已经弄脏了。他只得用冰冷的水擦擦眼睛就算了。他然后去找工头，他早已在场上了。

“吃了早饭没有？”那个大人物问。

“没有，”赫斯渥回答。

“那还是先去吃吧。你的车子要等一会儿才准备好呢。”

赫斯渥犹豫了一会儿。

“你能给我一张饭票吗？”他结结巴巴地说。

“给你，”这人说，给了他一张。

他像上一天晚上一样，将就吃了些煎牛排和劣质咖啡作早餐。然后他就赶回来了。

“瞧，”当他回来的时候，工头指点给他说，“过一会儿，你驶这辆车出去。”

赫斯渥在阴暗的车棚里爬上驾驶台，等待开车的信号。他有些紧张，可是开出去也可以宽宽心。随便怎么样总比待在车棚里强。

这一天是罢工的第四天，情势变得恶化了。罢工工人一直遵守他们的领袖以及报纸的劝告，采取了极其和平的斗争方式。还没有发生过大规模的暴力行动。车辆被拦阻，这是事实，并且和开车的人展开了辩论。有几个司机被他们争取过去，放弃了车辆，有些车窗玻璃给打碎了，也有些人嘲笑和叫嚷；但是至多只有五六桩事件中有人受了重伤。这些群众的行动是罢工领袖们所不赞许的。

可是，罢工工人因为无事可干，又见公司方面有警察支持，真是洋洋得意，使他们恼了火。他们看到每天有更多的电车在行驶，每天有更多的公司当局的布告，说罢工工人有效的反抗已经被粉碎。这使他们恼火，逼使他们产生了走极端的思想。他们看到，采取和平的斗争方式，就是让公司不久就可以恢复全部车辆的行驶，而把罢工工人置之不顾。再也没有比和平斗争更对公司有利的办法了。

他们一下子火冒起来，于是混乱、紧张了一个星期。袭击电车，殴打上班人员，和警察发生冲突，掘坏路轨并且开枪，终于弄得街上常常发生殴打和暴动，城里布满了国民警卫队。

赫斯渥压根儿不知道这些形势的变化。

“把你的车子开出去，”工头高叫着，对他使劲挥动着一只手。一个新手售票员从后面一跃上车，打了两下铃，作为开车的信号。赫斯渥转动操纵杆，把车辆开出大门，开到车场前面的路上。两个身强力壮的警察在这儿上车，站在驾驶台上他的身边——一边一个。

车场门口一声锣响，售票员打了两下铃，赫斯渥就启动操纵杆。

两个警察镇静地向四周打量着。

“今天早晨，天气冷，没错儿，”左边的一个说，语音里带着浓重的爱尔兰土腔。

“昨天，我真受够了，”另一个说，“我真不高兴老是干这行。”

“我也这样。”

两人都不把赫斯渥放在眼里，他面对寒风站着，冷得彻骨，一心只想着给他的指示。

“开得稳一些，”工头曾经对他说过，“对看上去不像真的乘客，就不要停车。无论如何，不要因为路上人多而停车。”

两个警察静默了一会儿。

“刚才开出的一个一定是安全地通过了，”左边的一个警察说，“各处都看不见他的车子。”

“谁在那车上？”第二个警察问，当然是指分配到那车上的警察。

“谢弗和瑞安。”

又是一阵静默，电车在这时候平稳地行驶着。这一段路上房屋不多。赫斯渥也没有看见多少人。他觉得情况并不完全别扭。倘使不是这么冷，他认为是可以驾驶得满好的。

前面突然出现了一段弯路，这是他没有料到的，使他摆脱了上述的想法。他切断电流，把刹车用劲一转，但是已来不及避免不自然的急转弯了。这使他大大地摇晃了一下，他想说声抱歉，但是没有说出口来。

“你要当心这些转弯的地方，”左边的警察带着屈尊的态度说。

“你说得对，”赫斯渥惭愧地表示同意。

“这条路线上这样的转弯很多，”右边的警察说。

转了弯后，出现了居民较多的街道。看得见前面有一两个步行的人。一个院门内走出一个拎着洋铁牛奶罐的男孩子，第一次对赫斯渥口出恶言。

“工贼！”他大声嚷着。“工贼！”

赫斯渥听得骂声，但是努力不去理睬，连心里也不嘀咕一声。他知道是难免挨骂的，可能还有不少呢。

在前面转角处的路轨旁，有一个人站着，在招呼停车。

“莫睬他，”一个警察说，“他要搞鬼的。”

赫斯渥遵命而行。在转角处，他看出了这么做是英明的。这个家伙一发觉他们不打算理他，立即把拳头扬扬。

“哼！你这该死的懦夫！”他嚷着。

站在拐弯角上的五六个人，朝着疾驰而过的电车发出一阵辱骂和嘲笑。

赫斯渥稍微有点畏缩。实际情况比之他所预料的要糟糕一些。

这时，他看见前面过去三四条横马路的地方，路轨上堆着一些东西。

“他们在这里捣过鬼，没错儿，”一个警察说。

“说不定要闹一场了，”另一个说。

赫斯渥把车子开到近边才停下来。可是，他还没有完全停下，就有一大群人围了拢来。这群人里有一部分是原来的司机和售票员，还有一些他们的朋友和同情者。

“下车吧，老朋友，”有一个人说，语调还是息事宁人的。“你可不想从别人的嘴里夺取面包，是吧？”

赫斯渥握住刹车和操纵杆，面色苍白，不知如何是好。

“走开！”一个警察嚷着，从驾驶台的栏杆上探出身去。“把这些东西搬掉。给人家个机会可以做工作嘛。”

“听着，老朋友，”罢工领袖不理睬警察，对赫斯渥说，“我们都是工人，和你一样。倘使你是一个在职的司机，受到了我们所受的待遇，你总不会愿意有人插进来抢你的饭碗吧？你不会愿意有人来夺去你获得应有权利的机会吧？”

“刹住车！刹住车！”另一个警察粗声粗气地催促道，“快滚开，”他说罢跳过栏杆，在群众面前站住了，动手把他们推回去。另一个警察立即下车站到他的身旁。

“快让开！”他们叫嚷着，“滚开去。你们到底要干什么——快走开。”

群众像是一小群蜜蜂。

“不要推我，”一个罢工工人坚决地说，“我又没干什么。”

“滚开去！”这警察大叫道，挥舞着警棍。“我要给你脑瓜上来一下子。快向后退！”

“见什么鬼！”另一个罢工工人嚷道，一面倒推过来，同时着力地骂了几句。

啪的一声，一警棍打在他前额上。他双眼昏花地眨了几下，两腿颤抖，举起两手，踉跄地退了回去。很快就有一拳打在这警察的颈项上，作为回敬。

挨了这一拳之后，警察大发雷霆，就左冲右撞，擎着警棍疯狂地打人。另一个穿蓝制服的人熟练地帮着他，对这骚动的人群骂不绝口。因为罢工工人躲闪得敏捷，没有造成严重的伤害。他们现在站在人行道上嘲笑着。

“售票员在哪儿？”一个警察嚷着，眼睛望着那个家伙，他已怯生生地走上前来，站在赫斯渥的旁边。赫斯渥站着呆望这场纷扰，与其说害怕不如说是惊异。

“你为什么不下车来，把路轨上的这些石头搬开？”警察问，“你站在那里干什么？你想整天待在这里吗？下来！”

赫斯渥怀着激动的心情，沉重地透了一口气，跟着那慌张的售票员跳下电车，好像是在叫他一样。

“喂，赶快，”另一个警察说。

天气虽冷，这两个警察却又热又狂。赫斯渥和售票员一起干活，一块一块地搬石头，干得也热起来了。

“呀，你们这些工贼，你们！”人群大嚷着，“你们这些懦夫！要抢别人的工作，是吗？抢穷人吗——你们这些小偷！喂，我们会制服你们的。等着瞧吧！”

这些话不是一个人说的。各处都有，许多同样的话混合在一起，还夹杂着咒骂声。

“干活吧，你们这些恶棍！”一个声音嚷着，“干不要脸的活吧！你们是压迫穷人的吸血鬼——你们这些狗杂种！”

“愿老天爷饿死你们！”一个爱尔兰老太婆嚷着，她打开附近的一扇窗，伸出头来。

“还有，你！”她和一个警察对望了一眼，补充说，“你这残忍的杀人强盗！打我儿子的脑袋，对吗？你这硬心肠的杀人魔鬼！呀，你——”

但是警察却充耳不闻。

“见你的鬼，你这个老母夜叉，”他望着四周分散的群众，低声嘟哝着。

这时石头都给搬掉了，赫斯渥在继续不断的咒骂声中又登上了驾驶台。两个警察也都上车站在他身边，售票员就打铃开车，这时候，从窗子和门口砰砰地扔进大小石块来。有一块险些儿擦伤赫斯渥的脑袋。又一块打碎了后面的玻璃窗。

“拉足操纵杆，”一个警察嚷道，自己伸手去握把手。

赫斯渥听命而行，车辆就飞速前进，后面跟着一阵石头的撞击声和嘈杂的咒骂声。

“那个混账东西一拳打中了我的头颈，”一个警察说，“话虽如此，我好好地回敬了他一棍子。”

“我想有几个人一定给我打出了血，”另一个说。

“我认识那个骂我混账东西的大个子，”第一个说，“为了这个，我早晚要给他厉害看。”

“一到那里，我就知道准会有麻烦的，”第二个说。

他们在这么谈话。赫斯渥身上发热，心情激动，坚定地望着前面。这对他是一段惊人的经历。他曾经在报上看到过这种事情，但一旦身历其境倒像是压根儿新鲜的另一回事。他在精神上并不是懦夫。他现在身受了这一切，反而激起了他坚持到底的顽强的决心。他并没有去想纽约或者他的公寓。跑这一趟车似乎使他什么别的都不想了。

他们现在已通行无阻地驶入布鲁克林的商业中心，虽然多少有些迹象提醒他们可能遭到更多的麻烦。人们望着打碎的车窗和穿便衣的赫斯渥。时常听得有“工贼”的呼声，以及别的辱骂，但是没有人群来袭击电车了。到了商业区的电车终点站，一个警察去打电话给警察分局，报告路上的纠纷。

“那边有一群暴徒，”他说，“还在埋伏着等待我们。最好派些人去把他们驱散。”

电车驶回时比较平静，遭到人们大声嘲骂，侧目而视，掷石头，但是没有受到袭击。当赫斯渥看见车场的时候，自由自在地透了一口气。

“哦，”他在心里想，“我熬过来了，没有出毛病。”

车辆进了车场，他可以休息一下，但是，他终于又被叫去开车了。这一回，车上换了另外两名警察。他略微增加了些自信，把电车驶过这些寻常的街道，好像觉得不大害怕了。可是，在另一方面，他却受了不少苦。天气严寒，飘着雪花，刮着劲风，因为电车驶得快而更其寒冷彻骨，难以忍受。他的衣服是不适于干这工作的。他战栗着，跺着双脚，拍着手臂，像他从前看到过的别的司机那样做，但是并不叫苦。这工作又新鲜，又危险，在某种程度上把他被迫到这里来所感到的反感和痛苦减轻了些，但还不足以使他不觉得悲哀和心酸。他想，这是狗一般的生活。落到这地步真是活受罪。

使他能坚持下去的惟一的念头，就是嘉莉对他的侮辱。他想，他还不至于堕落到要受尽她的侮辱的地步。他是能干些什么事情的——甚至这种事也行——干它一阵子。情况会好转的。他可以积蓄些钱来。

当他在这么沉思的时候，一个孩子掷来一块烂泥，打中了他的手臂。打得他很痛，他大怒起来，今天早晨以来他还没有被这样地激怒过。

“小杂种，”他嘟哝道。

“打伤了吗？”一个警察问。

“没有，”他回答。

在一个转角上，电车因为拐弯而放慢了速度，有一个罢工的司机，站在人行道上，向他打招呼。

“老朋友，走下车来，做一个真正的男子汉吧？要记住我们是在为合理的日薪而斗争，不是为了别的什么。我们得养家活口啊。”这个人的想法好像是着实和善的。

赫斯渥假装没有看见他。他眼睛直望着前面，开足了车速。那声音带着些恳求的意味。

整个早晨就这么过去，一直到下午。他开了三次车，倒并不比前面所描写的那次来得困难。他吃的饭顶不住这样的工作，寒冷也对他起了明显的作用。虽然他似乎已经给冻得麻木了，可是好像越来越冷了。每一次开到终点站，他总要停了车暖暖身体，但他还是难过得几乎要呻吟起来。有一个车场的工作人员动了恻隐之心，借给他一顶厚帽子和一副羊皮手套，这一下真使他感激不尽。他很需要这些东西。

下午第二次出车，在半路上遇到了一群人，他们把一根旧电线杆拦住了电车的去路。

“把路轨上的东西搬开！”两个警察高声大叫。

“呀，呀，呀！”群众高喊着，“你们自己搬吧！”

两个警察走下车来，赫斯渥也想跟着下去。

“你留在那里，”一个警察说，“有人会把你的车子开走的。”

在一片嘈杂的声音中，赫斯渥听到就在他身边不远处有一个人说话了。

“下来吧，老朋友，做一个真正的男子汉。不要和穷人作对。让公司去干吧。”

他一看原来就是在转角处对他喊话的那个人。这回也像以前一样，他假装没有听见。

“下来吧，”那人温和地重复说，“你不会要和穷人作对的。绝对不要作对啊。”这是个非常富有哲理而非常善于狡辩的司机。

从什么地方又来了一个警察，来协助原来的两个，还有人跑去打电话要求加派警察。赫斯渥凝视着四周，态度很坚决，但是心里很害怕。

有人一把揪住了他的上衣。

“快下车！”那人嚷着，用力一拉，想把他从车栏上拉下去。

“放手！”赫斯渥狠狠地说。

“我要给你厉害看——你这工贼！”一个爱尔兰小伙子跳上车钩，一拳向赫斯渥打去。赫斯渥急忙躲闪，结果不是下颚上而是臂膀上挨了一下子。

“滚开去！”一个警察叫嚷着，急忙来救助，当然还加上了一阵照例的咒骂。

赫斯渥镇静下来，面色苍白，双手发抖。这时，他觉得情况严重起来。人们抬头望着他，嘲骂他。有一个女孩子在做鬼脸。

“啊，呀！呀！”她叫着。基督受难时那帮暴民就是这样发出嘘声和嘲笑的。

他的决心开始有些动摇，这时一辆巡逻车开到了，下来了更多的警察。现在，路轨迅速就出清，又可以行驶了。

“现在就开车，快，”警察说，车又开动了。

下午又遇到了一次麻烦，那时被一群人拦阻，警察要他开过去，从人群中打开一条路来。

“从他们身上开过去，”他粗声粗气地说。

赫斯渥遵命执行，在一片嘲骂声中冲散了一小队人。

最后，在电车的回程中，在离车场一两英里路的地方碰到了一群真正的暴徒。这一带是极其穷苦的地方。他想赶快把车开过去，但是路轨又被阻塞了。当他离开那里差不多五六条横马路时，就看见人们搬着什么东西在堵塞路轨。

“他们又来了！”一个警察叫起来。

“这次我要给他们些厉害，”第二个警察说，他已经忍耐不住了。当电车开近去时，赫斯渥浑身觉得一阵不安。

像上次一样，这群人开始大声嘲骂，但是他们现在并不走上前来，而是掷东西过来。打碎了一两块玻璃窗，赫斯渥躲过了一块石头。

两个警察一起对着人群跑去，但是人们反而向电车奔过来。其中有一个女人，外貌就像一个小姑娘，带着一根粗木棍。她大发雷霆，对赫斯渥一棍打去，他闪开了。跟着，她的同伴们受到了极大的鼓舞，跳上车来，把赫斯渥拉了下去。他还来不及说话或者呼喊，人已经跌倒了。

“放开我，”他说，向一边倒下去。

“哼，你这个吸血鬼，”他听得有人说。拳打脚踢，就像雨点般落在他身上。他仿佛要透不过气来了。然后似乎有两个人在把他拖开去，他挣扎着要脱身。

“行了，”一个声音说，“你没事了。站起来吧。”

人们放开了他，他像是清醒了过来。这时，他认出原来就是那两个警察。他觉得精疲力竭，仿佛要晕过去了。他下巴上有些潮湿。他举起手一摸——然后一看。手上有血。

“他们把我打伤了，”他呆头呆脑地说，伸手去摸手帕。

“好了，好了，”一个警察说，“只破了点皮嘛。”

这时，他的神志清醒了些，向四面张望了一下。他这时正站在一家小店里，他们暂时把他留在那里。当他站着揩下巴时，看见门外的电车以及气势汹汹的人群。那里有一辆巡逻车，另外还有一辆车。

他走过去，向外望着。那是一辆救护车，正在往后倒车。

他看见警察使劲对人群作了几次冲刺，逮捕了一些人。

“倘使你要把电车开回去的话，现在就上车吧，”一个警察打开了店门，向里望望说。

他就走出去，感到着实拿不定主意。他觉得很冷，心里害怕。

“售票员哪里去了？”他问。

“啊，他现在不在这里，”警察说。

赫斯渥向电车走去，紧张地跨上驾驶台。正当他上车时，听得一下手枪声。有什么东西打中了他的肩膀。

“谁开的枪！”他听见一个警察大声说，“天哪，谁开的枪！”两个人都抛下了他，朝一座大楼奔去。他停了一下，然后走下车来。

“天哪，”赫斯渥失神地说——“我受不了啦。”

他紧张地走到路角，急忙顺着一条小街走去。

“哎唷！”他说，透了一口气。

走了半条马路，有一个小女孩凝视着他。

“你还是溜走的好，”她冲着他的背影叫道。

他冒着叫人迷眼的大风雪走回去，黄昏时分到达渡口。船舱里坐着一些自得其乐的人，好奇地打量着他。他还感到晕头转向，心里混乱不清。在漫天大雪中，河上闪烁着灯光的美景，但他都没有看进眼里去。他顽强地步履艰难地走着，直走到公寓。他走进去，觉得屋里很是温暖。嘉莉已经出去了。桌上放着两份她留下的晚报。他点起煤气灯，就坐下来。一会儿又站起来，脱去衣服看看肩膀。只是擦破了点皮而已。他洗了手和脸，显而易见还在呆想，接着梳了头发。然后他找了些东西吃，终于吃饱了肚皮，就在舒服的摇椅里坐下来。这是奇妙的解脱。

他把手托住下巴，暂时忘记了看报。

“哦，”过了一会儿，他定下神来说，“那里的玩意儿真难对付啊。”

然后他回头看见了报纸。轻轻地叹息一声，他捡起了《世界报》。

“罢工正在布鲁克林蔓延，”他念道，“城内各处都有暴动发生。”

他把报纸拿得舒舒服服的，一直看下去。这是他看得最有兴趣的新闻。

第四十五章

凡是认为赫斯渥的布鲁克林之行是判断错误的人，不能不承认他以往屡试屡败的经历对他产生了消极的影响。嘉莉对这事情得出了错误的想法。他说得很少，以致使她以为他并没有遇到什么大不了的暴行，只是些一般的麻烦而已。遇到这些事，马上就停手不干，似乎是很无聊的。他根本不想工作嘛。

他不在的时候尽管很短——仅仅是从第一天早晨十点钟到第二天晚上七点钟，她却觉得非常自由自在。他出去了，公寓内就少掉了一大片阴影。代之而来是对未来的希望——希望不受烦恼的打扰，金钱不致逐渐流光。她已尝到了对懒汉的厌倦之感。现在，畅快的生气一现之后，他又回到了家里。她一看见心就沉了下去。

这倒并不是因为她天生具有硬心肠的特点。这是因为她已厌倦，急于要生活有些变化。那天晚上，当她看见他睡在床上时，她知道这说明事情没有成功。这时候，她自己的处境有了进一步的好转(这一点得在下面详细加以说明)，她原希望他确实振作了起来，这希望现在被他打破了，使她感到震惊。她只能心灰意懒地摇摇头。

“天啊！”她叹息了一声。

上面提到的好转是指她的工作受到了些重视。她当时演一队东方美人之一，在那出喜歌剧的第二幕里，宫廷大臣让这一队美人在新登基的国王面前列队走过，卖弄他这群后宫姬妾。这些美女规定是没有说白的，但是当赫斯渥在电车车场的阁楼上住宿的那晚，那主要的喜剧演员兼大明星感到十分滑稽，就用洪亮的嗓音说：

“喂，你是谁呀?”这一来博得了一阵欢笑。

这当儿恰好是嘉莉在他面前行礼。在他说来，原是随便哪一个都是一样的。他并不指望对方回答，要是回答得笨拙是会受到申斥的。但是嘉莉的经验和自信使她敢于重新优雅地俯身行礼，而且回答：

“是你忠实的姬妾。”

说的话微不足道，可是她说话的风度，却引起了观众的注意，他们对这位岸然站在这年轻姑娘面前的装出狠劲十足的样子的国王纵情大笑。这喜剧演员听得笑声，也觉得欢喜。

“我还以为你姓史密斯呢，”他回答道，想博得最后一阵笑声。

嘉莉说过那句话以后，因为大胆妄为而几乎战栗起来。剧团的成员都受过警告，擅自穿插说白或者“动作”，要罚款甚至开除的。她不知如何是好。

当她在舞台边厢自己的位置上站着，等待再出场时，那位滑稽大师退下场来，走过她身边，认出了她就停了步。

“以后你就保留这一句吧，”他说，看见她显得极其聪明伶俐。“话虽如此，可不要再加什么了。”

“谢谢你，”嘉莉恭恭敬敬地说。等他走了，她觉得自己在剧烈地打颤。

“喔，你运气真好，”群舞队里另一个人说，“我们中间谁都没有一句说白。”

这桩事的价值是无可否认的。剧团里每一个人都认为她已崭露头角了。当第二天晚上，嘉莉的说白又博得喝彩时，她深自庆幸。她兴高采烈地回家，知道不久就会有好结果的。由于赫斯渥在场，驱散了她欢乐的想法，代之以急于要终止这种不幸的局面的渴望。

第二天，她问他找事情的经过。

“他们不打算再出车了，除非有警察保护。眼前不需要人手——至少要等到下一星期。”

下一星期来了，但是嘉莉发现还是老样子。赫斯渥看来比以前更无动于衷了。他若无其事地看她每天早晨出去排练等等。他只是看报，看报。有几次他发现自己呆望着一则新闻，心里却在想别的事情。他第一次明显地感到走神的时候，他正在看有关他曾经参加过的骑马俱乐部举行的狂欢舞会的报道，他原来是那俱乐部的会员。他坐着，低头望着，心里在胡思乱想，渐渐地自以为听到了往日的人声和碰杯声。

“你真了不起，赫斯渥，”他的好朋友沃克说。他又穿着漂亮的服装站在那里，面含笑容，心情舒畅，因为讲了一个有趣的故事而受到旁人的喝彩，要求再来一个。

他突然抬眼一望。室内是这么宁静，有些阴森森的感觉。他听到时钟清楚的滴答声，有些怀疑自己刚才是否在打瞌睡。可是，他手里拿着的报纸挺直地竖着，眼前正是他刚才在看的那则新闻，使他打消了关于打瞌睡的想法。然而事情还是有些古怪。可是到第二次再发生的时候，就似乎不那么希奇了。

肉铺、食品铺、面包房和煤炭店的老板们——不是当时跟他打交道的那些，而且以前一直赊卖东西给他的人们，都上门来了。他客气地对待他们每一个，推托得越来越熟练了。最后他鼓起勇气，假装不在家，或者挥手要他们出去。

“萝卜里榨不出血来，”他说，“倘使我有钱，我会付给他们的。”

嘉莉那个演小兵的朋友奥斯本小姐，发现她在得发起来，简直变成她的侍卫了。小奥斯本自己根本不可能有所成就。她仿佛像猫一般有这点自知之明，本能地决定要把柔软的小脚爪抓住嘉莉不放。

“啊，你会红起来的，”她老是这么赞美嘉莉，“你是这么好。”

嘉莉虽然胆小，但是能力很强。别人的信赖使她认为似乎非走红不可，既然非走红不可，她就大胆起来。人世的经验和人生的需要都有利于她。男人一句无足轻重的话，不会再使她头脑发昏了。她已懂得男人会变化，会失败。露骨的吹拍对她已失去了作用。要高人一等的优势才能打动她——怀着善意的优势——像艾姆斯那样的天才的优势。

“我不喜欢我们剧团里的男演员，”她有一天对萝拉说，“他们都那么自负。”

“你不以为巴克利先生满不错吗？”萝拉问，他曾经有一两次对萝拉屈尊地微笑过。

“啊——他是相当好的，”嘉莉回答，“但是他不诚恳。他装得神气活现的。”

萝拉第一步是以下述方式抓住嘉莉的。

“你住的地方要付房钱吗？”

“当然要付，”嘉莉回答，“你问它做什么？”

“我知道一个地方有非常漂亮的房间和浴室，价钱便宜。给我住太大了，要是两个人合住就正好，两个人的房租只消每周六块钱。”

“在哪里？”嘉莉说。

“在十七街。”

“哦，我还决不定要不要搬家，”嘉莉说，心里已经在盘算着一个人每周三块钱的房租。她在思忖，倘使她只顾到自己的生活，这就可以给自己省下十七块钱了。

直到赫斯渥从布鲁克林冒险回来并且她那句台词获得成功之后，这个建议才有了下文。那时，她开始觉得自己像是非解脱出来不可了。她想撇下赫斯渥，从而使他去自谋生活，但是他已养成古怪的癖性，恐怕要抛弃他，他是不甘休的。他可能到戏院里去找她，就那样钉住了她不放。她并不完全相信他会这么做，但是他可能会这么做。不管他以什么方法抛头露面，她知道这会是叫她尴尬的事情。她为此大伤脑筋。

因为剧团要给她一个较为重要的角色，使情况急转直下了。有一个扮演淑静的情人的女演员提出辞职，嘉莉就被选补了缺。

“你可以拿多少钱？”奥斯本小姐一听到这个好消息，就问她。

“我没有问他，”嘉莉说。

“那末去打听一下吧。天呀，倘使你不问，就不会得到什么好处的。告诉他们，你非要四十块钱不可。”

“啊，不，”嘉莉说。

“一定要！”萝拉大叫着。“无论如何要问他们。”

嘉莉接受了这个劝告，可是等待着，直到导演告诉她演这个角色要配什么行头的时候。

“给我多少钱呢？”她问。

“三十五块，”他回答。

嘉莉惊喜得过分了，竟想不起要提四十块钱了。她高兴得几乎忘乎所以，竟要把萝拉搂在怀里，萝拉呢，听到这个消息就朝嘉莉扑去。

“还不到你应该拿的数目呢，”后者说，“尤其是要你自备行头的话。”

嘉莉想到这事情不觉吃了一惊。到哪儿去弄这一笔钱呢。她没有积蓄，以备这样的急需。付房租的日子又近了。

“我不付房租了，”她说，想起了自己的急需。“我不要住这公寓了。这一回，我不打算把自己的钱拿出来。我要搬家。”

趁这个机会，奥斯本小姐又提出了邀请，比以前更其恳切。

“来和我一起住吧，好吗?”她恳求道。“我们可以住进一间最最可爱的屋子。这样，简直不用你花什么钱的。”

“我很愿意，”嘉莉爽直地说。

“啊，就搬，”萝拉说，“我们可以快活地过日子了。”

嘉莉思考了一会儿。

“我相信会搬的，”她说，然后又补充道，“话虽如此，我得先去看看才是。”

心里有了这个主意，加上付房租的日子近了，又立即要购置行头，她不久就拿赫斯渥没精打采的心情作为借口。他说话更少了，意气消沉得更厉害了。

当付房租的日子快要到时，他心里产生了一个打算。因为债权人的催逼，加上再也不可能拖延下去了，就加强了这种想法。二十八块钱的房租的确太贵。“她负担太重了，”他想。“我们可以找一个便宜些的地方。”

他心里动了这个念头，就在早饭桌上开口了。

“你看我们这里的房租是不是太贵了?”他问。

“我真以为太贵，”嘉莉说，不知道他安的是什么心。

“我想我们可以换个小一点的地方，”他建议道，“我们用不着四间房。”

要是他留心观察她一下，就会发现她因为觉得他决心要跟她待在一起，而脸上显出了不安的神色。他认为要求她屈就一些，并不是什么了不起的事情。

“哦，我说不上，”她回答，说话谨慎起来。

“这一带一定有地方可以找到两间房屋，我们可以将就过去的。”

她心里产生了反感。“决不能这样，”她想。谁出钱搬家呀?想到和他同住两间屋子真是够呛。她决定在什么可怕的事情发生之前，立即把钱花在行头上。她就在这一天买了行头。这么办以后，她非和奥斯本同住不可了。

“萝拉，”她去访问她的朋友时说，“我打算搬家了。”

“啊，好极了！”后者高声大叫。

“我们立即能够弄到手吗？”她问，指房间而言。

“当然啦，”萝拉嚷着。

她们去看了房间。嘉莉在她的开支里省下了十块钱——足够付房租和膳食费用了。她增加的薪水要等到十天以后才开始——那就是要过十七天才能到手。她就和这朋友各付了六块钱房租的一半。

“现在，我的钱只够用到周末了，”嘉莉说出了自己的心里话。

“哦，我还有些钱呢，”萝拉说，“你倘使要用，我还有二十五块钱。”

“不，”嘉莉说。“我想还过得去。”

她们决定星期五搬家，这就是说两天以后。现在事情已经决定，嘉莉心里却感到不安了。她觉得在这件事情上自己很像是一个罪犯。她每天观察赫斯渥，觉得他虽然令人不愉快，但也有些可怜。这一年冬天很冷，他的衣衫很单薄，又没有钱。而且，他已不如以前那样健壮，看来关在家里使他消瘦了。

嘉莉对于找寻职业和穷困的苦处是深有体会的，不会不对一个即将自谋生路的人表示敏锐的同情。她想起了自己在芝加哥街头奔走的光景——不久以前在这里寻找工作的情况。他能到哪里去呢？没有钱，他非挨饿不可。

她在作出搬家的决定的当天晚上，望着他，觉得他仿佛是时运不济而精疲力竭，以致垮下来的，并不那么懒惰而一无是处。他的目光已不锐利，他的脸上起了皱纹，他的双手松垂无力。她以为他的头发有些花白了。当她望着他的时候，他压根儿没有觉得自己已厄运当头，在摇椅里摇着，看他的报纸。

在考虑她应该带走什么东西时，她作出了很公正的决定。他买的家具，已付了钱的——都留给他。她的衣服并不多，可以放在他在蒙特利尔为她买的箱子里带走。

“我只拿些小装饰品，那是我的，”她想。

这些东西正在壁炉架、五斗橱、梳妆台和衣帽架上。银制的小香水瓶、银背的梳洗用品、一套漂亮的修指甲用具、几只带扣、首饰以及几条她自己做的花边台布。这一些她要带走。

她知道他们之间的关系即将告终，倒变得有些放心不下了。

“你出去买些罐头桃子好吗?”她问赫斯渥，放下一张两块钱的钞票。

“当然可以，”他说，惊异地望着钱。

“看看可有好的芦笋，”她补充说，“我要用来做夜饭菜。”

赫斯渥站起身来，拿了钱，披上他的大衣，拿了帽子。嘉莉发现这衣帽都已陈旧，看上去可怜巴巴的。这在以前是很平常的事情，但是现在，却以特殊的力量打中了她的心。也许他实在是无法可想。他在芝加哥搞得很好嘛。她还记得他在公园里和她会见的那些日子里的一表仪容。他当时多么生气勃勃、衣冠整洁啊。难道这一切都是他的过错吗?在这决定性的时刻，她可绝对不愿意这么说。

他回到家里，把食物和找头都放在桌上。

“你收着吧，”她说，“还要买别的东西呢。”

“不，”他带着些自尊之感说，“你收着。”

“哦，你收着吧，”她回答，着实丧失了勇气。“还要买别的东西呢。”

他对这桩事感到惊奇，不知道在她的眼里他已成了个可怜的人物。她努力抑制自己的感情，不让话音发抖。

老实说，嘉莉对任何事情都是这样对待的。她有时候回想到过去撇下杜洛埃，待他那么无情，觉得很是遗憾。她希望永远不再遇见他，但是对自己的行为觉得难以为情。这可不是说在最后分手时，她还可以有别的抉择。当赫斯渥说杜洛埃受了伤的时候，她满怀着同情，主动地要去看望他。看来在什么地方有些残忍之处，由于她无法在心里遵照合理的逻辑探究出到底是什么地方，她认定杜洛埃永远也不可能知道赫斯渥耍了什么把戏，只会认为她的行为是硬心肠的——因此她是可耻的。这可不是说她不能忘情于他。她只是不愿意让曾经对她友好的人感到不快罢了。

她并不认识到自己让这种感情在心里占上风是怎么搞的。赫斯渥发现了她的善心，把她看得比原来好了。“总之，嘉莉是好心肠的，”他想。

那天下午，她到奥斯本小姐的地方去，看见这位小姐正在一边收拾行李，一边唱歌。

“你为什么不同我今天一起搬呢？”她问。

“啊——不行，”嘉莉说，“星期五我会到那里去的。”

她们谈了一会儿话，嘉莉一直想找一个适当的时机说出她心里的一个打算。她终于说了出来：

“你肯把你说过的二十五块钱借给我吗？”

“当然可以，”萝拉说着，就去拿荷包。

“我想再买些东西，”嘉莉说。

“啊，那很好，”这小姑娘和蔼地说，她乐于为别人效劳。

快到吃晚饭的时候，嘉莉走了。她回到公寓中，思考着星期五怎样把她的东西带走。她不打算告诉赫斯渥。她没有勇气这么做。要是他不自动地出去，她只得想些办法要他出去干些事情。这是她以前从未干过的勾当。那天晚上演戏时她没有工夫考虑，第二天想了一天也想不出什么办法。她开始考虑延期出走，直到有了良好的机会再说。结果天气帮了她的忙。

好几天来，赫斯渥除了去食品铺或者报摊以外，什么也没有干。现在他感到在室内很无聊——这样已有两天了，但是寒冷、阴暗的天气把他留住了。星期五却一早就很晴朗，气候温和。这是预告春天即将来临的一个可爱的日子，在阴寒的冬季里表明和暖的天气和美丽的风光并没有抛弃大地。蔚蓝的天空中高擎着一个金黄的太阳，洒下一片水晶般透明的温暖的光辉。从麻雀的叫声中明明听得出，户外是平静而美好的世界。嘉莉推起前窗，迎面吹来一阵南风。

“今天外面的天气很好，”她说。

“是吗？”赫斯渥说。

吃过早饭，他立即换了衣服。

“你吃中饭回来吗？”嘉莉怯生生地问。

“不，”他说。

他走到街上，沿着七马路向北踱去，把哈莱姆河作为目的地，漫不经心地走着。他上次到造酒厂去时，曾经在那里看见过几条船。他想知道那一带地方发展得怎么样了。

跨过五十九街，他沿着中央公园的西边走到七十八街。他想起了那一带街坊，就拐过去看看已建成的许多高楼大厦。这地方已面目一新。那些大片的空地已造满了房屋。他回过头来走，顺着公园一直走到一百十街，然后再拐上七马路，于一点钟来到那美丽的河边。

他看着眼前蜿蜒的河流，夹在右边起伏不平的河岸和左边高高的丛林密布的高地之间，在灿烂的阳光里闪闪发光。气候温暖如春，使他感到这河流的可爱，就在那里站了一会儿，双手反剪在背后，望着河流。然后他转身沿着河流往东区走，懒散地寻找着他曾看到过的船只。直到四点钟，太阳开始西斜，预示傍晚天气将转凉的时候，他才转身回去。他肚子饿了，想回到温暖的房间里美美地吃饭了。

当他五点半钟回到公寓时，天色已黑。他知道嘉莉不在家，这不仅是因为气窗里没有透出灯光，而且晚报还塞在房门上的球形捏手和门框之间。他用钥匙开了门，走进去。室内一片黑魆魆的。他点上煤气灯，坐了下来，打算等一会儿。即使嘉莉就回来，也要很迟才能吃夜饭。他看报看到六点钟，然后站起来，自己动手弄些东西吃。

他站起来的时候，觉得房间里仿佛有些异样。这是怎么回事啊？他向四周一望，好像少了什么东西，然后就在他的座椅近边，看到一只信封。它本身就说明了问题，几乎不需要他再采取什么动作了。

他伸手拿起信来，当他伸手的时候，就觉得浑身一阵寒战。信封拿在他手里沙沙作响。信纸里裹着柔软的绿色钞票。

“亲爱的乔治，”他看下去，一只手把钞票捏得窸窣作响。“我走了。不再回来了。不用再租这套公寓了。我付不起房租。倘使我能够，不会不高兴帮助你的，但是我无力维持我们两人的生活，又付房租。我要用我微薄的所得购置衣服。我留下了二十块钱。我眼前只有这些钱。家具可以由你随意处理。我不需要。嘉莉。”

他放下信来，静悄悄地向四周一望。他现在知道少掉了什么啦。这是那只作为摆设的小钟，这是她的东西。它从壁炉架上失踪了。他走进前房——他的卧室、会客室，一路点上煤气灯。五斗橱上，那些银制的小摆设和盘子不见了。桌面上拿掉了花边台布。他打开衣橱——她的衣服都不见了。他打开抽屉——她的东西都不见了。她的箱子也不在老地方了。回到他自己的房间里，他的旧衣服都原封不动地挂在那里。别的东西也都在。

他在会客室里站住了，茫然若失地不知在等待着什么。屋里静得快要使人透不过气来。这个小公寓仿佛出奇地荒凉了。他压根儿忘记了肚子饿，忘记了这时还只是吃晚饭的时分。好像已经是深夜了。

他突然发现那些钞票还在他手里。如她所说，一共是二十块钱。他这时走回去，让那些煤气灯继续亮着，觉得这公寓里像是空洞洞的。

“我要离开这里，”他在心里想。

于是，他处境的无限凄凉，猛然涌上了他的心头。

“抛下了我，”他喃喃地说，又重复一句，“抛下了我。”

这个过去是那么舒适的地方，他曾经在这里度过许多温暖的日子，现在已成为陈迹。某种寒冷彻骨的东西面对着他。他颓然坐在椅子里，一只手托住下巴，没有思绪，只有感觉攫住了他的心灵。

于是，他觉得一种像消失了的恩情和自我怜惜的感情兜上了心头。

“她用不着出走的，”他说，“我会找到工作的。”他坐在摇椅里好久不摇晃，又清清楚楚地自言自语——“我曾经尝试过的，不是吗？”

直到半夜，他还在摇晃，呆望着地板。

第四十六章

当赫斯渥终于从幻想中清醒过来的时候，他模糊地感到该上床睡觉了。事实上他是又回到了胡思乱想的梦里。天亮以后，他坐在床上，忧郁地向四周望去。这地方的寂寞凄凉使他很难受。倘使他想吃早饭的话，他就得自己去烧。他起了床，穿好衣服，坐了下来，但是留在这里好像已没有任何意义。落寞之感使他必须抛弃这个地方。

他不得不接受嘉莉留下的二十块钱这一点是并不愉快的，可是他觉得没有别的办法。他想起在《世界报》的广告栏里看到过有收买全部公寓家具陈设的人登的广告。他知道已保不住这个地方，所以决定把全部家具卖掉，能得多少钱就卖多少钱。第一个来看的人，出四十块钱收买全部家具。出得这么少，使他大发其火。他至少希望得一百块钱——

“哼，快走，”他阴郁地说，“我买这五斗橱就花了二十块钱哪。”

“不错，”这个人说，“我没有办法。我又不是从百货公司买东西。我必须要能赚钱才行。”

“嘿，四十块钱我不卖，”赫斯渥说，立即打发他走了。

然后，他去另找一个买主。他比第一个更不如。

“三十块钱，”他说。

“那还是劈了当柴烧好，”赫斯渥说。

“那末，你要多少？”那个人说。

“不出六十块就不卖。”

他想得到好价钱的幻想迅速地发生了变化。

他变得谨慎些了，又通知了三个这样的商人上门来。

其中第二个人出了他迄今为止得到的最好的价钱。

“五十块钱，”他说。

他认为他们都是吸血鬼，被他们的冷酷无情弄得完全泄了气，就同意了。

比起他所付出的钱来，这真是个可怜的小数目。

“就这么吧，”他说，“那些东西新的时候我是花了两百块钱买进的。”

“不错，但是现在不新了，”那个人说。

“可是一点也没有损伤啊，”赫斯渥应道。

这笔交易就这么定下来，他冷冷清清地等待来搬家具，付钱。

在嘉莉出走后的第二个早晨，买主才来搬家具，付他钱。这段时期中，他坐在公寓里等待，慢慢地使自己适应这场变迁。他自己拿碗橱里的东西做了些吃食——咖啡、煎腌肉等等，又出去买了只面包。终于买主来了，照商定付了他钱。

赫斯渥看看那两个来包扎东西的人，决定不留下看这伤心的结局。他怕有些债主看到他门口有搬东西的车辆，会上来找他麻烦。

“嗯，我想你们自己会把东西搬出去，不用我帮忙的，”他对那个买主说。

“是啊，用不了多少时间的，”那个人说。

赫斯渥戴上帽子就走了出去。这是个伤心的时刻。他觉得好像被驱逐了一般。这寒冷的世界上没有他可去的地方。他现在必须步行，不知道要到哪里去，也没有一张友好的面孔会给他打招呼。

在转角处，他走过卖报的意大利人。

后者对他亲切地点点头，尽管赫斯渥还欠他一块半钱，这是永远拿不到的了。可是那人不知道这一点。然后，这过去的经理转向城市的贫民区。他知道哪里有廉价的客店。

嘉莉在她那舒适的房间里安顿下来以后，就在想不知道赫斯渥对她的出走作何感想。她匆匆把几件东西安排一下，就动身到戏院去，有几分料想到会在戏院门口碰到他。可是没有看见他，这解除了她的恐惧，因而对他的看法变得更和善了些。她差不多把他忘了，直到戏散场后要出来的时候，想到他可能会等在那里，又使她害怕起来。一天又一天过去了，一点消息也没有，于是害怕他会找麻烦的想法就打消了。过了一阵子，除了偶尔想起以外，她完全摆脱了原来的公寓里压在她生活上的愁云。

说也奇怪，职业会这么迅速地把人完全吸引。听着小萝拉讲的闲话，嘉莉懂得了许多戏剧界的情况。她懂得了戏剧界的报纸是什么样的，哪些刊登有关女伶等新闻。她开始阅读报纸上的消息，不仅是有关她自己在中间演一个小角色的那出歌剧，也看其他的。她心中慢慢地产生了要上报的希望。她渴望自己也像别人一般有名，就贪婪地阅读一切对戏剧界名角儿的恭维或挑剔的评论。她心向往之的花花世界完全把她吸引住了。

大概就在这个时候，报纸和杂志上开始刊登舞台美人的照片，以后就成为热潮。报纸，特别是星期日出版的报纸，开辟了刊有插图的大幅戏剧版，登载大名鼎鼎的角儿的半身和全身照片，还围上富有艺术意味的涡卷形花边。杂志也是这样，或者至少有一两种新创刊的杂志，偶尔刊登美丽的名角的照片，时而也刊载各剧的剧照。嘉莉对这些越看越有兴趣。什么时候能登她那出歌剧的剧照呢？什么时候有张报纸会觉得她的照片是值得一登的呢？

在她扮演新角色之前的那个星期天，她翻阅戏剧版，想看看有没有刊出一些小消息。倘使报上没有说什么，也是在她意料之中的，但是在简讯里，在几则较重要的新闻之后，有一则极简短的报道。嘉莉看到的时候，全身都感到热辣辣的。

> 在百老汇戏院上演的《阿布都尔的后妃》一剧中的乡下姑娘卡蒂莎一角，原由伊内兹·卡鲁扮演，今后将由群舞队中最伶俐的队员嘉莉·马登达担任。

嘉莉满心欢喜。啊，这不是很好吗？到底上了报！这是第一次、期待已久的、叫人愉快的消息。而且报上说她伶俐。她忍不住要哈哈大笑起来。萝拉不知看到了没有？

“报上登了我明天晚上将演新角色的新闻，”嘉莉对她的朋友说。

“啊，妙极了，真的登了吗？”萝拉嚷着，跑到她跟前。“那很好，”她说着，就看报。“倘使你演得好，会再登的。《世界报》曾一度登过我的照片。”

“是吗？”嘉莉问。

“是吗？——哦，是登过的，”这个小姑娘回答，“照片四周还加上花边呢。”

嘉莉笑了。

“报上还从没登过我的照片呢。”

“但是会登的，”萝拉说，“等着瞧吧。你演得比现在大多数登过照片的人高明。”

嘉莉对她的话深深觉得感激。因为萝拉表示同情和赞美，她几乎爱上了萝拉。这对她是非常有益——几乎是非常必要的。

因为她演这个角色很出色，报纸上又登了一则消息，说她演得令人满意。这使她大为高兴。她开始认为世人已经在注意她了。

她第一个星期拿到的三十五块钱，看来好像是一笔大数目。房租只消付三块钱，仿佛少得可笑。还了萝拉二十五块钱，她还剩下七块钱。加上以前余下的四块钱，她手头有十一块钱。五块钱付她必须购置的衣服的分期付款。第二个星期她越发得意洋洋了。现在只要用三块钱付房租，五块钱付衣服费。多余的钱可以买食物以及她心爱的小玩意儿了。

“你最好积一些钱到夏天用，”萝拉提醒她说，“我们可能在五月里停止演出。”

“我打算积的，”嘉莉说。

每周三十五块钱的经常收入，对一个几年来只拿微薄的零用钱过日子的人，是会起腐蚀作用的。嘉莉发现她荷包里装满了许多大票面的绿色钞票。因为她不需要负担别人的生活，就开始购置漂亮的衣服和好看的小装饰品，开始吃得好，并装饰房间。不久就招引了一些朋友。她和萝拉熟识的那几个青年见了面。歌剧团里的那些男演员不经正式介绍就和她成了相识。其中有一个看中了她。他为人和蔼可亲，嘉莉也喜欢他心地善良，态度诚恳，但是他身上没有什么能激起她的爱慕之情。

有几次他陪她步行回家。

“我们停一下，吃些小点心吧，”有一天午夜，他建议道。

“很好，”嘉莉说。

在这沉浸在玫瑰色氛围中的饭店里，坐满了深宵还在外边的快乐情侣，她发现自己在心里对这个男人挑剔起来。他过分做作，过于固执己见。他跟她谈的除一般服饰以及物质方面的成就以外，一点都不谈使她觉得高尚些的事情。吃过了点心，他极其大方地一笑。

“你就一直回家吗？”他说。

“是的，”她回答，露出心领神会的神气。

“她实际上比看上去富有经验，”这个情人心里想，从此增长了对她的敬意和热忱。

她忍不住顺着萝拉的爱好，一起寻欢作乐。有些日子，她们乘马车出去兜风，有些夜晚，在戏散场之后一同去吃夜饭，有些下午，她们打扮得非常雅致，到百老汇路上去散步。她正在投入这大都会的欢乐的旋涡里。

她的照片终于在一家周刊上登了出来。她事先并不知道，一登出来使她大吃一惊。照片下面印着简短的说明：“嘉莉·马登达小姐，上演《阿布都尔的后妃》的剧团中的红演员之一。”她听了萝拉的劝告，曾经请萨罗尼[①]拍了几张照片。他们刊出了一张。她想到街上去买几份这种刊物，但是想起了她根本没有相当熟识的朋友可以送。世上对这事情关心的，显然只有萝拉一个人。

在这大都会中，人与人的关系是冷酷的，不久嘉莉就发现略微有些钱是无济于事的。财主和名流的世界还是可望而不可即。她发觉许多接近她的人，只是优游作乐，心里并没有温暖而同情的友谊。大家仿佛都在自寻欢乐，就不顾对别人可能造成悲伤的后果。赫斯渥和杜洛埃的教训已经使她够受了。

在四月里，她得悉歌剧可能演至五月中旬或五月底结束，这要凭观众多少而定。下一季度就将跑码头巡回演出。她决不定是否要一起去。奥斯本小姐因为薪水不大，一向是要在本地另找演出机会的。

“卡西诺戏院在夏季要上演一台戏，”她去打听了一下情况后说，“我们去那边试试吧。”

“我很愿意，”嘉莉说。

---

①拿破仑·萨罗尼是19世纪90年代著名的戏剧摄影家。

她们及时去进行联系，得知要到了时候再去申请。时间是五月十六日。而她们自己的剧团在五月五日停演。

“下一期演出要随团出发的人员，”经理说，“都应该在本星期内签合同。”

“你不要签，”萝拉劝告说，“我不愿意去。”

“我知道，”嘉莉说，“但是我可能找不到别的事情。”

“嘿，我就不去，”这小姑娘说，她有许多捧场的人可以帮她的忙。“我曾经去过一次，到一期演出终了时却一无所得。”

嘉莉把这事情考虑了一下。她从来没有旅行演出过。

“我们能混得下去的，”萝拉补充说，“我老是这么过来的。”

嘉莉没有签合同。

那个打算在夏季在卡西诺戏院上演滑稽剧的经理，从来没有听见过嘉莉的名字，但是报上有关她的那几则消息、刊出的照片以及有她姓名的节目单，对他略微起了些作用。他以三十块钱的周薪派她演一个不说话的角色。

“我不是告诉过你吗？”萝拉说，“离开纽约对你不会有好处。倘使你一走，人家会把你忘记得一干二净。”

因为嘉莉容貌美丽，这时那些要在星期日的报纸上以图片预告即将上演的戏剧的先生们，挑中了嘉莉以及其他一些演员的照片来作为这新闻的插图。因为她长得非常俊俏，他们给了她显著的地位，还加了花边。嘉莉很高兴。可是经理部门好像还是没有看出什么似的。至少，对她并没有比以前更加重视。同时，她演的角色看来很不重要。只是在各幕场景中站着，演一个不开口的教友会小教徒——剧作家原来设想倘使把这个角色给一个适当的女角演，是大有可为的，但是现在，因为派给了嘉莉演，即使把这角色撤销他也会同意的。

“不要发牢骚，老朋友，”那经理说，“倘使第一星期演不好，就把它撤销。”

嘉莉事先不知道这个息事宁人的主意。她懊恼地排演这个角色，觉得自己实际上是受了排挤。在彩排时她心里觉得很凄凉。

“并不那么糟糕，”剧作家说，经理发现嘉莉的忧郁使这个角色产生了很奇异的效果。“对她讲在斯派克斯跳舞的时候要再皱紧一点眉头。”

嘉莉自己并不知道，但是在她双眼之间略微出现了一些皱纹，她的嘴几乎沮丧地撅起着。

“眉头要再皱紧一些，马登达小姐，”那舞台监督说。

嘉莉以为他的意思是一种谴责，立即做得高兴起来。

“不，要皱眉，”他说，“像刚才那样皱眉。”

嘉莉惊惶地望着他。

“我的意思要皱眉，”他说，“当斯派克斯先生跳舞的时候，要眉头紧皱。我要看看效果如何。”

这是极其容易办到的事情。嘉莉装出满面愁容。效果是这么奇妙而好笑，连经理也要笑出来了。

“这样很好，”他说，“倘使她能一直坚持到底，我想是行的。”

他走到嘉莉面前说：“你就这么一直皱着眉头。做得用力些。像是非常生气一般。这就会使这个角色引人发笑。”

在开演的那天晚上，嘉莉觉得她所演的角色终究好像是不起什么作用的。快乐、狂热的观众在第一幕里好像没有看见她。她的眉头皱了又皱，但是无济于事。观众的眼睛都紧盯着主要角色们的精心表演。

在第二幕里，观众听厌了沉闷的对白，把眼光在舞台上扫来扫去，结果看到了她。她就站在那儿，穿着灰色的衣服，美丽的脸庞认真而又忧郁。起初，大家还以为她一时有些不高兴，这副神情是真实的，根本不可笑。但她一直紧皱着眉头，有时望望这个主角，有时望望那个，观众开始微笑起来了。坐在前排的那些大腹便便的绅士开始认为她是一个小甜姐儿。这种皱眉正是他们乐于用亲吻来加以抹去的。所有的男人都对她心向往之。她演得棒极了。

最后，在舞台中心引吭高歌的那个主要的喜剧演员，听得在不该笑的时候有人在吃吃发笑。一阵又是一阵。唱到应该博得高声喝彩的地方，声音可不大。是什么毛病呢？他知道是出了事。

在有次下场时，他立即看到了嘉莉。她独自在台上皱眉，而观众都在吃吃地笑，也有放声大笑的。

“天呀，我不能容忍，”这个演员怒气冲冲地在心里想，“我可不想让别人来破坏我的演出。在我演出时她就不能这样，否则我就不干。”

“怎么啦，那很好嘛，”在主角提出抗议时，导演说，“她就应该这么干。你不必理她。”

“但是她破坏了我的表演。”

“不，没有破坏，”前者安慰他说，“这仅是一些滑稽的穿插。”

“是这样吗？”这个大喜剧演员高声说，“她害得我一点都使不出身手。我不吃这一套。”

“我们等演完了戏再说。等明天再说吧。我们要想想有什么办法。”

可是，在下一幕，就决定了该怎么解决的办法。嘉莉变成了这剧中的主要特色了。观众越是留心看她，就越是对她表示喜欢。嘉莉在舞台上时所造成的奇特、撩人、愉快的气氛，使其他的精彩片段都显得黯然失色。导演和其他人员都认为她获得了成功。

报纸上的剧评家使她的成功达到了顶峰。有一些长篇报道赞扬这滑稽剧是高质量的演出，一而再地提到嘉莉。而且反复指出剧中富有感染力的笑料。

“马登达小姐在卡西诺戏院舞台上空前地演出了最可喜的一个片段，”《太阳报》的富有睿智的剧评家说，“这是一个并不哗众取宠和矫揉造作的滑稽动作，像美酒一般温馨。显然这个角色是原来不打算占重要地位的，因为马登达小姐不常出场，但是观众根据自己的特殊癖好，看中了这个角色。这个教友会小教徒一出场就受到观众的喜爱，此后就很容易引人注目并获得喝彩。变化莫测的命运真是不可思议。”

《世界晚报》的剧评家，照例打算提出风靡全城的警句，最后建议道：“倘使你要寻欢乐，请看嘉莉皱眉头。”

这对于嘉莉的命运来说，其效果是异乎寻常的。就在那天早晨，她收到了导演的贺信。

“你仿佛像风暴般席卷了本城，”他写道，“这是极其可喜的。我为你，也为自己觉得高兴。”

剧作家也写了信给她。

那天傍晚她进戏院的时候，经理极其和颜悦色地招呼她。

“史蒂文斯先生，”他说，说的是那位剧作家，“正在写一首小曲子，要你下星期演唱。”

“啊，我不会唱歌，”嘉莉回答。

“这并不难。是支非常简单的曲子——”他说，“你唱起来正合适。”

“当然啦，我愿意试试看，”嘉莉伶俐地回答。

“在化妆以前，请你到票房来一次好吗？”经理补充说，“我有些小事情要和你谈谈。”

“一定来，”嘉莉回答。

在票房里，经理拿出一张纸来。

“现在，”他说，“我们当然在薪水方面不能亏待你啦。你在这里的合同，规定在今后的三个月里，每周只有三十块钱。我们要是把薪水定为，比如说每周一百五十块钱，而且把合同期延长为十二个月，你看怎么样？”

“啊，这太好了，”嘉莉说，几乎要不相信自己的耳朵了。

“那末，就请你把这东西签了。”

嘉莉一看是份新合同，上面的措辞和以前的那份一样，只有薪水的数目和期限变了。她以兴奋得有些发抖的手签上了名。

“每周一百五十块，”等到她又只有一个人的时候，她自言自语地说。她终于发现（哪个百万富翁不是这样的呢？），大笔钱财的意义是无法估计的。仅仅这闪闪发光的几个字，里面却包含着无限的可能性。

愁眉不展的赫斯渥，在布利克街的一家三等旅馆里，看见报上戏剧新闻说起嘉莉的成功，起初没有想到指的是谁。然后，他突然心里一亮，就把全部新闻重看了一遍。

“就是她，我看是错不了，”他说。

接着，他在这幽暗而破败的旅馆休息室里朝四面望望。

“我看她是演红了，”他想，眼前又浮现出往日那光辉夺目、豪华舒适的世界，那里的灯光、装饰、马车和鲜花。啊，她现在已进入了禁城。禁城那些辉煌的大门都打开了，让她从外面冷酷、凄惨的地方走了进去。她仿佛已成为高不可攀的人物——像他从前所认识的大人物一样。

“好，让她享福吧，”他说，“我不去打扰她。”

这是一个被压弯、玷污、但是还没有被压碎的自尊心所下的凄苦的决定。

第四十七章

当嘉莉再到后台去的时候，她发现一夜之间，她的化妆室搬了地方。

“你用这个房间吧，马登达小姐，”一个后台侍役说。

她再不用爬几道楼梯，到一个与别人合用的小间去了。换了一个比较宽敞的大化妆室，备有楼上那些跑龙套的享受不到的各种设备。她快乐得深深地透了一口气。她的感受主要是物质上的，而不大是精神上的。实际上，她根本不在思考。身心两方面都同样舒畅。

人家对她的敬意和祝贺，逐渐使她在精神上觉得她的处境之可贵。她不再听命于人，而是接受人家的请求，很客气的请求。当她穿着那身从头到尾始终不换的简单的服装出场时，同台的别的演员都含着妒意望着她。一切本来以为和她地位同等或者高一等的人，现在都和蔼地对她含着笑，好像是在说，我们一向是好朋友。只有那个喜剧明星，由于所演的角色深受损害，独来独往地不理睬她。换句话说，他就是无法以德报怨。

嘉莉演着这简单的角色，逐渐知道了观众喝彩是为了她，这使她感到很美妙。她略微觉得有点——受之有愧。当她的同伴们在舞台边厢招呼她的时候，她只是淡淡地一笑。她是生来就不会得意忘形的。她心里从来没有想到要故作矜持或者傲慢——改变她的常态。演完了戏，她和萝拉一同坐戏院供应的马车回家去。

接着一个星期，成功的最初果实落到了她的嘴里，连接不断。她的丰厚的薪水还没有拿到手，这也无所谓。社会上仿佛都承认她前程远大。她开始接到来信和名片。有一位威瑟斯先生，对她是完全陌生的，想尽办法打听到了她的住址，向她鞠着躬，走进屋来。

“请原谅我冒昧，”他说，“但是你打算换一下房间吗？”

“我没有想过，”嘉莉回答。

“哦，我是威灵顿旅社[①]的职员——那是七马路上的一家新饭店。你可能在报上看见过有关的报道。”

嘉莉想起了这个旅社名，那是一些新建的富丽堂皇的旅社之一。她听得人家说那里附设有一家华丽的餐厅。

“正是这样，”威瑟斯先生听到她承认知道这家旅社，就说下去。“我们现在有几套非常高雅的房间，希望你去看一下，倘使你还没有决定在什么地方过夏的话。我们的套房各项设备都周全——冷热水，独用浴室，每层楼都有茶房侍应，还有电梯等等。你是知道我们那餐厅的光景的。”

嘉莉静悄悄地望着他。她在怀疑，他是不是把她当作百万富翁了。

“房金要多少？”她探问道。

“哦，这正是我眼下来找你私下谈的事情。按规定我们是三块至五十块钱一天。”

“天哪，”嘉莉打岔道，“我付不起那么高的租金。”

“我知道你会这么想的！”威瑟斯先生高声说，停顿了一下。“但是让我来说明。我说过那是我们规定的价格。可是，也和别的旅社一样，我们还有优待价格。也许你还没有想到，但是你的大名对我们是很有价值的。”

“啊，”嘉莉不由自主地喊了一声，一眼看出了他的意思。

---

① 威灵顿旅社坐落在 7 马路和 55 街的转角。

“当然啦。每家旅社都要依靠主顾的名声。像你这样的名角儿，”他说着很恭敬地一鞠躬，嘉莉却羞得面孔通红，“可以吸引人们对旅社的注意，虽然你可能不相信，还可以吸引顾客。现在我们就要有名气。我们是靠它为生的。一般的人都会跟名流走的。因而我们必须要有名流。这一点你自己也看得出。”

“是啊，”嘉莉茫无头绪地回答，想在心里安置一下这奇特的建议。

“现在，”威瑟斯先生继续说，轻轻地挥动他的圆顶礼帽，用一只擦得贼亮的鞋子在地板跺着脚，“倘使可能，我要安排你到威灵顿旅社去住。你不用为房金操心。事实上，我们可以不必谈这事。多少都可以，住一个夏季——只要一点意思就行了——你觉得能出多少就多少。”

嘉莉想要插几句话，但是他不让她说。

“你今天或者明天来，越早越好，我们可以让你挑选漂亮、光线充足的沿街的房间，我们旅社的头等房间。倘使你不愿意，隔一个星期来住也行。这由你决定。等你搬来以后，我们保证服务周到，我相信一切都会配你胃口的。你知道我们已经着实有声誉了。”

“承你的情，”嘉莉说，为这个掮客的极端殷勤所感动。“我倒是很想来的。可是，我想应该照章付费。我不愿意——”

“你用不着为这事情操心的，”威瑟斯先生插进来说，“无论什么时候，我们都会安排得使你完全满意的。倘使你愿意出三块钱一天，我们也同样高兴。你只要在周末或者月底，随你的便，把这笔钱付给账房就行，他就会给你一张这些房间按照定价出租的收据。”

说话的人停顿了一下。

“你是否可以来看看房间呢？”他补充说。

“我极高兴来，”嘉莉说，“但是今天早晨我还要排戏。”

“我并不是要你立即就去，”他回答，“什么时候都行。今天下午可方便吗？”

“没有什么不便，”嘉莉说。

她突然想起了萝拉，她当时不在家。

“我有一个同住的人，”她补充说，“我到哪里，她也得到哪里的。我刚才忘了这件事。”

“啊，很好，”威瑟斯先生殷勤地说，“你要和谁住在一起，只要你说就是。我已经说过，一切都可以照你的意思安排的。”

他一鞠躬，就朝门口退去。

“那末，我们四点钟等你好吗？”

“好，”嘉莉说。

“我会在那里领你看房间的。”威瑟斯先生就这样退了出去。

等到排好了戏，嘉莉告诉了萝拉。

“这是真的吗！”后者嚷着，心里想威灵顿旅社住着多少大老板啊。“这不是很好吗？啊，妙极了！太好了。那就是那天晚上我们和库欣两兄弟吃饭的地方。你知道吗？”

“我记得的，”嘉莉说。

“啊，这真是好极了。”

“我们还是到那里去看看吧，”到了傍晚，嘉莉说。

威瑟斯先生给嘉莉和萝拉看的是会客厅所在的那一层楼上的一套房间，有三间房带一个浴室。房间都漆成巧克力色和暗红色，配上同样颜色的地毯和窗帘。靠东三扇窗可以俯视车水马龙的百老汇路，还有三扇靠一条与之交叉的小街。有两间漂亮的寝室，放着涂着白珐琅的铜床，缎带包边的白色椅子以及同样款式的五斗橱。第三间，就是会客室，有一架钢琴，一只硕大的琴灯，装着样式华丽的灯罩，一张书桌，几只舒服的大摇椅，几只安在护壁板上的矮书架，还有满是小摆设的镀金的古玩橱。墙上挂着图画，长沙发上放着柔软的土耳其枕垫，地板上放着蒙着棕色长毛绒的踏脚凳。

“啊，真可爱！”萝拉一边走来走去，一边高声说。

“这里很是舒服，”嘉莉说，她正在揭起花边窗帘，俯瞰熙来攘往的百老汇路。

浴室砌着白瓷砖，是一间漂亮的房间，有一只蓝边的粗陶大浴缸，镶着镀镍的水龙头。这浴间很是明亮、宽敞，一边墙上嵌着一面车边镜子，有三处装着白炽灯。

“你觉得这些房间满意吗？”威瑟斯先生说。

“啊，非常满意，”嘉莉回答。

“那末，随便什么时候，你方便就搬来，房间已经出清了。茶房会在门口把钥匙交给你的。”

嘉莉注意到铺着优美的地毯的华丽的门厅，大理石砌的休息室以及光辉夺目的接待室。这就是她过去梦寐以求的居处。

“我想我们还是马上就搬来的好，你看怎么样？”她对萝拉说，心里想着十七街的平凡的居室。

“啊，一定就搬，”后者说。

第二天，她的衣箱就搬进了新居。

星期三，演完日戏以后，她正在换装，有人敲她化妆室的门。

嘉莉一看茶房拿给她的名片，不觉大吃一惊。

“请告诉她，我立即出来，”她温和地说。然后望着名片，又说，“万斯太太。”

这位爱寻欢作乐的人儿上星期日刚在报纸上看见嘉莉的剧照。因为穿了教友会的服装有些变了样，而且署名是马登达，使她并不完全有把握，直到今天来看了日戏才肯定下来。

“喂，你这个小鬼！”当她看见嘉莉越过已经走空了的舞台，向她走来时，她大声说，“这到底是怎么一回事啊？”

嘉莉高兴地哈哈大笑。她这朋友在态度上毫无尴尬的样子。你简直可以认为这长期的阔别只是一件偶然的事情。

“我不知道，”嘉莉回答，虽然起初看到这个长得漂亮并心地善良的年轻太太觉得有些不安，但是对她表示得很热情。

“啊，你知道，我在星期天的报纸上看见你的剧照，但是你的姓氏把我搞糊涂了。我想这一定是你，或者是和你相貌完全一样的人，我就说：‘好吧，我就到那里去看个明白。’这是我生平第一次感到这么吃惊。总之，你好呀？”

“啊，好得很，”嘉莉回答，“你一向可好？”

“很好。你真是走红了。天啊！全城的报纸都在谈论你。我恐怕你要昂首天外了。我几乎吓得今天下午不敢到这里来找你。”

“啊，别胡说了，”嘉莉说，面上一阵红。“你知道，我是很高兴见到你的。”

“哦，不管怎么样，我找到了你。现在你能不能到我家去吃饭？你住在哪里？”

“住在威灵顿旅社，”嘉莉说，她在话音里略微透露了些得意。

“啊，真的吗？”对方嚷道，这家旅社的名字对她起了应有的作用。

万斯太太很知趣地不提起赫斯渥——她心里不得不想起这个人来。毫无疑义，嘉莉已经抛弃了他。这一点至少是她猜想得到的。

“哦，我怕今天晚上不行，”嘉莉说，“我没有多少空闲时间。我必须于七点半回到这里。你高兴前来同我一起吃饭吗？”

“我极其高兴，但是今天晚上不行，”万斯太太说，仔细打量着嘉莉美观的外貌。嘉莉走了红，在万斯太太的眼里就显得高贵、可爱。“我答应六点钟一定要回家的。”她望了望扣在胸襟上的小金表，又补充说：“我也要走了。告诉我倘使你要来的话，是在什么时候。”

“喔，你高兴什么时候就是什么时候，”嘉莉说。

“好，那末就是明天吧。我现在住在切尔西旅社①。”

“又搬家了？”嘉莉笑着说。

“是的。你知道，我在一个地方住不满六个月的。我就是非搬家不可。”

她们就这样足足又谈了十分钟话，你一句我一句的讲得快极了，最后，万斯太太才告别，对嘉莉比以前更为倾心了。

“现在记住了——五点半。”

“我不会忘记的，”嘉莉说，当她走时又望了她一眼。然后嘉莉想起，现在她已比得上这个女人——也许比她更高明了。万斯太太的热心和关切，有点使她觉得，是她在俯就对方了。

---

①在西23街222号，一向是戏剧界人士喜欢居住的地方。

现在，像以前的那几天一样，卡西诺戏院的司阍把一些信件交给她。这是星期一以来迅速发展起来的事。她知道得很清楚，信里的内容是什么。求爱信都是用最温和的方式写的老一套。她记得第一封情书是早在哥伦比亚城时收到的。从此以后，在她担任群舞队队员时，又收到了一些——都是要求约会的绅士们的来信。它们成了她和也收到过几封这种信的萝拉一起取乐的东西。她们两个经常把它们当作笑料。

可是，现在信来得又多又快。有钱的绅士先生除了提到他们自己的种种可人的优点外，还少不得提一下他们拥有肥马高车。因此有一封信这么说：

> 我个人名下有百万家财。我能为你罗致一切奢侈品。你要什么就可以得到什么。我这么说并不是存心夸耀我的钱财，而是因为我爱你，愿意满足你的每一欲望。爱情促使我写这封信。你能俯允给我半个小时，听取我的衷曲吗？

嘉莉住在十七街时收到这类信件，比之她移居威灵顿旅社的华丽房间以后接到的，看起来要富有兴趣一些，虽然并不使她高兴。即使在那里，她的虚荣心，或者自我欣赏的心理（它发展到偏激的程度就可以称之为虚荣心），还不足以使她对这些来信感到厌倦。任何形式的奉承，只要是新鲜的，她都喜欢。可是她很明白自己已今非昔比。过去她既无名气，又无金钱。如今她两者都有了。过去没有人奉承她，向她提出热情的建议。如今已两者都有了。为什么？她想到许多男人竟会突然发现她比以前有吸引力得多，不觉好笑。这至少激起了她的冷若冰霜的态度。

“你倒看看，”她对萝拉说，“看这个家伙说了些什么。”于是她就把这个对她的妩媚着了迷的好色的财主信中的热情洋溢的一些恳求话念出来。

“‘你能俯允给我半个小时，’”她装得懒洋洋地念道，“好一个主意。男人不是真蠢吗！”

“听他的口气，他一定有许多钱，”萝拉表示意见。

“他们全都这么说的，”嘉莉坦率地说。

“你为什么不见他一面呢，”萝拉提议道，“听听他要说些什么。”

“我实在不愿意，”嘉莉说，“我知道他会说些什么。我就是不高兴那样接见任何人。”

萝拉张着愉快的大眼睛望着她。

“他不会伤害你的，”她回答，“你也许可以和他寻寻开心。”

嘉莉摇摇头。

“你真太古怪了，”这个碧眼的小兵回答。

时运就这样纷至沓来。整个这一星期，虽然她的高薪金还没拿到手，但大家好像都了解她，信任她。她手头还没有钱，至少是必要的一笔钱，但却享受到了金钱所能买到的一切奢侈品。那些上好的地方的大门，似乎用不着她开口，都对她敞开着。多么有意思，这些富丽堂皇的房间到了她的手里。万斯太太优美的房间在切尔西旅社——她也可以自由进出。许多男人给她鲜花、情书，愿意把资产奉献给她。可是她还幻想无穷。这一百五十块钱！这一百五十块钱！真像是通向阿拉丁[①]宝窟的门。每天，她都被事态的发展弄得几乎眼花缭乱，她越来越多地幻想着，有了那么多钱，自己的未来会是怎样的光景。她想象着世界上所没有的乐事——看到地上或者海上断乎不会有的欢乐的光芒。然后，经过不知多少的幻想，终于第一次拿到了一百五十块钱的薪水。

给她的是钞票——二十块的三张，十块的六张和五块的六张。这么一搭配就成为使用起来很方便的一卷。付钱给她的出纳员还对她含笑作礼。

“喔，是的，”当她来领薪水时，后者说，“马登达小姐——一百五十块。这台戏看来演得极其成功。”

“是，的确如此，”嘉莉回答。

紧跟在她后面是个剧团里的无名角色，她听得出纳员改变了口气。

---

①指《一千零一夜》中《神灯》中的主人公。

“多少？”同一个出纳员厉声说。一个像她不久以前的一般演员，在等待领她的微薄的薪金。这使她回想起从前有几个星期她在鞋厂里，从一个傲慢无礼的工头手里领取每周四块半钱的工资，或者简直可说是接受布施似的；此人分发信封时的态度活像是王子向一群奴颜婢膝的祈求者赐恩一般。她知道，在芝加哥，即使在今天，那个工厂里还满是衣着平庸的女娘儿，一长排一长排地在轧轧作响的机器旁干活，到中午只花半个钟点吃一顿菲薄的午饭，到星期六就像她在那里工作时一样，聚在一起领取微薄的工资，而工作却比她现在所干的要繁重一百倍。啊，现在是多么轻松啊。世界是多么光辉灿烂。她是多么兴奋，现在得走回旅社去考虑该怎么办。

倘使一个人的需求是属于感情世界的，金钱不久就会表明它的无能。嘉莉手里有了一百五十块钱，却想不出什么特殊的事情要办。金钱本身是有形的、明摆着的东西，她可以摸，可以看，在起初的几天里，它还是一桩消愁遣闷的东西，但是很快就失去了这效用。旅社的账单用不着她来付钱。她的衣服早就很称心如意的了。那些求爱信向她提供更多的钱财。再过一两天，她又要收到一百五十块钱。事情开始在表明，要维持她眼前的境况，好像并不这么迫切需要这许多钱。倘使她要做更好一些的工作或者爬得再高一些，那就非要多一些钱不可——要多得多呢。

这时，有一位剧评家来采访，准备写一篇华而不实的访问记，这种访问记通篇都是聪明的见解，充分表现了批评家的机智，揭露了名流们的愚蠢，因此博得读者的欢心。他喜欢嘉莉，而且公开这么说，可是又补充说她只是长相美丽、心地善良而且鸿运高照而已。这就像利刃一般扎在她的心上。《先驱报》为筹措免费送冰基金举行招待会，不付一个钱邀请她参加与名流一同出场。一个年轻的作家来访问她，他有一个剧本，以为她能够安排演出。可惜她无法作出决定。想到这个，她有些伤心。跟着，她认为必须把钱存在银行里以保安全，这么过了一阵，终于使她明白享受十全十美的生活的门户还没有打开。

她逐渐想到这是夏季的缘故。除了以她为主角的这一类戏剧以外，别无什么娱乐可言。五马路的阔佬们都已去避暑，高楼大厦都上了锁。麦迪逊大街也好不了多少。百老汇路上拥挤着闲荡的演员，在找寻下季度的演出机会。整个城市是静悄悄的，而每天晚上她都要去演戏。因此使她有了一筹莫展之感。

“我弄不懂，”有一天，她坐在一扇俯视百老汇路的窗边，对萝拉说，“我觉得有些寂寞。你呢？”

“不，”萝拉说，“不常觉得。你什么地方都不去。就是这个缘故。”

“我可以到哪里去呢？”嘉莉问。

“啊，地方多得很哪，”萝拉回答，她在想自己和那些兴高采烈的小伙子一起的轻松愉快的交往。“你和谁都不高兴出去。”

“我不高兴和写信给我的人一同出去。我知道他们是什么样的人。”

“你不应该感到寂寞，”萝拉说，想着嘉莉已经成了名。“有多少人愿意不惜代价取得你的地位啊。”

嘉莉又向窗外望着熙来攘往的人群。

“我弄不懂，”她说。

不知不觉地，她闲着的双手开始使她感到厌倦。

第四十八章

赫斯渥身边揣着七十块钱，此外就别无长物，躲在一家蹩脚的旅舍里，愁眉不展地坐在那里看报，眼看炎热的夏天消逝，凉爽的秋天又来到。他对他的钱在逐渐花掉并不无动于衷。每天花五毛钱的房金，一天天过去，他觉得焦急起来，终于换了个更便宜的房间——三毛五一天房金——想使他的钱可以多维持些时候。他时常看到有关嘉莉的消息。她的剧照在《世界报》上刊登过一两次，他并且在一把椅子上看到一张过期的《先驱报》，得悉她新近为某项事业，和别的角色一起参加义演。他以悲喜交集的心情阅读这些消息。每一则消息好像都把她愈送愈远，离他而去，进入越来越高不可攀的境界。他还在广告牌上看到一张美丽的海报，画着她扮演教友会小教徒的角色，端庄而又俊俏。他曾经几次停下步来，看了又看，愁眉不展地呆望着这标致的面孔。他的衣衫很破旧，和她现在的情况一比，已判若云泥了。

不知怎的，只消他知道她还在卡西诺戏院演出，虽然从来不想去找她，好像下意识里就有一种安慰。他不是孤立无援的。这出戏仿佛是这么好的固定节目，接连演了一两个月后，他开始认为它理所当然地还在演下去。到了九月里，剧团出发到外地去巡回演出，他却没有发现。当他用到只剩二十块钱的时候，他搬到波威里街一毛五分钱一天的寄宿处去住，那里只有一间简陋的休息室，放着几张桌子和长凳，还有几把椅子。

在这里，他喜欢闭上了眼睛，缅怀过去的日子，这种习惯越来越牢固了。起初这并不是沉睡，而是精神上回想他在芝加哥时的生活光景和事件。因为眼前越来越黑暗，过去就越发显得光明，而与过去有关的一切就鲜明地出现在他眼前。

他开始并没有意识到这个习惯已经把他控制到了什么程度，直到有一天，他发现他嘴里在重复从前对他一个朋友说过的老话。他们当时正在汉南-霍格酒店里。他好像正站在他那雅致的小办公室门口，穿得衣冠楚楚，和萨加·莫里森谈论芝加哥南部某一处地产的价值，后者想在那里投资。

“你高兴和我一同投资吗？”他听得莫里森说。

“我不行，”他回答，正和几年前一样。“我现下分不出手来。”

嘴唇的活动使他惊醒过来。他不知是否真的说了出来。第二次他发现这种情况时，他的确是说出口来的。

“你为什么不跳，你这个大傻瓜，”他在说——“跳吧。”

这是他在对一群演员讲一则英国笑话。他清醒过来之后，还在微笑。坐在近旁的一个固执的怪老头，仿佛有些不安。他至少是极露骨地瞪大了眼睛。赫斯渥挺直了身子。记忆中的那则趣闻立即打消了，他觉得有些惭愧。他就站起身来，踱出门去，到街上去消遣一下。

有一天，他在看《世界晚报》的广告栏时，发现卡西诺戏院在上演新戏了。他心里马上一愣。嘉莉已经走了。他记得就在昨天还看见过她的一张海报，但无疑这是新的海报没有覆盖掉的。说来奇怪，这事情使他惊慌失措。他几乎不得不承认，他好像是要靠她留在本城才能生活的。现在她已经走了。他弄不懂怎么会放过这样重要的事情的。现在，天知道她什么时候才回来。受了精神上的恐惧的催迫，他站起身来，走到幽暗的盥洗室里，暗中数了数他余下的钱。总共只剩下十块钱了。

坐在寄宿处的房间里，他最后只剩了五毛钱。他一向节省而且盘算，终于弄得健康受了影响。他已不像往日般健壮了。同时，他的衣衫也一点不合身了。他这时决定非干些事情不可，就出去奔走，但眼看一天又过去了，只剩下最后的两毛钱——已不够明天的饭钱了。

他打起精神，来到百老汇路，向百老汇中央旅社走去。在离开一条横马路的地方，他停下来，迟疑起来。在一扇边门口站着一个面色忧郁的大个子门房，向外眺望着。赫斯渥打定主意向他求情。他一直走上去，不等对方转身走开就和这家伙劈面相逢。

“朋友，”他说，即使在自己的困境中也看得出这个人的地位很低微，“你们旅馆有什么事情可以给我干吗？”

那个茶房目不转睛地望着他，他就乘机继续讲下去。

“我失了业，又没有钱，非找些事情不可了——不管是什么事情。我不想谈我的过去，但是，倘使你能告诉我怎样可以找到事情，我就感激不尽了。即使是眼前几天的短工也好。我非找些事情不可了。”

这门房还是望着他，想装做漠不动情的模样。然后，看赫斯渥还要说下去，他就说：

“这跟我不相干。你要到里面去问。”

说来奇怪，这一来竟使赫斯渥要进一步努力了。

“我还以为你可以告诉我的。”

那家伙生气地摇摇头。

这个前任经理就走进去，径直走到办公室里那办事员的写字台前。

正巧这旅馆有一位经理在那里。赫斯渥直望着他的眼睛。

“你能给我几天工作做做吗？”他说，“我已弄得非立即弄些事情做不可了。”

这个优游自在的经理望着他，好像在说：“是啊，我看正是这样。”

“我到这里来，”赫斯渥怯生生地说明，“因为我得意的时候也曾做过经理。我遭了某种厄运，但我不是来对你讲那些事的。我要些事情做，即使一个星期也行。”

这个人认为在这求职者的眼睛里看出一丝狂热的光芒。

“你经管过哪一家旅馆？”他问道。

“不是旅馆，”赫斯渥说，“我曾经在芝加哥的汉南-霍格酒店担任过十五年经理。”

“真的吗？”这个旅馆经理说，“你怎么会离职的？”

赫斯渥的形态和这事实一对照，是令人难以置信的。

“嗯，因为我自己干了傻事。现在就不谈这个吧。倘使你要查究，是查得出的。现在我已经身无分文了，不知你是否相信，我今天还没有吃过任何东西哪。”

这个旅馆经理听他这么说，产生了些兴趣。他几乎不知道怎么对待这个家伙才好，可是赫斯渥的真诚使他愿意想些办法。

“叫奥尔森来，”他对办事员说。

门厅里的一个茶房走了出去，茶房领班奥尔森听得铃声，就走了进来。

“奥尔森，”旅馆经理说，“你能在楼下找些事情给这个人做吗？我想给他一些事情做。”

“我不知道，经理，”奥尔森说，“我们需要的人手大致够了。话虽如此，倘使你愿意的话，经理，我可以找到事情的。”

“好。带他到厨房里去，告诉威尔逊，拿些东西给他吃。”

“是，经理，”奥尔森说。

赫斯渥跟了他出去。一等经理看不见他们，茶房领班就变了态度。

“我不知道到底有什么事情可做，”他表示意见。

赫斯渥不作声。他私下里对这个搬衣箱的大个子是鄙视的。

“要你拿些东西给这个人吃，”他对厨子说。

厨子把赫斯渥打量了一番，发现他眼睛里透露出一些敏锐、聪明的神色，就说：

“好，就坐在那里吧。”

赫斯渥就这样在百老汇中央旅社里安顿了下来。但是日子并不久长。他在身心两方面都不适合做一般旅馆里起码的勤杂工。由于没有更称心的工作给他，他被派给火伕做下手，打扫厕所，凡是指派给他的无论什么工作，他都得做。那些茶房、厨子、办事员，都是他的上司。而且，他的外貌也不讨这些人的喜欢——他的脾气太孤僻，他们就不给他好脸色看。

可是，他由于绝望而麻木不仁，忍受着这一切，睡在旅馆屋顶的小阁楼上，随便吃些厨子给他的东西，每周拿几块钱工资，他打算把它节约下来。他的身体已经吃不消了。二月里有一天，他被派到一家大煤炭公司的办事处去。下过了雪，这时正在融化，街上泥泞不堪。他的鞋子在路上湿透了，回来就觉得头晕而且疲倦。第二天一整天，他觉得精神异乎寻常地颓丧，只想坐着不动，使喜欢别人精力充沛的人很不高兴。

那天下午，要去搬掉一些箱子，出空地方，安置新的厨房用具。他被派去推一辆手推车。碰到一只大箱子，他搬不起来了。

“你怎么啦？”茶房领班说，“你搬不动吗？”

他正拼命要把它搬起来，但是这时放了手。

“不行，”他有气无力地说。

茶房领班望着他，看见他面色一片死白。

“不是生病了吗？”他问。

“我想是病了，”赫斯渥回答。

“哦，那你还是去坐一会吧。”

他就这么办了，但是病势很快就变得厉害起来。他仿佛只有力气慢腾腾地爬进他的房间，他在那里待了一整天。

“惠勒那家伙病了，”有一个茶房向夜班办事员报告。

“他怎么啦？”

“我不知道。他在发高烧。”

旅社的医生去看了他。

“还是送贝列佛医院去吧，”他提出意见，“他患了肺炎。”

于是就用车子把他送了去。

过了三个星期，危险期过去了，但是差不多到了五月一日才恢复了体力，可以出院。于是他被解雇了。

这个过去体格健壮、精神焕发的经理，这时踱到春天的太阳光里，却成了一个七分像鬼三分像人的家伙。浑身是皮包骨头。他的脸瘦削而苍白，双手没有血色，身上肌肉松弛。加上衣服等等，体重也只有一百三十五磅。有人给了他一些旧衣裳——一件粗劣的棕色上衣和一条不称身的裤子。还有些零钱和劝告的话。要他到慈善机关去申请救济。

他又回到波威里街的寄宿处，思量着该到哪里去找工作。从这光景再堕落一步，就是乞讨度日了。

“有什么办法呢？”他说，“我不能挨饿啊。”

他第一次求乞是在阳光明媚的二马路上。一个衣冠楚楚的人从施托伊弗桑特公园[①]走出来，正在懒洋洋地朝他踱过来。赫斯渥就打起精神，侧身迎了上去。

“请给我一毛钱好吗？”他直截了当地说，“我已弄得非请求救济不可了。”

这个人望也不望他一眼，但是伸手在背心口袋里掏出一枚银角子。

“给，”他说。

“多谢多谢，”赫斯渥柔声说，但是那人不再理睬他了。

这次成功使他觉得满意，可是又因为他的处境而觉得羞耻，他决定再讨两毛五分钱，因为这就够用了。他到处闲荡，打量着路上的行人，但是等了好久才遇到适当的人和机会。然而当他开口求乞时却遭到了拒绝。这使他大为难堪，过了一个钟点才恢复过来，再去求乞。这一次

---

① 纽约市一古老的公园，位于 15 街和 2 马路的转角。

他得了一枚五分镍币。他费尽心机，才又讨到了两毛钱，但这情景是十分叫人痛心的。

第二天，他又出去求乞，受到了各种各样的挫折，也有一两次慷慨的赐予。最后，他心里忽然想到研究人的面孔是大有学问的。倘使他研究一下，就可以凭脸相挑中慷慨解囊的人来。

可是，这拦路求乞对他并不是什么愉快的事情。他曾经看见有一个人因此而被捕，他这就担心起来，万一他也被捕怎么办。然而他还是这么干下去，模糊地期待着那总能使境况好转的不可捉摸的好运来临。

接着有一天早晨，他看到以“嘉莉·马登达小姐领衔”的卡西诺剧团回来的通告，觉得很满意。在过去的日子里，他常常想到她。她演得多么成功——一定有了不少钱。可是，就在现在，要直至到处碰壁以后，他才决定去向她求助。他真是饿得厉害，才说：“我要去找她。她不会不给我几块钱的。”

于是，在一天下午，他朝卡西诺戏院走去，在戏院前来回走了好几次，努力寻找后台的入口。然后，在过去一条马路的布赖恩特公园里坐着等待。

“她不会不帮我一些忙的，”他在心里老是这么想。

从六点半开始，他就像影子一般徘徊在三十九街的入口处附近，老是假装是个匆匆赶路的路人，可是又恐怕万一会漏过他等待的目标。这时，到了紧要关头，他也有些紧张；但是，因为体弱而且肚子饿，他就不觉得那么剧烈的痛苦了。终于，他看见演员们开始到来，他的精神更其紧张起来，直到看来几乎要忍受不住了。

有一次，他自以为是嘉莉来了，就迎上前去，结果是看错了人。

“现在，她就要来了，”他心里想着，既害怕和她相见，又想到她可能已从另一个门口进去了而觉得懊丧。他的肚子饿得发痛起来。

人们一个又一个在他身前走过，差不多都是衣冠楚楚的——差不多都没有把他放在眼里。他看见马车驶过，绅士们伴着太太们走过——这戏院和旅馆地区的晚上的玩乐，已经开始了。

突然来了一辆马车，车夫跳下来开车门。赫斯渥还来不及上去，两位女士已经很快跨过宽阔的人行道，进了后台的入口。他自以为看见的是嘉莉，但这是突如其来的，风度翩翩而高不可攀，他实在说不准。他又等了一会儿，饿得直发慌，看见通后台的门不再打开了，而且寻欢作乐的观众在陆续到来，他认定刚才进去的一定是嘉莉，就走开了。

“天呀，”他说，急忙离开这条街，这时如流的幸运儿正在涌到这条街上来，“我非得吃些东西不可了。”

在一天的这个时候，百老汇路正惯于显示出它最有趣的面目的当儿，有一个怪人，在那些日子里，老是站在二十六街和百老汇路的转角处——那地方也和五马路相交。这正是戏院开始接纳观众的时候。处处照耀着电光招牌，宣布晚上的种种娱乐活动。出租马车和自备马车哒哒地驶过，车灯的闪光像一双双黄色的眼睛。成双捉对的、三人一帮和四人一伙的人群，嬉笑打闹着，无拘束地混在像一股大水般涌过的人潮里。五马路上有些游手好闲的人——几个有钱的散步者；一个穿夜礼服的绅士手挽着一位女士；几个俱乐部会员，从这家吸烟室走到那家吸烟室去。马路对面，那些大旅社(霍夫曼酒家和五马路旅社)闪耀着成百扇亮光光的玻璃窗，它们的咖啡室和弹子房里挤满了心情舒畅、衣冠楚楚的寻欢作乐的人群。四周是一片夜色，有规律地跳动着愉快和欢乐的想望，是一个大城市在千方百计追求享乐的奇异的热潮。

这个人不过是个退伍军人变成的传道士，他身受了我们这特殊的社会制度给他的种种鞭挞和剥削，因而认定他对上帝的责任，就在于帮助和他同样的人。他所选择的施行帮助的方式，完全是他的独创。这就是要为到这个地方来向他提出请求的所有无家可归的流浪汉找一个过宿的地方，尽管他自己也几乎没有什么钱去弄到一个舒适的住所。

来到这灯火辉煌的环境里，他会岸然站着，魁梧的身子上披着一件大斗篷，头戴一顶阔垂边帽，等待着通过各种途径已经知道他这救济事业的性质的申请者。他在那里会独自站一会儿，像一个游手好闲的人，呆望着这始终叫人着迷的场面。就在那个晚上，一个警察走过，很客气地称他为“上尉”，向他行军礼。一个以前常在那里看到他的顽童，站住了观望。其他的人认为他除了服饰以外，并没有什么出奇的地方，把他当作一个吹着口哨、在那里自得其乐的陌生人。

过了半个小时，出现了某些人物。在过路的人群里不时可以看到个把闲荡的人，有意挤近去。一个懒洋洋的家伙，走过对面的转角，鬼鬼祟祟地朝他这面望着。另一个沿着五马路走到二十六街的转角，把整个场面打量了一下，又蹒跚地走开了。两三个看得出来是波威里街贫民区的角色，沿着麦迪逊广场的五马路一边偷偷地走过，但是不敢过来。披斗篷的军人在转角处十英尺的短距离内来回踱着，漫不经心地吹着口哨。

将近九点钟的时候，傍晚的喧闹声有些已经消散。百老汇路上来往的人群已不那么拥挤，也不那么兴高采烈了。驶过的出租马车也少了起来。旅社里的气氛也不那么富有青春气息了。天气也冷了些。四周都有些希奇古怪的人物在走动，他们在观望、窥探，站在一个想象中的圈子外面，不敢踏进圈子去——总共有十二个人。不久，晚风越吹越冷，有个人影走上前去。他从二十六街的屋影下出来，跨过百老汇路，迟迟疑疑地、迂回曲折地朝那等待着的军人身边走去。他的行动有些羞答答的，或者说是踌躇不决的样子，好像直到最后一刻还不愿暴露想在他面前停下步来的想法。然后他突然走到军人身边，停下步来。

上尉一看就认识他，但是并不特地打招呼。走来的人微微点一点头，像一个等待布施的人那样低声说了些话。对方仅仅指点他站到人行道边去。

“站到那边去，”他说。

这一来打破了僵持的局面。就在这军人又开始他那一本正经的短距离踱步时，别人都拖着脚步走上前去。他们并不同他们的首领打招呼，而是走到第一个人的身边，抽着鼻子，蹒蹒跚跚的，磨蹭着双脚。

“天气很冷，是不？”

“我很高兴冬天已经过去了。”

“看来要下雨了。”

这群乌合之众已经增加到十个人。其中有一两个人彼此认识，就谈起话来。还有一些人站在几英尺之外，羞与为伍，可是又希望算在其中。他们乖戾，执拗，默不作声，漫无目标地望着，移动着他们的双脚。

他们本来就要开口说话了，但是军人不让他们开口。一算人数已够，可以开始了，他就走上前来。

“你们都要铺位吗？”

掀起了一阵脚步移动声以及表示同意的喃喃声。

“好吧，在这里排队。我看看能做些什么。我自己也一文钱都没有。”

他们就排成了断断续续、参差不齐的一行。这时，可以在相比之下看出他们中的一些主要特色。队伍里有一个装木腿的家伙。大家都戴着低垂的帽子，这是对海斯特街地下室旧货铺说来都不合适的东西。裤子都是歪歪斜斜的不成样子，裤脚都已磨损，上衣也都破旧，褪了色。在大商店的灯光之下，看得出有人的脸庞干枯、苍白。另外那些人则生着红疱疮，面颊和眼睛下都浮肿了起来。有一两个人骨瘦如柴，使人想起铁路工人来。有几个看热闹的人被这好像是在聚会的团体所吸引，走到近旁，接着越来越多，不久就形成了一个你推我挤、张目凝望的人群。那队伍里有人要讲话了。

“安静！”上尉嚷着，“好了，诸位先生，这些人无处过夜。今天晚上，他们得有个地方睡觉才行。他们不能在街头露宿。我要有一毛二分钱才能让一个人去住宿。哪一位能给我这笔钱？”

没有人回答。

“那末，朋友们，我们只能在这里等待，等哪一位肯出钱。每人一毛二分钱，并不算多啊。”

“给你一毛五分！”一个青年嚷着，眼巴巴地望着前面。“我只拿得出这几个钱。”

“好得很，现在我有了一毛五分钱。从队伍里站出来，”上尉说着一把抓住一个人的肩膀，同他一起朝旁边走了几步路，让他独个儿站在那里。

他回到老地方，又开口说话了。

“还有三分钱多。这些人总得想法找一个铺位。一共有，”他数着，“一、二、三、四、五、六、七、八、九、十、十一、十二个人。再加九分钱就可以给第二个人找个铺位——让他舒舒服服地过上一夜。我要亲自跟他们去，照料这件事。哪一位肯给我九分钱？”

这一回是一个看热闹的中年人，交给他一个五分的镍币。

“现在我有八分钱了。再加四分钱就可以给这个人一只铺位。来吧，先生们。今天晚上我们进行得非常缓慢。你们都有好地方睡觉的。可是这些人怎么样呢？”

“给你，”一个旁观者说，把一些硬币交到他手里。

“这一来，”上尉望着钱说，“够给两个人找两只铺位，还多五分钱可以给下一个人。哪一位再给七分钱？”

“我给，”一个声音说。

这一天晚上，赫斯渥沿着六马路朝南走，正巧朝东穿过二十六街，向三马路走去。他精神萎靡不振，肚子饿得几乎要死去了，疲倦不堪，一败涂地。现在怎么能去找嘉莉呢？戏院要十一点钟才散场。倘使她是乘马车来的，一定也会坐马车走的。他必须在极难堪的情况下才能把她拦住。最糟糕的是他既饥饿，又疲倦，至少还要挨过一天，因为今天夜里他已没有勇气再尝试了。他既没有东西吃，又没有地方过夜。

当他走近百老汇路时，发现这位上尉和那些流浪汉在一起，但他以为这是一个街上的传道者，或者是什么卖假药的骗子所吸引来的，就准备走过去了。可是，在跨过马路向麦迪逊广场公园走的时候，他注意到已经可以弄到铺位的那一队人，从人群中伸展出来。在附近的电灯光里，他认出是和他一般的人——他自己的同类，他在街头和寄宿处看到过的人物，身心两方面都像他一般飘荡不定的人。他想知道这是怎么回事，就转回身来。

上尉还在那里简要地呼吁。赫斯渥听到他老是重复着“这些人必须有个铺位过夜”这句话，觉得惊异，而且也有点宽心之感。在他面前还有一行还没有弄到铺位的不幸者，他看见有一个新来的人静悄悄地挨近去，站在队伍的末尾，他决定也照办。三心二意有什么用？今夜他已疲惫不堪。这至少可以容易地解决一个困难。明天，也许——他可以干得高明一些。

在他的身后是一些铺位已有着落的家伙，他们的神气显然像是松了一口气。由于不用担心无处过夜，他听到他们比较自由地谈着话，带着几分交流友谊的倾向。他们谈着政治、宗教、政府的情况、报上的某些耸人听闻的新闻以及世界各地的丑事，有人口传，也有人倾听。嗓子发哑的语声，费力地在讲述希奇古怪的事情。回答的是一些空洞芜杂的意见。那些过分迟钝或疲倦的人，并不搭话，他们有的斜眼瞟着，有的像公牛那样张大了眼睛呆望着。

站着很累。赫斯渥越等越疲倦。他自以为就要倒下来了，不安地把身子的重量反复地从一只脚移到另一只脚。终于轮到了他。前面一个已经拿到了钱，站到幸运的成功者的队伍里去了。现在，他是第一个了，上尉已经在为他说项。

“一毛二分钱，诸位先生——一毛二分钱可以让这个人有床好睡觉。倘使他有地方可去，就不会站在这里受冷了。”

赫斯渥喉头涌起一个疙瘩，但是他把它硬咽了下去。饥饿和衰弱把他变成了一个胆小鬼。

“给你，”一个陌生人说，把钱交给了上尉。

于是后者伸出和善的手按住这位前任经理的肩头。

“排到那里去，”他说。

一站到那里，赫斯渥透气也轻松了些。他觉得有这么一个好人存在，这世界还并不太糟糕。别的人对这一点，仿佛也和他有同感。

“上尉真是个好人，不是吗？”前面一个人说，一个愁容满面、神情落寞的矮小的家伙，看来好像生来就是受命运捉弄、摆布的。

“是的，”赫斯渥漠不关心地说。

“嘿，后面还有许多呢！”更前一些的一个人说，伸出头来向后望着上尉在为之呼吁的那些申请人。

“是啊。今夜一定有一百多个，”另一个说。

“看那马车里的家伙，”第三个说。

这辆出租马车停了下来。有位穿晚礼服的绅士伸手递了一张钞票给上尉，他收下钱，简短地道了谢，就朝他的队伍转过身来。在马车驶走时，大家都引颈望着白衬衫前闪光的宝石。就是旁观的群众也看得目瞪口呆。

“这一来可以安排九个人过夜，”上尉说，在他身边的队伍里依次点了九个人。“站到那边去。现在只剩七个人了。我需要一毛二分钱。”

钱来得很慢。过了一会儿，围观的人逐渐散去，只剩下了不多几个。五马路上除偶尔有辆出租马车或者步行的过路人以外，已经空空如也。百老汇路上还有些稀稀落落的行人。只是偶尔有个人走过，看到了这一小群人，拿出一个硬币，就扬长而去。

上尉坚定地、毫不犹豫地站在那里。他还在讲话，极简单的几句话，说得很慢，却是相当自信，好像是不会失败的。

“好了。我不能整夜站在这里。这些人越来越疲惫而寒冷了。哪位给我四分钱。”

有时他一句话也不说。他接到了钱，一满一毛二分就点出一个人，让他排到另一行里去。然后，他又照旧来回踱步，望着地上。

戏院散场了。电灯广告不见了。时钟打了十一下。又过了半个钟点，只剩了最后的两个人。

“来吧！”他对几个好奇的观众叫道，“一毛八分钱就可以使我们都有地方过夜了。一毛八分钱。我有了六分。请哪一位给钱吧。请记着，今天晚上我还得回布鲁克林去。在回去之前，我还得把这些人带去，让他们安睡。一毛八分！”

谁都不回答。他来回踱着步，向地上望了几分钟，偶尔柔声说：“一毛八分钱。”比起其他的钱来，这笔小数目仿佛会把大家盼望的目标推迟得更久才能实现。赫斯渥因为自己是这长长一行人中的一分子，稍微振作了一些，才尽力不呻吟出来，他也实在太虚弱了。

终于有位身披歌剧斗篷、穿着沙沙作响的长裙的太太，由男伴陪着沿五马路走过来。赫斯渥百无聊赖地凝望着，不禁想起在新天地中的嘉莉，并且想起他从前这样陪伴他太太的光景。

当他痴望着的时候，那位太太回过头来，望见这希奇的一群，就打发她的男伴走过来。他走过来，手里拿了一张钞票，态度极其潇洒而又大方。

“给，”他说。

“谢谢，”上尉说，转身对着剩下的两个要铺位的人。“这一来，我们还有些余钱可在明天晚上用，”他补充说。

说罢，他要最后两个也排在队里，自己走到队首，一路走，一路数着人数。

“一百三十七个，”他宣布说，“现在，朋友们，排好队。向右看齐。这一下就快了。喂，别心急。”

他自己站在队首，发命令道：“开步走。”赫斯渥随着队伍一起走着。这蜿蜒的长蛇阵跨过五马路，穿过麦迪逊广场，沿着弯曲的小路向东走上二十三街，再沿着三马路走下去。当队伍走过时，夜半的行人和闲荡者都站住了凝望。在各个拐角处聊天的警察，漠不关心地望着，或者向领队点点头，他们以前见到过这人。他们在三马路上一直走到八街，像是令人疲惫的跋涉，那里有一家寄宿处，明明是夜里已打了烊。可是，他们是预期要赶到的。

他们站在门外的黑影之中，上尉则在门内谈判。于是大门打开了，他们随着一声“喂，别急”，被请了进去。

有人在前面指点房间，以便大家及时拿到钥匙。赫斯渥用尽气力爬上格格作响的楼梯，回头一望，看见上尉在那里注视着，他那博爱的襟怀要看到最后一个都被安置好了为止。然后，他裹紧斗篷，踱到门外的夜色中去。

“我受不了这样的折磨，”赫斯渥说，他在指派给他的黑暗无光的小卧室中那个破旧的铺位上坐下来，腿儿痛得厉害。“我非吃些东西不可，否则我会饿死的。”

第四十九章

嘉莉这次回纽约演出以后，有一天晚上，她卸装快要完毕，准备回家的时候，听得后台门口有一阵骚动声，其间夹着一个熟悉的声音。

“哦，不要紧。我要见马登达小姐。”

“你应该先把名片送进去。”

“嘿，算了。给——”

交出了半块钱，然后就有人在敲她化妆室的门了。

嘉莉打开门来。

“哎呀！”杜洛埃说，“果真不错。喂，你好呀？我一看见，就知道是你。”

嘉莉后退了一步，恐怕会来一场使她极其尴尬的谈话。

“你不同我握握手吗？真的，你是个美人儿。很好，握手吧。”

嘉莉伸出手来，带着笑容，也许只是因为这个男人满怀着善意而已。他虽然老了一些，但是变化还不大。还是那样漂亮的衣衫，那样结实的身躯，那样春风得意的面色。

“门外那个家伙不让我进来，我给了钱才行。我知道是你，没错儿。啊，你们这出戏真不错。你的角色演得很出色。我早知道你演得好的。今天晚上，我恰好走过，想进来弯一弯。我在节目单上看到了你的名字，但是，直到你上了台才记了起来。我一看就大吃一惊。嗨，你真让我惊呆了。你用的就是在芝加哥的那个姓氏，是不？”

“是的，”嘉莉温和地说，屈服在这个男人的自信心之下了。

“我一看见就知道是你。哦，不管怎么样，你一向好呀？”

“啊，非常好，”嘉莉说，在她的化妆室里徘徊着。她已有些被这突然袭击弄得不知所措了。“你一向可好？”

“我吗？哦，很好。现在，我住在这里了。”

“真的吗？”嘉莉说。

“是的，我到这里已经六个月了。在负责这里的分公司。”

“太好了！”

“哦，你到底是什么时候上舞台的？”杜洛埃问。

“大约三年以前，”嘉莉说。

“真的吗！唉，老天爷，我这还是刚听到呢。话虽如此，我早知道你会上舞台的。我不是老是说你能演戏的吗？”

嘉莉笑了。

“是的，你说过，”她说。

现在事情很明白，他并不计较过去的事情。他好像情愿撇开算了，或者，至少以为是无足轻重的。过去那份不太深的感情看来并不使他产生埋怨的情绪。他的态度表明，不管怎么样，他希望保持她的好感。

“啊，你看起来真漂亮，”他说，“我从来没有见过有人变得这么厉害的。你长高了一些，是吗？”

“我吗？啊，也许长高了一些。”

他凝望着她的衣服，然后望着头发，只见头上很时髦地戴着一顶合式的帽子，然后望着她的眼睛，她却竭力地躲闪。他明明是想立即丝毫不差地恢复他们的旧交情。

可是，她觉得这是不可能的。她如今已更其了解他了——了解他这一类人。他不是她赞赏的那种人，换句话说，甚至无法与之愉快相处。世面已教会了她这么多。她想，恐怕他还没认识到双方的关系已经变了。

“那末，”看见她在收拾荷包、手帕等等，准备要走了，他就说，“请你和我一同出去吃饭，你高兴吗？我在那里约了一个朋友——”

“啊，不行，”嘉莉说，“今夜不行。我明天一早就有事。”

“啊，别去算了。得了。我可以把朋友抛开的。我要和你好好谈谈。”

“不，不，”嘉莉说，“我不能。请你别再说了。我不喜欢很迟吃夜饭。”

“那末，我们就来谈谈吧。”

“今天晚上不行，”她摇摇头说，“我们以后再谈吧。”

这一说，她发觉他脸上掠过一层阴影，说明他在思索，好像他正开始认识到事情已起了变化。善良的心地使她觉得对于老是喜欢她的人应该更友好一些。

“你明天到我旅馆里来，”她说，作为悔过的表示，“你可以和我一同吃饭。”

“很好，”杜洛埃说，又高兴起来，“你住在哪里？”

“在沃尔多夫旅社，”她回答，指的是当时刚造好的时髦大旅馆。

“什么时候？”

“哦，三点钟来吧，”嘉莉高高兴兴地说。

第二天，杜洛埃来了，但是嘉莉想起这个约会并不觉得特别愉快。可是，看到他还是保持着他那种人的潇洒风度，而且极其诚恳，她对这顿饭是否会使她不愉快的疑虑就一扫而空了。他还是像从前那样口若悬河地谈着话。

“这里的人架子可不小，是不是？”当她走进他在等待的会客室里，他劈头第一句话就说。

“是的，他们是有架子，”嘉莉说。

他是个十足的自我主义者，因此立即详细地谈起他自己的事业的情况。

“我不久就要自己开一家公司，”在谈话中有个时候他这样说，“我现在已能筹集到二十万块钱的资本。”

嘉莉满怀好意地听着。

“嗨，”等他们畅谈了好些情况以及感兴趣的事以后，他说，“赫斯渥现在在哪里？”

嘉莉略微面红了一下。

“我想就在纽约吧，”她说，“我已有些日子没有见到他了。”

杜洛埃沉思了一会儿。直到现在，他一直拿不准这位前任经理是不是躲在幕后的一个有力人物。他猜想不是，但是这么一说使他放心了。他想，一定是嘉莉抛弃了他，这是她应该做的。

“我认为，一个人干出那样的事情来，总是错误的，”他表示意见。

“干怎么样的事？”嘉莉说，不知道他会说出什么话来。

“啊，你知道的，”杜洛埃挥挥手，好像她是肯定知道的。

“不，我不知道，”她回答，“你说的是什么事情？”

“就是在芝加哥发生的那桩事，在他出走的时候。”

“我不知道你在说些什么，”嘉莉说，可是，这一来使她十分怀疑了。

“哦嗬！”杜洛埃带着怀疑的神情说，“你知道他出走的时候拿了一万块钱，不是吗？”

“什么？”嘉莉说，“你的意思是说他偷了钱，是吗？”

“什么？”杜洛埃说，对她的语气感到吃惊，“你是早知道那桩事的，不是吗？”

“哦，不知道啊，”嘉莉说，“我当然不知道。”

“那末这就好玩了，”杜洛埃说，“他偷了钱，你知道。所有的报纸都登了新闻。”

“你刚才说他拿了多少钱？”嘉莉说。

“一万块。话虽如此，我听说后来他把大部分寄了回去。”

嘉莉茫然俯视铺着华丽地毯的地板。她对自己被逼出走以后的那几年的生活，有了一种新的看法。她现在想起有好多事情形迹可疑。她也想到他拿钱是为了她。她心里并没有冒起憎恶之感，反而产生了一种惋惜之情。这可怜人啊——这些年来他一直在这事情的阴影下生活啊。

在吃饭的时候，杜洛埃又吃又喝，感到很高兴，心情也轻松起来，自以为他正在使嘉莉回心转意，恢复过去对他的善意的关怀。他开始幻想不难重温旧梦，虽然她已这么高贵。他想，她是多么值得争取的啊。她是多么美丽、多么雅致、多么有名啊。在他看来，在戏剧界和沃尔多夫旅社这圈子里的嘉莉，真是最最值得想望的人儿。

“你还记得在艾弗里会堂那一晚，你是多么胆怯吗？”他问。

嘉莉想到这事情，微笑了一下。

“我从来没有见过别人演得比你当时的表演更好。呀，”他带着些懊丧的意味继续说，一只手拐儿搁在桌子上，“我还以为当时你我会相处得很好的呢。”

嘉莉发觉对方的意向，想换一个话题。事至今日，听杜洛埃说起这些事，真令人厌恶，感到愚蠢。不管怎么样，根据突如其来的新得到的消息，她当时的心目中首先想的是赫斯渥。

“我想你不会再这么喜欢别人的，对吗？”他露骨地说，硬是不愿放弃他的主意。

“你不应该这么说，”嘉莉说，略微透露了些冷淡的意味。

“让我告诉你——”

“不，”她回答了一声，就站起身来。“而且，现在我要准备到戏院去了。我不得不和你告别。现在就走吧。”

“嗨，等一会儿，”杜洛埃恳求道，“时间还早呢。”

“不，”嘉莉温文地说。

杜洛埃无可奈何地放弃这灯烛辉煌的桌子，跟在她后面。他陪她走到电梯门口，站住了说：

“什么时候再见你？”

“哦，也许过些时候再说吧，”嘉莉说，“整个夏天我都在这里。再会。”

电梯门打开了。

“再会，”杜洛埃说，看她拖着裙子走进电梯。

于是他伤心地穿过门厅，因为她现在已经高不可攀，他往日的一切渴望又都苏醒过来。这地方衣服沙沙作响的欢快的声音，都使人想起她。他开始觉得她对待他很冷淡。另一方面，嘉莉却另有想法。

就在那天晚上，她走过等在卡西诺戏院门口的赫斯渥身边，并没有看见他。

“我们进来的时候，你看见外面那个鸠形鹄面的男人吗？”萝拉在后台问她。

“没有，”嘉莉说。

“看样子，他饿得发慌了。他怪好笑地盯着我们。”

“这太可怜了，不是吗？”嘉莉说。

第二天晚上，她徒步走到戏院，劈面遇见了赫斯渥。他等在那里，显得更加憔悴了，决心要见到她，即使得捎话进去也不在乎。她起初没有认出这个衣衫褴褛、皮肉松垂的家伙。他挨得这么近，像是一个饿慌了的陌生人，使她吃了一惊。

“嘉莉，”他低声说，“我和你讲几句话可以吗？”

她回过头来，立即认出了他。倘使她心中本来潜藏着些对他的反感的话，这时全都消散了。话虽如此，她还记得杜洛埃告诉她的他偷过钱的事情。

“哦，乔治，”她说，“你怎么啦？”

“我生了一场病，”他回答，“刚从医院里出来。看上帝的面上，给我一些钱好吗？”

“当然可以，”嘉莉说，因为要竭力维持镇静，她的嘴唇颤动着。“但是，你到底怎么啦？”

她正在打开荷包，这时把里面的钞票全都掏了出来——一张五块的钞票，两张两块的。

“我已经告诉你，我生了一场病，”他没好气地说，对她的过分怜惜，几乎产生了反感。从这样一个人的手里接受怜悯，使他十分难堪。

“给，”她说，“我身边只有这些了。”

“很好，”他低声说，“我有朝一日会还你的。”

嘉莉望着他，而街上的行人却在盯视她。在众目睽睽之下她感到很尴尬。赫斯渥也有同感。

“你为什么不告诉我，到底出了什么事？”她问，简直不知道该怎么办。“你住在哪里？”

“哦，我在波威里街有一个房间，”他回答，“在这里告诉你也不济事的。我现在已经好了。”

他仿佛有些讨厌她的善意的询问——命运对待她多么好啊。

“还是进去吧，”他说，“多谢你，但是我不会再来麻烦你的。”

她想要回答，但是他已转过身去，拖着脚步朝东走了。

这个幽灵似的影子在她的心灵上着实纠缠了好几天，才慢慢地消逝了一些。杜洛埃又来找她，但是这一回她连见都不见。他的殷勤仿佛已不合时宜了。

“我不在，”她对茶房说。

真的，她那孤僻、内向的脾气是这么突出，使她在社会上变成一个受人注目的人物。她是这么娴静、矜持。

可是，她避不开万斯太太。我们这位可爱的太太多少已成为嘉莉生活中一个永久的因素，老是来看她，和她忧乐与共。

“你知道吗？”有一天她说，“我的表弟鲍勃在西部着实发了迹。你还记得我的表弟鲍勃，是吗？”

“当然啦，”嘉莉说，转过她那双能够明澈地放光的眼睛来。“他干了些什么？”

“啊，他发明了什么东西——我忘记了是什么。话虽如此，是一种新型的灯。”

“真的吗？”嘉莉说，现出明显的兴趣。“我一直认为他会干出点什么来的。”

“我们也这么想的，”万斯太太说，“他实在聪明得可以。他就要在纽约开办一个实验室。”

“是吗？”嘉莉说。她停顿了一下，在思索。“你看他会来吗？”

“是，真的，”万斯太太回答，她已在想别的事情了。“比尔和他在通信商量这件事。他认识这里几个搞电气的人。”

嘉莉情不自禁地感到很高兴。理智在这些地方是不起什么作用的。

不久以后，剧团经理部决定去伦敦演出。再在这里演一个夏季看来没有太大的把握。

“你是否高兴去征服伦敦？”有一天下午，经理对她发问道。

“恰恰相反，我也可能演砸了，”嘉莉说。

“我想我们要在六月里动身，”他回答。

嘉莉在安排、办理这重要的外出任务时，几乎忘记了赫斯渥。他和杜洛埃两个都是她走了以后才知道的。在事情过去以后，杜洛埃想安慰自己，就说什么“她也没有什么大不了”，但是在他内心深处却不是这样想的。赫斯渥好歹靠着一些很离奇的方法，挨过了漫长的夏季和秋季，靠在一家舞厅里谋到了一个看门的小差使，还靠求乞并向那些特殊的慈善机关求助，有几个这种机关是他在饥饿的驱使下偶然碰上的。直到隆冬嘉莉才回来，演一出新戏，但是他并不知情。万斯太太却注意到了。

“你明天晚上一定要来我们家吃夜饭，”在表示欢迎的长时间谈话之后，她说。在这期间什么拉拉杂杂的事都谈过了。“我们早些开饭。”

“问题就在这里，”嘉莉说，“你真太客气了。我真希望不要那么早就去戏院。”

“啊，那没有什么，”万斯太太说，“那末，说定了。”

她已跨出门外，准备最后告辞时，忽然说：

“啊，我忘记告诉你了。鲍勃来了，你知道。”

“真的吗？”嘉莉说。

“是的。他在伍斯特街开办了一个实验室。他也要来吃饭的。”

“我在报上看见过一篇谈论他的灯的文章，”她说，想起了在伦敦时收到的一张纽约的报纸，上面那篇有插图的特写曾经引起她强烈的兴趣。

“是啊，他现在已很有名气了，”万斯太太说，“他干得很好。”

“真好极了，”嘉莉说。

对这次晚宴，她打扮得格外精心，几乎是不知不觉地薄施脂粉、淡扫蛾眉，更显出她那娴静的美。她重新使出扮演教友会小教徒时剧评家指出的那些获得很好效果的小诀窍，在化妆室里上妆的经验使她懂得化妆品的价值，珠宝的作用，一朵玫瑰花插在适当的位置上会增添多少妩媚。当她的马车来到时，她的模样达到了她那种美人儿的顶峰。

“你看上去真可爱，”萝拉说，她现在主要不是当演员而是当侍女了，因为嘉莉对她已变得那么重要和那么高贵。

嘉莉代替答话，露出洁白的牙齿对她明媚地一笑。今夜听人这么对她说，使她很高兴。

万斯太太欢迎她。“你当然是记得鲍勃的，是不？”她说，带领嘉莉从门厅走进她们的房间。

艾姆斯正站在那里，身材出众，服饰整洁。他为了这次宴会穿着一身礼服，这时白衬衫的前胸部使他面部的轮廓显得黝黑而有力。

“啊，你好？”嘉莉说，对他愉快地一笑。

“很好，”他说。“我用不着问你的情况。我一直在报上看到关于你的消息。”

“啊，你看到了吗？”嘉莉说，“哦，我也知道你一向在干什么。我在伦敦时从报上都看到了。”

“是的，我知道，”艾姆斯说，“我并不要把这些事公布出去。这是不——”

“你又来了，鲍勃，”万斯太太插进来说，“天啊，这些名人。”

艾姆斯笑了。他正在高兴地直望着嘉莉。像从前一样，她似乎在全神贯注地等待他说出什么话来。

“我还没有机会去找你，”过了一会儿，他坐到她的身边说，“我到纽约还不久。”

“哦，我也才回来不久，”嘉莉回答，可是也不免注意到他的兴趣离她的很遥远。他们的友谊甚至还没有到他想去找她的程度。可是她却为他打扮得这么精心细致。

“可是，我今天晚上要去的，如果这对你有什么影响的话。”他自以为打趣地一笑。

“嗯，”嘉莉说，天真无邪地不予理会，“我不知道。也许你不会喜欢这出戏的。这只是一种喜剧而已。”

“啊，我喜欢的并不是这出戏，”他坦率地回答，“我是来看你的。”

“啊！”嘉莉说，心里忍不住高兴起来。“也许你不会喜欢我现在所干的事情。”

他望着她，像是在望一束鲜花一般。

“那好，”他回答，“我以后不再来了。”

然而，艾姆斯可不是个富有机智的人。可是他还算聪明，能明白这一点，而且以和一个有思想的人相称的谦逊姿态来表达自己的思想。再说，与他们初次相遇时相比，他显得特别严肃。

“你们两个现在必须入席了，”万斯太太打断他们的谈话说，“我要告诉你们另一件事情，”她补充说，用手指点着他。“不要霸占了明星，你听见吗？”

“你听见吗？”艾姆斯转身对嘉莉重复了一遍，“不要霸占我。”

于是他们三个都哈哈大笑了。

在饭桌上，一般倾向于随便谈些一般的情况，因为除了嘉莉和艾姆斯以外还有别的客人，但是艾姆斯是个有独立见解的人，不大把一般习俗放在眼里。事实是，要是没有人不断提醒他，他就易于忘记一般的小礼节。这时，嘉莉好像是在场最讨人喜欢的人物。她对他表示同情和关切，他正需要这样，才能发挥自己最出色的见解。他的头脑在最佳状态时是善于思考而富有理想主义色彩的——远远超出她迄今为止所能想象到的程度，可是说来也怪，他倒能同她谈得下去。她使他觉得好像她能够理解，而他不自觉地把自己的想法竭力表达得清楚些。因此，他们之间的关系就比他们所知道的更其密切了。

“我一直在读你提过的那些书，”当他们两人单独谈话时，有一次她说。

他以严肃的目光望着她，她的目光里就反映出了一种履行了任务的快感，直到他说：

“什么书？”

他已忘了这事，使她感到的魅力消失了一些。

“《萨拉西内斯加》①，”她回答，“《外省来的大人物》②、《卡斯特桥市长》③。”

---

①这是美国通俗小说作家弗朗西斯·马里恩·克劳福德（1854—1909）于1887年发表的长篇小说，以意大利为背景，是他写萨拉西内斯加家族的四部曲的第一部。

②这是巴尔扎克的《人间喜剧》中的一部。

③这是英国小说家托马斯·哈代的名作，出版于1886年。

“啊，是的，”他打断她的话，说，“你喜欢巴尔扎克吗？”

“哦，我觉得很引人入胜。话虽如此，我喜欢《卡斯特桥市长》，不亚于其他的书，”她回答。

“我想你会喜欢的，”他说，基于对她天性的了解，他提出了一种敏锐的看法。

“为什么？”她问。

“哦，”他说，“你的性格是比较阴郁的，哈代的一切作品都有一种阴郁之感。”

“我吗？”嘉莉问。

“不完全是阴郁，”他补充说，“换一句话说——是忧郁症，哀伤。我可以断定你生性比较孤独。”

嘉莉说不出话来，只能望着他。

“让我想一想，”万斯太太插话说，“哈代不是写过《德伯家的苔丝》，或者类似这名称的小说吗？”

“是的，”艾姆斯说。

“哦，我并不觉得怎么样。太悲伤了。”

嘉莉望着艾姆斯，等他回话。

“凡是没有感受到生活的忧伤一面的人，都会这么看的，”艾姆斯反驳说。

“对了！”嘉莉很得意地想。

“哦，我可说不上，”万斯太太回答，对这直率的回答感到震惊。“我想，我也感受到一些的。”

“并不太多吧，”艾姆斯笑着说。

这一来使得有一会儿别人不来打扰了。

“我想你对《高老头》会感到兴趣的，”他转过来对嘉莉说，“你还没有看过吧。这是巴尔扎克的一部小说。”

“我没有看过，”嘉莉说。

“那末去弄本来看看吧。”他在考虑让她开始看一些能使她长进的读物。任何有志于上进的人都应该得到帮助。她的头脑看来并不保守，能迅速地把握任何有益的东西。“把巴尔扎克的著作都看一遍。对你会有好处的。”

嘉莉谈了谈《外省来的大人物》里的吕西安·特·于邦弗雷[1]可悲的失败。

“是啊，”他回答，“倘使一个人不以知识作为目的，是很可能会失败的。他在恋爱和发财的事业上是失败了，但在别的方面却并不如此，而这算不上什么。巴尔扎克对这些事情看得太重了。他离开巴黎的时候并不比他到巴黎去时思想更其贫乏。实际上，他是富有了一些，倘使他这么想的话。在恋爱上失败，是没有什么大不了的。”

“啊，你这样认为吗？”嘉莉迫切地问。

“是的。一个人精神上失败了，那才是一败涂地了。有些人以为他们的幸福在于财富与地位。我相信，巴尔扎克是这么想的。许多人都是这样的。他们到处追寻，看到欢乐的幻象逝去就束手悲叹。他们忘记了倘使他们获得了欢乐，就得不到其他的东西了。世界上充满着令人向往的地位，但是很不幸，我们一时只能占据一个位置。大多数人占据了一个位置，但为了寻找其他的地位而长期把它置诸度外。”

嘉莉牢牢地盯着他，但是他却并不对她看。他仿佛在阐述她的境况。难道她不就是这般干的，而且经常是这般干的吗？

“只要你相信，你的幸福就完全在于你自己心中，”他说下去。“当我很小的时候，我觉得像是吃了亏，因为别的孩子穿着得比我好，同女孩子们交往也比我有劲，我很伤心，很伤心，但是现在我不再这么想了。我发现每一个人多少总有些不满足的。谁都不能完全如愿以偿的。”

“谁都不行？”她问。

“不行，”他说。

---

①这是在巴尔扎克系列小说《人间喜剧》中一再出现的人物，是个外省的青年诗人，新闻记者，到巴黎去搞一番事业，但是发现成功之路上布满了重重障碍，以致意志越来越消沉。

嘉莉若有所思地望着别处。

“归根结蒂就是这么回事，”他说下去，“倘使你有能力，就培养它。这样办，会使你获得空前的满足。世人的欢呼并没有什么意义。那是事情的结果——你早已得到了酬报，得到了满足，倘使你在得到人们的欢呼之前没有变得自私或者贪婪的话。”

“哦，我不知道，”嘉莉说，想着她自己那短期的挣扎，觉得自己的整个一生仿佛是一片混乱，是她眼前的境况所补偿不了的。

突然，他仿佛不用说话就触摸到了她这时的心情。

“可是你不应该忧郁，”他说，眼睛望着她——“因为你还年轻。”

“我不，”她回答，“实在不忧郁。我不知道是怎么回事。我好像在干我并不想干的事。我曾经认为我是忧郁的，但现在我——”

他们的眼睛相互望着了，艾姆斯第一次受到深切而强烈的同情心的冲击。

“你到底没有演正喜剧吧？”他过了一会，想起了她对于这种戏剧艺术的兴趣，就说。她没有这么做真使他不胜惊异。

“没有，”她回答，内心有些畏怯。“到目前为止，我还没有。话虽如此，我是想演这类戏的。”

“你应该干，”他深思熟虑地回答，仿佛她已经达到的地位是无所谓的。“你的那种性格能在感人的正喜剧里获得出色的成绩。”

这时，他的眼睛直望着她——好像是在打量她的脸庞。她那富有同情的大眼睛和哀怨动人的嘴巴对他证实了他的判断。

“你真是这么想吗？”

“是的，”他说，“我是这么想。我想你大概没有意识到这一点，但是，你的嘴巴和眼睛上有些地方使你适宜于那种工作。”

艾姆斯这么认真对待她，使嘉莉觉得一阵高兴。这种称赞的话既敏锐又强烈而富有分析性。这是她的心灵几年来求之不得的。他对她的详细评论说明他认为她有着值得讨论的品格。

“你的眼睛和嘴巴就有这样的特点，”他说下去，“我记得第一次看到你时，就认为你的嘴巴使你看上去快要哭出来。”

“这就怪了，”嘉莉说，心里快乐得热乎乎的。她的眼睛里闪烁着抑制着的火光。

“后来，我发现这实在是嘴巴的形状如此，今天晚上我又发现了这一点。你的眼睛也有一些伤心的影子。我认为这存在于眼睛的深处。也许你自己并不觉得。”

她望向别处，希望她的感情能和她脸上的表情相一致。

“我过去并不觉得，”她回答。

“这就是我以为你演伤感的角色能获得成功的缘故，”他说下去，“你天生的外貌比之多数人的精心化妆能向观众传递更多的感情。”

他停顿了一下，笑了——然后转过头去。嘉莉看到他说话非常谨慎。他并不是为了要听到自己在讲话而讲的。这就是思想，直接从他那洁白的前额里发出来。她为了表示感谢，巴不得去吻他的手。

这时别人插进话来，晚饭到了快结束的时候，可是并没有怎么减低艾姆斯所激起的感情。在客厅里有一位来宾在演唱，这就使人们分成双双对对的，相互低声谈话。嘉莉和艾姆斯凑在一起了，因为他觉得她最意气相投。

“嗯，”他随便地说，作为一个引子，“你打算怎么办？”

“我不知道，”她回答，“有时候我好像什么都干不大好似的。”

他发觉她对他的话这么认真，不免有些吃惊。这使他陷入了对理想——对更为美好的事情的沉思中。当时在唱的那首歌的含意也加强了这一点。

“不过，”他说，发现她看上去讨人欢喜，而且在全神贯注地听，“也许你是过得太舒服了。这时常会扼杀人的雄心壮志。有许多人就是因为成功得太迅速而失败的。

“我知道倘使你能够努力就可以获得成功的缘故，因为我了解你脸上的神情的特色。世人老是挣扎着要表现自己——阐明他们的种种希望和忧愁，把它们叙述出来。他们老是在找寻表现的方法，凡是能够替他们表现这些感情的人，都能使他们觉得愉快。这就是我们有那些伟大的音乐家、伟大的画家、伟大的作家和演员的缘故。他们有能力表现世上的种种忧伤和希望，世人就会站起来，欢呼这些人的名字。凡是这些人努力要做到的就是这么回事。那是世人所要描绘的、记述的、雕刻的、歌唱的或者发明的事物，而不是这些画家或者作家或者歌唱家本身，这样做了能使他们变得伟大起来。你和我只是媒介物而已，有些事物可以通过我们而表现出来。现在，我们的责任就是要使我们成为现成的媒介物。”

他顿住了，望着嘉莉，但只是带着理智的色彩。她两眼凝视着他的面孔，嘴唇微微张开。她容光焕发、仪态万方——在内心和外表上都是完美的嘉莉，因为她的头脑如今已经觉醒过来了。

“你和我，”艾姆斯说——“我们是什么呢？我们不知道来自何处，也不知道要去何方。明天你可能暴卒，化为乌有，而我会上天入地，风里水里都找不到你。在这里你只是某种事物的表现——你不知道是什么事物。你有演戏的能力，但这只不过是种巧合。这不是你的光荣。你也可能没有这种能力。这不是骄傲或者自以为了不起的借口。你是不劳而获的。但是，既然你有着这种能力，就应该干出些事业来。”

他又顿住了。

“我应该干些什么呢？”嘉莉说。

“每个人都应根据自己的所见去干，”艾姆斯说，“你应该帮助世人表现他们自己。运用可以使你的能力持久不衰。据我看，你应该转到戏剧方面去。你这么富有同情心，又有这么美妙动听的嗓音——要让它们对别人发挥作用。当它们能表现你内心中的某种情感时，你可以保持它们。当你利用它们为他人服务时，就可以保持得更久，而且增强这种能力。当你一旦忘记了它们对于世人的作用，它们不再代表你自己的愿望时，它们就要开始消逝。记住这一点。你的眼睛会丧失那种富有同情的神情，你的嘴巴会变形，你的表演能力会消失。你也许认为不会这样，然而正是会这样的。造物主主宰着这些东西。你不可能变得自私自利，奢华放纵而不使这些同情和期望都消失，到那时候你只能坐在那里而不知道它们是怎么消逝的。你不可能保持着温柔多情以及并希望为世人服务的心愿而不让它在你脸蛋上和艺术上表现出来。倘使你要尽量地多干，那就该好好地干。为多数人服务。要和善而且富有人道主义思想。那样你就必然会成为伟大的了。”

他又顿住了。嘉莉直望着他的眼睛。她的纤手交叉着搁在膝盖上，嘴唇甜美地微微张开。

“得了，”他说，见她这么全神贯注，“我并不是想对你发表一通演说。”

“啊，”她说，“你不知道这些话是多么有意思。这使我觉得仿佛我什么事都还没有干过。”

“不，你干过，”他说，“没有一个有成就的人是没有干过什么事的。有时候，一个人好像没有花什么力气就取得了成就，但是，倘使是这样的话，他们该是生来就有一种世人对身居高位的人所要求的能耐的，否则他们就爬不到这样高。”

嘉莉不答话。她在思考向她提供的这个答案。不是金钱——他不需要金钱。不是华丽的衣冠——他和这种要求离得多么远呀。不是赞扬——连这也不是——而是善良的品性——为他人而工作。

说也奇怪，她认为他所说的一切都是绝对准确的。她从来没有见到过像他这般的人。他并不漂亮，这是根据花花公子的看法来说。大多数戏剧界人士会认为他很古怪。但是，唉，她对戏剧界人士已感到厌倦了。她不是连杜洛埃都摈诸门外了吗？一想起这些人就使她厌烦。

“喂，”万斯太太说，“你们两个的辩论快结束了吗？”

“我们没有辩论，”艾姆斯说，“不是吗？”

“一些儿都没有，”嘉莉一本正经地说。

“那末，该让嘉莉和我谈谈了，”她回答。

这样，艾姆斯就一时被撇下了，直到嘉莉穿好大衣，走来和他告别。

“哦，”他说，“也许我还会见到你的。”这时，他好像已经冷静下来，又恢复了矜持而疏远的态度。

“好，我也这样希望，”她违心地摆出矜持的态度。

当她站在他面前的时候，他安详地望着她。突然她加上了一句：

“我知道今天晚上我会心情不宁的。”

“为什么?”他问，对她的精神状态有一种敏锐的感觉。

“哦，我说不上，”她回答，低下了眼睫毛。“再会。”

他深表同情地望着她离去。他把万斯太太告诉他的关于她丈夫已经失踪这一点，以及他原来对某些女演员的道德品质的看法，都抛到九霄云外了。这个女人有些地方非常富有人情味，而且并不装模作样——既不渴望金钱，也不追求赞扬。他跟随她走到门口，非常赏识她的美丽。

“再会，”他说，眼睛柔和地望着她的背影。

嘉莉回头一望，眼睛里含着抑制不住的感情，但她立即垂下睫毛把它遮住了。她觉得非常孤独，好像她是在毫无希望而孤立无援地挣扎着，似乎像他这样的男人是永远不愿更接近她的。她的内心如今已全给搞得安静不下来。她又成了过去的那个忧伤的嘉莉——充满着向往的嘉莉——感到不满足。

唉，人心的盲目的挣扎啊。向前，向前，人心这么说，美趋向何处，它就紧紧跟上。不管是在某片寂静的原野上单独一只绵羊的铃声，或者是森林地带闪光的美景，或者是过路人眼睛里真情的一瞥，人心都能懂得，而且作出回答，紧紧跟上。要等到在追逐中脚步疲乏得再也走不动，希望已经绝灭，才会产生心痛和渴望。

嘉莉！啊嘉莉！你一直全心全意，所以你一直充满着希望，要知道刚才在他眼睛里的光芒，明天就会融化，分解。明天，这光芒会越走越远，继续引导着，继续诱惑着，直到你没有思想，不再心痛的时候。

第五十章

当时在纽约城里有不少救济事业，性质上和那个上尉搞的差不多，赫斯渥就以同样不幸的方式托庇于这些机关。其中有一个是在十五街的天主教慈惠会的传道所——一排红砖砌的家庭住宅，门前挂着一只普通的木制捐款箱，箱上写明每天中午对来求助的人免费供应午餐的布告。这简单的布告写得极不显眼，实际上却是一种非常广泛的施舍行为。纽约的慈善团体和救济机关是这么大，这么多，境况比较舒适的人对这类事情是不大注意的。但是对一个有心于这回事的人，细细考察之下就显得非常重要。要不是特别关心这种事情，一个人可以在中午前后，在六马路和十五街的转角上站上几天，也不会注意到在这车水马龙的大街上熙来攘往的庞大的人群里每隔几秒钟就会出现一个风尘仆仆、脚步沉重的家伙，形容憔悴，衣衫褴褛。可是这事实是千真万确的，而且天气越冷，这种情况就越显得触目。传道所因为地方狭窄，没有专用的厨房，不得不安排分批吃饭，每次只能容许二十五至三十个人就餐，所以不得不在外面排队，而且要按顺序进去。这就使每天都有这么一幕奇景，可是几年来一再是这般模样，人们也就司空见惯，如今已不以为奇了。这些人在严寒的天气里耐性地等待着，像牛马一般，往往要等上几个钟点才能进去。没有人问他们，也没有人招待他们。他们吃了饭就走，有些人每天按时到这里来，整个冬天都如此。

在发放饭食的时间里，有个身材魁梧、面色慈祥的妇女，老是守在门口，计算着按规定放进去的人数。这些人依次严肃地走上前去。他们并不争先，也不表示焦急。几乎像是一队哑巴。在天寒地冻的日子里，这里也有这么一队人。在刺骨的冷风里，他们大拍其手，跺着双脚。他们的手指和脸上的五官好像都受了严重的冻害。在光天化日之下仔细地看一下这些人，可以发现他们几乎是属于一个类型的。他们是这样的一种人，在天气还可以的日子里坐在公园长椅上，在夏天的夜晚就睡在那里。他们常到波威里街以及东区那些街道上的贫民窟里去，在那里褴褛的衣衫和枯槁的形容是不足为奇的。在天气阴暗、寒冷的时候，他们老是坐在寄宿处的起居室里，在东区南部许多街道上，他们蜂拥在六点钟才开门的小客栈门口。粗劣的食物，吃得没有定时，而且狼吞虎咽，严重地损害了他们的骨骼和肌肉。他们全都面色苍白、皮肤松弛、眼眶凹陷、胸膛平坦、两眼闪烁着光芒，相形之下，嘴唇却红得像发烧一般。他们不大梳头发，耳朵毫无血色，皮鞋都已破旧，前穿后塌。他们是漂泊无依的一类人，每一次涌起人潮就送上一个，活像海浪把浮木冲上风暴袭击的海滩一般。

在纽约另一处，有一位经营伙食业的人弗莱施曼，差不多二十五年来，对凡是在午夜到百老汇路和九街转角上他那家饭店后门口要求救济的人，都布施一只面包。二十年来，每天夜里总有约莫三百人排成一队，在指定的时间里走过门口，从放在门外的大箱子里拿取面包，然后又消失在夜色之中。从开始直到现在，这些人的性质和数目始终不大有什么变化。看惯了年年排在这里的小队伍的人，对其中的两三个人看熟了。其中有两个人十五年来差不多没有错过一次。有四十个左右是经常的老客人。队伍中的其余的人则是陌生人。在经济恐慌和特殊困难的时期，也难得超过三百人。在经济繁荣的时期，那时不大听到有失业的事，也不会减少多少。不论是冬是夏，是暴风雨还是无风的日子，不论时势好坏，弗莱施曼的面包箱前总是有这帮悲惨的人在午夜聚在一起。

这时正是严冬，在这两个救济机关，赫斯渥都成为常客。有一天特别寒冷，沿街求乞太难受了，他就等到中午去找给穷人的这种布施。这天上午十一点钟，已经有几个像他那样的人蹒跚地从六马路踱过去，他们单薄的衣衫被风吹得劈啪作响。他们来得很早，想先进去，就靠在第九团军械库围墙外的铁栏杆上，这家军械库的正门是朝着十五街那一段的。因为还得等待一个钟点，他们起初在距离远些的地方徘徊，但是别人也来了，他们就走近一些，以保持他们先到的优先权。赫斯渥从西面七马路走过来加入这个队伍，站在门边，比别人都更接近门口。那些先来的，但是等在远处的人，现在都走了拢来，并不开口说话，却用一种坚决的态度来表明他们来得比他早。发现了别人对他的行动表示反对，他闷闷不乐地望了望队伍，于是就走出来，排在队伍的末尾。秩序恢复以后，兽性的反感也就松弛了下来。

“中午该快到了吧，”一个人放胆开口说。

“是啊，”另一个说，“我差不多等了一个钟点啦。”

“嘿，天气真冷。”

他们焦急地窥望着大门，他们全都要从那里进去的。一个食品铺的店伙车了几篮食物来。这就使大家谈起食品商和一般食物的价格来。

“我看到肉涨价了，”一个人说。

“倘使发生战争，对这个国家会好得多。”

队伍在迅速扩大。已经有了五十多人，排在头上的人们由他们的行动明白表示庆幸可以比排在末尾的人少等些时间。大家常常伸出头来，望望后面的队伍。

“问题倒不在你排得怎么前，只要在头上的二十五个人之内就行，”在头上二十五个人中的一个说，“大家都是一起进去的。”

“哼！”赫斯渥忍不住叫了一声，他是被他们硬挤出来的。

“这个单一税①才是好办法，”另一个说，“不这么办是建立不起秩序来的。”

大部分时间都没有人做声，形容憔悴的人们挪动着双脚，眺望着，拍打着他们的手臂。

大门终于打开了，那个慈祥的女修士探出头来。她只用眼色来示意。队伍就缓缓地朝前移动，一个又一个地走进去，直到数到了第三十个。于是，她伸出粗壮的手臂拦住了后面的人，队伍就停了步，这时阶沿上站着六个人。前任经理就是其中之一。他们这么等着，有的在谈话，有的在情不自禁地叹苦，有的也像赫斯渥一般在沉思。最后他被放进去了，吃了饭就走，因为等吃这顿饭费了不少心，几乎使他冒起火来。

大约两个星期以后，有一天晚上十一点钟，他在等午夜布施的面包，等得很耐心。这一天他很不幸，但是现在他对自己的命运已有了一些达观的看法。倘使他弄不到夜饭吃，或者深夜肚子饿起来，他就可以到这里来。十二点不到几分钟，推出一大箱面包来，十二点整，一个大

---

①这是美国经济学家亨利·乔治（1839—1897）在《进步与贫困》（1879）一书中所鼓吹的一种学说，主张政府除了对土地及地产收入征税以外，废除其他一切租税。这样，国家可以有大量收入，有力量扩大修筑道路及创办大学等公共事业。

腹便便的圆脸德国人站在箱子旁边，高呼一声“准备”。整个队伍立即向前移动，每人挨次拿了面包，就分道散去。这一回，这位前任经理边走边吃，默默地顺着夜色中的街道踱去睡觉。

到一月里，他几乎认定自己一切都完了。生命本来始终像是一种珍贵的东西，但是现在，老是没得吃，体力也衰弱了，已使人世的美景大为减色，难以觉察了。有几次，命运逼得他实在走投无路了，他想就此了结残生，但是只消天气一变，或者讨到了两毛五或者一毛钱，他的心情就会改变，愿意等等看再说。他每天要找些扔在地上的旧报纸，看看是否有关于嘉莉的什么消息，但是整个夏季和冬季都没找到。然后他觉得眼睛发起痛来，这毛病迅速恶化，使他不敢再在他常去过夜的寄宿处的昏暗的卧室里看报。营养不良、饮食失常，使他身体的官能都衰弱起来。惟一的消遣，就是在他有钱找到一个铺位时，在那里打打瞌睡。

他开始觉得，因为他衣衫褴褛，身体瘦弱，人们已经把他当作老牌游民和乞丐看待了。警察驱赶他，饭店和寄宿处的掌柜一等他吃过饭、住过宿，就急忙下逐客令，路人也挥手要他走开。他觉得要向什么人讨些布施是越来越难了。

最后，他承认自己要收场了。这是在他多次向路人求乞，一再被拒绝，谁都匆匆避开他之后。

“布施一些吧，先生？”他对最后一个人说，“看上帝的面上，布施一些。我快要饿死了。”

“哼，滚开，”这个人说，他恰巧也是一个普通人，在坦慕尼堂管辖下占着一个小职位。“你这不中用的家伙。我什么都不给。”

赫斯渥把冻红的手插入衣袋里。眼睛里涌出了泪水。

“他说得不错，”他说，“我现在是不中用了。我过去是不差的。我有过钱。我非了此残生不可。”因此，他心里怀着寻死的念头，就向波威里街走去。过去也有人开煤气自杀的。他为什么不自杀呢？他想起了一家寄宿处，那里有装着煤气喷嘴的不见天日的小房间，他觉得好像是为了他想干的事而预先安在那儿的，要一毛五分钱一天房金。这时，他想起他连一毛五分钱也没有。

在路上，他遇见一个神态悠闲的绅士，从一家高级理发室修了面出来。

“请你布施一些好吗？”他大胆向这个人求乞道。

这个绅士打量了他一下，伸手想摸一毛钱。但是袋里只有些两毛五的角子。

“给，”他说，给了他一枚两毛五的角子，想把他打发走。“现在就走吧。”

赫斯渥继续赶路，心里疑惑不安。看到这枚闪闪发光的大角子，使他有些高兴。他想起自己肚子饿着，想起他能够花一毛钱就弄到一个铺位。这么一想，他心里暂时打消了寻死的念头。只有在讨不到钱而光受侮辱的时候，死好像才是值得的。

仲冬有一天，最冷的日子降临了。第一天，天气阴冷，第二天就下起雪来。厄运跟踪着他，到天黑下来才讨到了一毛钱，他把这钱买了食物。傍晚时分，他发现自己来到了大马路和六十七街的交叉路口，最后转身向波威里街走去。因为上午他忽发奇想地游荡了一番，此刻就特别疲劳，懒洋洋地拖着湿透的双脚，把脚底的污水都溅在人行道上。单薄的旧上衣的翻领直拉到冻红的耳朵边——破旧的圆顶礼帽拉得低低的，只露出这两只用来听的器官。双手插在衣袋里。

“我要到百老汇路去，”他心里想。

等他走到四十二街时，装着电灯的广告牌已照耀得光辉夺目。许多人纷纷赶去进餐。透过各个路角的豪华的餐厅的玻璃窗，都看得见有不少寻欢作乐的男女。街上满是马车和挤满人的缆车。

他这么疲惫、饥饿，本来就不应该到这里来的。对比太明显了。连他也不得不触景生情，强烈地回想起过去的好日子来。

“有什么用呢？”他想，“我已经全完了。我要了此残生。”

人们回头望着他，他那枯槁的形容是这么古怪。几名警察目随着他，以便阻止他向人求乞。

有一次他漫无目的地、漫不经心地停下来，从一家华丽的大餐厅的窗口望进去，窗前闪耀着电灯招牌，透过大块玻璃窗望得见红色和金色的装潢、棕榈树、白餐巾以及闪光的玻璃器皿，特别是那些优游自得的吃客。尽管他心神衰弱，可是饿得发慌，使他觉得吃的重要。他就呆呆地站住了，磨损的裤管浸在雪水里，只管向窗内痴望着。

“吃，”他喃喃地说，“不错，要吃。别人都有得吃。”

他的声音越来越低沉，心里的幻想也消失了一半。

“天冷得很，”他说，“冷得可怕。”

在百老汇路和三十九街的拐角上，白炽灯闪耀着嘉莉的姓名。上面显示着“嘉莉·马登达和卡西诺剧团”等字样。这片四射的灯光照亮了整片积雪泥泞的人行道。灯光亮得吸住了赫斯渥的注视。他抬头望着，然后望着一块金边的大布告板，上面印着和真人一般大小的嘉莉的优美画像。

赫斯渥呆望了一会儿，吸着鼻子，耸起一只肩膀，好像有什么东西抓了他一下。可是，他已经衰弱不堪，连头脑也有些模糊不清了。

“是你啊，”他最后对画里的她说，“你觉得我配不上你，对吗？嘿。”

他踯躅着，想好好地想一想。但是已经不行了。

“她有钱，”他不知所云地说，心里想着金钱，“让她给我一些。”

他就朝边门走去。跟着，他忘记了是做什么去的，就站住了，把手在口袋里伸得更进些，使手腕暖些。突然又想起来了。后台门！就是这儿啊。

他走到这个门口，走了进去。

“喂，”看门人说，瞪眼望着他。看他站住了，就走过去把他推出去。“滚出去，”他说。

“我要见马登达小姐，”他说。

“你要见她，嘿！”那人说，看到这模样几乎要笑出来。“滚出去，”他说着又推他出去。

赫斯渥没有力气抵抗。

“我要见马登达小姐，”他还想作解释，虽然他正在被人驱逐出去。“我是好人。我——”

这个人最后又推了他一把，关上了门。他这么一推，使赫斯渥失足一滑，跌倒在雪地上。这使他伤心，恢复了一些过去那模糊的羞耻之感。他哭开了，还愚蠢地咒骂着。

“该死的狗！”他说。“他妈的老狗。”从他不值钱的上衣上拂去雪水。“我——我曾经使唤过像你这样的人。”

这时，他心里涌起了对嘉莉的强烈的恶感——只是一阵暴怒，一会儿就忘记得一干二净。

“她应该给我吃，”他说，“她应该养我。”

他失望地转身又踏上百老汇路，踩着雪水朝前走，沿路求乞，哭泣，迷失了思路，想起这个就忘记了那个，这是脑力衰退、思想不连贯的人所常有的现象。

几天以后，他在思想上作出了一个明确的决定，那是在一个严寒的傍晚。四点钟时，空中已一片夜色朦胧。大雪纷飞——扑打在脸上的雪花被疾风吹成一条条长长的细线。街上积满了雪，好像铺上了六英寸厚的冰冷、柔软的地毯，被车碾、人踏，搞成了褐黑色。百老汇路上的行人都穿着长外套，擎着雨伞，在战战兢兢地走路。在波威里街，大家都翻起了衣领，把帽子拉到耳朵边，懒洋洋地走着。在百老汇路上，商人和旅客都赶到舒适的旅馆里去。在波威里街上，被寒气所逼的人群，踉跄地踱过幽暗的店铺，店堂深处已闪着微弱的灯光。缆车上也老早开了灯，因为车轮上黏满了雪浆，降低了平常的轧轧车声。整个城市被这迅速堆积起来的雪包裹了起来。

嘉莉在沃尔多夫旅社舒适的房间里，当时正在阅读《高老头》，这是艾姆斯介绍她看的。故事很有力量，一经艾姆斯的推荐就激起了她的兴趣，使她几乎完全领会了故事中的动人的含义。她第一次觉得她过去所读的都是些无聊而毫无价值的东西。可是，她看得倦了，就打了一个呵欠，走到窗边，望着窗外五马路上老是蜿蜒不绝地驶过的车马。

“天气真糟，”她对萝拉说。

“糟得很，”那个小女人说，也跑到窗边来。“我希望雪落得多些，可以去滑雪橇。”

“天啊，”嘉莉说，她还没有忘记高老头的苦痛。“你就只想这些。你就不可怜可怜今天晚上无衣无食的人吗？”

“我当然可怜他们，”萝拉说，“但是我有什么办法呢？我一无所有。”

嘉莉笑了。

“即使有，你也不会关心的，”她回答。

“我也会关心的，”萝拉说，“但是在我穷困的时候，人们从未帮助过我。”

“这不是很可怕吗？”嘉莉说，注意着漫天的风雪。

“瞧那边的那个男人，”萝拉笑着说，她看见一个人倒了下去。“人在倒下去的时候是多么胆怯啊，是不？”

“今天晚上我们不得不坐马车了，”嘉莉心不在焉地回答。

查尔斯·杜洛埃先生刚来到皇家旅社的休息室里，在拂去他漂亮的长外套上的雪。天气不好，把他早早地赶回旅社来，而且使他想要寻找那种能把大雪和人生的愁苦关在门外的乐趣。他只想吃一顿好夜饭，有一个年轻的女人作陪，看一场夜戏。

“喂，哈里，”他对一个闲散地坐在休息室里舒适的椅子上的人说。“你好呀？”

“啊，马马虎虎，”另一个说。

“天气真糟，是吗？”

“哦，可以这么说，”另一个回答，“我正坐在这里考虑今天晚上到哪里去玩呢。”

“跟我去吧，”杜洛埃说，“我可以带你去看极其漂亮的女人。”

“是谁？”另一个说。

“啊，四十街那边有两个姑娘。我们可以好好乐一下。我正在找你呢。”

“带她们出来吃饭怎么样？”

“当然啦，”杜洛埃说，“等一等，让我上楼去换换衣服。”

“那好，我要上理发室去，”另一个说。“我要修一下面。”

“好吧，”杜洛埃说，穿着双好皮鞋，嘎吱嘎吱地朝电梯走去。这只老花蝴蝶飞起来还跟当年一般轻盈。

冒着这晚上的雪花，以每小时四十英里的速度，向纽约开来的一节普尔曼卧铺车厢里，还有三个有关的人物。

“餐车第一次开夜饭，”卧铺车厢的茶房穿着雪白的围裙和短上衣，一边喊，一边匆匆穿过车厢一边的通廊。

“我不想打下去了，”三人中最年轻的那个黑发俏姑娘(因为交上了好运而变得傲慢异常)说，把一手纸牌推开去。

“吃饭去好吗?”她丈夫问，一身高贵的服装使他风度翩翩。

“唔，不忙，”她回答，“话虽如此，我不高兴再打牌了。”

“杰西卡，”她母亲说，从她身上，人们也可以欣赏到漂亮的服装能如何美化上了年纪的人，“把领带上的别针别牢，快要脱出来了。”

杰西卡听命而行，顺手摸了摸可爱的头发，望了一下镶着宝石的小表。她丈夫凝望着她，因为虽然天冷，从某种观点看来，美貌的女人总是动人的。

“哦，只要两星期就可以到罗马，”他说，“不会再是这样的天气了。”

赫斯渥太太舒适地坐在角落里，微笑着。做一个有钱的年轻人的丈母娘真是福气——她曾经亲自了解过他的经济情况。

“倘使天气老是这样，”杰西卡问，“你看船能准时开吗?”

“啊，能准时开的，”她的丈夫回答，“天气是不相干的。”

通廊里走来一个头发浅黄的银行家的儿子，也是芝加哥人，他对这个傲慢的美人已经注意了好久。即使现在他还是不怕冒昧地望着她，她呢，也觉察到了。她特意摆出一副满不在乎的样子，把美丽的脸庞完全转了过去。这根本不是出于妇道人家的稳重。这么做使她的自尊心得到了满足。

可是这个过去貌合神离的小家庭中的另一个成员却在别处，他已经作出了一个不同寻常的决定。他站在离波威里街很近的一条支路上的一幢肮脏的四层大楼前，那最初的浅黄色的粉刷，已被烟炱和雨点弄得不成样子了。他混在很触目的一大群人中——早已是一大群，还在逐渐增多。最初只来了两三个，他们逗留在关上的木门外，跺脚取暖。他们戴着褪了色的、满是凹痕的圆顶礼帽。不称身的上衣，被融雪湿透，变得沉甸甸的，衣领翻得高高的。裤子活像是布袋，裤脚已经磨损，在湿透的大鞋子上挥荡着，鞋帮已经撕破，几乎破烂不堪。他们并不急于要进去，只是忧伤地在近边徘徊，两手深深插入口袋里，斜眼望着人群，看路灯逐渐一盏盏地点亮。时间一分分过去，人数就逐渐增加。其中有胡子灰白、眼睛凹陷的老头，也有年纪较轻但病得形销骨立的，还有些中年人。个个都瘦骨嶙峋。在这人堆里有一张脸苍白得像是淌掉了血的小牛肉。另一张脸红得像红砖。有些人瘦削、圆肩；有些装着假腿；还有些瘦得只剩一副骨架，衣裳在他们身上拍击着。还有些长着大耳朵、肿鼻子、厚嘴唇的，特别是充血的红眼睛。这伙人中就没有一张正常、健康的面孔；没有挺得起腰的躯体；也没有坚定、坦率的目光。

在风雪吹刮中，他们相互挤在一起。露出在上衣或者衣袋外的手腕，冻得发红。还有半露在不成样的帽子下的耳朵，显得僵硬而红肿。他们在雪地里一会儿把身子的重量放在这只脚上，一会儿换到那只脚上，几乎是一齐在摇摆着。

门外的人越发多了，随之而来的是一片喃喃的语声。这不是谈话，而是泛泛地对任何人表示一些意见。其中有咒骂，也有粗话。

“真见鬼，他们该赶紧些嘛。”

“天呀。”

“看那个警察在瞧着。”

“好像天还不够冷似的。”

“但愿我在星星监狱①里。”

这时，刮来了一阵更尖厉的风，他们就挨得更拢一些。这是一个徐徐移动、倒换着双脚站立的你推我挤的人群。他们并不发怒，也不哀求，更不进行恫吓。只是愁眉不展地熬着，没有机智的打趣话或者友谊

① 纽约州立监狱，在该州纽约市北赫德森河左岸的奥斯宁城。

交流来减轻这种苦难。

一辆马车叮叮当当地驶过，车内斜倚着一个人。有一个最靠近门口的人看见了。

“瞧那个家伙，在兜风哪。”

“他可不觉得这么冷！”

“呃！呃！呃！”另一个叫起来，这时马车已经远去，听不见了。

夜色渐浓。在人行道上，有一群下班的工人在赶回家去。工人和女店员匆匆走过。横穿市区的电车开始拥挤起来。煤气路灯闪着光，每一扇玻璃窗都被灯光照得通红。这一群人还在门口不散，绝不动摇。

“他们难道永远不开门了吗？”一个粗哑的声音提醒大家，这样问道。

这一问似乎又提醒大家注意那紧闭着的门户，于是许多人都朝那个方向望着。他们像不会说话的野兽般望着，像狗那样哀鸣着，抓弄或紧盯着门上的球形捏手。他们挪动着双脚，眨着眼睛，喃喃地说话，有时诅咒，有时议论。他们还是等待着，雪花还在飞舞，把刺骨的雪片刮在他们身上。雪花在他们的旧帽子和高耸的肩膀上堆积起来。积成小堆和弯形的条条，谁都不把它拂去。在人群中央，体温和水蒸气把雪融化，雪水就沿着帽檐滴下来，滴到鼻子上，人们也无法去抹。站在边沿上的人的帽檐上的积雪都不消融。挤不进中间去的人，就在大雪中低着头，弯下了身体。

门顶的气窗里透出灯光来。这使门外的人群一阵激动，感到有希望了。掀起了一阵喃喃的反应。终于门内的门闩吱吱地响起来，大家都竖起了耳朵倾听着。里面响起了脚步声，人群中又是一阵低语。有人高声说：“喂，后面的慢一点。”然后大门打开了。人群挤上去，混乱了一会儿，大家都阴沉地默不作声，表现出这群人正像野兽一般，然后在屋内散开去，像是漂浮的木头一般，不见踪影了。只见一些湿帽子和湿肩膀，一群寒冷、萎缩、满不高兴的家伙，从荒凉的墙壁之间拥了进去。这时正是六点钟，从每个匆忙的行人脸上都可以看出他们要去吃晚饭了。可是这里却不供应夜饭——除床铺以外别无所有。赫斯渥当然是要想弄到一个床铺啰。

他放下一毛五分钱，拖着疲惫的脚步爬上指定给他的房间里去。这是一间幽暗的房间，木板墙，灰尘满地，铺板很硬。一只小煤气喷嘴给这么可悲的斗室提供了足够的亮光。

“嘿，”他说，清了一下喉咙，便锁上了门。

这时，他开始懒洋洋地脱衣服，但是先脱下了上衣，塞住房门下面的那道空隙。他把背心也塞在那里。他把那顶又湿又破的旧帽子轻轻地放在桌上。然后，他脱去鞋子，躺在铺上。

他好像思考了一会儿，然后爬起身来，关掉了煤气灯，静静地站在黑暗之中，谁也看不见他。过了几秒钟，在这几秒钟里他并没有回想什么事，仅仅是疑惑不决而已，他又开了煤气，但是没有用火柴去点灯。当放出来的煤气布满房间时，他还是站在那里，完全躲在仁慈的夜色里。他的鼻孔嗅到了煤气的味儿，他就放弃了这站着的姿势，摸索着上了床。

“有什么用呢，”他摊手摊脚地躺下去安息的时候，倦怠地说。

译文名著精选书目

傲慢与偏见	〔英〕简·奥斯丁　著　王科一　译
简·爱	〔英〕夏洛蒂·勃朗特　著　祝庆英　译
基督山伯爵	〔法〕大仲马　著　韩沪麟　周克希　译
少年维特的烦恼	〔德〕歌德　著　侯浚吉　译
茶花女	〔法〕小仲马　著　王振孙　译
呼啸山庄	〔英〕艾米莉·勃朗特　著　方平　译
悲惨世界	〔法〕雨果　著　郑克鲁　译
堂吉诃德	〔西班牙〕塞万提斯　著　张广森　译
红与黑	〔法〕司汤达　著　郝运　译
雾都孤儿	〔英〕狄更斯　著　荣如德　译
欧叶妮·葛朗台／高老头	〔法〕巴尔扎克　著　王振孙　译
莎士比亚四大悲剧	〔英〕莎士比亚　著　孙大雨　译
泰戈尔抒情诗选	〔印〕泰戈尔　著　吴岩　译
乱世佳人	〔美〕玛格丽特·米切尔　著　陈良廷等 译
鲁滨孙历险记	〔英〕笛福　著　黄杲炘　译
安娜·卡列尼娜	〔俄〕列夫·托尔斯泰 著　高惠群等　译
十日谈	〔意〕薄伽丘　著　方平　王科一　译
福尔摩斯探案精选	〔英〕柯南·道尔　著　梅绍武　屠珍　译
老人与海	〔美〕海明威　著　吴劳等　译
漂亮朋友	〔法〕莫泊桑　著　王振孙　译
巴黎圣母院	〔法〕雨果　著　管震湖　译
双城记	〔英〕狄更斯　著　张玲　张扬　译
最后一片叶子	〔美〕欧·亨利　著　黄源深　译
瓦尔登湖	〔美〕梭罗　著　徐迟　译
一九八四	〔英〕奥威尔　著　董乐山　译
复活	〔俄〕列夫·托尔斯泰　著　安东　南风　译
三个火枪手	〔法〕大仲马　著　郝运　王振孙　译
苔丝	〔英〕哈代　著　郑大民　译
变色龙	〔俄〕契诃夫　著　汝龙　译
钢铁是怎样炼成的	〔俄〕奥斯特洛夫斯基　著　王志冲　译
浮士德	〔德〕歌德　著　钱春绮　译
太阳照常升起	〔美〕海明威　著　赵静男　译
莎士比亚喜剧五种	〔英〕莎士比亚　著　方平　译
理智与情感	〔英〕简·奥斯丁　著　武崇汉　译
罪与罚	〔俄〕陀思妥耶夫斯基　著　岳麟　译
羊脂球	〔法〕莫泊桑　著　郝运　王振孙　译
鼠疫	〔法〕加缪　著　刘方　译
青年艺术家画像	〔爱尔兰〕乔伊斯　著　朱世达　译

我是猫	〔日〕夏目漱石 著 刘振瀛 译
神曲	〔意〕但丁 著 朱维基 译
红字	〔美〕霍桑 著 苏福忠 译
到灯塔去	〔英〕弗吉尼亚·伍尔夫 著 瞿世镜 译
格列佛游记	〔英〕斯威夫特 著 孙予 译
大卫·考坡菲	〔英〕狄更斯 著 张谷若 译
道连·葛雷的画像	〔英〕王尔德 著 荣如德 译
童年/在人间/我的大学	〔俄〕高尔基 著 高惠群等 译
城堡	〔德〕卡夫卡 著 赵蓉恒 译
汤姆·索亚历险记	〔美〕马克·吐温 著 张建平 译
九三年	〔法〕雨果 著 叶尊 译
铁皮鼓	〔德〕格拉斯 著 胡其鼎 译
卡拉马佐夫兄弟	〔俄〕陀思妥耶夫斯基 著 荣如德 译
远大前程	〔英〕狄更斯 著 王科一 译
马丁·伊登	〔美〕杰克·伦敦 著 吴劳 译
名利场	〔英〕萨克雷 著 荣如德 译
嘉莉妹妹	〔美〕德莱塞 著 裘柱常 译
细雪	〔日〕谷崎润一郎 著 储元熹 译
哈克贝里·芬历险记	〔美〕马克·吐温 著 张万里 译
儿子与情人	〔英〕劳伦斯 著 张禹九 译
野性的呼唤	〔美〕杰克·伦敦 著 刘荣跃 译
牛虻	〔英〕伏尼契 著 蔡慧 译
包法利夫人	〔法〕福楼拜 著 周克希 译
达洛卫夫人	〔英〕弗吉尼亚·伍尔夫 著 孙梁 苏美 译
永别了，武器	〔美〕海明威 著 林疑今 译
喧哗与骚动	〔美〕福克纳 著 李文俊 译
猎人笔记	〔俄〕屠格涅夫 著 冯春 译
圣经故事	〔美〕阿瑟·马克斯威尔 著 杨佑方等 译
希腊神话	〔俄〕库恩 编著 朱志顺 译
格林童话	〔德〕格林兄弟 著 施种等 译
月亮和六便士	〔英〕毛姆 著 傅惟慈 译
失乐园	〔英〕弥尔顿 著 刘捷 译
海底两万里	〔法〕儒勒·凡尔纳 著 杨松河 译
丧钟为谁而鸣	〔美〕海明威 著 程中瑞 译
安徒生童话	〔丹麦〕安徒生 著 任溶溶 译
了不起的盖茨比	〔美〕菲茨杰拉德 著 巫宁坤等 译
虹	〔英〕劳伦斯 著 黄雨石 译
摩格街谋杀案	〔美〕爱伦·坡 著 张冲 张琼 译
坎特伯雷故事	〔英〕乔叟 著 黄杲炘 译
战争与和平	〔俄〕列夫·托尔斯泰 著 娄自良 译
八十天环游地球	〔法〕儒勒·凡尔纳 著 任倬群 译
人生的枷锁	〔英〕毛姆 著 张柏然 张增健 倪俊 译